Wübb

Biblisches Wörterbuch enthaltend eine Erklärung der alterthümlichen und seltenen Ausdrücke in M. Luther's Bibelübersetzung

SALZWASSER
VERLAG

Wübbe Ulrich Jütting

Biblisches Wörterbuch enthaltend eine Erklärung der alterthümlichen und seltenen Ausdrücke in M. Luther's Bibelübersetzung

Unveränderter Nachdruck der Originalausgabe von 1864.

1. Auflage 2022 | ISBN: 978-3-75259-626-7

Verlag: Salzwasser Verlag GmbH, Zeilweg 44, 60439 Frankfurt, Deutschland
Vertretungsberechtigt: E. Roepke, Zeilweg 44, 60439 Frankfurt, Deutschland
Druck: Books on Demand GmbH, In de Tarpen 42, 22848 Norderstedt, Deutschland

Biblisches Wörterbuch

enthaltend

eine Erklärung der alterthümlichen und seltenen Ausdrücke

in

M. Luther's Bibelübersetzung.

Für Geistliche und Lehrer.

Von

W. A. Jütting

Leipzig,

1864.

Vorwort.

Die Sprache M. Luther's, obwohl „Kern und Grundlage der neuhochdeutschen Sprachniedersetzung“ nach Grimms Ausdruck, liegt gleichwohl mehr als drei Jahrhunderte hinter uns. Wenn nun die Sprache sowohl wie alles der Geschichte und der Natur Angehörige nach Form und Begriff einer steten Umgestaltung unterworfen ist, wie sollte sich denn nicht in dieser langen Zeit die hochdeutsche Schriftsprache vielfach verändert und somit mancher Ausdruck in der deutschen Bibel, dem Hauptwerke Luthers, für unsere Zeit nach Form oder Inhalt oder nach beiden zugleich unverständlich geworden sein! Seit den Tagen der Reformation ist eine große Zahl von Wörtern neu von auswärts aufgenommen, ebenso viele, wenn nicht mehr, sind durch den unablässig schaffenden Sprachgeist aus vorhandenen neu gebildet oder umgebildet; dagegen haben sich manche gänzlich wieder verloren und das gewiß nicht zum Gewinn unserer Sprache; noch andere — und deren sind mehr als das ungeübte Auge auf den ersten Blick erkennt — haben eine mehr oder minder bedeutende Aenderung in ihrer lautlichen Form und noch mehr in ihrer Function d. i. in ihrer Bedeutung und Beziehung erfahren, so daß sie von einem Leser, der nur die heutige Schriftsprache leidlich versteht und keine Kenntniß der älteren deutschen Sprache besitzt, nicht leicht verstanden, oft geradezu mißverstanden werden. Dazu hat der Zahn der Zeit schon an dem deutschen Bibeltext, diesem herrlichsten Denkmal unserer Muttersprache genagt: die Emendatoren haben nicht nur die von der jetzigen bedeutend abweichende Orthographie Luthers nach der jezeitig herrschenden umgestaltet, wozu allerdings ein praktisches Bedürfniß vorliegen mochte, obwohl sich bei Luther durchweg viel mehr Consequenz und Anschluß an die historische Schreibweise findet, als bei späteren Schriftstellern, sondern sie haben sich nicht selten auch in ihrer sprachlichen Unwissenheit an dem Ausdruck selbst vergriffen, ihn nach ihrer Weise modernisiert und dadurch in der Regel völlig entstellt.

Dies geschah namentlich zu Ende des 17. und zu Anfang des 18. Jahrhunderts, in der Zeit der „Verschlimmbesserung", wie der sprachkundige Vilmar sich ausdrückt. Daß gegenwärtig, wie bekannt, die Gelehrten Karl Frommann, Rudolf von Raumer und Mönckeberg auf Anregung des allgemeinen deutschen Kirchentages an der „Herstellung eines einheitlichen, auf wissenschaftlicher Grundlage ruhenden und den Forderungen des praktischen Gebrauches entsprechenden Textes der Luther'schen Bibelübersetzung" arbeiten, ist Beweis genug von dieser „Verschlimmbesserung". Weiter unten werden einige Belege dazu aufgeführt.

Meine Aufgabe bei Ausarbeitung des vorliegenden Biblischen Wörterbuches war es nun zunächst nicht, Textkritik an der Lutherbibel zu üben, weder in Betreff der Richtigkeit der Uebersetzung, noch in Betreff des gewählten deutschen Ausdrucks; nur hin und wieder habe ich mir eine Rechtfertigung des von Luther im Gegensatze zu anderen Uebersetzern oder Kritikern älterer und neuerer Zeit gewählten Ausdrucks zumeist vom sprachlichen Standpunkte aus erlaubt. Ebensowenig war es meine Absicht, die Luther'sche Bibelsprache überhaupt nach allen ihren orthographischen, etymologischen, syntactischen, synonymischen und begrifflichen Beziehungen darzustellen; ich habe mir weder die zahlreich vorhandenen Concordanzen und ähnlichen biblischen Wörterbücher, noch auch die über die Spracheigenthümlichkeiten der Luther'schen Uebersetzung vorhandenen Schriften zum Muster genommen. In letzterer Beziehung bieten die Schriften von Hopf, Mönckeberg, Wetzel, Frommann und andern (s. w. u.) Treffliches, wenn sie auch für die gesammte Luther'sche Sprache noch viel zu wünschen übrig lassen. Noch viel weniger wagte ich es, das exegetische Gebiet selbständig zu betreten. Ich habe über der Arbeit nur zu wohl erfahren: wer das Wort deuten will, der muß den Geist erfaßt haben, aus dem das Wort geboren ist, und das ist mehr als Sprachwissenschaft. Wo ich nun in die Nothwendigkeit versetzt war, dem Ausdrucke eine theologisch-exegetische Deutung zu geben, da glaube ich mich bewährten Führern anvertraut zu haben; ebenso hinsichtlich der Deutung der aus den Grundsprachen von Luther herübergenommenen Ausdrücke und archäologischer Verhältnisse. Gleichwohl ist die Basis aller gründlichen Texterklärung das genaue sprachliche Verständniß des Ausdrucks; ebenso wichtig, wie für den Theologen die genaue Bekanntschaft mit den Grundsprachen, ist für den Lehrer in Kirche und Schule des protestantischen Deutschlands diejenige mit der Luther'schen Sprache, die nach Obigem nach geraum drei Jahrhunderten der Schwierigkeiten recht viele hat.

Wenn ich mir nun die Deutung der sprachlich schwierigen Ausdrücke zur Aufgabe stellte, so mußte ich mich dabei auf folgende beschränken:

1. Die in den jetzigen Bibelausgaben mehr oder weniger entstellt sind, wie: Sindflut, äfern, freidig, lechen, enhinder, bezemen, Kipfe, thüren. Vgl. den von mir in Nr. 59 und 60 des Theologischen Literaturblattes von K. Zimmermann, Jahrg. 1862, veröffentlichten Artikel „Glossen zu Luther's Bibelübersetzung".
2. Die sich im Laufe der Zeit aus der hochdeutschen Schriftsprache ganz verloren haben oder doch selten und veraltet sind, wie: thüren, thürstig &c., enhinder, Theiding, Tendlen, Barte, Ferge, fernig, Feser, geilen, Genieß, Geren, glum, Gnätze, greten, hellig, Kipfe, Kloben, Kogel, köcken, Kolter, lecken, sich lenden, Sange, Schellhengst, Schöpfer, schroten, Schuckelrad, Sie, Sponde, Tartsche, Träber, Unweg, Webe und Hebe, weidlich, Wehrd, Werft, zauen, Zeug, zuhand &c.; ferner die Ausdrücke: Feldhauptmann, Landpfleger, Landvogt, Zeug, Reisige, Feldwegs, Speisemeister und ähnliche. S. mehrere Composita auf S. XIV.
3. Die ihrer lautlichen Form nach alterthümlich und dadurch oft unverständlich sind, wie Brosame, Pockel, Quinger, Ehrenhold, Er, Tendlen, pfetzen, Trabant, weiland, waser und andere.
4. Die ihrer Function oder Bedeutung und Beziehung nach alterthümlich und schwierig sind; dahin gehören:
   a) Wörter, die bei Luther noch eine sinnliche, concrete Grundbedeutung haben, während sie jetzt vielfach nur in abgezogener Bedeutung erscheinen, wie: Auszug, äußern, Eintracht, Elend, bauen, beschließen, Vorzug, Wandel, begreifen, beleidigen, betreten, eitel, Frauenzimmer, locken s. lecken, Malzeichen, erörtern s. Ort, recht, schlecht, verstocken, Tapet, taufen, verhalten, werben, Wesen und andere.
   b) Wörter, die bei Luther überhaupt von der jetzt gewöhnlichen Bedeutung mehr oder weniger abweichen, wie: Ader, ärgern, Anfall, angelegen, Bann, Beilage, einig, enthalten, ergrimmen, fast, fegen, fein, Freundschaft, Fürst, Vogt, Futter, genesen, Ge-

rücht, girren, Götze, Dünkel und Gutdünkel, Haube, Hölle, Hort, Heiland, heimlicher Rath, Kelle, Kirche, kostfrei, Krebs, Kunst, Larve, Lauf, Leichnam, los, Lust und lustig, Mandel, Maul, Schulmeister und Meister, milde, Ort, Odem, Pfennig, pochen, Pöbel, quit, rächen, recht ꝛc., reisen, Ritterschaft, Rotte, rügen, Sache, Sack, Schalk, Scherge, schier, Semmel, Stock, Strumpf, Ding s. Theiding, trotzen, übergehen, untertreten, verlassen, vermachen, versprechen, Verstand, vertrauen, Vogt, weben, Witze und witzig, wohlthun, Wucher, Zins, Zukunkt, züchtigen s. Zeug und viele andere.

Dahin gehören namentlich die persönlichen Ausdrücke für Verwandtschaft und Geschlechtsverhältnisse ꝛc., wie: Neffe, Vetter, Muhme, Wase, Mutter, Schnur, Schwäher und Schwieger, Ohme ꝛc.; ferner Metze, Kebsweib, Knabe, Schalk, Magd, Dirne, Buhle, Knecht ꝛc.

Ferner die Hülfsverben: mögen, müssen, thüren, können s. kündlich, sollen s. Schalk.

c) Wörter, die zum Theil eine unedle oder entgegengesetzte Bedeutung bekommen haben, wie segnen, erz, albern, einfältig, gemein, rechtfertigen, schlecht, heimsuchen, erwegen, Pöbel, thürstig ꝛc., wozu auch Dirne (Weib), Metze, Buhle, Schalk und andere gehören.

Endlich habe ich der Vollständigkeit halber und aus praktischen Gründen für nicht theologisch gebildete Leser

5. die von Luther aus den Grundsprachen unmittelbar herübergenommenen Ausdrücke als Fremdwörter sprachlich und sachlich kurz erklärt; desgleichen im Anhange
6. ein möglichst vollständiges Verzeichniß der außer den in dem Werke selbst erklärten Fremdwörtern aus fremden Sprachen entlehnten Wörter mit sehr knapp gehaltener Angabe ihrer Herkunft gegeben. Von einigen ist die fremde Herkunft zweifelhaft, wie Tasche, tanzen, Stoppel, Ton, Tonne, Zapfen.

Bei allen deutschen Ausdrücken ist mir die zum vollen Verständnisse Luther'scher Sprachweise unumgänglich nothwendige sprachwissenschaftliche Erläuterung hauptsächlichste Aufgabe. Darum stelle ich mir immer zuerst die Frage: was hat Luther darunter verstanden? nicht, was das Wort nach dem Grundtexte bedeute, sodann: wie verstehens andere Schriftsteller und Sprachgelehrte älterer und neuerer Zeit? Erst in zweiter, untergeordneter Linie befrage ich die heutige Philologie und Theologie nach dem Grundterte, wie die zur Vergleichung und Erläuterung vielfach angezogenen Uebersetzungen und Erklärungen bewährter Gelehrten zeigen. Wo das Wort mehrere Bedeutungen hat, stelle ich in der Regel die wichtigeren auf, auch wenn sie sich nicht alle bei Luther finden, um möglichst den Uebergang von einer Bedeutung zur andern zu vermitteln, und gehe dabei von der Grundbedeutung aus; jede Bedeutung, die sich in der Bibel findet, wird mit zahlreichen Stellen belegt, die im Einzelnen mitunter noch weiter ausgeführt und durch Stellen aus seinen übrigen Schriften bestätigt werden.

In diesen Stellen wie überhaupt in den aufgestellten Wörtern habe ich in der Regel die in jetzigen Ausgaben gewöhnliche Orthographie festgehalten, nur in wichtigeren Fällen und überall da, wo die Luther'sche Orthographie für meinen Zweck wichtig ist, die Stellen nach der letzten von Luthers Hand besorgten Ausgabe von 1545 unter öfterer Heranziehung älterer Ausgaben gegeben.

Ein Wort wird aber erst nach Form und Inhalt völlig klar und durchsichtig durch die Geschichte desselben, wenn wir die Familie, zu der das Wort gehört, von dem Wurzelworte bis zu den Zweigformen und von der sinnlichen Grundbedeutung zu den feinsten Abstractionen des Begriffs verfolgen können. Darum gehe ich mit Vorliebe auf diese etymologische Seite ein, zeige so kurz wie möglich die Naturgeschichte des Wortes, ziehe zur Vergleichung und Aufklärung auch andere germanische Sprachen und Dialecte älterer und neuerer Zeit herbei, insonderheit das Niederdeutsche — das beiläufig bemerkt einen bedeutenden Einfluß auf die Luther'sche Sprache geübt hat, — ferner so oft als nöthig die romanischen und altklassischen Sprachen, und bringe zugleich die in der Bibel vorkommenden, obigen Kategorien angehörigen Wörter in einen innigen, leicht übersichtlichen Zusammenhang, wodurch einerseits beträchtlich an Raum gespart, andererseits die sonst unvermeidliche lexicalische Dürre vermieden und damit die Lesbarkeit erhöht wird.

Die Betrachtung der Einzelheiten in der Wortforschung führt auf allgemeine Gesetze der Sprachbildung und der Grammatik überhaupt, deren Kenntniß ich bei einem großen Theile meiner Leser nicht voraussetzen kann. Statt nun diese Gesetze in der Einleitung aufzustellen und bei den betreffenden Artikeln darauf zu verweisen, habe ich es ebenfalls der größeren Lesbarkeit wegen vorgezogen, dieselben im Texte an einzelnen schlagenden Beispielen zu erläutern, bei anderen ähnlichen darauf hinzuweisen und hinter dem Vorworte eine geordnete Uebersicht davon, wie von den sonst im Text berührten Spracheigenthümlichkeiten Luther's zu geben.

Durch eine derartige Betrachtung „des Wortes" wird, hoffe ich, der mit der historischen Sprachwissenschaft weniger vertraute Leser manchen entzückenden Blick in die von dem großen J. Grimm aufgeschlossene gesetzmäßige Ordnung und Herrlichkeit unserer Muttersprache thun. Und welche Ausdrücke könnten eher zu einem solchen Blicke verhelfen, als eben die s. g. Archaismen, diese „von halbgebildeten Sprachmeistern" so viel geschmähten Lieblinge der Sprachforscher!

Je dunkler und seltsamer das Wort nach Form und Bedeutung ist, desto eingehender habe ich es an der Hand sichererer Führer wie Jacob und Wilhelm Grimm, K. Weigand, W. Wackernagel, W. Müller, Graff, Ziemann, Diez, R. v. Raumer, J. Kehrein, A. Schleicher, ferner Hopf, Wetzel, Vilmar, Mönckeberg, Frommann, Pischon, Grotefend, Beelitz, Biltz rc., sodann Zeller, Winer, Stier und Theile und anderer behandelt. Unter den genannten Gelehrten verdanke ich aber nächst J. Grimm, ohne den überhaupt keine solche Arbeit wie die vorliegende möglich gewesen wäre, keinem mehr als Herrn Professor K. Weigand zu Gießen, der nach Grimms Zeugnisse im Wörterbuche, Bd. II, „die seltene Uneigennützigkeit besitzt, neben einer eigenen trefflichen Arbeit eine fremde liebgewonnene durch reiche Beiträge zu unterstützen." Was Grimm hier von der Mitarbeit am großen deutschen Wörterbuche sagt, das Weigand nach dem Hinscheiden Grimms (20. Sept. 1863) fortzusetzen berufen ist, habe ich für mein Werk in reichem Maße erfahren; manche Artikel bezeugen es, vgl. Tendlen, Trabant, Staupe, Rosinfarbe, schroten und andere, und ich erkenne es hiermit gerne dankbar an. Gleichfalls muß ich hier die große Bereitwilligkeit rühmen, mit welcher Herr Director Dr. K. Volckmar hieselbst sich der mühsamen Durchsicht und Correctur unterzogen hat.

Wenn ich den s. g. Archaismen die größte Aufmerksamkeit zuwende, so brauche ich wohl nicht zu versichern, daß es mir nicht im entferntesten in den Sinn kommt, alle als alterthümlich oder gemein unverständlich bezeichneten Wörter in den index prohibitorum (das Verzeichniß der verbotenen Wörter) zu stellen und sie damit obengenannten Revisoren des Luther'schen Bibeltextes zur Ausmerzung zu empfehlen. Wer das sich unterfinge, würde die Sprache gerade der bezeichnendsten Ausdrücke und manchmal der schönsten, urdeutschen und für die Sprachbildung fruchtbarsten Wörter berauben; wollten Schriftsteller überall so verfahren, so würde man nach Lessing's Worten „bald nichts mehr hören, als das kälteste, langweilige Alltagsgewäsche, das nur immer in dem Hause eines meißnischen Pelzhändlers vorfallen kann“. „Ich hoffe“, scherzt Hamann, auf die Sprachreiniger blickend, unter denen seiner Zeit Teller eine hervorragende Stellung einnahm, „daß die Bibel bald von neuem übersetzt werde; dann wird vielleicht auch mein ominöser Name wegbleiben.“ Quidam, dum nihil nisi tritum et usitatum volunt, in sordes incidunt (Seneca) d. h. gewisse Leute, die nichts als das Breitgetretene und Alltägliche wollen, fallen in Schmutz. S. Hopf, Würdigung der Luther'schen Bibelverdeutschung.

Aurich, im Mai 1864.

W. Jütting.

Die wichtigsten der im Texte berührten

allgemeinen sprachlichen Erscheinungen und Eigenthümlichkeiten der Luther'schen Sprache,

übersichtlich zusammengestellt und mit Hinweisungen auf die betreffenden Artikel versehen.

---

1. Zur Lautlehre.

A. Die Vocale.

1. Der Umlaut **e** aus **a**, **ae** (ä) aus **â**: Lägel, Pfennig, Gelte, Elend, Heller, Säckel s. Sack, Geselle, Kelter, Metze, mißhellig, Tendlen, Theiding, Vetter, welsch, aussetzen, auffretzen, letzen, bezähmen, verwenden s. Wandel.
2. **u** aus mhd. **uo**, dies aus **ô**, **â**, **a**: Mutter, Futter, Wucher, müssen, Buhle, Schnur, Buße s. baß.
3. **o** (**ô**) aus **a**: Odem, Otter, Stock, trotzen, erwegen, etwa ꝛc.
4. mitteld. **i** statt **e** aus **a**: Gatter, Hippe, klitschen ꝛc.
5. niedd. **â** statt **ê**: Geren (Bemerk.).
6. Die Brechung des **i** in **ë**: genesen, graten, rächen, Gebräme, firn, Segen, recht.
7. **ö** statt **e**: Hölle s. Hehl, löcken, Löschbrand, Löffel.
8. **o** aus **u**: Kolter, Kogel, Kolk, Hort, Rotte.
9. **ö** aus **ü**: mögen, Königische, können s. kündlich.
10. **ai** für **ei**: Laib.
11. **eu** (**ew**) für mhd. **iu** oder **öu**: bleuen, Kreuel, keulich s. Kogel, Scheuer, heurig, verschießen, Seuche, Zeug, taufen, treuge.
12. **au** (**aw**) für mhd. **ou**: bauen, Frau; für mhd. **û**: Maul, raunen, Staupe.
13. **ei** für mhd., ahd. und ndd. **î**: Beispiel, fein, Leichnam, Leibzucht, sint, Neidhart, Riege, Weibel, weil.

B. Die Consonanten.

a. Die Spiranten oder Sauselaute.

1. **j** und **g** wechseln: Ferge, Scherge; jach.
2. **h** und **g**: Riege, Reigen, Schwäher, seigen.
3. **j** für mhd. **î**: immermehr.
4. **sch** für mhd. und ahd. **s**: Ars, heisch, schlecht, Schleife, Schwäher.
5. **sch** für ahd. **sk** (**sc**): Schatz, Schoß, Scheuer, Schemen, Scherge.
6. **s** wird eingeschoben: Kunst s. kündlich.
7. **s** tritt vor: Spund, Strumpf.

8. **w** fällt ab: rügen; verhärtet sich zu **b** oder fällt ab: Herling, Rosinfarbe, Frau s. Frohnvogt.
9. **w** und **b** wechseln: Wase.
10. **h** fällt ab: Er.

b. Die Liquiden oder Schmelzlaute.

1. **r** aus **s**: Wesen, los, Geren, Nahrung, Hort.
2. **r** verschoben: risch.
3. **m** schwächt sich in **n**: Zukunft, Tendlen.
4. **m** aus **n**: Turm s. im Anhang, Brosame.
5. **l** aus **r**: Murmel, Wandel, wispeln, Maulbeere s. Maul; April, Schilf und Maulbeere s. Anhang.
6. **r** aus **l**: Narbe; Kummer s. Anhang.
7. **l** aus **n**: Lägel, Schemen; Kessel und Kümmel s. Anhang.
8. roman. **al** geht über in **au**: Salse.
9. **n** dringt ein: sint, Sindflut, verfahen, Leichnam.
10. **n** tritt vor: Ars, Ort, Nößel.
11. **n** tritt an den Nominat. organisch schwach biegender Masculina: Fladen, Tendlen, Geren, Kloben, Schemen.
12. **n** fällt ab oder aus: Otter, Waffen s. wappnen, waschen; Pfennig, Königische; Muster s. Anhang.

c. Assimilation oder Lautangleichung.

1. **mm** aus **nm**: Grummet.
2. **ll** aus **lj**: Hölle, Geselle; aus **ln**: Elle s. Anhang.
3. **bb** aus **bj**: Sippschaft.
4. **tt** aub **bt**, **pt** oder **tj**: Rotte, Schutt.
5. **zz (tz)** aus **zj**: auffretzen, aussetzen.

d. Die Muten oder starren Laute und das Gesetz der Lautverschiebung.

Das Gesetz:

			Lippenl.	Zungenl.	Gaumenl.			Lippenl.	Zungenl.	Gaumenl.			Lippenl.	Zungenl.	Gaumenl.
1. Stufe:	gr.-lat.	media:	b	d	g	—	tenuis:	p	t	k	—	aspir.:	ph	th	ch (h)
2. „	got.	tenuis:	p	t	k	—	aspir:	ph	th	ch	—	media:	b	d	g
3. „	ahd.	aspirata:	ph (f,v) (pf)	z (th) (ß,z)	ch	—	media:	b	d	g	—	tenuis:	p	t	k.

1. Die Lippenlaute (**Labiales**): Blachfeld, bleuen, Farre, Ferge, Buhle, Fladen, Neffe, Vetter, Kloben; — Stift, Laib, pochen, Pöbel, pfetzen, Schleife, ob; Pfebe, Pfennig, Panier; Knabe, höfeln, Sippschaft, wappnen; Kluft. Hochd. **ft** = ndd. **cht**: after, Neffe.
2. Die Zungenlaute (**Dentales**): zwei, Fladen, gereden, laß, aufmutzen; —Gassenstadt, dumm, schwänzen, dichten, Tendlen, Thrame, thüren, Träber, treuge, trotzen, Odem, Tartsche, taufen, Zinne, zauen, Fladdernholz, Dolmetscher, weiland, Heiland, Jagdstrick, Neidhart, lastbar.
3. Die Gaumenlaute (**Gutturales**): gemein, Hehl, Hort, Neidhart, Hut, Kloben, kosten, girren, Glucke, Schwäher; — Kogel, lecken, Leichnam, Loch, Mal, Sache; Macht s. mögen, Otterngezücht, unschlachtig; mählich, Nächste; Sichermal. **Qu** aus mhd. **tw**: Quinger.

Syncope der Gaumenlaute und andere Contractionen: Magd, Meister, Kelter, keulich s. Kogel, Theiding, Markt; — haußen, heurig, Junker, Metze, Ohm, Segen, Sold, Vogt.

2. Zur Wortbildungslehre.

A. Innere Wortbildung.

1. Wortbildung aus vorhandenen Wurzelverben: Aftergeburt s. after, baß, berathen, bleuen, Brosame, darlegen, eigen, Ferge, Feser, Freund, Fündlein, gichtbrüchig, Gnätze, Götze, Hehl, höfeln, Kloben, Kreuel, lastbar, lechen, Loch, los, Lüstlin, Mal, Panier, Quinger, rächen, reisen, Sache, Sange, Schalk, Schemen, Scherge, schlecht, schossen, Seim, Seuche, verschlinden, wacker und Wucher, Wagenburg, Wandel, wankel, Werft, zauen, Zeug und andere.
2. Wortbildung aus verlornen oder vermutheten Wurzelverben: Wurzeln: Buhle, Glucke, girren, hellig, recht, Träber. Verlorne Wurzelverben: Ader, dumm, eitel, Fahr, fegen, firn, Fladdernholz, Futter, Gatter, Geren, Glucke, graten, Gutdünkel, Haube, Hort, Krebs, laß, lecken, Leichnam, pochen, Rosenspan, Scheuer, schier, Schutt, Staupe, Stift, taufen, Thrame.
3. Schallnachahmende Naturlaute: köcken, girren, risch, krächzen, lören, pausten, wispeln.

B. Aeußere Wortbildung.

1. Durch Ableitungs-Consonanten: Brosame, Dirne, ehern, Eidam, Eintracht, Werft, Leumund s. Gerücht, Kleinod, Kobold, Magd, Krebs, Männin, weiland, Gutdünkel, Hengel, Kreuel, Nößel, Scheuel, wankel, Schuckelrad, Heller, Kämmerer, trotzen, Rosinfarbe und andere.
2. Durch Ableitungs-Vocale: Dirne, Elend, Ferge, Scherge, Feste, Hölle, Hinde, Geselle, Witze u. a.
3. Durch Vorsilben: be: bewägen, besorgen; ge: Fahr, geliegen, Gefreiter, Gewappneter, Gegitter, gelieben, Gedinge s. Theiding, Gewäsch s. waschen, Gesperre; ent: enthalten; er: erwegen, erzählen; ver: verfassen, verdüstern, versprechen, verkundschaften, letzen; zer: lechen, zerscheitern; un: Unweg, unsättig, unschlachtig.
4. Durch Nachsilben: bar: lastbar, ehrbar und ehrlich, wandelbar; lich: Leichnam, ehrlich, endelich, heimlich, kündlich; in Adverbien: thürstiglich; ig: unsättig, einig, fernig, freidig, mißhellig, einfältig, richtig, reisig, thürstig, unschlachtig; isch: königisch, vortheilisch, welsch; ung, ing, ling: Hantierung, Nahrung, Würderung, Pfennig, Dreiling, Frühling, Herling, Mietling; schaft: Bereitschaft, Ritterschaft, Freundschaft, Sippschaft; heit: Bescheidenheit; haftig: waschhaftig; ier und ieren: Panier, Hantierung; lin und chen (ke): Lüstlin, Fündlein, Männlein, Säckel, Titel, Kolk s. Kogel; ndd. ster: Bem. zu Futter.

   Besondere Formen der Adverbien: Frühling, aber, baß, thürstiglich, mählich, allerdinge, einig, fast.
5. Andere Composita: Lauberhüttenfest und Laubrüst, Schellhengst, Lotterbube, Mannsbild, Weibsbild, Menschengriffel, Narrentheiding, Neidhart, Rosenspan, Rosinfarbe, Schuckelrad, Sichermal, Malzeichen, gichtbrüchig, Feldwegs, Feigwarze, Frohnvogt, Sindflut, allerdinge, Niederkleid, hinterstellig, angewinnen, Höllenfahrt, Leibzucht, Ehrenhold, Gründonnerstag, Karfreitag s. girren, sintemal, Stiftshütte, übermögen, Uebersatz, Widerwärtige, willfertig, Windsbraut, Zinnennaß, zuhand, Worfschaufel und viele andere. Vgl. Seim, Maul, Wind.
6. Besondere Arten abgeleiteter Verben. Frequentativa: äfern, füttern, pochen, schüttern, webern; Intensiva oder Verstärkungsformen: verschliefen, beschicken, blicken, schossen, sichten s. seigen, spützen; Factitiva: auffretzen, aussetzen, darlegen, Beilage, löschen, blecken s. blicken, ersaufen, nähren s. Nahrung, Sange, Schleife, schmeißen, Stock; Präteritopräsentia: mögen, können s. kündlich, müssen, thüren, wissen s. Witze.

C. Entlehnte Wörter (abgesehen von den aus den Grundsprachen übernommenen): Arche, benedeien, Canzlei, casteien, Dolmetscher, Erker, erz, Fehl, Feigwarze, fein, Gelte, Hochpflaster, je, Kämmerer, Kelle (?), Kelter, Kogel, Kirche, Kobold, Koller, kollern, Kolter, Kost, kröchzen, Larve, Librarei, Libertiner, Mantel (?), Markt, Maul, Speise und Meister, Griffel s. Menschengriffel, Most s. Kelter, Muhme, Pard, Pfebe, Pfennig, Pöbel, Psalm, quit, Rappuse, Rotte, Sack, Salse, Segen, semisch, Semmel, Sichermal, Sold, Sponde, Söller, Spall, Tapet, Titel, versiegeln, Vogt, welsch, Zins.

D. Niederdeutscher Einfluß: Fladdernholz, Frauenzimmer, Kipse, Laubrüst, lechen, lecken, mögen, Staupe, verdüstert, enhinder, wappnen, Kolk, treuge, verfassen, bezähmen.

3. Zur Flexionslehre.

1. Declination: Leichnam, Höllenfahrt s. Hehl, Bem. zu enthalten, Ort, weiland, zwei; Tendlen, Geren, Fladen.
2. Comparation: jüngster Tag, Er, laß, Nächste, Oberster.
3. Conjugation:
   - a. Starke und schwache Conjugation; Ablaut: erwegen, rächen, baß, Bescheidenheit, bleuen, bezähmen, bauen, ergrimmen, seigen, streichen, dingen s. Theiding, weben, verfahen, unterwinden, Kloben und Kluft, Loch, risch, klitschen, Tappe.
   - b. Reduplication: Bescheidenheit, berathen, Rosenspan.
   - c. Anomale Verben: s. die Präteritopräsentia.
   - d. Abfall des et (t, te): graten, tausen.
   - e. eu statt ie in der 4. Conj.: verschießen.
   - f. Particip: Heiland, Freund, Trabant, bescheiden, Wind.

4. Zur Satzlehre.

1. Gebrauch transitiver, intrans. und refl. Verben: besorgen, enthalten, sich fernen s. firn, gewohnen, sich leiden s. hellig, streichen, trotzen, sich verfahen, weben, sich lenden, rechtfertigen.
2. Rection: Fehl, Hehl, hinterstellig, verhängen, segnen, verkundschaften, waser; zwei.
3. Doppelte Verneinung: Note zu schlecht.
4. Weglassung des Artikels rc. nach und: Futter.
5. Bedeutung und Gebrauch der Adverbien und Conjunctionen: so, weil, ob, noch, weder, seit, zwar.
6. Rhythmus in der Rede: Segen, Scheuel, enthalten, Unweg, Rabenstein.

Angeführte Quellen.

Alberus, dictionarium, Frankfurt a. M. 1529.
Altenstaig, vocabularius, Basel 1514.
Beelitz, Lexilogus zur Lutherischen Bibel-Uebersetzung des N. Test. für Gymnasien. In einem Programm des Gymnasiums zu Stendal von 1857.
Benecke-Müller, mittelhochdeutsches Wörterbuch mit Benutzung des Nachlasses von G. F. Benecke ausgearbeitet von W. Müller und F. Zarncke. Leipzig, beinahe vollendet.
Biblisches Handlexicon. 1. Abth. Die vier Evangelien. Barmen 1846.
Biltz, über die Archaismen in Luther's Bibel-Uebersetzung. In einem Programm der städtischen Realschule zu Potsdam von 1861.
Bremisch-niedersächsisches Wörterbuch. 5 Theile 1767 ꝛc.
Büchner, biblische Hand-Concordanz. Neu bearbeitet von Heubner. 2 Bde. 11. Aufl. 1859.
Dasypodius, dictionarium germanico-latinum. Straßburg 1535.
Diedrich von Stade, Erläute- und Erklärung der vornehmsten deutschen Wörter, deren sich Dr. Martin Luther in Uebersetzung der Bibel in die deutsche Sprache gebrauchet. Bremen 1724.
Diez, etymologisches Wörterbuch der romanischen Sprachen. Bonn 1853.
Frisch, Teutsch-lateinisches Wörterbuch. Berlin 1741.
Frommann, Vorschläge zur Revision von Dr. Martin Luther's Bibelübersetzung. Zweites Heft. Sprachlicher Theil. Halle 1862.
Graff, althochdeutscher Sprachschatz. 7 Bde. Berlin 1835—44.
Grimm, Mythologie. Aeltere Ausgabe. Göttingen 1835.
— deutsche Grammatik. 4 Bde. Göttingen 1819—40.
— Geschichte der deutschen Sprache. 2 Bde. Leipzig 1853.
— deutsches Wörterbuch, bis jetzt 3 Bde. Leipzig.
— deutsche Rechtsalterthümer. Göttingen 1828.
Grotefend, über das Verdienst Luther's um die Ausbildung der hochdeutschen Sprache. In den Abhandlungen des Frankfurter Gelehrtenvereins für deutsche Sprache. 1820.
Handbüchlein biblischer Alterthümer. Calw 1854.
Hopf, Würdigung der Luther'schen Bibelverdeutschung mit Rücksicht auf ältere und neuere Uebersetzungen. Nürnberg 1847.
Kehrein, onomatisches Wörterbuch der neuhochdeutschen Sprache. Wiesbaden 1847.
— Grammatik der deutschen Sprache des 15. bis 17. Jahrh. 3 Bde. Leipzig 1854. 55.
Luther's Werke, herausgegeben von Pfizer.
Meyer-Stier, die Bibel oder die Heil. Schrift. Dr. M. Luther's Uebersetzung nach dem Grundtexte berichtigt. Bielefeld 1856.
Mönckeberg, C., Beiträge zur würdigen Herstellung des Textes der Lutherschen Bibelübersetzung. Hamburg 1855.
Pischon, Erklärung der hauptsächlichsten veralteten deutschen Wörter in Dr. Luther's Bibelübersetzung. Einladungsschrift der Preußischen Haupt-Bibel-Gesellschaft zur 30jähr. Stiftungsfeier der Gesellschaft am 9. Oct. 1844. Berlin, bei Trowitzsch und Sohn.
Raumer, R. v., Einwirkung des Christenthums auf die althd. Sprache. Stuttgart 1845.
Richthofen, K. v., altfriesisches Wörterbuch. Göttingen 1840.
Schädel und **Kohlrausch,** mittelhochd. Elementarbuch. Lüneburg 1850.
Schleicher, A., die deutsche Sprache. Stuttgart 1860.
Schmeller, baierisches Wörterbuch. 4 Bde. Stuttgart 1827—37.
Schulze, E., gotisches Glossar. Magdeburg 1848.
Stier und **Theile,** Polyglottenbibel. Bielefeld 1854 ꝛc.

Stürenburg, ostfriesisches Wörterbuch. Aurich 1857.
Vilmar, pastoral-theologische Blätter. 1. und 2. Heft. 1861.
Wackernagel, W., Wörterbuch zum altdeutschen Lesebuche. Neue Ausgabe. Basel.
Weigand, deutsches Wörterbuch. Bis jetzt 8 Hefte. Gießen 1857 2c.
— Wörterbuch der deutschen Synonymen. 3 Bde. 2. Ausgabe. Mainz 1852.
Wetzel, die Sprache Luther's in seiner Bibel-Uebersetzung. Stuttgart 1859.
Winer, biblisches Realwörterbuch. 2 Bde. Dritte Aufl. Leipzig 1847.
Zeller, biblisches Wörterbuch. 2 Bände. Im Verein mit mehreren Gelehrten bearbeitet. Gotha 1856 2c.
Ziemann, mittelhochdeutsches Wörterbuch. Quedlinburg und Leipzig 1837.

Außerdem sind benutzt oder citiert deutsche Wörterbücher von Schwenck, W. Hoffmann, Adelung 2c., lateinische, niederländische, englische, franz 2c. Wörterbücher, mehrere ältere und neuere Bibelausgaben und Uebersetzungen, darunter die niedersächsische Bibel von 1541 (Lübeck-Wittenberger B.), die lateinische Vulgata, die holländ. Staatenbibel 2c., einige bekannte Bibelwerke, wie von Lisco, Gerlach, Lange 2c.; ferner einige der älteren Periode unserer Literatur angehörige Werke, wie Ottfried's Evangelienharmonie, der Passional, das Nibelungenlied 2c., bekannte Schriftsteller der Reformationszeit wie der Neuzeit; Leunis' Synopsis u. a.

Abkürzungen.

Acc. Accusativ.
Adj. Adjectiv.
Adv. Adverb.
ahd. althochdeutsch (vom 7.—12. Jahrh.)
altd. altdeutsch.
altfrz. altfranzösisch.
altfr. altfriesisch.
altnord. altnordisch.
alts. altsächsisch.
ags. angelsächsisch.
bair. bairisch.
bed. bedeutet.
bibl. biblisch.
böhm. böhmisch.
Comp. Comparativ.
Compos. Compositum.
Conj. Conjugation.
contr. contrahiert.
dän. dänisch.
Dat. Dativ.
Dim. Diminutiv.
eig. oder eigl. eigentlich.
engl. englisch.
f. femininum.
frz. französisch.
Gen. oder G. Genitiv.
Gesch. d. d. Spr. Gesch. der deutschen Sprache.
gleichbed. gleichbedeutend.
got. gotisch.
gr. griechisch.
Gr. oder Gramm. Grammatik (von Grimm).
hebr. hebräisch.
hd. oder hochd. hochdeutsch.
holl. holländisch.
Inf. Infinitiv.
Interj. Interjection.
intr. intransitiv.
ital. oder itl. italienisch.
K. Kapitel.
L. Luther.
lat. lateinisch.
m. masculinum.
M.-St. Meyer-Stier.
mhd. mittelhochd. (von 1150—1500).
mittellat. mittellateinisch.
Myth. Mythologie.
nhd. neuhochdeutsch.
ndd. niederdeutsch oder plattdeutsch.
ndl. niederländisch oder holländisch.
Nom. Nominativ.
oberd. oberdeutsch.
onom. Wb. onomatisches Wörterbuch.
ostfr. ostfriesisch.
p. pagina.
Partc. Participium.
Perf. Perfectum.
pers. persisch.
Pl. Plural.

poln. polnisch.
Präp. Präposition.
Präs. Präsens.
Prät. Präteritum oder Imperfectum.
provenç. provençalisch.
refl. reflexiv.
rom. romanisch.
russ. russisch.
S. oder p. Seite oder pagina.
s. siehe.
sanskr. sanskritisch.
schweiz. schweizerisch.
s. d. W. siehe dieses Wort.
Sing. Singular.
slaw. slawisch.
span. spanisch.
Subst. Substantiv.
südd. süddeutsch.
Superl. Superlativ.
s. v. a. so viel als.
s. w. u. siehe weiter unten.
trans. transitiv.
u. a. O. und anderen Orten.
urspr. ursprünglich.
Vb. Verbum.
vgl. vergleiche.
V. oder Vulg. Vulgata.
Wb. oder Wtb. Wörterbuch.
Wb. d. Syn. Wörterbuch der deutschen Synonymen.
zusg. zusammengezogen.

Uebrigens s. d. Quellen.

A.

Abe s. unter Frühling.

aber — jetzt fast nur noch als Conjunction mit der Bedeutung des Gegensatzes gebräuchlich, hatte ehedem als Adverb die Bedeutung wieder, wiederum, abermals, und wurde als solches sehr oft von Luther neben dem jetzt gewöhnlicheren gleichbedeutenden abermal gebraucht. 1. Mos. 24, 20: Rebekka lief aber zum Brunnen; 1. Sam. 3, 8: und der Herr rief Samuel aber zum drittenmal; Joh. 16, 16: und aber über ein Kleines; desgl. Kap. 21, 1; Matth. 26, 42 u. a. O.

In neueren Bibelausgaben findet man das Wort nur noch selten in den angezogenen Stellen, überall aber in den von Luther selbst besorgten Ausgaben.

Der adverbiale Gebrauch von aber ist noch vorhanden in Redensarten wie: tausend und aber tausend, hundert und aber hundert.

Jacob Grimm hält das Wort für ein Kennzeichen hochdeutscher Mundart, da es außer im Gotischen in den übrigen mit dem Niederdeutschen auf gleicher Lautstufe stehenden Mundarten fehlt. Das im Ndd. scherzweise gebräuchliche avers, averst ist nichts anderes als eine karrikierte Nachbildung des Hochdeutschen. Aber hieß got. und ahd. afar (daneben schon ahd. aber) und ist ohne Zweifel eine Fortbildung der Präposition af, die dem jetzigen Adverb ab entspricht, wofür Luther noch die mhd. Form abe hatte, s. Frühling.

Wie sich die jetzige Bedeutung von aber als Conjunction aus der adverbialen, und diese aus der präpositionellen entwickeln konnte, zeigt Grimm, Wörtb. I, 29, 30 in gelehrter und scharfsinniger Weise.

Ein in neueren Bibelausgaben fast nicht mehr vorkommendes, von obigem afar = wieder abgeleitetes Wort ist

äfern (efern) — wiederholen; wiederanziehen, wieder regen (so erklärt Luther selbst in einer Randglosse) Spr. Sal. 17, 9: wer Sünde zudeckt, der macht Freundschaft; wer aber die Sache äfert, der macht Fürsten uneins. In den frühesten Bibelausgaben hatte Luther selbst dafür das allen Lesern verständliche „aber und abermal meldet" — darnach die niedersäch. B. v. 1541: echter unde echter meldet. Die Uebersetzung von Meyer-Stier hat: „wer aber die Sache wieder anbringt"; die Ausgaben von Stuttgart, von Hamburg und die von Teubner haben das alte äfern wieder aufgenommen, während die meisten älteren und neueren Ausgaben es durch eifern verballhornisiert haben, zuerst freilich schon die Wittenberger von 1575.

Das Wort ist aber, wenn auch veraltet, vollkommen berechtigt, denn ahd. hieß es afarôn (that lîb begonden si avarôn das Leben begannen sie zu wiederholen, Ottfried), mhd. äferen. Grimm erklärt: „wer die Sache gehässig immer wieder vorbringt, ahndet"; auch vermuthet er, daß Luther äfern (efern, effern) für sprachlich verwandt mit eifern zelare gehalten und es deshalb, obwohl schon damals etwas veraltet, gewählt habe. Indes hat es damit etymologisch und begrifflich nichts gemein.

Aehnlich ist aus lat. iterum abermals iterare wiederholen, erzählen, sagen gebildet.

Von gleicher Herkunft ist

after — nach, hinter, vorhanden in den bei Luther und seinen Zeitgenossen häufigen Ausdrücken:

Der After — Hintere, ahd. aftaro, welches eigentlich eine Comparativ-Form ist = der aftaro d. i. hintere Theil; vgl. Ars.

Die **Aftergeburt** — Nachgeburt 5. Mos. 28, 57. In den Tischreden Luthers die Afterbürde. Jäger nennen noch die Nachgeburt der Thiere Afterbürde, s. Grimm, Wb. Bürde ist hier mhd. die burt, jetzt Geburt, gebildet aus der Participialform des ahd. përan (Prät. par, pârumês, Partc. poran st. púran) tragen, gebären. S. Fahr.

afterreden, schw. Vb. — nachreden, „wie es nicht recht und nachtheilig ist", hinter jemandes Rücken Böses von ihm reden, schmähen Jak. 4, 11: afterredet nicht von einander, lieben Brüder; 1. Petr. 3, 16: auf daß so von euch afterreden, als von Uebelthätern, zu Schanden werden; desgl. K. 2, 12; 2, 1; 2. Kor. 12, 20 u. a. O. So auch im kleinen Katechismus Lutheri, 8. Geb. Ueber reden s. gereden.

Der **Aftersabbat** — Nachsabbat Luc. 6, 1: und es begab sich auf einen Aftersabbat. Der Ausdruck ist wie in der Uebersetzung so im Urtext sachlich dunkel. Luther selbst erklärt in einer Randglosse: „Gleichwie wir den Dienstag nennen den Aftermontag — auch so in Uhlands Volksliedern —, also nenneten die Juden den andern Tag nach dem hohen Sabbat den Aftersabbat, wie das aus Matth. 28, 1 zu sehen ist". Nach der gewöhnlichsten Ansicht war es indes der Sabbat, welcher auf den großen Ostersabbat, den 2. Passahtag, folgte, an welchem die Erstlingsähren dargebracht wurden, 3. Mos. 23, 11; s. bibl. Wörterbuch von Zeller I, 42; das biblische Handlexicon, Barmen, erklärt p. 5 den Aftersabbat für den zweiten Sabbat nach dem 2. Tage des Osterfestes. Das Nähere gehört nicht hieher.

Das aus dem Hebräischen überkommene Sabbat (schabbat) bedeutet das Ruhen, den Tag der Ruhe. Samstag ist eine Contraction aus ahd. sambaztac (frz. samedi) und dies ging aus Sabbat hervor. Ein Sabbaterweg, Apost.-G. 1, 12, ist der Weg von etwa einer halben Stunde, soweit die Juden am Sabbat von ihrem Orte aus gehen durften.

After hatte im Althd. (aftar), Mhd., wie noch jetzt im Engl. und Ndd. (achter) präpositionelle Bed., die im 16. Jahrh. für das Hochdeutsche ganz aufhörte; auch als ungebundenes Adverb = hinter (z. B. ndd. achter blîven, lâten ꝛc.), kam es hochd. im 15. und 16. Jahrh. nur noch selten vor; in der Bibel so gar nicht mehr. Gebunden durch das t erhielt sich das ursprüngl. f von af, trat aber im Ndd. und Ndl. nach einem nicht ungewöhnlichen Wechsel aus der Aspiration des Lippenlautes in die des Kehllautes ch (g) über, wie in kracht ndd. und ndl. für Kraft, lucht f. Luft, hecht Heft, sticht Stift, sacht sanft; ndd. graft = ndl. gracht; ferner vgl. Nichte mit dem rein hochd. Niftel (s. Neffe), Schlucht mit dem seltenen Schluft. S. Grimm, Wörterb. unter after und Grammat. II, 211. In obigen und anderen Zusammensetzungen hat after sinnlich genommen die gleiche Bed. des räumlichen und zeitlichen Abstandes (z. B. ndd. achterhûs Hinterhaus, Scheune, achtermiddag Nachmittag), fig. den des Schlechteren, Geringeren od. Scheinrechten, z. B. in Afterklaue, Afterkönigin, Aftermiete, Afterweiser.

Ader, die — hatte ehemals eine weitere Bed. als jetzt. Im Althd. und Mhd. a) im allgemeinen jedes unter der Haut liegende Gefäß des Leibes: Muskel, Sehne, Nerv; b) bes. die Puls- und Blutader; s. Benecke-Müller. Deshalb versteht Luther unter Adern auch die Sehnen und Bänder Hiob 10, 11: du hast mir Haut und Fleisch angezogen; mit Beinen und Adern hast du mich zusammengefüget — Vulg. nervis; andere: Muskeln, Sehnen. Kap. 40, 12: die Adern seiner Scham starren wie ein Ast — van Eß übersetzt dem Grundterte gemäß: die Sehnen seiner Schenkel sind verflochten; auch so Zeller: die Sehnen seiner Lenden sind verschlungen; Hes. 37, 6: ich will euch Adern geben und Fleisch lassen über euch wachsen und mit Haut überziehen — Vulg. nervos, Berlenburger Bibel: Seenadern, de Wette: Sehnen, van Eß u. a. Nerven. Daher auch das Bild Jes. 48, 4: dein Nacken ist eine eiserne Ader, d. h. du bist halsstarrig, unbeugsam.

Die **Spannader** 1. Mos. 32, 32 ist der Hüftmuskel; s. Zeller, bibl. Wb.

Daß das Wort genau genommen nicht auf die Blutgefäße beschränkt werden kann, deuten schon die Adern im Holz, Marmor und Erz an. Das mhd. âder, ahd. âdara, got. êthra, altnord. ohne r: aeth ist nach Grimm, Wb. und Gramm. II, 52 auf ein verlornes got. Wurzelverbum ïthan (Prät. ich ath, wir êthum) gehen? zurückzuführen.

äfern s. aber.

ärgern, schw. V. — bedeutet a) zunächst ärger machen, verschlechtern, verschlimmern, zu Schanden machen, im Gegensatze von bessern; b) dann durch Ungebürliches die Sittlichkeit oder Religiosität jemandes zu Schanden machen, zur Sünde, bes. zum Unglauben, Abfall reizen, verlocken Matth. 5, 29:

ärgert dich aber dein rechtes Auge, so reiß es aus; K. 18, 6: wer aber ärgert dieser geringsten einen, die an mich glauben; 1. Kor. 8, 13: so die Speise meinen Bruder ärgert. Später entwickelte sich die jetzt gewöhnliche Bed. kränken, Aerger und Verdruß machen, die indes nach Grimm auch schon Luther geläufig war.

Aergern, ahd. argerôn zu Schanden machen, schlecht machen ist aus dem Comp. ärger des Adj. arg, ahd. arc „auf Nichtswürdiges ausgehend" gebildet; s. Weigand, Wb. der Synonymen III, 945.

Daher das **Aergerniß** — „das, was als ungebürlich das sittliche oder religiöse Gefühl aufregt und dadurch verdirbt", lat. scandalum, offendiculum, Matth. 18, 7: wehe der Welt der Aergerniß halber — erst spätere Ausgaben haben hier und anderswo das fem. eingetragen (Grimm); Gal. 5,11: so hätte das Aergerniß des Kreuzes aufgehört; Röm. 11, 9 u. a. O.

Da das Wort, welches Luther mit Aergerniß übersetzt, im Hebr., Griech. und Lat. einen Anstoß auf dem Wege, einen Fallstrick oder ein Fußeisen ausdrückt, so übersetzt es Luther auch wohl mit Falle, Strick, Netz: Ps. 140, 6; 141, 9; Richt. 2, 3; Jos. 23, 13. S. Zeller, bibl. Wb. I, 40. Dem entsprechend faßt Luther das Wort Aergerniß auch mehr von der objectiven Seite, so auch mhd. und ahd., während wir darunter meist die Handlung des Aergerns, die Aufregung und Beleidigung des sittlich-religiösen Gefühls verstehen.

äußern, schw. V. — wörtlich außer sich geben, thun, wird gewöhnlich vom Außersichgeben der Worte, also für sich aussprechen gebraucht. Ungewöhnlich steht es Philipp. 2, 7: sondern (Christus) äußerte sich selbst und nahm Knechtsgestalt an — im mhd. Sinne für sich enthalten, abthun, „sich einer Sache freiwillig begeben", nach dem Grundtexte wörtlich sich ausleeren, d. h. „Christus entsagte dem Besitze und Gebrauche seiner göttlichen Kräfte und Vorzüge", Zeller, bibl. Wb. I, 42.

So sagt Luther sonst in seinen Schriften: „Daß ihr euch in diesen Sachen äußert des christlichen Namens und Rühmens des christlichen Rechtes"; „daß sie sich des Meßhaltens allerding äußern und enthalten"; „so müßte Gott wahrlich zuvor sich seiner rechten Gottheit äußern", s. Grimm, Wb. Diese Bedeutung ist auf entäußern übergegangen.

Aeußern ist von außer, mhd. ûzer, ahd. ûzar, dieses mittelst der Ableitungssilbe — ar, er von aus, ahd. ûz gebildet.

albern, richtiger bei Luther **alber** — hatte a) ehedem allgemein die Bed. natürlich einfach, ohne verfeinernde Ausbildung, daher = unwissend; b) jetzt nur geistig unfähig, oder doch geistig ungewandt, daher = absurd, närrisch, besonders im Benehmen.

Die Form albern ist erst im 18. Jahrh. durchgedrungen; bis dahin hatte sich die ältere alber erhalten; mhd. alwaere in beiden Bedeutungen, ahd. alwâri gütig, freundlich. Die Bed. „natürlich einfach" könnte sich dem „gütig" nähern; allmählich überwiegt die Bed. des „Absurden"; war aus dem Begriff des Wahren, Offnen der des Schlichten,

Einfachen, Einfältigen hervorgetreten? Grimm, Wb. I, 201. Vgl. das synonyme einfältig.

Weil nun beide Bed. des alber schon seit mhd. Zeit vorhanden sind und sich überdies so nahe stehen, so mag es schwierig sein, in manchen Stellen der Bibel die eine oder die andere Bed. herauszufinden. Luther stellt alber dem witzig = verständig (s. später) und dem weise entgegen. Im ersteren edleren Sinne möchten wir das Wort nehmen Ps. 19, 8: das Zeugniß des Herrn ist gewiß und macht die Alberen weise — Meyer-Stier: Einfältigen, de Wette: Unkundigen; desgl. Spr. Sal. 1, 4; 2. Kor. 11, 6: und ob ich alber bin mit Reden (d. h. ohne beredten Vortrag, ungeübt), so bin ich doch nicht alber in der Erkenntniß — die Berlenburger Bibel: unwissend in der Rede, Bengel nach dem Grundtexte: Idiot (= Unkundiger — doch hat sich der Begriff von Idiot gleichfalls bedeutend verschlimmert); ferner unzweifelhaft in folgenden Stellen von Luthers Schriften: „Denn da sehen wir, daß der Glaub, Vaterunser, zehn Gebot gefasset sind als kurze Form und Lehre für die Jugend und albere Leute"; „wie wir auch noch täglich erfahren, wie geschwind, listig, klug, behend der Welt Kinder sind gegen uns fromme, albere, gute, einfältige Schepse (s. unter Hehl und Hölle) und Schafe, denn wir sind schlechte (s. d. W.) albere Schäflin".

Dagegen wird die mehr tadelnde, üble Bedeutung überwiegend Hiob 5, 2: einen Tollen aber erwürget der Zorn, und den Alberen tödtet der Eifer; Spr. Sal. 1, 22: wie lange wollt ihr Albern alber sein? K. 9, 6: verlasset das albere Wesen, so werdet ihr leben; K. 22, 3: der Witzige stehet das Unglück und verbirgt sich, die Albern gehen durchhin und werden beschädigt; K. 27, 12 u. a. O. Vgl. dumm, witzig, schlecht. Ueber die Etymologie von albern sind noch sichere Aufschlüsse zu erwarten, s. Grimm, Wb.

allerdinge, Adv. — in allen Stücken, gänzlich, ganz und gar, gewißlich 5. Mos. 15, 4: es soll aller Dinge kein Bettler unter euch sein; Jos. 1, 7: daß du haltest und thust aller Ding (das e des Plurals fiel früher häufig ab) nach dem Gesetz; 3. Mos. 13, 45: soll aller Ding unrein genennet werden; 2. Kön. 15, 3: und (Asarja) thät, das dem Herrn wohlgefiel allerdinge, wie sein Vater Amazia; Apost.-G. 18, 21; Hohel. 4, 7 u. a. O.

Das Adv. allerdinge ist eigentlich ein Genitiv Pluralis, wie schlechter Dinge, freier Dinge, bloßer Dinge früher als Adv. üblich waren. Später suchte man den schon im Gen. Pl. ausgedrückten Adverbialbegriff nochmals durch das s des Gen. Sing. hervorzuheben, wodurch die unorganische Form allerdings entstand, die in jetziger Zeit mehr als Ausdruck der Versicherung oder Einräumung gebraucht wird, als verstärktes ja. So auch neuerdings, platterdings; vgl. Theiding.

Gleichfalls ein Genit. Pl. mit schw. Decl. ist **allerwegen**, mhd. aller wëgine — an allen Orten, immer, das wir ndd. ebenso in allerwegens entstellt haben. Luther hat dafür allewege (eig. Accus. Pl.); 2. Mos. 28, 30; Ps. 40, 12; Philipp. 4, 4. Vgl. Unweg.

Das einfache **aller**, Gen. Pl. von all, welches jetzt gewöhnlich Superlativen vorgesetzt wird: allerbeste, allerschönste Klag. 2, 15, allernärrischt Spr. Sal. 30, 2, allermeist Gal. 6, 10, kommt gleichfalls als Adv. mit der Bedeutung ganz und gar, omnino, in einer Stelle der 1545er Bibel vor 2. Macc. 3, 17: er war so gar erschrocken, daß er aller zitterte — wo die meisten späteren Ausgaben all erzitterte haben. Grimm führt im Wb. nur ein analoges Beispiel dazu an.

Amen, jetzt mit dem Ton auf der ersten Silbe, ist eigentlich ein hebr. Adverb der Bekräftigung amên = wahrhaftig! gewiß! Luther erklärt es: „das ist je gewißlich wahr" oder „ja, ja, es soll also geschehen". Das Wort hat sich durch alle Länder christlicher Zunge verbreitet: 5. Mos. 27, 26 ꝛc.

Amethyst, der — ein violetter Edelstein: 2. Mos. 28, 19; Hes. 28, 13; Offb. J. 21, 20. Entlehnt aus dem gr. améthystos, was urspr. s. v. a. nicht trunken, den Rausch stillend bedeutet, welche Kraft die Alten nämlich dem Steine beilegten.

Anáthema, das, gr. — bed. urspr. etwas „der Gottheit Geweihtes", im Tempel Aufgestelltes, wird aber im neutestamentl. Griechisch für Bann, Ausschließung von der Gemeinde Gottes, der Kirche, ihren Sacramenten und ihrem Segen gebraucht. Das dem Anathema 1. Kor. 16, 22, wo Luther des feierlichen Nachdruckes halber das Wort unübersetzt läßt, beigefügte maranatha ist eine ernste Mahnung: der Herr kommt! Die Entscheidungszeit ist nahe! Luther hat dafür die Worte maharam motha, die er in der Randglosse erklärt: verdammt zum Tode; demnach bedeuten die Worte Anathema maharam motha dem schärfsten ewigen Bann unterworfen; s. Zeller. Vgl. Bann.

Anbruch, der — die von jedem Teig vorweggenommenen und gebackenen Erstlingsbröte für den Herrn, d. h. die Priester Röm. 11, 16: ist der Anbruch (Vulg. delibatio die Wegnehmung ꝛc.) heilig, so ist auch der Teig heilig; vgl. 4. Mos. 15, 19; 3. Mos. 23, 7. S. Zeller.

Anfall, der — steht Apost.-G. 8, 21: du wirst weder Theil noch Anfall haben an diesem Wort — im juristischen Sinne für Zufall oder Anheimfall eines Erbtheils, devolutio hereditatis, sors hereditaria — Meyer-Stier: Anrecht; andere: Erbe, Erwerb, oder nach der Vulgata Los sors. Luther verwendet das Wort auch sonst so: „Daß der Verkäufer oder Hantierer darauf behält den Anfall und Zuspruch, daß, so der Besitzer stirbt, das Lehen frei wieder heim sterbe dem, der es vorher verkauft, verliehen oder verlassen hat;" bei Grimm.

Anfurt, die, bei Luther aber meistens der — Landeplatz, Hafen 1. Mos. 49, 13: Sebulon wird am Anfurt des Meeres wohnen; 5. Mos. 1, 7: ziehet hin gegen den Anfurt des Meeres; Jos. 9, 1; Apost.-G. 27, 39: eines Anfurts aber wurden sie gewahr, der hatte ein Ufer; weiblich Richter 5, 17; Apost.-G. 27, 12; die Furt Richter 3, 28; 12, 5;

2. Sam. 19, 18; Jos. 2, 7. — Hes. 25, 16 übersetzt Luther statt Anfurt Hafen.

Das Wort Anfurt taucht erst im 16. Jahrh. auf und ist jetzt so ziemlich wieder erloschen. Es ist gebildet aus an und Furt, indem man letzteres (mhd. der und die vurt — nicht direct abzuleiten von fahren, fuhr) irrthümlich für Fahrt nahm, weshalb Neuere es auch Anfahrt geschrieben wissen wollen.

Luther hat ferner mit Furt (= Ort der Ueberfahrt oder Durchfahrt in einem Flusse 1. Mos. 32, 22; Jos. 2, 7) das Compositum **Gutfurt** = der gute Hafen, Vulg. Boni Portus, Apost.-G. 27, 8. Vgl. Ferge.

angelegen — Partc. von anliegen = „dicht an etwas liegen, daß es drückt", fig. am Herzen liegen und dadurch Kummer verursachen, bedrängen. In diesem Sinne verwendet Luther das Partc. angelegen mit sein Weish. S. 14, 21: wenn den Leuten etwas angelegen war oder wollten den Tyrannen hofieren (s. d. W.), gaben sie den Steinen und Holz solchen Namen, der doch denselbigen nicht gebührte — Meyer-Stier: wenn die Menschen in Unglück oder Tyrannei dienstbar waren. Das Subst. Anliegen hatte früher die Bed. Gebrechen, innerer Mangel, Fehler. Eine Stelle aus Hans Sachs „das liegt mir an" erklärt Grimm „liegt dicht an mir, daß ich es lebhaft empfinde, engt und drängt mich" — während wir es jetzt in dem milderen Sinne verstehen würden: „verursacht mir Nachdenken und Sorge"; desgl. „sich etwas angelegen sein lassen" jetzt = für etwas Sorge tragen.

Nach Wetzel, Sprache Luthers 112, bedeutet noch in der Volkssprache der rauhen Alp „ein Anliegen haben" „ein körperliches Leiden oder auch einen Kummer haben", was zu Grimms Bem. und Luthers obigem Ausdrucke paßt. Doch steht Anliegen bei Luther gewöhnlich für den inneren Drang, der sich auch als Gesuch und Bitte äußert Ps. 55, 23: wirf dein Anliegen auf den Herrn, der wird dich versorgen.

Liegen, mhd. ligen (wie auch Luth. schrieb), ist ein Wurzelverbum.

angewinnen — wie angesiegen mit dem Dat. der Person und dem Acc. der Sache — an einem d. h. von einem gewinnen; „Construction und Bedeutung kommen der von abgewinnen, es einem abgewinnen, sehr nahe", Grimm. 4. Mos. 21, 26: er hatte zuvor mit dem Könige der Moabiter gestritten und ihm alle sein Land angewonnen — Meyer-Stier: abgewonnen; 1. Kön. 20, 23: darum haben sie uns angewonnen; ferner: was gilts, wir werden ihnen angewinnen (hier ist das Object zu ergänzen); 2. Chron. 13, 19: Abia jaget Jerobeam nach und gewann ihm Städte an.

Auch so mhd., z. B. in den Nibelungen:

> swer ir minne gerte, der muose âne wanc driu spil angewinnen der vrowen wol geborn
>
> „wer ihrer Minne begehrte, der mußte unfehlbar der hochgebornen Herrin drei Spiele abgewinnen".

Im vorigen Jahrhundert findet sich der Ausdruck nur noch vereinzelt. „Ein Herz, dem Königssöhne nichts angewonnen hatten“, Wieland. „Doch sollte, sagt Grimm, das gute kräftige Wort, gleich angesiegen (das übrigens zu Luthers Zeit beinahe schon erloschen war) wieder in Gebrauch kommen“.

Gewinnen = „durch Arbeit und Mühe erwerben, erringen“, z. B. den Sieg Spr. S. 21, 22 — ist zusammen gesetzt mit dem mhd., auch ndd., Wurzelverbum winnen (wan, gewunnen), ahd. winnan, got. vinnan „Schmerz leiden, sich abmühen; mühevoll arbeiten, kämpfen ꝛc.“, woher auch das Subst. der Gewinn 1. Petr. 5, 2; Philipp. 1, 21, und das erst bei Luther auftauchende der Gewinst = das was man gewinnt Weish. 15, 12; Apost.-G. 19, 24, in welchem wie in Gespenst, Gespinst, Kunst, Gunst ꝛc. das ſ unorganisch eingeschoben ist. S. Weigand, d. W. unter Gewinn.

Apokryphen, die — die nicht kanonischen Schriften des A. T. „so der heiligen Schrift nicht gleichgehalten und doch nützlich und gut zu lesen sind“, Luther. Ahd. hießen sie zuîfalascrip „Zweifelschrift“. Aus dem gr. apókryphos verborgen; dann untergeschoben, unecht. S. Zeller.

Apotheker, der — gebraucht L. durchweg in dem Sinne, den es während des Mittelalters und früher gewöhnlich hatte, von Spezereihändler, d. i. einem Manne, der wohlriechende Oele, Salben, Räucherwerk und Gewürze, z. B. zum Einbalsamieren, zu Putz und zu gottesdienstlichen Zwecken bereitete: 2. Chron. 16, 14; 2. Mos. 30, 25; 37, 29; 1. Kön. 10, 15; Hohel. 3, 6; 1. Sam. 8, 13. — Sir. 38, 7 kommen zuerst Arzt und Apotheker (als Arzneibereiter) in Verbindung vor. Die Apotheke, gr., bed. Wegsetzungsort, Aufbewahrungsort, Waarenlager, im Mittelalter eingeschränkt auf Niederlage von Specereien und Arzneien, dann Heilmittelladen.

Arbe (Arbeh), hebr. — Heuschrecke 3. Mos. 11, 22. Die dort noch vorkommenden Namen Selaam, Hargol und Hagab halten viele für besondere Formen von Verwandlungen dieses Insects; s. Zeller, bibl. Wb. unt. d. W. Heuschrecken.

Arche, die — Kasten. Offenb. J. 11, 19 ist die Arche des Testaments das himmlische Urbild der alttestamentlichen Bundeslade. Namentlich heißt das kastenartige Schiff Noahs die Arche: Matth. 24, 38; 1. Petr. 3, 20; Hebr. 11, 7; in der Beschreibung der Sündflut (s. Sindflut) selbst 1. Mos. 6—8 hat Luther immer dafür das Wort Kasten. Die Vulgata hat auch hier arca.

Arche ist schon in frühester Zeit aus dem lat. arca ins Deutsche überkommen: ahd. arca, archa, got. arka.

Ariel, hebr. — Löwe Gottes. So nennt Jesaias K. 29, 1 ꝛc. die Stadt Jerusalem mit Hindeutung auf ihre Belagerung, wo sie wie ein Wild gehetzt wird. S. Zeller, bibl. Wb.

Ars, der, Pl. die Aerse, Luther erse — jetzt der Arsch (Pl. Arsche) = Hintere 1. Sam. 6, 4: fünf goldene Aerse — sind in dieser Stelle

Abbilder eines Afters mit Feigwarzen (s. d. W.), welche die Aftergeschwülste, von denen die Philister geplagt wurden, vorstellten, und welche diese als Schuldopfer für den Raub der Bundeslade den Israeliten zusandten. S. Zeller, bibl. Wb. I, 41.

Ars, ahd. und mhd. ars, Pl. erse, engl. arse, ndl. aars und naars (vgl. Ort und Nößel), ndd. ärs und närs neben års und mårs (letztere Formen gröber). „Wir haben", sagt Grimm, Wb. I, 564, „das sprachlich rohe Wort roher und breiter gemacht durch Wandlung des rs in rsch — wie uns das mhd. birsen zu birschen, kerse zu Kirsche, hêrsen zu herrschen ward. Luther schrieb noch ars, erse, das alle neueren Ausgaben hätten unangerührt lassen sollen". Vgl. Mönckeberg, Beiträge 53. S. heisch.

Das Wort ist wahrscheinlich aus einer Wurzel mit gr. órrhos st. órsos auch óros Steiß, eig. Bürzel, welchem Worte, zunächst von Vögeln rc. gebraucht, der Begriff des Bewegens, der Beweglichkeit zu Grunde liegt, wie gr. órnymi ich rege, ich bewege, zeigt; s. Weigand, d. Wb.

auffretzen — ganz und gar auffressen, alles verzehren 4. Mos. 22, 4: nun wird dieser Haufe (nämlich Israels) auffretzen, was um uns ist, wie ein Ochse Kraut auf dem Felde auffretzet — ältere Bibelausgaben hatten aufnagen. Es bedeutet auch junge Thiere auffüttern.

Auffretzen verhält sich zu auffressen (fraß, gefressen), wie aufetzen zu aufessen, das Luther in seinen anderen Schriften gebraucht: „Und nicht viel großer Herren und Fürsten Schätze durch solche lose Freßwürme aufgeetzet". Aufetzen oder jetzt gewöhnlicher aufätzen von ätzen (Luther etzen, früher atzen) = „füttern, zu Essen geben" wird besonders von jungen Vögeln und Menschen gebraucht 2. Sam. 13, 5: lieber, laß meine Schwester Thamar kommen, daß sie mich ätze und mache vor mir ein Essen, daß ich zusehe und von ihrer Hand esse — Meyer-Stier: „daß sie mir Speise gebe". Atzen (auch = abweiden) auch ätzen, ahd. azjan, ezzan, got. atjan ist das Factitiv von essen, gebildet von dem Prät. desselben ich aß (ahd. az, got. at). Ebenso ist fretzen (statt ahd. frazjan, got. fratjan) vom Prät. fraß gebildet, bed. also „fressen machen, weiden, füttern". Vgl. aussetzen, darlegen. Uebrigens ist fressen aus essen mittelst der Vorsilbe fra hervorgegangen, wie das got. fraatjan = fratjan „zum Essen vertheilen" zeigt.

aufmutzen, schw. V. — a) in eigentl. Bed. reines hübsches Aussehen geben, schmücken, aufputzen; so in Luthers Schriften: „Wie hat der Teufel hie todte Knochen und Geräthe für der Heiligen Beine und Geräthe aufgemutzt", bei Grimm; b) im bildlichen Sinne als vorzüglicher herausstreichen, erheben, dann übertreiben, meistens in schlimmer, tadelnder Meinung Sir. 13, 27: wenn ein Reicher nicht recht gethan hat, so sind viel, die ihm überhelfen, wenn aber ein Armer nicht recht gethan hat, so kann mans aufmutzen — Meyer-Stier:

wenn ein Reicher schnöde redet, so rechtfertigen sie ihn; wenn aber ein Armer strauchelt, so schilt man ihn dazu.

Aufmutzen ist im Mhd. noch fast unerhört, während des 16. Jahrh. in aller Welt Mund, später wieder selten werdend. Es muß schon im 14., 15. Jahrh. entstanden sein. Jetzt bedeutet es: „zur Last legen, vorwerfen". „Einem jeden armen Menschen wird sein beschränkter Zustand aufgemutzt", Goethe. Aehnlich gebraucht Luther **aufrücken** für vorrücken, vorwerfen: Sir. 8, 6; 18, 18; 20, 15; 41, 28. Jak. 1, 5.

Nach Grimm ist aufmutzen entstanden aus einem alten aufmurzen = aufschneiden, aufstutzen. „Das ganze Mittelalter trug zerhauene, zerschnittene, zerfetzte Kleider". Ahd. murzan, murzilôn verstümmeln. Weigand, d. W. I, 70, ist aber geneigt, es zu mhd. mûzen, ahd. muzôn sich maußen (von Vögeln) zu stellen, das zum lat. mutare ändern stimmt. Darnach wäre die Grundbedeutung ändern (ins Schöne, wie auch beim Maußern der Vögel geschieht). Hoffentlich bringt das Grimmsche Wb. unter mutzen Licht, worauf verwiesen wird.

aufrichtig s. recht.

aufrücken s. aufmutzen.

aufsetzen — 1) im eigentlichen Sinne „auf etwas setzen, stecken" 2. Kön. 11, 12; Bar. 6, 8; Marc. 15, 17; Jes. 59, 17 ꝛc.; 4. Mos. 8, 2: wenn du die Lampen aufsetzest; 2) aufzeichnen, schriftlich verordnen und lehren Marc. 7, 13; daher der Aufsatz = Satzung, Gebot, Lehre der Aeltesten oder des hohen Rathes Matth. 15, 2. 3; Marc. 7, 3. 5. 8; — 3) in der jetzt veralteten, zu Luthers Zeit aber sehr gewöhnlichen Bed.: nachstellen, verleiten; desgl. Aufsatz für Nachstellung, Feindschaft, „ursprünglich wohl aufgestelltes Netz oder Garn" (Grimm); so 2. Kön. 18, 29: laßt euch Hiskia nicht aufsetzen — durch ihn nicht verführen, verleiten, betrügen (wie Meyer-Stier hat); ferner das. 19, 10: laß dich deinen Gott nicht aufsetzen (Acc. cum inf. nach lassen) — Meyer-Stier: betrügen; 2. Chron. 32, 15. — Die Stelle 1. Mos. 3, 13: die Schlange betrog mich also, daß ich aß — drückt Luther sonst auch aus: „die Schlange hat mich also aufgesetzt, daß ich aß"; Jer. 29, 8 und 37, 9 hat er wiederum dasselbe Wort durch betrügen (Luth. richtiger betriegen) übersetzt. S. Wetzel, die Sprache Luthers 115.

So sagte man früher auch „ein Mädchen aufsetzen" = verführen. Vgl. aussetzen.

aufwollen — sich erheben wollen Ps. 12, 6: weil denn die Elenden verstöret werden, und die Armen seufzen, will ich auf, spricht der Herr — Vulg. nunc exsurgam, nämlich zur Hülfe. — Grimm führt außer diesem Spruch nur noch einige Stellen aus J. Paul an: „Der Kranke will gerne auf, aber kann nicht; und meine aufwollenden Arme trieb der Sargdeckel nieder".

aufziehen — einen oder etwas hinziehen, hinhalten, aufhalten Apost.-Gesch. 24, 22: da aber Felix solches hörete, zog er sie auf, denn er wußte fast (s. d. W.) wohl um diesen Weg — Meyer-Stier: zog er sie hin; andere: vertagte sie, beschied sie auf eine andere Zeit; Vulg. distulit illos. Also nicht in der jetzt gewöhnlichen Bed. von „höhnen, vexieren, zum besten haben". Grimm ist geneigt, diese letztere Bed. aus jener abzuleiten: „wer uns hinhält, höhnt uns und spottet unser auch".

Luther hat aufziehen sehr oft in obiger Bed. „Kommt es nicht sobald, wie du siehest, daß Gott Abraham aufgezogen hat, so laß nicht ab"; „ein gut Gebet soll nicht lang sein, auch nicht lange aufgezogen werden, sondern oft und hitzig sein"; „die Hochzeit lang aufziehen und aufschieben ist sehr fährlich"; bei Grimm, Wb.

Aehnlich wie aufziehen in trans. Sinne steht verziehen im intrans. und trans. Sinne von zögern, verweilen Apost.-G. 20, 7: er verzog das Wort d. h. predigte zu lange; 1. Mos. 19, 16 ꝛc. Ueber ziehen s. Zeug.

ausrichtig und **Ausrichter** s. u. recht.

ausschroten s. schroten.

aussetzen — gebraucht Luther häufig in seinen Schriften wie Richter 12, 9 für ausstatten (von Töchtern), gleichsam „aus dem väterlichen Hause weg, an Männer geben": dreißig Töchter setzte er aus — Meyer-Stier gab er hinaus. So sagte er auch: „Ein jung Paar Volks von dem gemeinen Schatz mit Ehren aussetzen"; „daß derselben Nonnen zwei oder dreihundert Gülden möchte geben werden, damit sie ehrlich (s. d. W.) genug ausgesetzt würde".

Setzen, ahd. sezzan, got. satjan ist ein aus dem Prät. saß von sitzen gebildeter Factitiv, also = sitzen machen. Vgl. aufsetzen.

Auszug, der — kommt außer der eigentlichen und gewöhnlichen Bed. von „das Ausziehen, der Weggang" (z. B. der Auszug der K. J. aus Aeg., 2. Mos. 3—12) auch in der jetzt veralteten Bed. Ausflucht, Ausrede, Ausnahme vor 1. Macc. 8, 26: und sollen die Juden solche Stücke treulich halten ohne allen Betrug und Auszug. Vgl. Scheuel.

Auszug, von dem ebenfalls im Sinne von ausnehmen excipere gebräuchlichen ausziehen (zog, mhd. ich zôch, wir zugen), war im 16. Jahrh. eine in Urkunden häufig vorkommende Formel: „ohne allen Auszug und Widerrede".

Der Faule sucht allzeit Auszüg',
Damit er sich entschuld'gen müg. B. Waldis.

awe (auwe, auweh) = o weh! eine Interjection des Schmerzes, die bei Luth. häufig mit ja oder nein verbunden wird = o ja, o nein 2. Kön. 6, 5: awe, mein Herr. In der Stelle 2. Mos. 10, 10: Pharao sprach zu ihnen: Awe ja, der Herr sei mit euch, sollt ich euch und eure Kinder dazu ziehen lassen? — ist awe ja nach Vilmar, pastoral-theol. Blätter, Heft 1 und 2, 103, abweisend ironisch zu fassen im Sinne von warum nicht gar, quasi vero, das fehlte eben! In derselden Bed. bedient sich Fischart (1582) der Form aubeia. „Stieler (lebte 1691, ein geborner Erfurter) führt neben oweh auweh an und bemerkt die thüringische Aussprache auwich, sp. 62 ist ihm aber aue ja = quasi vero". Grimm, Wb. I, 1045. Vgl. bauen.

B.

Baal, der — wörtl. Herr, Hauptgottheit der kananitischen Völkerschaften, besonders der Phönizier 1. Kön. 18, 19 ꝛc. Der Plural Baalim deutet verschiedene Gestalten der Gottheit an Richt. 2, 11; 3, 7 ꝛc. Der kananitische Baal entspricht dem babylonischen und syrischen Bel Jes. 46, 1; Jer. 51, 44, gr. Belos.

Daher Baal-Sebub = der Fliegen oder Stechmücken Herr, ein Gott der Philister 2. Kön. 1, 2. 3. 16 — Stechmücken, Mosquitos sind bekanntlich eine Landplage heißer Länder; die späteren Juden übertrugen diesen Namen als Beelsebub auf den Satan Matth. 12, 24. 27; Luc. 11, 15 ꝛc.

Baal-Berith = der Bundesgott, der griech. Zeus horkios Richter 8, 33; 9, 4. 46. Mehr bei Zeller und Winer.

Bann, der — a) „die dem weltl. und geistl. Richter zustehende Gerichtsbarkeit"; z. B. der Blutbann = das Recht über Leben und Tod; b) deren „Gerichtsbezirk", daher Bannmeile; c) „Ge- und Verbot unter Strafandrohung", edictum, interdictum; d) vorzugsweise die Verbannung aus dem Gebiet, proscriptio; in der Kirche die Excommunication d. i. Ausschließung von allen geistlichen Rechten. Die von allen bürgerlichen Rechten ausschließende, von weltlichen Behörden verhängte Acht (Esra 7, 26) fügt zu der Ausschließung noch die Verfolgung hinzu, indem der Geächtete für völlig rechtlos erklärt und sein Leben jedermann preisgegeben war. Aehnliche Bed. hatte der Bann des alten Bundes: der oder das nach dem mosaischen Gesetze Gebannte (Ausgeschlossene) war auch dem Tode, der Vernichtung verfallen: 3. Mos. 27, 29; Jos. 6, 26; 7, 15 u. a. O. — Bann steht Sach. 14, 11: und man wird darinnen wohnen und wird kein Bann mehr sein — für todeswürdigen Frevel oder Unheil; Jes. 43, 28 heißt in gleicher Weise das ganze Volk Israel ein Bann.

Aehnlich dem mittelalterlichen Bann war aber der kirchliche Bann der späteren Juden: Ausschließung aus der Gemeinde, die in 3 Abstufungen erfolgte: 1. Macc. 14, 45; Luc. 6, 22; Joh. 9, 22; 12, 42; 16, 2. S. Zeller, bibl. Wb. I, 126.

Luther konnte um so eher die im alten Bunde vorkommende Ausschließung mit dem Namen Bann bezeichnen, als die Verfassung des israelitischen Staates eine theokratische war, und weltliche und geistliche Gerichtsbarkeit erst in späterer Zeit sich trennte. Dazu kommt, daß nach

Grimm ursprüngl. auch bei uns dem weltlichen Richter der Bann zustand, s. Wb. I, 1114.

Ueber die Herkunft von Bann und dessen muthmaßlichen Zusammenhang mit Band, Banner und Panier s. bei Grimm u. bannen.

Daher **verbannen** a) = „in den Bann thun", eig. durch strafandrohendes Gebot (Bann) absondern und ausstoßen, im Gegensatze zu bannen = festhalten; im alttestamentlichen Sinne so 3. Mos. 27, 28. 29; Jes. 37, 11 u. v. a. O.; im neutestamentlichen Sinne Offenb. J. 22, 3; b) allgemeiner verdammen, daher es Luth. auch refl. für sich verfluchen und verschwören gebraucht Apost.-G. 23, 12: etliche Juden verbannten sich; so auch Röm. 9, 3; Apost.-G. 23, 14. 21.

Barte, die — ein Beil mit breiter Schneide Ps. 74, 6: und zerhauen alle seine Tafelwerk mit Beil und Barten — wo andere (weniger rhythmisch (s. u. Segen, vgl. Hopf, 293) haben: Beilen und Keilen, Beilen und Hämmern; Vulg. securi et ascia.

Das hebr. Wort deutet auf eine doppelschneidige Steinaxt, ein Instrument, womit man Steine zerschlägt und behaut; s. Zeller, b. Wb. Grimm erklärt das deutsche Wort auch durch bipennis d. i. zweischneidige Axt, womit man zu hauen, aber auch zu werfen pflegte; sie diente dem Zimmermann und dem Krieger. Bei Simrock findet sich das Sprichwort: „Schlägst du mich mit der Barte, schlag ich dich mit dem Beile".

Barte ist abzuleiten von „der" Bart, das jetzt zwar mit langem, mhd. und ahd. aber noch mit kurzem a gesprochen wird; das Eisen hing vom Stiele in Bartgestalt herab. Im Altnd. und Slav. finden sich ähnliche Ausdrücke, s. Grimm. Wie einen Bart am Axtstiel kennen wir auch einen Bart am Schlüssel. Dasselbe Wort findet sich noch in Hellebarte f. — Spieß mit Beil zum Stechen und Hauen. Im Mittelalter und selbst noch im 16. Jahrh. hieß sie indes noch Helmbarte, d. i. gehelmte oder gestielte Axt; s. Gr. unter Axthelm. Auch die Barten oder Fischbeinzähne haben den Namen von Bart, weil sie aus der oberen Kinnlade herabhangend den Barthaaren verglichen wurden; ebenso frz. les barbes Barten, von lat. barba Bart.

Basilisk, der — eine fabelhafte Schlange, die Kopf, Flügel und Füße des Hahnes hat, weil von einer Kröte aus einem Hahnenei ausgebrütet, und mit ihrem Blicke tödtet. Aus lat.-gr. basiliscus die asiatische Königseidechse, wörtl. kleiner König, von gr. basileus König, weil man sie wegen eines weißen Fleckes auf dem Kopfe als gekrönt ansah. In der Bibel ist es wahrscheinlich die gehörnte Viper, cerastes cornutus Wagl. oder coluber cerastes L.; so deuten Septuaginta und Vulgata. Jes. 14, 29; 11, 8; 59, 5; Jer. 8, 17; Sprüche S. 23, 32; 1. Mos. 49, 17 bei Luther Schlange. S. Weigand, d. W.; Winer; Leunis, Synopsis I, 332.

baß — L. schrieb weniger gut bas, das 2c. — ist der jetzt veraltete Comparativ zu dem Adverb wohl (wol), also gleichbedeutend mit dem in neueren Bibelausgaben und jetzt allgemein dafür gebrauchten besser 1. Mos. 12, 13: lieber (s. d. W.), so sage doch, du seist meine Schwester, auf daß mirs desto baß gehe um deinetwillen; K. 19, 9: wir wollen dich baß (besser, mehr) plagen, denn jene; 1. Sam. 29, 4; Dan. 1, 15; Sir. 36, 23; Apost.-G. 23, 15: als wolltet ihr ihn baß (besser, weiter, genauer) verhören u. a. O.

Luther unterschied noch sehr sorgfältig, wie die alte Sprache überhaupt, zwischen Adjectiv u. Adverb (vgl. auch thürstiglich, Frühling): Adj. gut — Comp. besser, mhd. guot, bezzer, ahd. guot, beziro; Adverb: wol — Comp. baß, mhd. wol, wole — baz, ahd. wola, wela — paz. Jetzt werden Adj. und Adv. vermengt und baß = besser, mehr, tüchtig — findet sich nur noch selten und mit verdunkelter Bed. bei neueren Schriftstellern:

„Der rechte Ritter sprengt heran
Und warnt den Grafen sanft und gut;
Doch baß hetzt ihn der linke Mann
Zu schadenfrohem Frevelmuth". Bürger.

„Das macht, er thät sich baß (tüchtig) hervor,
Thät die Welt mit seinem Kriegsruhm füllen". Schiller.

Von den ehemals zahlreich vorhandenen Compositis mit baß hat sich das bei Luther häufige Adv. **fürbaß** = besser fort, d. i. weiter fort noch am längsten erhalten: 1. Sam. 10, 3: und wenn du dich von dannen fürbaß — M.-St. weiter — wendest, so wirst du kommen zu der Eichen Thabor; Matth. 4, 21: und da er von dannen fürbaß ging. Es ist zusammengeschoben aus dem Adverb (nicht Präp.) für = vorwärts und baß. Von diesem für hat L. häufig die Ableitung **fürder** — vorne aus, weiter, ferner Luc. 24, 28: und er stellte sich, als wollte er fürder gehen; 1. Mos. 29, 30.

Indes ist baß nur der Bed. nach der Comparativ zu wol, wie besser zu gut; die eigentlichen derselben Wortform angehörigen Positiva sind wie fast in allen Sprachen zu besser, baß, minder und einigen andern Comp. sehr früh erloschen; s. Grimm, Wb. I, 1153.

Der baß zu Grunde liegende Positiv muß nach Gr. got. bata gut (bene) und vom Adj. bats (bonus) geheißen haben. Beide wurzeln ohne Zweifel in einem vorausgesetzten got. Wurzelverbum batan (Prät. bôt), welches in der Bed. (und vielleicht auch in der Form) zu unserm ndd. und ndl. bâten, afr. batia, saterld. bata ꝛc. nützen, helfen, frommen, hochd. mundartlich batten, stimmt*). Vgl. Grimm, Wb. II, 572 und Grammat. II, 43; III, 603.

Von dem Prät. bôt dieses got. batan ist gebildet das schwache got. Vb. bôtjan nützen, frommen, daher gabôtjan verbessern, welches

*) Von ndd. bâten (intr.) nützen, frommen haben wir noch das Subst. bâte, afr. bata, got. bota Nutzen, Vortheil, Gewinn: alle bâte helpt, sê (sagte) de mügge, dô pisde se in 't mêr. In wiefern unser ndd. bâs, ndl. baas, afr. bas (nur in einer Stelle) = der Beste, Oberste, Meister, bes. der Handwerksmeister, auch der Hauswirt damit zusammenhängt, ist nicht völlig klar; vielleicht steht es für bats.

in der Bed. dem ahd. puozan, mhd. büezen (alfr. beta, ndl. boeten) und nhd. **büßen** entspricht *). Dieses Wort gebraucht Luth. noch Nehem. 4, 7 in dem ursprüngl. concreten Sinne von wieder gut machen, bessern, wiederherstellen: Da aber Saneballat und Tobia höreten, daß die Mauern von Jerusalem wieder zugemacht waren, und daß sie die Lücken angefangen hatten zu büßen — Vulg. interrupta concludi —, wurden sie zornig. Wie hieraus schon hervorgeht, ist noch in Lückenbüßer die urspr. Bed. gewahrt.

Vgl. ndl. het net boeten das Netz flicken, de kêtel b. den Kessel f.; ndd. kêtelböter Kesselflicker, fig. Lärmmacher. Unser ndd. 't vûr anböten, upböten ꝛc., ndl. het vuur boeten, agſ. fyr bêtan „Feuer anzünden" ist nach Grimm wahrscheinlich auch hieher zu rechnen und würde dann bedeuten: das (etwa unter der Asche eingescharrt gelegene und nur glimmende) Feuer wieder anfachen.

Aus der ursprüngl. Bed. von büßen = bessern entwickelten sich dann leicht die anderen, jetzt zum Theil noch gebräuchlichen: „Genugthuung, Schadenersatz leisten"; „sühnen"; Strafgelder bezahlen, auch deren Entrichtung auflegen und beitreiben, um dadurch ein geschehenes Unrecht möglichst wieder gut zu machen 5. Mos. 22, 18. 19: so sollen die Aeltesten der Stadt den Mann nehmen und um hundert Sekel Silber büßen. Ferner heißt büßen im kirchlich-dogmatischen Sinne Buße thun d. i. seine Sünde bereuen und sich bessern, welchem Begriff aber der des „Schadenersatzes", des „Wieder-gut-machens" seit uralter Zeit zu Grunde liegt und auch noch jetzt festgehalten werden dürfte.

Buße, mhd. buoze, ahd. puoza Genugthuung ꝛc. (vgl. Esra 7, 26: zur Buße am Gut — „was einer für begangene Verletzung zu entrichten hatte"), gehört mit büßen zu got. batan. In der Grundsprache der Bibel bed. das von Luther mit „Buße thun" (nicht mit büßen, wie andere thun) übersetzte Wort hinterdrein einsehen, „mit einem andern Auge und Sinne betrachten, zur Einsicht kommen", also = den Sinn ändern, daher Buße auch schriftgemäß durch Sinnesänderung (nämlich zum Bessern) übertragen wird. S. Zeller, b. W. unt. Buße.

Bath, der — ein hebräisches Maß für Flüssigkeiten, dem Epha entsprechend, s. d. W. 1. Kön. 7, 26. 38; Esra 7, 22. S. Zeller.

bauen, jetzt schw. V., ahd. bûan, pûan, got. báuan — hatte ehedem die Bed. wohnen, bewohnen. Zu Luthers Zeit ist diese Bed. fast erloschen und findet sich nur noch in einer Stelle der Bibel: Hiob 3, 13. 14: so läge ich doch nun und wäre stille, schliefe und hätte Ruhe mit den Königen und Rathsherren, die das Wüste bauen (Vulg. qui aedificant solitudines, M.-St. die sich Trümmer bauen) = in der Wüste hausen, wohnen. So sagte man im Mittelalter: „die Straße, den

*) Das ü, u (in Buße), ahd. uo führt auf ein urspr. a, also auf batan; vgl. Mutter.

Weg bauen" = auf der Straße, am Wege liegen; das Meer, die See bauen = darauf schiffen; die Messe oder den Markt bauen = besuchen. „Nun ist es jetzt vierzehen Jahr, daß ich das Ellend (s. Elend) baut fürwahr", H. Sachs. Den Ausdruck „das Elend bauen" = in der Verbannung leben hat auch Luther öfter gebraucht in seinen Schriften. Sonst aber sind ihm die ebenfalls alten Bedeutungen von bauen: (das bewohnte Land) anbauen, beackern, colere, und Gebäude zum Aufenthalte errichten, aufführen, aedificare, sehr geläufig.

An bauen in letzterem Sinne schließt sich **erbauen** an, nur mit der in er deutlicher ausgesprochenen Bestimmung des auf, empor: a) den natürlichen Sinn in geistiger Uebertragung hat es z. B. Col. 2, 7: und ihr seid gewurzelt und erbauet in ihm (Christo); Eph. 2, 20. 22: erbauet auf den Grund der Apostel und Propheten rc.; auf welchem auch ihr mit erbauet werdet zu einer Behausung Gottes im Geist; b) = fromme Gedanken wecken, das Gemüth erheben, gleichsam höher bauen (vgl. frz. édifier): Apost.-G. 20, 32; Jud. 20. Offenbar im Anschluß an bauen im Sinne von beackern, colere, steht erbauen c) für fruchtbar machen, das Geschlecht vermehren 1. Mos. 30, 3: Jakob soll durch die Bilha die Rahel erbauen; 5. Mos. 25, 9: seines Bruders Haus erbauen.

In Hes. 36, 10: die Wüsten sollen erbauet werden — steht erbauen wie bauen Hiob 3, 14.

Erkennbar ist diese urspr. Bed. — im Got. die alleinige — noch in Vogelbauer = Vogelwohnung, -haus, ahd. pûr Käfich, Wohnung, das sich außerdem noch in ndd. Ortsnamen, z. B. Wiegboldsbûr = Wiegbolds Wohnort, Victorbûr Victors Wohnort, desgl. in dem ndd. lîkbûr „Leichenhaus" an der Kirche, findet; vgl. ags. bûr, engl. bower auch Laube. Ueber die Etymologie von bauen s. Weigand, d. W. u. Grimm, Wb. und Gesch. der d. Spr. 312.

Das Wort wurde noch im älteren Nhd. wie mhd. und ahd. im Partc. Prät. stark conjugiert: gebauen, gebûwen, kipûan. Uebrigens schrieb Luther bawen, wie trawen für trauen, Sawerteig f. Sauerteig, awe f. auweh; desgl. ew für eu: Fewer, new, trew, plewen f. bleuen (s. d. W.). S. Mönckeberg, Beiträge 46; vgl. taufen. Dieses **w**, ein Halbvocal, entsteht durch Contraction der Lippen aus **u**, wie in der lat. Schrift das w aus zwei u (v) besteht und deshalb von Engländern auch dobble u genannt wird, wie sie es auch ohne Berührung der Oberzähne und der Unterlippe sprechen.

Bedellion (Bdellion), das, gr. — der Alten ist „ein durchsichtiges, stark und wohlriechendes, bitterschmeckendes, wachsähnliches Harz". Es ist ungewiß, aus welchem Baume es schwitzt und auch, ob das 1. Mos. 2, 12 nnd 4. Mos. 11, 7 genannte Bedellion dieses Harz sei. Viele Erklärer halten es für den Bernstein, bekanntlich ein versteinertes Harz. S. Zeller. Doch ist nach Winer diese Deutung, wie die von Krystall, Beryll und andre zu wenig begründet.

begreifen — a) betasten, mit Händen und Füßen fühlend anrühren

1. Mos. 27, 12. 21. 22: Isaak begreift den Jakob; Hes. 23, 3. 21; b) ergreifen Spr. S. 6, 31: und ob der Dieb begriffen wird; Joh. 8, 4: dies Weib ist begriffen auf frischer That im Ehebruche; 4. Mos. 5, 13; c) in sich fassen, enthalten, umfassen 2. Chron. 4, 2: und ein Maß von 30 Ellen mochts (s. mögen) umher begreifen; Jes. 40, 12: wer misset die Wasser mit der Faust und begreifet (misset) die Erde mit einem Dreiling (s. d. W.)? — Aus dieser sinnl. Bed. entwickelte sich d) die abstracte: geistig fassen, aufnehmen, verstehen Joh. 1, 5: und die Finsterniß habens nicht begriffen (dem Sinne nach: aufgenommen, angenommen).

In der Stelle Joh. 21, 25: die Welt würde die Bücher nicht begreifen — ist es in der Bed. c) und nicht in der von d) zu verstehen. S. Zeller und Büchner-Heubner. Vgl. beschließen. Greifen, griff, gegriffen, ist ein Wurzelverbum.

Behemoth, der — eigentlich ein hebr. Plural, „die Thiere" bedeutend, d. i. nach hebr. Sprachgebrauch ein Thier ausgezeichneter Art, ist Hiob 40 das Nilpferd, hippopotamus amphibius L. S. Winer II, 156; Zeller. Vgl. Leviathan.

Beilage, die — was beigelegt, an eines Seite gelegt ist 1. Mos. 16, 5 — wurde ehemals auch für Depositum, das Niedergelegte gebraucht, wie 2. Macc. 3, 15: daß man die Beilage nicht soll veruntreuen; im bildlichen Sinne 2. Timoth. 1, 12 u. 14: und bin gewiß, daß er kann mir meine Beilage bewahren bis an jenen Tag ꝛc. — für ein geistliches Gut, das dem Christen von Jesu Christo anvertraut ist, d. i. „die ewige Seligkeit", „das himmlische Erbe". 1. Tim. 6, 20 übers. L. „bewahre, das dir vertrauet ist". So heißt es auch Col. 1, 5: um der Hoffnung willen, die euch beigelegt (deponiert, hinterlegt, aufgehoben) ist im Himmel; 2. Tim. 4, 8: hinfort ist mir beigelegt die Krone der Gerechtigkeit; 2. Macc. 3, 22.

Auch das einfache **legen** hat L. im Sinne von zurücklegen für künftigen Gebrauch 1. Kor. 16, 2: auf einen jeglichen Sabbater lege bei sich selbst ein jeglicher unter euch und sammle, was ihn gut dünkt — andere: „spare auf", „lege etwas bei sich weg"; s. die Polyglotten-Bibel von Stier und Theile. Aehnlich Luc. 19, 21. 22: du nimmst, das du nicht geleget hat = wo du kein Kapital angelegt oder aufgespart hast.

Legen, got. lagjan ist das aus lag gebildete Factitiv zu liegen, also = liegen machen; vgl. auffretzen.

Beispiel, das — scheint uns zu denjenigen Wörtern zu gehören, bei denen Luther in der Bedeutung schwankt: einerseits hält er fest an der alten, ursprünglichen Bedeutung, andererseits verhilft er der neuen, jetzigen zur Herrschafr.

Das Beispiel ist eine entstellte Form aus dem mhd. bîspël (Gen. bîspëlles) belehrende, dichterische Erzählung, Fabel, auch Sprichwort und ist zusammengesetzt aus bî bei und mhd. und ahd. das spël, got. spill Rede, Verkündigung, Sage (wahre wie erdichtete, mhd. auch loses Gerede); also erklärt Grimm bîspël für „Erzählung des gerade am Wege Liegenden". Aus der ursprünglichen Bedeutung: belehrende, dichterische Erzählung, Fabel; Sprichwort entwickelte sich hauptsächlich seit Luther die jetzige: Vorbild, Exempel, Begebenheit zur Veranschaulichung oder Richtschnur des Verhaltens. Offenbar mehr im ersteren Sinne gebraucht Luther es Ps. 44, 15: du machst uns zum Beispiel (Meyer-Stier und Heubner: Sprüchwort) unter den Heiden, und daß die Völker das Haupt über uns schütteln; Weish. Sal. 5, 3: das ist der, welchen wir etwa (s. d. W.) für einen Spott hatten und für ein höhnisch Beispiel. Eine ähnliche Stelle bei Weckherlin (am Ende des 16. Jahrh.): „Die ohne allen grund ein beispihl, ein sprichwort und possen von uns machen" erklärt Grimm: „die uns austragen unter die Leute, daß wir zur Fabel und zum Spotte werden". Spr. Sal. 1, 6: daß er vernehme die Sprüche und ihre Deutung, die Lehre der Weisen und ihr Beispiel — Meyer-Stier: Räthsel; nach Heubner: tiefsinniger Spruch. Dagegen steht es im nhd. Sinne Joh. 13, 15: ein Beispiel (Vulgata: exemplum, Bengel: Muster) habe ich euch gegeben, daß ihr thut, wie ich euch gethan habe — während Luther sonst in ähnlichen Fällen Vorbild gebraucht: 1. Petr. 2, 21; 1. Tim. 4, 12.

Die durch Dehnung des i entstellte Form Beispiel findet sich schon vor Luther, scheint aber seit ihm erst herrschend geworden zu sein, während wir Ndd. und die Ndl. noch das kurze i haben: bîspill. Das spiel in Beispiel hat mit Spiel (ludus) nichts gemein; es ist sonst noch, wiewohl entstellt, vorhanden in Kirchspiel, ndd. kaspell = karkspell d. i. „Bezirk soweit die Verkündigung (Rede) der Kirche reicht"; ferner im engl. gospel, verkürzt aus dem ags. godspell, Evangelium d. i. „Verkündigung von Gott". Mit dem wohl von got. spill abgeleiteten spillôn, ahd. spëllôn verkündigen, erzählen (vgl. got. Glossar von Ernst Schulze 320) stimmt das auch bei uns bekannte ndl. spellen und das engl. spell, franz. épeler buchstabieren (altfrz. espeler sagen, bedeuten); ferner mit spill das engl. spell Zauberspruch; Erzählung, Märchen. Vgl. Sange.

belegen — hat bei Luther auch noch die mhd. Bed. von belagern 1. Sam. 23, 8: Saul ließ alles Volk rufen gen Kegila, daß sie David und seine Männer belegten.; 2. Sam. 11, 1: daß sie Rabba belegten; 2. Sam. 20, 15: sie kamen und belegten ihn zu Abel und Beth Maacha; Jos. 10, 5. 31. 34; Richt. 9, 50; Pred. Sal. 9, 14; Jes. 21, 2.

Noch in späterer Zeit findet sich der Ausdruck: „Als Troja ward belegt, o Mars, von allen Seiten", Opitz; „Malepertus, die Burg, belegen wir", Goethe. S. Kehrein, onomatisches Wb. 557 und Grimm, d. Wb. Vgl. darlegen und Beilage.

beleidigen, schw. V. — verletzen, beschädigen: a) körperlich, von Personen und Sachen Offenb. J. 11, 5: und so jemand sie (die Oelbäume) will beleidigen; K. 9, 4: daß sie (die Heuschrecken) nicht beleidigeten (M.-St. beschädigten) das Gras auf Erden, noch kein Grünes, noch keinen Baum auf Erden, sondern allein die Menschen. So auch die Beleidigung = Beschädigung, Verletzung Apost.-G. 27, 10: ich sehe, daß die Schiffahrt will mit Beleidigung und großem Schaden ergehen — Vulg. cum injuria et multo damno, die meisten Uebersetzer: „Unfall und Schaden"; — b) nicht körperlich: wehethun, kränken, verletzen, z. B. vom fühlenden Herzen oder Sinn: 1. Mos. 31, 50; Matth. 5, 44; 2. Kor. 7, 12 ꝛc.

Nach Grimm wird beleidigen nicht nur in Beziehung auf Personen, sondern auch auf Sachen gebraucht, „wenn diese unmittelbar mit der Person in Bezug stehen", wie allerdings Offb. 11, 5 die Oelbäume und Fackeln persönlich gedacht sind. Offb. 9, 4 wäre dann das Wort ebenfalls mit Rücksicht auf das daselbst stehende „die Menschen" und Apost.-G. 27, 10 mit Bezug auf die unter der Unbill der Witterung „leidende Schiffsmannschaft" gebraucht. So spricht auch Wieland von Beleidigungen des Wetters oder der Witterung; s. Gr., Wb. I, 1444.

Das beleidigen zu Grunde liegende mhd. leidigen, ahd. leidagôn heißt betrübt machen und ist gebildet aus dem Adj. **leidig**, mhd. leidec, ahd. leidac, eig. „in Leid versetzt", dann „in Leid versetzend", Leid, Betrübniß verursachend Jer. 4, 14: die leidigen Lehren = „Lehren des Unheils", welche also Leid anstatt Heil und Segen herbeiführen — M.-St. heillose Gedanken; Hiob 16, 2: die leidigen Tröster Hiobs — welche ihm nur mehr Kummer und Leid machen. —

Wir gebrauchen leidig gewöhnlich nur noch in dem abgeschwächten und unbestimmten Sinne von häßlich, widerwärtig, was einem verleidet ist oder wird, z. B. der leidige Geiz; „o, diese leidige, vermaledeite Unsterblichkeit", Schiller; „leidige Tröster" hat jetzt nicht ganz mehr die Bedeutung wie in Hiob 16, 2.

Das Adj. leidig ist mittelst der Ableitungssilbe ig (ahd. ac) aus Leid = Schmerzgefühl, und dieses aus dem Wurzelverb. leiden, litt, gelitten, gebildet.

Belial, (Belijaal), hebr. — Nichtsnutzigkeit, Verderben; daher der Ausdruck: die Kinder Belials 5. Mos. 13, 13; nach dem Grundtexte sind z. B. die Bürger von Gibea Richt. 20, 13, die Zeugen wider Naboth 1. Kön. 21, 10 ꝛc. Kinder Belials, d. i. „nichtswürdige, schlechte Leute". Bei den späteren Juden wurde es ein Beiname des Satans, als des Verderbers schlechthin 2. Kor. 6, 15. Die Bäche Belials = „Ströme des Verderbens" Ps. 18, 5 sind „Anfechtungen, die wie Gießbäche auf David hereingestürzt seien". S. Zeller.

benedeien, schw. V. — segnen, ein alter kirchlicher Ausdruck, den Luther aus Pietät gegen die Kirche und deren Sprache beibehielt; mhd. benedîen, entlehnt aus dem gleichbed. lat. benedicere „wohlsagen", „Gutes wünschen" = segnen (s. d. W.) Luc. 1, 42: gebenedeyet bist du unter den Weibern, gebenedeyet ist die Frucht deines Leibes; V. 28: du Gebenedeyete unter den Weibern. In den früheren Ausgaben stand das Wort noch öfter, z. B. Matth. 5, 44: benedeiet, die euch maledeien, jetzt: segnet, die euch fluchen. — Das im Partc. Prät. vorgetretene

Augment ge, das sonst Fremdwörtern nicht zukommt, ist Beweis der vollständigen Einbürgerung des Wortes; vgl. gesegnet.

berathen, trans. Vb. mit d. Acc. d. Prs. — 1) mit Vorrath versorgen, versehen, begaben Spr. Sal. 8, 21: daß ich wohl berathe, die mich lieben und ihre Schätze voll mache — „berathen" und „Schätze voll machen" sind hier gleichbedeutend — M.=St. ein gewisses Erbe gebe; Jak. 2, 15. 16: so aber ein Bruder oder Schwester bloß wäre und Mangel hätte der täglichen Nahrung und jemand unter euch spräche zu ihnen: Gott berathe euch, wärmet euch und sättiget euch rc. — Vulg. ite in pace; Grimm bemerkt: „Man pflegte nach der aus Jak. entnommenen Formel: „wir han kein Brot, berat euch Gott!" im Mittelalter Bettler abzuweisen, gleichsam an Gott, der ihnen helfen, für sie sorgen werde". Luther sagt anderswo: „Weil uns denn jetzt Gott so gnädiglich berathen hat mit aller Fülle, beide der Kunst, gelehrter Leute und Bücher" rc., s. Luthers Werke von Pfizer 866. — 2) (Töchter, Kinder) ausstatten = mit der Gerade, mit Vorrath und Hausrath versorgen Sir. 42, 9: eine Tochter, die noch unberathen ist, macht dem Vater viel Wachens; K. 7, 27: berathe deine Tochter, so hast du ein groß Werk gethan — s. aussetzen; 3) mehr abstract, reflex. gebraucht wie jetzt: einen Rath halten, rathschlagen, consulere Ps. 71, 10: denn meine Feinde reden wider mich, und die auf meine Seele halten, berathen sich miteinander; 2. Chron. 25, 16: ich merke wohl, daß Gott sich berathen (entschlossen) hat.

Um berathen recht zu verstehen, müssen wir uns die Bedeutungen von **Rath**, L. rat, wie mhd. rât, vergegenwärtigen: a) = Ueberlegung zu einem Entschlusse, consilium Ps. 81, 13; Spr. Sal. 20, 18; b) aus Ueberlegung hervorgegangenes Urtheil, Rathschlag für jemand um ihm behülflich zu sein Sir. 37, 12; Spr. Sal. 15, 7; c) aus Ueberlegung hervorgehende Vorsorge, Abhülfe, daher etwas „zu Rathe halten" zu Vorsorge, Abhülfe bewahren, nicht fortgeben; „es wird Rath" = es wird Abhülfe, es wird gesorgt. Mit dieser letzteren Bed. hängt die im Mhd. und Ahd. außer den genannten sehr gewöhnliche zusammen: rât die zur Abhülfe dienlichen Mittel, als Früchte, Vermögensfülle copia, opes, daher der Vorrath, z. B. an Lebensmitteln Luc. 12, 19, der Hausrath 1. Mos. 45, 20, vgl. die 1. Bed. von berathen; das Geräth, Ebr. 9, 21 sind es gottesdienstliche Kleider, s. die Mannsgeräthe; die Gerade = die fahrende Habe, deren Hauptheil der weibliche Schmuck ist; dazu halte man die 2. Bed. von berathen. Heirath ist zusammengesetzt aus ahd. hîâ Ehe und rât Berathung, Verhandlung, die zur Schließung der Ehe gehört, ahd. hîrât Ehevertrag. In mhd. Zeit kommen zu obigen Bed. von rât noch die jetzt sehr gewöhnlichen hinzu: d) Gesammtheit der zur Berathung angestellten Beamten, concilium z. B. der (hohe) Rath zu Jerusalem, das aus 71 Personen, Aeltesten und Schriftgelehrten, bestehende Synhedrium Luc. 22, 66; Matth. 5, 22; — e) ein zur Berathung angestellter Beamter Jes. 19, 11; Dan. 3, 2 ꝛc.; 1. Mos. 41, 45; vgl. heimlicher Rath.

Berathen und Rath sind zunächst aus rathen (rieth, gerathen) entstanden, das schon im Ahd. und Got. die abstracte Bed. „überlegen, um einen Entschluß zu fassen" hatte; aus dieser sind die and. Bed. hervorgegangen. Als reduplicierendes Verbum — s. die Glosse zu Bescheidenheit — (got. rêdan, Prät. ich ráirôth) ist es aber kein Wurzelverbum, sondern bildete sich aus dem Pl. Präteriti eines älteren vermutheten got. ridan (Prät. ich rath, wir rêdum, Partc. ridans), das etwa die sinnlichere Bed. vorwärts bringen, fördern hatte, da es seinerseits wieder auf den Pl. Prät. von reiten (ritt, wir ritten) zurückzuführen ist. S. Weigand, d. W. II, 464.

Das Wort **Unrath**, jetzt unnütze Dinge; Unflat; Unheil, Schaden — gebraucht L. in anderem Sinne als wir; auch mhd. hatte es nicht die bei ihm in einer Beziehung vorkommende Bed., weshalb der sprachkundige Vilmar, Pastoral-theologische Blätter v. 1861, 1. und 2. Heft p. 100, ihn tadelt. Matth. 26, 8 und Marc. 14, 4: wozu dient dieser Unrath? steht es nämlich für Verschwendung, Vergeudung. Mir scheint jedoch dieser Gebrauch, wenn auch bei vor- oder gleichzeitigen Schriftstellern nicht nachweisbar, völlig gerechtfertigt: wenn mhd. rât = Vorrath, „das was zur Nothdurft und Bequemlichkeit des Lebens dient" ist, so kann das Gegentheil Unrath recht wohl alles über das Nothwendige und Dienliche Hinausgehende, also das unnütz Aufgewendete sein, abstracter = Verschwendung. Luther bemerkt in einer Glosse: „es ist Schade darum, sie (Maria) ist unräthlich (mhd. unrâtlich = verschwenderisch, wofür wir Ndd. ebenfalls unrâdsam sagen) damit umgegangen." Das Seine „nicht zu Rathe halten" heißt „es verschwenden, vergeuden", s. oben.

In dem berühmten „Sendschreiben über das Dolmetschen" an Wenceslaus Linck in Nürnberg, 1530, rechtfertigt sich Luther gegen den Vorwurf der allzufreien Weise seiner Uebersetzung auch bezüglich dieser Stelle also: „Also wenn der Verräther Judas sagt Matth. 26: ut quid perditio haec? und Marc. 14: ut quid perditio ista unguenti facta est? Folge ich den Eseln und Buchstabilisten, so muß ichs also verdeutschen: „„Warum ist diese Verlierung der Salben geschehen?"" Was ist aber das für Deutsch? Welcher Deutscher redet also? „Verlierung der Salben ist geschehen?" und wenn er's wohl versteht, so denkt er, die Salbe sei verloren und müsse sie etwa wieder suchen. Wiewohl auch das noch dunkel und ungewiß lautet. Wenn nun das gut Deutsch ist, warum treten sie nicht herfür und machen uns ein solch fein hübsch Neu Testament und lassen des Luthers Testament liegen? Ich meine ja, sie sollten ihre Kunst an den Tag bringen. Aber der deutsche Mann redet also: Was soll doch solcher Unrath? oder was soll doch solcher Schaden? Nein, es ist Schade um die Salbe, das ist gut Deutsch, daraus man versteht, daß Magdalene mit der verschütten Salbe sei unräthlich umgangen und habe Schaden gethan; das war Judas

Meinung, denn er gedachte bessern Rath damit zu schaffen". Bei Hopf 85. Vgl. überfließen und versiegeln.

5. Mos. 28, 20 und 2. Macc. 4, 4 steht Unrath in der schon mhd. gewöhnlichen Bed. von Rathlosigkeit, Verwirrung, Unheil.

bereden — hat Luther noch vereinzelt in dem älteren Sinne von überführen, überzeugen, „durch Reden belehren und für etwas gewinnen". Apost.-G. 19, 8: er lehrete und beredete sie vom Reiche Gottes; K. 18, 4; s. afterreden und gereden.

Bereitschaft, die — welches jetzt nur noch in der abstracten Bed. für „den Zustand einer Person oder Sache, worin sie zu etwas bereit oder fertig ist" vorkommt, hatte ehedem auch die concrete Bed.: „das zu irgend einem Zwecke Bereitete", der Apparat, bei Luther Apost.-G. 27, 19 speciell Schiffsgeräthe (ndd. flêtstücke): und am 3. Tage warfen wir mit unsern Händen aus die Bereitschaft im Schiff (M.-St. Geräthschaft, de Wette: Gepäck) — nachdem sie schon Tags zuvor einen „Auswurf" gethan V. 18, d. h. Ballast und Ladung ins Meer geworfen, vorher aber V. 17 das „Gefäß" (das große Segel) niedergelassen hatten; s. Zeller, b. W. I, 145. — L. hat das Wort öfter in diesem Sinne, z. B. „man saget ein Exempel von einem Vater, der übergab seinen Kindern alle seine Güter, Haus, Hof, Aecker und Wiesen und alle Bereitschaft" (Geräthschaften), bei Grimm.

Die Bereitschaft ist ein Compos. aus dem Adj. bereit = gerüstet, dessen reit wohl „wege" oder „reisefertig" bedeutet (ndd. rêd bereit, fertig, rêden bereiten, ausrüsten, z. B. ein Schiff) und aus dem Prät. von reiten, ahd. rîtan (Prät. ich reit) gebildet ist — und dem ehemaligen Subst., jetzt zur Nachsilbe herabgesunkenen Nachsilbe schaft = Beschaffenheit, Gestalt; vgl. Ritterschaft.

Bergkirche s. Kirche.

berüchtigen s. Gerücht.

Beryll, der — ein meergrüner Edelstein Offenb. 21, 20. Mhd. der berille, lat. beryllus, gr. beryllos, welches aus dem Semitischen (Arabischen und Syrischen) entlehnt ist.

Bescheidenheit, die — ist bei Luther ein seltenes Wort und steht bei ihm noch im mhd. Sinne für Einsicht, Erfahrenheit, Verstand, scientia, peritia 2. Petr. 1, 5: reichet dar in eurem Glauben Tugend, und in der Tugend Bescheidenheit — die meisten Uebersetzer haben dem Urtexte gemäß Erkenntniß, s. d. Polyglotten-Bibel von Stier und Theile. Bescheidenheit im gegenwärtigen Sinne von modestia würde hier logisch unrichtig sein. 2. Kor. 6, 6 übers. L. selbst Erkenntniß. —

Bei Grimm finden sich mehrere Belege für diesen Gebrauch des Wortes von Luther und seinen Zeitgenossen, denen allen die heutige Bed. „Mäßigkeit in Wunsch und Anspruch", modestia fremd war.

Bescheidenheit, auch mhd., z. B. Frîdank's bescheidenheit, ist zusammengesetzt mit dem ehemaligen Subst., jetzt Nachsilbe, heit = Art und Weise und dem Adj. **bescheiden**, mhd. = einsichtig, verständig, welches das alte Partc. Prät. ist von bescheiden (beschied, beschieden, früher bescheiden), ehedem = völlig scheiden, dann „völlig, gehörig auseinander setzen“, „Wahres vom Falschen scheiden“; also ist Bescheidenheit „die alles wohlscheidende, auseinanderlegende und haltende Einsicht und Beurtheilung der Dinge“; vgl. Bescheid wissen = Einsicht haben; ferner gescheit, Unterscheidungsvermögen, -gabe ꝛc.

Uebrigens kommt die nhd. Bed. der mhd. nahe, nur daß diese mehr eine Eigenschaft des Verstandes, jene der Gesinnung bezeichnet. „Der Kluge, Vorsichtige ist zugleich zurückhaltend“. Grimm.

Auch in der bekannten Stelle Spr. Sal. 30, 8: Armuth und Reichthum gib mir nicht, laß mich aber mein bescheiden Theil Speise dahin nehmen — dürfen wir nicht an die nhd. Bed. des Adj. bescheiden = modestus (von Sachen, die bei innerem Werthe sich unscheinbar darstellen) denken und es nicht etwa mit gering, nothdürftig umschreiben. Es ist hier ebenfalls das Partc. Prät. von bescheiden = völlig scheiden, zuertheilen und hat die concrete Bedeutung: „bescheiden Theil Speise“ ist demnach „die mir von Gott zuertheilte, beschiedene Nahrung“, wie auch M.-St. „beschieden Theil ꝛc.“ übersetzt. Bei Luther hat das Partc. noch überall diese Form: Luc. 22, 29: und ich will euch das Reich bescheiden, wie mir's mein Vater bescheiden hat; Matth. 28, 16; 1. Sam. 21, 2. „Daß mir meiner Sünden Vergebung hie bescheiden und vergeben ist“, L. bei Grimm.

Das starke Verbum scheiden, schied, geschieden, ist wie bescheiden in eine unrechte Conjugation ausgewichen: es geht jetzt nach der 3. starken Conj., wie meiden, mied, gemieden, scheinen, schweigen ꝛc.; die Zusammenstellung mit meiden mag darauf wesentlichen Einfluß gehabt haben; früher flectierte es wie heißen, hieß, geheißen, also gehört es unter die s. g. reduplicierenden Verben, deren ie im Prät. durch die Zusammenziehung des Stammes mit der vor diesen getretenen Reduplicationssilbe entstanden ist:

got. skáidan,	Präs. ich skáida,	Prät. skáiskáid,	Partc. skáidans.
ahd. sceidan,	„ sceidu,	„ sciat,	„ kisceidan.
mhd. scheiden,	„ scheide,	„ schiet,	„ gescheiden.

Die Formabweichung von scheiden scheint gleichzeitig mit der Veränderung der Bedeutung stattgefunden zu haben.

Neben diesem starken scheiden findet sich seit ahd. Zeit ein gleichbedeutendes, aber nur transitiv gebräuchliches schwaches Verbum scheiden, scheidete, gescheidet, das auch noch im Prät. bei Luther vorkommt 1. Mos. 1, 4: da scheidete Gott das Licht von der Finsterniß; K. 30, 40: da scheidete Jakob die Lämmer; K. 13, 11: also scheidete sich ein Bruder von dem andern; dagegen V. 14: da nun Lot sich von Abraham gescheiden hatte. — So findet sich bei L. auch die schwache Form von speien, speiete Matth. 26, 67; 2. Petr. 2, 22; von meiden, meidete Hiob 1, 1. — Mit Recht schwach sind gleichen (von gleich abgeleitet) Weish. S. 7, 9, vergleichen Hiob 13, 12; preisen (mhd.

prîsen, frz. priser, aus lat. preciare schätzen) 1. Mos. 12, 15; Luc. 24, 53; weisen 2. Mos. 15, 25; 2. Tim. 4, 14; Apost.-G. 18, 28.

beschicken, schw. V. — wird von L. nie in der Bed. von besenden, berufen, holen lassen gebraucht, wie es doch auf Menschen und Thiere bezogen üblich war und noch ist, sondern wie es auf Sachen bezogen steht für pflegen, besorgen, einrichten, curare, z. B. Apost.-G. 8, 2: es beschickten aber den (gesteinigten) Stephanum gottesfürchtige Männer, d. h. sie trafen die Zurüstungen zu seinem Begräbnisse, trugen ihn hinaus und begruben ihn — andere übersetzen: begruben, das Begräbniß besorgten, bestelleten zum Begräbniß, bestatteten. In gleicher Weise sagt Luther auch anderwärts: „Weil es ihm große Beschwerung ist, sein Weib und Kind so plötzlich zu beschicken". Andere Redensarten, in welchen beschicken auf Sachen bezogen wird, sind bei Luther: „das Haus beschicken" = bestellen, vor dem Tode seine Sachen ordnen, sein Testament machen: 2. Sam. 17, 23; 2. Kön. 20, 1; „die Wohnung beschicken" = einrichten: 4. Mos. 4, 16, wie man sagt „den Garten, den Acker beschicken" = bestellen; „den Gottesdienst beschicken" = einrichten: 2. Chron. 35, 10. 16; „alle Dinge beschicken": 2. Mos. 20, 9. — Füglich ließe sich das beschicken der Sachen in diesem Sinne deuten durch ein Schicken nach ihnen oder durch ein Schicken von Leuten, um sie einzurichten; so sagt man „die Messe, den Landtag beschicken". Vgl. Grimm, Wb.

Nach Weigand, Wörtb. der Synonymen III, 645 und d. W. II, 579, ist schicken eine härtere, verdickte Form von schehen in geschehen, ahd. kiscëhan, und bed. zunächst „machen, daß etwas geschehe oder nach höherer, unabwendbarer Anordnung zu Theil werde" = bewirken und so ordnen, einrichten — Belege bei mhd. Schriftstellern —; daraus entwickelt sich dann: „nach Anordnung oder Verfügung anders wohin kommen machen" = senden, und so auch bloß: „von sich entfernen". Dazu halte man die Bed. bei Luther. Vgl. besorgen.

beschließen (-schloß, -schlossen), stark. Vb. — wie begreifen a) zuerst sinnlich = umschließen, circumcludere 2. Macc. 12, 13: er fiel auch in eine Stadt, die mit einer Mauer beschlossen war; b) einschließen, includere 1. Mos. 14, 20: gelobet sei Gott der Höchste, der deine Feinde in deine Hand beschlossen hat; 1. Sam. 24, 19: daß mich der Herr hatte in deine Hände beschlossen und du mich doch nicht erwürget hast; Röm. 11, 32: denn Gott hat alles beschlossen unter den Unglauben — andere: alle dem Ungehorsam dahingegeben, unterworfen, in den Unglauben verschlossen, eingeschlossen, Vulg. conclusit in incredulitate — „Gott wollte sie alle, Juden und Heiden, wie in ein Schuldgefängniß des Unglaubens und Ungehorsams zusammenschließen, um dann allen, die nach Rettung verlangen, die Gnadenthür aufzuthun"; es kann auch hier das Bild vom Fischnetz zu Grunde liegen Luc. 5, 6: „sie beschlossen eine große Menge Fische"; s. Zeller — letztere Stelle führt Grimm auf unter der nahe verwandten Bed. c) verschließen, concludere 2. Mos. 14, 3: sie sind verirrt im Lande, die Wüste hat sie beschlossen; 1. Mos.

20, 18 — s. Mutter. „Denn ich schreibe nicht gern wider die, so ich weiß durch ihr eigen Gewissen beschlossen sind"; „die Schrift beschleußt alle Menschen unter die Sünde", Luther bei Grimm, Wb.; — d) im abstracten Sinne für festsetzen, ausmachen statuere — „wobei zu bemerken ist, daß sich Entschluß und Beschluß im Worte wie in der Vorstellung begegnen"; „etwas beschließen ist auch sich zu etwas entschließen, obgleich in entschließen eig. der Beginn, in beschließen der Schluß des Vorsatzes gelegen ist", Grimm. 1. Sam. 20, 7; Hiob, 33, 14; Ps. 41, 9; Luc. 22, 22 2c.

besessen — ein Partc. Prät. von besitzen (besaß), wird Sir. 37, 14: ein Tagelöhner, der nirgend besessen ist — in Activbedeutung für angesessen, seßhaft, wohnhaft gebraucht. Gewöhnlich steht es jedoch, auch bei L., passivisch für besetzt, eingenommen, gefangen, wie namentlich in der Sprache des N. T. „vom bösen Geist (aber auch vom guten), vom Teufel besessen".

Got. ist besitan besitzen nur intrans. und bed. im allg. wohnen, bleiben, dann sitzen bleiben, welche Bed. sich noch bis ins Mhd. erhalten hat. Vgl. aussetzen.

besorgen, schw. V. — wird von den Schriftstellern des 16. und 17. Jahrh. gar nicht in der jetzt und auch früher schon geläufigen Bed. von „für etwas Sorge tragen, curare, procurare" gebraucht, sondern nur in dem Sinne von Sorge, Angst um etwas haben, aus Furcht 2c. schweren Muthes sein, vereri, metuere: a) ohne Casus, also intransitiv, wie auch das einfache sorgen, steht es Tob. 8, 17: wir danken dir, Herr, daß es nicht geschehen ist, wie wir besorgten; 1. Macc. 12, 40; b) reflexiv mit d. Acc. d. Pers. und Gen. d. S. Jer. 38, 19: ich besorge mich, daß ich den Juden möcht übergeben werden; K. 42, 16: der Hunger, des ihr euch besorget; Sir. 9, 18; Judith 4, 2; Weish. 14, 29; 1. Macc. 14, 12; Luc. 9, 7; Apost.-G. 23, 10; 2. Macc. 9, 29; 13, 25.

Grimm bemerkt, daß das Reflexivum sich besorgen, vereri, häufig gebraucht wurde, so lange die erste Bed. von besorgen, procurare, selten war, dagegen neuerdings, als diese wieder vordrang, stufenweise erlosch. Man verwendet es heut zu Tage fast gar nicht mehr.

Beide Bed. hat schon das einfache schw. V. sorgen (Matth. 6, 25. 27; 1. Petr. 5, 7), welches aus dem Subst. die Sorge, ahd. soraga, got. saúrga gebildet ist; auch dieses hat längst beide Bed., urspr. aber nur die von „schmerzlich schwerer fürchtender Gedanke, Kummer", wie engl. sorrow. Es soll nach W. Wackernagel u. a. zu dem ahd. starken V. suëran, mhd. swërn, (Präs. swir, Prät. swar, Partc. gesworn) „schwären" = schmerzen gehören, was Weigand aber bestreitet.

Aehnlich wie besorgen hat L. in intransitiver Bed. behängen = hängen bleiben 2. Sam. 18, 9; bestehen Luc. 8, 44; bewilligen in etwas Luc. 11, 48.

Beth, hebr. — Haus, ist vielen Ortsnamen vorgesetzt, also dem deutschen -heim oder -hausen entsprechend, Beth Aven = Götzenhaus

Jos. 7, 2; 1. Sam. 13, 5; Bethania = Armenhaus Joh. 11, 18; Bethesda = Haus der Gnade Joh. 5, 2; Bethel = Gotteshaus 1. Mos. 28, 12. 19; 35, 6. 15; Beth Dagon = Fischhaus Jos. 15, 41; Bethlehem = Brothaus Matth. 2, 16 und viele andere. S. Zeller.

betreten — 1) „mit den Füßen berühren, auf etwas treten", z. B. das Land, den Boden, die Schwelle; 2) erwischen, ertappen, festhalten; so auch in Luthers Schriften: „Wenn Petrus noch lebete, der Teufel würde ihn betretten bei diesen heiligen Mördern"; — in diesen beiden gewöhnlichen Bed. scheint das Wort in der Bibel zu fehlen; dagegen steht es häufig 3) in abstractem Sinne für widerfahren, begegnen, zustoßen, von unangenehmen Dingen; „abstracte Vorstellungen, die personificiert zu werden pflegen, betreten uns, treten uns an, treten an uns", Grimm; 4. Mos. 20, 14: du weißt alle die Mühe, die uns betreten hat; 5. Mos. 31, 17: hat mich nicht dies Uebel alles betreten, weil mein Gott nicht mit mir ist? V. 21: wenn sie dann viel Unglück und Angst betreten wird — M.-St. treffen; Hiob 31, 29; 1. Kor. 10, 13: es hat euch noch keine denn menschliche Versuchung betreten — andere Uebers. betroffen, ergriffen, befangen; — 4) betreten sein oder werden = verlegen, betroffen, bestürzt s. oder w. Apost.-G. 5, 24: da diese Rede höreten die Hohenpriester, wurden sie über ihnen betreten, was doch werden sollte. Diese Redeweise, sagt Grimm, ist aus der 2. und 3. Bed. zu erläutern und betreten entweder befangen, ergriffen oder von Angst und Sorge eingenommen. Das Wort ist in der 3. Bed. erloschen, in der 4. beinahe. — Treten, trat, getreten ist ein Wurzelverb.

bewägen — für wägen, bei L. bewegen = mittelst der Wage untersuchen. Sir. 21, 27: die Weisen bewägen ihre Worte mit der Goldwage.

Die Vorsilbe be hatten früher viele Infinitive, die sie jetzt abgeworfen haben, bei L. z. B. befinden f. finden Stück in Esth. 6, 2; 1. Macc. 16, 22; behängen f. hängen 2. Sam. 18, 9; bekleben f. kleben Hiob 31, 7; beruhen Luc. 10, 6; bestehen Luc. 8, 44; beschließen Apost.-G. 15, 19. Dagegen fehlt diese Vorsilbe oft bei Luther, wo wir sie haben: dürfen kommt neben bedürfen vor 2. Mos. 16, 4; Matth. 9, 12; 26, 65; Hiob 22, 2; 30, 13; Luc. 5, 31; 1. Kor. 12, 21; 1. Joh. 2, 27; fleißigen f. befleißigen Ps. 62, 5; Röm. 12, 17; 1. Kor. 14, 1. 12. 39; geben f. begeben Apost.-G. 19, 31; handeln 2. Chron. 10, 7; Apost.-G. 7, 19; herbergen Sir. 11, 30; Apost.-G. 28, 7; Röm. 12, 13; klagen 1. Kön. 13, 29; neiden Jak. 4, 2; Apost.-G. 7, 9; 17, 5; rauben Richt. 2, 14; 9, 25; schuldigen Röm. 9, 19; Marc. 15, 12; stechen Sir. 8, 3; stimmen 1. Mos. 30, 28; 2. Mos. 8, 9; 2. Macc. 14, 21; urlauben 1. Macc. 11, 55; wegen f. das.; willigen 1. Macc. 9, 71; wirken Col. 2, 12. S. Wetzel, die Sprache Luthers p. 77—81; Biltz p. 16. Vgl. Fahr, die Anmerk. zu laß, dürfen unter thüren.

bezähmen (richtiger wie Luther schrieb: bezemen) — in der Redensart einen bezähmen lassen = gewähren lassen, thun lassen, was ihm ansteht, gefällt. 2. Sam. 16, 11: laßt ihn (Simei) bezähmen, daß er fluche, denn der Herr hat's ihm geheißen — Vulg. ungenau: dimittite eum ut maledicat, Meyer-Stier: laßt ihn gewähren. Luther gebraucht das Wort auch sonst in seinen Schriften: „Aber den Löseschlüssel kennet er (der heil. Geist) nicht, da läßt er den Pabst allein mit bezemen" (fertig werden) — bei Grimm; „so sei fromm und bete, wer beten kann, daß Gott die Hand nicht abthue und uns bezemen lasse"; „Gott spricht zu den Engeln: höret auf zu wehren, lasset den Teufel bezemen, weil die Buben sonst kein Gutes thun wollen", bei Diedrich von Stade, Erklärung der vornehmsten deutschen Wörter 2c. 131.

Das Wort bezemen (die Schreibweise bezähmen ist aus irriger Anlehnung an bezähmen, domare, „in der Wildheit bändigen", hervorgegangen) ist der Form nach rein hd., auch mhd. bezëmen (intr. stark. Verb.) üblich und kommt dem Wurzelverbum mhd. zëmen (Präs. zim, Prät. zam, zâmen, Partc. gezomen) „(ge)ziemen", wohlanstehen, gemäß sein in der Bed. nahe. „Ich zeme mich des Dinges" heißt „ich halte das Ding für mich geziemend, passend". Uebrigens ist zähmen (domare) aus gleicher Wurzel: zahm, ahd., mhd. zam = der wilden, widerstrebenden Natur benommen — aus dem Prät. von zëmen gebildet. Dennoch ist bezemen in der entsprechenden ndd. Form betêmen, têmen, gewöhnlicher. Zahlreiche Belege bei Grimm*). Die alte nds. Bibel übersetzte jene Stelle: latet en beteemen. Selbst die schwedische Bibel hat nach Diedrich von Stade (a. a. O.) 5. Mos. 9, 14: lät migh betämma, wo Luther hat: laß ab von mir.

Grimm bemerkt am Schlusse des Artikels: Schade ist, daß wir dieses gefügen Ausdrucks heute entrathen. —

Biesamapfel, der — auch Bisam- od. Bisen- geschrieben — nach Jes. 3, 20: Balsambüchschen, Riechfläschchen, welches die hebr. Damen als Putzstück am Gürtel trugen; wörtl. s. v. als Bisambüchschen in Apfelform. Der Bisam oder Moschus duftet bekanntlich stark, und deshalb wählte Luther das Wort.

blach für flach (ahd. flah), erscheint schon im Ahd. und Mhd., bei Luther gewöhnlich in Verbindung mit Feld 2. Kön. 14, 25: bis an's Meer, das im blachen Felde liegt, d. h. bis an's todte Meer; 2. Sam. 15, 28.

Unter Blachfeld (flaches Feld, Ebene) 2. Sam. 2, 29 2c. versteht Luther im Gegensatze zum meistens gebirgigen Palästina die Jordansebene od. -aue vom nördlichen Ende des galiläischen bis zum südlichen Ende des todten Meeres. — 5. Mos. 1, 1; 2, 8; Jos. 12, 1; Jes. 33, 9 gebraucht er im gleichen Sinne Gefilde (ein Collectivum von Feld).

Im In- und Auslaute ist eine Fortschiebung von **f** in **b** eben nicht

---

*) Uns Ostfriesen unter andern geläufig: he têmt sück d'r 'n good glas win, 'n nee kleed 2c. van = er erlaubt, gönnt sich 2c.; ick kan mi 't nig betêmen ich kanns nicht übers Herz bringen.

selten (vgl. unter aber), wohl aber im Anlaute wie hier. Etwas Aehnliches findet sich bei dem Worte Berg, welches nach Grimm im höchsten Alterthume got. fairgs gelautet haben soll.

Flach stimmt lautverschoben mit griech. plak in pláx Fläche, Ebene, Tafel, plakûs flacher Kuchen (lat. placenta). S. Weigand und Grimm.

Bleischnur, die — das Senkblei Amos 7, 7: und siehe der Herr stand auf einer Mauer, mit einer Bleischnur gemessen, und er hatte die Bleischnur in seiner Hand.

Bleischnur ist eine Schnur mit einem daranhängenden Blei; es scheint nur bei Luther vorzukommen. Etwas häufiger findet sich

Bleiwurf, der — das Senkblei der Schiffer, engl. plumbinglead Apost.-G. 27, 28: und sie senkten den Bleiwurf ein und fanden 20 Klafter tief.

Bei Grimm finden sich Belege, der letzte von Stollberg:

Er senket in die graue Tiefe sich
Und findet in geheimer Grotte sie (die Wahrheit),
Wo keines Philosophen Bleiwurf prüft,
Der auf des Zweifels wilden Wogen schwebt.

Für Bleiwurf wie Bleischnur ist das nordd. Loth (eig. Blei) bei Schiffern und Zimmerleuten üblich. Vgl. Zinnenmaß.

bleuen, schw. V. — heftig schlagen Sir. 30, 12: beuge ihm den Hals, weil er noch jung ist; bleue ihm den Rücken, weil er noch klein ist; K. 31, 38: daß er (der Narr) trotzet und pochet, bis er wohl gebleuet, geschlagen und verwundet wird. —

Dieses im Nhd. seltener werdende Wort, indes in durchbleuen, einbleuen, zerbleuen noch lebendig, ist nicht direct von blau abzuleiten, wie blauen — „blau sein und blau färben", und deshalb weder bläuen zu schreiben, noch etwa im Nhd. mit braun und blau schlagen zu übersetzen. Luther schrieb bleuen od. plewen (vgl. bauen) z. B. in den Tischreden: „Wenn der Lein reif ist, so raufet, röstet, dörret, plewet (ndd. treit'd, falt'd) man ihn"*). „Ein Stockfisch wird auch nimmer gut, den man nicht weidlich plewen thut" (Grobianus) — od. wie es im Sprüchwort heißt: „Stockfisch will gebleuet sein" (bei Grimm). —

Bleuen, schw. Verb., war mhd. bliuwen, ahd. pliuwan noch ein Verbum starker Conjugation (Prät. blou, Partc. geblûwen ꝛc.), folglich keine Ableitung von blau, wie wohl nach Grimm eine Abstammung aus gleicher Wurzel mit blau anzunehmen ist, da die Vorstellung des Schlagens ursprünglich auf eine leichte Wunde, auf braun und blau schlagen führen kann. Die got. Form bliggvan, welche

*) Das Wort bleuen ist namentlich noch in der Flachsbereitung üblich, wie die Redensart Luthers zeigt; was wir Ndd. eine treite od. falte nennen, ist hd. ein Bleuel.

zudem Urverwandtschaft mit lat. fligĕre schlagen zeigt, steht dem Adj. blîvan blau ebenfalls nahe. Von dem Verbum scheint in neueren Sprachen nur noch das engl. blow Schlag vorhanden zu sein. —

Nach Grimm Wörterb. II, 111, kündigt das anlautende bl im got. bliggvan Verwandtschaft mit got. bli Farbe und ahd. plîhhan (jetzt „bleichen") = glänzen an. Aus diesem plîhhan, welches lautverschoben mit dem griech. phlégein stimmt, und zwar aus dem Plural des Prät. plihhumés wir glänzten hat sich durch Verhärtung des Gaumenlautes das in der Bibel vorkommende schwache Verbum

blicken — glänzen, leuchten, blitzen entwickelt. Nahum 2, 5: sie blicken wie Fackeln und fahren untereinander her wie die Blitze; Ps. 74, 5: man siehet die Aexte obenher blicken; Weish. Sal. 11, 19: die .... grausame Funken aus den Augen blicketen. Apost.-G. 22, 6: um den Mittag umblickte (Meyer-Stier umstrahlte) mich schnell ein groß Licht vom Himmel — wofür Apost.-G. 9, 3 umleuchtete steht.

Im Ahd. und Mhd. hatten blicken und Blick gleiche Bedeutung mit dem etymologisch nahe verwandten blitzen und Blitz = schnell schießender Lichtstrahl, wofür es nhd. eingeschränkter gebraucht wird. Luther häuft beide Ausdrücke — ein Zeichen der Verwandtschaft: Habak. 3, 11: deine Pfeile fuhren mit Glänzen dahin und deine Speere mit Blicken des Blitzes. Goethe sagt noch: „Ein Nachbar sah den Blick (= das Aufblitzen) von Pulver und hörte den Schuß fallen" (bei Grimm). Farben und Metallen wird ein Blick = Glanz, Schein beigelegt, woher die Ausdrücke: Silberblick, Goldblick, Blicksilber, dsgl. Blech, ndd. und ndl. blik, also = glänzendes Metall. „Schön und oft verwendet unsere Sprache Blick vom Licht und Strahl des Auges, das ja selbst das Sehende und Leuchtende ist", Grimm.

Aus dieser concreten Bed. von blicken — glänzen, scheinen ꝛc. hat sich die abstracte entwickelt: erscheinen, sich zeigen (freilich jetzt veraltete Bedeutung; vgl. das ndl. blyken, eine Nebenform von blikken); ferner die intransf. Bed. sehen, schauen, z. B. in die Zukunft bl.; blicken lassen = sehen lassen ꝛc.; daher transf. erblicken, anblicken ꝛc.

So wie Norddeutsche und Niederländer bliks und bliksem für Blitz (euphemistisch auch für den Teufel) gebrauchen, so findet sich auch bei Luther noch die ältere Form Blix, mhd. blicze: „Was ist's Wunder, daß Blix und Donner oft Kirchen anzündet!" In der Bibel schreibt er schon Blitz: 2. Mos. 20, 18; Matth. 24, 27.

Aus dem mhd. blicze — eigentlich eine Frequentativform von blik — ist mittelst Ausstoßung des c (k) Blizz = Blitz hervorgegangen.

Ein Factitiv von blicken ist blecken, z. B. die Zähne blecken Klagel. Jer. 2, 16, also eig. = blicken oder scheinen machen, zeigen; die alte niedf. Bibel: wysen de Theenen. Ferner sind abzuleiten: blinken — dauernd glänzen Hes. 21, 28 rc. — durch Eintritt von n entstanden (vgl. sint); blank rc.*).

Bock s. pochen.

Böcklein s. Pockel unter pochen.

Brosame, die, Gen. Brosame, Pl. Brosamen, mit kurzem, unbetontem **a** — (abgebrochenes) Stückchen Brot, Krümchen Matth. 15, 27: aber doch essen die Hündlein von den Brosamlein (Brosamlin bei L., s. Lüstlin, ist ein Diminutivum von Brosame), die von ihrer Herren Tische fallen; Luc. 16, 21: Lazarus begehrte sich zu sättigen von den Brosamen, die von des Reichen Tische fielen.

Brosame hat auch die Bedeutung des weichen Innern des Brotes; doch hatte es ahd. schon die Bed. Brotbrocken.

Mhd. die brosme od. brosam, ahd. prosamâ, gewöhnlich brosmâ, scheint nach Grimm entsprungen aus brohsama, brohsma, welches aus einem ahd. brochosôn zerbrechen, und dieses wieder aus dem Partc. von brechen, ahd. prëhhan (Partc. prohhan) gebildet ist; gleichen Ursprungs ist auch das bei Luther für gröbere Brotstückchen, Brotabfall vorkommende der **Brocke**, ahd. proccho: Matth. 14, 20; 15, 37; Marc. 6, 43 rc.

Aus dem Präteritum von brechen (brach, ahd. ich prah, wir prâhumês) ist das schw. Verbum brâchen — den Boden pflügen zum Ruhen nach der Ernte abgeleitet, welches in der Volkssprache (vgl. Kehrein, onomatisches Wörterb. 68) und auch bei Luther **brôchen** lautet Hiob 39, 10: kannst du ihm dein Joch anknüpfen, die Furchen zu machen, daß er hinter dir broche in Gründen? Jes. 28, 24: pflüget oder brochet oder arbeitet auch ein Ackermann seinen Acker immerdar zur Saat?

Buhle, der — der Geliebte oder Gatte, ein rein sittliches Verhältniß bezeichnend: Jes. 62, 4: man soll dich nicht mehr die Verlassene, noch dein Land eine Wüstunge heißen, sondern du solt „meine Lust an ihr", und dein Land „lieber Bule" (Meyer-Stier: die Vermählte) heißen, denn der Herr hat Lust an dir und dein Land hat einen lieben Bulen; V. 5: denn wie ein lieber Bule einen Bulen lieb hat, so werden dich deine Kinder lieb haben; Jer. 3, 20. — So schreibt auch Luther an eine Klosterjungfrau von Adel: „Allein sehet zu, daß ihr Gottes Segen auch suchet, daß nicht eitel Liebebrunst, sondern auch seiner Gnaden Gunst dabei sei, den ich euch wünsch gnädig zu sein mit euerem lieben Bulen".

Auch hat das Wort der Buhle, welches grammatisch auf beide Geschlechter geht, indes von Luther in der Bibel nicht für die Geliebte (amasia) gebraucht wird, bis in die neueste Zeit hinein bei Dichtern und Prosaikern die edle Bedeutung (Geliebter, Gatte, auch Freund,

---

*) Gleicher Abstammung ist ndl. blâken blinken, brennen, glühen; ndd. blâker metallener Leuchter; vielleicht auch engl. black schwarz (etwa = glänzend schwarz), ndd. black schwarze Dinte.

Trauter, Vetter ꝛc.) neben der sich allmählich eindrängenden unedlen (Ehebrecher, Hurer) bewahrt, wie zahlreiche Belege bei Grimm zeigen. Luther spricht sich selbst darüber so aus: „Wie man spricht: „mein holder Bule" und „ich muß einen Bulen haben", welches vorzeiten ehrlich eine Metze (s. d. W.) hieß, darum ein Geselle bulet zur Ehe, nun ist's in andern Verstand gerathen"; bei Diedrich von Stade p. 149. Schon ein Wörterbuch von 1482 erklärt bule für ein unehrlich Weib, concubinaria, und bule ein unehrlich Mann, concubinarius.

Die Bibel verwendet den Ausdruck Buhle und buhlen oft im bildlichen Sinne; einmal von dem oft dem ehelichen Bund verglichenen innigen Bundesverhältniß Gottes zum Volke Israel; sodann steht es auch wie Hurerei, Ehebruch bildlich für Abgötterei: Hes. 16, 37; 23, 5—9. 20 ꝛc.; Hos. 2, 5; 3, 1 u. a. O. Vgl. Zeller, bibl. Wörterb. I, 188.

Das aus Buhle abgeleitete **buhlen** drückt ursprünglich ein sittliches Verhältniß aus: freien, lieben; später erst unerlaubter Liebe pflegen, huren: im erstern Sinne ist es zu deuten, weil das trauliche Verhältniß Gottes zu seinem Volke ausdrückend Hes. 16, 8: und ich ging vor dir über und sahe dich an, und siehe, es war die Zeit um dich zu buhlen — M.-St. es war deine Zeit, die Zeit der Liebe —, da breitet ich meinen Geren (s. d. W.) über dich. — Dagegen im tadelnden Sinne, weil auf Abgötterei deutend: Hos. 3, 1; Jer. 2, 25; Hes. 23, 7; ferner Maleachi 2, 11 für ehebrechen. — Rein sprachlich betrachtet läßt sich indes diese Scheidung in ein erlaubtes und unerlaubtes Verhältniß schwer durchführen, wie auch Grimm die angezogenen Stellen unter eine Kategorie bringt.

Dagegen gebraucht Luther das aus Buhle fortgebildete **der Buhler** Geliebter; dann Ehebrecher, Hurer nur im entschieden üblen Sinne, auf Abgötterei deutend Jer. 3, 1: du aber hast mit vielen Bulern gehuret, doch komm wieder zu mir, spricht der Herr; Hes. 16, 33: denn allen andern Huren gibt man Geld, du aber gibst allen deinen Bulern Geld zu; Hos. 8, 9.

Aus Buhler entstand die weibl. Form **Buhlerin** für das ältere Buhle: Sirach 9, 3: fleuch die Bulerin, daß du nicht in ihre Stricke fallest.

Nach Weigand stimmt die Wurzel des Wortes Buhle, mhd. der buole (geliebte Person), welche bal (s. Mutter) lauten muß, da uo aus a hervorgegangen, nach der Lautverschiebung mit griech. phil in philos geliebt, phileîn lieben. Grimm vermuthet indes, daß mhd. buole aus bube, buobe hervorgegangen sei und zwar aus der Diminutiv-Form buobele (Bübel) durch Ausstoßung des b, wie es ja auch in bua, bue der Alpenbewohner schwand; so entsprangen auch die Formen hân (z. B. im Luther'schen Liede: Ein feste Burg ist unser Gott), hât, gît aus haben, habet, gibet. „Die Vorstellungen Bub, Knabe und Buhle berühren einander zusehends; hatte doch Goethe erst gedichtet:

Es war ein Buhle frech genug ꝛc.

dann:

Es war ein Knabe frech genug.

Der Buhle im rein sittlichen Verhältnisse ist geradezu nichts, als der unschuldige Bue des Alpenmädchens, und umgekehrt; ganz wie Bube ausartet in den Sinn von nequam (Taugenichts), schlägt auch Buhle um in den von moechus und adulter (Ehebrecher), die Geliebte wird zu einer Bübin und Buhlerin". Grimm, Wörterb. II, 501.

Beide Wörter Bube und Buhle tauchen auf einmal zusammen im Laufe des 13. Jahrhunderts auf. Luther gebraucht Bube nur im üblen Sinne: Richter 19, 22; 20, 13 ꝛc.; vgl. Lotterbube.

Uebrigens ist der Ursprung dunkel; Bube direct aus dem lat. pupus kleiner Knabe herzuleiten, wie Wackernagel, Weigand u. a. thun, scheint nach Grimm nicht wohl zulässig; s. Wörterb. II, 458.

Vgl. Knabe, Metze, Dirne, Magd, Weib und andere Bezeichnungen für Familien- und Geschlechtsverhältnisse; desgl. Segen, albern, einfältig.

Burg, s. Wagenburg und Hort.

Buße und **büßen**, s. baß.

C.

Cad, die, hebr. — ein Gefäß, zu trockenen wie flüssigen Dingen dienend 1. Kön. 17, 12. Luther übersetzt sonst Krug 1. Mos. 24, 14, Eimer Pred. 12, 6. de Wette übersetzte es 1. Kön. 17 mit Mehleimer, was aber nicht gebräuchlich ist.

Camarim, syrischer Name für (abgöttische) Priester, entweder die Schwarzgekleideten oder die Diener bedeutend: 2. Kön. 23, 5; Zeph. 1, 4; Hos. 10, 5. S. Zeller, bibl. Wb.

Canzelei, die — Ausfertigungsstube einer Behörde; eig. der mit Schranken (lat. cancelli) umgebene Ort, wo sich die Mitglieder eines Gerichts ꝛc. zur Ausfertigung gerichtlicher Angelegenheiten versammeln. Jer. 36, 12. 20 ist es das Amtszimmer des Staatssecretärs; Esra 6, 1 das Archiv.

Daher der **Canzler** — Canzleivorsteher, bei Luther a) der Staatssecretär od. Geheimschreiber des Königs: 1. Chron. 28, 32; Jes. 36, 3; 2. Kön. 18, 18; Jer. 36, 10. 12. 20 ꝛc. b) der Reichsgerichtsschreiber, der die Begebenheiten des Reichs aufzeichnen und die Geschichte über das Archiv führen mußte: 2. Sam. 8, 16; 20, 24; 1. Kön. 4, 3. c) der Vorstand einer Kriegsbehörde Jes. 33, 18. d) der Befehlshaber, der persische Statthalter von Samaria Esra 4, 8. e) der Staatsschreiber von Ephesus Apost.-G. 19, 35. S. Zeller II, 21.

Capelle s. unter Kogel.
Casia s. Cinnamet.
casteien, schw. Vb. — ein altkirchlicher Ausdruck für züchtigen, nämlich durch Fasten, Geißeln zc., das „Fleisch kreuzigen", die Lüste des Fleisches unterdrücken: 3. Mos. 16, 29; 23, 27; 4. Mos. 29, 7; 30, 14; Dan. 10, 12.

Die Form casteien ist im 17. Jahrh. benedeien, maledeien u. m. a. nachgebildet; denn im 16. Jahrh. hieß es noch kestigen, mhd. kestigen, mitteld. kastigen, ahd. chestigôn, entlehnt aus dem lat. castigare zurechtweisen, strafen, züchtigen, verbessern.

Centner s. Sekel.
Chrysolith, der — gelblich grüner Edelstein Offb. 21, 20. Aus dem lat.-griech. chrysolithus wörtl. „Goldstein".
Chrysopras, der — apfelgrüner Halbedelstein Offb. 21, 20. Aus dem lat.-griech. chrysoprasus d. i. gold-lauchgrüner Stein.
Cinnamet (Cinnamen), der — Zimmt (Caneel); mhd. zinment, zinemîn, aus lat.-gr. cinamum, cinamomum, ist schon nach Herodot aus dem Semitischen entlehnt, hebr. kinnamôn: 2. Mos. 30, 23; Spr. Sal. 7, 17; Hohel. 4, 14; Sir. 24, 20; Offb. 18, 13. — Eine besondere Art ist der Kassia-Zimmt, bei Luther Casia, Casien, Kezia: 2. Mos. 30, 24; Ps. 45, 9; Hes. 27, 19. Die Zimmtrinden Jer. 6, 20 sind Kalmus; s. Zeller und Winer unter Zimmt, desgl. Gesenius.
Cisterne, die — vom lat. cisterna Wasserbehälter: Judith 7, 12. Im Morgenlande ist es ein in Felsen gehauener oder ausgemauerter runder oder viereckiger Wasserteich, in dem das Regenwasser gesammelt wird; gewöhnlich übersetzt Luther mit Brunnen 5. Mos. 6, 11; 1. Mos. 29, 3 zc.; 37, 22 (Grube) zc.
Colochinte (Coloquinte), die — Bittergurke, Cucumis colocynthi L., eine giftige Gurkenart, welche in Arabien und Palästina fast überall wächst und Früchte mit ungemein bitterem Safte hervorbringt 2. Kön. 4, 39; s. Winer unt. Gift.
Copher, der, hebr. — die Cyperblume, Lawsonia inermis L., die Alhenna der Araber, mit traubenförmigen, weißlichen und wohlriechenden Blumen Hohel. 1, 14: mein Freund ist mir ein Trauben-Copher — M.-St. Copher-Traube.
Cor hebr. — (wörtl. das Runde, vielleicht von der Cylinderform des Maßes) ein großes Getreidemaß, dasselbe was Chomer oder Homer s. d.: 1. Kön. 4, 22; 5, 11; 2. Chron. 2, 10; 27, 5; Esra 7, 22.
Coriander, der — eine in Aegypten häufig wachsende Doldenpflanze, coriandrum sativum L. Sie trägt runde, gelbliche, inwendig hohle, gewürzhafte Samenkörner, die in Aegypten bei Bereitung der Speisen stark gebraucht und daher mit dem Manna verglichen werden: 2. Mos. 16, 31; 4. Mos. 11, 7. S. Winer unt. Koriander.

Aus dem lat. coriandrum, von dem gleichbedeutenden griech. koriannon, welches wahrscheinlich von gr. kóris Wanze, wegen des dem Kraute eigenen Wanzengeruchs; s. Weigand, Wb. unt. Koriander.

Crethi und **Plethi**, Pl. — das Chor der Leibwache des Königs David: 2. Sam. 8, 18; 15, 18; 20, 23; 1. Chron. 19, 17; 1. Kön. 1, 38. Einige übersetzen die Wörter als Appellative etwa durch Scharfrichter und Läufer (Eilboten), vgl. 2. Chron. 30, 6. Neuere halten sie für ethnographische Namen: Kreter (von Kreta sollen die Philister stammen) und Philister; s. das Nähere bei Zeller, Winer u. a.

Cymbel, die — ahd. die zymbala, aus dem lat. cymbalum, vom gr. kymbalon — war bei den Alten ein musikalisches Instrument, welches aus zwei Metallplatten oder hohlen Becken bestand, die gegen einander geschlagen wurden (s. Zeller): 2. Sam. 6, 5; 1. Chron. 14, 8; 16, 19. 28; 17, 5. 42; 26, 1. 2 ꝛc.; Ps. 150, 5. Eine spätere Art von Cymbeln, an Daumen und Mittelfinger befestigt, wie sie von den Mauren zu den Spaniern gekommen sind und von Frauenzimmern beim Tanz geschlagen werden, heißt Castagnetten. Jetzt versteht man unter Cymbel ein Orgelregister von zusammenstimmenden Glöckchen. Vgl. Pauken unter pochen.

D.

darlegen, schw. Vb. — a) hinlegen, hingeben Nehem. 9, 35: in dem weiten und fetten Lande, das du ihnen dargelegt hast; Spr. Sal. 6, 31; Matth. 25, 20; b) aus seinem Seckel darlegen, auszahlen, so auch uneigentlich = aufopfern 2. Cor. 12, 14. 15: denn es sollen nicht die Kinder den Eltern Schätze sammeln, sondern die Eltern den Kindern. Ich aber will fast (s. d.) gerne darlegen und dargelegt werden für eure Seelen. „Freudig, sagt der Apostel, will ich alles, was ich habe, für euch hingeben; noch mehr, nicht bloß was ich habe, auch was ich bin, mich selbst will ich hingeben. Dies bildet eine schöne Ergänzung zu V. 14, daß er sie selbst, nicht das Ihre haben will; so will er auch seinerseits ihnen alles geben"; Beelitz, Lexilogus p. 12.

Legen, got. lagjan ist das Factitivum von liegen (lag), also = liegen machen; vgl. angeliegen und auffretzen.

Das — Jes. 51, 6: Himmel und Erde werden vergehen und die darauf wohnen, werden dahinsterben wie Das — Luther sagt dazu: „Solches muß man mit dem Finger zeigen, als schlüge man ein Klipplein mit den Fingern, wie man sagt: ich gebe nicht Das darum". Vulgata: et habitatores ejus sicut haec interibunt. „Andere nehmen das hebr. Wort ken als die ungewöhnliche Einzahl der in den ägyptischen Plagen vorkommenden Läuse (2. Mos. 8, 17. 18) oder vielmehr Stechfliegen, Mücken". Zeller.

Decke s. Futter.

dermaleins s. einig.

dichten, schw. V. — ist wie so manches schöne Wort, dem man die fremde Herkunft nicht mehr ansieht, durch die Kirche aus dem Lateinischen ins

Deutsche eingebürgert; es ist das lat. dictare — zum Nachschreiben vorsagen, „dictieren", auch Verse niederschreiben lassen — und bedeutet 1) in der ältesten Zeit, wo es im Deutschen gebraucht wurde, „das Ausgesonnene und geistig Geschaffene niederschreiben oder zum Niederschreiben vorsagen, damit es gelesen oder gesungen werde"; daraus entwickelte sich 2) etwas schaffen, erdenken, aussinnen — so im Mittelalter auch das lat. dictare. — Luther, der übrigens richtig tichten schrieb (mhd. tihten, ahd. tictôn, weil die media d sich in frühe aufgenommenen Wörtern zur tenuis t fortschiebt — die niederdeutschen und nordischen Sprachen haben richtig d), gebraucht es ebenfalls in diesem Sinne, mit dem häufig die böse Absicht verbunden ist, vgl. andichten, erdichten Sir. 17, 30: und was Fleisch und Blut tichtet, das ist ja böses Ding; 1. Mos. 8, 21: denn das Tichten des menschlichen Herzens ist böse von Jugend auf; Klagel. Jer. 3, 62: Herr, du hörest ihre Schmach und alle ihre Gedanken über mich, die Lippen meiner Widerwärtigen und ihr Tichten wider mich; Röm. 1, 21: sondern sind in ihrem Tichten („ihren ausgedachten Vernunftschlüssen", Grimm; andere: Gedanken, Vernunftschlüsse, Vernünfteleien) eitel geworden. Die letztere Stelle deutet auf die 3), der 2. naheliegenden Bed. hin: sinnen, nachdenken 1. Kön. 18, 27: rufet laut, denn er ist ein Gott, er tichtet oder hat zu schaffen; Spr. Sal. 15, 28: das Herz des Gerechten tichtet, was zu antworten ist. In einem 4) nhd. gewöhnlichsten Sinne für Verse machen steht es 1. Chron. 17, 9: singet, spielet und tichtet ihm von allen seinen Wundern; 2. Chron. 23, 18; Ps. 71, 24; 45, 2; 108, 2; so auch Dichter — Poet 1. Kön. 4, 31; Gedicht — Lied, Psalm Esra 3, 10; Ps. 49, 5.

Dirne, die — hatte ehedem ebensowenig wie Buhle, Metze u. a. eine unehrenhafte Bedeutung, sondern wurde 1) zunächst allgemein für Jungfrau, Mädchen, unverheirathetes Frauenzimmer gebraucht, wie noch ndſ. dêrn, ostfr. wicht: 1. Mos. 24 wird Rebekka wiederholt Dirne genannt; ferner Richter 21, 12: 400 Dirnen, die noch Jungfrauen waren; 1. Sam. 25, 42; Hiob 40, 24; Ruth 2, 6.

Im Passional wird eine Königstochter Dirne genannt; selbst die reine Jungfrau Maria sagt daselbst:

owê, owê, lieber suon
was sal ich arme terne tuon?

Bei den Sachsen in Siebenbürgen ist Kerl und Dirne eine stolze Benennung für Braut und Bräutigam; ebensowenig hat ndd. kêrl etwas Unehrenhaftes. Später verband sich etwas Unehrenhaftes mit dem Worte Dirne, ohne daß deshalb der Gebrauch in edlem Sinne erlosch. In diesem 2) in Nhd. vorherrschenden Sinne für leichtfertiges Frauenzimmer nimmt es auch wohl Luther Amos 2, 7: es schläft Sohn und Vater bei einer Dirne; 1. Mos. 34, 3: Sichem hatte die Dirne lieb — wie wohl auch hier die Scheidung mehr durch die Sache als durch die Sprache begründet sein mag; vgl. Buhle.

Als Beweis, daß in dem Worte selbst das Ehrenrührige nicht liege, verbinden wir gewöhnlich dasselbe mit einem entsprechenden Epitheton: leichtfertige, liederliche, unzüchtige, feile, gemeine ꝛc. Dirne.

Die Dirne, im 15. — 17. Jahrh. gewöhnlich Diern geschrieben, mhd. dierne, ahd. diornâ, diernâ ist ursprünglich 3) eine Dienende, Dienerin, Magd ancilla, so auch bei Luther: Spr. Sal. 9, 3; 31, 15; 2. Kön. 5, 2 — im Mittelalter hieß die Jungfr. Maria als Gottes Magd erweltiu gotes dierne. Es scheint eine Fortbildung aus dem einfachen ahd. diu (ancilla), also eigentlich diuo - arna, dio-arna = Dienerin zu sein; die Endung rn deutet ein Substantivum männlichen Geschlechts und das daran gehängte a die weibliche Ableitung an; vgl. Grimm, Gramm. II, 336. — Von dem ursprünglichen ahd. diu, Gen. diwi Magd, Sclavin ist gebildet das schwache Verb. dionôn (verkürzt aus diuwinôn) „dienen" — „jemandes Befehl untergeben sein"; daher der Dienst = Arbeit und Leistung als Leibeigener; 2. Mos. 1, 11; 8, 13. 14 ꝛc., womit Luther Composita bildet: Diensthaus — Haus der Knechtschaft, d. i. Aegypten. 5. Mos. 5, 6 u. a. O.; Dienstzaum — so wird die Stadt Gath genannt 2. Sam. 8, 1 (vgl. 1. Chron. 19, 1), weil durch diese Gränzfestung der Philister die benachbarten Völker im Zaume gehalten wurden; Dienstarbeit: 3. Mos. 23, 7. 8. 21 u. a.; vgl. Fronvogt.

Gleicher Abkunft ist die Demuth, mhd. demûte, diemuote, ahd. dëomuotî, von dem ahd. Adj. dëomuotî demüthig, welches zusammengesetzt ist aus dem jenem Femininum diu entsprechenden Masc. dëo Diener und vom ahd. muot Muth, Gemüth abgeleiteten Adj. — muoti = müthig; demüthig ist also = dienenden, niedrigen Gemüthes und Demuth = Unterwürfigkeit, z. B. unter Gottes Willen. Demuth ist nicht unmittelbar mit Muth zusammengesetzt und deshalb nicht männlichen Geschlechts, wie die andern Composita Hochmuth, Großmuth ꝛc. Mich. 6, 8; Matth. 11, 29; Phil. 2, 3; 1. Petr. 5, 5 u. a. O. S. Weigand, deutsches Wörterb. I, 239.

Dolmetscher, der — Erklärer, Uebersetzer 1. Mos. 42, 23: sie wußten aber nicht, daß es Joseph verstand, denn er redete mit ihnen durch einen Dolmetscher. So auch in den Tischreden: wohlan, das ist ein guter Dolmetscher, der aus dem Worte Tod kann eine heilsame Ruthe machen. Daher verdolmetschen = erklären, übersetzen Matth. 1, 23; Marc. 5, 41 ꝛc., wofür Luther auch verdeutschen sagt Matth. 27, 33.

Neben der von Luther, Lessing u. a. gebrauchten Form Dolmetscher mit der deutschen Endung findet sich die von Dolmetsch; das Wort ist schon im 13. Jahrh. aus dem Slavischen aufgenommen: russisch tolmatsch, poln. tlumacz, ungar. tolmats; s. Grimm, Wörterb.

Drachme (Drachma), die — die gewöhnliche griechische Silbermünze, aus 8 Obolen bestehend, die auch bei den Juden nach dem Exil im Umlauf war. Luther übersetzt fast überall Drachme, wie den römischen Denar mit Groschen (Luc. 15, 8. 9); s. Stater; nur 2. Macc. 4,

19 und 12, 43 läßt er Drachma stehen, wo es wahrscheinlich alexandrinische Drachmen sind, deren eine zwei attischen Drachmen = 1 gem. Sekel gleich ist; K. 10, 20 übersetzt Luther Gülden und rechnet 2 (alexandr.) Drachmen auf einen Gulden; s. Zeller unt. Geld.

Dreiling, der — ein Getreidemaß, besonders in Baiern ehemals üblich, welches daher den Namen hat, daß drei solcher Dreilinge auf einen dortigen Metzen gingen; ferner ist es noch jetzt ein größeres oder geringeres Weinmaß in Süddeutschland. Luth. hatte offenbar die erstere Bed. im Auge, wenn er das hebr. Schalisch, gleichbedeutend mit Seah, welches 1/3 Epha (s. d.) war und überall nur ein Maß für trockene Dinge bedeutete, Jes. 40, 12 mit Dreiling übersetzt: wer begreift (s. d.) die Erde mit einem Dreiling? — während er es sonst gewöhnlich mit Maß und Scheffel übersetzt; vergl. Zeller bibl. Wörterb. II, 216. Luthers Glosse zu diesem Ausdruck: „das ist mit einer Maß drei Finger breit" könnte leicht auf ein Längenmaß führen, wenn nicht der Grundtext und der deutsche Sprachgebrauch entschieden dagegen sprächen; bei Grimm findet sich kein Dreiling als Längenmaß.

Dudaim hebr. 1. Mos. 30, 14 hält man mit großer Wahrscheinlichkeit für die Mandragore, eine Art Wolfskirsche, die in Palästina häufig wächst; aus der sehr großen Wurzel schnitzten die Alten Alrunen od. Galgenmännchen, die wie Götzenbilder gehegt und gepflegt wurden, und denen man unter andern eine fruchtbarmachende Kraft zuschrieb, wie auch Rahel ihrer sich zu diesem Zwecke bediente; s. mehr darüber bei Zeller und Grimm, Mythologie 228, 292 2c. Luther, der sehr viel über dieses dunkle Wort nachforschte, übersetzte anfangs auch Alraun, in der 1534er Ausgabe Lilie (wie Hohel. 7, 13), später schwankend geworden, stellte er das hebr. Wort Dudaim wieder her; s. Hopf 209.

Dünkel s. Gutdünkel.

dürfen, dürftig, dürftiglich s. thüren.

dumm — gebraucht Luther Matth. 5, 13: wo nun das Salz **thum** wird, womit soll man salzen? — für abgestumpft, verdorben, unkräftig, wie man auch taub und stumm im ähnlichen Sinne gebraucht, z. B. nannte man in Süddeutschland sonst den Wein stumm, wenn er zu stark geschwefelt war und dadurch seine Schärfe und sein Feuer verloren hatte. S. Beelitz, Lexilogus. Andere Uebersetzer haben fade, schal, abgeschmackt, seine Kraft, Schärfe verliert, vgl. die Polyglotten-Bibel von Stier und Theile. Luther selbst erklärt das Wort in seinen Schriften: „thum Salz heißt, das die Zähne und Schärfe verloren hat und nicht mehr würzet und beißet", bei Grimm. Außer vom Salze sagte man es früher auch vom Zucker, Samen, daß er dumm werde; ähnlich im Engl. dumb arm der lahme Arm. Ueber das Sachliche vergl. Zeller und Winer unt. Salz.

Luther und seine Zeitgenossen schrieben thum (tum), mhd. tump, ahd. tumb, got. dumbs; erst im 18. Jahrh. ward die richtigere Tenuis (t) in die Media (d) verwandelt. Es wird von einem vermutheten got. Wurzelverbum dimban (Prät. damb, Partc. dumbans) abgeleitet, woher auch dumpf, taub, dämmern u. a. stammen. „Dumm bezeichnet eine Abstumpfung des Geistes, des Verstandes, der Sinne, und heißt demnach schwachköpfig, kraftlos, aber auch stumm (so goth., ahd., agſ. ꝛc.), taub, finster" (Grimm). Im Mittelalter hieß tump „wer seiner Jugend wegen noch keine Erfahrung und Einsicht haben konnte, unerfahren, jung", war also ohne allen Tadel, während jetzt die ungünstige Bedeutung entschieden vorherrscht, die indes bei Luther noch sehr selten vorkommt, Tobias 6, 18: die allein um Unzucht willen Weiber nehmen, wie das tumme Vieh.

E.

Ebenholz, das — so heißt jede von Natur schwarze, steinharte Holzart von Diospyrus melanoxylon, D. ebenaster ꝛc. (Cl. XIII). Hes. 27, 15 und 1. Kön. 10, 11 mag es das kostbare äthiopische sein; darnach galt als das vorzüglichste das indische; s. Winer und Zeller.

Das Wort Ebenholz (-baum), Hebenholz 1. Kön. 10, 11. 12 hat sich aus dem Hebr. in die gr. und lat. Sprache und von diesen auch in die deutsche Sprache verbreitet: das hebr. Wort bedeutet nach Gesenius Steinholz (ében Stein); gr. ébenos, lat. ébenus Ebenbaum und -holz; s. Weigand u. Winer.

ehern, Adj. — was von Erz ist, aereus. Weil aber das bibl. Erz nur an wenigen Stellen (5. Mos. 8, 9) wie heut zu Tage rohes Metall, Metallmischung, sondern wie im ganzen Mittelalter Kupfer oder Kupfermischung (z. B. auch Bronce und Glockenspeise) bedeutet: 1. Mos. 4, 22; 2. Mos. 31, 4 u. v. a. O. — so haben wir unter ehern durchgängig kupfern zu verstehen: a) im eigentlichen Sinne 2. Mos. 26, 11. 37; eherne Schlange 4. Mos. 21, 8; eherner Altar 2. Chron. 4, 1; ehernes Meer 1. Kön. 7, 23. 26 u. a.; b) bildlich: hart, stark Ps. 107, 16; eherne (unverschämte) Stirn Jes. 48, 4: eherner (harter, verschlossener, regenloser) Himmel und (unfruchtbare) Erde 5. Mos. 28, 23.

Das Adj. ehern, alth. und mhd. êrîn ist nicht gebildet wie steinern, thönern, hölzern, sondern wie irden (von Erde) von einem verloren gegangenen Substantiv êr (got. aiz, lat. aes, gen. aeris), das jetzt vertreten wird durch Erz, dessen Etymologie dunkel ist. —

Eheschuld, die — Pflicht der ehelichen Beiwohnung, die eine Ehehälfte der andern schuldig ist 2. Mos. 21, 10: so soll er ihr an ihrem Futter (s. d. W.), Decke und Eheschuld nicht abbrechen; vgl. 1. Cor. 7, 2. 3.

Ehrenhold, der — ist Daniel 3, 4: und der Ehrenhold rief überlaut — eine verderbte Form für Herold = Botschafter im Kriege; Aufseher beim Turnier (im Mittelalter). Luther, Hans Sachs und andere Zeitgenossen schrieben bald Herolt, bald Ernhold (so auch in dieser Stelle); aus der schon entstellten letzteren Form machten spätere Sprachverderber Ehrenhold: man suchte offenbar Anklang an die Vorstellungen Ehre und hold; ähnlich verfuhr man mit vielen andern Wörtern, z. B. Felleisen, Armbrust, Elendthier, Maulwurf rc.

So findet sich auch die italien. Form araldo neben der span. heraldo und dem franz. hérault, héraut, engl. herald; vgl. Er.

Wie schon diese aus dem Deutschen hervorgegangenen Formen zeigen, ist das **a** in Herold in **o** verdunkelt; die mhd. Form heralt, identisch mit dem ahd. Personennamen Hariolt, schon bei Tacitus als Chariowalda vorkommend d. i. ahd. hariwalto — der des Heeres waltet, Heerbeamter: Heer hieß ahd. hari, heri; aus walt kürzte sich alt, olt. Vgl. die Eigennamen Arnold (ahd. Aranolt d. i. Adlerwalt aus aro Aar und olt aus walt Walter und das Walten), Berthold (ahd. Bërhtolt d. i.: Bërhtwalt — der glänzend waltet, herrscht) u. a.

ehrlich, Adj., — gebraucht Luther noch in dem eigentlichen und ursprünglichen Sinne, wornach ehrlich das bezeichnet, was Ehre hat, genießt oder mit der Ehre stimmt, der Ehre werth ist — die Endsilbe lich, ndd. lik, hd. ge-leich, gleich, zeigt eine Aehnlichkeit, dann Art und Weise an, vgl. Leichnam —, also a) ansehnlich, vornehm — von Leuten 4. Mos. 16, 2: Rathsherrn und ehrliche Leute — Meyer-Stier: ehrbare L.; Jes. 3, 3: Hauptleute über Funfzig und ehrliche Leute — Meyer-Stier: ansehnliche L.; V. 5: ein loser Mann wird stolz sein wider den ehrlichen — Meyer-Stier: der Geringe wider den Geehrten; Stück in Esther 7, 1: Mardochai, ein ehrlicher Mann — M.-St. vornehmer M.; Sirach 31, 28: einen kostfreien (s. d. W.) Mann loben die Leute und sagen, er sei ein ehrlicher Mann; Luc. 14, 8: daß nicht etwa ein Ehrlicher (statt Ehrlicherer) denn du geladen sei — Meyer-Stier: Ehrbarerer; andere: Angesehenerer, Vornehmerer, mehrer Ehre werth; Vulgata: te honoratior. In diesem Sinne ist das Wort heute veraltet; — b) ansehnlich — von Sachen 1. Mos. 23, 6: begrabe deine Todten in unsern ehrlichsten Gräbern — Luther hatte früher: köstlich; Ps. 145, 12: die ehrliche Pracht des Königreiches. So sagt man noch: das hat mir ein Ehrliches gekostet; — c) ziemend, anständig, oft mit dem Dativ der Person: Spr. Sal. 19, 11: wer geduldig ist, der ist ein kluger Mensch, und (es) ist ihm ehrlich (Meyer-Stier: eine Ehre), daß er Untugend überhören kann; Sirach 24, 24. So auch als Adverb Tob. 14, 2; Sirach 38, 16. — Hebr. 13, 4: die Ehe soll ehrlich (ehrenwerth, in Ehren) gehalten werden; — d) redlich, ohne Falsch, brav, honestus: Jes. 9, 15; Sirach 44, 8.

Alle die Bedeutungen, bemerkt Grimm, laufen ineinander, es ist kaum anzugeben, aus welcher derselben eine sehr eigenthümliche unserer heutigen Sprache entsprang, wonach wir ehrlich für tüchtig, ordentlich im bestimmten Sinne setzen: ein ehrlicher Kerl; eine ehrliche Haut; das soll was Ehrliches kosten rc.

Wie ehrlich = „wer oder was Ehre hat oder genießt" sind gebildet glücklich = wer Glück hat, grämlich, löblich, nützlich, ängstlich, sündlich u. a.

Mhd. êrlich der Ehre werth, ehrbar; ansehnlich, schön. — Die Etymologie von Ehre ist dunkel; vgl. Grimm. Uebrigens hat Luther auch **ehrbar** „wer oder was Ehre trägt oder hat" a) für angesehen Apost.-G. 13, 50; 17, 12; Marc. 15, 43; b) von würdigem Betragen, anständig: Tit. 2, 2; 1. Tim. 3, 8. 11; Phil. 4, 8. Adverb. ehrbarlich Röm. 13, 13; s. unter thüren.

Eidam, der — Tochtermann, Schwiegersohn 1. Mos. 19, 14: da ging Lot hinaus und redete mit seinen Eidamen (bei Luther verkürzt nach älterer Sprachweise Eidam), die seine Töchter nehmen sollten; Richter 19, 5: da sprach der Dirnen Vater zu seinem Eidam; 1. Sam. 18, 18: wer bin ich? . . daß ich des Königs Eidam werden soll.

Es ist gewiß zu beklagen, daß das gute alte Wort vor den schleppenden Zusammensetzungen Schwiegersohn und Tochtermann verschwindet, so dunkel es auch ist: mhd. eidem, ahd. eidum, eidam, eidem, ags. âthum — allen übrigen Dialecten mangelnd. Nach Weigand, d. Wb., eines Stammes mit mhd. die eide, ahd. eidî, got. aithei Mutter; vgl. Schnur, Schwieger ꝛc., bes. Neffe.

Eiferopfer s. rügen.

eigen, Adj. — scheint ursprünglich das Partc. Prät. des ahd. eigan, got. áigan = haben, besitzen zu sein; wenigstens ist es unmittelbar mit diesem Verb. verwandt und bedeutet: was man hat, was gehabt wird (Grimm) = ausschließlich angehörig. Luther läßt eigen auch neben dem Possessiv-Pronomen (mein, dein ꝛc.) gern unflectiert. Jerm. 34, 16: und ein jeglicher fordert seinen Knecht und seine Magd wieder, die ihr hattet frei gegeben, daß sie ihr selbst eigen wären; Tob. 10, 13: und vermahneten sie, daß sie ja wollt ihres Mannes Eltern ehren als ihr eigen Eltern; Sir. 32, 26: hüte dich auch vor deinen eigen Kindern. — Früher war das Wort sehr gebräuchlich im Sinne von leibeigen (von Knechten und Hörigen) 1. Mos. 43, 18: damit er uns nehme zu eigen Knechten; 2. Kön. 4, 1: nun kommt der Schuldherr und will meine beiden Kinder nehmen zu eigen Knechten. „Ihr werdet sie drum nicht verachten, weil sie eigne Leute sind und nicht wie wir frei sitzen auf dem Erbe"; Schiller, Tell II, 2.

eindenken — eingedenk sein, sich erinnern, in eine Sache hineindenken; ndl. indenken: Matth. 5, 23: darum, wenn du deine Gabe auf dem Altar opferst und wirst allda eindenken, daß dein Bruder etwas wider dich habe ꝛc.

Luther gebraucht das Wort in seinen übrigen Schriften öfter. Daher eingedenk und das frühere eindenk; desgleichen eindächtig, ndl. indachtig (gebildet aus dem Prät. ich dachte, wie andächtig) = eingedenk 1. Theff. 2, 9: ihr seid wohl eindächtig, lieben Brüder, unser Arbeit und Mühe.

einfältig, Adj. — hat jetzt nur noch in der feierlichen Kirchensprache die bei Luther gewöhnliche Bed. von natürlich einfach, schlicht, unerfahren von Charakter und Einsicht Röm. 16, 19: ich will aber, daß ihr weise seid aufs Gute, aber einfältig aufs Böse; 1. Mos. 20, 5. 6: hab ich doch das gethan mit einfältigem Herzen und unschuldigen Händen; Ps. 116, 6: der Herr behütet die Einfältigen; Matth. 6, 22: wenn aber dein Auge einfältig ist, so wird dein ganzer Leib licht sein — M.=St. übersetzt: wenn dein Auge gesund ist; andere erklären: gerade hinschaut d. i. redlich, ohne Falsch ist; so wird dein ganzer Leib licht = klar, gesund sein. Vgl. albern, Schalk, Segen.

Das =faltig, =fältig, auch =falt, z. B. in mannigfalt, Einfalt rc. ist ebenso aus falten entstanden, wie das gleichbedeutende lat. -plex, z. B. in simplex einfach, duplex doppelt von plicare falten. Einfältig bed. daher im Gegensatze zu zwei= und mehrfältig, mannigfaltig „was nur einmal gefaltet ist oder nur eine Falte hat", also dem Auge nicht so versteckt liegt, wie das mehrfach Gefaltete. Got. áinfalths, ahd. einfalt, mhd. einvalt bed. einfach.

einig — mhd. einec, einic, ahd. einac, einîc, ndl. einig, engl. any rc. — ist eine Verstärkung von ein. Luther gebraucht es nie in dem nhd. sehr gewöhnlichen Sinne von concors, consentiens, wofür er die flectierte Form der Einzahl **eins** (Amos 3, 3; Hos. 3, 2; Ps. 94, 20; Matth. 20, 2), ferner einträchtig, einmüthig, einhellig rc. hat, — wohl einzeln Einigkeit für unitas, concordia: Ephes. 4, 3; Dan. 11, 6 — sondern a) im Sinne von einzig, alleinig, unicus, z. B. von Menschen 1. Mos. 22, 2: nimm Isaac, deinen einigen Sohn; K. 22, 12: du hast deines einigen Sohnes nicht verschonet; Richter 11, 34: und die war ein einiges Kind, und er hatte sonst keinen Sohn noch Tochter; Spr. Sal. 4, 3; Jer. 6, 26; Amos 8, 10; Zach. 12, 10; Tob. 6, 12. 16; Luc. 7, 12: der ein einiger Sohn war seiner Mutter; — vom Sohne Gottes heißt es immer eingeboren, wie die Vulgata dafür unigenitus hat; — von andern Dingen 2. Sam. 12, 3: ein einiges Schäflein; 1. Sam. 24, 15: einem einigen Floh; Weish. Sal. 11, 21: durch einen einigen Odem; Matth. 5, 36: ein einig Haar rc.; Psalm 86, 11: erhalte mich bei dem einigen, daß ich deinen Namen fürchte; Joh. 6, 22: kein anderes Schiff, denn das einige. Allmählich trat einzig an die Stelle dieses einig, obwohl dies in der Dichtersprache noch fortdauert; — b) im Sinne von unus „in Eins zusammen gehörig", „die Einheit des Wesens ausdrückend, im Gegensatz zur Vielheit" — besonders von Gott, wofür die got. Bibel áins (ein) hat 5. Mos. 6, 4: der Herr unser Gott ist ein einiger Herr; Judith 5, 7; Matth. 19, 17: niemand ist gut, denn der einige Gott; Röm. 3, 30; 1. Kor. 8, 4: und daß kein anderer Gott sei ohne der einige; Gal. 3, 20: ein Mittler ist nicht eines Einigen (Einzigen) Mittler; Gott aber ist einig u. a. O. Aufs engste schließt sich hieran das Wort Dreieinigkeit statt Dreieinheit, in der Bibel aber nicht vorkommend. „Diese schleppendere Ausdrucksweise (einig für ein) wurde nöthig, seit das zum Artikel erniedrigte Zahlwort ein seinen Nachdruck einbüßte. Einzig wäre hier unverstattet", Grimm; — c) einsam, alleinstehend, solus Weish. Sal. 7, 27:

sie (die Weisheit) ist einig und thut doch alles. So sagt Luther sonst: „Ich war einig und verlassen, jedermann meinete, es wäre mit mir aus". — Späterhin ist dieses einig dem klangvolleren einsam gewichen.

Einig im Sinne von irgend ein (ullus u. aliquis), od. im Plural für etliche (quidam) scheint Luther in der Bibel nicht zu gebrauchen; Grimm citiert nur eine Stelle aus seinen Schriften: „Man soll die Christen lehren, daß die, so da verneinen einigen (irgend einen bestimmten) gemeinen Artikel, für halsstarrig in ihrem Irrthum recht genannt werden". —

Wo wir jetzt aber sagen: in einiger Art, Weise, auf einige Art od. Weise (ullius modi, generis), da gebrauchten Luther und andere **einigerlei** (im 16. Jahrh. einicherlei geschrieben): 2. Mos. 22, 9: wo einer den andern schuldigt um einigerlei Unrecht; 3. Mos. 13, 49: an einigerlei Ding, das von Fellen gemacht ist. Im 18. Jahrh. veraltete das wie mancherlei, vielerlei ꝛc. gebildete Wort; s. waserlei. Aehnlich hat Luther 3. Mos. 19, 19 anderlei.

Von obigem eins für einig ist wohl zu unterscheiden der als Zahladverb gebrauchte Genitiv vom Neutrum ein — **eines, eins** für einmal, semel Hosea 3, 1: gehe noch eins hin; Sirach 12, 6: du wirst noch eins so viel Bosheit durch ihn empfahen, als du ihm Gutes gethan hast; K. 26, 1; 50, 2. Neben aber, nicht und besonders noch hat sich dieses eines länger erhalten; lebendig ist es noch engl. once (altengl. ones von one ein), ndl. eens, ndd. eens, ins. In gleicher Bed. hat er auch ein paar Mal **einst, einest** Hiob 19, 6; Richter 16, 28. Im 15. und 16. Jahrh. hatte eins auch die Bed. des jetzigen einst (aliquando), wo Luther **dermaleins** od. **dermaleinst** (Sirach 6, 3; Matth. 5, 25; 13, 15; Marc. 4, 12 u. a. a. O.) hat, d. i. der Male eins (eine der Zeiten), woraus wir gekürzt haben dereinst; vgl. Mal.

Eintracht, der — der Einschlag des Gewebes, subtegmen, den der Weber mittelst der Spule in den Zettel od. den Aufzug (s. Werft) trägt: 3. Mos. 13, 48. 52. 56: am Werft od. am Eintracht ꝛc.

Das Wort ist selbst bei neueren Schriftstellern nicht ganz in Abgang gekommen. Zwar haben sie, z. B. Gellert, Wieland, Goethe ꝛc., durchweg die Form der Eintrag — von eintragen (= einwerfen, weben), allein mit nicht größerem Rechte, als die Luthersche Form Eintracht, welche ebenso organisch ist; vgl. Macht von dem alten magan, unserm heutigen mögen s. d.; Gewicht von wiegen; tüchtig von taugen; die Tracht von tragen ꝛc.; auch in „die Eintracht" (concordia) ist = Tracht nicht von trachten herzuleiten (etwa nach einem Ziele trachten), sondern von tragen und drückt aus, daß zwei überein tragen, einer wie der andere; daher einträchtig Ps. 133, 1 und das Adverb einträchtiglich Zeph. 3, 9; 1. Chron. 13, 33. Vgl. thürstiglich.

Das Wort Eintrag ist ein recht auffallendes Beispiel davon, daß aus einer sinnlichen Bedeutung sich eine figürliche entwickeln und bleiben kann, während jene, die eigentliche, aus dem Sprachbewußtsein und Gefühl von Tausenden und aber Tausenden, die das Wort in der fig. Bed. in den Mund nehmen, entschwindet: so wie man in der Weberei im eigentl. Sinne sagt „den Eintrag thun" = den Einschlag in den Zettel bringen, so sagt man fig.: (einer Sache) Eintracht thun = schaden, Abbruch thun, Hindernisse bereiten, wie der Eintrag dem Zettel entgegentritt, in die Quere kommt. Daher auch beeinträchtigen (von Eintracht) = schaden, hindern — also nicht gebildet aus die Einträcht (dieselbe etwa stören) oder trachten. Uebrigens waren Luther und seiner Zeit so complicierte, steife Formen wie beeinträchtigen, beeinflussen, beanspruchen, beanstanden, begutachten, bewahrheiten und viele ähnliche noch fremd; vergl. Grimm, Wörterbuch I, 1203.

eitel, Adj. — hat (od. hatte) die Bed. 1) leer, vacuus — in einer ahd. Bibelübersetzung wird leer Luc. 1, 53: „die Reichen läßt er leer ausgehn" durch „eitel" (îtal) übersetzt; jetzt längst erloschen; 2) bloß, bar; dann lauter, rein (merus); 3) heute verwenden wir eitel von einem, der sich seiner Vorzüge freut und ihrer bewußt ist, mit einem bald schwächeren, bald stärkeren Nebensinne des Leichten, Leeren und Stolzen: ein eiteles Mädchen; hieran schließt sich unmittelbar 4) die Abstraction der ersten Bed., eitel im entschieden tadelnden und üblen Sinne a) von der Gesinnung und dem Wandel: geistig leer, hohl, auf das Vergängliche und Falsche statt auf das Ewige und Wahre gerichtet (inanis, vanus) Ps. 26, 4: ich sitze nicht bei den eitlen Leuten und habe nicht Gemeinschaft mit den Falschen; K. 94, 11: aber der Herr weiß die Gedanken der Menschen, daß sie eitel sind; Röm. 1, 21: sie sind in ihrem Dichten eitel geworden; Jac. 2, 20; 1, 26; 1. Petr. 1, 18 u. a. St; b) von der Beschaffenheit irdischer Dinge 2c.: inhaltslos, nichtig, vergänglich, unnütz: so besonders in Pred. Sal. 1, 2; 12, 8: alles ist eitel; 1, 14; 2, 1. 11. 15 2c.; 6, 11; 9, 9 u. a. St.

Man sieht, daß sich die heil. Schrift von dem gewöhnlichen Sprachgebrauche durch eine viel tiefere, erschöpfendere Fassung des Begriffs, durch größeren sittlichen Ernst unterscheidet.

An diese letztere Bed. schließt sich enge an das **Eitel**, wofür wir jetzt das Eitele = Nichtige sagen Hiob 35, 13: denn Gott wird das Eitel nicht erhören; Psalm 4, 3: wie habt ihr das Eitel so lieb und die Lügen so gern? So sagt Luther sonst wo: „das menschliche Leben ist nichts denn ein Eitel (bei Grimm); — ferner die **Eitelkeit** (vanitas) = Gehaltlosigkeit, Scheinwesen, Nichtigkeit: 2. Kön. 17, 15; Hiob 31, 5; Pred. Sal. 4, 7; 6, 4; Ephes. 4, 17: so sage ich nun, daß ihr nicht mehr wandelt, wie die andern Heiden wandeln, in der Eitelkeit ihres Sinnes (andere: Thorheit, Verkehrtheit).

Aus dem Adj. eitel, und zwar der zweiten Bed. entsprechend, ging hervor das Adverb **eitel** — bloß, lauter, nichts als (ndd. lûter, schîer und êmer): a) von concreten Dingen: eitel Myrrhen Ps. 45, 9; Nesseln Spr. Sal. 24, 31; Gold und Silber Hes. 16, 13; Feuerflammen

Dan. 7, 9: Blut 2. Macc. 12, 16; Männlein 4. Mos. 3, 39 ꝛc.; b) vor Abstracten: eitel Narrheit Spr. Sal. 15, 2; Herzeleid 1. Mos. 26, 35; Segen K. 39, 5 u. a. a. O. Auch vor Adjectiven: eitel ungesäuert Brot; eitel nackte Leute Judith 5, 25 ꝛc. Vgl. die Stelle in der Erklärung des heil. Abendmahls: denn das Wort „für euch" fordert eitel gläubige Herzen. In allen diesen Stellen ist es unserm jetzt gewöhnlicheren lauter analog, und da dieses „hell glänzend" bedeutet, so wird eitel wohl ähnliche Grundbedeutung gehabt haben. In der That ist im ahd. îtal und dem altſ. îdel die erste Bed. die von glänzend, woraus sich dann die von bloß, bar; lauter, rein ꝛc. entwickelt hätte; auch die heutige Bed. würde damit in Einklang zu bringen sein, als von einer Person gebraucht, die zu glänzen sucht, (im bibl. Sinne) die nach dem Scheine statt nach dem Wesen trachtet ꝛc. Grimm vermuthet, daß eitel ein verlorenes got. Wurzelverbum eidan (Prät. áid, ïdum, Partc. ïdans) glänzen, leuchten zu Grunde liege; vgl. Grimm, Wörterb. II, 386; Gramm. II, 45.

Elend, das — bedeutet 1) fremdes Land; Land der Verbannung, Exil; dann die Verbannung selbst; 2) — in jetziger Bed. der hülflose Zustand, die größte Bedrängniß, miseria. Luther kennt es noch in der ersten eigentlichen Bed. Klagel. Jerem. 1, 3: Juda ist gefangen im Elend und schweren Dienst; Judith 5, 21: aber sie sind neulich wiederkommen aus dem Elend, darin sie waren; vgl. Vers 20: sie sind auch vor diesen Zeiten oft weggeführt in fremde Lande; 2. Macc. 5, 9: und wie er (Jason) viele Leute aus ihrem Vaterlande vertrieben hatte, so mußte er selbst auch im Elend sterben zu Lacedämon; 2. Mos. 3, 17: ich will euch aus dem Elende Aegypti führen in das Land der Cananiter. — Selbst Neuere gebrauchen das Wort noch in diesem Sinne, z. B. Uhland:

Jedem ist das Elend finster,
Jedem glänzt sein Vaterland.

Fremde und Verbannung thun weh und machen unglücklich, besonders nach Ansicht und Gefühl der Alten, die viel von dem Grundsatze hielten: bleibe im Lande und nähre dich redlich; daher nahm Elend nach und nach den abstracten Begriff von miseria, hülfloser Zustand, höchste Bedrängniß und Noth an, und die ursprüngl. Bed. trat vor dieser endlich ganz zurück. Auch Luther gebraucht es vielfach in diesem abstracten Sinne 5. Mos. 16, 3: sieben Tage sollst du ungesäuert Brot des Elends essen — Vulgata: afflictionis panem; K. 26, 7: der Herr erhöret unser Schreien und sahe unser Elend, Angst und Noth; 1. Sam. 1, 11; Esra 9, 5; Ps. 9, 14; 25, 18; Jac. 5, 1 u. a. O. Auch die fallende Sucht wird uneigentlich das Elend genannt. — Das Adj. elend gebraucht Luther nur im Sinne von gering, schlecht, armselig, hülflos: 2. Sam. 22, 28; Hiob 7, 3; Luc. 1, 52; Röm. 7, 24 ꝛc. Davon die Fortbildung elendig (miser) 4. Esra 7, 12 und das Adverb elendiglich Hiob 36, 8; vgl. thürstiglich.

„Urbedeutung dieses schönen, vom Heimweh eingegebenen Wortes Elend ist das Wohnen im Ausland, in der Fremde, und das lat. exsul, exsilium, gleichsam extra solum (außerhalb des [vaterländischen] Bodens) stehen ihm nahe", Grimm, Wörterb. II, 406. Doch ist es nicht, wie manche wohl anzunehmen geneigt sind, aus dem lat. e (ex) aus und unserm Land zusammengesetzt, sondern aus dem mhd. ellende, dieses aus elelende, ahd. elilenti (für alilanti — dessen a in e umlautet) hervorgegangen, d. i. ein anderes Land, zusammengesetzt aus dem im Mhd. und Ahd. nur in Verbindung vorkommenden Adj. ali-, eli-, got. (für sich stehend) alis = ein anderer (mit lat. alius stimmend) und dem mittelst des Ableitungsvocals i von lant gebildeten lenti Land. Im Nhd. ist gegen den Brauch unserer Sprache der Hauptton auf die erste Silbe (e) geworfen und diese dadurch lang geworden. Im Ndl. und Ndd. ellénde Elend und dem Adj. elléndig hat sich die mhd. Form und Betonung erhalten. Früher waren Ausdrücke wie folgende sehr gewöhnlich: das Elend bauen = in der Fremde leben, s. bauen; im Elend sein, bleiben, streifen, schwärmen; ins Elend schicken, senden, jagen, treiben = verbannen, exilieren; aus dem Elend heimkehren, führen, holen ꝛc.

Im frommen Sinne, da man unser irdisches Dasein als Verbannung aus dem Paradies ansah, hieß das Elend bauen nichts als hienieden leben. —

endelich, Adj. — dasselbe was endlich: 1) (mhd.) was am Ende kommt; 2) nach dem Ende strebend, daher von lebenden Wesen: eifrig, rüstig, emsig, tüchtig, Spr. Sal. 21, 5 substantivisch gebraucht: die Anschläge eines Endelichen bringen Ueberfluß — Meyer-Stier: Emsigen, Vulgata robusti eines Starken — „stark und schnell begegnen sich in mehreren Ausdrücken", Grimm; so auch in ndd. fel und fos; Kap. 22, 29: siehest du einen Mann endelich in seinem Geschäft — Meyer-Stier: emsig, Vulg. velocem. Als Adverb steht es in der bekannten Stelle Luc. 1, 39: Maria ging auf das Gebirge endelich — Vulgata cum festinatione „mit Eile"; andere Uebersetzer: mit Eile, in Eile, eilends, mit Fleiß, munter. Pischon, Erklärung der veralteten Wörter ꝛc. bemerkt p. 8 zu diesem Worte: „Der Sinn ist, was zu Ende kommt und zu Ende bringt, nicht bloß das Schnelle, wie es Spr. Sal. 21, 5 dem Jachen entgegen gesetzt ist, sondern weil Ende auch Grund und Zweck bedeutet (z. B. zu dem Ende), mit dem Begriffe des Gründlichen, Tüchtigen, Brauchbaren, weshalb auch Luther früher (1524) Luc. 1, 39 nicht „mit Eile", sondern „mit Zuchten" übersetzt hatte".

Dieser Gebrauch von endelich war zu Luthers Zeit und im Mittelalter ganz gewöhnlich, wie viele von Grimm und Benecke-Müller angezogene Stellen zeigen; noch 1735 heißt es beim Dichter Günther ironisch:

„Die Falschheit hielt es nicht mit dem geschwinden Volke
Und zog so endelich als eine trübe Wolke".

Dagegen hat sich die jetzt so gewöhnliche Bedeutung von endlich für vergänglich, sterblich (was ein Ende hat, gegenüber der unendlichen, ewigen Gottheit) erst im 18. Jahrh. seit Klopstock gesetzt und verbreitet. —

enhinder, Adv. — ist eines derjenigen Wörter, die Luther aus der unter dem Einflusse des Ndd. stehenden Volkssprache Thüringens in die Schriftsprache aufgenommen hat; er griff dazu, wo es ihm paßte und aus deren Vermischung mit dem Oberdeutschen, dem z. B. dies Wort ganz fehlt, ist ja eben unsere hochdeutsche Schriftsprache hervorgegangen. Ebendies ist auch der Grund, weshalb später, in der Zeit, als die „Verschlimmbesserungen" begannen, wie Vilmar sich ausdrückt, d. i. im 17. und 18. Jahrhunderte, das Wort beseitigt und durch ungenügende oder geradezu falsche ersetzt wurde. Enhinder steht für hin hinter 2. Mos. 3, 1: Mose aber hütete der Schafe Jethro, seines Schwähers, des Priesters in Midian, und trieb die Schafe enhinder in die Wüsten — Vulgata: cumque minasset gregem ad interiora deserti; die alte niedd. Uebersetzung hat auch hen achter, die ndl. henen achter. Achter, hd. after — hinter (s. aber) und hen hin, gekürzt in en, wie Luther auch Herr in Er, herab in erab ꝛc. kürzt; vgl. Er. Thürg. noch ninter.

„Neue Ausgaben tilgen entweder das en oder geben „hinein in die Wüste", wodurch die Vorstellung von hinter verloren geht: bei Luther ist „bis hinein in des Hohenpriesters Palast" Marc. 14, 54 etwas anderes, das usque intro der Vulgata", Grimm. Selbst eine der neuesten Bibelausgaben (Tauchnitz), die sich eine nach Luthers letzter Ausgabe genau revidierte nennt, hat: „weiter hinein in die Wüste", Meyer-Stier: hinter in die Wüste. Luthers Wort enhinder antwortet aber auf die Fragen wo? und wohin? zugleich. Hinder für hinter ist bei Luther nicht ungewöhnlich Joh. 6, 66, mhd. hinder. „Die gegebene Deutung von enhinder wird vollends sicher durch das mhd. hinhinder", Grimm. Luther gebraucht das Wort öfter, wie noch häufig die unserem hen achtern entsprechende Form enhindern, und ist es gewiß zu beklagen, daß er hierin nicht so treue Nachfolge gefunden hat, wie in manchen andern Fällen; vgl. Grimm, Wörterb. und Vilmar, pastoral-theologische Blätter, 1861, 1. und 2. Hft., 104. Vgl. übrigens bezähmen, thüren, freidig.

enthalten, trans. stark. V. — zusammengesetzt aus halten (hielt, gehalten) und der trennbaren Partikel ent, die ursprünglich gegen, wider bedeutet, aber später in ein gelindes gegen, wider abgeschwächt wurde, ohne den im Verbum liegenden Begriff aufzuheben — bedeutet also fast dasselbe, was das einfache halten, nämlich: a) aufnehmen, beherbergen — nicht bei Luther; b) gefangen, fest halten — nicht bei Luther; c) (Sachen) aufbewahren — in Luthers Schriften; d) bewahren, schützen, erhalten — so Ps. 37, 17: denn der Gottlosen Arm wird zerbrechen, aber der Herr enthält die

Gerechten — Meyer-Stier: stützet; Ps. 51, 14: tröste mich wieder mit deiner Hülfe, und der freidige (s. d. W.) Geist enthalte mich — Meyer-Stier: der willige G. erhalte m.; Jes. 63, 5: niemand enthielt mich, sondern mein Arm mußte mir helfen, und mein Zorn enthielt mich; 2. Chron. 32, 22: (der Herr) enthielt sie vor allen umher — M.-St. hütete sie rund umher; Jer. 15, 16: enthalte uns dein Wort. Das Bewahren, Erhalten, Schützen schließt die Abwehr alles Feindlichen und Schädlichen in sich, daher die Bed. e) abwehren, abhalten, zurückhalten — so 1. Sam. 25, 39: gelobt sei der Herr, der seinen Knecht enthalten hat vor dem Uebel — Meyer-Stier abgehalten; Weish. Sal. 1, 11: und enthaltet die Zungen *) vor dem Fluchen.

Reflexiv gebraucht Luther das Wort oft a) für sich aufhalten — wo in enthalten zugleich auch die Vorstellung des Schützens, Bergens, Versteckens liegt; vgl. dazu Aufenthalt: Marc. 14, 34: enthaltet euch hier; 1. Mos. 12, 10: da zog Abraham hinab in Aegypten, daß er sich daselbst als ein Fremdling enthielte; 2. Mos. 8, 22: da (im Lande Gosen) sich mein Volk enthält; Jer. 40, 7: die Hauptleute, so auf dem Felde sich enthielten; Judith 5, 12: da zuvor kein Mensch wohnen, noch sich enthalten konnte; 1. Macc. 14, 36; 2. Macc. 15, 1; Apost.-G. 1, 13; — b) sich unterhalten, nähren 2. Macc. 5, 27: Judas machte sich davon in die Wildniß und enthielt sich da von Kräutern — M.-St. nährte sich. So gebraucht auch die vorluthersche deutsche Bibel von 1482 1. Kön. 22, 27 das Wort transitiv: legt disen man in den kerker und enthalt in (Luther: speiset ihn) mit dem brot des trübsals und mit dem wasser der angst (Grimm); c) sich an- oder festhalten Col. 2, 19: der Leib enthält sich aneinander durch Fugen und Gelenke; vgl. dazu die Bed. gefangen, fest halten. — Uebrigens ist Luther die jetzt gewöhnliche Bed. für sich enthalten = Abstand nehmen, entbehren, an sich halten, sich mäßigen — sehr geläufig: 1. Kön. 10, 5; Esther 5, 10; Jes. 42, 14; Zach. 7, 3; (Marc. 14, 34: enthaltet euch hier und wachet — Vulgata: sustinete hic et vigilate; Meyer-Stier: bleibet hier; Grimm stellt den Spruch hierher, während er uns entschieden unter a) zu gehören scheint); 1. Cor. 7, 9; Jes. 48, 9; — mit dem Genitiv 4. Mos. 6, 3; Hiob 4, 2; 2. Cor. 12, 6; mit Präpositionen 3. Mos. 22, 2; 1. Sam. 21, 4; Apost.-G. 15, 20. 29; 1. Petr. 2, 11.

Mit der Vorsilbe ent verbindet Luther ferner abweichend vom heutigen Sprachgebrauche: entdecken für abdecken, aufdecken Jes. 47, 2: entdecke den Schenkel; entschlafen für einschlafen 1. Mos. 2, 21;

*) „Die Zungen" ist hier nicht der Plural, sondern der Accusativ Sing. schwacher Declination; Luther hatte selbst Nominative wie: die Aschen, Erden, Hütten, Gersten, Lügen, Wolken; im Gen. und den übrigen Casus war die schwache Form des Femininums mhd. und später allgemein; wie jetzt noch in Compositis: Erdenthal, Rosenblatt, Gerstenkorn 2c.; vgl. Schellhengst, Segen, Ort.

Richter 16, 19; Matth. 25, 5; — 2. Chron. 9, 31; wie entschlummern für einschlummern Richter 4, 22; entrüsten s. Lauberhüttenfest.

Epha, die (Amos 8, 5 der) — ein hebr. Maß zu trockenen Dingen, soviel wie ein Bath (für Flüssigkeiten), $^1/_{10}$ Gomer, ungefähr $^1/_6$ der hebr. Kubikelle, nach Zeller II, 216 wahrscheinlich 1014,39 Pariser Kubikzoll: 2. Mos. 16, 16. 18. 36; Richter 6, 19; Ruth 2, 17; Hes. 45, 11; 1. Sam. 17, 17 (s. Sange) 2c. Luther übersetzte es hin und wieder durch Scheffel 3. Mos. 19, 36; 5. Mos. 25, 14. 15. — Die Bed. des Wortes ist schwankend; s. Zeller ib. Vgl. Cor, Gomer, Dreiling.

Er — 2. Sam. 16, 16: da Husai, Davids Freund, zu Absalom hinein kam, sprach er zu Absalom: Glück zu, Er König! Glück zu, Er König! — Dies Er ist in neueren Bibelausgaben durch Herr ersetzt, aus welchem es in der That auch gekürzt ist.

Der Herr, mhd. hërre aus hêrre, ahd. hêrro, hêrero ist ursprünglich der Comparativ hêriro von hêr hehr = hoch, erhaben, vornehm Ps. 111, 9: heilig und hehr ist sein Name — wozu Luther aber, es etwas anders verstehend, bemerkt: das Wort terribile (Vulg.) heiße ich auf deutsch hehr, das man zu Latein metuendum, reverendum nennt, als man ein Bild, Kirche, Fest, Heiligthum oder dergl. schön und hehr hält". Das Heilige erregt zugleich Ehrfurcht und Schrecken. Hopf, 236. Also bed. Herr der Höhere, Erhabenere, Vornehmere, Gewaltigere. Im Ndd. und Ndl. hat hêr noch das urspr. lange ê. Schon im Mittelalter wurde hêrre und hërre in hêr und hër gekürzt, und aus letzteren beiden Formen entstanden durch Aphäresis (Abstoßung) des Anlautes h Ehr und Er, besonders vor Eigennamen und Titeln, z. B. in Nibelungen: er Sîfrit, er Hagene, er Liutgast, er Gêrnôt 2c., Genitiv ern Sifrides 2c. In Luthers Schriften findet sich oft Er als vertraulicher Ausdruck statt Herr: „Gnad und Fried in Christo, lieber Er Doctor" 2c. (bei Grimm). So stieß man nicht selten die Kehlspirans h ab in: herab, hernach, hernieder 2c. also: erab, ernach 2c.; Luther schrieb: er für Lucas 15, 22; er aus Spr. Sal. 25, 8; erzurufen Apost.-G. 2, 39 2c., s. Mönckeberg, Beiträge 54; vgl. enhinder.

Bürger hat den Gen. Ehren des Subst. Ehr unverständigerweise mit dem Nom. eines Eigenn. verbunden, offenbar in Anlehnung an Ehre, honor:

> Hierauf sprang Ehren Lot herbei
> Mit Brausen und mit Schnarchen.

S. Grimm, Wb. III, 52.

Erbschichter, der — wer ein Erbe theilt, Nachlaßverwalter Luc. 12, 14: Mensch, wer hat mich zum Richter od. Erbschichter über euch gesetzt? — Scheint nur bei Luther vorzukommen; Grimm führt noch an: die Erbschicht, Erbschichtung = Theilung des Erbes. Mitteld. schichten ab-, eintheilen.

ergrimmen — war ehedem ein starkes Vb., wie das mhd. einfache grimmen (Prät. ich gram, wir grummen); jetzt ist es in Form und Bed. schwankend; Luther verwendet es schon in schwacher Conj. Das mhd. grimmen, agſ. grimman bed. rasen, wüthen vor Schmerz, Zorn oder Haß, brummen; s. Benecke-Müller.

Nach Weigand, Wb. der Syn. III, 1169 u. 945 bed. das Adj. grimm, ahd. grim 2c. gemüthsscharf, -bitter an sich oder wogegen, wild erbittert, und das mhd. Vb. grimmen „sich in wilden unbändigen Jammer auslassen", unter Beziehung auf einige Stellen im Parcival und in Leyser's Predigten; so grimmet ir herze mit bitterem jâmer, s. Benecke-M.

Daß das Ergrimmen = Rasen, Wüthen, Erzittern — seinen Grund ebensowohl in übergroßem Schmerz, als in Zorn und Haß haben könne, ist psychologisch ebenso natürlich, als dies der der menschlichen Natur sich enge anschließende Sprachgebrauch zeigt: das aus dem Präsens von grimmen hervorgegangene Subst. der Grimm bed. „die heftige Gemüthsbitterkeit wogegen", dann „wilder Ausbruch roher verderblicher Gewalt" 1. Mos. 27, 44; Ps. 7, 7 2c., während das aus dem Prät. gram hervorgegangene der Gram „anhaltende, tief im Innern nagende Betrübniß worüber" bedeutet; wogegen das Adj. gram, das bei Luther sehr gewöhnlich ist, sich der Bed. von grimm wieder nähert = „unmuthig, feindselig erzürnt, von Herzen abgeneigt wogegen" mit dem Dativ 1. Mos. 27, 41: und Esau war Jakob gram und sprach: Ich will meinen Bruder Jakob erwürgen; vgl. dazu V. 44: bis sich der Grimm deines Bruders wende; K. 50, 15; Richter 14, 16; Ps. 119, 163; ferner grämlich = „leicht erzürnt", mhd. gremelich = grimmig, schrecklich.

Luther gebraucht nun ergrimmen durchgängig im Sinne des mhd. grimmen für rasen, wüthen, zürnen, und wendet es wie „zürnen", „rächen" und ähnliche Wörter auch unbedenklich auf das Verhalten Gottes gegen die sündige Welt an 4. Mos. 11, 1. 10. 33; 22, 22; Richt. 6, 39 2c.; allein in den Stellen Joh. 11, 33: als Jesus sie sahe weinen, ergrimmete er im Geiste und betrübte sich selbst, und V. 38: Jesus ergrimmete abermal in ihm selbst — kann es dem oben Gesagten und gewiß auch dem Gedankengange gemäß recht wohl bedeuten: von tiefer Wehmuth ergriffen und erschüttert werden, wie auch einige die betr. Stellen übersetzt haben. Das Nähere s. bei Zeller. In der ersten Ausgabe hatte L. V. 33 übersetzt: „ergrymmt er ym geist unn schuttert sich"; die Vulgata hat: fremuit spiritu „murrete er im Geiste", wie auch L. Marc. 14, 5 dasselbe gr. Wort mit murren übersetzt.

erkennen s. kündlich.

Erker, der — ein über die Vorderseite einer Mauer hinaustretender Ausbau, bes. der Burgmauer. Luther übersetzt so die vorspringenden Säulen am Portal des neuen Tempels: Hesek. 40, 9 2c.; 41, 1; Ps. 144, 12 werden die Töchter Israels mit ausgehauenen Erkern verglichen, die ausgezeichnet sind durch zierliche Pracht, aber nichts für sich, während die Söhne, als selbstständig, Pflanzen verglichen werden; vgl. Zeller's Wörterb. — Erker, mhd. ärker, aus dem mittellat. arcora und dies vom lat. arcus — Bogen, im Mittelalter auch — — Zimmerwölbung, welcher der Ausbau an mittelalterlichen Burgen glich.

Erlösung s. los.

ersaufen — wird jetzt gleich dem einfachen saufen, außer im verächtlichen Sinne, gemieden, wenigstens auf Menschen bezogen; Luther gebraucht es noch häufig von lebenden Geschöpfen, auch von Menschen für ertrinken Matth. 8, 32: die Säue ersoffen im Wasser; Hebr. 11, 29: die Aegypter ersoffen. Das Partc. **ersoffen** wird bildlich gebraucht für untergegangen, verdorben, verkommen Jes. 28, 7: denn beide, Priester und Propheten sind toll von starkem Getränke, sind in Wein ersoffen und taumeln — Meyer-Stier: von Wein übermannt. So sagt Luther sonst in seinen Schriften: „im Guten ersoffen und ohne alle böse Lüste"; „er sei so trunken, ja ersoffen in den Lehren des Papstes gewesen" (bei Grimm). Daher das Factitiv ersäufen für „ertränken", z. B. in der Erklärung zur Taufe: Es bedeutet, daß der alte Adam in uns durch tägliche Reue und Buße soll ersäuft werden; Ps. 106, 11; 69, 3. 16; Matth. 18, 6.

erwegen, sich — meist mit dem Genitiv der Sache oder Person — 1) sich zu etwas entschließen, sich eines Dinges unterfangen, getrauen — in diesem positiven Sinne hat es Luther in seinen Schriften: „Auf diese und dergleichen Zusagung und Befehl muß man sich tröstlich erwegen und mit rechtem Vertrauen bitten". „Denn wer sich Gebens und Leihens erwegt, der muß sich des Interesse zuvor erwegen (hier im 2. Sinne), oder es wird weder Geben noch Leihen heißen"; u. a. (bei Grimm); — 2) in entgegengesetzter Bed.: auf etwas verzichten, sich eines Dinges begeben; es preisgeben, „daran verzweifeln und ihm entsagen" — obwohl Luther es in diesem Sinne weit seltener gebraucht, so kommt es doch in der Bibel nur so vor: Weish. Sal. 17, 15: etliche aber fielen dahin, daß sie sich des Lebens erwegeten — Meyer-Stier: daß sie am Leben verzweifelten; 2. Kor. 1, 8: also daß wir uns des Lebens erwegeten und bei uns beschlossen hatten, wir müßten sterben — andere: das Leben verloren gaben, am Leben verzweifelten; Stück in Esther 7, 6: hatten sich ihres Lebens erwogen. — So auch in seinen Schriften: „Die Feldmaus wußte nirgend hin, lief die Wand auf und ab und hatte sich ihres Lebens erwogen".

Die angezogenen Stellen und andere bei Grimm zeigen, daß Luther dem Worte in beiderlei Sinn, besonders im positiven gern schwache Flexion verleiht durch Verwechselung mit erwägen (eine Sache) commovere, das ehemals schwach war, später aber wie auch sich erwegen im Prät. erwog und im Partc. erwogen lautete. Das starke Partc. erwogen wurde ehemals ganz wie jetzt verwegen = kühn, dreist, frech gebraucht und daraus folgt, daß dem Verbum verwegen die Bedeutung des mhd. bewëgen, später erwëgen zugestanden haben müsse; diese nämlich haben beide wie verwëgen den Doppelsinn unsers sich erwegen — im ersteren Falle gibt der Erwegende sich an etwas, im andern von etwas. Mhd. erwëgen, bewëgen und verwëgen sind aber wie ihr Stammverb wëgen stark (Präs. wige, Prät. wac, wâgen, Partc. gewëgen) = sich bewegen, wiegen, wägen; aus dem a des Präteriti ging später, wo man die starke Form theilweise wieder aufnahm, das stumpfere o in erwog, bewog und erwogen, bewogen hervor. Daß schon bei Luther und seinen Zeitgenossen die starke Form in die schwache übergeht, kann nicht auffallen; dies ist mit mehreren anderen der Fall; ferner kommen gerade in erwegen (erwägen), wiegen und wägen, bewegen viele Formstörungen vor; s. Grimm Wörterb. I, 1776. Vgl. wegen.

Sich erwägen in obigem Sinne erscheint im 16. Jahrh. häufig, im 17. seltener; im 18. verschwindet es ganz.

Uebrigens sei noch bemerkt, daß die entgegengesetzte Bedeutung bei derselben Form nicht auffallen muß; vgl. segnen u. a. Die Vorsilben be, er, ver sind mancherlei Deutung und Gebrauches fähig; vgl. verfassen.

erzählen — 1) im gewöhnlichen Sinne für mittheilen, narrare: 1. Mos. 24, 66; 29, 13 u. a.; 2) herzählen, aufzählen, „bis zu Ende zählen" enumerare Ps. 119, 12 und 13: gelobet seist du Herr, lehre mich deine Rechte; ich will mit meinen Lippen erzählen alle Rechte deines Mundes; Hiob 38, 37: wer ist so weise, der die Wolken erzählen könnte — Vulgata: quis enarrabit caelorum rationem; Mönckeberg übersetzt auszählen, p. 69; andere: zählen; Kap. 39, 2; Weish. Sal. 18, 22: der da erzählet den Eid und Bund, den Vätern verheißen. Letztere Bed. von erzählen findet sich noch bei Gellert; allmählich hörte sie ganz auf. Vgl. afterreden.

erz — untrennbares Wort einer Zusammensetzung, bezeichnet das Ursprüngliche, Erste und Vorzüglichste des durch das Grundwort Ausgedrückten; z. B. Erzengel, gebildet aus lat. archangelus 1. Thess. 4, 16; Erzhirte 1. Petr. 5, 4; Erzvater (=Stammvater, Familienhaupt) Apost.-G. 7, 8. 9; 2, 29; Erzkämmerer 2. Kön. 18, 17 — Dan. 1, 3. 7 und Jerem. 39, 3 oberster Kämmerer — s. Kämmerer. Indes ging die Bed. von erz im Deutschen wie in anderen Sprachen bald in eine schmeichelnde, bald auch in eine tadelnde, scheltende über: Erzbösewicht Spr. 24, 8; 2. Macc. 15, 3; Erzhure Hes. 16, 30.

Das Präfix erz, mhd. erz, erze, ahd. erzi ist unmittelbar aus dem ital. arci aufgenommen, wobei a in seinen Umlaut e überging; — Wörter wie Erzherzog, Erzbischof und andere wurden etwa im 13. Jahrh. aus dem ital. arciduca (mittell. archidux), arcivescovo (lat. archiepiscopus) übersetzt; das ital. arci, lat. archi, aus dem gr. archi, dieses gebildet aus archein der Erste sein, anfangen.

Uebrigens bemerkt Grimm, daß eine Mischung dieses erz mit Erz (aes) stattfinde und man in manchen Fällen diese nicht unterscheiden könne; so könne Erzdieb sowohl fur aeris als trifur, Erzkammer sowohl cubiculum aerarium als archicamera meinen; s. Wörterb. III, 1076.

etwa, Adv. — 1) örtlich, irgend wo, hie und da alicubi Hiob 28, 3: es wird je des Finstern etwa ein Ende, und jemand findet ja zuletzt den Schiefer tief verborgen; Ps. 55, 7: o, hätte ich Flügel wie Tauben, daß ich flöge und etwa bliebe — M.-St. u. a. wo, etwo; Ruth 4, 1: setze dich etwa hier oder daher; Jer. 15, 12: meinst du nicht, daß etwa ein Eisen sei, welches könnte das Eisen und Erz von Mitternacht zerschlagen? — 2) zeitl. irgend einmal, ehemals olim, aliquando 1. Petr. 3, 20: die etwa nicht glaubeten, da Gott einstmals harrete — Vulg. aliquando, andere: einsmals, vorzeiten, einst; Baruch 1, 8: daß er ihnen brächte ins Land die Gefäße des Hauses des Herrn, die etwa aus dem Tempel weggenommen waren; 1. Macc. 11, 39: Tryphon, ein Hauptmann, der etwa des Alexandri Freund gewesen war; K. 12, 3: den Bund, so zwischen uns etwa (M.-St. weiland) gemacht ist, wiederum zu erneuern; V. 19: Abschrift des Briefes, welchen Areus uns etwa (M.-St. vormals) gesandt hatte; Röm. 7, 9: ich aber lebete etwa ohne Gesetz — Vulg. aliquando; andere: einst; Weish. 5, 3: das ist der, welchen wir etwa für einen Spott hatten. — 3) irgend wohl, vielleicht, forte — wie es von Luther bis heute „in Ueberfluß" gebraucht wird: 5. Mos. 24, 1; Hiob 22, 6; 27, 10; Luc. 4, 11; 12, 58 rc. Grimm rechnet die unter 1) angeführten Stellen Ruth 4, 1 und Jer. 15, 12 auch hieher.

Etwa, mhd. ëtwâ, meist ëteswâ, später ëtswâ, im 11. Jahrh. ëtewâr d. i. irgendwo, an dem einen oder dem anderen Orte. Dieses et = irgend (die Unbestimmtheit ausdrückend) findet sich auch in etwas = irgend was, und etwan = etwa 2, mhd. ëteswenne, früher auch = etwa 3, ahd. ëdowân. In der 2. und 3. Bed. ist etwa aus etwan abgestumpft; Grimm. Aus ahd. wâr, ndd. und ndl. waar, engl. where, hat sich das nhd. wo gebildet, das früher ebenfalls im Sinne von irgendwo mit et zu **etwo** verbunden wurde: Sir. 24, 11: bei diesen allen habe ich Wohnung gesucht, daß ich etwo Statt (Stätte) fände. So auch öfters in Luthers Schriften, bei Grimm.

F.

fahen s. sich verfahen.

Fahr, die — für Gefahr, periculum: 1. Sam. 20, 21; 1. Kor. 15, 30; 1. Theß. 5, 3 u. a. O.

Diese Form, von Luther noch gebraucht, aber allmählich der Form Gefahr weichend, entspricht dem mhd. vâre, ahd. fâra, ndl. vaar, engl. fear, das auch böse Absicht, Nachstellung, Hinterlist, Furcht bedeutet und mit seinem Verb. mhd. vâren, ahd. fârên nachstellen (daher nhd. befahren sein = in besorgender Furcht wovor sein) von einem vermutheten got. Wurzelverb. fairan (Prät. far, fêrum, Partc. faúrans) — worauf ausgehen? abzuleiten ist.

Bei Luther finden sich noch viele Substantiva rc., die jetzt das Augment ge haben: Aus Fahr z. B. Fährlichkeit Sir. 43, 26; 2. Kor. 11, 26; fährlich Weish. 9, 14; Lindigkeit Phil. 4, 5; linde Spr. Sal. 15, 1; Ruch Hohel. 7, 13; 1, 12; Schmack 2. Mos. 16, 31; Spinnewebe Jes. 59, 5; Hiob, 8, 14; Stank Jes. 3, 24; Amos 4, 10; Unziefer 2. Mos. 8, 21; Ps. 78, 45; Brauch Weish. 15, 7; s. Afterbürde unter aber.

Von einigen derselben finden sich schon die Formen mit dem Augment ge: Gelindigkeit Apost.-G. 24, 4; Geschmack Jer. 48, 11; Geruch (s. d. W.) gewöhnlich. — Ferner lüsten für gelüsten Esth. 2, 14; Matth. 27, 43. — Dagegen kommen auch Formen mit dem Augment vor, die es jetzt abgeworfen haben: Edelgesteine 2. Sam. 12, 30; 1. Kön. 10, 11; Gegitter Spr. 7, 6 — neben Hohel. 2, 9 Gitter; Geschmuck Esth. 2, 3. 9; 1. Petr. 3, 3, sonst Schmuck; Gezelt Ps. 27, 5; Gezeug 1. Kön. 6, 7; 7, 48 — s. Zeug; Gezeugniß Matth. 15, 19; Marc. 10, 19 — neben Zeugniß 2. Mos. 20, 16; so auch gedenken für denken 1. Mos. 50, 20; Pred. 6, 9; gesegnen für segnen (s. d. W.) Apost.-G. 21, 6; Tob. 5, 24; gewarten Sir. 38, 37. Vgl. bewägen und geliegen.

Farr, Farre, Gen. en — unverschnittener Ochs. Luther gebraucht dieses, außer in einigen Zusammensetzungen jetzt ungewöhnliche, durch Stier verdrängte Wort gewöhnlich von dem jungen, in frischer Kraftfülle stehenden Opferstier, während er sonst Ochs hat: 2. Mos. 24, 5; 29, 1; vgl. 3. Mos. 3, 1 (hier Ochs); K. 4, 3. 4; Ps. 69, 32: das wird dem Herrn besser gefallen, denn ein Farr, der Hörner und Klauen hat; Jes. 1, 11: ich habe keine Lust zum Blute der Farren u. a. O. Figürlich steht Farr a) als Bild der geistlichen, gottgefälligen Dankopfer: Hos. 14, 3: vergib uns alle Sünden und thue uns wohl, so wollen wir opfern die Farren unserer Lippen (d. h. die unsere Lippen gelobet haben — Grimm); Ps. 51, 21; b) als Bild der mächtigen, gefährlichen Feinde Davids: Ps. 22, 13.

Der Farr, wie Luther schrieb Farre, mhd. varre, ahd. farro mit schwacher Biegung neben starker, ags. fëar stimmt mit seinem Femin. Färse (bes. ndd.) junge Kuh, lautverschoben zum gr. póris, portis — junges Rind, Kalb, junge Kuh.

fast, mhd. vaste — ist das Adverb zu dem mhd. Adject. vast, wie noch ndd., nhd. fest; es hat aber bei Luther nur sehr selten a) die nhd. Bed. beinahe, fere, z. B. fast gut = beinahe, nahe an, aber nicht völlig gut; Apost.-G. 13, 44: fast die ganze Stadt; K. 19, 26; Röm. 4, 19; Hebr. 9, 22. Aus der der Grundbedeutung nahe stehenden, ein größeres Maß der Stärke oder der Schnelligkeit anzeigenden Bedeutung: tüchtig, stark, schnell (z. B. in Nibelungen: vaste schieben, springen, gân —) ging die verallgemeinerte, bei Luther sehr gewöhnliche hervor, wornach fast b) als Adverb des Grades für sehr, überaus, ungemein, valde, steht; so neben Verben: Hiob 3, 22: die sich fast freuen und sind fröhlich — Vulg. gaudentque vehementer; K. 39, 25: wenn die Drommete fast klinget; Hes. 24, 12: aber das Angebrannte, wie fast es brennt, will nicht abgehen; Sir. 11, 10: wenn du gleich fast darnach ringest, so erlangest du es doch nicht; — neben Adjectiven: 1. Mos. 12, 14: Sarah war fast schön (Vulg. pulchra nimis); so auch fast schwer K. 18, 20; fast groß K. 50, 9; fast mächtig Ps. 89, 8; fast alt 2. Sam. 19, 32; fast bitter 2. Mos. 15, 23; fast angst 1. Chron. 22, 13; fast viel 2. Mos. 12, 38 u. a. O.; neben anderen Adverbien, zu deren Verstärkung: fast sehr 1. Thess. 3, 10 (Vulg. abundantius); 2. Kor. 12, 15 (Vulg. plus) — wie wir heute sagen „recht sehr"; fast wohl Hiob 9, 2; Röm. 15, 14; fast viel Röm. 3, 2; fast gerne 2. Kor. 12, 15; fast nahe 5. Mos. 30, 14; — Richt. 19, 11: der Tag fiel fast dahin — neigte sich stark dem Abend zu.

Wir unterscheiden genau die Adverbien von gleicher Abkunft fest und fast: fest glauben firmiter credere, fast glauben fere ct. 2c.

Wie sich aus lat. firme fest ferme = fere beinahe abschwächte, so sehen wir im 16., 17. Jahrh. einzelne fast aus der Bed. sehr in die von beinahe ausweichen, zumal nach der Negation vor Zahlwörtern Röm. 4, 19. Vgl. Grimm, Wörtb. Mhd. vaste, ahd. fasto = fest, (ahd. Adj. fasti) eng sich anschließend, dicht an, sehr, woher dann der Sinn von beinahe; Weigand, Wörtb.; vgl. Feste.

fegen, schw. V. — rein oder schön reiben, läutern, reinigen, kehren, wischen — gebraucht Luther noch in mancherlei Verbindungen, in denen es selten geworden ist: Schwert und Waffen fegen Hes. 21, 9. 10: das Schwert ist geschärft und gefegt; es ist geschärft, daß es schlachten soll, es ist gefegt, daß es blinken soll; K. 21, 11; daher Schwertfeger — Waffenschmied; Gold fegen — reinigen Zach. 13, 9: und will läutern, wie man Silber läutert, und fegen, wie man Gold feget — Vulg. sicut probatur aurum; 1. Kor. 5, 7: darum feget den alten Sauerteig aus — Vulg. expurgate vetus fermentum, andere: schafft fort, thut hinaus; Jes. 1, 25: und muß meine Hand wider dich kehren und deinen Schaum aufs lauterste fegen — Meyer-Stier: und deine Schlacken aufs lauterste schmelzen. Ferner Asche, Staub, Unrath fegen, wie wir es gewöhnlich gebr.: 4. Mos. 4, 13; Matth. 3, 12; Luc. 3, 17 2c.

Zu diesem dem Mhd. und der Grundbedeutung mehr entsprechenden Gebrauch stimmt auch das Fegefeuer = Läuterungsfeuer der kathol. Glaubenslehre; das **Fegopfer** — Versöhnungsmittel, Sühnopfer, wodurch der Opfernde sich von der Sünde läutert, reinigt 1. Kor. 4, 13: wir sind stets als ein Fluch der Welt und ein Fegopfer aller Leute — Meyer-Stier: wir sind noch stets als Fluchopfer der Welt, ein Auswurf aller Leute. Nach Zeller, bibl. Wörterb. I, 363 bed. das von Luther mit Fegopfer übersetzte Wort der Grundsprache Abgeschabtes, Unreinigkeit, Abschaum; dagegen das von Luther mit Fluch übersetzte Sühnopfer. Zu abschaben, reinigen paßt fegen genau; über den tiefern Sinn der Stelle bei Zeller (in d. a. St.). Luther hat das Wort in seinen Tischreden auch: „Das soll der Lohn sein dieser Welt, daß man uns hält für Kehrich und Fegopfer", bei Grimm. In den ersten Bibelausgaben von 1522, 24 u. 27 hieß es 1. Kor. 4: wir sind ein Kehrich der Welt und eines jedermanns Schabab worden; s. Beelitz, Lexilogus p. 11.

Fegen gehört zum got. fagrs erfreulich, passend, ahd. fagar, ags. fager, engl. fair schön — nahe verwandt mit fügen, also ein ahd. fagan (Prät. fuoc) voraussetzend, das wiederum auf älteres fëhan (Prät. fah, fâhan), got. faihan (Prät. fah, fêhun) sich freuen zurückgeht; vgl. Grimm.

Fehl, der — ein in ahd. Quellen fehlendes, in mhd. (vael) seltenes, im Nhd. durch Fehler (aus Fehl mittels der Ableitungssilbe er gebildet) ausgedrücktes, aber bei Luther überall Feil lautendes Wort, bed. a) leiblicher Mangel, Gebrechen, macula, vitium, besonders gebraucht von den fehlerlosen Opferthieren 2. Mos. 12, 5: ihr sollt aber ein solch Lamm nehmen, da kein Fehl an ist — Vulg.: absque macula; 3. Mos. 21, 17. 21; 4. Mos. 19, 2, vgl. Wandel; 5. Mos. 15, 21; 17, 1; — 2. Sam. 14, 25; b) geistiger Mangel, error, mendum, culpa, delictum Ps. 19, 13: verzeihe mir die verborgenen Fehle; Jer. 2, 5: was haben doch eure Väter Fehls an mir gehabt? Matth. 6, 14. 15: so ihr den Menschen ihre Fehle vergebet, so wird euch 2c. — Vulg.: delicta, got. Bibel missadêdins, ahd. sunta; 1. Kor. 6, 7: es ist schon ein Fehl unter euch, daß ihr mit einander rechtet; Gal. 6, 1: lieben Brüder, so ein Mensch etwa von einem Fehl übereilt würde; Jud. 24.

Nach Grimm scheint in den Zusammensetzungen fehlschlagen, Fehlbitte (Marc. 6, 26), fehlgebären, fehlgreifen 2c. fehl der angerückte Accus. und nicht ein Adv. zu sein, wie folgende Stellen lehren: Hiob 15, 35: ihr Bauch bringt Fehl — abortum facit und fig. uterus ejus praeparat dolos; Ps. 7, 15: er wird aber einen Fehl gebären peperit iniquitatem. „Heute ist Fehl als edler Ausdruck den Dichtern überlassen und in Prosa durch Fehler verdrängt", Grimm.

Das etwa um 1500 auftauchende feil (wie Luther schrieb, spätere Herausgeber änderten es in Fehl) nebst dem Verb. feilen = fehlen, auch ndl. feil und feilen, engl. fail, ist nach gewöhnlicher Annahme aus dem franz. und provençalischen faillir, ital. fallire fehlen, irren, mangeln entlehnt; dies vom lat. fallĕre täuschen; doch findet Grimm Bedenken, weil jene romanischen Formen nebst unserm deutschen fehlen (ein mhd. vaelen findet sich selten) nicht die Transitivbedeutung des lat. fallĕre (= decipĕre, fraudare) täuschen haben, sondern eben Intransitive sind; das Nähere bei Grimm, Wörterb. III, 1422. So auch bei Luther, wo fehlen (feilen) wie jetzt „zwei Hauptbedeutungen, des Irrens und Mangelns hatte, deren zweite sich doch aus der ersten leitet, weil der Irrende, Fehlschlagende bedürftig wird und Mangel leidet". Die transitive Bed. = verfehlen mit dem Accus. kam erst im 18. Jahrh. auf. In der ersten Bed. errare, aberrare a meta mißlingen, nicht treffen gebraucht es Luther ohne Casus: Richt. 20, 16; 2. Sam. 1, 22; mit dem Dativ der Person: 5. Mos. 33, 29; Hiob 11, 20; 40, 28; mit dem Genitiv der Person oder Sache Ps. 119, 10: ich suche dich von ganzem Herzen, laß mich nicht fehlen deiner Gebot; V. 21: verflucht sind, die deiner Gebot fehlen; Weish. Sal. 1, 8: das Recht, das ihn strafen soll, wird sein nicht fehlen; 1. Tim. 6, 21: und fehlen des Glaubens; 2. Tim. 2, 18. In zweiter Bed. deesse, abesse mangeln, gebrechen: 4. Mos. 31, 49; Jos. 11, 15; 23, 14; Matth. 19, 20 ꝛc.; Richt. 18, 24: und er fragte nach, was mir fehle — welches Leid mich quäle.

Feigwarze, die — feigenähnliches (syphilitisches) Geschwür oder Beule, nach Einigen Hämorrhoidal-Geschwülste oder Knoten 5. Mos. 28, 27: der Herr wird dich schlagen mit Feigwarzen; — von ihnen wurden die Philister heimgesucht 1. Sam. 5, 6 ꝛc.; vgl. Ars.

Schon 1497 findet sich die Form feygwartze statt fîchwarze, denn das Wort ist zusammengesetzt mit mhd. das fîch, fic, ags. fîce, welches direct aus der lat. Benennung der Feige ficus gebildet ist; vgl. Weigand, Wörterb.; ähnlich Feigblatter id., Feigwurz ficaria ranunculoides. Andere Composita mit Feige haben bekanntlich den Genitiv der alten, schwachen Form: Feigenbaum Matth. 24, 32; Feigenblatt 1. Mos. 3, 7; Feigenkorb Jer. 24, 1; vgl. Schellhengst.

fein — gebraucht Luther noch nicht in dem jetzt nächsten Sinne von dünn und klein, zart: eine feine Nadel, feiner Druck eines Buches, feines Gewebe ꝛc., sondern in der jetzt freilich nicht erloschenen, aber mehr uneigentlich angewandten Bed. von ausgezeichnet, schön, a) körperlich 2. Mos. 2, 2: und da sie sahe, daß es ein fein Kind war, verbarg sie ihn 3 Monate — Meyer-Stier: daß er schön war, vgl. Ebr. 11, 23; 1. Sam. 8, 16 feinste Jünglinge; 1. Sam. 9, 2 Saul ein feiner Mann; Esth. 2, 7. 9 Esther eine feine Dirne; b) geistig und moralisch Ps. 111, 10: eine feine Klugheit (guter Verstand); Spr. 28, 12: wenn die Gerechten überhand nehmen, so geht es sehr fein zu; 1 Kor. 5, 6: euer Ruhm ist nicht fein — andere: Rühmen ist nicht gut, steht euch nicht gut an; Gal. 5, 7: ihr liefet fein d. i. machtet schöne Fortschritte im Christenth. Ps. 133, 1; Marc. 15, 29. So auch in der Erkl. des Abendmahls: „Fasten und leiblich sich bereiten ist zwar eine feine äußerliche Zucht".

Fein, mhd. fîn meist von körperlicher Schönheit und Vollkommenheit, aus dem frz. fin (engl. fine, ital. und span. fino) urspr. vollkommen, lauter, schön entlehnt und dieses nach Diez, Weigand u. a. gekürzt aus dem lat. Partc. finitus vollendet, vollkommen, von finire vollenden, wogegen Grimm aber Bedenken äußert; er hält mit Schmeller die Bed. dünn und subtil für die ursprüngliche; s. Wörtb.

Feind s. Freund.

Feldhauptmann, der — gebraucht Luther für das Fremdwort General: Richt. 4, 2; 1. Sam. 14, 50; 2. Sam. 24, 2; 1. Kön. 4, 4; Judith 2, 4 ꝛc. Andre Uebersetzer haben: Herzog, Oberster über das Kriegsheer, Heerführer, Heeroberster; Hopf, Würdigung der Lutherschen Bibelübersetzung p. 229. Vgl. Zeug.

Feldwegs, — unveränderliches Neutrum — ein altes Wegemaß, Längenmaß; a) gewöhnlich bei Luther das griech. Stadium von 600 gr. Fuß = 125 röm. Schritte = 570 Fuß par. Maß = $^1/_{40}$ geogr. Meile, das seit Alexanders Zug auch im Morgenlande üblich war: 2. Macc. 11, 5; 12, 9. 17; Joh. 6, 19; Off. 14, 20; 21, 16; Luc. 24, 13: Emmaus, 60 Feldweges von Jerusalem = $1^1/_2$ Meilen; Joh. 11, 18; Bethania, 15 Feldw. = $^3/_8$ M. b) In einigen andern Stellen ist es eine unbestimmte Strecke Weges, nach der Septuaginta soviel als ein Pferdelauf (etwa 1 geogr. Meile, nach andern $^3/_4$ M.), nach andern eine Strecke von einer Karawanstation zur andern: 1. Mos. 35, 16; 48, 7; 2. Kön. 5, 19; vgl. Zeller, Wörterb. I, 367; Handbüchlein bibl. Alterthümer p. 132. Die Züricher Bibel hat für Luthers Feldwegs überall Mannslauf; s. Grimm.

Das Wort ist gleich „ein Feld (Strecke) Weges", wie ein Stück Ackers 3. Mos. 27, 16, eine Kannen Weins Hos. 3, 1. Grimm bemerkt Wb. III, 1491: „Man vermische nicht mit Feldweg (via per campum ducens) das zur Bezeichnung der Ferne den Zahlen beigefügte, anders betonte Feldweges, worin Weges von Feld abhängt und nur angeschoben ist, eigentlich getrennt geschrieben werden sollte".

Ferge, der, Gen. n — Fährmann Hes. 27, 27: also daß deine Kaufleute, Händler, Fergen, Schiffsherren und die, so die Schiffe machen, mitten auf dem Meere umkommen. Nach dem Grundtext sind es hier Matrosen, Ruderer; Meyer-Stier: Bootsleute. Luther übersetzt dasselbe Wort sonst mit Schiffsmann (leute) V. 9; 1. Kön. 9, 27; Jonas 1, 5 ꝛc. — ein Beweis, daß das Wort zu seiner Zeit schon in Abnahme kam.

„Ein Fischer und ein Ferg(e),
Ein Büttel und ein Scherg(e),
Ein Klimmer und ein Steiger,
Ein Fiedler und ein Geiger u. s. w.
Ein Ochs und ein Rind
Sind all Geschwisterkind". Philander, lebte Mitte des 17. Jahrh.; bei Grimm. „Wär ich ein kecker Ferge auf Uri's grünem See"; Uhland.

Mhd. verge, verje, ver, ahd. ferigo, ferjo, fero — zunächst vom schwachen mhd. vern, ahd. ferran, ferjan, got. farjan überführen, überschiffen, über die Fähre setzen, welches hervorgegangen ist aus dem starken got. faran (Prät. fôr, Partc. farans), ahd. faran, mhd. varn, nhd. fahren (fuhr, gefahren); der Lautverschiebung gemäß zusammengehörig mit dem gr. póros Durch-, Ausgang. Vgl. in Betreff der Form Scherge; s. ferner Anfurt.

fernig s. firn.
fertig, fertigen s. rechtfertigen unter recht.
Feser, der, Fäser, bei Luther auch Fesser — dasselbe was in Süd- und Mitteldeutschland der Fächser, Fechser = der Würzling viviradix, bes. der junge Rebzweig als Setzling, propago, germen: Jes. 5, 7 heißen die Männer Juda seine (Gottes) zarten Feser — nach dem Grundtext Lieblingspflanzen des Herrn in seinem Weinberg; Jes. 16, 8: denn Hesbon ist ein wüstes Feld worden, der Weinstock zu Sibma ist verderbt; die Herren unter den Heiden haben seine edlen Reben zerschlagen und sind kommen bis gen Jaeser und ziehen um in der Wüsten: ihre Feser sind zerstreut und über das Meer geführet — soll heißen: die Feser = die Ranken (Meyer-Stier) d. i. Niederlassungen des stolzen Moab haben sich ausgebreitet bis über das (todte?) Meer; — die Ableser d. i. die feindlichen Heere sollen nach Nah. 2, 3 die Feser Ninivehs d. i. ihre Colonien verderben; Jes. 17, 10: denn du hast vergessen Gottes, deines Heils und nicht gedacht an den Felsen deiner Stärke; darum wirst du lustige Pflanzen setzen, aber du wirst damit den Fremden die Feser gelegt haben. Vgl. Zeller, bibl. Wörtb.

Luther schrieb Feser, Fesser nach mittel- und niederdeutscher Mundart statt des oberdeutschen Fechser; vgl. ndd. und ndl. vlas Flachs, was Wachs, wassen wachsen, zes sechs ꝛc. vgl. enhinder.

Weigand, deutsches Wörterbuch I, 316 leitet Fächser mit Schmeller, bair. Wörterb. I, 508. 570, von oberd. fechsen, fessen = einernten; Grimm aber ist geneigt, dieses fächsen nebst unserm Fächser, welches ahd. und mhd. noch nicht vorhanden ist, von dem nhd. erloschenen mhd. vahs, ahd. fahs (Fachs), ags. feax ꝛc. = Haar, Haupthaar, auch Gras und Faser abzuleiten und dieses von fahan fangen (wozu auch wohl Faser gehört), wie lat. capillus Härchen von capĕre fangen. „Fast entscheidend ist", sagt Grimm „daß die in die Erde gelegten Rebknoten im ersten Jahre Gräslinge und erst im zweiten Jahre, wenn sie bekleiben, Fächser heißen". „Jetzt ist der Ausdruck auf den Weinberg beschränkt, früher wird er allgemein von den Trieben und Schießlingen anderer Pflanzen gegolten haben. Unsere neueren Dichter enthalten sich des Wortes Fächser oder kennen es, wie Fachs nicht mehr; Jean Paul braucht es begierig". Wörterb. III, 1225.

Feste, Veste, die, — 1) ein gegen feindlichen Angriff sichernder Ort = Festung, Burg: Ps. 89, 41; Jer. 21, 13; Nah. 2, 2; 3, 11; Jer. 48, 1. 18; Klagl. 2, 2. 5; Hos. 10, 14; Micha 4, 8; 5, 10; wie Burg, Hort (s. d. W.) und Fels auch von Gott gebraucht Joel 3, 21; 2) das Himmelsgewölbe, mhd. himelveste, Firmament — nach dem Ptolemäischen System bewegten sich die Firsterne in einem hinter den Planeten liegenden Kreise an einem festen Gewölbe 1. Mos. 1, 6. 7 ꝛc.: es ward eine Feste zwischen den Wassern, ... da machte Gott die Feste, und scheidete das Wasser unter der Festen von dem Wasser über der Festen — die meisten Ausleger verstehen unter Feste die die Erde umgebende Atmosphäre (Zeller, bibl. Wörterb.), von der das

Firmament als der Sternenhimmel zu unterscheiden ist Sir. 43, 1. 9; Ps. 19; 2: die Feste verkündiget seiner Hände Werk; Ps. 150, 1: lobet ihn in der Feste seiner Macht d. i. im Himmel.

Mhd. die veste, ahd. fastî, festî in gleichen Bed., — vom Adj. fest, mhd. veste, vast, ahd. festi, fasti, — s. fast; — daher das schw. Verb. **festen**, mhd. vesten festmachen und **festigen**, mhd. vestigen befestigen: Spr. Sal. 8, 28: da er die Wolken droben festete, da er festigte die Brunnen der Tiefe; ferner das Adv. **festiglich**, mhd. vesteclich fest, beständig Ps. 80, 16: den (Weinstock, den) deine Rechte gepflanzet hat und den du dir festiglich erwählet hast — Meyer-Stier: der Sohn, den du dir groß gezogen; vgl. thürstiglich.

firn, Adj. — alt, besonders vorjährig, von Früchten, die im vorigen Jahre gewachsen sind, vom alten Wein: 3. Mos. 26, 10: und sollt von dem Firnen essen, und wenn das Neue kommt, das Firne wegthun d. i. ihr werdet die vorjährige Ernte noch nicht verzehret haben, wenn die neue kommt. — So sagt man in Südd. firner Schnee, der vom vorigen Winter oder auch von länger her auf den Berghöhen liegen geblieben ist; daher das Subst. der Firn, Firner, Ferner = vorjähriger, alter Schnee; Berg mit solchem Schnee oder Eis bedeckt. „Siehst du die Firnen dort, die weißen Hörner, die hoch bis in den Himmel sich verlieren?" Schiller, Wilh. Tell.

Mhd. virne, ahd. firnî, got. fairni, alts. fërni — aus einem vermutheten got. Wurzelverb. fairnan (Prät. farn, faúrnum, Partc. faúrnans) = alt sein? Gleichen Ursprungs ist wol fern, mhd. verre, ahd. fërro, vërno; doch ist nicht hiervon, sondern von firn (in der Ausgabe von 1525 fern) abzuleiten das bairische fern, fernig, bei Luther **fernig** = vorjährig Hoh. Sal. 7, 9: und (laß) deine Kehle sein wie guter Wein, der meinem Freunde glatt eingehe, und rede vom Fernigen — nach dem Urtext: ein guter Wein, der sanft gleite über die Lippen der Schlummernden, so soll sein die Kehle (das Wort?) der Freundin; V. 13: mein Freund, ich habe dir beide, heurige (s. d. W.) und fernige (ꝛc. Früchte, Dudaim oder Liebesäpfel) behalten — Vulg. poma nova et vetera. Zeller, bibl. Wörtb.; Weigand, deutsch. Wörtb.; Grimm, Gramm. II, 62 und Wb. — Von fern gebildet ist fernen, mhd. vërren — a) fern sein Pred. Sal. 3, 5: Herzen und Fernen von Herzen hat seine Zeit — Andere: ferne sein von der Umarmung; b) in die Ferne schaffen, entfernen; sich fernen = sich entfernen: Spr. Sal. 19, 7; K. 22, 5.

Fladdernholz, das — Maserholz Hes. 27, 5: sie haben alle dein Täfelwerk aus Fladdernholz von Sanir gemacht und die Ceder vom Libanon führen lassen und deine Mastbäume daraus gemacht.

Luther gebraucht hier Fladdernholz für ein Wort, das er sonst gewöhnlich mit Tannenholz übersetzt (so auch Meyer-Stier in obiger Stelle); indes ist dies höchst wahrscheinlich Cypressenholz; vgl. Zeller, bibl. Wörtb. unt. Cypresse.

Das erst spät mhd. auftauchende die vlader (a kurz wie in Fladder) bedeutet wie das südd. die Fleder — eine hin- und herlaufende Holz- oder Steinader; deshalb werden verschiedene Bäume mit maserigem Holze Flederbäume genannt, z. B. die Esche, der Ebenbaum; vgl. Benecke-Müller, mhd. Wörterb. III, 334 u. Schmeller, bairisch. Wtb. I, 385.

Wörtlich würde Fladderholz jetzt Flatterholz sein, worin sich die Adern flatterig ausbreiten; denn flattern = sich unbeständig schnell hin und her bewegen, bes. in der Luft — hat sich erst im 17. Jahrh. aus fladern gebildet; Luther schrieb **fladdern** Weish. Sal. 2, 3: und der Geist zerfladdert wie eine dünne Luft. Dieses fladdern, fladern stammt von dem Prät. eines verlornen ahd. Wurzelverb. flëdan (Prät. ich flad, wir flâdumês, Partc. flëdan) = „fliegend, wallend, die Luft schlagend sich bewegen" (?). Daher auch das schwache mhd. vlëderen flattern, mit den Flügeln schlagen, woraus Flederman's, mhd. vlëdermûs (mit kurzem e wie ndd.) und Flederwisch noch vorhanden sind; vgl. Weigand, deutsch. Wb.

Vlëderîne tisch waren im Mittelalter gefleckte, maserige Tische; selbst vom gekräuselten und gelockten Haar sagte man damals vlëderîn, wie wir ndd. eine krause Frauenhaube fluttermütze nennen, von fluttern flattern; vgl. Benecke-Müller a. a. O.

Fladen, der — dünner, flacher Kuchen 2. Mos. 29, 2: ungesäuert Brot und ungesäuerte Kuchen, mit Oel gemenget, und ungesäuerte Fladen mit Oel gesalbet. In dieser wie in mehren andern Stellen (V. 23; 3. Mos. 8, 26; 2, 4; 7, 12; 4. Mos. 6, 15. 19; 1. Chron. 24, 29) werden Kuchen und Fladen neben einander genannt, aber unterschieden: beide wurden, wie noch jetzt im Morgenlande, gewöhnlich an den innern Wänden eines etwa 3 Fuß hohen Backkruges angeklebt über dem Feuer gebacken; Kuchen waren aber wohl dicker als Fladen, doch nicht über fingerdick und durchlöchert; ferner waren jene mit Oel geknetet, während diese nur damit bestrichen waren; vgl. Zeller, bibl. Wörterb. und Handbüchlein der bibl. Alterthümer p. 101. Vgl. auch Laib.

Luther erklärt das Wort in der Kirchenpostille bei der Epistel am Ostertage: „das heißet er recht süße Brot und Oblaten oder Fladenessen, wie wir Deutsche dies Wort aus der Kirche genommen, aber verkürzt und für Oblaten Fladen gemacht, denn wir Heiden wüßten sonst nichts von Fladen noch Ostern zu sagen". S. Mönckeberg 113. Mit der von Luther vermutheten Herleitung aus Oblaten hat es aber seine Richtigkeit nicht.

Der Fladen, eigentl. Flade (vgl. Geren), mhd. vlade, ahd. flado stimmt lautverschoben mit Ausfall des Kehllautes c zum lat. placenta flacher Kuchen, also zu einer Wurzel mit flach; vgl. Blachfeld. Nach Weigand stimmt es aber genauer, d. h. ohne Ausfall von Buchstaben zum griech. platys platt, breit, plátos Fläche, plátê Platte. Bekanntlich hat das Wort jetzt eine üble Nebenbedeutung.

Frauenzimmer, das — Luther schrieb Frawenz. (vgl. bauen) — hatte noch bei Luther die ursprüngliche Bedeutung Frauenkammer,

Frauengemach gynaeceum, welches im Mittelalter am Hofe, wie im Morgenlande überall von der Wohnung der Männer getrennt ist. Esth. 2, 3. 9. 11. 13. 14: daß sie allerlei schöne Jungfrauen zusammenbringen gen Schloß Susan ins Frauenzimmer (in den Harem) ꝛc. — Schon im frühesten, patriarchalischen Zeitalter bewohnten die Frauen eine besondere Abtheilung des Nomadenzeltes: 1. Mos. 18, 9.

Aus dieser Bezeichnung des Ortes, wo die Frauen und ihre Dienerinnen wohnten, entwickelte sich die für die Gesammtheit der (darin wohnenden) Frauen und endlich, aber erst im 17. Jahrh. (Opitz: das Frauenzimmer hat das Haar ausgerissen) eine Person weiblichen Geschlechts von Stande. Die erste Bed. hielt sich bis ins 18. Jahrh. und wurde selbst noch von Moses Mendelssohn gebraucht; die zweite collectivische findet sich von Opitz bis Schiller („unser hiesiges Frauenzimmer taugt wenig"). — Aehnliche Uebertragungen des Begriffs von dem Ort auf die Gesammtheit der sich in demselben aufhaltenden Personen finden sich z. B. in Orchester, Kapelle, Kirche, Hof, Dorf ꝛc.; aber aus dem Collectivum tritt wieder die Vorstellung des Individuums hervor wie in Kamerad und Bursche. Kamerad, vom lat. camera (Kammer) bedeutete Stubengenossenschaft, Gesellschaft; Bursche aus mlat. bursa Beutel (Börse), bedeutete Genossenschaft, deren Mitglieder aus einer gemeinsamen Casse unterhalten wurden.

Daß Frauenzimmer in jetziger Bedeutung nur üblich ist von Personen weiblichen Geschlechts von mehr als gemeinem Stande — eine Magd ꝛc. wird nicht Frauenzimmer, sondern wohl Frauensperson genannt — hat seinen Grund einerseits darin, daß ehedem nur die den höhern und höchsten Ständen angehörigen Frauen eine besondere Wohnung hatten, andererseits in der ursprüngl. Bedeutung des Wortes **Frau** d. i. Herrin — s. Frohnvogt — („auch Zimmer und Gemach sind vornehmer und edler als Stube und Kammer" Weigand, Wörtb. d. deutsch. Synonymen III, 751). Das Gesinde sagt ebensowohl wie der sein Weib hochhaltende und ehrende Mann: unsere (meine) Frau! Selbst bei Luther ist diese alth. und mhd. Bed. des Wortes nicht völlig erloschen, was schon daraus hervorgeht, daß er für Ehefrau und Frauensperson gewöhnlich das ehedem allgemein auf das Geschlecht bezügliche, jetzt mehr verächtliche **Weib** gebraucht; s. Joh. 2, 4; 19, 26; Eph. 5, 22; 1. Kor. 14, 34. 35 ꝛc. und 1. Mos. 16, 4; 2. Kön. 4, 8; 1. Kön. 11, 3: Salomo hatte 700 Weiber zu Frauen ꝛc. (wo Weib für weibl. Person und Frau im Gegensatze zu Kebsweib steht); vgl. Kebsweib.

Das Diminutivum **Fräulein** jetzt = unverheirathete weibliche Person von Stande gebraucht L. in mehr alterthümlichem Sinne für weibliche Person im Gegensatze zur männlichen (Männlein): 1. Mos. 1, 27; Marc. 10, 6; desgl. für Thiere weibl. Geschlechts = Weibchen: 1. Mos. 6, 19; 7, 2. 9. 16. — Mit Fräulein, fräwelîn, mhd. vrouwelîn redete man im Mittelalter Kinder,

Bauernmädchen und Dienerinnen an, adelige Jungfrauen mit vrouwe (Frau) oder juncvrouwe (Jungfrau = Jungfer), wie adelige Jünglinge **Junker** hießen, älter neuhd. geschr. Junkher, mhd. junchërre „junger Herr"; bei Luther im Gegensatz zu Knecht: Spr. Sal. 29, 21; Sir. 33, 26; Jes. 2, 9.

freidig, mhd. vreidec, Adj. — hatte in ältester Zeit die Bed. a) wild, treulos, flüchtig, der Gefahr, dem (göttl.) Rechte trotzend, weshalb im Ahd. die Apostaten als freidiga bezeichnet wurden; dann b) übermüthig, keck, leichtsinnig, und endlich in noch mehr gemildertem Sinne c) kühn, muthig, dreist, wohlgemuth, zuversichtlich — so in dem Zeitraume vom 13—15. Jahrh. sehr üblich: „Mancher der will gern freidig sin, Wagt sich an Löwen, Bären, Schwin", Brants Narrenschiff, bei Grimm; auch noch bei Luther Apost.-G. 26, 26: denn der König weiß solches wohl, zu welchem ich freidig rede — andere: freimüthig, mit Freimüthigkeit, Vulg. constanter; Eph. 6, 19. 20: auf daß mir gegeben werde das Wort mit freidigem Aufthun meines Mundes .... auf daß ich darin (in den Ketten) freidig handeln möge und reden wie sichs gebühret; 1. Thess. 2, 2: waren wir dennoch freidig in unserm Gott, bei euch zu sagen das Evangelium — andere: faßten im Vertrauen auf Gott den Muth, hatten das Vertrauen, Vulg. fiduciam habuimus.

Daher das Subst. die **Freidigkeit**, mhd. vreidicheit a) Uebermuth; b) Muth, Kühnheit, Wohlgemutheit — so auch 20mal bei Luther im N. T. Apost.-G. 4, 13: sie sahen aber an die Freidigkeit (vrymoedigkeit in der niederd. Wittenberg-Lübecker Bibel von 1541) Petri und Johannis und verwunderten sich; V. 29: und gib deinen Knechten mit aller Freidigkeit zu reden dein Wort; dgl. V. 31; K. 28, 31: und lehrete von dem Herrn Jesu mit aller Freidigkeit unverboten; 2. Kor. 3, 12; 7, 4; Eph. 3, 12; Phil. 1, 20; 1. Tim. 3, 13; Philem. 8; 1. Joh. 2, 28; 3, 21; 4, 17; 5, 14; Hebr. 4, 16; 10, 19. Einige dieser Stellen beziehen sich auf das öffentliche, unverzagte Auftreten und Handeln (Apost.-G. 26, 26; 28, 31; 1. Thess. 2, 2), die meisten aber auf die Gesinnung der rückhaltlosen Zuversicht, die Zuversichtlichkeit im Reden und Bitten dem Herrn gegenüber, ganz entsprechend den Worten des Grundtextes: das gr. parrhésia — Freimüthigkeit — übersetzt Luther durch Freidigkeit, die Vulg. durch fiducia (Zuversicht, Muth) und die vorluthersche Uebersetzung durch Zuversicht; das davon abgeleitete Verb. parrhesiázesthai „freimüthig oder unparteiisch sprechen, urtheilen, handeln" durch freidig reden, handeln, sein (s. oben) oder durch frei reden, predigen, lehren, sprechen, sagen, wandeln Apost.-G. 2, 29; 9, 27. 28; 14, 3; 18, 26; 19, 8; Joh. 7, 13. 26; 11, 54; durch frei offenbar reden, sein Marc. 8, 32, Joh. 7, 4; frei öffentlich Joh. 18, 20; Apost.-G. 13, 46; öffentlich Kol. 2, 15; frei heraus: Joh. 10, 24; 11, 14; 16, 25. 29. In zwei Stellen Hebr. 3, 6 und 10, 35 bedient er sich des Wortes Vertrauen. — Auch in einigen Stellen des A. T. steht freidig in diesem Sinne 1. Sam.

18, 17: sei nur freidig und führe des Herrn Kriege — Grundtext: werde mir zu einem Sohn der Stärke; so auch 2. Sam. 2, 7; Ps. 51, 14; Jos. 1, 7: sei getrost und freidig (in V. 6 übersetzt Luther dasselbe Wort mit unverzagt); Hiob 39, 21: (das Pferd) ist freidig mit Kraft; Sir. 46, 4; 4. Mos. 23, 22: seine Freidigkeit ist wie eines Einhorns.

Freidig, mhd. vreidec, ist nebst dem Subst. die vreide Gefahr; Treulosigkeit; Uebermuth; Muth, Kühnheit, Wohlgemutheit — abzuleiten von einem alten Adj. vreide flüchtig, wild (der freide = Abtrünniger, Flüchtling); dann muthig, kühn, verwegen; s. Benecke-Müller, mhd. Wb. III, 397 und Grimm, Gramm. I^3, 183; II, 303; Wörtb. IV, 102.

Diese echt deutschen der Schrift- wie der Volkssprache (z. B. Thüringens, Baierns, Tyrols ꝛc.) in gleicher Weise angehörigen Wörter, die sich in allen Wittenberger Drucken des 16. Jahrh. bis zu dessen Ausgang, ja noch in der von 1618 und in den meisten übrigen Bibelausgaben damaliger Zeit finden, erlitten zur Zeit des Aussterbens der alten Sprachtradition, d. i. namentlich seit dem Beginn des 17. Jahrh., dasselbe Schicksal mit Sindflut, äfern, enhinder, thüren und andere. Die „Schulmeister" verballhornisierten freidig mit lächerlicher Keckheit in freudig laetus, von Freude laetitia, mhd. vröude und vermengten also 2 Begriffe, die streng hätten geschieden bleiben müssen. Selbst der sonst berühmte Lexicograph Henisch weiß 1616 nichts mehr von freidig; er vermischt es mit freudig, das bei Luther gar nicht vorkommt. Das von freidig abgeleitete Freidigkeit wandelte sich in Freudigkeit, natürlich = laetitia, also gleichbedeutend mit dem uralten Freude und wurde sogar in der pietistischen Schule (nicht unter dem Einflusse Speners) zu einem erbaulichen Losungswort und ist es bis auf diesen Tag geblieben. „Ja es hat so weit kommen können, daß — freilich unerhörter Weise — in gelehrten exegetischen Werken das griech. Wort parrhésia durch Analyse des deutschen Wortes Freudigkeit (d. h. irgend einer Species von laetitia) gar umständlich ist erörtert worden"; s. Vilmar, pastoral-theologische Blätter 1861, 110, dem wir in der Erörterung dieses Wortes hauptsächlich gefolgt sind. Vgl. auch Grimm, Wb.

Freistadt, die — im frühern deutschen Reiche diejenige Stadt, welche der Landeshoheit eines deutschen Reichsstandes nicht unterworfen war, sondern unmittelbar unter dem Reiche stand; (jetzt heißen die 4 souveränen Städte: Frankfurt, Lübeck, Hamburg, Bremen freie Städte) — im bibl. Sinne eine Stadt oder Freistätte, Asyl, innerhalb welcher die von dem Bluträcher Verfolgten, die einen unvorsätzlichen Mord begangen hatten, bis zum Tode des Hohenpriesters eine sichere Zufluchtsstätte fanden; ihrer waren sechs: 4. Mos. 35, 6; Jos. 20, 2; 5. Mos. 4, 42. 43; Jos. 20, 7. Auch im griechischen und römischen Alterthum gab es Städte sammt ihrem Gebiet, welche entlaufenen Sclaven, zahlungsunfähigen Schuldnern, Mördern eine Zufluchtsstätte darboten, z. B. Daphne bei Antiochia (befreiter Ort, Meyer-Stier: Freistadt. 2. Macc.

4, 33); der Tempel der Diana zu Ephesus Apost.=G. 19; die Stadt Philippi in Macedonien wird im annähernd deutschen Sinne eine Freistadt genannt Apost.=G. 16, 12, als eine vom Kaiser Augustus mit besondern Privilegien (freie Gemeindeverfassung, eigne Obrigkeit, Freiheit von Grund= und Kopfsteuer rc.) ausgestattete römische Colonie; vgl. Zeller, bibl. Wörterb.

Freund, der — ein durch Liebe, Zuneigung Verbundener — wurde früher, wie noch jetzt ndd. fründ und ndl. vriend häufig für Verwandter, Blutsfreund gebraucht; desgleichen **Freundschaft** für Verwandtschaft = die Verwandten; so auch bei Luther 3. Mos. 25, 25: wenn dein Bruder verarmet und verkauft dir seine Habe, und sein nächster Freund kommt zu ihm, daß ers löse rc.; 4. Mos. 27, 11: hat er nicht Vettern (s. d.), sollt ihrs seinen nächsten Freunden geben, die ihm angehören in seinem Geschlecht; Ruth 2, 1: es war auch ein Mann, der Naemi Mannes Freund, mit Namen Boas rc.; Luc. 1, 61: ist doch niemand in deiner Freundschaft, der also heiße; 1. Mos. 12, 1: gehe aus deinem Vaterlande und von deiner Freundschaft; K. 31, 3: zeuch wieder in deiner Väter Land und zu deiner Freundschaft; K. 43, 7; 1. Sam. 10, 19; 2. Sam. 14, 17; Esth. 2, 10; Apost.=G. 7, 14; vgl. Ritterschaft.

Doch sind Luther Freund und Freundschaft auch schon im nhd. Sinne für amicus und amicitia, der nichts destoweniger alt und ursprünglich ist, sehr geläufig: Sir. 25, 12; Luc. 16, 9 u. v. a. O.; Spr. Sal. 17, 9; Sir. 22, 25; Jac. 4, 4 rc.; — 1. Kor. 7, 3: der Mann leiste dem Weibe die schuldige Freundschaft (eheliche Dienste und Pflichten; vgl. Eheschuld).

In Uebereinstimmung mit Freund gebraucht Luther auch **Gefreundter**, mhd. gevriunde, für Verwandter: Joh. 18, 26: ein Gefreundter des, dem Petrus das Ohr abgehauen hatte; Luc. 1, 36: Elisabeth, deine Gefreundte, ist auch schwanger; K. 2, 44: und suchten ihn unter den Gefreundten und Bekannten; K. 14, 12. Vgl. Gefreiter.

Daher auch das **Freundrecht** = das Näherrecht, d. i. das Recht der nächsten Anverwandten eines verstorbenen, verarmten Israeliten, dessen Erbgüter der Familie zu sichern, also das Recht der Einlösung, womit zugleich die Pflicht verbunden war, die Witwe zu heirathen, oder das Recht des Verkaufs, wenn die Güter noch nicht verkauft waren: Jer. 32, 7: kaufe du meine Aecker, so hast du das nächste Freundrecht (V. 8 Erbrecht) dazu! Vgl. 3. Mos. 25, 25 und Ruth 2, 20; 4, 3 rc. Zeller, bibl. Wb.

Im Mhd. und Ahd. kommt vriunt erweitert vriwent außer in obigen Bed. nicht selten für Geliebter, Gatte vor. Freund, got. fryônds ist eigentlich das als Subst. erscheinende Partc. Präs. vom got. fryôn lieben, woraus unser freien hervorgegangen ist; also Freund = der Liebende; ebenso ist der Feind = der Hassende, got. fyands von fyan hassen; das mhd. viant, vient und das ndl. vyand haben die Participialform noch treu bewahrt. Bei Luther hat nach altdeutscher

Weise der Teufel noch oft den Namen Feind: 1. Petr. 5, 8; Matth. 13, 25. 39; Luc. 10, 19 (vgl. Widersacher und Sache), — während wir ihn nhd. den bösen Feind nennen; Grimm, Mythol. 1. Aufl. 552. Von gleicher, noch jetzt erkennbarer Bildung ist Heiland s. das.

frohlocken s. lecken.

Frohnvogt, der — bei Luther besser Fronvogt — herrschaftlicher Vogt, Aufseher 2. Mos. 1, 11: und man setzte Frohnvögte über sie (die Israeliten), die sie mit schweren Diensten drücken sollten — nach dem Grundtexte Dränger, Treiber, wie deren im alten und neuen Aegypten, überhaupt unter den Despoten des Alterthums vorkamen, die das Volk, hier das unterdrückte Volk der Israeliten zwangen zu **fröhnen**, bei Luther frönen d. i. Herrendienste in Handarbeit zu leisten, z. B. bei Bauten, Festungsbau, Kanälen, Wasserschöpfen, Feldarbeiten ꝛc. 2. Mos. 1, 14: und machten ihnen ihr Leben sauer mit schwerer Arbeit in Thon und Ziegeln und mit allerlei Fröhnen auf dem Felde; K. 5, 18: so gehet nun hin und fröhnet; K. 6, 5. 6. Wir gebrauchen fröhnen jetzt meist im abstracten Sinne: einem Laster fröhnen = ergeben sein.

Frohnvogt und andere im Mittelalter zahlreiche Composita mit Frohn (s. Benecke-Müller III, 426) stammen meist aus der Zeit der Leibeigenschaft und der Sclaverei, ohne daß deshalb denselben etwas Unehrenhaftes anklebte, da Frohn auch auf den Herrn der Welt und den Herrn Jes. Christum bezogen wird; z. B. mhd. vrônaltar d. i. des Herrn Altar; vrônlîcham Frohnleichnam = des Herrn Leichnam od. Leib; die 4 Frohnfasten = die Quatemberfasten; vrôn-gebet das Vaterunser, vrôn rîche Himmelreich ꝛc. Frohn und fröhnen (mhd. vroenen, mitteld. vrônen = herrschaftlich machen; Frohndienst auferlegen; heiligen; dem Herrn übergeben; in gerichtlichen Beschlag nehmen), mhd. vrône Frohnde, Frohndienst sind nämlich gebildet aus dem altd. frô, got. frauja der Herr und soll nach Weigand frôn in fast allen Compositis der verhärtete Gen. Pl. frôno „der Herren" (nach christl. Anschauung wohl „Gottes und der Heiligen") sein; vgl. Grimm, Wb. IV, 730. Der Gen. wurde aber bald mißverstanden und in adverbialem Sinne gefaßt. Frô der Herr ist das entsprechende Masculinum zu ahd. frôwâ, frouwâ, got. fraujo (?) „Frau" und bedeutet urspr. wohl den Frohmachenden von ahd. frô froh; s. Frauenzimmer. Grimm hält den altnord. Namen der Göttin Freyja identisch mit Frau; vgl. Mythologie 189. Ueber Vogt s. w. u.

Frühling, der — Pl. Frühlinge — ein früh im Jahre gebornes Junge von der Herde. 1. Mos. 30, 41. 42 werden die früh gebornen Lämmer Frühlinge genannt im Gegensatz zu den Spätlingen — spät im Jahre Gebornen: wenn aber der Lauf (s. d. W.) der Frühlinge Herde war, legte er die Stäbe in die Rinnen vor die Augen der Herde, daß sie über den Stäben empfingen; aber in der Spätlinger Lauf legte er sie nicht hinein. Also wurden die Spätlinge des Labans, aber die Frühlinge des Jacobs. So hat Luther auch den Sing. Fremdlinger

(2. Mos. 12, 19; Hes. 14, 7; Luc. 17, 18) und den Plural Fremdlinge (2. Mos. 22, 21) und die Fremdlingen (K. 23, 9).

J. H. Voß gebraucht das Wort noch in gleichem Sinne. Die ahd. Bed. von Frühling (von früh, bei Luther früe*), mhd. vrüeje, ahd. fruoji) für das alterthümliche Lenz taucht erst im 15. Jahrh. auf und kam noch im 16. Jahrh. spärlich vor; s. Weigand.

Mit früh zusammengesetzt ist auch der

Frühregen, im Gegensatz zum Spatregen: 1. Kön. 17, 1; 5. Mos. 11, 14; Jer. 3, 3; 5, 24; Joel 2, 23; Hosea 6, 3.

Fündlein, das — Kunstgriff, List, Ränke, in welchen man etwas Besonderes an Klugheit gefunden zu haben meint Spr. Sal. 23, 4: laß ab von deinem Fündlein — Vulg. prudentiae tuae pone modum; Meyer: von deiner Klugheit; vgl. Pred. 9, 11; Weish. Sal. 15, 4: denn uns verführen nicht so der Menschen böse Fündlein.

Fündlein, bei Luther fündlin, Pl. fündle (vgl. Lüstlin) ist ein Diminutiv von Fund, welches im ältern Nhd. auch im Sinne von Erfindung, Kunstgriff ꝛc. gebraucht wurde, wie mhd. vunt (si vindent manegen valschen vunt). Fund ist gebildet aus dem Pl. Präter. von finden, mhd. vinden (Prät. vant, vunden s. d. Bem. zu unterwinden); schon im Got. hatte finden auch die Bed. erkennen, erfahren. Vgl. Ausdrücke wie Erfindung, erfinderisch, spitzfindig (im 16. Jahrh. spitzfündig, mhd. vündec erfindungsreich, älternhd. spitzfund feiner Kunstgriff).

fürbaß, fürder s. baß.

Fürst, der, Gen. en — bedeutet jetzt Staatsoberhaupt (z. B. Könige und Kaiser sind Fürsten), bes. aber den zunächst Höheren über den Grafen. Mhd. vurste (Luther schrieb auch Fürste neben Fürst), ahd. fursto, furisto d. i. der „Vorderste", Erste, Höchste — ist eigentlich der zum Subst. mit schwacher Form erhobene Superlativ furist des ahd. Adverb. furi („für") = vor, zuerst, ndd. vör, bed. also „erst oder vorderst im Raume;" man vgl. das engl. first (ags. fyrst) erst, vorderst; der erste, vorderste; vgl. Er. Dieser allgemeinen Bedeutung entspricht dann auch in der ältern Sprache der mannichfaltigere Gebrauch; bei Luther ist es im bibl. Sinne der Titel für jeden, der eine höhere Stellung im Volke und Staate einnimmt: a) Stammoberhaupt, Stammfürst (Scheik) oder Oberhaupt einer Familie 1. Mos. 17, 20: Jsmael wird 12 Fürsten zeugen; K. 36, 15 ꝛc.; 2. Mos. 15, 15; 4. Mos. 1, 16; 7, 2; 24, 17; Micha 3, 1; Ps. 68, 28; — 4. Mos. 17, 2; Abraham ein Fürst Gottes als ein von Gott besonders begünstigter Nomadenfürst, Scheik 1. Mos. 23, 6; b) Statt=

---

*) So hat Luther das adverbiale e, das den Adj. fehlt, noch vielfach beibehalten: Joh. 13, 27 balde, Luc. 1, 22 stumme, Joh. 18, 2 ofte, 1. Mos. 8, 5, Sir. 31, 18 abe, dgl. Röm. 4, 14: die Verheißung ist abe = abgethan, zu Ende (von abesein, mhd. abe sîn od. wesen); s. Wetzel, die Sprache Luthers 74; Grimm, Gramm. III, 116; vgl. die Bemerkung zu thürstiglich.

halter, hoher Staatsbeamter, Kriegsoberster ꝛc.: 1. Mos. 12, 15; 1. Chron. 27, 24; Matth. 10, 18; 20, 25; 1. Sam. 18, 13; 1. Kön. 9, 22 ꝛc.; c) allgemeiner Ausdruck für König: 1. Sam. 10, 1; 2. Sam. 7, 8; Spr. 19, 6 ꝛc. — wie denn das Wort auch durch Oberst, Haupt, Regent übersetzt wird. Ferner heißt d) der Hohepriester Fürst im Hause Gottes 1. Chron. 10, 11 — bekanntlich war die Verfassung Israels eine theokratische, welche die weltl. und geistl. Macht ursprünglich in eine Person vereinigte, in die des Hohenpriesters; e) Christus Dan. 9, 25; Apost.-G. 3, 15; 5, 31 Fürst des Lebens; f) der Teufel heißt der Fürst dieser Welt: Joh. 12, 31; 14, 30; 16, 11; vgl. Matth. 4, 9; Eph. 2, 2; 6, 12; — Jos. 5, 14. 15: ein Fürst über das Heer des Herrn — deuten einige auf den Messias, andere auf den Erzengel Michael; Fürst des Todes Hiob 18, 13 = schrecklichste Krankheit; vgl. Zeller, bibl. Wb. I, 404 und Büchner-Heubner, Hand-Concordanz unt. Fürst. —

Composita mit Fürst: **Vierfürst** — ein Fürst über den 4. Theil des Landes (Palästina), Tetrarch Luc. 3, 1; 9, 7; Matth. 2, 22; das Historische s. bei Zeller u. a.; **Holzfürst** — Forstmeister, Aufseher über einen königlichen Wald Neh. 2, 8: und (gebe mir) Briefe an Assaph, den Holzfürsten des Königs; **Hausfürst** — 2. Chron. 28, 7 s. v. a. Palastaufseher, Hofmarschall; **Friedefürst** heißt der Messias Jes. 9, 6, dessen Regiment Friede ist; — **Fürstenthum**, das, Pl. -thümer (me) a) Land oder Würde eines Fürsten: Weish. Sal. 7, 8; Spr. Sal. 28, 2; b) eine höhere Gewalt oder Stufe in der guten und bösen Engelwelt: Röm. 8, 38; Eph. 1, 21; 3, 10; Kol. 1, 16; 2, 10. 15; Judä 6.

Futter, das — jetzt gewöhnlich nur noch Nahrung für das Vieh, gebraucht Luther, wie früher allgemein geschah, ohne Unterschied von der Nahrung für Menschen und Vieh Ps. 147, 9: der dem Vieh sein Futter gibt; Hiob 6, 5 u. a. St.; 2. Mos. 21, 10: so soll er ihr an ihrem Futter, Decke (Kleidung) und Eheschuld*) (Pflicht der ehelichen Beiwohnung) nicht abbrechen; Hosea 11, 4: und er gab ihnen Futter, daß er sich ja nicht wieder sollte in Aegyptenland kehren. Ebenso gebraucht Luther die **Fütterung** für Nahrung Richter 7, 8: sie nahmen Fütterung für das Volk mit sich; Neh. 10, 31; 13, 15; Apost.-Gesch. 7, 11. — 1. Tim. 6, 8: wenn wir Nahrung und Kleider haben — hatte Luther anfänglich übersetzt: wenn wir Futter und Decke haben.

Futter, mhd. vuoter, ahd. fuotar — woher das schwache Frequen-

*) Bei zwei oder mehreren durch und verbundenen Substantiven (zusammengezogenen Sätzen) läßt Luther ganz im Geiste der ältern Sprache den Artikel von dem zweiten, dritten ꝛc. weg, gleichviel ob sie gleichen oder verschiedenen Geschlechts sind, d. h. natürlich, wenn sie nicht in ihrer Vereinzelung nachdrücklich hervorgehoben werden sollen. 5. Mos. 7, 9: der den Bund und Barmherzigkeit hält; Weish. Sal. 10, 15: dieselbige erlösete das heilige Volk und unsträflichen Samen; Sir. 1, 33: der Glaube und Geduld gefallen Gott wohl; Amos 5, 8: die Glucke und Orion; Weish. Sal. 14, 21; Luc. 8, 14. So auch oft bei Goethe. S. Grimm, Wb. II, 980.

tativ-Verbum füttern = mit Nahrung versehen — stammt von dem schw. mhd. vuoten, ahd. fuotan, fôtan, got. und altſ. fôdjan (ndl. voeden, ndd. föden, altfr. feda, engl. feed ꝛc.) = nähren, zeugen, welches wieder entsprossen ist aus dem Prät. eines vermutheten got. Wurzelverbums fadan (Prät. ich fôd, Partc. fadans); s. Grimm, Gramm. II, 43*). — Nach Benecke-Müller, mhd. Wörtb. III, 444, ist auch das Futter ein äußerer oder innerer Ueberzug über einen Gegenstand, Futteral — höchst wahrscheinlich mit obigem Futter (pabulum) dasselbe, also wohl soviel als das Erhaltende, Schützende, wie die Nahrung erhält, vor dem (Hunger) Tode schützt. S. Diez, rom. Wb. 148.

G.

Gabbatha s. Hochpflaster.

Gabis, hebr., ein Edelstein, wörtlich Eis, vielleicht der Bergkrystall: Hiob 28, 18. S. Zeller, bibl. Wörterb. I, 260.

Galban, Pl. Galben — lat. (Vulg.) galbanum, gr. galbane, hebr. chalbenah — das zum Räucherwerk benutzte Harz einer in Abyssinien, Arabien und Syrien wachsenden Staude, bei Plinius stagonitis, wohl dasselbe mit bubon galbanum L.; welche Art 2. Mos. 30, 24 und Sir. 24, 21 gemeint ist, ist mit Sicherheit noch nicht ermittelt. S. das Weitere bei Zeller und Winer.

Galee s. Gelte.

Gassenstadt, die — übersetzt Luther wörtlich die moabitische Stadt Kirjath Chuzoth, vielleicht wegen der weitläufigen Bauart so genannt. Luther übersetzt mit Gasse nicht bloß die Straßen und Wege Hohel. 3, 2; Spr. Sal. 5, 16; Matth. 6, 2; Apost.-G. 9, 11 ꝛc., sondern auch die freien, weiten und öffentlichen Plätze vor den Häusern oder zwischen den einzelnen Theilen der Stadt Hiob 18, 17; Jes. 5, 25; Jer. 48, 38; Klagl. Jer. 2, 11; Matth. 6, 5; 12, 19; 1. Mos. 19, 2; Richter 19, 15; Thor 2. Kön. 7, 1. 18 ꝛc. Näheres darüber bei Zeller, bibl. Wörterb. unter Gasse. Man vergl. dazu neben der hd. Bed. des Wortes Gasse = zwischendurchgehender Weg und Sackgasse (eine Sackstraße) — folgende: mhd. gazze auch Dorf (vicus), sonst immer mit Straße zusammengestellt; altſ., altnord., altfr., ndd. gat Loch, Oeffnung, Durchgang, engl. gate Thor, Gefängniß — in diesen

---

*) Wie das angeführte ndd. föden z. B. in upföden, ernähren od. aufziehen, von Menschen und vom Vieh ohne Unterschied gebräuchlich ist, so bezeichnet auch das davon abgeleitete neutr. fôdsel, ndl. voedsel, wie engl. food, die Nahrung; fôdsam, ndl. voedsam nahrhaft; fem. fôdster die Amme (ster ist die dem männl. er entsprechende friesische weibl. Form, wie in neister Näherin, spinster Spinnerin, freester ledige Jungfrau — die noch frei ist, ndl. sangster Sängerin); vgl. engl. fosterbrother Milchbruder. Ist -ster = süster Schwester?

Sprachen entspricht das t dem mhd. z, nhd. ß, wofür bekanntlich unrichtig oft ss gebraucht wird; vgl. Grimm, Gr. II, 25.

Gatter, das — ein aus verschränkten Stäben gebildetes Gitterwerk, ehedem bes. die gegitterte und durchsichtige Vorthür an den Häusern; jetzt dadurch von dem aus dem ältern Gatter hervorgegangenen nur nhd. vorhandenen Gitter unterschieden, daß es größer und gröber, mit breiteren und stärkeren Stäben versehen ist als dieses; daher sagt man Fallgatter an Festungsthoren, Hofgatter, Zaungatter, Gatterthor &c., hingegen Fenstergitter, Gitterfenster Richter 5, 28: die Mutter Sissera sah zum Fenster hinaus und heulete durchs Gitter; Hohel. 2, 9; 2. Mos. 27, 4. So: „durch ein Gatter nur von Pfählen — durch den Vorhof eng und klein — eilt ich" (Salis); „der Zweige laubichtes Gitter" (Schiller). Daher gebraucht Luther Hes. 19, 9: und stießen ihn (Jojakin) gebunden in ein Gatter — Gatter geradezu für einen befestigten, mit starken Stangen vergitterten Ort = Gefängniß *).

Das Gatter, mhd. der und das gater, ahd. der kataro ist gleicher Herkunft mit Gatte, Genosse, Gattung = das durch Verwandtschaft Zusammengehörige Matth. 13, 47; gatten = verbinden — wahrscheinlich von einem vermutheten got. Wurzelverbum gidan (Prät. ich gad, wir gêdum, Partc. gidans) binden (?). Gitter ist gekürzt aus dem daneben noch üblichen Gegitter Spr. Sal. 7, 6, welches die mitteld. Form statt Gegatter, also nichts anders als das Collectiv von Gatter ist. Vgl. Hippe. S. Weigand, Wörtb. der Synonymen II, 500; dessen deutsch. Wörtb. und Grimm, Gr. II, 51.

Mit einem Gitter umgeben war z. B. der Brandopferaltar 2. Mos. 27, 4. 5, ferner das platte Dach der morgenländischen Häuser 2. Kön. 1, 2; vgl. Söller.

Gebräme, das — Saum, Randbesatz eines Kleides, bes. der von Sammet oder Pelz; bei Luther ist es Nahum 3, 5: ich will dir dein Gebräme aufdecken unter dein Angesicht — die von Dienerinnen getragene Schleppe vornehmer Frauen (Stück in Esther 4, 4); auch Könige hatten sie: Jes. 6, 1; Jer. 13, 22. 26 ist es mit Saum übersetzt. Jes. 3, 20 bedeutet das von Luther mit Gebräme übersetzte Wort ein Putzstück, Spangen, entweder am Arm oder an den Füßen; vgl. Zeller, bibl. Wörterb.

Das Gebräme, bei Luther gebreme, ist ein Collectiv von die Bräme, bair. das Bräm; mhd. dürfte es brëm (engl. brim) heißen, daher brëmen, braemen — ein Kleid mit einem Rand versehen, verbrämen; vgl. Weigand und Grimm, Wörterb.

Gedinge s. Theiding.

Gefilde s. blach.

Gefreiter, ein — freigelassener Sclave 1. Kor. 7, 22: denn wer (als) ein Knecht (s. d. W. unter Knabe) berufen ist in dem Herrn,

*) Ndd. achter de gadders, tralljes (fr. treillis) sitten gefangen sitzen.

der ist ein Gefreiter des Herrn; vgl. Joh. 8, 36. Vgl. Libertiner.

Im Kriegswesen ist der Gefreite ein Soldat, der vom Schildwachstehen befreit ist, aber die Soldaten zum Wachestehen ꝛc. führt; vgl. W. Hoffmann, deutsch. Wörterb. II, 501.

Gefreiter statt Befreiter ist von ähnlicher Bildung wie Gefreundter (s. Freund), Geharnischter = Bewaffneter, Krieger: 2. Chron. 28, 14; Hiob 39, 21; Gewappneter s. Wappen. So hat Luther geflissen statt beflissen Stück in Esther 1, 2. S. gelieben.

Gegitter und Gitter s. Gatter.

geilen, schw. Verb. — zudringlich betteln, steht substantivisch Luc. 11, 8: ich sage euch, und ob er nicht aufsteht und gibt ihm, darum, daß er sein Freund ist, so wird er doch um seines unverschämten Geilens willen aufstehen und ihm geben, wie viel er bedarf. Dies Wort wird oft irriger Weise mit gellen = hell schallen ꝛc. in Verbindung gebracht, so auch in Zeller's bibl. Wörterb. I, 445, ferner von Pischon p. 9, und dann erklärt: „mit gellender, heulender Stimme um etwas bitten, betteln". Allein es ist abzuleiten vom mhd. geil kräftig, übermüthig, üppig (wie nhd. geil); auch froh, heiter; und mhd. geilen bed. geil machen oder geil sein: im letztern Sinne a) sich übermüthig benehmen; b) unverschämt, zudringlich betteln; c) froh sein. Die Bed. b, welche wohl aus der unter a hervorgegangen ist, ist auch bairisch; Schmeller II, 31; ferner findet sie sich bei Logau: „Arbeitslieb und flinke Hand — geilten nie nach Stutzertand". Luther: „unser Herz geilet und treibet und will zuvor Kasten, Beutel und Boden voll haben, ehe es Gott vertraue". Mhd. geilaere Bettler, Landstreicher.

Das Beiwort unverschämt, welches eigentlich schon im Begriff von geilen steckt, hat Luther zur Verstärkung pleonastisch hinzugefügt; vielleicht war geilen allein zu seiner Zeit nicht mehr kräftig und bekannt genug für den Begriff, den es ausdrücken sollte. Die ndl. Bibel hat gleichfalls für „unverschämtes Geilen" onbeschaamdheid Unverschämtheit, dsgl. Meyer-Stier; Andere: Zudringlichkeit, Ungestüm; Vulg.: propter ejus importunitatem; vgl. Polyglottenbibel von Stier und Theile.

Während geil = kräftig, übermüthig (vgl. Jer. 31, 18; 50, 11) sich erst seit 1469 zu der Bed. „allzustark von Geschlechtslust in seiner Natur getrieben", wollüstig, aber stärker als dies (vgl. Röm. 13, 14; 1. Tim. 5, 11) entwickelte, bedeutete schon im Mittelalter das daraus gebildete Geile f., mhd. das geil und die geile Hode, testiculus: „Ein Affe wollte Holz spalten, und die Geilen fielen ihm in die Spalten", Luther (bei Diedrich von Stade p. 242). In Bibergeil = starkriechende, fettige Masse, welche der Biber in 2 Beuteln unter dem Schwanze hat — ist Geil ebenfalls die Hode, weil jene Beutel als Hoden des Bibers angesehen wurden, von welchen man glaubte, daß er sie bei der Verfolgung abbisse, um zu entkommen. Die zartere, edlere

Bedeutung von geil = froh, heiter — findet sich unter andern noch im franz. gaillard muthwillig, lustig, gesund und munter. „Die Stammbed. liegt im got. gailjan erfreuen, fröhlich machen", welches aber ohne Zweifel das mhd. geilen „geil d. i. froh machen" ist. Vgl. bes. Weigand, deutsch. Wörtb. und Benecke-Müller, mhd. W. I, 494. 495.

gelieben — lieb sein, belieben Ps. 141, 4: (Gott möge mich behüten,) daß ich nicht esse von dem, das ihnen (den Uebelthätern) geliebet. Jetzt nur noch alterthümlich; mhd. gelieben, ahd. kiliupan lieb machen. S. Gefreiter.

geliegen, stark. V. — das verstärkte liegen — niederliegen, zu liegen kommen, niedersinken; daher im Mhd. und ältern Nhd. die jetzt erloschene Bed.: (ins Kindbett) niederkommen, gebären 1. Sam. 4, 19: Pinehas Weib war schwanger und sollte schier (s. d. W.) geliegen; 1. Kön. 3, 17: und ich gelag bei ihr im Hause (also nicht lag); Hohel. 8, 5: da mit dir in Wochen lag deine Mutter, da mit dir gelegen ist, die dich gezeuget hat (Meyer-Stier: da mit dir gelag, die dich geboren).

So auch mhd. geliegen: uns nu kumet diu zît, daz mîn swester gelît (gelieget); die frouwe eines kindelîns gelac (gelag); vgl. Benecke-Müller I, 988. Ueber geliegen bemerkt Grimm, Gr. II, 843: „Liegen wird, genau betrachtet, von einem gesagt, der jeden Augenblick wieder aufstehen kann, geliegen (niederliegen), wenn er sobald nicht oder gar nicht wieder aufkommt, daher mhd. tôt gelac und kindes gelac von einer Wöchnerin; einfaches lac wäre hier unbezeichnender, keineswegs unzulässig."

„Vor Verben drückt die Vorsilbe ge zunächst stärker oder schwächer ein Mit, Zusammen aus, z. B. gefrieren Sir. 43, 21, gerinnen, gestehen = stille stehen Hiob 38, 30, woran sich dann die Bezeichnung des Zuneigenden, Anhaltenden, Dauernden, Ruhigen, Behagenden knüpft, z. B. gelangen, gelingen, geschweigen, gerathen 2c., die jedoch in manchen Verben zu der einer bloßen Beziehung auf die andere Person 2c. übergeht, z. B. gebahren, gebieten, gebrauchen, gefallen 2c.". Weigand, d. W. I, 394. Vgl. Fahr und gereden.

Gelte, die — ein kleines eimerartiges hölzernes Gefäß mit einer Handhabe für Milch 2c. Hebr. 9, 4: (das Allerheiligste der Stiftshütte) hatte das güldene Rauchfaß und die Lade des Testaments allenthalben mit Gold überzogen, in welcher war die güldene Gelte, die das Himmelsbrot (Manna) hatte — M.-St. ein güldener Krug; nach dem Urtext ein krugähnliches Gefäß zu Wein 2c.

Die Gelte, oberdeutsch auch wohl Gölte, mhd. gelte, gekürzt aus gellete, ahd. geltâ, früher gellitâ, gellidâ ist entnommen aus dem mlat. gallida Gefäß, Kübel, welches mit mlat. galeida Schiff zusammengehört. Von diesem galeida ist gekürzt das provenç. galeya, galea, gale und das mhd. die galê, bei Luther die **Galee**, Pl. Galeen — dasselbe was Galeere, „ein zweimastiges Ruderschiff mit niedrigem Bord" Jes. 33, 21 — das Wort des Grundtextes bedeutet etwas Wasserdichtes oder einen trockenen Punkt auf dem Wasser; s. Zeller; Vulg. trieris magna großes dreirudriges Schiff; andere: sehr großes Schiff. Es ist zweifelhaft, ob das Wort Galee aus gr. galéē Meerfisch (?) oder aus einem arab. Worte, das „Bienenkorb" und „großes Schiff" bedeutet, abzuleiten ist. Gleichen Ursprungs sind die verwandten Ausdrücke Galeasse, Galeone, Galeote. S. mehr darüber bei Diez, roman. Wb. 160 und Weigand.*)

gemein, Adj. — a) der Menge eigen oder zukommend, allgemein, gemeinsam, herrschend, z. B. eine gemeine Rede Matth. 28, 15, Geschrei 1. Kor. 5, 1; Röm. 15, 26; gemeine Luft Weish. 7, 3; Pred. 10, 5; Sir. 20, 26; 2. Petr. 1, 7 gemeine Liebe — im Gegensatze zu brüderlicher Liebe; Apost.-G. 2, 44 und 4, 32: die Gläubigen halten alle Dinge gemein — betrachten sie als allen ihren Brüdern angehörend, allen gemeinschaftlich. Daher die Gemeine, später Gemeinde (s. Tendlen) = Gemeinschaft, Mitgenossenschaft ꝛc. „Gemein machen" = dem allgemeinen Gebrauche übergeben 5. Mos. 20, 6, vgl. dazu 3. Mos. 19, 23 ꝛc.; 4. Mos. 18, 13. — Daraus geht hervor die Bed. b) zur großen und niedern Menge gehörig, also = gering, unangesehen: das gemeine Volk 3. Mos. 4, 27; Apost.-G. 17, 5; gemeiner Mann Ps. 49, 3; Weish. 18, 11; 2. Chron. 35, 12 — im Gegensatze gegen König, Vornehme, Priester; gemeine Leute 2. Kön. 23, 6; 2. Chron. 35, 7; vgl. Pöbel. Damit stimmt die Bed. von gemein auf vornehmere Personen angewandt im Munde des Volks, wie es scheint in ganz Deutschland, c) für sich herablassend, freundlich, vertraulich, populär, so auch bei Luther Sir. 13, 14: verlaß dich nicht darauf, daß er (ein Gewaltiger) dir sehr gemein ist. Wie aber der Begriff von Pöbel ausartete, so ging auch der von gemein über in d) (von Dingen) gewöhnlich, „nichts Besonderes bedeutend", schon mhd. ein gemeine tât; vgl. „ungemein groß, schön"; dann profan, nicht göttlich oder heilig, unrein nach dem Gesetz: gemeines Brot 1. Sam. 21, 4 — im Gegensatz zum heil. Schaubrot; gemeine Hände Marc. 7, 2 — d. i. ungewaschene, unheilige; Apost.-G. 10, 14: ich habe noch nie etwas Gemeines oder Unreines gegessen (vgl. 3. Mos. 11, 5 ꝛc.; Hagg. 2, 14); — daher gemein machen = entweihen, entheiligen, verunreinigen Apost.-G. 21, 28; — (von Personen,

---

*) Diese Ideenverwandtschaft von Schiff und Gefäß zeigt sich auch in Boot, frz. bateau und Bütte, engl. boot, frz. botte Stiefel ꝛc.; in frz. vaisseau, provç. vaissel, engl. vessel Schiff und Gefäß, mlat. vascellum ein Diminutiv von lat. vas Gefäß; im ndd. kuf, kuffe (Schiff) und Kufe. Daß selbst das Wort Schiff einst die Bed. von Gefäß hatte, zeigt die aus alter Zeit stammende, noch jetzt von Schriftstellern gern gebrauchte Redeweise: „mit Schiff und Geschirr reisen, fahren" d. i. mit allem Geräthe, Haus- und Ackergeräth; z. B. wiederholt bei Max Wirth, deutsche Geschichte I, 60. 142. S. Ziemann, mhd. Wb. 359. Vgl. hierzu das im Ndd. bekannte „schiffen" für urinieren und den Studentenausdruck „Schiffprügel" für Nachttopf.

die sich selbst entweihen, schänden) Hes. 16, 15; Esra 9, 2; Marc. 7, 15 &c. S. Zeller.

Offenbar ist seit Luther die üble Bed. die herrschende geworden. Wenn wir jetzt von einem „gemeinen Menschen" oder einer „gemeinen Handlung" sprechen, so verbinden wir in der Regel nur den Begriff von roh, unsittlich, schlecht, niederträchtig damit. Im mhd. gemeine, ahd. gi-, ki-, kameini, got. gamains, desgl. in dem lautverschoben dazustimmenden lat. communis (gemeinschaftlich, allgemein, auch umgänglich, herablassend) ist die Bed. durchweg edel. W. Wackernagel, dem Benecke-Müller II, 97 beipflichtet, zerlegt in seinem Glossar die Form gamáins in gam-áins, entsprechend dem lat. com-unis; daher die Grundbed. zu Einem gehörig d. i. von mehreren Personen, von Sachen „unter sich zusammengehörig, gemeinsam". Vgl. Segen.

genesen (genas, genesen), stark. V. — hatte mhd., ahd. und got. die allg. Bed. gerettet werden, woraus mhd. die unter sich sehr verwandten Bed. hervorgehen: a) gesunden, geheilt werden 2. Kön. 1, 2; b) am Leben bleiben; unversehrt oder unverletzt (aus einer Gefahr) davonkommen; c) frei von Uebel sein, sich wohl befinden; selig werden; d) entbunden werden Jes. 66, 7: eines Knaben genesen.

Jetzt sind die Bed. a) und d) nur noch üblich; Luther gebraucht es außerdem a) im allg. für gerettet werden 1. Mos. 32, 30: meine Seele ist genesen — in genauer Uebereinstimmung mit dem Grundtexte; Hiob 22, 29: wer seine Augen niederschlägt (demüthig ist), der wird genesen; b) anlehnend an diese mehr sinnliche Bed. für erfreut, getröstet, selig werden Ps. 80, 4. 8. 20: laß leuchten dein Antlitz, so genesen wir — M.-St. daß uns geholfen werde; Ps. 119, 117: stärke mich, daß ich genese; Jes. 6, 10. S. Zeller.

Genesen, mhd. genësen, got. ganisan ist ein Compositum aus dem einfachen, seltenen nësen. Vgl. Nahrung.

Genieß, der — a) Nutzen, Gewinn Apost.-G. 16, 16: die (Magd) hatte einen Wahrsagergeist und trug ihren Herren viel Genieß zu mit Wahrsagen — andere: großen Gewinn, Erwerb verschaffte, viel verdiente. — Außer diesem mhd. gewöhnlichen, dem starken Verbum genießen (genoß, genossen) = „Vortheil haben", „sich zu Nutze machen" Hiob 20, 18; 1. Kor. 9. 13 ensprechenden Gebrauche kommt Genieß bei Luther auch noch b) für Genossenschaft, Gemeinschaft vor 2. Kor. 6, 14: denn was hat die Gerechtigkeit für Genieß mit der Ungerechtigkeit? Vulg. participatio, andere: Genossenschaft, Gemeinschaft, Theilhaftigkeit. Letztere Bed. erhält ihre Berechtigung durch Genosse Gal. 6, 10 = der Mitgenießende; Genossenschaft, mhd. genôzschaft, vom Prät. genôz, und das mhd. schw. genôzen zusammenstellen, vergleichen mit.

Neuere Schriftsteller verwenden Genieß gewöhnlich für Genuß nur sehr selten, so Bürger: „Nimmer, nimmermehr hienieden fänd ich süßeren Genieß".

Geräthe s. berathen und Mannsgeräthe.

Gerah s. Sekel.

gerechtfertigt s. rechtfertigen unter recht.

gereden, schw. V. — das verstärkte reden mit Beziehung auf eine Person = versprechen, versichern, zusagen Spr. Sal. 25, 14: wer viel geredt — M.-St. verspricht — und hält nicht; 2. Macc. 7, 24: und geredete ihm mit einem Eide, wenn er von seinem väterlichen Gesetz abtreten wollte, so sollte er einen gnädigen Herrn an ihm haben; K. 9, 4; 1. Mos. 21, 2: und Sarah .... gebar Abraham einen Sohn um die Zeit, die ihm Gott geredet hatte; K. 24, 7: der Herr .... der mir geredet hat und mir auch geschworen hat und gesagt: dies Land will ich deinem Samen geben; K. 28, 15: denn ich will dich nicht lassen, bis daß ich dir thue, was ich dir geredet habe; 2. Chron. 32, 24: Gott geredete ihm und gab ihm ein Wunder.

Im Mittelalter hatte man bei Eidesabnahmen die Formel: „Ihr sollt gereden und geloben"; mhd. gereden zusichern; einen Reinigungseid leisten.

Das ge hat mitunter wie hier intensive Bedeutung, z. B. in aufgebieten 2. Macc. 12, 5: Judas gebot seinen Leuten auf — bot sie auf. Vgl. geliegen.

Das schw. Vb. reden ist von Rede gebildet, welches urspr. got. radjo, ahd. redia, rede Zahl bed. und dann in die Bed. von Rechnung, Rechenschaft übergegangen ist — vgl. ndd. rêden gêven Rede stehen, Rechenschaft ablegen; daher stimmt es lautverschoben zu lat. ratio Vernunft, von got. Wurzelvb. rathjan zählen.

Aehnlich verhält es sich mit erzählen (s. d. W.) von zählen, ndd. tellen; tâl Sprache; altfr. tella zählen und erzählen.

Geren, der — bed. nach dem Grundtexte Hes. 16, 8: da breitete ich meinen Geren über dich — und Hagg. 2, 13: wenn jemand heilig Fleisch trägt in seines Kleides Geren — den Flügel, Zipfel des Oberkleides oder des Mantels, der bei Nacht zur Decke diente; vgl. Ruth 3, 9, wo Luther dasselbe hebr. Wort mit „Flügel" übersetzt: breite deinen Flügel über deine Magd; s. Zeller.

Der Geren (Gehren), mhd. der gêre, ahd. kêro, gêro ist gebildet aus „der gêr" = Wurfspieß, dann besonders das keilförmig zugespitzte Eisen daran, das z. B. an Siegfrieds gêr 2 Spannen breit war. Später verallgemeinerte sich der Begriff: a) etwas Keilförmiges, Wurfspießförmiges, z. B. im Ahd. eine Landzunge; am gewöhnlichsten aber, wie auch noch jetzt ndd. gêre b) keilförmiges Stück oder Zwickel im Hemde oder Kleide; im Mittelalter kamen Kleider, Weiberröcke, mit 12, 24 bis 30 gêren vor. Auch die „Zwergfuge" der Tischler heißt Gehren. — c) „der aus den keilförmigen Stücken gebildete Kleidertheil unter den Hüften" = der Schoß, Rockschoß — in diesem Sinne hat es auch Luther verstanden *).

Das n in Geren ist aus dem schwachen Gen., Dat. und Acc. auch an den Nominativ gêre getreten, wie in Bogen, Balken, Schaden, Schatten, Glauben, Haufen und vielen andern, die früher das n nicht hatten und auch ndd. noch nicht haben.

Dem ahd. gêr Wurfspieß, das got. gais gelautet haben muß, — da r aus s hervorgeht, s. los —, lag ein von Grimm vermuthetes got. Wurzelverbum geisan (Prät. ich gáis) = stoßen, schlagen (?) zu Grunde; daher auch geiseln flagellare, die Geisel = Peitsche, der Geisel = eig. Geschlagener 2c. Lat. = kelt. gaesum Wurfspeer. S. Grimm, Gr. II, 46.

Vorhanden sind noch manche mit gêr zusammengesetzte Namen: Gerhard — mit langem e — der Speerharte, Tapfere; Gerlinde = die Speerschlange, die durch ihren Speer furchtbare Kämpferin; Gertrud = die Speerdrude d. i. Speerjungfrau; — nicht aber der Germane, das vielmehr Schreier, Rufer, ungestümer, tobender Krieger bed.; s. d. gründl. Untersuchung in Grimms Geschichte der deutschen Sprache 170.

Geruch, der; das **Gerücht**; das **Geschrei** — sind bei Luther übliche synonyme Ausdrücke für den Ruf, fama, und zwar für den guten wie für den bösen.

Geruch: 2. Mos. 5, 21: daß ihr unsern Geruch habt stinkend gemacht. Außerdem kommt Geruch häufig in dem jetzt gewöhnlichen Sinne von Duft, riechbare Ausdünstung vor 1. Mos. 27, 27; auch fig. für ein Zeichen von Gottes Wohlgefallen, Gnade 2. Mos. 29, 18. 25; 3. Mos. 1, 9 2c.; über die Stelle 2. Kor. 2, 14—16, wo vom „Geruche der Erkenntniß Gottes" die Rede ist, s. Zeller.

Gerücht: Jos. 9, 9: denn wir haben sein Gerücht gehört und alles was er (Gott) in Aegyptenland gethan hat; Esth. 9, 4: Mardochai's Gerücht erschallete in allen Landen; Spr. S. 22, 1: das Gerücht (der gute Ruf, gute Name) ist köstlicher, denn großer Reichthum; Pred. S. 7, 2: ein gutes Gerücht ist besser denn gute Salbe; Matth. 4, 24; 9, 26; 14, 1 2c.: das Gerücht von Jesu erscholl 2c.; Apost.-G. 6, 3; 10, 22; 22, 12; 2. Kor. 6, 8: durch gute und böse Gerüchte — V. per infamiam et bonam famam. Im jetzigen Sinne von „umlaufendes Gerede von etwas", Nachricht kommt es schon vor 1. Sam. 4, 19: da sie das Gerücht

---

*) Ebenso hieß altfr. gâre (mit dem im Ndd. vor r gewöhnlichen a statt e) Rockschoß: „der gefältete mit Spitzen verzierte Theil des Leibgewandes", Grimm; Kirchengewand, s. von Richthofen, altfr. Wörterb. Daher heißt die Sakristei ndf. (westf.) gârekâmer, garvekâmer; s. Klopp, ostfr. Gesch. I, 371. In einem vielleicht uralten friesischen Kinderliede hieß es: Pack achter an mîn kâre 2c., un wen de kâre stücken breckt, dan ligg'n mîn meisjes (Mädchen) all in 'n dreck — wo kâre nichts anderes sein kann als der von den spielenden Kindern angefaßte Rockschoß. Ndd. (ostfr.) gêren keilförmig auslaufen, z. B. vom Acker.

hörete, daß die Lade Gottes genommen ꝛc.; desgl. 2. Sam. 13, 30; 1. Kön. 2, 28; 2. Kön. 19, 7 ꝛc.

In dem von Gerücht gebildeten **berüchtigen** erscheint die üble Bed. ausgeprägter 5. Mos. 22, 19: daß er eine Jungfrau berüchtigt hat = in ein übles Gerede gebracht hat; Luc. 16, 1; Tit. 1, 6.

Geschrei — zunächst für Gerücht im letzteren Sinne 1. Mos. 45, 16: da das Geschrei kam in Pharaos Haus, daß Josephs Brüder kommen wären; 2. Sam. 17, 9: und käme ein Geschrei und spräche: es ist eine Schlacht geschehen in dem Volke. Meist aber im üblen Sinne für böse Nachrede, Verruf, böses Gerücht Luc. 1, 36: Elisabeth war im Geschrei, daß sie unfruchtbar sei; 1. Kor. 5, 1: es gehet ein gemeines (s. d. W.) Geschrei, daß Hurerei unter euch ist; 1. Mos. 37, 2: Joseph brachte vor ihren Vater, wo ein böses Geschrei wider sie war; 4. Mos. 13, 33; Hes. 21, 7 ꝛc.

Geruch im eigentl. Sinne, olfactus und odor, wie Gerücht, bei L. Gerüchte, sind gebildet aus dem Pl. Prät. von riechen, ahd. riohhan, mhd. riechen (Prät. rouch, ruchen) = ausdünsten, duften. Da aber der Geruch im Sinne von Ruf, fama, nach Weigand um 1500 das gerûche, geruoche hieß, so wäre es wohl abzuleiten vom mhd. ruochen „um etwas besorgt sein", „auf etwas Bedacht nehmen", daher nhd. geruhen, und würde etwa bedeutet haben: „das Rücksicht-, Bedachtnehmen"; s. Weigand, d. W.

Von Seiten des Begriffs läßt sich übrigens gegen eine Herleitung aus riechen und aus der concreten Bed. von Geruch nichts einwenden, wenn man einerseits Gerücht, andererseits Redensarten vergleicht wie die ahd. doctôres, die wîteno stinkent mit dëmo stanke bonae opiniônis d. i. Doctoren, die weithin duften mit dem Geruche guter Meinung (bei Weigand), und wie die ndd. rîke lüe Krankheit un arme lüe pankôk stömen (rûken) glîke wît d. i. reicher Leute Krankheit und armer Leute Pfannkuchen duften gleichweit = von beiden spricht man gleichviel. Geruch, odor, und sittliche Beschaffenheit eines Menschen hängen bisweilen zusammen, und das Gerücht breitet sich so schnell und wunderbar aus wie riechbare Stoffe 2. Mos. 5, 21: daß ihr unsern Geruch stinkend gemacht habt — wo Luther offenbar durch die Zusammenstellung von Geruch und stinkend zu erkennen gibt, daß ihm die urspr. sinnliche Bed. von Geruch vorschwebte; Hohel. 4, 11.

Ob denn wirklich jenes gerûche mit Geruch dasselbe ist?

Das Wort **Ruf** hat L. in diesem Sinne nicht, sondern für Beruf 2. Tim. 1, 9: und berufen mit einem heil. Ruf. Auch hatte das mhd. ruof (clamor) noch nicht diese Bed. Dagegen verwendet Luther z. B. im kl. Katechismus in ähnlichem Sinne „der Leumund": bösen Leumund machen, 8. Geb., = „laute, öffentliche Meinung von jemand"; ahd. liumunt, hliumunt, mhd. in der Ableitungssilbe verschwächt und gekürzt liumet, leumet, liumd; daher verleumden; von gleichem Stamm mit altnd. hliomr Schall, Ruf, got. hliuma Ohr, wozu auch laut gehört; also von ähnlicher Bildung wie Ruf, Geschrei.

Gesperre, das — das Sparren- oder Balkenwerk eines Hauses, ndd. spêrwark, Habak. 3, 11: und die Balken am Gesperre werden ihnen antworten.

Mhd. gesperre ist ein Collectiv von sparre Querbalken, „Sparren", eines Stammes mit „sperren".

Aehnlich ist von Stuhl, ahd. stuol — eines Stammes mit stellen — das mhd. Collectiv das gestüele, bei Luther **Gestühle** — die Sitze oder das Sitzgestell 1. Kön. 7, 27; Jer. 27, 19; 52, 17. 20; Hes. 27, 6. Ferner das **Gesänge**, aus mhd. sang — das Gesinge Luc. 15, 25. Vgl. gichtbrüchig.

Gewäsch s. waschen.

Gewerbe s. werben.

gewohnen — hat Luther intrans., wie ndd. wennen, für sich gewöhnen an etwas Hes. 19, 6: er (der junge Löwe) gewohnte, die Leute zu reißen und zu fressen. — Es ist abgeleitet von mhd. gewon, jetzt gewohnt; weiter bei Weigand, Wb.

gichtbrüchig, Adj. — gliederlahm mit Schmerz verbunden; doch haben wir unter den Gichtbrüchigen, die Jesus heilte, keine an der gewöhnlichen Gicht oder an Gliederweh, arthritis, oder an Gelenkentzündungen oder am Podagra Leidende zu verstehen, sondern Gelähmte, Paralytische, an Gliedern „Gebrochene", in Folge eines Halbschlages (apoplexia conscia, hemiplegia, paraplegia), der in manchen Gegenden auch die Gicht genannt wird: Matth. 4, 24; 8, 6; 9, 2. 6 2c.; Apost.-G. 9, 33. S. Zeller II, 94.

Die Gicht, mhd. das, später die giht, das aber nicht so gewöhnlich war als dessen Collectiv das gegihte, wurde früher allgemein für eine schwerere, in ihren Wirkungen verheerendere Krankheit gehalten als jetzt: mhd. diu giht brichet sie — reißt sie in lähmenden Krämpfen; daz gegihte brach ir hend und füeze; daz wüetende gihte; sie vant ein kint, daz brach diu giht; darmgiht Kolik u. a. Stellen sind Belege dazu. Gicht scheint Grimm das Gehen, Wenden und Reißen des Schmerzes im Leibe zu bezeichnen; mhd. giht Gang; kirchgiht; vgl. Gesicht mit sehen, Geschichte mit geschehen, obwohl es in der älteren Sprache mit Gicht nicht ganz dasselbe Verhältniß ist. Die Idee des Gehens durch die Glieder finden wir auch im Ndd.: de flêgende jicht, die fliegende Gicht, hieß früher an der Ostsee dat vârende, lôpende deer; flöten rheumatische Flüsse 2c.

Brüchig von Bruch, aus dem Partc. von brechen, welches got. brukans, ahd. prohhan lautet. S. Weigand, Wb.; Grimm, Mythologie 671; Benecke-Müller I, 519.

girren, schw. Vb. — klagen, winseln, Klagetöne von sich geben Jes. 38, 14: ich winselte wie ein Kranich und girrete wie eine Taube. In der Stelle Jes. 59, 11: wir brummen alle wie die Bären und ächzen wie die Tauben — hat M.-St. für ächzen auch girren.

Es ist also dieses girren der Bed. nach nicht dasselbe mit dem jetzigen: „den Liebeston girr, gurr von sich geben", von Tauben, oder mit dem ndd. gîren „durchdringend gellend schreien", z. B. von Schweinen, kleinen Kindern.

Es ist vermengt mit kirren, schw. V., mhd. (stark) kirren, Prät. ich kar *), wir kurren, Partc. gekorren, ahd. chërran „durchdringend schreien", „die Stimme lebhaft hören lassen"; „dann einen scharfen, seufzenden Laut von sich geben": mhd. in sîner clûse der jâmer kirret. Auch ndl. hat girren die Bed. von „kläglich weinen", desgl. das wetterauische gërren. Lautverschoben stimmt dazu das lat. garrire schwatzen.

Luth. selbst gebraucht in gleichem Sinne mit girren **kirren** Hes. 7, 16: und welche unter ihnen entrinnen, die müssen auf den Gebirgen sein, wie die Tauben in Gründen, die alle unter einander kirren; ein jeglicher um seiner Missethat willen. Daß aber die sinnliche Bed. „einen scharfen, knirrenden Ton von sich geben" Luther ebenfalls bekannt gewesen, beweist Amos 2, 13: ich wills unter euch kirren machen, wie ein Wagen voll Garben kirret — wozu er freilich in einer Glosse bemerkt: „Ihr sollet wiederum geniedriget und verdrückt werden, daß ihr unter solcher Last und unerträglicher Arbeit und Schmerzen ächzen und wehklagen werdet, denn dies will er anzeigen in dem, da er sagt: ich will es unter euch kirren machen". S. Wetzel zu girren.

Githith, die — nach Einigen ein musikalisches Instrument unbestimmter Art, nach Andern die Melodie anzeigend, etwa wie ein aus einem früheren Liede entnommenes Wort Ps. 8, 1; 81, 1; 84, 1. S. Krahmer, d. Ps. II, 56.

Gitter s. Gatter.

Glucke, die — die Bruthenne; uneigentlich das Siebengestirn, die Plejaden, welche im Volke noch „die Henne mit ihren Küchlein" heißen Hiob 9, 9: er machet den Wagen (gr. Bär) am Himmel und Orion und die Glucken (schwacher Sing. vgl. Schellhengst) und die Sterne gegen Mittag; vgl. K. 38, 31; Amos 5, 8: er machet die Glucken und Orion — letzteres ein Sternbild, einen Mann mit Keule und Schild darstellend.

Die Glucke statt Klucke, ndd. kluckhenne, ist im Ahd. und Mhd. noch nicht vorhanden, aus einem verlornen Wurzelverb., das mit lat. glocire glucksen lautverschoben stimmt. Das Wort scheint ein Naturausdruck zu sein, von der Stimme des Vogels hergenommen, wie Göckel, Göckelhahn, frz. coc, s. Diez, rom. Wb. 599. — Ueber die Bezeichnung des Siebengestirns als Glucke vgl. Grimm, Mythologie 419. Das Bild ist fast durch ganz Europa verbreitet: engl. the hen with her chickens; frz. la poussinière — von poussin Küchlein, dies von poule, lat. pullus Huhn.

glum, Adj. — dunkel, trübe, schmutzig vom Wasser Hes. 32, 2: du trübest das Wasser mit deinen Füßen und machest seine Ströme glum.

---

*) Auf die Wurzel kar ist auch wohl quarren und das kar in Karfreitag zurückzuleiten. Karfreitag bed. Klagefreitag, an dem Maria den Tod ihres Sohnes beweint, beklagt; vom ahd. die chara, kara Wehklage, got. kar, kara, ags. cearu, engl. care Sorge, Angst. Grimm setzt übrigens zu kara ein got. Wurzelverb. kairan betrübt sein voraus; Gramm. II, 57.

Andere ältere Bibelübersetzungen haben dafür unrein, vermodderdet (vgl. ndd. muddig schmutzig, trübe); s. Diedrich von Stade 274.

Luther hat das Wort sonst noch: „bis das glum und trübe Wasser sich setze", ibd.

Wilhelm Hoffmann erklärt glum für ein oberdeutsches Wort: Glumm = Schlamm, s. dessen Wb. II, 644; Zeller gar für ein altd. — altd. Quellen und Glossare haben es nicht; Weigand, d. Wb., wohl richtiger für ein ndd. Hier zu Lande ist es freilich in der Bed. unbekannt; allein das bremisch-niedersächs. Wb. hat es, ebenso das nordfr. Glossar von Outzen (glummig p. 99). Ohne Zweifel ist es dass. Wort mit dem engl. gloom, glum dunkel, düster; traurig, melancholisch und unserm ostfr. ndd. glûmen, engl. glum, gloom finster lauern, ein saures Gesicht machen.

Gnadenstuhl, der — der Deckel der Bundeslade, einem Stuhl gleichend, auf welchem Gott sich in Gnaden offenbarte 2. Mos. 25, 17; Hebr. 9, 5. In letzterer Stelle, wie auch Röm. 3, 25 ist uneigentlich die in Christo erschienene Gnade darunter zu verstehen. Uebrigens s. Zeller, Winer und andere. Vgl. Gestühle.

Gnätze, die — oder wie Luther schrieb Gnetz — Krätze, Schorf 3. Mos. 14, 56: über die Beulen, Gnetz und Eiterweiß — M.-St. Krätze. Bei L. findet sich sonst: „Wenn einer einen Grind oder Genetz am Leibe hatte", s. Diedrich von Stade.

In fries. Dialecten findet sich gnatz, s. Outzen, glossarium der fries. Spr. 99; mhd. der gnaz Knauserei; in der Wetterau gneist, älter gnîst Kopfgrind — ohne Zweifel vom ahd. stark. Vb. gnitan (Präs. ich gnîte, Prät. gneit), ags. gnidan, ndfr. gnie, schwed. gnida reiben, womit auch unser ndd. gnidden (gnitten, gnîdeln) mit glatten Steinen reiben, sück knîdeln „sich wohlgefällig reiben und scheuern" stimmt.

Gomer (Gomor, Omer) — ein hebr. Maß für trockene Dinge; wörtl. „das Zusammengebundene", sonst auch Garbe, daher Einige erklären: „so viel eine Garbe Korn oder Mehl gibt" 2. Mos. 16, 16. 18. 36. Da ein Gomor ein Zehntel Epha beträgt, so wird es auch ein Zehend (Zehntel) genannt 3. Mos. 14, 10; 23, 13. 17; 4. Mos. 15, 4. S. Zeller II, 216.

Götze, der, Gen. — falscher Gott, Abgott, auch uneigentlich (z. B. der Götze der Eitelkeit — Schiller) — wird von Luther noch der Grundbed. gemäß für das „gegossene, geschmiedete oder gehauene Bild einer heidnischen Gottheit, dem göttliche Verehrung erwiesen wird" gebraucht, nicht für diese Gottheit selbst. Das Wort kommt erst im Nhd. bei Luther, Alberus (1540) und andern vor und ist gebildet vom mhd. und spät. ahd. der gôz = gegossenes Bild, aus dem Sing. Prät. von gießen (goß, mhd. gôz). S. Weigand, d. Wb.; Grimm, deutsche Mythologie p. 11 u. 73.

Jes. 44, 10: wer sind die, die einen Gott machen und Götzen gießen, der kein nütze ist? Hos. 13, 2: Götzen, welche doch eitel Schmiedes Werk sind; Baruch 6, 50. 54 ꝛc. hölzerne, vergoldete Götzen; 1. Macc.

5, 68: Judas verbrannte die Götzen; 1. Mos. 31, 19. 34: Rahel stahl ihres Vaters Götzen; Ps. 115, 4: jener Götzen aber sind Silber und Gold von Menschen Händen gemacht; 2. Mos. 23, 24; 34, 13; Jes. 2, 20; 48, 5 u. a. O. — Daß Luther zwischen Götzen und Göttern deutlich unterscheidet, zeigt 5. Mos. 12, 3: die Götzen ihrer Götter thut ab; Ps. 96, 5: alle Götter der Völker sind Götzen. Weniger bestimmt unterschied er zwischen Götze und Abgott, welches letztere er übrigens nur selten gebraucht und zwar für das Bild der Gottheit: Richter 17, 3. 4; 18, 14. 17. 18; Hes. 21, 21; Hos. 9, 10 — ganz der älteren Sprache gemäß, während wir unter Abgott gewöhnlich den falschen Gott selbst verstehen. Dagegen verwenden wir zur Bezeichnung des Bildes der Gottheit sehr gewöhnlich „Götzenbild", welches Compositum Luther mit Recht fremd war, während er doch Götzenaltar, -diener, -dienst, -haus, -kirche, -land, -macher, -opfer, -silber, -tempel und andere hat.

greten, schw. Vb. — die Beine beim Liegen, Sitzen oder Stehen auseinanderspreizen Hes. 16, 25: du gretetest mit den Beinen gegen alle, so vorübergingen und triebest große Hurerei — wofür die alte Züricher Bibel hat: „thatest von einander"; eine alte ndd. und ndl. das jedenfalls identische gegerdet (Diedrich v. St.); M.-St. hat das ungewöhnliche Wort beibehalten und zwar richtig im Prät. Wenn Luther gretest schrieb, so hatte das einfach seinen Grund darin, daß er durchweg im Partc. Präs. und Prät. die schwachen Verben, deren Stammsilbe mit einem **d** oder **t** endigt, verkürzte, indem er **et** oder **te** oder **e** abwarf, z. B. bereit für bereitet 1. Chron. 16, 1; sie antworten f. antworteten Jer. 35, 6; erretten f. erretteten 1. Chron. 12, 14; schlachten f. schlachteten 2. Kön. 25, 7; trachten f. trachteten Luc. 19, 47; er sand f. sandte 2. Mos. 2, 5; wand f. wandte 2. Kön. 20, 2; ein gemäster f. gemästeter Ochse Spr. S. 15, 17; aufgericht Jes. 10, 33; geacht K. 40, 17; scheidet f. scheidete, nennet f. nennete 1. Mos. 1, 4. 5. S. Mönckeberg 61 und Wetzel 93. Vgl. taufen und Bescheidenheit.

Wenn aber neuere Bibelausgaben, z. B. die Stuttgarter, hier gretest für gretetest beibehalten haben, so ist damit nach heutigem Sprachgebrauch falscher Weise das Verb. im Präsens ausgedrückt.

Gräten, auch grätschen — mit langem ä —, grätscheln, bairisch graiteln (graten = weite Schritte machen) — stammt von einem vermutheten mhd. starken griten (Prät. ich grat, wir grâten), got. gridan (Prät. ich grad, wir grêdum, Partc. gridans) = schreiten, welches im ahd. pigrëtan beschreiten, dazuschreiten — erhalten scheint; vgl. dazu got. die grids Schritt, Stufe; ahd. gritmâli Schritt, mhd. Adv. gritelîche mit ausgespreiteten Beinen, rittlings. Lat. gradus Schritt. S. Weigand, d. W. unter grätschen; Benecke-Müller I, 577.

Grummet, das — die Nachschur des Grases, Nachheu Amos 7, 1. Grummet ist durch Lautangleichung des n zu m gebildet aus dem mhd. grüenmât „Grün-Mahd" d. i. das grün Gemähte. Noch 1603 findet sich die reinere Form Grunemaht und im 15. Jahrh. grüemat; bair.

gruenmâd. — Im ostfriesischen gram ist die Form noch unkenntlicher. Die Mahd = das Mähen, auch das Abgemähte, mhd. der mâde und das mât ist mittelst der ahd. Ableitungssilbe ad (ahd. mâhado?) gebildet vom ahd. mâhan mähen, wie Naht von nähen, Draht von drehen (ahd. drâjan), Kraht von krähen ꝛc. S. Grimm, Gr. II, 233.

grün — dieses bekannte Adj. erwähnen wir nur insofern, als die Stelle Luc. 23, 31: so ihr das thut am grünen Holze, was will am dürren werden — Veranlassung zu dem Worte **Gründonnerstag** gegeben hat. — Grün, mhd. grüene, ahd. gruoni, cruoni ist mit ableitendem n vom ahd. cruon (dann gruohan, gruojan), mhd. grüejen, ndd. groien, greien, engl. grow ꝛc. = grün sein, sich lebenskräftig entfalten, wachsen und gedeihen gebildet und hatte schon ahd. die Bed. frisch, lebenskräftig. Die von Jesu gebrauchte sprichwörtliche Redensart: „so ihr das thut am grünen Holze ꝛc." bedeutet: „wenn ein frischer, fruchtbarer Baum (= ein Unschuldiger, wie Jesus selbst) so behandelt wird, was haben dann dürre, unfruchtbare, saft- und kraftlose Bäume (= Sünder, Gottlose, aus denen alle Lebenssäfte göttlicher Gesinnung gewichen sind) für harte Strafen zu erwarten", Lisco. Die Stelle gab im Mittelalter Veranlassung, das Wort grün in noch weiterem geistlichen Sinne für schuldlos, rein zu gebrauchen; in einem Wörterbuche von 1483 wird viridis „ein grunender, der da ohne Sünde ist, grün" erklärt. Namentlich hießen die Grünen die öffentlichen Büßer, die nach der während der Fastenzeit vollbrachten Buße von ihren Vergehungen und Kirchenstrafen losgesprochen und als Sündlose wieder am Tage vor Karfreitag (s. girren) in die Gemeinschaft der Christen aufgenommen und zum heil. Abendmahle zugelassen wurden. „Da ein bußfertiger, begnadigter Sünder ein neues Leben anhebt, ein Leben mit Früchten des Geistes, so ist in der Idee der Zusammenhang gegeben zwischen dem mittelalterlichen grün und dem heutigen grün", K. Scheffer in Lüben's „Practischem Schulmann", 1863, p. 340. Wegen dieser kirchlichen Handlung hieß der Tag der Antlaßtag = Tag des Erlasses der Kirchenstrafen und der Wiederaufnahme Bußfertiger, im Mlat. aber dies viridium = Tag der Grünen. In der Uebersetzung dieses „dies viridium" durch „der grüne Donnerstag" (schon um 1200, häufiger erst im 15. und 16. Jahrh.) stellte man den hauptwörtlichen Genitiv viridium attributiv (beiwörtlich, grün) und übertrug gleichsam die Benennung der als sündenlos wieder aufgenommenen Büßer auf den Tag der Wiederaufnahme, welcher sündenlos machte.

S. Weigand, d. Wb. und Wb. der Syn. III, 1198, der diese wohl unzweifelhaft richtige und bis jetzt unangefochtene Erklärung von Gründonnerstag zuerst 1843 in der Darmstädter Kirchenzeitung gab.

Gutdünkel, der — vorgefaßte Meinung, vorgreifendes Urtheil, Vorurtheil (wie andere Uebersetzer haben), praejudicium (Vulg.) in der Stelle 1. Tim. 5, 21: daß du solches haltest ohne eigen Gutdünkel.

Es ist gebildet wie Eigendünkel. **Dünkel** kommt erst nhd. vor und ist eine Ableitung vom mhd. der dunc das Bedünken, die Meinung, welches mit dünken aus einem verlornen got. Wurzelvb. dinkan (Prät. dank, dunkum) denken (?) hervorgegangen ist; es bedeutet aber bei L. noch nicht wie jetzt, „die übertriebene, hoffährtige, auf andere herabblickende Meinung von eigenen Vorzügen, insolentia, arrogantia, nimia de sese opinio", Grimm, sondern einfach Meinung, Ansicht sententia, wie mhd. dunc. Ps. 81, 12. 13: so hab ich sie gelassen in ihres Herzens Dünkel, daß sie wandeln nach ihrem Rath; Jer. 23, 17; Hiob 15, 31; Weish. 1, 3; Sir. 3, 26; doch steht es hier überall von einer verwerflichen, verderblichen Meinung. An König Heinrich VIII. von England schreibt Luther: „Nu ligt dem Luther an dem Dunkel des Königs eben so vil, als an dem Dunkel des kukugs". Edler steht es sonst in seinen Schriften: „Daß wir alle ein Sinn, ein Muth, ein Dünkel sollen haben"; bei Grimm.

Gutfurt s. Anfurt.

H.

Hallelûhjah, hebr. — wörtl. preiset Jehovah! gelobt sei Gott! — im Hebr. ist die letzte Silbe jah (= Jehovah) betont — ein besonders in den Psalmen häufig vorkommender Aufruf zur Verherrlichung Jehovahs. Ps. 104, 35; 135, 1; 150, 6 ꝛc. Die Psalmen 113—118, die am Passah- und Laubhüttenfest gesungen wurden, bilden das große Halleluhjah oder den Lobgesang Matth. 26, 30; Weish. 18, 9. S. Zeller.

Hantierung, die — Gewerbe, Geschäft, bes. des Kaufmannes, wofür Luther sonst auch Nahrung hat Matth. 22, 5: der andere ging zu seiner Hantierung — wo andere übersetzen: Handelsgeschäft, Gewerbe, Vulg. negotiatio = Großhandel; Hes. 28, 5. 16; unehrliche Hantierung 1. Tim. 3, 3; Tit. 1, 7: ein Bischof soll nicht ... unehrliche (s. ehrlich) Hantierung treiben — wörtlich nach dem Grundterte: schändlichen Gewinn, wie L. auch in den ersten Ausgaben hatte: „nicht schändlichs Gewinns gierig".

Daher steht ein **Hantierer** geradezu für einen Kaufmann Jes. 47, 15; Hes. 27, 27. Beide von **hantieren** — „Gewinnes halber ein Gewerbe oder Geschäft, bes. einen Handel betreiben" Spr. Sal. 3, 14; Jak. 4, 13; im uneigentlichen Sinne mit dem Nebenbegriffe des Betruges 2. Petr. 2, 3, von Irrlehrern.

Mitteld. hantieren behandeln, betreiben, Handel treiben, vom mhd. hant (Hand), dessen t sich in dem mit der romanischen Endung ieren (altfrz. ier, eig. aus lat. iâre od. igare) gebildeten hantieren erhalten hat, während sonst handieren geschrieben werden müßte, was aber der Aussprache zuwider ist; daher die Schreibung handtieren oder gar handthieren zu verwerfen. Man vergl. ähnliche Bildungen wie **hofieren** = einem (Frauenzimmer) den Hof machen Jer. 4, 30; Weish. 14, 21; halbieren, stolzieren u. a. Uebrigens vgl. man handeln von Hand, Manufactur = Anstalt zur Anfertigung von Zeugwaren ꝛc., aus lat. manus Hand und factura Zubereitung, von facĕre machen. Der **Handel** bed. bei Luther oft einen Rechtsstreit, Prozeß 5. Mos. 17, 8; 2. Sam. 15, 2; Esth. 1, 13; Apost.-G. 25, 14; 1. Kor. 6, 1. Vgl. Sache; **handeln** = streiten, verhandeln Marc. 9, 33. 34; Apost.-G. 4, 15; 7, 26; vgl. die Note zu letzen.

Haube, die — in der Bibel a) die helmförmige oder blumenkelchähnliche Kopfbedeckung, die Tiara des israelitischen Priesters 2. Mos. 28, 40; 39, 28 — nach den Rabbinen aus 16 Ellen feiner Leinwand gewunden. Den ansehnlicheren Turban des Hohenpriesters bezeichnet L. mit Hut 2. Mos. 39, 28; — b) die weibliche Kopfbekleidung Judith 10, 3. Was Luther Jes. 3, 19 Hauben nennt, sind nach dem Grundterte „vom Kopfe über die Schläfen herabwallende, den Augen das Durchsehen gestattende Schleier“; s. Zeller; vgl. Kogel und Koller.

Luther war vollkommen berechtigt, dieses jetzt nur von der weibl. Kopfbedeckung gebräuchliche Wort auch auf die männliche anzuwenden, s. Weigand, Wb. der Synonymen II, 31; denn mhd. ist hûbe, ahd. hûba „eine Kopfbedeckung für Männer und Weiber“, auch eine solche unter dem Helme, wie Ausdrücke beweisen wie Sturmhaube — wofür im Mhd. auch bloß hûbe — und Pickelhaube, mhd. bickel-, bëckelhûbe, von bicken, bëcken stechen (picken), also = die gegen den Stich schützende Haube. Ndd. hüve Weiberhaube; Bienenkorb; Hülle für einen Ballen Manufacturware; ndl. huif, engl. hoop (altengl. how) Haube, hiwe Bienenkorb ꝛc. — mit Haupt (statt Haubt, Haubit, Luth. Haubt), ndd. hôvd gleicher Abstammung, von einem verlornen got. Wurzelvb. hiuban (Prät. ich haub) umfassen, einschließen (das Hirn ?). S. Weigand, d. W. unter Haupt.

Hausehre, die — ist eig. „die Ehre des Hauses, der Familie“; übertragen die Hausfrau Ps. 68, 13: die Könige der Heerscharen sind unter einander Freunde, und die Hausehre theilt den Raub aus — „die Schöne des Hauses“ nach dem Grundterte, ein Bild der wiederhergestellten Ruhe und der allgemeinen Siegesfreude.

Wie Luther mit dem Ausdruck Hausehre der Frau eine ehrenvolle Stellung anweist, so legt er ihr mit dem Adj. **häuslich** ein ehrendes Prädicat bei = für das Hauswesen sorgend, gerne daheim bleibend und ihrem Berufe als Hausfrau nachkommend, wie auch wir Ndd. hûszelk für haushälterisch, tugendsam überh. gebrauchen. Tit. 2, 5: daß sie die jungen Weiber lehren sittig sein, keusch, häuslich, gütig, ihren Männern unterthan ꝛc. — andere für häuslich: eingezogen, Haushüterinnen, das Hauswesen besorgend, Vulg. domus curam habentes; Sir. 26, 2: ein häuslich (tugendsam) Weib ist ihrem Manne eine Freude.

Der Gegensatz 1. Tim. 5, 13, wo es von schlechten Weibern heißt: und lernen umherlaufen durch die Häuser.

Hausfürst s. Fürst.

Hausvogt s. Vogt.

haußen, Adv. — hier außen = draußen Offb. J. 22, 15: haußen sind die Hunde und die Zauberer d. i. außer dem himmlischen Jerusalem.

Das ungewöhnliche haußen, bei Goethe hauß, mitteld. hûze ist zusammengezogen aus mhd. hie ûze hie außen, wie mhd. hinne aus hie inne, hint aus hî naht „diese Nacht", heute mhd. hiute aus ahd. hiû tagû „von diesem Tage". Eine Ableitung von heute ist heutig, bei Luth. Richt. 15, 19: heutes Tages.

Außen ist von ûze, dieses von ûz aus gebildet, wie dannen von dann, hinnen von hin; vgl. heurig.

Hebe u. **Hebeopfer** s. weben.

Hebenholz s. Ebenholz.

Hehl, das — die Verheimlichung — jetzt nur noch gebräuchlich in der Redensart: „einer Sache kein Hehl haben" = sie nicht verheimlichen. Luther verwendet das Wort häufiger und in alterthümlicher Construction Jes. 3, 9: ihr Wesen (st. ihres Wesens) hat sie kein Hehl = sie verheimlicht, verleugnet ihr Wesen (s. d. W.), ihre Art nicht; M.-St. „ihres Angesichtes Anblick zeugt wider sie"; Sir. 8, 21: vor einem Fremden thue nichts, das dich Hehl hat = was du verheimlichst, woraus du ein Geheimniß machst.

Das Wort ist außer in obiger Verbindung erloschen; mhd. haele, hâle erscheint viel häufiger und in eigenthümlicher Construction; bald wurde es mit haben, bald mit nehmen verbunden und entweder, wie bei Luther Jes. 3 und wie im jetzigen Hochdeutsch persönlich mit dem Genitiv der zu verhehlenden Sache, oder wie Sir. 8 unpersönlich mit dem Accus. der Person (und oft dem Gen. der Sache): ich hân es haele ich verberge es; haele het er des genuoc er verhehlte es genugsam; — in (ihn) des niht haele hât; des nam in michel (viel, sehr) haele; des nimt dich michel hâle. — So sagte man mhd. und zum Theil noch nhd. mich hât wunder, mich nimt des wunder; mich hât (nimt) fremde es befremdet mich; mich nimt angest &c. S. Benecke-Müller, mhd. Wb. I., 676; Grimm, Gram. IV., 247. 248.

Das Hehl, mhd. die haele, hâle Verheimlichung ist wie das schwache Vb. hehlen (verhehlen Hiob 27, 11; Ps. 32, 5; 40, 11) abgeleitet von dem Prät. des mhd. starken Vb. hëln (Präs. ich hil, Prät. ich hal, wir hâlen, Partc. geholn), ahd. hëlan, got. hilan tief verheimlichen, verbergen, wovon jetzt noch das Partc. „(unver-)hohlen" vorhanden ist. Dieses hëln stimmt lautverschoben zum gleichbedeutenden lat. celare.

Zu den Ableitungen von hëln gehört unter andern auch hohl, die Höhle, richtiger bei Luther die Höle 1. Mos. 19, 30; 23, 9; 1. Kön. 18, 4. 13 &c.; vgl. Kule unter Kogel; ferner die

Hölle — richtiger bei Luther die **Helle** (hellische Matth. 23, 33), wie auch ndd., ndl., mhd., ahd. ꝛc. überall helle*).

Das Wort Hölle kommt in der Bibel aber nicht bloß in dem sich erst nach und nach entwickelnden Sinne von „Ort der Verdammten," sondern auch oft in dem (im Deutschen wie nach der Anschauung des Alten Testaments) ursprünglichen von Unterwelt, Todtenreich, hebr. Scheol, griech. Hades, Aïdes vor, den man sich im Innern der Erde dachte. So erklärt Luther selbst Hölle in 1. Mos. 42, 38 und 44, 29 ꝛc. für „die Unterwelt, das Reich aller Todten"; vgl. die von Wetzel p. 129 citierte Stelle. Aehnliche Bibelstellen sind Hiob 14, 13; Ps. 16, 10; Jes. 38, 10 u. a. So spricht der alte Jakob von einem „Hinabsteigen in die Grube", d. h. nicht bloß ins Grab, sondern in die Unterwelt (Scheol) 1. Mos. 37, 35; vgl. Ps. 55, 16; 63, 10 ꝛc. Im Neuen Test. ist ebenfalls von dem Reiche der Todten die Rede — den untersten Oertern der Erde —, in welches Christus hinabgestiegen sei Eph. 4, 9; vgl. 1. Petr. 3, 19; Phil. 2, 10.

Von diesem „Reiche der Todten" unterscheidet die Schrift die Gehenna d. i. der nach dem Thale Hinnom benannte (2. Kön. 23, 10; Jer. 7, 31) Strafort der Verdammten, bei Luther gleichwohl durch Hölle übersetzt Matth. 10, 28; 11, 23; 16, 18; 1. Kor. 15, 55 u. a.

Doch liegt unserm Zwecke das Dogmatische ferner, als der Ursprung und die Begriffsentwickelung des deutschen Wortes Hölle. Dies muß zurückgeführt werden auf die altnordische (und altdeutsche) Göttin Hel, got. Hali, ahd. Hellia, welche nach der Edda Loki's und einer Riesin Tochter war. Sie war halb schwarz und halb menschenfarbig, „nach Art der elsterfarbigen Leute des Mittelalters" (Grimm). In ihrer tief im Dunkel der Erde, abwärts im Niflheim (= Nebelhaus) gelegenen Wohnung nimmt sie die Seelen der abgeschiedenen Menschen, d. h. aber nur der vor Alter und in Krankheiten gestorbenen, in Empfang und hält sie unerbittlich fest. Die im Kampfe Gefallenen nimmt bekanntlich die Walhalla auf. Der persönliche Begriff von Hel löste sich allmählich ganz in den localen von Helle = „Aufenthalt der Todten, Unterwelt" auf. So findet man das Wort schon gebraucht in den ältesten Denkmälern deutscher Zunge: der innerste Theil Niflheims heißt schon Niflhel, wo Hof und Säle der Göttin sind. Ursprünglich ist Hel

---

*) Durch alemannischen Einfluß ist im Nhd. oft das kurze **e** in ein unorganisches **ö** übergegangen, z. B. Schöffe aus mhd. scheffe, dörren aus mhd. derren ꝛc. Luther schrieb noch Geschepf und Schepfer Röm. 1, 25, Gewelbe Jer. 20, 2, Lewe Mich. 5, 7, leschen Amos 5, 6, vgl. Löschbrand; lecken f. löcken (s. d. W.); Leffel f. Löffel — das übrigens nicht als „Geräth zum Essen" in der Bibel vorkommt, sondern 4. Mos. 7, 14. 20 sind es wahrscheinlich Schalen mit Handgriffen, in welchen der Weihrauch auf den Rauchaltar gebracht wurde. — Zu Helle bemerkt Grimm, Wb. III, 4: „Vom **ö** in Hölle werden glaubenseifrige Theologen nimmer lassen wollen, und doch schrieb Luther durchgehends Helle; gewöhnte man sich helle und hëlle (concentus, claritas), wie mhd. geschah, zu schreiben und zu sprechen, so wäre hier alles in Ordnung und der Anklang an die heidnische Todesgöttin offenbar".

(Hellia) nicht einmal ein böses Wesen; nur was sie einmal hat, hält sie mit Unbarmherzigkeit fest; daher die auch im Mittelalter gewöhnlichen Vorstellungen von einer gefräßigen, hungrigen, unersättlichen Hölle, von einem Orcus esuriens, anlehnend an biblische Stellen Spr. Sal. 27, 20; 30, 16; vom Oeffnen ihres Mundes Jes. 5, 14. Zu dieser Vorstellung von der Unterwelt, als einem gähnenden Schlunde, einem allesverschlingenden Ungeheuer, ist die Idee von einem Munde oder einer Thür sehr natürlich und nothwendig. Grimm ist geneigt, den Eingang in die Unterwelt — dem Glauben der Alten gemäß — nach Helvoetsluis = „Höllenfußschleuße" zu verlegen. S. Mythologie 195 — 197. Die Fortbildung des Begriffs von Hölle = Unterwelt in den von „Ort der Verdammten" liegt natürlich außerhalb der deutschen Mythologie; sie ist begründet in dem christlichen Lehrbegriff von der Hölle nach der hl. Schrift. — Die Vorstellung von Helle als Unterwelt wurde in späterer Zeit auch verallgemeinert und auf verschiedene „verschlossene, dunkle, meist unterirdische Räume" angewandt: so sprechen wir noch ndd. von einer helle in der Mühle, von einer helle der Schneider, der in ihr seinen Tuchabfall aufbewahrt, von einer helle unter der Cajüte eines Schiffes, endlich von einer helle für die Asche: das meistens neben der râkeldobbe d. i. „dem Aschenloch unter dem Feuerrost" befindliche größere Loch für die Asche, von welchem man den Rost mittelst der helhâke zieht; fig. und gewöhnlich bezeichnet helhâke eine Xanthippe.

Die Wurzel von helle, got. halja, daher ahd. hallia, durch Lautangleichung weiter hellia, hella, helle — vgl. Heller — liegt in dem Sing. Prät. got., ahd., mhd. hal von hëln hehlen, verbergen, und so erscheint die Göttin gleichsam als die Verborgene in dem unterirdischen, mit ewiger Nacht bedeckten Schattenlande Niflheim; daher auch die Vorstellung von ihrer halbschwarzen Farbe. Auch das griech. Hades, Aïdes bedeutet das Unsichtbare, den Ort, den od. wo man nicht sehen kann. Local genommen ist Hölle dann ein „verborgener und deshalb dunkler Ort".

Das Wort **Höllenfahrt**, früher Hellenfart, ist eine nach dem Ausdruck „niedergefahren zur Höllen" (mhd. schwacher Dativ Sing. von helle, vgl. Leichnam) entstandene fehlerhafte Bildung statt Höllefahrt; mhd. hieß es richtig hellevart; vgl. die Note zu enthalten.

hehr s. Er.

Heiland, der — „der Heilende". Altſ. ist hêliand eine den Heiland Jesum Christum im Geiste des altsächs. Heldenthums verherrlichende Evangelienharmonie, von altſ. hêlian heilen d. i. trans. heil machen, ahd. heilan auch schon = erretten, salvare, und heilân heilwerden. Vom ahd. heilan heißt das Partc. Präsentis unflectiert heilanti heilend, flectiert heilant; zugleich wurde dieses heilant substantivisch gebraucht, blieb aber im deutlichen Zusammenhange mit heilan, so lange auch andere Participien auf ant gebildet wurden. Später schwächte sich das a der Participialbildungen wie fast alle Flexionsvocale zu e; heilant aber behielt sein a und löste sich so ganz von seinem ursprünglichen Zusammenhange mit dem Partc. von heilan, nur daß es nach Analogie anderer Participien statt des ahd. Auslauts t ein d annahm; mhd. und ahd. steht nämlich im Auslaute eine Tenuis (t, c, p), wo der betreffende Inlaut die Media (d, g, b) hat, die nhd. auch im Auslaute geblieben ist, z. B. mhd. heilant, G. heilandes, künic, G. küniges, wîp, G. wîbes, hant, G. handes; vgl. Hantierung. So erhielt Heiland zuletzt das Ansehen eines kaum mehr verstandenen nomen proprium. Der Zusammenhang mit heilan tritt unter andern im Ahd. noch klar hervor in der Stelle Matth. 1, 21: des Namen sollst du Jesus heißen, denn er wird sein Volk selig machen von ihren Sünden — die in der Evangelienharmonie des Ammonius heißt: thu (nämlich Joseph) ginemnis sinan namon Heilant, bi thiu wanta (darum weil) her sinaz folc heilaz tuot fon iro sunton. S. R. v. Raumer, Einwirkung des Christenthums auf die ahd. Sprache 356—358.

Luther verwendet das Wort Heiland a) von Jesu, „durch dessen Wunden wir geheilet sind" Jes. 53, 5; b) von Gott 2. Sam. 22, 3: Gott ist mein Hort (s. d. W.) .... mein Heiland, der du mir hilfest vom Frevel; 1. Sam. 14, 39: denn so wahr der Herr lebt, der Heiland Israel; — c) sogar von Menschen, die als Retter, Siegverleiher, Wohlthäter sich verdient gemacht haben; z. B. der Richter Athniel Richt. 3, 9, der König Jerobeam 2. Kön. 13, 5; Nehemia 9, 27; Obadja 21 — ein Beweis, daß Luther die allgemeinere Bedeutung von Heiland noch gegenwärtig genug gewesen ist.

Heilen, intr. = heilwerden, trans. = heilmachen 1. Kön. 18, 30; 2. Chron. 7, 14; Matth. 4, 23 ꝛc. ist gebildet aus dem Adj. heil, got. háils (= gesund), altſ. und ndd. hêl = unbeschädigt, unverletzt; auch „von Verletzung wiederhergestellt". 3. Mos. 13, 37; 14, 3; Jer. 14, 19; 46, 11; 1. Petr. 2, 24 vgl. Jes. 53, 5. Daher auch das Subst. das Heil, eig. „der unverletzte oder wiederhergestellte Urzustand", allgemeiner Glück, Seligkeit, durch Christum Jes. 62, 11; Apost.-G. 4, 12 u. a.; ferner heilig, Heiligkeit, Heiligthum, heiligen ꝛc.

heimlicher Rath, der — hat Luther noch für das spätere Geheimrath, aber in der ursprüngl. Bedeutung von „häuslicher Rath, Rath des Hauses od. für das Haus", also nicht etwa im Gegensatze zu „öffentlicher Rath", da heimlich, mhd. heimlîch zum Hause gehörig, nicht fremd bedeutet, später erst vertraut, familiär, endlich fremden Augen entzogen, geheim. Das jetzige Adverb heim (= zu Hause; nach Hause) ist gebildet aus dem got. Subst. die haims Dorf, ahd. und mhd. die heim Haus, Wohnort, agſ. hâm Haus, Vaterland, altnord. heimr Haus, Welt. Daher auch Heimat. Geheim kommt erst im 16. Jahrh. neben heimlich vor. S. Weigand, d. Wörterb.

2. Sam. 23, 23: David machte ihn (Benaja) zum heimlichen Rath;

1. Mos. 41, 45 übersetzt Luther das dunkle taphnath Phaneach mit heimlicher Rath, Titel Josephs.

Von heimlich, das Luther sonst übrigens im jetzigen Sinne gebraucht, ist gebildet die **Heimlichkeit** = das Geheimniß Matth. 13, 35: ich will aussprechen die Heimlichkeiten von Anfang der Welt; Spr. Sal. 20, 19; 25, 9; Tob. 12, 8; Sir. 22, 27.

heimsuchen s. unter Sache.

heisch, Adj. — für heiser Ps. 69, 4: ich habe mich müde geschrien; mein Hals ist heisch.

Heisch ist aus der älteren Form für heiser, dem mhd. und ahd. heis gebildet; so auch ndl. heesch. Aehnliche Bildungen finden sich unter Ars.

Heller, der — die kleinste Kupfermünze. Mhd. heller, häller, haller bed. eig. einen Haller pfenning, lat. denarius Hallensis d. i. einen zu Schwäbisch-Hall *) geprägten Pfennig, der nach Zeit und Ort von verschiedenem Werthe war; doch machten gewöhnlich 2 Heller im Mittelalter einen Pfennig aus; vgl. Benecke-Müller I, 613.

Luther gebraucht das Wort für die kleinste in Palästina cursierende Kupfermünze, die im Griech. lepton, im lat. minutum od. quadrans heißt und = $^1/_{64}$ Denar od. $^1/_4$ Aß beträgt, nach unserm Gelde etwa $^3/_8$ Kreuzer od. $1^1/_{11}$ Pf.

Matth. 5, 26: bis du auch den letzten Heller bezahlest; Marc. 12, 42: eine arme Witwe legte 2 Scherflein (s. d. W.) ein, die machen einen Heller — „die Stelle ist richtiger so zu verstehen: „„„2 Scherflein; das palästinensische Scherflein, lepton, aber ist dasselbe, was das römische quadrans"""", wie solche Erklärungen für römische Leser im Ev. Marci öfters vorkommen", Zeller I, 457. Vgl. Pfennig.

hellig, Adj. — angegriffen, müde Jer. 2, 25: lieber (s. d. W.), halte doch, und lauf dich nicht so hellig. Das lasse ich; ich muß mit den Fremden buhlen (s. d. W.) und ihnen nachlaufen — M.-St. wehre doch deinem Fuß, daß er nicht bloß, und deinem Hals, daß er nicht so durstig werde. Ähnlich erklärte schon Luther die Stelle, woraus hervorgeht, daß er hier das Wort hellig im Sinne von lechzend, durstig (als Zeichen, Folge der Müdigkeit) nahm; schweiz. hal = lechzend, durstig. So findet sich sonst bei Luther: „Er ist so durstig und hellig", s. Diedrich von Stade 304.

Der Vers bezieht sich vielleicht darauf, daß man nackten Fußes die Götzentempel betrat und sich müde und heiser schrie in Anrufung der Götzen, wie die Baalspriester 1. Kön. 18, 26; s. Zeller.

Bemerkenswerth ist, daß Luther die Intransitive öfters reciprok gebraucht: lauf dich — wie hier; Marc. 9, 19: wie lange soll ich mich mit euch leiden; 2. Tim. 1, 8: leide dich (d. h. trage Trübsal in

---

*) So hat der Thaler seinen Namen erhalten von Joachimsthal in Böhmen, wo er um 1518 häufig von dem Grafen von Schlick geschlagen ward; der Florin (fl) = Gulden von der Stadt Florenz.

Geduld) mit dem Evangelio; K. 2, 3: leide dich als ein guter Streiter Christi; Sir. 2, 2: halte fest und leide dich = gedulde dich; s. Wetzel 102; vgl. zauen.

Nds., ndl., aber nur hin und wieder vorkommend hellig, mhd. hellec, hellich angegriffen, müde; daher das ahd. schwache Verb. helligen „durch Verfolgen ermüden, stören", woraus sich das nhd. behelligen = müde machen, allgemeiner: belästigen, ferner unser ndd. sück ofhelgen (= ofhelligen) „sich durch Anstrengung erschöpfen" bildete.

Die Nachsilbe ig deutet Ableitung aus einer Wurzel hal an; nach Weigand ist hellig aus dem Sing. Prät. des mhd. hëllen, Prät. ich hal (hallen) in der Bed. „sich schnell bewegen" hervorgegangen. Kehrein, onom. Wb. 474, stellt es ebenfalls zu hëllen, ohne aber begrifflich die Ableitung aufzuklären oder zu begründen.

Hellig scheint in der Schriftsprache völlig erloschen zu sein; W. Hoffmann, d. Wb., führt aus der Volkssprache an: „das Land ist hellig = durstig". Der gerne in die alte Sprache, wenigstens in die Luthers zurückgreifende Dichter Voß verwendet es wieder: „Wann du den Ekel herausarbeitetest, trocken und hellig", bei Kehrein, onom. Wb.

Hengel, der — dieses, wie es scheint nur von Luther in den späteren Ausgaben gebrauchte und vielleicht von ihm gebildete Wort ist nach seiner eigenen Erklärung „ein Stück der Rüstung, da das Schwert anhängt von der Achsel überher bis auf die Rüstung", also das über die Schulter gehende Wehr- oder Schwertgehenk (-gehänge) 1. Kön. 22, 34: ein Mann spannte den Bogen ungefähr und schoß den König Israels zwischen den Panzer und Hengel; ebenso 2. Chron. 18, 33.

Uebrigens ist die Stelle im Grundtexte ebenso dunkel, wie in Luthers Uebersetzung; die Vulgata hat für „Panzer und Hengel" ganz willkürlich pulmo und stomachus Lunge und Magen; die Septuaginta „Lunge und Brust (Rumpf)"; s. Vilmar, pastoral-theol. Blätter 106. Gesenius, hebr. Wb., hält das hebr. Wort mit Wahrscheinlichkeit für die Fugen des Panzers, da es von einem Verbum stamme, das ankleben, anhangen bedeute.

Daß Hengel etwas Hangendes oder zum Hängen Dienendes sei, liegt in der Bildung: Hengel statt Hängel mittelst der Ableitungssilbe el, die oft ein Werkzeug, Geräth bezeichnet, von hängen; vgl. mhd. hengel Thürangel; ndd. hengsel Henkel eines Topfes ꝛc., von hängen; mhd. hâhel, ndd. hâl Vorrichtung zum Aufhängen, namentlich der Haken, an welchem der Kessel über dem Feuer hängt, von hâhen hangen; vgl. sint.

Herling, der, G. es, Pl. e — unreife Weintraube aus später Blüte Jes. 5, 2: und wartete, daß er Trauben brächte; aber er brachte Herlinge; V. 4; Jer. 31, 29: die Väter haben Herlinge gegessen und der Kinder Zähne sind stumpf geworden; V. 30.

Herling, weniger richtig Heerling, wie Luther schrieb, ist nach Weigand mittelst der Ableitungssilbe ling, der den Nebenbegriff des Geringfügigen, Verächtlichen, Kleinlichen hat, aus herb, mhd. herwe mit Ausstoßung des Halbvocals w gebildet, also s. v. a. Herbling, herbe und ungenießbare Traube. Schon ahd. findet sich herling für Habichtskraut senecio.

In Süd- und Mitteld. ist Herling noch üblich. Auch Voß hat es: „Hier stehen die Herlinge in Reihen".

Herr s. Er.

heurig, Adj. — diesjährig Hohel. 7, 13: mein Freund, ich habe dir beide heurige und fernige behalten (sc. Früchte); vgl. firn.

Das schon im 12. Jahrh. vorkommende heurig, mhd. hûrec, ist geb. aus dem Adv. heuer „in diesem Jahre", mhd. hiure, ahd. hiûrû(?), welches gekürzt und verschmolzen ist aus einem ahd. hiûjarû „von diesem Jahre"; vgl. haußen.

Hinde, die, Pl. n, weniger gut die Hindin, Pl. Hindinnen — Hirschkuh Spr. S. 5, 19: die Frau ist lieblich wie eine Hinde und holdselig wie ein Rehe; Ps. 29, 9: die Stimme des Herrn erreget die Hinden (Pl.); Jer. 14, 5; die Ueberschrift zu Ps. 22: ein Psalm Davids, vorzusingen von der Hinden (alter Dativ schwacher Decl.), die früh gejagt wird — dürfte ein Lied mit diesem Anfang bezeichnen, nach dessen Melodie dieser Psalm gesungen werden solle; s. Zeller I, 618.

Wie diese Stellen zeigen, hat L. noch die alte Form Hinde; die mit der weibl. Endung in überflüssig versehene Form Hindin findet sich zuerst um 1734. Mhd. hinde, ahd. hinda, hintâ, ags. hinde. Grimm stellt es zum got. Wurzelverbum hindan fassen, Gr. II, 35; aber in welcher Beziehung steht es dazu?

hinterstellig, Adj. — rückständig, noch übrig 1. Petr. 4, 2: denn wer am Fleisch leidet, der höret auf von Sünden, daß er hinfort, was noch hinterstelliger Zeit (Gen.) ist, nicht der Menschen Lüsten, sondern dem Willen Gottes lebe — M.-St. die noch übrige Zeit; andere: Lebenszeit.

Oberdeutsch findet sich das Wort im Sinne von hinterlistig; bei Wieland für rückgängig: „denn ach, Combabens Stand macht alles hinterstellig".

Hippe, die — gekrümmtes Schneidewerkzeug, Sichelmesser, z. B. der Winzer Offb. 14, 17: und ein ander Engel ging aus dem Tempel im Himmel, der hatte eine scharfe Hippen (schwach. Acc. Sing.) — andere: Sichel, V. falx, wie auch L. V. 14 dasselbe griech. Wort durch Sichel übersetzt.

Mit mitteld. i aus e, wie in Gegitter (s. d.), aus dem mhd. hepe, ahd. heppâ (hap-j-â). Hape, Hepe = langgestieltes Gartenmesser.

Hochpflaster, das — der Ort, wo das Todesurtheil über Jesum ausgesprochen wurde, hebr. Gabbatha = erhabener Ort, griech. Lithostroton = Steinpflaster — Luth. vereinigt beides in Hochpflaster Joh. 19, 13. „Mit dem Worte Hochpflaster (Lithostroton) wurde gewöhnlich bei den Griechen und Römern ein im Halbkreis vor dem Feldherrnzelte oder der Prätorswohnung — hier dem herodianischen Marmorpalast oder dem sog. Prätorium = Richthaus — zum Behufe öffentlicher Gerichtsversammlungen aufgehöhter und mit marmornem Musivboden oder auch bloß mit Steinplatten musivisch belegter, mit steinernen Stufen versehener und oft mit einer niedrigen Brustwehr umschlossener Vorplatz bezeichnet, auf welchen der Richtstuhl des Feldherrn oder Prätors — hier des Procurators Pilatus — gestellt wurde. Der Areopag zu Athen Apost.-G. 17, 19. 22 diente hierbei gewöhnlich zum Muster". S. bibl. Handlexicon 35; Zeller und Winer unter Lithostroton.

Das Wort das Pflaster, hier „eine aus festgeschlagenen Steinen bestehende Decke des Erdbodens" ist nicht zu verwechseln mit Pflaster = „womit bestrichenes Stück Leinwand, Leder ꝛc. zum Ankleben als Heilmittel", wenn sie auch gleicher Herkunft sind. Letzteres ging aus dem gleichbed. lat. das emplastrum, gr. émplastron neben émplaston „Salbe zum Aufschmieren" hervor, welches eine Ableitung ist vom griech. Adj. emplastós ein-, aufgeschmiert, von emplassein darin oder darauf bilden, hineinschmieren, plassein bilden, formen. Ersteres aber, mhd. das phlaster, ahd. plastar, phlaster = mit Steinen belegter Fußboden, festigende Erde, Lehm, Thon, erst im Mhd. auch gebräuchlich vom Straßenpflaster, ist zunächst hervorgegangen aus dem mlat. das plastrum Gypsüberzug, Fußboden aus Gyps, Kalk ꝛc., welches neben dem gr. plastós gebildet, geformt vom griech. plassein bilden, formen abgeleitet ist. S. Weigand, d. W.

höfeln für hobeln — mit dem Hobel abstoßen, glätten 1. Kön. 6, 36: eine Riege (s. d. W.) gehöfelter Cedern; 2. Chron. 34, 11; bildlich Hos. 6, 5: darum höfele ich sie durch die Propheten — wozu Luthers Randglosse lautet: „Ich verdamme ihren Gottesdienst, auf daß sie lernen mir recht dienen". Wetzel, Spr. L. 129, ist der Meinung, daß sich das luthersche Wort höfeln in letzterer Stelle besser ausnehme, als das jetzige hobeln, wahrscheinlich weil man bei höfeln eher an Hof und höflich als an unbehobelt denkt; doch steht im Grundtexte ein noch stärkerer Ausdruck, was schon das parallele Versglied vermuthen läßt: „ich haue sie durch die Propheten, tödte sie durch das Wort meines Mundes — schmettere sie darnieder durch Androhung meiner Gerichte". Zeller I, 628.

Höfeln entspricht genau der älteren, mhd. Form für hobeln; hoveln von hovel, später hobel d. i. eig. ein Werkzeug zum Wegheben der Unebenheiten, altnd. heffil, von heben (hob), altnd. hefia.

Hölle s. u. Hehl.

hofieren s. Hantierung.

Hofmeister s. Meister.

Hoher Rath s. berathen.

Holzfürst s. Fürst.

Homor, Homer (Chomer) oder **Cor**, hebr. — das größte Getreidemaß, 10 Epha enthaltend, nach Zeller II, 216 gleich 10143,9 Pariser Kubikzoll: 3. Mos. 27, 16; 4. Mos. 11, 32; Hes. 45, 11 — 14. —

Jes. 5, 10 und Luc. 16, 7 übersetzt Luther mit Malter. Vgl. Epha, Bath, Cor.

Hort, der — ein Wort, dessen eigentl. Bed. Luth. nicht bekannt gewesen zu sein scheint, obgleich dieselbe damals in Süd- und Westdeutschland noch völlig gangbar war. Er übersetzt durch dasselbe das hebr. zur, das Fels bedeutet, zuerst 1526 in den der Königin Maria von Ungarn gewidmeten 4 Trostpsalmen Ps. 62, 3. 7, sodann auch an anderen Psalmstellen. David nennt den Herrn oft seinen Hort, „weil er ihm der unerschütterliche Grund seiner Hoffnung ist" Ps. 18, 3. 32. 47 — vgl. 2. Sam. 22; Ps. 19, 15 ꝛc. Außer in den Psalmen kommt es nur vor: 1. Sam. 2, 2: es ist kein Hort, wie unser Gott ist, und Jes. 44, 8 ist auch ein Gott außer mir? Es ist kein Hort, ich weiß ja keinen.

Zu der ersten der citierten Stellen erklärt sich Luther über die Wahl und den Gebrauch des Wortes: „Hort hab ich verdeutscht, da auf Ebräisch stehet Zur, welches heißt ein Fels; denn Hort heißen wir, „„darauf wir uns verlassen und uns sein trösten"". So will er nun sagen: Ich weiß, daß mir mein Heil von ihm kommt. Warum? Darum: ich habe keinen Menschen, wie groß, mächtig, reich er immer sei, mir zum Trotz, Hort, Trost und Heil gesetzt, noch mein Herz oder Hoffnung auf ihn gestellt, sondern Gott hab ich dazu erwählet, von dem alleine mir alles Glück und Heil kommen soll".

Hort bed., wie sogleich ausgeführt werden soll, Schatz, also was aufgespart, verschlossen, behütet und gewahrt wird und insofern könnte es das bedeuten „darauf wir uns verlassen und uns sein trösten"; doch ist dies eine Accommodation des Begriffes, die immerhin hinkt. Nach Luther scheint es, als wenn Hort gerade umgekehrt das Umschließende, Verwahrende, Schützende bedeute, und diese Auffassung ist durch Luthers großartigen Einfluß nicht bloß in den theologischen, sondern auch in den allgemeinen Sprachgebrauch eingedrungen, für Schutz, Zufluchtsort, bergende, sichere Stätte. Unterstützt zu werden scheint diese Erklärungsweise dadurch, daß Felsen mit Höhlen oft Davids Zufluchtsorte auf seiner Flucht vor Saul waren — wie auch das Wurzelverb von Berg und Burg (in den Ps. oft mit Fels und Hort zusammengestellt) bergen ist; vgl. Wagenburg.

Die zweifellose Richtigkeit dieses Sprachgebrauchs voraussetzend, erklärte die kindische Etymologie des 17. und 18. Jahrh. Hort für eine Zusammenziehung aus hoher Ort. Erst in neuerer Zeit, seitdem der Nibelungenhort wieder allgemeiner bekannt geworden ist, macht sich in Folge der richtigeren Erklärung auch ein richtigerer, aber fig. Gebrauch des Wortes wieder geltend, z. B. „Verlangt dein Herz die glücklichen Genüsse — der Hoffnung und des Glaubens reichen Hort", Schmitthenner bei Weigand, Wb. der Syn. III, 629. S. Vilmar, pastoraltheologische Blätter 107.

Der Hort, mhd. der hort, ahd. gew. das hort, agſ. der hort, engl. hoard, got. das huzd (z od. s ging in r über, vgl. los) = 1) gesammelter Schatz; man denke an den in den Rhein versenkten Hort der

Nibelungen; auch fig., z. B. aller saelden hort der Schatz, die Fülle alles Glückes, jâmers hort des Jammers Fülle, sîner witze hort die Fülle seines Verstandes; ferner im Mhd. der und die Geliebte, wie wir auch Schatz und Schätzchen dafür gebrauchen; 2) im Mhd. der Aufbewahrungsort für den Schatz.

Grimm führt, Gram. III, 452, unter den allgemeinen Benennungen für Kleinodien (s. d. W.), die freilich auch jede Sammlung von Gold, Silber und Edelsteinen, kostbaren Waffen und Geräthen, ja den Besitz aller Gegenstände von Werth, namentlich auch das Vieh umfassen, zuerst hort auf. Es scheint ihm, Mythologie 543, desgl. Geschichte der d. Spr. 29, buchstäblich das lat. cust in custos Bewahrer, Hüter, Hirt, in custodia Bewahrung zu sein, womit es lautverschoben stimmt. „Dieses cust wird von curo (für cuso) ich sorge abgeleitet, so daß füglich unser hûs (das Hegende, Schützende) hinzugehören könnte, in hort liegt also schon der Begriff des Bewachens". Demnach gehört es mit Herde (ebenfalls lautverschoben mit cust in custos stimmend), mit Hirt und Hürde (s. d. W.) zu einem Stamme, dem verlornen got. hairdan befestigen? s. Gram. II, 62. Im Ndd. ist hort holden s. v. a. „am Platze bleiben"; urspr. scheint es mir zu bedeuten: „den Schatz bewahren" oder vielleicht noch genauer: „das Vieh hüten"; vgl. verhalten. Also kommen wir auf etymologischem Wege eben dahin, wohin die Bedeutung des Wortes (nach Grimm) uns führt. Bei nomadisierenden oder vorzugsweise Viehzucht treibenden Völkern stehen sich Schatz und Herde sehr nahe: das Vieh, die Herde bildet den Hauptschatz, das Vermögen und war das erste Tauschmittel. Man vergleiche die folgenden Ausdrücke: der Schatz, mhd. schaz, ahd. scaz, got. skatts, altſ. scat, alfr. skat (schat), sket bed. zunächst Geld nummus, dann „auferlegte Geldabgabe" (wie ndd. kopschat Personensteuer, kôschat Kuhsteuer), endlich „Reichthum an werthvollem Besitz", thesaurus. Nun aber bed. altslav., poln. skot, ruſſ. skot" und altfr. sket auch das Vieh, wie noch jetzt ostfr. schathûs ein zu einem (adeligen) Gut gehörendes Wirtschaftsgebäude, eig. ein Viehhaus ist; daher scheint es mehr als wahrscheinlich, daß sket Vieh die eig., ursprüngl. Bed. des Wortes (Schatz) ist, die schon jene älteren Dialecte fahren ließen, Gr. Geschichte der d. Spr. 28; „es könnte das got. skatts anfänglich ein lebendes Thier männlichen Geschlechts, Pferd od. Rind bedeutet haben", Gram. III, 325. Vgl. schossen. — Von Schatz, welches Luther in mannigfacher Weise für thesaurus gebraucht, ist gebildet **schätzen** „in Geldeswerth anschlagen"; „eine Vermögenssteuer auferlegen" 2. Kön. 23, 35; „die Einwohner eines Landes nach Zahl, Vermögen, Erwerbsart &c. aufzeichnen" Luc. 2, 1; was durch die **Schatzung** geschah. Nach Winer, bibl. Realwörterb. war es indes in der angezogenen Stelle nicht ein census, sondern eine einfache Volkszählung.

Ferner vgl. man zu Schatz und Hort das Wort Vieh, welches z. B. im altfr. fia Vieh pecus, Gut und endlich Geld bedeutete.

Vom lat. pecus Vieh ist abgeleitet pecunia Geld.

hosiannah, hebr. — hilf doch! — aus V. 25 und 26 des 118. Psalms entnommen, der ein Dankpsalm des aus der Gefangenschaft zurückgekehrten Volkes bei Grundsteinlegung des Tempels ist. Matth. 21, 9.

hui! Interj. zur Bezeichnung der Geschwindigkeit, bei L. des Antriebes zu schnellem Handeln 2. Kön. 3, 23: hui Moab, mache dich nun zur Ausbeute! Sach. 2, 6. 7; Jer. 20, 10; ferner der regen, thatkräftigen Freude Hiob 39, 25: wenn die Drommete fast (s. d. W.) klinget, spricht es (das Roß): Hui! Vgl. Weigand.

Hümpeler, der — ein Pfuscher, der seine Arbeit nicht recht versteht Spr. Sal. 26, 10: wer einen Hümpeler dinget, dem wirds verderbt.

Von hümpeln = ungeschickt arbeiten, welches ohne Zweifel mit dem ndd. humpeln = „gebrechlich, holperig gehen" dasselbe ist, wie wir ndd. stümper für einen gebrechlichen Menschen ebensowohl als für einen Pfuscher gebrauchen. Vgl. ndd. humpelig, ndl. hompelig stolperig, uneben.

Humpeln liegt ein einfaches humpen zu Grunde, vgl. schweiz. himpen, engl. himp und himple, und dies könnte mit ndd. hump, ndl. homp großes plumpes Stück z. B. Brot, engl. hump Höcker einer Abstammung sein.

Hürde, die — a) ein Flechtwerk aus Weiden (zum Trocknen von Obst, Käse, Wolle ꝛc.); b) eine aus Flechtwerk gebildete Umzäunung, besonders zum Uebernachten der Schafe auf dem Felde = Pferch; so auch bei Luther: Luc. 2, 8: und es waren Hirten in derselbigen Gegend auf dem Felde bei den Hürden; 4. Mos. 32, 24: so bauet euch nun Städte für eure Kindlein und Hürden für euer Vieh. Richter 5, 16; 2. Chron. 32, 28 u. a. O.; Hes. 13, 5: falsche Propheten machen sich nicht zur Hürde um das Haus Israel, d. i. sie gewähren keinen Schutz gegen den eindringenden Feind.

Die Hürde, Luther Hurde und Hürte, althd. und mhd. hurt, got. haúrds, Flechtwerk aus Weiden, auch Gatter im weitern Sinne; sie diente ehedem zum Verbrennen der Verbrecher, namentlich der Ehebrecher, Zauberer und Ketzer, vgl. Grimm, Rechtsalterthümer 699 und „Ueber das Verbrennen der Leichen" 31; ferner als Thür, Brücke ꝛc. Grimm leitet das Wort, welches lautverschoben zu dem gleichbedeutenden lat. crates bei nicht ungewöhnlicher Versetzung des flüssigen r stimmt, nebst Herde, Hirt und Hort von einem verlornen got. Wurzelverb hairdan (Prät. hard, Partc. haúrdun) befestigen? S. Gram. II, 62; III, 1430; Benecke-Müller, mhd. Wb. I, 734. Vgl. Hort, Gatter.

Hut, die — a) die sichernde Aufsicht, Beschirmung, Bewachung, Wacht: 3. Mos. 8, 35; 2. Kön. 11, 5. 6. 7; Jes. 21, 8 u. a. O.; b) metonymisch für die Wächter, die Scharwache Apost.-G. 12, 10: sie gingen aber durch die erste und andere Hut. Vgl. Nehem. 13, 30: und stellete die Hut der Priester und Leviten, einen jeglichen zu seinem Geschäfte — van Eß: ordnete die Wachen der ....

Aehnlich bezeichnet die Wache oder Wacht einmal die Handlung des Wachens und sodann die dieselbe ausführende Person.

Hut, mhd. huote, ahd. huota, lautverschoben zu lat. cautio Vorsicht stimmend, wurde schon im Alterthum so gebraucht, z. B. heißt es im Nibelungenliede 2062, 1: Der ellenden huote hête wol ersehen, daz noch die geste lebten d. h. die (gegen den Feind aufgestellte) Wache der Fremden hatte wohl bemerkt, daß die Gäste noch lebten.

Hyacinth, der — aus lat. hyacinthus — urspr. ein Edelstein von Farbe wie die Hyacinthe d. i. urspr. die violettblaue Schwertlilie. Offenb. Joh. 21, 20. Es ist „ein durchsichtiger, harter, meist ponceaurother Stein, der aber ins Gelbe und Braune zuweilen überspielt", Winer I, 282. Wahrscheinlich derselbe Stein mit Lyncurer. 2. Mos. 28, 19.

J.

jach, jech (mit kurzem **a** und **e**), Adj. und Adv. — schnell, heftig, „jäh" Sir. 9, 25: ein jäher (in den Ausgaben von 1534 und 1545 jecher) Wäscher wird zu Schanden; s. Wäscher und waschen; K. 20, 7: ein jecher Narr kann der Zeit nicht erharren — Meyer-Stier: ein prahlerischer Narr; K. 28, 13: jech sein zu hadern zündet Feuer an, und jech sein zu zanken vergießt Blut — andere Ausgaben haben hier jäch, jäh. 5. Mos. 32, 24 hat Luther selbst schon jeher Tod; Spr. Sal. 21, 5: die Anschläge eines Endelichen (s. d. W.) bringen Ueberfluß; wer aber allzujach ist, wird mangeln; vgl. dazu V. 29.

Das mhd. gâch, welches prädicativ, und gaehe, welches attributiv gebraucht wurde, ahd. gâhi, ndd. gaue, hat nhd. die Formen gähe und jähe, älter jach (ohne Umlaut); die Gaumenlaute **j** und **g** wechseln; wie gäten für jäten, Gauner für Jauner steht, so jappen für (ndd.) gâpen, ndd. jânen für gähnen, jäh (bei Luther, der den Umlaut meistens **e** schrieb: jech, jeh) für gäh. Uebrigens scheint es zu Luthers Zeit die nhd. Bedeutung im hohen Grade abschüssig noch nicht gehabt zu haben.

Es gehört zum got. gaggan, ahd. gânkân, ndd. gân gehen, wozu auch Gicht gehört, s. gichtbrüchig. Vgl. Weigand, d. Wb.

Jagdstrick oder Jagestrick, der — Schlinge, mit welcher ein Wild gejagt od. gefangen wird: Hiob 19, 6: merket doch einst (s. unter einig), daß Gott mich beuget und hat mich mit seinem Jagdstrick umgeben, d. i. gezüchtiget.

Luther schrieb Jagestrick, wie mhd. jagehunt für Jagdhund, jageliet Jagdlied, jagelist, jagemeister, jagepfert, jagerëht ꝛc. Jagd, im 17. Jahrhundert noch Jagt, ist aus dem mhd. jaget (jeit) gebildet, von jagen.

Jaspis, der — jetzt ein Halbedelstein von rother, brauner oder grüner Farbe; mhd. jaspis, lat.-gr. iaspis aus dem hebr. jâschphêh, welches wieder aus dem pers. jashm aufgenommen ist; s. Weigand, Wb. Nach Zeller I, 259 ist es indes 2. Mos. 28, 20 und Offenb. J. 21, 11. 18. 19 nicht der heutige Stein, sondern ohne Zweifel der Demant, während der von Luther mit Demant übersetzte Stein wahrscheinlich der Onyx oder Sardonyx ist: 2. Mos. 28, 18 — Offb. 21, 20.

je! Interjection der Verwunderung für ei! Matth. 19, 25: je, wer kann denn selig werden! So auch bei Lessing: „Je! so zweifle, du verzweifelter Zweifler!" bei W. Hoffmann.

Wie nhd. öfter je aus mhd. langem î hervorgegangen ist (s. immermehr), so wahrscheinlich auch hier; mhd. findet sich î neben eî, eiâ, plattdeutsch überall î; Grimm hält eiâ aus dem gr. eîa, lat. eja! eingeführt. Gram. III, 301. — S. übrigens unter immermehr.

Jehovah — ist ein Name Gottes, den sich Gott selbst erklärend beilegt: 2. Mos. 3, 14: ich werde sein, der ich sein werde, d. i. „wozu ich mich selbst bestimme, der ich sein will, also in Beziehung auf Israel der Gott, der in seinen Verheißungen unveränderlich ist, der ewig treue Bundesgott Israels", etwa = der Treue und Unveränderliche (vgl. Offb. Joh. 1, 4). Daß Luther das Wort mit Herr übersetzt, hat seinen Grund darin, daß die Israeliten aus Ehrfurcht den Namen Jehovah nicht aussprachen und statt dessen immer das Wort adonâi = mein Herr lasen.

1. Mos. 19, 24: Jehovah (der Herr) ließ Schwefel und Feuer regnen von Jehovah (dem Herrn) vom Himmel herab — hier deutet das erste Jehovah den Sohn Gottes, den erschienenen und geoffenbarten Jehovah an; s. Zeller.

Immanuel, hebr. — „Gott mit uns", wie es Luther Matth. 1, 23 selbst verdolmetscht — ein Ehrentitel des Messias Jes. 7, 14; 8, 10; 8, 8. S. Zeller, bibl. Wb.

immermehr, Adv. — das verstärkte immer, jetzt = immerfort, fortwährend, welche Bedeutung es schon mhd. hatte, gebraucht Luther noch einmal in der ebenfalls mhd. Bedeutung jemals wieder, je noch, jemals ferner (zu irgend einer gegenwärtigen oder zukünftigen Zeit): Jer. 13, 27: wenn willt du doch immermehr gereinigt werden? — Meyer-Stier: wenn willst du doch endlich gereinigt werden?

In immermehr, mhd. iemermêre, iemer mê ist das mehr, mhd. mêre zweimal vorhanden: indem man mêre mit iemer häufte, hatte man nicht mehr das Gefühl, daß es schon in iemer steckte; dieses iemer (= immer, irgend einmal) ist zusammengesetzt aus mêre mehr und ie, welches schon die Bedeutungen des iemer hatte = zu aller Zeit, immer, von jeher, zu irgend einer Zeit. **Je**, ahd. io, êo, got. áiv, ist eigentlich ein als Adverb gebrauchter Accusativ des mhd. êwe, ahd. êwa, êa, got. aivs endlos lange Zeit, Ewigkeit (vgl. ndl. eeuw Zeitalter, Jahrhundert). 1. Tim. 1, 15: denn das ist je gewißlich wahr; Röm. 5, 9: so werden wir je vielmehr durch ihn behalten werden;

Apost.=G. 5, 14: es wurden je mehr zugethan; Pred. Sal. 4, 9: es ist je besser zwei denn eins; Joh. 1, 18: niemand hat Gott je gesehen. — In der ndd. Form jümmer für immer erkennen wir den Uebergang des Vocals i in den Halbvocal **j**, der auch im Hochd. je aus dem mhd. ie vor sich gegangen ist; vgl. jeder, mhd. wie noch ndl. ieder, jemand, jeglicher, jemals ꝛc.

Dieses **je** häuft Luther des Nachdrucks wegen nicht selten zu **je und je**, wie auch schon mhd. ie und ie = immer, von jeher: 2. Mos. 4, 10: ich bin je und je nicht wohl beredt gewesen; — hier hatte Luther anfänglich nach dem Grundterte wörtlich übersetzt: „von gestern und ehegestern her", änderte aber nachher in „je und je", weil man ersteres nicht von einer längeren Zeit verstehen würde, vgl. 1. Mos. 31, 2; s. Wetzel 21; Richter 2, 13: sie verließen je und je den Herrn; Jer. 31, 3: ich habe dich je und je geliebt. Für je — desto hat er wie mhd. je — je: Marc. 7, 36: je mehr er aber verbot, je mehr sie es ausbreiteten; Hos. 4, 7. So auch bei Schwab, Wieland, Uhland u. a.

Judengenosse, der — derjenige Heide, der zum Judenthume übergetreten war, Proselyt: Matth. 23, 15; Apost.=G. 2, 11; 6, 5; 13, 43. Ueber Genosse s. Genieß. Man unterschied Proselyten des Thores, die sich zur Beobachtung der 7 s. g. Noachischen Gebote verbindlich gemacht, nicht aber der Beschneidung sich unterworfen hatten; die Beschneidung galt als das Thor zum wirklichen Eintritt in die Kirche des alten Bundes —; ferner Proselyten der Gerechtigkeit, die sich zur vollständigen Erfüllung des mosaischen Gesetzes, zur „Gerechtigkeit" Matth. 3, 15, verpflichteten. Vgl. Zeller; Winer; bibl. Handlericon.

Jüngstes Gericht, jüngster Tag — wörtlich letztes Gericht, letzter Tag (der Welt), ahd. endidag: Matth. 12, 36; Joh. 6, 39. 40. 44 ꝛc. Zwar war der Ausdruck der jungeste tag (tac) schon mhd. und ahd. der jungisto tag in diesem Sinne üblich, bedeutete aber auch noch allgemein den letzten Tag, Todestag (eines Menschen); denn der Sup. jungest war nicht bloß dem ältest entgegengesetzt, wie jetzt, sondern noch gewöhnlicher dem ersten, also ultimus, novissimus: mînen man, den êrsten, den ich ie gewan, der muoz mir ouch der jungste sîn; daher das Adv. (ze) jungeste (jüngst) = zuletzt.

Von jung abgeleitet findet sich schon mhd. der junger, ahd. jungiro, ursprünglich der Comparativ = der Jüngere, im Gegensatz zum Meister: der Lehrling, Schüler, **Jünger** in gleichem Sinne wie bei Luther für Apostel des Herrn; desgleichen für den Gläubigen überhaupt: Matth. 10, 1; Luc. 10, 1; Matth. 10, 42 ꝛc.

Junker s. u. Frauenzimmer.

K.

Kämmerer, der — (mhd. kameraere, mlat. camerarius von lat. camera Kammer) war im Mittelalter ein Hofbeamter, der die Aufsicht führte a) über das Schlafgemach, auch sonst auf Sitte und Ordnung hielt, etwa = Kammerherr, b) über die Schatzkammer, Geld, Kleider, Waffen, während es jetzt meist einen städtischen Beamten bezeichnet, der das Rechnungswesen zu besorgen hat. Luther schließt sich der Bedeutung a) an, da er Kämmerer für Verschnittene, Eunuchen hat, denen die Aufsicht über des Königs Schlafzimmer, Harem 2c. zustand Jes. 39, 7: und müssen Kämmerer sein am Hofe des Königs zu Babel; Esth. 2, 3: Hegai, des Königs Kämmerer, der der Weiber wartet; V. 14: Saasgas, des Königs Kämmerer, der Kebsweiber Hüter; V. 4. Da solche Verschnittene leicht einen großen Einfluß auf die orientalischen Fürsten erlangten, so gelangten sie nicht selten zu den höchsten Staatsämtern, und so kommt Kämmerer auch häufig vor für hohe Staatsbeamte (Finanzminister, Schatzmeister 2c.), ohne überall Verschnittene zu sein: Dan. 1, 3 2c.; 2. Kön. 8, 6; 25, 19; 1. Mos. 37, 36 (Oberster der Leibwache); Apost.-G. 8, 27 2c. Vgl. Hofmeister.

Kebsweib, das — Nebenweib, Concubine 1. Mos. 22, 24; 25, 6; 35, 22; 36, 12; Richter 8, 31 u. v. a. O. Vgl. über die Stellung, Rechte 2c. der Kebsweiber der Israeliten: Winer, Zeller 2c.

Das Wort Kebsweib soll nach Weigand noch jetzt mit kurzem **e** gesprochen werden, wie es mhd. und ahd. allerdings der Fall war. Schon mhd. findet sich das Compositum kebeswîp, doch war das einfache kebes, wie ahd. nur kebis, chepisa, agſ. cifese, gewöhnlich. Es bedeutet urspr. Sclavin (im Altnord. heißt kefsi unfreiwilliger Knecht); besonders Kriegsgefangene wurden zu Sclavinnen und oft zugleich zu Beischläferinnen genommen; so bei den Israeliten 5. Mos. 21, 10—13, den Griechen (pallax heißt Mädchen und Beischläferin, als Kriegsgefangene geraubte Sclavin); bei den Germanen darf es eben so wenig befremden:

„Dem unstäten Aufenthalt, der Ungebundenheit des Hauses, das der Hirt auf Rädern nach Gefallen an andere Stellen versetzen kann, scheint auch Vielweiberei zu entsprechen, der wir bei allen aus dem Nomadenstande tretenden Völkern noch begegnen. Krieger und Hirten streben schönen Weibern nach, dem Ackermann genügt die einzige Ehefrau, welcher er, wenn ihn Feldarbeiten rufen, sein Haus zu ordnen überläßt". Grimm, Geschichte der deutschen Sprache 18.

Das ahd. chepisa scheint nach Grimm, in der angezogenen Stelle, mit ahd. chupisi Hütte unmittelbar verwandt: das Kebsweib wurde in einer schlechten Hütte gehalten, im Gegensatz zur Frau. Vgl. Frauenzimmer, Metze, Küstlin, Dirne.

Kelle, die — a) breiter, tiefer Löffel mit langem Stiel; b) ein löffelförmiges Maurerwerkzeug, lat. trulla (daher ndd. trûfel). In der Bibel versteht man unter Kellen a) löffelförmige, mit einem Stiel versehene Schalen oder Pfannen zum Räuchopfer 4. Mos. 7, 14; Jer. 52, 18; 1. Macc. 1, 23; b) in der Stelle Sach. 4, 2: je sieben Kellen an einer Lampe — sind es Gießgefäße oder Röhren an dem goldenen Leuchter, durch welche das Oel der Flamme zuströmt, Vulg. infusoria lucernis; s. Zeller.

Kelle, mhd. kelle, ahd. chella, selten chellâ soll nach W. Wackernagel, Umdeutschung fremder Wörter, 2. Ausg. p. 42, aus dem lat. catillum Napf entlehnt sein, was Weigand aber bezweifelt. Ahd. kommen vor: fiurkella Kohlenpfanne, raukhelle Räucherfaß, chellili Feuerbehälter; s. Graff IV, 385. 386.

Kelter, die — Weinpresse, jetzt auch Essig-, Oelpresse. Im Morgenlande besteht sie aus dem obern Trog, in welchem Sklaven die Trauben austreten Jes. 63, 3; Klagl. Jer. 1, 15; Joel 3, 18; Hiob 24, 11; Nehem. 13, 15; — der Most fließt durch eine mit einem Gitter versehene Oeffnung in eine in die Erde gegrabene oft auch in Felsen ausgehauene Kufe, welche Luther auch mit Kelter übersetzt 4. Mos. 18, 27; 5. Mos. 15, 14; 16, 13; 2. Kön. 6, 27; Spr. Sal. 3, 10 ꝛc.; aus dieser wird der **Most** (aus lat. mustum, welches von mustus, a, um jung, frisch — v. Wein) in irdene Gefäße gefüllt.

Das Femininum Kelter ist nicht, wie wohl geschieht, unmittelbar aus dem gleichbedeutenden lat. Neutrum calcatorium abzuleiten, sondern aus dem lat. Femininum calcatura das Treten, welches nebst calcatorium aus lat. calcare treten, „keltern" gebildet ist; ursprünglich wurde nämlich der Wein mit den Füßen ausgetreten, erst in späterer Zeit ausgepreßt. Calcatura ging in ahd. Zeit in die Bedeutung Weinkelter über, es verdeutschte sich in die Form die calctûre, noch im 14. Jahrhundert caltur, und stieß endlich das c aus zwischen l und t; das a ging in seinen Umlaut e über.

So entstand Tinte (wie Luther richtig schrieb Jer. 36, 18: 2. Kor. 3, 3; Dinte ist ndd.), ahd. tincta aus lat. tinctura das Färben, der Färbestoff, ferner Kolter aus culctra s. d. W.

keulich s. Kogel.

Kezia s. Cinnamet.

Kipfe, die — Spitze, Gipfel; in den Bibelausgaben von 1525, 34, 45, 46 in der Stelle Hiob 39, 28: (der Adler) bleibet auf den Kipfen am Felsen; desgl. Jes. 57, 5 die ndd. Form Felskippen. In beiden Stellen haben die meisten spätern Ausgaben unrichtig Klipfen oder Klippen. In ersterer Stelle hat Meyer-Stier: und rastet auf den Zacken der Felsen (Vulg. in praeruptis silicibus) und Bergvesten, — andere: Spitzen.

Kipfe ist die hochd. aus dem ndd. kippe gebildete Form: wir sagen z. B. ndd. 't ei stoit up de kippe das Ei steht so auf der Spitze, daß es leicht schwankt und fällt, also kippe = „Punkt des Schwankens und Umschlagens"; daher kippen 1) (in dieser Bedeutung auch ins Hochdeutsche aufgenommen) über den Schwerpunkt hinwegfallen; 2) = kippken mit der Spitze an- und entzweischlagen, z. B. von Ostereiern; 3) die Spitze abhauen oder abschneiden = kappen; engl. chip kleine Stücke abschneiden; vgl. mhd. kippe Sichel, Hackmesser; bair. kipf, kipfe Runge, Stammleiste am Wagen. Vgl. freidig.

Wie kippen und Kippe ist auch das ndd. klappen hörbar klatschend aufschlagen, statt des ahd. klaphôn, ins Nhd. übergegangen: bei Luther z. B. Hiob 27, 23; Nahum 3, 2; Matth. 8, 12; 22, 13 **Zähneklappen** — Vulg. stridor dentium, andere Uebersetzer Zähneknirschen. Aus ahd. klaphôn, klaffôn ist nhd. klaffen, gewöhnlich kläffen = schwatzen hervorgegangen, daher **Kläffer** = Schwätzer, Verleumder Sir. 51, 7: s. waschen.

Kirche, die — vom griech. kyriakón, selten die kyriakê d. i. „Haus des Herrn", welches eigentlich ein Adj. ist in der Bedeutung „dem Herrn gehörig", vom griech. kyrios Herr, und in der Kirchensprache jene Bedeutung annahm. Ahd. kirihha. S. R. v. Raumer, Einwirkung des Christenthums auf die ahd. Sprache 288 und in Haupt's Zeitschrift VI, 409; bes. Weigand, Wb. der Synon.

Luther gebraucht dieses Wort volksthümlicher Weise auch von den Tempeln der Götzen 2. Kön. 10, 23: Jehu ging in die Kirche Baal, Jer. 43, 13: er soll die Götzenkirchen in Aegypten mit Feuer verbrennen; Hosea 8, 14: Israel vergisset seines Schöpfers und bauet Kirchen — Meyer-Stier: Paläste — hier wäre Kirche als „christliches oder auch jüdisches Gotteshaus" ein arger Widerspruch; 2. Macc. 6, 2. — Hes. 16, 24. 39 sind unter **Bergkirchen** eigentlich Gewölbe, die der mit dem Götzendienst verbundenen Hurerei dienten, zu verstehen, und unter Bergaltären Erhöhungen, wo die Buhldirnen zur Schau standen; s. Zeller.

Den Tempel zu Jerusalem nennt Luther nie eine Kirche, wiewohl dieser schon ahd. mit dem Namen kirihha belegt wurde, s. v. Raumer, Einwirkung rc. 289. Doch gebrauchte er das Wort die **Kirchweihe** für das Fest der Tempelweihe Joh. 10, 22, welches von Judas Makkabäus zum Andenken an die Wiedereinweihung des durch den Greuel des Antiochus lange Zeit entweihten Tempels verordnet und am 25. Kislew od. Casleu (December) 8 Tage lang, besonders durch Illumination gefeiert wurde. 1. Macc. 4, 59 Altarfest; 2. Macc. 1, 9. S. biblisches Hand-Lexicon, Barmen p. 57.

Im Deutschen ist Kirchweihe, ahd. die chirihuuîhi zunächst die „feierliche Einweihung einer Kirche", dann das „Gedenkfest" derselben; endlich „die mit dem Gedenkfeste verbundenen Lustbarkeiten", wofür man auch bestimmter Kirchweihfest sagt. Wie aus dem synonymen Kirchmesse sich Kirms verkürzte, so auch aus Kirchweihe — Kirwe, Kirb. S. Weigand, Wörtb. der Synonymen II, 200.

Es ist allerdings auffallend, daß Luther im ganzen N. Test. für die christliche Gemeinde das Wort Kirche nicht gebraucht, das doch von den ältesten Zeiten her gewöhnlich war. Die Katholiken haben ihm dies öfter zum Vorwurfe gemacht und behauptet, daß er, wie er ein Feind von ihrer Kirche sei, auch das Wort nicht nennen möge. Doch lag Luther hierbei wohl jede Absichtlichkeit fern, da er in seinen Werken sich so erklärt: „Die christliche Kirche heißt die Zahl oder Haufen der Getauften und Gläubigen, so zu einem Pfarrherrn oder Bischof gehören, es sei in einer Stadt oder in einem ganzen Lande oder in der ganzen Welt". In seinem Katechismus hat er das alte Bekenntniß stehen lassen: „ich glaube an die christliche Kirche, die Gemeine der Heiligen". Das im N. Test. für Kirche gebrauchte Gemeine Apost.-G. 8, 1 ist eben so alt, drückt aber freilich den protestantischen Begriff von der Kirche etwas deutlicher aus; s. Hopf 163; Raumer p. 291.

kirren s. girren.

klappen und **Kläffer** s. u. Kipfe.

Kleinod, das, G. es, undeutscher Pl. Kleinodien, noch mlat. das clenodium — ist ein Wort alterthümlicher Form und Bedeutung, wiewohl noch sehr gebräuchlich: mhd. kleinôt (wie Luther richtig schrieb) ist mittelst der ahd. Ableitungssilbe ôdi gebildet von Adj. klein, das im Ahd. glänzend, dann (auch im Mhd.) zierlich, fein bedeutete, dann endlich „von geringer Ausdehnung oder geringem Maß"; vgl. ndd. kleen dünn, engl. clean rein, blank, ndd. klense Sieb (zum Reinigen) u. a. Demnach bedeutet Kleinod zunächst eine zierliche feingearbeitete Sache (vielleicht auch nach der ahd. Bedeutung von klein: etwas Glänzendes, etwa ein Edelstein, Juwel, Luther: güldene Kleinodien 1. Mos. 24, 53; 1. Sam. 6, 8. 15 ꝛc.); allgemeiner versteht man darunter einen „Gegenstand ausgezeichneten Werthes", „Schmucksache höchsten Werthes", „Kostbarkeiten aller Art"; so Gefäße von edlem Metall 2. Sam. 8, 10, Geschmeide 1. Mos. 24, 53, Weihegeschenke im Tempel Luc. 21, 5, vgl. 2. Macc. 3, 2; 9, 16; — bildlich Spr. Sal. 20, 15 von einem vernünftigen Mund, 1. Kor. 9, 24, Phil. 3, 14 von dem mit dem Lorbeerkranz verglichenen Preis des Kampfes im Christenleben. Die Psalmen 16, 56, 57, 58, 59 und 60 haben die Ueberschrift: goldenes Kleinod, nach dem Grundtexte etwas „Verborgenes, Geheimnißvolles, Tiefsinniges", also wäre die Aufschrift etwa dem Ausrufe: „o der großen Herrlichkeiten, die nur Gottes Geist kann deuten" vergleichbar. S. Zeller, bibl. Wb.

klitschen, eine Nebenform zu klatschen, wie klitsch! zu klatsch! mit mhd. i statt e (Umlaut des a), daher ndl. kletsen, mhd. kletzen. Hes. 25, 6 und Judith 14, 12. V. risch.

Kloben, der — ein gespaltener Stock zum Vögel- und Mäusefangen. Nach Krünitz' Encyclopädie, 40. Bd., 639 und Brehm, der Vogelfang p. 127, besteht der Kloben der Vogelsteller aus zwei genau auf einander passenden, an einem Ende durch eine Hülse mit einander verbundenen schwanken 3 Fuß langen Hölzern, welche vermittelst eines durch das dickere Hölzchen gehenden und mit dem dünneren elastischen Hölzchen verbundenen Fadens zusammengezogen werden können, um die Füße der

Vögel, die sich darauf setzen, einzuklemmen und sie zu fangen. Jer. 5, 26: denn man findet unter meinem Volke Gottlose, die den Leuten stellen und Fallen zurichten, sie zu fangen, wie die Vogler thun mit Kloben.

Der Kloben, mhd. der klobe, ahd. chlobo (chlopo), got. kluba (?) ist gebildet aus dem Plural Präteriti von klieben (klob), mhd. klieben (ich kloup, wir kluben), ahd. chliopan (ich chloup, wir chlupumês), agſ. clëofan, ndd. klöfen (Prät. klôf) = spalten. Ueber den Uebergang der Aspirata f in die Media b s. aber. Das Wort klieben rc. stimmt lautverschoben zu lat. glubĕre abschälen, gr. glyphein eingraben, ausschnitzen, aushöhlen. Daher klauben, klaffen und

Kluft, die — klaffender Spalt, natürliche wie künstliche Höhle Richter 6, 2; 1. Sam. 13, 6; Jes. 2, 19; Ps. 104, 18: die Steinklüfte sind der Kaninchen Zuflucht; Richter 15, 8. 11; Luc. 16, 26: zwischen uns und euch ist eine große Kluft befestiget d. i. ein gähnender Erdschlund, eine klaffende Erdspalte, wie sie durch Erdbeben rc. entstehen kann; die Hölle (s. unt. Hehl) dachte man sich bekanntlich im Innern der Erde.

Kluft ist mit ableitendem t und Festhaltung des f (p) vor diesem Buchstaben statt b aus dem Plural Präteriti von klieben gebildet, wie Schrift aus schreiben, Trift aus treiben, Gift aus geben rc.; vgl. after unter aber.

Knabe, der, mhd. knabe, erscheint erst spärlich im Anfange des 12. Jahrhunderts — 1) ein Kind männlichen Geschlechts, bis zur Mannbarkeit s. g.; so auch oft in der Bibel; 2) (früher) ein Diener, Knecht — so auch in Beibehaltung der Ausdrucksweise der Grundsprache häufig bei Luther: Ruth 2, 5: und Boas sprach zu dem Knaben, der über die Schnitter gestellt war: Wes ist die Dirne? (s. d. W.); Luc. 7, 7: sondern sprich ein Wort, so wird mein Knabe gesund; 1. Mos. 18, 7; 4. Mos. 22, 22; Richter 17, 11 u. a. O. — Wenn heutige Schriftsteller das Wort Knabe für einen jungen Mann gebrauchen, so geschieht dies entweder a) dichterisch in anständiger Weise; so sagt Mephistopheles von Faust: „Ein braver Knab', ist viel gereist", Goethe; oder b) in herabsetzender Weise gegen einen jungen Mann von unreifen, kindischen Gedanken oder Handlungen; so spricht der alte v. Attinghausen zu seinem Neffen, dem Junker Rudenz, als dieser von der Schwäche der Schweizer redet: „Lern' dieses Volk der Hirten kennen, Knabe!" Schiller.

Im Mittelalter wurden knabe, knappe (= junger, adliger Kriegsgeselle, welches aus knabe gebildet ist, wie Rappe aus Rabe) und kneht oft gleichbedeutend gebraucht, ohne daß man im Stande ist, dadurch die dunkle Herkunft dieser Wörter aufzuklären. Wie sich hier, scheinbar wenigstens, der Begriff des Wortes erniedrigt hat von Knabe auf Knecht (im Engl. knave sogar = Bube, s. Lotterbube), so hat sich umgekehrt im engl. knight der Begriff gehoben, geadelt — von Knecht auf Ritter; Luther nimmt Knecht durchweg für Sclave

1. Mos. 12, 16; 14, 14; 26, 25; 9, 25. 26; 49, 15; häufig auch als Ausdruck der Ehrerbietung 1. Mos. 18, 3. 5; 19, 2; 32, 10 ꝛc. Vgl. Schalk, Magd, Neffe.

Kobold, der — ein winziger, trügerischer, neckischer Hausgeist; so erscheint nach Grimm, Myth. 284, seit dem 13. Jahrhundert in deutschen Sprachdenkmälern dieses mythische Wesen. „Es scheint, man schnitzte damals aus Buchsbaumholz kleine Hausgeister und stellte sie zum Scherz in dem Zimmer auf, wie noch jetzt hölzernen Nußknackern oder anderm bloßen Spielzeug die Gestalt eines Zwerges oder Götzen gegeben wird; doch könnte der Gebrauch mit einer altheidnischen Verehrung kleiner Laren, denen im Innersten der Wohnung ein Platz angewiesen wurde, zusammenhängen; der Ernst wandelte sich in Scherz, und die christliche Ansicht duldete die Beibehaltung des alten Brauchs", ib. Im jetzigen Nhd. hat sich der Begriff mehr auf den des neckischen Grubengeistes der Bergleute eingeschränkt. Es ist ein Fremdwort und wohl entsprungen aus dem lat. cobalus, griech. kóbâlos = Schalk, Possenreißer, satyr-ähnlicher schalkischer Neckegeist; daher auch das gleichbedeutende frz. gobelin.

Luther übersetzt mit Kobold Jes. 34, 14: der Kobold wird auch daselbst herbergen und seine Ruhe daselbst finden — das hebr. lilith (= die Nächtliche), welches nach der Vorstellung der abergläubischen Juden ein Nachtgespenst in der Gestalt eines schönen Weibes war, das kleine Kinder zu tödten suche, und gegen welches man dieselben durch Amulette und die Thüren der Wochenstuben durch Zauberformeln zu verwahren pflegte; s. Zeller I, 500.

köcken, köken — speien, sich erbrechen — findet sich, wie es scheint, nur bei Luther Jes. 28, 7: denn beide Priester und Propheten sind toll von starkem Getränk, sind im Wein ersoffen (s. ersaufen) und taumeln vom starken Getränk; sie sind toll im Weissagen und köken die Urtheile heraus (Meyer-Stier: schwanken im Urtheilen). Denn alle Tische sind voll Speiens und Unflaths an allen Orten. — Luther bemerkt dazu in einer Glosse: „Ein trunken Richter speiet ein Urtheil heraus, wie es ihm ins Maul fällt; also tolle Propheten sagen auch, wie es ihnen in den Sinn fället". Anderwärts sagt er: „Der Lehrer ist trunken und vollgesoffen des leidigen Teufels, daß er köcket und übergehet", bei Diedrich v. Stade 362. — Die Wittenberger nds. Bibel von 1541 hat statt köcken bölken.

Schwerlich ist an das ndd. kâke, kaeke, altfr. kêke, ags. ceaca, engl. cheek, ndl. kaak ꝛc. Kinnbacken, maxilla zu denken (woher unser nds. käkeln, engl. cackle zanken), wie Diedrich von Stade will; es scheint mir vielmehr ein schallnachahmender Naturlaut zu sein, da man beim heftigen Vomieren wohl den rülpsenden Ton köck hört; man vgl. die ndd. Ausdrücke kölpen, külpen, kolpen, sdd. kolpern und andere für rülpsen. Ist es ndd. Form, so gehört es zum hd. keuchen, mhd. kûchen hauchen, engl. cough, ndd. küchen husten, hüsteln.

Kogel, die, Pl. n — Kappe oder Kapuze an einem Rock oder

Mantel, die über den Kopf gezogen werden kann. Dieses Wort war im Mittelalter sehr gewöhnlich, seit der 2. Hälfte des 14. Jahrhunderts auch von der Frauenmütze gebräuchlich, wie noch jetzt von der Kapuze der Bergleute und Mönche. Luther hat es nur Hes. 23, 15: (chaldäische Männer) hatten bunte Kogel (Kögel) auf ihren Köpfen d. i. hochgetürmte Turbane mit flatternden, langherabhängenden Bändern nach dem Grundtext, s. Zeller, Wb.; Vulg. tiara. Luther bemerkt dazu in der Randglosse: „Ein Kogel ist, wie vor Zeiten die Magister und Studenten Kogel trugen, da viel unnützes Tuchs um den Kopf herging, das waren babylonische Struhim oder chaldäische Kogel". Andere ältere Uebersetzungen haben in Nachahmung Luthers Kugelen, Kogelen, Kagelen, s. Diedr. von Stade 364. 2. Mos. 26, 12 übersetzt Luther dasselbe Wort: das Oberlänge (Ueberlange) an den Teppichen (s. d. W.) der Hütte sollt du die Hälfte lassen überhängen an der Hütte. Vgl. Haube.

Mhd. die kogel, kugel, gugele (südd. Gugel, Kugel), ahd. kugula, wohl urspr. cucula, Kappe oder Kapuze rc. ist entlehnt aus dem mlat. cuculla, dem gleichbedeutenden Femininum vom lat. der cucullus Hülle, Kapuze. — Die Kugel globus (in der Bibel nur einmal vorkommend Jes. 22, 18), welche mhd. erst im 13. Jahrhundert und zwar nur in einer Stelle als „Kegelkugel" auftritt (Benecke-Müller I, 895), ist dasselbe Wort und zunächst von ahd. kugula kugelige Kapuze abzuleiten. Luther sagte noch Erdkreis (orbis terrarum) für Erdkugel Jes. 40, 22. Vgl. bairisch Gugelhopf = (haubenförmiges) Backwerk, s. Schmeller, bair. Wb. II, 22; ndl. kogel Kugel*).

Ohne Zweifel gehört auch die Keule fustis, mhd. kiule, dahin: man vgl. das mit Keule identische mhd. (schon im 12. Jahrhundert vorkommend) kûle = Kugel (s. d. Bem. zu Magd), mittelrheinisch kûle Keule; kûle wäre dann das syncopierte kugele und iu in kiule der

*) Zwar ist kôgel altfr. nicht nachzuweisen; allein wir haben dasselbe mit dem Umlaute in unserm (ostfr.) bekannten Volksliede zum kip-kap-kôgel: dies ist eine gewöhnlich auf einem „Kohlstrunk" befestigte Papierlaterne, die am St. Martinsabend angezündet und von der Jugend umhergetragen wird unter Absingung eines alten, aber vielfach entstellten Klageliedes an den heiligen Martin, den Patron Frieslands, über großen Druck der Geistlichen gegen das Volk. Die kôgel deutet auf die Kapuze, als eine hochverehrte Reliquie des heiligen Martin, die in einem besondern Bethause unter den Karolingern aufbewahrt wurde, und von welcher dieses Bethaus selbst dann die **Capelle** (Diminutiv von cappa Kapuze) den Namen hat. Jer. 35, 2. 4; 36, 10 sind es die Zellen, Kammern in den Seitengemächern des Tempels; 2. Macc. 1, 15 die Seitenräume heidnischer Tempel. Desgleichen soll der Brauch der Friesen, einen großen Hut als Feldzeichen auf einer Stange zu tragen (daher altfr. hôdere Fähnrich), seinen Grund in der Verehrung dieses Heiligen und seiner Reliquie haben. Auch das Wort kap (kip ist Nebenform) = kappe in kip-kap-kôgel scheint dies zu bestätigen, wie es nicht unwahrscheinlich ist, daß das Herumtragen dieser Papierlaterne zunächst auf den hod als Feldzeichen zurückzuleiten ist. Vgl. die scharfsinnige Untersuchung über diesen interessanten Gegenstand in den „ostfr. Mannigfaltigkeiten" vom Jahre 1784, p. 25, die von unserm Historiker und Sprachforscher T. D. Wiarda herzurühren scheint und neu abgedruckt ist in der Frisia (Emden), Jahrgang 1843.

Umlaut von û, wie hiuse von hûs Haus. Das mhd. kiule bezieht sich auf „das obere, dicke, runde Ende oder den (Kugel) Knopf des Kolbens". Von kiule ist das mhd. kiuliht kugelicht gebildet, welches bei Luther vorkommt als

keulich s. v. a. keul-lich = keulähnlich = kugelicht 1. Kön. 7, 41: keuliche Knäufe. Ebenso ist das ndd. auch ins Mhd. eingedrungene kûle Grube nach W. Wackernagel u. a. das syncopierte kugele, also = „das kugelig Hohle". Das Diminutiv von kûle ist kûlke, (kûlke) Grübchen*), welches mit Abschwächung des u zu o zu kolk wurde, als solches aber ein tiefes Wasserloch, einen mit Wasser oder Schlamm gefüllten Abgrund bedeutete und selbst von Luther ins Hochdeutsche aufgenommen wurde 3. Mos. 11, 36: die Brunnen (Brünne L.) und **Kolke** und Teiche — neuere Ausgaben haben Kölke. Meyer-Stier: doch die Quellbrunnen und die Gruben, darin sich Wasser sammelt (Cisternen), sind rein.

Daß auch kleine Gruben und Höhlen kolke genannt wurden und noch werden, beweist das ndl. kolk, welches außer obiger Bedeutung sogar von der Augenhöhle gebraucht wird; ebenso altfriesisch: thet age a colc egenzen das Auge in die Höhlung gegangen, eingesunken; s. v. Richthofen, altfr. Wörterb. 876. Durch Abstoßung des e und Uebergang des u (ü) in o konnte indes leicht das Gefühl von der Diminutivform schwinden. He lûrt im verborgen alse ein louwe in der kule (Höhle L.), Ps. 10, 9, Wittenberger nds. Bibel von 1541.

Koller, das (auch der) — 1) jetzt (aber nur landschaftlich) gewöhnlich ein steifer, krausfaltiger Halskragen; 2) ursprünglich war es ein Lederharnisch d. h. ein ledernes Kleidungsstück ohne Aermel, das um Brust und Rücken getragen wurde und vom Halse bis auf die Hüften herabreichte: „Ein Goller von Leder war neben dem Wamms ein Hauptkleidungsstück der ehemaligen Kriegsleute", Schmeller. Uebrigens war Koller auch von weiblichen Kleidungsstücken gebräuchlich.

Die letztere Bed. hat nicht nur Schiller im Auge, wenn er von Wallenstein sagt: „Er trägt ein Koller von Elendshaut", sondern auch Luther, wenn er unter der weiblichen Kleidung Koller aufführt Jes. 3, 23 — nach dem Grundtext ist hier darunter ein feines leinenes Unterkleid zu verstehen. Was Luther in derselben Stelle mit Kittel übersetzt, sind aus feinem Stoff gewobene Mäntel, Flormäntel; vgl. Haube. S. Zeller unter Kleid und Handbüchlein der bibl. Alterthümer p. 88—95.

In der Stelle Apost.-G. 19, 12: also daß sie auch von seiner Haut die Schweißtüchlein und Koller über die Kranken hielten — sind Koller

---

*) Vom ndd. kûle ist abzuleiten küle, kül a) kleine Grube; b) beutelförmiger Anhang, z. B. an einem Sack; c) ein großes Stellnetz zum Fischfang — in diesen 3 Bedeutungen wie das ndl. kuil; d) Keule, z. B. vom Geflügel, Kalb 2c. — Das mhd. iu ist nhd. eu, bei Luther häufig auch ew geschrieben: viur L. fewr, niuw L. new, biule L. Beule, liuse L. Leuse 2c. s. bauen, taufen.

Schürzen, wie auch von Meyer-Stier übersetzt, oder Vortücher, wie es Handwerker oder Sclaven tragen. Paulus bediente sich derselben wahrscheinlich beim Teppichmachen. S. obige Schriften und Büchner.

Koller, südd. Goller, mhd. kollier, gollier ist entlehnt aus dem franz. collier Halsband, welches sich regelrecht aus dem gleichbedeutenden lat. collare (im Mlat. auch Halsrüstung), vom lat. collum der Hals, bildete.

kollern schw. V. — aus innerem Zorne, innerer Wuth unsinnig sein, rasen 1. Sam. 21, 13: (David) verstellete sein Geberde vor ihnen und kollerte unter ihren Händen und stieß sich an die Thür am Thor, und sein Geifer floß ihm in den Bart. Jetzt gebrauchen wir es in ähnlichem Sinne nur noch von Truthähnen, wenn sie wutherfüllte Töne ausstoßen.

Kollern ist abzuleiten von der Koller = „krankhafte Wunderlichkeit und innere Wuth"; dieses ist im 16. Jahrhundert aus dem ital. cóllera, franz. la colère Galle, bildl. Zorn (altfranz. colèrer sich erzürnen) gebildet. Das ital. cóllera ist das lat.-griech. chólera zunächst Galle; dann Gelbsucht = Cholera. Unverwandt mit kollern in obigem Sinne ist kollern ndd. küllern = sich fortwälzen; fortwälzen machen.

Kolter, der — abgenähte Bettdecke, Steppdecke 2. Kön. 8, 15: des andern Tages nahm er (Benhadad) den Kolter und tunkte ihn in Wasser und breitete ihn über sich her; da starb er. Nach Zeller, bibl. Wb., ist es hier eine geflochtene dicke Decke oder Matratze, auf der man schläft.

Im Mittelalter verstand man unter Kolter, üblicher kulter, gulter, ebenfalls ein Polster, worauf man sich legt oder sitzt, zuweilen auch eine Bettdecke: der kulter lag, wenn alles recht bequem war, auf dem Unterbette oder der Matratze; über denselben wurden lîlachen (d. i. lînlachen Leintücher) gebreitet; s. Benecke-Müller I, 899. Das Wort ist das ital. die coltre, coltra, welches aus culctra d. i. lat. culcitra Polster, Matratze zusammengezogen ist; vgl. Kelter.

Königische, der — ein (Militär- od. Civil-) Beamter des Königs (Herodes Antipas) Joh. 4, 47. Vgl. Zeller.

Das Adj. königisch = königlich ist mittels der Ableitungssilbe isch, wie türkisch, österreichisch rc., von König gebildet. König, mhd. künic, ahd. chuning eigentlich s. v. a. der Erste des Geschlechts, von mhd. künne, ahd. chunni, got. kuni Geschlecht, Familie; s. weiter unter kündlich. Vgl. mögen. Aehnlich sagte Luther auch weibisch statt weiblich, adelisch statt adelig rc.; s. Hopf 162; bei seinen Zeitgenossen finden sich: kirchisch, keiserisch, herzogisch rc.; s. Kehrein, Gr. des 15—17. Jahrh. II, 86.

kostfrei, Adj. — gastfrei, reichlich Kost gebend, von einem, bei dem die Kost frei ist (?) Sir. 31, 28. 29: einen kostfreien Mann loben die Leute, aber von einem kargen Filze redet die ganze Stadt übel.

Das wie es scheint sonst nicht vorkommende Wort ist gebildet von die Kost, ahd. kust (ohne Pl.) = was gegessen wird, Lebensmittel — bei Luther Nehem. 5, 14. 18 — welches lautverschoben zum lat. gustus das Schmecken, der Imbiß, wie gustare zu kosten (1. Mos. 25, 30) stimmt.

Davon ist zu unterscheiden:

die (u. der) **Kost** — Unkosten, Aufwand, welches jetzt nur noch im Pl. die Kosten vorkommt, aber von Luther noch der ältern Sprache gemäß im Sing. gebraucht wird Luc. 14, 28: wer ist aber unter euch, der einen Turm *) bauen will und sitzet nicht zuvor und überschlägt die Kost, ob er's habe hinauszuführen. Desgl. Apost.-G. 21, 24; Esra 6, 4; — 1. Macc. 10, 45 findet sich der Kost (Gen. en): will der König den Kosten auch legen von seinem eigenen Einkommen; so auch 1. Macc. 3, 30: den großen Kosten; 2. Macc. 3, 3.

Es ist ein romanisches Fremdwort, aber schon frühe entlehnt: mhd. die kost, koste, auch der kost, ahd. die chosta — aus romanischem (spanischem) die costa Preis, Werth, Geldausgabe wofür; dieses vom romanischen (ital.) costare im Preise zu stehen kommen, „kosten", welches aus dem lat. constare (n vor st ausgestoßen, die Franzosen stoßen auch noch das s aus: couter, in kaufmännischer Bedeutung = im Preise zu stehen kommen) gebildet ist.

Kosten wird erst seit der 2. Hälfte des 18. Jahrhunderts mit dem Dativ der Person gebraucht: das kostet mir viel — durch norddeutsche Einwirkung und dem Lat. gemäß: constat mihi; Luther aber verbindet es, wie früher allgemein geschah, mit dem Accusativ Jos. 6, 26: das koste ihn seinen ersten Sohn; 1. Kön. 16, 34 (nach dem echten Text). Von Kost f. ist abzuleiten **köstlich** — (im eigentlichen Sinne) viel kostend, kostbar 1. Mos. 27, 15; Jos. 7, 21; 1. Kön. 5, 17; uneigentlich, wie es jetzt gewöhnlich gebraucht wird Ps. 92, 2; 147, 1; 139, 17 ꝛc. = hochgeschätzt.

Krebs, der — 1) das bekannte 10füßige Krustenthier — kommt in der Bibel nicht vor; 2) (seit 1482, also noch nicht mhd.) ein blecherner Brustharnisch, so genannt von der Aehnlichkeit mit der Krebsschale, sowohl der Gestalt, als auch dem Zwecke nach, indem die Schale dem Thier als Schutz dient Ephes. 6, 14: so stehet nun angezogen mit dem Krebs der Gerechtigkeit — Vulg. lorica Panzer; andere: Panzer, Brustharnisch, Küraß, gepanzert; desgl. 1. Thess. 5, 8: angethan mit dem Krebs des Glaubens und der Liebe; Weish. Sal. 5, 19: er wird Gerechtigkeit anziehen zum Krebs. Diese Bedeutung scheint aber schon nach dem 16. Jahrhundert wieder erloschen zu sein. — 3) (schon im 14. Jahrhundert) ein um sich fressendes Geschwür, so genannt, weil die um das Geschwür liegenden und von geronnenem Blute verstopften

*) Luther schrieb noch wie mhd. turn — mit kurzem u, daher ohne das Dehnungszeichen h zu schreiben —, ahd. turri vom lat. turris; ndd. und ndl. hat es langen Vocal toorn.

Blutadern den vielen Krebsfüßen ähnlich sehen sollen 2. Tim. 2, 17: ihr Wort frißt um sich wie der Krebs. Vgl. das lat. cancer, ndd. kanker Krebs (als Thier und als Krankheit).

Krebs sollte historisch richtiger Krebß geschrieben werden, da es mhd. krëbez, krebz, ahd. chrëpazo heißt. Nach Weigand, d. W., ist es nicht aus einer Wurzel mit dem ndd. krabbe (ndl. krab, ags. krabba, altnord. krabbi,) ein kleiner zum Krebsgeschlecht gehöriger Seekrebs, vom lat.-griech. carabus (karabos) Meerkrebs, — was doch W. Wackernagel u. a. vermuthen — das ë in krëbez setzt nämlich ein ursprüngliches i voraus. Ist aber dieses ë statt eines aus a entstandenen e unumstößlich gewiß? Graff, II, 588, schreibt chrêbazo. Kehrein, onom. Wb. 306, leitet Krebs wie Krabbe von ndd. krûpen, ags. crëópan, altfr. kriapa ꝛc. kriechen ab; dem stehen aber lautliche Schwierigkeiten entgegen.

Mir scheinen beide Wörter Krebs und Krabbe ächt deutsch zu sein (namentlich letzteres wegen des ndd. bb nicht aus dem Griech. entlehnt) und mit hochd. und ndd. kribbeln vielfüßig, vielfingerig sich bewegen, ndd. krabben (Frequentativ krabbeln) kratzen, krauen zu einem Wurzelverbum 1. Conjug. zu gehören. Auch Graff, IV, 588 vergleicht nord. krabba = reagĕre, wohl s. v. als ndd. tegenkrabben widerstreben.

Kreuel, der, Gen. s — eine Gabel mit Haken zum Fassen, eine Fleischgabel, womit das Opferfleisch auf dem Altare zurechtgelegt oder das gekochte Fleisch aus dem Topfe genommen wurde 1. Sam. 2, 13 ꝛc.: kam des Priesters Knabe, weil (s. d. W.) das Fleisch kochte, und hatte eine Kreuel mit 3 Zacken in seiner Hand und stieß in den Tiegel oder Kessel oder Pfanne oder Töpfen; und was er mit der Kreuel hervorzog, das nahm der Priester davon. 2. Mos. 27, 3; 38, 3; 4. Mos. 4, 14; 1. Chron. 29, 17.

Da Kreuel mit dem schwachen Verb. krauen (vgl. ndd. krauen, kraueln), mhd. krouwen kratzen aus dem Sing. Präteriti eines starken mhd. kriuwan, ahd. chriuwan (Prät. ich krou) kratzen entsprungen ist, so wird es auch wohl Kräuel geschrieben; allein die Schreibweise Luthers ist vorzuziehen, da mhd. der krewel neben kröuwel vorkommt und Wörter wie Freude, mhd. vreude, vröude; Heu, mhd. heu, hou, höuwe, von hauen; streuen, ahd. streun, strewen, ströuwen ꝛc. auch das eu (bei Luther oft ew wie auch in Krewel) haben; vgl. die Bemerkung zu keulich.

kröchzen — die alte Form von krächzen = heiser schreien, zuerst von Raben; dann aus tiefer Brust schmerzvoll seufzen, von Gebärenden Micha 4, 10: und kröchze, du Tochter Zion, wie eine in Kindesnöthen — andere: kreise, habe Geburtswehen, krümme dich; Vulg. dole et satage, filia Sion, quasi parturiens. Vgl. girren. Mhd. krochzen, ahd. croccizan krächzen — aus dem gleichbed. lat. crocitare entlehnt; dieses vom gleichbed. lat. crocire, griech. krozein, neben krazein; s. Weigand, d. W.

kündlich — was kund ist, durch aller Mund bestätigt, offenbar 1. Tim. 3, 16: kündlich groß ist das gottselige Geheimniß: Gott ist geoffenbaret im Fleisch. Meyer-Stier: kundbar groß ist das Geheimniß der Gottseligkeit; andere: etwas bekanntlich Großes, anerkannt groß, nach allgemeinem Bekenntniß, offenbar; Vulg. manifeste magnum.

Wie manifeste zu magnum, so steht hier kündlich als Adverb zu groß. Mhd. kuntlîche Adv. vom Adj. kuntlîch kund, bekannt, deutlich, das Bürger noch gebraucht: „doch willst du wissen meinen Stamm, der weit auf Erden kündlich ist". Mhd. kuntlîch ist gebildet von kunt kund = bekannt, welches urspr. das Partc. Präteriti von ahd. chunnan, got. kunnan kennen, wissen, unserm können ist. Von einem vorauszusetzenden got. Wurzelverbum kinnan (Prät. ich kan, wir kunnen) mit der vermuthlichen Bedeutung zeugen, erzeugen ist außer diesem kunnan, kund rc. unter andern auch das mhd. kunne Geschlecht (s. Königische), Kind (als Erzeugtes) und kennen (kannte) abzuleiten. Der Zusammenhang in der Bedeutung zwischen können, diesem kinnan = zeugen und kennen vermittelt **erkennen**, welches ehedem zeugen, zur Zeugung beiliegen, concumbĕre, bedeutete, wie bei Luther 1. Mos. 4, 1: und Adam erkannte sein Weib Eva; K. 19, 8 u. a. O. In der ferneren, schon ahd. vorhandenen Bedeutung des Bewußtseins und des Wissens, cognoscĕre, agnoscĕre, scheint sich eine geistige Zeugung der Gedanken kund zu geben, wenn erkennen in diesem Sinne nicht ein euphemistischer Ausdruck ist. S. Weigand, Wb. der Synonymen II, 188 und deutsch. Wb.; Grimm, Wb. unter erkennen; Gram. II, 34; III, 76.

Von kund ist organisch die **Kunst** gebildet: das s ist wohl wegen seiner leichten Verbindung mit n eingeflossen und dadurch d in t verwandelt; ebenso ging Brunst aus brennen hervor; s. Grimm, Gram. II, 209. Luther gebraucht Kunst noch öfter in der ahd. und mhd. Bedeutung von „das Wissen wovon", die Wissenschaft, Gelehrsamkeit Apost.-G. 26, 24: die große Kunst macht dich rasend — Vulg. multae litterae; andere: Gelehrtheit, Wissenschaft, Gelehrsamkeit, Lesen, Studium; 1. Tim. 6, 20: bewahre das dir vertrauet ist und meide die ungeistlichen losen Geschwätze und das Gezänke der falschen berühmten Kunst — Meyer-Stier: Erkenntniß; Hiob 32, 6. 10. 17. Jetzt ist es nur „das Wissen mit ausgebildeter Geschicklichkeit".

L.

Laib, der, Gen. es, Pl. e — ein in bestimmter Form gebackenes Brot, nicht als Masse, Materie, sondern als Stück anzusehen. Bei Luther ist es wie noch jetzt im Südd. und Mitteld. sächlichen Geschlechts 1. Chron. 17, 3: und theilte aus jedermann in Israel ein Laib Brots; Jer. 27, 21 steht das Diminutivum Laiblein, welches Luther ein

Leblin Brot schrieb; vgl. Küstlin. Daß wir übrigens unter Laib und Laiblein nach morgenländischer Backweise Kuchen zu verstehen haben, ist bekannt; vgl. Fladen; s. Zeller I, 122.

Eigentlich müßte man Leib schreiben, aber im Zurückgehen auf den uralt hochdeutschen und got. Diphtong ai und zur Unterscheidung von Leib schrieb man Laib, wie auch schon Luther that. Sonst pflegte er den Diphtong ai zu meiden: er schrieb Keiser Luc, 20, 22, Leien Apost.=G. 4, 13, Seitenspiel Jes. 22, 24 2c.

Mhd. der leip, ahd. hleip, hlaib, got. hlaifs (nach Ernst Schulze hlaibs) Brot überhaupt — die Goten scheinen das Wort Brot noch nicht gekannt zu haben, — in ndd. Dialecten luffe, z. B. in Hannover, Hildesheim, Braunschweig, selbst in Norden 2c., ags. hlâf, engl. loaf u. s. w.; auch in den Sprachen slavischen Stammes. Grimm, Gram. III, 462.

Lägel, Legel, das — eine Art Fäßchen für Flüssigkeiten; ein schon in ahd. Zeit aus dem lat. lagéna Flasche überkommenes Fremdwort; ahd. lagella, mhd. lägel — mit Uebergang des flüssigen n in l. Vgl. Esel, ahd. esil, got. asilus aus lat. asinus (daneben asellus); Orgel aus organon; Kümmel aus cuminum u. a.; vgl. Schemen.

Nach dem Grundtexte der Bibel ist es entweder ein im Morgenlande zu Wein sehr gebräuchlicher Schlauch od. lederner Beutel 1. Sam. 16, 20: da nahm Isai ein Lägel Weins und sandte es Saul durch seinen Sohn David; oder ein bauchartiges Gefäß, ein Krug, zu gleichem Zwecke gebräuchlich 1. Sam. 25, 18; 2. Sam. 16, 1; Jer. 13, 12; 48, 12 (wo es neben Faß steht).

Luther schrieb Legel, da bei ihm durchweg noch der Umlaut von a—e ist. S. Heller, Hengel, Kelter, jach, Lenden, Treber, Tendlen, Feste, Gelte, Welschland, Scherge, Pfennig; vgl. aber rächen.

Landpfleger, der — einer der des Landes pflegt = ein Oberbeamter über eine Provinz — so im persischen Reiche Esra 5, 3. 6. 14 2c.; im syrischen Reiche 1. Kön. 20, 14. Die Satrapen des Perserreichs nennt Luther sonst auch Landvögte: Dan. 3, 2; Esther 3, 12 2c.; vgl. Vogt.

Im römischen Reiche werden die Proconsuln (Statthalter der römischen Provinzen, die diese Stelle bekleideten, nachdem sie in Rom Consuln gewesen waren) durch Landvögte übersetzt Apost.=G. 13, 7; 18, 12; 19, 38; die Procuratoren (die den Proconsuln in die Provinzen mitgegebenen oder dieselben vertretenden Verwaltungsbeamten, die nicht nur die Steuern eintrieben, die Rechtspflege und Polizei handhabten, sondern auch wie Pilatus Joh. 19, 10 selbst Todesurtheile fällen und vollstrecken durften) durch Landpfleger Apost.=G. 23, 26; 24, 27 2c. Der Proconsul von Syrien, der indes Luc. 2, 2 auch Landpfleger genannt wird, hatte die Oberaufsicht über den Landpfleger oder Procurator von Judäa. Das Nähere bei Zeller.

Larve, die — jetzt ein künstliches inwendig hohles Gesicht aus Pappe 2c.

zur Verstellung des eigenen natürlichen (gewöhnlich durch Maske ersetzt), auch mißgestaltetes schreckendes Gesicht — gebraucht Luther in der urspr. der lat. Sprache angehörigen Bedeutung, wo larva ein Gespenst, einen bösen Geist bedeutete Weish. Sal. 17, 4: scheußliche Larven erschienen, davor sie sich entsetzten — Meyer-Stier: scheußliche Gestalten erschienen mit kläglichen Angesichtern. So auch noch bei Goethe: „Wie Larven aus der Unterwelt vor andern dem Einsamen erscheinen", bei W. Hoffmann.

lastbar Adj. — was Lasten trägt oder tragen muß Matth. 21, 5: die lastbare Eselin; 2. Petri 2, 16: das stumme lastbare Thier.

Lastbar bedeutet wörtlich lasttragend, da Last (= was belädt, von laden) mit der Nachsilbe bar zusammengesetzt ist, die vom ahd. (p)bëran (Prät. ich par, wir pârumes), ndd. bären = tragen, hervorbringen stammt, also tragend bedeutend; vgl. fruchtbar, kostbar, dankbar 2c., Aftergeburt.

laß Adj., Comp. lasser, Sup. lassest — träge, faul, saumselig, matt Spr. Sal. 18, 9: wer laß ist in seiner Arbeit, der ist ein Bruder des, der das Seine umbringt; Luc. 18, 1: daß man allezeit beten und nicht laß werden solle — andere: nachlassen, ablassen, nachlässig werden solle; Hiob 4, 3: du hast lasse Hände gestärket; 2. Sam. 17, 2: und will ihn überfallen, weil (s. d.) er matt und laß ist.

Daher mittels der Ableitungssilbe ig das gleichbedeutende jetzt üblichere lässig Spr. Sal. 10, 4; 12, 27; 19, 15 u. a. O.

Laß, mhd. und ahd. laz, got. lats, agſ. lät träge bed. eigentlich: „aus eigener Schuld gegen andere zurückbleibend" und ist gebildet aus dem Sing. Präteriti eines vermutheten got. Wurzelverbs litan (Prät. ich lat, wir lêtum), ahd. lëzan zurückbleiben, ruhen (?); Grimm, Gram. II, 75; also unverwandt mit lat. lassus, franz. las (lasse) träge. So ist es auch erklärlich, daß der hd. durch ndd. Einwirkung entstandene Sup. letzt, ahd. lezzist aus laß hervorgegangen ist, also eigentlich = „der am meisten Zurückgebliebene". Unser ndd. Adv. lât, engl. late spät, ist ebenfalls aus dem Adj. laß, altſ. lat, altfr. let 2c. gebildet. Unserm aus demselben Wurzelverb entsprungenen ndd. letten, altfr. letta hindern, versäumen — im Altfr. trans., jetzt meist reflexiv gebräuchlich — entspricht das mhd. letzen aufhalten, hindern und das nhd. verletzen, welches Luther noch in einfacher Gestalt gebraucht als

letzen — für verletzen, beschädigen, also in der Bedeutung nicht zu verwechseln mit letzen = „ergetzen", „zu gute thun", „erfreuend aufrichten". Jes. 11, 9: man wird nirgend letzen (Vulg. nocebunt) noch verderben auf meinem heiligen Berge. — Der Uebergang in der Bedeutung ist folgender: mhd. letzen (ahd. lezzan, Prät. ich lazta, got. latjan) „aufhalten, hindern, hemmen" = „laß machen"; (in ein Netz) „verstricken"; „durch Hindern beunruhigen, quälen"; „Schaden zufügen, schädigen, kränken". Das Wort stimmt übrigens in Bedeutung und Form lautverschoben mit lat. laedĕre; s. Weigand, deutsch. Wörterb.*).

Lauberhüttenfest, das — ein von den Israeliten im Herbste gefeiertes Fest zum Andenken an das Wohnen des Volkes in Hütten von Laub während des Zuges durch die Wüste, sowie des fröhlichen Dankes für den Erntesegen, daher es auch das Fest der Einsammlung heißt 3. Mos. 23, 34 das Fest der Laubhütten; 5. Mos. 16, 13 rc.; 2. Mos. 23, 16; 34, 22; 4. Mos. 29, 12 rc.; Sach. 14, 16 das Lauberhüttenfest. Vgl. über das Fest selber Zeller I, 374; bibl. Hand-Lexicon p. 63.

Woher die Form Lauberhütten? Lauber ist der früher nicht ungewöhnliche Plural von Laub. Mhd. findet sich neben dem Plural diu loup löuber; die s. g. vierte Bibelübersetzung, welche zwischen 1470—1473 erschien, hat die Pluralformen die löber, lewber, leuber und lauber. Ein ähnlicher Plural, selbst von einem Stoffnamen ist: die spreuer von Spreu; s. J. Kehrein, Gram. d. deutsch. Sprache des 15—17. Jahrhunderts I, 178. Aehnliche Composita sind Kräuterkunst, Büchertitel, Taubenkrämer Matth. 21, 12; Thränenbrot Ps. 80, 6 rc.; s. das. I, 137.

Woher aber die seltsame Form **Laubrüst** in Joh. 7, 2: es war aber nahe der Juden Fest der Laubrüst? In dem „vocabularius theutonicus" vom Jahre 1482 lautet es zwar laubrosz, s. Weigand, d. W.; allein ich möchte dies für eine verderbte Form od. gar für einen Druckfehler halten. Die Luther'sche Form ist wenig jünger und kann recht wohl die reine, aus dem Ndd. entlehnte sein: ndd. heißt die rüst, hd. Rast, das Ruhen, rüsten rasten, sich ausruhen; also Laubrüst = das sabbatliche Rasten oder Ruhen unter Laubhütten bezeichnend.

---

*) Luther hat dem ältern Sprachgebrauche gemäß noch manche einfache Verben, die heutiges Tages nur zusammengesetzt erscheinen: bauen für erbauen 1. Thess. 5, 11, s. bauen; berden für sich geberden Jes. 61, 10: wie eine Braut in ihrem Geschmeide berdet; Spr. Sal. 17, 24; blößen für entblößen 3. Mos. 10, 6; Klagl. Jer. 4, 21; brechen für abbrechen Joh. 2, 19; vgl. Matth. 26, 61; breiten für ausbreiten 2. Mos. 9, 33; Dan. 4, 17; eignen für zueignen Sir. 47, 2; einleiben für einverleiben Ephes. 3, 6; engern für einengern 5. Mos. 27, 17; erben für vererben Spr. Sal. 13, 22; 19, 14; fahren für verfahren 2. Mos. 5, 15; 2. Sam. 18, 5; 2. Kor. 5, 11; fügen für sich (wohin) verfügen Jer. 50, 5; gleichen für vergleichen Spr. Sal. 3, 15; halten für verhalten 1. Mos. 37, 14; Röm. 5, 15; Apost.-G. 17, 11; 18, 20; handeln für verhandeln Marc. 9, 33; Luc. 24, 17; Apost.-G. 7, 26, vgl. Hantierung; kleinern für verkleinern Jer. 30, 19; leichtern für erleichtern 2. Chron. 10, 4; Hiob 7, 13; leugnen für verleugnen 2. Tim. 2, 13; lüsten s. u. Lust; mehren für vermehren und mindern für vermindern Jer. 30, 19; niedrigen für erniedrigen Ps. 75, 8; Philip. 2, 8; Jes. 25, 11; 2, 11; ringern für verringern 3. Mos. 25, 16; Amos 8, 5; sich säumen für versäumen 1. Macc. 5, 53; spotten für verspotten Matth. 27, 29; Ps. 102, 9; weitern für erweitern 2. Mos. 34, 24; 5. Mos. 12, 20; wiederstatten für wiedererstatten 2. Mos. 22, 5; 2. Kön. 5, 14; wintern für überwintern Apost.-G. 27, 12; 1. Kor. 16, 6. Vgl. Fahr und bewägen. S. Wetzel, die Sprache Luthers p. 77—80; Biltz p. 17. Andere ähnliche Fälle s. unter den betr. Art.

Im ältern Nhd. war die Rüste für Rast, Ausruhen nicht ungewöhnlich, besonders von der untergehenden Sonne (Opitz) —, wie wir ndd. noch sagen: de sün geit to rüste; aber auch bildlich auf das Sterben angewendet: „So gehst du schon so früh zu Rüste, du angenehmes Sonnenkind“, Günther; s. Weigand, Wörterb. d. deutsch. Synonymen II, 590.

Daher auch vielleicht das nhd. **entrüsten** = „aus der Gemüthsruhe bringen“, erzürnen, wiewohl Grimm erklärt: ursprünglich bedeutete es: einem die Rüstung, die Waffen ausziehen, exspoliare = „aus der Rüstung bringen“ und es also zu rüsten = schmücken, bereiten stellt; s. Wb. Apost.-G. 14, 2: die Juden entrüsteten die Seelen der Heiden. Dazu gehört auch der **Rüsttag** d. i. der Vorsabbat, an welchem man sich zu dem Feiertage rüstete, vorbereitete Marc. 15, 42. Das Wort ist von Luther nach dem Griech. gebildet. Den Einfluß der ndd. Mundart auf Luthers Sprache haben wir schon öfter Gelegenheit gehabt zu bemerken; vgl. enhinder, Kolk unter Kogel, klappen unter Kipfe, lechen, lecken, wappnen, treuge.

Lauf, der — kommt 1. Mos. 30, 41. 42 und K. 31, 10 für die Brunst oder Brunstzeit, Begattungszeit der Thiere vor: Wenn aber der Lauf der Frühlinger (s. d. W.) Herde war, legte er (Jakob) Stöcke in die Rinnen vor die Augen der Herde 2c.; aber in der Spätlinger Lauf legte er sie nicht. —

Eigentlich deutet Lauf nur die Brunst selbst an, wie das landschaftlich noch übliche Laufzeit für Brunstzeit zeigt und läufig = brünstig, von Hunden 2c. Engl. leap (ndd. lôpen „laufen“) springen; dann bespringen, belegen, von größeren Thieren, z. B. Pferd und Rind, ganz gewöhnlich.

lechen, intr. schw. Vb. — vor Trockenheit von einander spalten, Risse bekommen, z. B. die Erde Jer. 14, 4: darum, daß die Erde lechet (die Wittenb. nds. B. v. 1541: dat de erde van ander rit), weil es nicht regnet auf die Erde. Lechen ist hier in vielen Bibelausgaben durch die jetzt gewöhnliche Verstärkungsform desselben lechzen verdrängt, nicht ganz mit Recht, denn lechzen hat die fortgebildete Bedeutung „nach einem Trunk schmachten“: Sir. 26, 15: wie ein Fußgänger, der durstig ist, lechzet. Pred. Sal. 12, 6 findet sich das Comp. zerlechen (Luther schrieb zulechen; für die Vorsilbe zer waren auch gebräuchlich zur, zu und ze, mhd. zer, ze; s. Kehrein, Gram. 2c. des 15—17. Jahrh. II, 243:) Und der Eimer zerleche am Born; — ebenfalls in den meisten Bibelausgaben durch „zerlechzen“ ersetzt, das hier sinnlos ist; Meyer-Stier hat das einfache lechen wiederhergestellt; andere: zerbrechen, zerstoßen, zertrümmert wird, Vulg. et conteratur hydria super fontem.

Dem schwachen lechen, mhd. lëchen, liegt ein starkes, aber selten vorkommendes lëchen (Prät. ich lach, wir lâchen, Partc. gelëchen) zu Grunde; altnord. lëka (Prät. lak, sie lâkun, Partc. lëkinn) tröpfeln, (weil Risse habend) rinnen.

Das von lechen abgeleitete Adj. lech — „durch Ritzen Flüssigkeit ꝛc. durchlassend“ ist durch das gleichbedeutende ndd. leck auch in der Schriftsprache verdrängt. Dem schwachen lechen entspricht in der Form unser ndd. lecken, in der Bed. des angeführten alten lëka, und ist ebenfalls in die Schriftsprache übergegangen.

Durchaus unverwandt hiemit ist das hd. lecken, ndd. licken mit der Zunge worüber aufnehmend hinfahren Richter 7, 5—7; Luc. 16, 21; bildlich vom Wasser verzehrenden Feuer gebraucht 1. Kön. 18, 38. S. Weigand, d. Wb.

Ebensowenig ein reinhochdeutsches Wort ist

lecken, schw. Vb. — springen, hüpfen Hiob 21, 11: ihre Kinder lecken — wo die Magdeburger ndd. Bibel von 1545 und die Wittenberger von 1541 haben: ere Kinder springen; Vulg. exsultant lusibus, andere: hüpfen; Jes. 35, 6: alsdann werden die Lahmen lecken wie ein Hirsch — andere: springen, Vulg. tunc saliet sicut cervus claudus. Besonders wurde das Wort von den jungen Kälbern gebraucht, die vor Freude und Muthwillen hüpfen und dabei mit den Hinterfüßen ausschlagen Ps. 29, 5. 6: die Stimme des Herrn zerbricht die Cedern..... und machet sie lecken wie ein Kalb, Libanon und Sirion wie ein junges Einhorn — wozu Luther selbst in der Glosse sagt: „lecken, d. i. springen, hüpfen“; Jer. 50, 11: und lecket wie die geilen Kälber (s. geilen) — Meyer-Stier: und löcket wie ein dreschendes Rind; Hes. 34, 21: darum daß ihr lecket mit den Füßen und die Schwachen von euch stoßet mit euren Hörnern = (Sinn) frech und muthwillig sie von euch abstoßet; 1. Sam. 2, 29: warum leckest du denn wider meine Opfer und Speisopfer? = (Sinn) warum übertrittst du denn meine heilige Ordnung beim Opfer? Apost.-G. 9, 5: es wird dir (Saul) schwer werden, wider den Stachel zu lecken = (Sinn) es wird dir, spricht der Herr zu Saul, eben so schwer werden, ja zum Schaden und Verderben gereichen, wider den Herrn und die Seinen zu wüthen, wie es dem ins Joch gespannten pflügenden Ochsen wird, in den Stachel des Treibers ungebärdig zu schlagen (od. du wirst dir durch Widersetzlichkeit nur noch größeres Leid zufügen); die alte nds. Bibel von 1541 hatte: jêgen den Prêkel achter ûtslân —; vgl. die angezogene Stelle Jer. 50, 11. Eines solchen Ochsensteckens, wohl bis 8 Fuß lang und 6 Zoll dick, mit einer Spitze versehen, wird erwähnt Richt. 3, 31: Samgar erschlug 600 Philister damit. F. Pfeiffer erklärt das mitteld. löcken auch durch „ausschlagen“; s. Weigand, d. Wb.

Die in neueren Bibelausgaben gewöhnliche Schreibweise löcken ist historisch ebenso falsch wie Hölle für Helle (s. unter Hehl mehrere Beispiele), und sollte deshalb die Luthersche Form lecken beibehalten werden, weil ohnehin das Wort sonst erloschen ist.

Lecken, mitteld. löcken, z. B. im Passional, scheint nach dem ck zu urtheilen mit Verdoppelung des k aus dem Niederdeutschen eingedrungen zu sein (die Wurstfriesen haben leeken für tanzen — Diedrich v. Stade 391); auch stimmt dazu die schwedische Form lacka und das got. laikan springen, welches aus einem verlornen leikan (Prät. ich láik, wir likum, Partc. likans) = in Auge (und Ohr) fallen entsprungen ist. Das ebenfalls mhd. leichen aufhüpfen ꝛc. ist als eine rein hd. Form neben ndd. lecken anzusehen. S. Weigand. Ist mit leichen, lecken das hd. laichen (der Fische), im 16. Jahrh. leychen für sich begatten, also = springen identisch? Das ai kann nicht im Wege stehen; vgl. Laib.

Zu bemerken ist noch, daß die bisher gewöhnliche Erklärung von **frohlocken** in Anlehnung an löcken mit froh, freudig springen schon aus dem Grunde verwerflich zu sein scheint, weil löcken eben die unorganische von Luther und seinen Zeitgenossen nicht gebrauchte Form ist, während er doch frohlocken und nicht frohlecken schrieb, wie auch mhd., aber noch selten vorkommend, frôlocken. Locken ist hier wohl geradezu unser jetziges locken, das im Ahd. (locchôn) zuerst die Bed. „mit flacher Hand klopfen oder streicheln", dann „anziehen, zu sich kommen machen" hat. So versteht es auch Eychman's vocabularius praedicantium von 1483, wo das lat. plaudĕre verdeutscht wird: „frôlocken vor freuden, die hend zusammen schlahen pre (prae) gaudio". Und eben so Luther Hes. 21, 17: da will ich denn mit meinen Händen darob frohlocken, (sie zusammen schlagen, Vulg. plaudam manu ad manum); Ps. 47, 2: frohlocket mit Händen alle Völker und jauchzet Gott mit fröhlichem Schall (ahd. hantslagônt alle diete ꝛc.); obwohl er es eben so häufig von der Freude des Herzens überhaupt gebraucht Ps. 42, 5 u. a. O. Nach Weigand. Grimm ist geneigt, es von lecken abzuleiten; s. Wb. IV, 229.

Leibzucht, die — Unterhalt auf Lebenszeit 1. Macc. 10, 54: so will ich, Alexander, ihr (der Tochter des Königs von Aegypten) dankbar sein und ihr eine königliche Leibzucht verordnen.

Die Leibzucht, mhd. lîpzuht, wofür man sonst auch Leibrenten, Leibgedinge, Wittum sagt, ist nichts anders als „dës im zem lîbe nôt ist = was ihm zum Lebensunterhalte noth ist (Iwein 1781, 3343) und ist zusammengesetzt aus Leib im mhd. Sinne von Leben und Zucht, mhd. zuht im Sinne von Nahrung, so auch die Nebenform Lebzucht, mhd. lëbezuht, wo Leb aus leben gebildet ist. Die Zucht ist eigentlich die Erziehung, Auferziehung, dann das zur Auferziehung Nothwendige = Nahrung, Kleidung und Wohnung. Vgl. Otterngezücht und Zeug.

Leichnam, der, Pl. e — 1) ein Menschenkörper überhaupt, gleichviel ob lebend oder todt — in diesem jetzt veralteten Sinne gebraucht auch Luther zuweilen das Wort noch, wiewohl bei ihm die Beziehung auf den Tod gewöhnlich nahe liegt. Hes. 6, 4: ich will eure Leichnam (der alte Plural) vor den Bildern todtschlagen lassen — zu dieser Stelle fragt Stier: „nochmals?" — als wenn Luther etwas Widersinniges gesagt hätte. Offenbar ist ihm die Bedeutung von Leichnam unbekannt; gerade die Meyer-Stier'sche Uebersetzung enthält einen Widerspruch: „und will eure Erschlagenen vor euren Schandgötzen fällen"; freilich wird „Erschlagenen" in der Anmerkung durch „Erschlagenwerdenden"! erklärt. Vulg. et dejiciam interfectos vestros ante idola vestra.

Man vgl. dazu Hes. 9, 7: verunreiniget das Haus und macht die Vorhöfe voll todter Leichname; Weish. Sal. 9, 15: denn der sterbliche Leichnam beschweret die Seele, und die irdische Hütte drücket den zerstreuten Sinn; 2. Chron. 20, 24: und siehe, da lagen die todten Leichname auf der Erde. Würde der äußerst genaue, sprachkundige Luther sich wohl dieser Pleonasmen schuldig gemacht haben, wenn er Leichnam, wie wir thun, ohne weiteres für Leiche cadaver gehalten hätte? — Offenb. Joh. 18, 13: und Leichname und Seelen der Menschen — von Gerlach und Hengstenberg übersetzen hier Leiber, de Wette und Meyer-Stier Leibeigene, Vulg. mancipia; Marc. 14, 8: sie ist zuvorgekommen, meinen Leichnam zu salben zu meinem Begräbniß — gehört auch noch hieher, andere: Körper, Leib, Vulg. corpus; — 2) ein todter Menschenkörper — in diesem jetzt üblichen Sinne auch schon sehr häufig bei Luther: Joh. 8, 29; 5. Mos. 21, 23; vgl. 4. Mos. 19, 11 ꝛc. u. a. O. Von Thieren kommt es nur Hebr. 13, 11 vor.

In einem alten Kirchenliede heißt es: „Herr, dein heilger Leichnam, der von deiner Mutter Maria kam, und dein heiliges Blut laß uns kommen doch zu gut. Kyrie Eleison". S. Diedrich v. Stade p. 396: Auch Luther spricht von „Empfahung des Leichnams im Abendmahl", wo wir Leib sagen; Hopf 190.

Der Gebrauch des Wortes für einen „Menschenkörper" überhaupt ist in der Etymologie begründet: das mhd. der lîchnâme und der lîcham, ahd. lîchnâmo, gewöhnlich aber und richtiger lîhhamo bedeutete, wie auch noch jetzt das ndd. licham, altfr. lîchama (statt lîch-hama) den Menschenkörper überhaupt und ist zusammengesetzt aus ahd. das lîh (lîch) = Körper, Fleisch und der hamo, got. hama = die Hülle, Haut (als Hülle), also s. v. a. Körperhülle, Fleischhülle (als Kleid, Hülle der Seele). Das ahd. lîh ist das nhd. Leich, welches noch in „die Leiche" (der entseelte Mensch) und mit völlig ursprünglicher Bedeutung in Leichdorn 1. Mos. 23, 3, ndd. lîkdôrn für Hühnerauge, gleichsam „Dorn im Körper, Fleisch" vorhanden ist. Aus diesem Subst. lîh, Leich, ndd. lîk (Leib, leibliche Gestalt, Aussehen) hat sich das Adj. ge — leich = gleich, ndd. lîk und die Nachsilbe lich entwickelt. — Das ahd. hamo, nur in Zusammensetzungen vorhanden, ist sammt dem got. hamôn bekleiden aus dem Sing. Prät. eines verlornen ahd. Wurzelverbums hëman, got. himan (Prät. ich ham, wir hêmum, Partc. humans) bedecken, einhüllen (?) hervorgegangen, woher auch Hemd und Himmel stammen. Die schon mhd. und ahd. neben ham vorkommende Silbe nam (namo) ist als eine Entstellung des unverständlich gewordenen ham (hamo) anzusehen; im Altfr. und Ndd. ist übrigens die Form rein erhalten, wie oben gezeigt.

Im Agſ. hieß der menſchliche Leib ganz analog flaesc-homa „Fleiſchhülle". S. Weigand unter Leichnam u. a.; Grimm, Gram. II, 55.

leiden, ſich ſ. hellig.

leidig ſ. beleidigen.

lenden, ſich — angrenzen, „an ein anderes Gebiet, Land, ſich hin erſtrecken 4. Moſ. 34, 4. 5: daß dieſelbe Grenze ſich lende von Mittag hinauf gen Akrabbim und lende ſich von Azmon an den Bach Aegypti.

Wenn neuere Bibelausgaben in dieſer Stelle für ſich lenden — ſich lenken geſetzt haben, ſo läßt ſich dies allerdings rechtfertigen, inſofern lenden ein durchaus ungewöhnliches Wort iſt und Luther ſelbſt das entſprechende Wort des Grundtextes Joſ. 15, 3 mit „lenket ſich um" (gift sik um . . . her, Wittb. ndſ. B.) überſetzt hat; auch die Magdeb. Bibel von 1545 und die Wittenb. von 1541 haben „lenke sick" in der Stelle bei Moſes; ſ. Mönckeberg 134.

Uebrigens iſt lenden gewiß kein Druckfehler, da ſich das Wort in ſämmtlichen zu Luthers Lebzeiten erſchienenen Ausgaben der Bibel findet. Weil von Land gebildet, ſchreiben es Neuere länden; auch kommt am Oberrhein länden vor in der Bed. von: „einen Acker, ein Land mit Grenzſteinen bezeichnen". Vgl. mhd. lenden. Prät. lante, (von Schiffern, Flößern) ans Land hinrichten; auf etwas zielen, als auf den Endpunkt, lenken, wenden. S. Ziemann, Wb.

letzen ſ. laß.

Leviathan, der — wörtlich ein großes ſchlangenähnliches Ungeheuer — iſt in der Beſchreibung Hiob 40 und 41 unſtreitig das Krokodil. Daß das Wort ziemlich unbeſtimmt iſt, erhellt aus Jeſ. 27, 1, wo von dem Leviathan als der ſchlechten (ſ. d. W.) Schlange, d. i. dem Krokodil mit ſeinem geraden, ſteifen Rücken, der Leviathan, als die krumme, gewundene Schlange, etwa die Rieſenſchlange unterſchieden wird; ſ. das Nähere bei Winer und Zeller. Vgl. Behemoth.

Libertiner, m. — freigelaſſener Sclave, vom lat. libertinus, dies von liber frei. Die Apoſt.-G. 6, 9 genannten Libertiner, welche Stephanus entgegentraten, waren ohne Zweifel kriegsgefangene Juden, die dann freigelaſſen waren und eine Synagoge zu Jeruſalem gegründet hatten; ſ. Zeller und Winer. Vgl. Gefreiter.

Librarei (Liberei), die — war die früher herrſchende Benennung für eine Bücherſammlung, Bibliothek 2. Macc. 2, 13. Es iſt gebildet aus dem ſpät-lat. libraria Buchladen, Liberei, mhd. liberîe, dieſes aus dem gleichbedeutenden mittellat. liberia, vom lat. liber Buch. Vgl. engl. library, ndd. bökeri.

lieber — iſt in mehreren Stellen, z. B. 1. Moſ. 12, 13: lieber, ſo ſage doch, du ſeieſt meine Schweſter; K. 34, 8: lieber, gebet ſie ihm zum Weibe; desgl. K. 50, 17; Hiob 4, 7; Jer. 2, 25; 42, 2; Micha 4, 10 ꝛc. nicht das Subſtantiv Lieber (vom Adj. lieb) = „mein lieber Freund", „mein Vertrauter", ſondern eine Interjection etwa im Sinne eines traulichen „ich bitte"! (im Hebräischen = doch!). Eigentlich ist es ein als Interjection ehemals gebräuchlicher adverbialer Comparativ vom Adv. lieb, mhd. liebe, welches vom Adj. lieb gebildet ist; ebenso wird das Adv. leider, Comp. von leid, als Interjection gebraucht. S. Weigand; Grimm, Gram. III, 600.

Loch, das — bedeutet in der Volkssprache auch das Gefängniß, wie das entsprechende ndd. gat (Loch; Gefängniß; vgl. das engl. Newgate); so auch 1. Mos. 41, 14: und ließen ihn eilend aus dem Loch.

Loch, ahd. loh, urspr. luh, bedeutet zuerst wie das ags. loc, ndd. lûke Verschluß, dann zu Verschließendes = Oeffnung, von dem Plur. Präteriti des ahd. Wurzelverbs lûhhan (Prät. ich louh, wir luhumês), got. lukan, ags. lûcan, altfr. luka ꝛc. schließen; vgl. **Lücke**; engl. lock Schloß und schließen.

Loderasche, die — weiße leichte Flugasche Weisheit Sal. 2, 3: wenn dasselbige verloschen ist, so ist der Leib dahin wie eine Loderasche (Luther schrieb lodderasche) und der Geist zerflattert wie eine dünne Luft. Die Stadische und Wittenb. nds. Bibel hat löckeraske; s. Diedrich v. Stade.

Es ist zusammengesetzt mit lodern, bei Luther loddern (Joel 2, 5) = „hell brennen mit leichtem Hin- und Herbewegen der Flamme". Im Altnord. ist Lodr die Gottheit des lodernden Feuers. — Ob und in wiefern es mit Lohe = Flamme (Hiob 41, 12; Richt. 13, 20) zusammenhängt, ist noch unermittelt.

Löffel s. die Bemerkung zu Hölle unter Hehl.

Löschbrand, der — Feuerbrand, der dem Erlöschen nahe ist Jes. 7, 4: und dein Herz sei unverzagt vor diesen zween rauchenden Löschbränden (sc. dem syrischen Könige Rezin und dem israelitischen Könige Pekah).

Luther schrieb übrigens richtiger Leschbrand, s. die Bem. unter Hehl; desgl. statt

Löschnapf — Leschnapf = Napf oder Schale mit Wasser, worin man die abgeputzten Lichtschnuppen warf: 2. Mos. 37, 23: und machte die 7 Lampen mit ihren Lichtschnäuzen und Löschnäpfen von feinem Golde. S. Zeller II, 150.

Löschen trans. = löschen machen; löschen (leschen) intrans. noch als starkes Verbum in erlöschen (losch, erloschen), mhd. löschen (Präs. ich lische, Prät. ich lasch, wir lâschen, Partc. geloschen), alth. nur in irlëscan, s. Weigand.

lören, schw. V. — eintönig heulen, schreien Hos. 7, 14: so rufen sie auch mich nicht an von Herzen, sondern lören auf ihren Lagern. Die alte nds. Bibel und andere haben blarren (plärren); Vulg. ululare. Luther gebraucht das Wort öfter in seinen Schriften und bemerkt zu dieser Stelle: „Wie die Pfaffen in ihren Stiftern lören und plerren". Löhr- und Heulhäuser nennt er die Stifter, s. Pfizer, Luthers Werke 1395.

Ziemann führt aus Wallraff's glossar ein lôren, loeren heulen, schreien und aus Frisch, deutsches Wörterb. von 1741, ein Subst. die loere Todtengesang, naenia, vigiliae an.

Log hebr. — wörtlich Becher, Schale, das Fassende — ein Maß für Flüssigkeiten = $^1/_{12}$ Bath oder $^1/_{720}$ Chomer oder Cor, nach Zeller 14,088 Pariser Kubikzoll: 3. Mos. 14, 10 rc.

los, Adj. — von Personen und Sachen gebraucht: 1) leer, frei wovon — im Gegensatz zu „voll", gefüllt"; dann getrennt wovon, ungebunden (auch so im abstracten Sinne) — im Gegensatze zu „gebunden" — die Grundbedeutung von los = leer vacuus hatte das got. láus, ags. leás, sowie noch jetzt das ndd. lôs, so gewöhnlicher lös: lösse vaten leere Fässer. Selbst bei Luther müssen wir noch den Eindruck von dieser Bed. annehmen, da in einigen Stellen, wo er es gebraucht, die betreffenden Ausdrücke des Grundtextes im eigentlichen Sinne mit jener Grundbedeutung von los genau stimmen Richter 9, 4: lose leichtfertige Männer; K. 11, 3 und 2. Sam. 6, 20: lose Leute — sind nach dem Grundtexte „leere Leute (rēk, woher das Schimpfwort raka Matth. 5, 22 s. Racha), die nichts zu verlieren, keinen Charakter haben, sich zu allem gebrauchen lassen"; ferner Coloss. 2, 8: lose Verführung — nach dem Grundt. „leere (Vulg. inanis), aller Wahrheit baare betrügerische Lehre"; s. Zeller II, 175. Doch läßt sich nicht verkennen, daß aus der jetzt gewöhnlichen Bed. von los = getrennt von, ungebunden, die sich im eigentlichen und uneigentlichen Sinne in vielen auch bei Luther gewöhnlichen Compositis findet: gottlos, kraftlos rc., loslassen, lossprechen, losmachen (Dan. 4, 24), jener abstracte Gebrauch (lose Leute rc.) hinlänglich erklären läßt, sowie, daß derselbe der folgenden Bedeutung nahe steht: 2) nichtswürdig, leichtsinnig, schlecht, voll Lug und Trug, entweder s. v. a. „alles Guten leer, dagegen alles Bösen voll" oder, was wahrscheinlicher ist „von allem Guten getrennt und allem Bösen ergeben"; in dieser Bedeutung bei Luther sehr häufig 1. Sam. 1, 16: du wollest deine Magd nicht achten für ein loses Weib — Meyer-Stier: Belials-Tochter, vgl. Belial; K. 10, 27: lose Leute sprechen: was soll uns dieser helfen? K. 30, 22; 2. Sam. 16, 7: du Bluthund, du loser Mann; Spr. Sal. 14, 14; 20, 1; Hiob 11, 11; Jes. 3, 5. Von Sachen 4. Mos. 21, 5 — vom Manna, leicht, ohne Gehalt, Geschmack; Hes. 13, 10: loser Kalk — der nichts taugt, wieder abfällt; Jes. 5, 18: lose Stricke (der Eitelkeit oder Lüge); Ps. 78, 57: loser Bogen — ein treuloser, der zurückschnellt.

In dieser Bed. ist es jetzt weniger üblich; doch hört man noch vom „losen Gesindel, losen Gelde, losen Maule". F. Schlegel: „Eins empört sein Gefühl: Fremder Rechte loses Spiel". Gewöhnlicher ist jetzt die 3. Bedeutung: „einen leichten, zum Scherzen aufgelegten Sinn habend, vergnüglich listig: lose Vögel; Gellert: „Ihr losen Mädchen thut immer, als wenn euch nichts an den Männern läge"; Schiller: „Ja, das war schon ein ander Ding! Alles da lustiger, loser ging!" Niederdeutsch gebrauchen wir lôs geradezu im Sinne von klug, pfiffig, schlau: 'n lôse jung, vent (Bursch).

Los ging hervor aus dem Sing. Prät. des got. Wurzelverbs liusan (Prät. ick láus), ahd. liosan (Prät. ich lôs), agſ. leosan (engl. lose) — außer Zusammenhang womit kommen, lösen, welches Verbum sich sowohl im Got. und Altd., wie im Ndd. und Nhd. nur in der Zusammensetzung mit ver erhalten hat: ahd. verliosan, ndd. verlêsen (Prät. ik verlôr), nhd. verlieren (daher Verlust) — mit Uebergang des ursprünglichen s in r wie in ahd., ndd. 2c. was — nhd. war, ſ. Wesen; ahd. vriosan, ndd. vrêsen — nhd. frieren (daher Frost); vgl. Geren, Nahrung, Hort.

Von los im Sinne von getrennt, ungebunden, frei sind gebildet: lösen Marc. 8, 37; Lösegeld 2. Mos. 21, 11; **Erlösung** = eigentlich Befreiung, Loskaufung aus einem gebundenen, unfreien, gefangenen oder sclavischen Zustande: Richt. 13, 5; 3, 9; — 2. Sam. 19, 9 2c.; von dem Werke Jesu Christi Ps. 111, 9; Matth. 20, 28; Röm. 3, 24.

Lotterbube, der — nichtswürdiger Landstreicher Apost.-G. 17, 18: was will dieser Lotterbube sagen? „Das griechische Wort des Grundtextes, spermologos bedeutet einen, der Samenkörner aufliest, bildlich einen, der aus Müssiggang auf Kleinigkeiten Acht gibt und aus ihnen Stoff zum Klatschen nimmt", Zeller, bibl. Wb. — So hat auch die Vulg. seminiverbius; andere übersetzen Plauderer, Schwätzer. Luther wählt aber ein kräftiges Wort des gemeinen Lebens, weil die Philosophen ihre Verachtung gegen Paulus aufs entschiedenste aussprachen.

Das Compositum Lotterbube findet sich erst dann (um 1512), als das einfache mhd. loter, ahd. lotar selten oder unverständlich zu werden begann; vgl. Schellhengst. — Dieses loter, agſ. loddere bedeutete einen lockern, leichtfertigen Menschen, besonders einen umherziehenden Possenreißer, Gaukler: loter und spilman stehen oft zusammen; es ist abzuleiten von dem mhd. Adj. loter, ahd. lotar leer; gehaltlos, locker, besonders in Sinn und Wandel. Damit stimmt das ndd. luddrig (ludder-ig), ndl. lodderig träge, schläfrig; letzteres auch verliebt, unzüchtig! — Das Wort Bube steht hier schon im nhd. Sinne für: Nichtsnutz, Taugenichts, während es früher einen Knaben bedeutete; vgl. Buhle.

Lüstlin, — Lustdirne, eine in Lüsten Lebende Jeſ. 47, 1: man wird dich nicht mehr nennen: du Zarte und Lüstlin! vgl. 5. Mos. 28, 56.

Gebildet aus Lust mit der Diminutiv-Endung lin, welche bei Luther noch regelrecht für lein steht und, auf Menschen oder Thiere angewandt, eine Liebkosung ausdrückt: Manlin und Frewlin 1. Mos. 6, 19; Kindlin 1. Mos. 43, 8; Meidlin — Mägdlein und Knäblin Sach. 8, 5, ſ. Magd; Leutlin Apost.-G. 28, 1; Küchlin Matth. 23, 37; — Stundlin Ephes. 6, 3; Ohrleplin Amos 3, 12; Meurlin Hes. 46, 33; Bündlin Matth. 13, 30; Ketelin Jes. 3, 15; Betlin Luc. 5, 24; Märlin statt Märchen Luc. 29, 11. S. Mönckeberg p. 46, 74; vgl. Fündlein. Wie gewöhnlich diese Bildung im 16. Jahrhundert war, sehe man bei Kehrein, Gram. des 15—17. Jahrh. II, 304.

Alle Diminutiva mit lein, lin, mhd. lîn, elîn sind sächlichen Geschlechts; doch kommt im Ahd. eine männliche Endung ilo und eine weibliche ilâ vor. — Got. Attila = Väterchen, von atta Vater. Vgl. lat. — ulus, — ellus.

Uebrigens ist diese Diminutiv-Endung rein hochd., während chen (selten bei Luther: Caninichen 3. Mos. 11, 5; Ps. 104, 18), das mhd. nur sparsam vorkommt, aus dem mittelniederdeutschen kîn (blüemekîn = Blümchen), jetzt ke oder je aufgenommen ist: blômke, Blümchen, fâtje = Fäßchen, rokje = Röckchen 2c. An diesen Diminutiv-Endungen lein (li, l) und chen (ken, ke, je) unterscheiden sich bisweilen recht scharf die Mundarten. S. A. Schleicher, die deutsche Sprache 225. Vgl. Tendlen.

Die **Lust**, bei Luther wie noch oberdeutsch der Lust, mhd. der und die lust, ahd. die lust, got. der lustus freudiges Begehren ist entsprossen aus dem Plural Präteriti des noch im Altnord. erhaltenen Wurzelverbums liosta (Prät. ich laust, wir lustum, Partc. lostin), got. liustan (?) = stoßen, schlagen, stechen, wornach in Lust der Begriff des „heftigen Antriebes" erwuchs, s. Weigand, d. W. Somit war die Möglichkeit in der Grundbedeutung gegeben, daß das Wort zunächst das Streben nach einem Gegenstande, dann das Gefühl des Wohlgefallens, des Wohlseins an und bei einem Gegenstande, und ferner ethisch betrachtet, je nach der Herzensstellung dessen, der die Lust empfindet oder hat, sowohl ein Streben nach dem Guten und Wohlgefallen am Guten, wie ein Streben nach dem Bösen, ein Wohlgefallen am Bösen ausdrücken konnte. Daher die scheinbar sich widersprechenden Ausdrücke der Schrift: „laß dich nicht gelüsten?" und, „habe deine Lust an dem Herrn!" S. das Nähere in der gründlichen Abhandlung über Lust in Zeller's bibl. W. Vgl. Segen, rechtfertigen. Durch das Christenthum hat dieses Wort wie so manche dem Gebiet der Ethik und des Glaubens angehörige eine umfangreichere, tiefere, mehr auf das Innere des Seelenlebens gerichtete Bedeutung erhalten.

Von Lust gebildet ist das schwache Verbum

lüsten, meist unpersönlich gebraucht, für gelüsten, Gefallen an oder Verlangen nach etwas haben Matth. 27, 43; Esth. 2, 14; Spr. Sal. 19, 22; Ephes. 1, 18 2c.; letzen und Fahr. Ferner mittelst der Ableitungssilbe ig

lustig, Adj. — welches scheinbar bei Luther in der jetzt gewöhnlichen Bedeutung für Lust empfindend, in freudiger Stimmung: ein lustiger Bruder 2c., nicht vorkommt, wohl aber in der mhd. gewöhnlichen für Lust, Wohlgefallen erregend, anmuthig — „woran man Lust hat" Ps. 65, 13: und die Hügel sind umher lustig; Ps. 46, 5; Jes. 17, 10: darum wirst du lustige Pflanzen setzen; K. 23, 9: die lustige Stadt; K. 25, 1: aber die Wüste und Einöde wird lustig sein; K. 58, 13: ein lustiger Sabbat — ein Sabbat der Art, wie er einem gefällt.

1. Mos. 3, 6: ein lustiger Baum und so auch als Adverb 1. Mos. 2, 9: allerlei Bäume lustig anzusehen — „deren Ansehen schon eine Begierde darnach erweckte"; s. Heubner-Büchner.

Doch ist diese Bedeutung jetzt keineswegs ganz erloschen: „In die schaurige Nacht halle der lustige Ton" — Schiller.

Mit Lust im Sinne von „sinnliche Begierde" zusammengesetzt ist

die **Lustgräber** 4. Mos. 11, 34; 33, 16; 5. Mos. 9, 22 — die erste Station der Israeliten in der Wüste, so genannt von dem lüsternen Essen der Wachteln, das haufenweise den Tod brachte. Ebenso:

die **Lustseuche**, — übermäßige, krankhafte Begierde nach sinnlicher Lust, unersättliche Wollust 1. Thess. 4, 4. 5: und ein jeglicher unter euch wisse sein Faß (Leib) zu behalten in Heiligung und Ehren, nicht in der Lustseuche wie die Heiden &c. — Vulg. in passione desiderii, andere: Lust der Begierde, leidenschaftliche Lust &c.

Zu Luthers Zeit und auch noch im 17. Jahrhundert hatte das Wort nur diese Bedeutung; später wurde es üblich für die lues venerea, eine Krankheit, welche auch wohl die Franzosen oder die Venusseuche genannt wird; vgl. Seuche.

Bemerkenswerth ist, daß das Adj. lüstern — eine anhaltende sinnliche Begierde nach etwas empfindend — zuerst bei Luther vorkommt 2. Sam. 23, 15; 1. Chron. 12, 17. S. Weigand.

Lyncurer s. Hyacinth.

M.

Macht s. unter mögen.

mählich, Adv. — allmählich (welches eigentlich den Begriff von mählich verstärkt), in bequemer Ruhe und Langsamkeit, ruhig und bequem, nach und nach 1. Mos. 33, 14: ich will mählig hinnach treiben, darnach das Vieh und die Kinder gehen können — Meyer-Stier: ich will gemächlich hintennach treiben.

Luther schrieb meilich. Die Schreibweise mälig oder mählig — zuweilen im gewählten Stil vorkommend: „Sein mälig brechend Aug' erlosch", Voß — desgl. auch allmählig oder allmälig ist falsch, weil nicht „Mal" (s. Malstein) zu Grunde liegt, sondern es aus mächlich, wie es oberdeutsch noch heißt, entstanden ist: mhd. (ge) mechlich und gemachlich, ndd. gemakkelk, makkelk (maklik) = bequem, ruhig, daher auch historisch richtig das h in mählich beibehalten, während es in Mal mit Recht ausgeworfen wird. Gemach = Ruhe, Bequemlichkeit — woher gemachlich und Ungemach, ferner Gemach = Zimmer, ndd. gemak, Adj. gemach — bequem, wohl sich fügend — gehören zusammen mit machen, ahd. mahhôn, auch = „verbinden, wozufügen"; also gemach urspr. = „wozu gemacht, verbunden, zugehörig"; „entsprechend, paßlich, bequem". Vgl. die Bem. zu thür=stiglich.

Märlein s. Lüstlin.

Magd s. mögen.

Maharam motha s. Anathema.

Malstein, der — 1) Gedenkstein — ein von Steinen aufgerichtetes Zeichen zur Erinnerung an etwas 1. Mos. 28, 18. 22: und richtete den Stein auf zu einem Mal (Gedenkzeichen); Jes. 19, 19: ein Malstein des Herrn an den Grenzen. 2) ein Stein (von besonderer Bildung?) als Götzenbild 3. Mos. 26, 1: ihr sollt keine Säule aufrichten, noch keine Malsteine setzen in eurem Lande. Eigentlich ist diese Bedeutung mit der ersten dieselbe = Gedenksteine, mit und bei denen man Abgötterei trieb; nach dem Grundtext „Steine des Anblicks"; s. Zeller. — 3) (jetzt gewöhnlich landschaftlich) Grenzstein.

Ebenso ist das **Malzeichen** ein eingeätztes, eingebranntes Merkzeichen, stigma Off. Joh. 13, 16. 17: daß man ihnen ein Malzeichen gibt an ihre Stirn; daß niemand kaufen oder verkaufen kann, er habe denn das Malzeichen oder den Namen des Thieres; s. Zeller. — Wie ist Luther aber dazu gekommen, 2. Mos. 17, 16: es ist ein Malzeichen bei dem Stuhl des Herrn, daß der Herr streiten wird wider Amalek — die Worte, die dem Grundtexte gemäß in der Vulg. manus solii Domini d. i. „Hand des Stuhles des Herrn" lauten, mit „es ist ein Malzeichen bei dem Stuhle des Herrn" zu übersetzen? Vilmar antwortet darauf, pastoral=theologische Blätter 1861 p. 102: Diese Uebersetzung ist nur möglich, wenn man noch im vollen Bewußtsein davon steht, daß die (in Farbe oder weiches Material) abgedrückte Hand das Zeichen der persönlichen Anwesenheit, das unbedingt giltige Zeichen der Beglaubigung eines persönlich vollzogenen rechtlichen Actes war. An der Gerichtsstätte wurde die Hand des Richters als Handmal (wie nachher die Gerichtsstätte selbst hieß) auf Siegel, wenn auch die Vorderseite den Petschaftsabdruck des Wappens trug, wenigstens auf der Hinterseite derselben, ein Theil der Hand, die fünf Fingerspitzen oder der Daumen abgedrückt, wie dergleichen Siegel noch überall in hinreichender Anzahl zu sehen sind, und der Peru=Eroberer Pizarro tauchte, des Schreibens unkundig, aber uralter Sitte treu, die ganze Hand in das Dintenfaß und druckte sie sodann auf das Pergament der Urkunde ab. (Vgl. auch Benecke=Müller II, 25 unter hantgemâl.) Luther wollte also mit seiner Uebersetzung sagen: Gott hat an seiner Gerichtsstätte das unanfechtbare Beglaubigungszeichen niedergelegt, daß er gegen Amalek von Geschlecht zu Geschlecht Krieg führen werde. (Beiläufig mag bemerkt werden, daß die zahlreichen Sagen „der Teufel habe da oder dort seine glühende Hand oder seine feurigen fünf Finger im Steine abgedrückt, eben diesen, nämlich keinen andern Sinn enthalten, als daß der Teufel seine wirkliche Gegenwart kund gethan und davon das zuständige Zeichen hinterlassen habe".)

Das Mal, ahd., mhd. mâl bedeutet zuerst einen „ausgezeichneten

Punkt, dem Orte wie der Zeit nach", daher örtlich ein Zeichen, zeitlich einen Zeitpunkt, Zeittheil, die Zeit überhaupt z. B. in einmal, zweimal, dreimal ꝛc. = eine Zeit ꝛc., wie der Engländer sagt one time, two times, three times ꝛc.; got. mêl Zeit. Es ist hervorgegangen aus der Pluralform des got. Wurzelverbums milan (Prät. ich mal, wir mêlum), ahd. mëlan „in kleine Theile zerlegen, zerbrechen oder zerreiben", woher auch mahlen, Mehl, Melm, Mulm, Milbe stammen. Vgl. das lat. minuta Minute (pars minuta) vom lat minuĕre in kleine Theilchen zerlegen.

Ob das **Mal** — Fleck auf der Haut 3. Mos. 13, 3 ꝛc.; 14, 3 ꝛc. — daher Muttermal — mit obigem Mal dasselbe ist oder aus einem got. mahl = mahal (lautverschoben stimmend mit lat. macula Fleck) hervorgegangen, scheint nach Weigand ungewiß. Der Bedeutung nach scheint die Identität allerdings wahrscheinlich: vgl. 3. Mos. 19, 28; 21, 5; 5. Mos. 14, 1 ꝛc., wo Mal für „ein in die Haut eingeritztes, eingeätztes, eingebranntes Trauerzeichen" gebraucht wird.

Unzusammenhängend mit Mal ist das Adv. mählich, s. das.

Mammon, der — ein jüdisches Wort chaldäischen Ursprungs: Reichthum, Gut und Geld. Jesus stellt den Reichthum als einen Götzen dar, der das ganze Herz einnehme und dem man nicht neben Gott dienen könne Matth. 6, 24: ihr könnet nicht Gott dienen und dem Mammon; Luc. 16, 9: machet euch Freunde mit dem ungerechten Mammon ꝛc. d. h. „benutzet das mit vieler Ungerechtigkeit durchflochtene Erdengut dazu, daß ihr es zu Liebeswerken anwendet; thut den armen Kindern Gottes, den Brüdern des Heilandes Gutes, sie können einmal für euch zeugen und bitten und euch zu eurer Erquickung in die himmlischen Hütten als Gäste aufnehmen"; s. Zeller.

Mandel, die, jetzt auch das — eine Zahl von 15; ursprünglich aber wie noch jetzt oberdeutsch, ein Haufen von 15 Garben auf dem Felde, deren eine in der Mitte steht, während die übrigen im Kreise um dieselbe herumstehen. „Sollte demnach das Wort mit Mantel (lat. mantellum) zusammenhängen?" (Benecke-Müller). Der Uebergang des **t** in **d** wäre nicht unmöglich. Das ndd. hocke (ostfriesisch), welches beiderlei Bedeutungen hat: (Schäfer-)Mantel und Garbenhaufen scheint dafür zu sprechen.

Luther gebraucht das erst spät im Mittelalter begegnende Wort in der zweiten oder ursprünglichen Bedeutung Richter 15, 5: und zündete die Mandel (Plural — Garbenhaufen) sammt dem stehenden Korn an; Ruth 3, 7: Boas legte sich hinter eine Mandel (nach dem Grundtext: „Haufen ausgedroschenen Getreides"); Hosea 12, 12: und habe so viel Altäre als Mandel auf dem Felde stehen — wörtlich nach dem Grundtext: „ihre Opferaltäre sollen sein wie die Steinhaufen auf des Feldes Furchen".

Manna, das — das bekannte, den Israeliten in der Wüste Sin zu Theil gewordene Nahrungsmittel. Das Wort Manna od Man kommt vom arab. manna theilen, zutheilen und bedeutet demnach eine

Gabe, ein Geschenk; andere übersetzen es: „Was?“ — nämlich ist das? So soll das verwunderte Volk gefragt haben 2. Mos. 16, 15. S. Zeller, bibl. Wb.; bibl. Handlexikon ꝛc.; Weigand, Wb.

Von dem Worte **Mann** — unser = Mensch (vgl. jedermann) d. i. „denkendes Wesen“, von dem Sing. Prät. eines verlornen got. Wurzelverbs minan (Prät. ich man), ahd. mënan denken (daher auch Minne = Erinnerung; Liebe), sanskr. man denken — hat Luther einige alterthümliche, abgeleitete Ausdrücke:

Männin, die — Weib, Ehefrau, mhd. mennîn, meninne 1. Mos. 2, 23: man wird sie Männin heißen, darum, daß sie vom Manne genommen ist. Weder Weib noch Frau sind die sprachlich entsprechenden Feminina zu Mann; vgl. Frohnvogt und Frauenzimmer.

Männlein, das — ein Wesen männlichen Geschlechts, masculinum, von Menschen und Vieh; jetzt sagt man dafür Männchen; die aus dem Ndd. aufgenommene Diminutivsilbe chen war zu Luthers Zeit noch selten; vgl. Lüstlin. Mal. 1, 14; Luc. 2, 23; 1. Mos. 1, 27: und er schuf sie, ein Männlein und ein Fräulein (s. Frauenzimmer); 1. Mos. 6, 9 ꝛc. — Mit Männlein, auf Menschen angewandt, verbinden wir jetzt den Begriff des Kleinen oder Verächtlichen.

Mannsbild, das, Pl. er, bei Luther e — männliche Person, wie **Weibsbild** — weibliche Person 2. Mos. 23, 27: alle Mannsbilde mußten jährlich drei mal vor dem Herrn erscheinen: 3. Mos. 27, 3. 5; 1. Kön. 11, 15. 16; Hes. 16, 17 — hier Götzenbild in Menschengestalt.

Mannsbild ist eine uneigentliche Zusammensetzung aus ahd. mannes bilde; bilde ist hier eine lebende Gestalt, Person: „das Bild — ursprünglich ein plastisches Kunstwerk, gleicher Abstammung mit mhd. und ndd. billen zu-, aushauen — obschon selbst todt und stumm, bringt es den Schein des Lebens hervor, und man sagt, daß es lebe, lebendig sei. Um so mehr konnte der Ausdruck angewandt werden auf die wirkliche Wiederholung, wie sie in der Natur durch Zeugung oder Abspiegelung stattfindet, da wo von gar keinem Kunstwerk die Rede ist“. Grimm, Wb. II, 10. Das Kind ist ein Bild, Ebenbild des Vaters. 1. Mos. 1, 26: und Gott schuf den Menschen ihm zum Bilde — Gott tritt als Bildner auf; 1. Mos. 5, 3: Adam zeugte einen Sohn, der seinem Bilde (Gestalt, Person) ähnlich war.

Mannsgeräthe, das — bewegliches Besitzthum des Mannes in Kleidung, Wehr und Waffen: 5. Mose 22, 5 ein Weib soll nicht Mannsgeräthe tragen; vgl. berathen. —

Markt, der, mhd. market, ist schon in der frühesten Zeit aus lat. mercatus Handel, Markt entlehnt, welches gebildet ist von mercari handeln, Handel treiben; dies von merx Ware.

Markt bedeutet a) zunächst „die zu bestimmter Frist stattfindende Zusammenkunft an einem Orte zu Kauf und Verkauf“ Marc. 12, 38; Luc. 11, 43; 20, 46; b) der Platz, auf welchem dieser Handel getrieben wird, der aber auch von jeher zu Volksversammlungen, auch zu Gerichtsverhandlungen dient, Marktplatz Matth. 11, 16; 20, 3; Luc. 7, 32; Apost.-G. 16, 19; — daraus ging dann die Bedeutung hervor: c) der ganze Ort, in welchem der Markt abgehalten wird, der Marktflecken; in der Bibel sind „Märkte" „kleinere Städte", die sich dadurch von den größern unterschieden, daß sie keine Mauern hatten: Matth. 9, 35; Marc. 6, 56; Luc. 10, 38 ꝛc.

Auch ist mhd., und noch sdd. Markt die Ware, die auf dem Jahrmarkt verkauft wird; so schrieb Luther in dem bekannten Briefe an seinen Sohn: „Ich will dir einen schönen Jahrmarkt mitbringen".

Mastich, der = Mastix, ein Harz vom Mastixbaum, Pistacia lentiscus — Susanna 54 von Luther mit Linde übersetzt. Hes. 27, 17: Juda und das Land Israel haben auch mit dir gehandelt, und haben dir .... Mastich auf deine Märkte bracht.

Aus lat.-griech. die mastice, mastiche, gr. mastichê wohl mit gr. mástax Mund, Kauwerkzeug zusammengehörig, weil man den Mastix im Morgenlande kaut, um den Athem wohlriechend zu machen. Man denke an das Betelkauen asiatischer Völker.

Maul, das, Pl. er — bei Luther und seinen Zeitgenossen dasselbe, was jetzt Maulthier (Bastard von Esel und Pferdestute) und Maulesel (Bastard von Pferd und Eselin) 2. Sam. 13, 29: und ein jeglicher saß auf sein Maul und flohen; 1. Kön. 1, 33: setzt meinen Sohn Salomo auf mein Maul; 1. Kön. 10, 25; Ps. 32, 9; 1. Chron. 13, 40 ꝛc. 1. Mos. 36, 24: das ist Ana, der in der Wüsten Maulpferde (Maulthiere) erfand (fand); s. Büchner-Heubner.

Mhd. der, später das mûl, ahd. und ags. der mûl aus dem lat. der mulus Maulthier oder Maulesel. Au steht für mhd. und ahd. û, z. B. bei Luther Maur für mûr, Posaune, welche Form sich bei Luther erst feststellte, für busûne (mundartlich basune, bosune) ꝛc.; vgl. Haube und bauen.

Das Wort hat also ebenso wenig mit Maul os, bucca (unedler als Mund, z. B. Sir. 21, 28: die Narren haben ihr Herz im Maul, aber die Weisen haben ihren Mund im Herzen; Richt. 9, 38; Ps. 63, 12 ꝛc.) zu thun, wie mit Maulwurf (entstellt aus dem mhd. moltwerf d. i. der die lockere Erde Aufwerfende, ndd. molle 3. Mose 11, 30; Jes. 2, 20; s. Zeller) und Maulbeere, mhd. mûlber, ahd. vor dem 12. Jahrhundert mûrperi, môrperi aus dem lat. môrum Maulbeere. Bei Luther ist der Maulbeerbaum die Sykomore oder Maulbeerfeige Ps. 78, 47; Luc. 17, 6; Amos 7, 14. S. Zeller.

Meister, der — durch Syncope (s. d. Note zu Magd) gebildet aus dem lat. magister Vorgesetzter, Vorsteher; Lehrer — bedeutet eigentlich einen, der mehr (lat. magis) ist, versteht oder kann, als ein anderer; Luther gebraucht es in der Bibel 1) für einen, der eine Kunst oder Wissenschaft so gut versteht, daß er auch andere darin unterrichtet 1. Mose 4, 22: Thubalkain war ein Meister in allerlei Erz; 2. Mose 38, 23; Spr. Sal. 26, 10; — Urheber, Bildner Jes. 29, 16 und Röm.

9, 20. 2) für Gott: Jes. 33, 22, wo eigentlich Gesetzgeber steht, wie auch in der messianischen Weissagung 1. Mose 49, 10; Jes. 45, 11; 63, 1; Jer. 3, 4; 3) für einen Lehrer, Rabbi: Joh. 1, 38; 3, 10. 26; Jesus behält sich im Gegensatz zu seinen Jüngern diesen Ehrentitel ausschließlich vor: Matth. 23, 8; 12, 38; 19, 16; 10, 24 u. a. O. 1. Tim. 1, 7 „Meister der Schrift" — Gesetzlehrer, Gesetzverständiger.

Das Wort Meister hatte ehedem in Deutschland, wie bei den Juden Rabbi, einen guten Klang; jetzt hat sich das vielfach geändert: zwar halten wir einen Bürgermeister 1. Kön. 22, 26, einen Postmeister, einen Rentmeister 2. Sam. 20, 24 noch in Ehren, aber einen **Schulmeister** sieht man über die Achsel an oder gibt diesen Titel eitlen Schulpedanten; daher sträuben sich die Volksschullehrer gegen denselben, auch wollen sie mit Recht nicht mit solchen, die nur in einem Fache unterrichten, z. B. mit Schreib- und Sprachmeistern, oder gar Tanz-, Fecht- und Hexenmeistern auf eine Linie gestellt werden. Lange vor und noch geraume Zeit nach Luther hießen aber die dirigierenden Lehrer an den lateinischen Schulen Schulmeister, schon ahd. scuolmagister, gleichbedeutend mit scholasticus; die unter ihnen stehenden Lehrer hießen Gesellen (s. d. W.), wie wir jetzt Gehülfen, Hülfslehrer sagen. Lange galt der Titel Schulmeister für vornehmer als Rector.

Luther schließt sich ganz der Ausdrucksweise seiner Zeit an, wenn er 2. Macc. 1, 10: wir zu Jerusalem wünschen Aristobulo, des Königs Ptolemai Schulmeister, Glück — das Wort für einen Lehrmeister am Hofe, also Hofmeister gebrauchte. Dagegen war der **Hofmeister**, unter dem wir jetzt gewöhnlich den Privat-Erzieher der den höchsten Ständen angehörenden Kinder verstehen, im Mittelalter (hovemeister) „ein hochgestellter Beamter bei Hofe, ein Aufseher der Dienerschaft, Ceremonienmeister, der zugleich die Honneurs zu machen hat"; daher es Luther auch im weiteren Sinn a) für Befehlshaber der königlichen Leibwache gebraucht, hebr. „das Oberhaupt der Scharfrichter" 1. Mos. 37, 36; 39, 1; 40, 3; 41, 10 Potiphar des Pharao Kämmerer (s. d. W.) und Hofmeister; 2. Kön. 25, 8; Jer. 39, 9; b) für den Haushofmeister, Palastaufseher oder Oberhofmarschall — auch im Mhd. steht hovemeister wohl für marschalc — 2. Kön. 18, 18; 1. Kön. 4, 6; 18, 3; c) für den Haremaufseher Sir. 20, 4 — Kislar Aga bei den Türken genannt; d) der Vorsteher der Magierkaste oder der Hofgelehrten: Jer, 39, 3; was auch Daniel wurde K. 2, 48: Oberster über alle Weisen zu Babel; e) 1. Chron. 28, 32 heißt Jonathan Davids Hofmeister, d. h. nach dem Grundtexte „einsichtsvoller Mann". S. Zeller I, 636.

Wie wir von einem Werkmeister, Hausmeister, Küchenmeister ꝛc. reden, ndd. mester auch der Hauswirt, so hat Luther

Speisemeister, der — für den Festordner, dem auch die Oberaufsicht über Speisen und Getränke zusteht Joh. 2, 8: da aber der Speisemeister kostete den Wein, der Wasser gewesen war. Das gr. Wort

Architriklinos wäre wörtlich durch „Dreibettenmeister" zu verdeutschen; es erinnert an die griech. Sitte, daß bei den Mahlzeiten Polster oder Sophas für je 3 Personen gelegt waren, die miteinander einen Tisch hatten; s. Handbüchlein bibl. Alterthümer p. 82. Der Festordner od. Speisemeister — ältere Bibelübersetzer haben Weinschenk — in der Regel ein Freund des Gastgebers, hatte die Gäste nach ihrem Range zu ordnen, für die Güte und Fülle der Speisen und Getränke zu sorgen und das aufwartende Dienstpersonal zu dirigieren; s. Zeller.

Die Speise, ahd. noch selten spîsa Lebensmittel; Kosten Ausgaben — ist aus dem Lat. aufgenommen: mlat. spensa vom lat. expensa Ausgabe, Aufwand, daher auch itl. spesa „Spesen", Aufwand; vgl. Kost. Ueber Zuchtmeister s. u. Zeug.

Melecheth, hebr. — Königin; in den Stellen Jer. 7, 18; 44, 17. 25 ist die Melecheth od. Königin des Himmels ohne Zweifel die Mondsgöttin, früher unter dem Namen Asthoreth bekannt. S. Zeller.

Menschengriffel, der — bed. in Jes. 8, 1: nimm vor dich einen großen Brief und schreibe darauf mit Menschengriffel — „in allgemein verständlicher Schreibart", da Griffel (ahd. grifil, criphil neben craf mit deutscher Endung aus dem gleichbedeutenden griech.-lat. das graphium, von gr. graphein eingraben, ritzen, schreiben) wie das lat. stilus auch für Stil, Schreibart steht. Vgl. Hiob 19, 24; 1. Macc. 14, 27 ꝛc.; Hes. 37, 16; Jer. 17, 1; Ps. 45, 2.

Mensch ist eine Ableitung von Mann (s. d. W.): vom got. Adj. mannisks, ahd. mennisc = menschlich, was dem Mann eigen ist, zukommt.

Aehnlich steht 2. Sam. 7, 14: ich will ihn (den Salomo) mit Menschenruthen und mit der Menschenkinder Schlägen strafen — **Menschenruthen** für die unter Menschen üblichen, von Menschen verhängten, im Gegensatze zu den göttlichen, gelinden Strafen. Ferner Jer. 17, 16: **Menschentage** habe ich nicht begehrt — d. i. gemächliche Tage, wie sie der fleischliche Sinn der Menschen leidenschaftlich zu begehren pflegt. S. übrigens Zeller.

Metze, die — a) Lustdirne, wie es jetzt gebraucht wird, Baruch 6, 8: sie schmücken sie mit Gold wie eine Metze zum Tanz. Dagegen steht es Richter 5, 30: sollten sie denn nicht finden und austheilen den Raub, einem jeglichen Manne eine Metze oder zwo zur Ausbeute — b) im ursprünglichen edleren Sinne für Frauenzimmer; doch scheint Luther es mit Rücksicht auf die unehrenhafte Verwendung der Kriegsgefangenen gewählt zu haben = Beischläferin, vgl. Kebsweib; denn schon im 15. Jahrhunderte war Metze eine verächtliche Benennung für Frauenzimmer.

Metze, ahd. Matzâ ist das durch Abkürzung gebildete vertrauliche liebkosende Diminutiv des ahd. Frauennamens Madalhilt, nhd. Mathilde („Versammlungskampf", d. h. wohl so viel als in der Kampfberathung antreibende Kämpferin? Der kriegerische Sinn und die daher rührenden kriegerischen Namen der urdeutschen Frauen sind bekannt). Dieser Name war so häufig, daß er im 14. und 15. Jahrhundert gewöhnliche Benennung für Frauenzimmer wurde, dann „Frauenzimmer geringern Standes", endlich üblen Rufes, doch gewöhnlich gelinder als Hure. S. Weigand. Vgl. Dirne, Magd, Frauenzimmer, Lüstlin, Neidhart.

Mietling, der — 1) einer der um Lohn (Miete) gedungen, gemietet ist, gewöhnlich mit dem schlimmen Nebengriff des Söldlings, der ohne Liebe und Treue sein Werk treibt Joh. 10, 12. 13: der Mietling aber fliehet 2c.; Vulg. mercenarius; andere Uebersetzungen: Lohnknecht; 2) einer, der zur Miete wohnt, ein Mietsmann oder Heuerling 2. Mose 12, 45: ein Hausgenosse und Mietling (eigentlich „ein fremder Tagelöhner") sollen nicht davon essen (vom Passahmahl).

Luther schrieb Joh. 10, 12 2c. ungut Miedling st. Mietling, richtig aber Jes. 7, 20: gemietet; denn mhd. hieß die miete, ahd. mieta, altſ. mieda, mêda, agſ. mêd, altfr. mêde, meide, got. mizdo Lohn, Gabe; dann Pacht. So heißt noch in Ostfriesland der ums 6., 7. od. 8. Jahr von Erbpächtern zu zahlende Canon meide; gewöhnlich wird dann die Pacht doppelt bezahlt. Vgl. Ostfr. Wörterbuch von Stürenburg; ferner Willküren der Brokmänner von Wiarda p. 96. Uebrigens ist die Herkunft dunkel.

milde Adj. — jetzt gewöhnlich im Sinne von gnädig, barmherzig, sanft, leutselig von Gemüth und Charakter, angenehm, weich (auch vom Wetter, Wein 2c.) — hatte im Mittelalter durchgängig die Bedeutung von freigebig, wie noch deutlich aus dem Compositum mildthätig erhellt, ferner „seine milde Hand aufthun"; so gebraucht es auch Luther Ps. 37, 21: der Gottlose borget und bezahlet nicht; der Gerechte aber ist barmherzig und milde — wo Meyer-Stier hat: der Gerechte aber ist mildthätig und gibt. — Luc. 5, 39: der alte (Wein) ist milder — steht es für weich und süß: die Vulg. hat melius, weshalb andere Uebersetzungen auch besser haben.

Im Ahd., Altſ., Got. 2c. war indes schon jene ethische Bedeutung neben der von freigebeg vorhanden „und es scheint, daß der Sprachgebrauch der Ritterkreise die ursprüngliche allgemeine ethische Bedeutung nur für eine Zeitlang zurückgedrängt habe". Benecke-Müller II, 171. Ja sogar von der Freigebigkeit in der Austheilung der Schwerthiebe hieß es damals: grôzer slege wâren si milte (Wigamur). Von der christlichen Mildthätigkeit sagt Scriver schön: „Milde und wohlthätige Leute sind gleich blühenden Bäumen, denen, obschon die Bienen in großer Menge Honig aus ihrer Blüte sammeln, es doch an Früchten nicht fehlet".

Mina, die, hebr. — ein unserm Pfund (wie Luther es auch gewöhnlich übersetzt 1. Kön. 10, 17; Esra 2, 69; Nehem. 7, 71 2c.) entsprechendes Gewicht = $1^9/_{16}$ Pfd. Hes. 45, 12: eine Mina machet 20 Sekel, 25 Sekel und 15 Sekel = 60 Sekel. Das Pfund des N. Test. ist das römische Pfund, libra, von 24 Loth Joh. 12, 3; 19, 39. Vgl. Sekel. S. Zeller.

mißhellig Adj. — „nicht zusammenstimmend und klingend", daher im abstracten Sinne uneins, uneinig Apost.-Gesch. 28, 25: da sie aber untereinander mißhellig waren, gingen sie weg, als Paulus ein Wort redete. Luther hat hier das griech. asymphonos ganz wortgetreu übersetzt.

Gewöhnlicher als das Adj. mißhellig — Voß: in den Sturm mißhelliger Winde" — ist das Subst. Mißhelligkeit = Uneinigkeit.

Als Gegensatz zu dem ebenfalls gewöhnlicheren einhellig = übereinstimmend, einig, vom ahd. missihëllan „im Tone nicht übereinstimmen", dann „uneins sein". Von diesem starken Wurzelv. hëllan, mhd. hëllen (Prät. ich hal, wir hullen, Part gehollen) tönen ist abzuleiten hellig, mhd. hellic — welches also nicht mit hellig = angegriffen, müde zu verwechseln ist —, ferner hell (erst vom Klange, dann von der Farbe), der Hall, hallen = einen Hall von sich geben, und die **Halle**, gleichsam hallendes Gebäude, wegen des Mangels innerer Wände, = bedeckter, meist gewölbter Gang, dessen Dach durch Säulen getragen wird: Esther 1, 5; Joh. 5, 2; 1. Kön. 7, 1—8; 6, 3. u. a. O.; s. Zeller.

mögen ist ein Hülfsverb, das wie dürfen (s. thüren) und müssen (s. d.) Unkundigen oft Veranlassung zu Mißverständnissen gegeben hat. „Wie viele Leser, sagt Mönckeberg p. 67, mögen wohl richtig verstehen die Bedeutung des „Graben mag ich nicht" Luc. 16, 3? (Grundtext: zu graben habe ich nicht die Kraft) od. Matth. 5, 14: es mag die Stadt nicht verborgen sein? Joh. 3, 9: wie mag solches zugehen? od. Röm. 8, 31: wer mag wider uns sein?"

Mögen drückt hier nicht, wie jetzt gewöhnlich, die Freiheit, Geneigtheit (Lust) wozu aus z. B. „er möchte wohl, wenn er könnte", sondern geradezu dieses können, vermögen, also die Kraft wozu haben (die objective Möglichkeit): Matth. 10, 28; 12, 12. 25; 15, 33; deshalb wird es auch Röm. 8, 7. 8 mit vermögen zusammengestellt: denn er (statt es) vermag es auch nicht, die aber fleischlich sind, mögen Gott nicht gefallen. Abwechselnd mit können steht es Röm. 14, 4: er mag wohl aufgerichtet werden, denn Gott kann ihn wohl aufrichten; 2. Chron. 2,6 heißt es: „Aller Himmel Himmel mögen ihn nicht versorgen" und die Parallelstelle dazu K. 6, 18: kann dich nicht versorgen. Vgl. ferner 4. Mos. 13, 31; Luc. 6, 39; Dan. 6, 20. Sach. 1, 21. Daher möglich = was geschehen kann Matth. 19, 26. — Vermögen trans. für „im Stande sein etwas zu leisten" Jes. 40, 20: eine Hebe (s. d.) vermögen; 1. Chron. 30, 14. Uebermögen = überwältigen können Ps. 129, 2: sie haben mich nicht übermocht; ebenso überwegen s. wegen u. Unweg.

Bei Luther kommt die durch niederdeutsche Einwirkung nhd. allein übliche Form mögen (ich mag, mochte, gemocht, bei Luther noch mocht Weish. Sal. 17, 9) neben dem ältern hochdeutschen mügen vor: mhd.

mugen, mügen, ahd. mugen, früher wie got. magan = Kraft, Befähigung wozu haben. Es ist ein s. g. Präteritopräsens d. h. ein Verbum, dessen Präsens ursprünglich das Präteritum eines andern ablautenden Verbums war, welches im Got. migan (Prät. ich mag, wir mêgum, Part. migans) gelautet und gleich der Wurzel von kennen und können (s. kündlich) „zeugen", „erzeugen" bedeutet haben wird; s. Weigand; Grimm, Gramm. II, 27. 28 und Geschichte der deutschen Sprache 904, wo eine Menge Ausdrücke aus den urverwandten Sprachen verglichen werden. Wir finden selbst noch in Luthers Sprache einen Beleg dafür in

Macht, die — jetzt Körperkraft, Vermögen, etwas zu thun (1. Chron. 30, 12; Ps. 21, 14; Matth. 10, 1 und überall) — gebraucht Luther noch einmal in dem alten Sinne von Zeugungskraft, Zeugungsvermögen 1. Mos. 49, 3: Jakob sprach: Ruben, mein erster Sohn, du bist meine Kraft und meine erste Macht. — In der Stelle 1. Cor. 11, 10: das Weib soll eine Macht auf dem Kopfe haben — steht es für eine Kopfbedeckung, als das Zeichen der männlichen Gewalt, unter welcher das Weib steht; Luther sagt dazu: „Macht, das ist der Schleier oder Decke, dabei man merke, daß sie unter des Mannes Macht sei"; vgl. 1. Mose 3, 16.

Macht ist nicht von machen (ahd. mahhon, got. makôn?) abzuleiten, sondern es ist das alte Partc. Prät. von jenem magan mögen, das auch wie oben angegeben Luther noch ohne das jetzige Augment ge hat: mhd. bed. maht wie ndd. macht auch Geschlechtstheile genitalia, als Glieder des Zeugungsvermögens, wofür wir auch hochd. und ndd. das Gemächt, Gemächte, mhd. die und das gemaht haben, das aber nicht zu verwechseln ist mit dem aus machen abgeleiteten das **Gemächte** gleichsam das Gemachte, bes. von Kunst- oder Handwerksarbeiten Ps. 103, 14; vgl. 1. Mose 2, 7.

Gleicher Abkunft ist

Magd, die — das bis zum 17. Jahrh. a) die Bedeutung Jungfrau virgo, besonders die reine hatte; bei Luther Hohel. 1, 3: darum lieben dich die Mägde — Meyer-Stier: Jungfrauen; 4. Mose 30, 17: weil sie noch eine Magd ist in ihres Vaters Hause — Meyer-Stier: weil sie noch im Magdthum ist; Spr. Sal. 30, 19. . . . . eines Mannes Weg an (zu) einer Magd — d. i., sagt Luther, Liebe ist nicht auszudenken noch auszusprechen. Jes. 7, 14: siehe, eine Jungfrau ist schwanger und wird einen Sohn gebären, den wird sie heißen Immanuel — hier hatte Luther zuerst Magd übersetzt, wozu er in der Auslegung bemerkt: „Magd, die noch keinen Mann hat, nicht wie eine Dienstmagd, sondern die noch einen Kranz trägt. Eine Dirne, die mannbar ist und noch im Kranz geht, heißen wir aufs eigentlichst deutsch eine Magd. Daher sagt man auch recht von der Mutter Gottes, die reine Magd. Und das junge Volk nennet man gemeiniglich Meide oder Meidevolk"; s. Hopf, Würdigung der Lutherschen Bibelverdeutschung. Doch ist mit Hopf anzunehmen, daß die zu Luthers Zeit und schon früher übliche Bedeutung von Magd = b) Dienerin, wie jetzt, Luther später bestimmt habe, in jener auf die Jungfrau Maria bezüglichen Stelle des Propheten den Ausdruck Magd durch „Jungfrau" zu ersetzen; als Dienerin, Sclavin bei Luther gewöhnlich: 1. Mose 16, 1; 30, 3; 2. Mose 20, 17; 3. Mose 19, 20 und v. a. O.; desgleichen c) als Ausdruck der Ehrerbietung und Demuth: Luc. 1, 38. 48; Ruth 3, 9; 1. Sam. 1, 11. 16. 18 2c. Vgl. Knecht.

Mhd. die maget, ahd. magad, magid, got. magads Jungfrau — Maid, bei Luther anfangs Meid, ist eine bei Dichtern noch gebräuchliche Verkürzung in dieser Bedeutung; ndd. maid Dienerin.*) Die Jungfrau Maria hieß in mhd. und ahd. Zeit vorzugsweise die Magd, daher auch der Name Magdeburg; s. Raumer 293. Es ist mittelst der Ableitungssilbe ad, ed, et als weibliche Form des männl. got. magus, altſ. magu, agſ. mäg Knabe, Sohn anzusehen; dieses magus wie das veraltete Mage=Seitenverwandter ist gebildet aus jenem migan (Prät. ich mag), also magus = der Erzeugte, Magd = die Erzeugte; ähnlich bedeutet auch Kind ursprünglich das Erzeugte. Vgl. Dirne.

Das **Mägdlein**, mhd. megetlîn, zusammengezog. meitlîn, wie bei Luther Meidlin, ist eine Diminutivform in edelster Rede bräuchlich Matth. 9, 24; vgl. Lüstlin.

Das **Magdthum**, mhd. magetuom st. magettuom die Jungfrauschaft, jungfräulicher Stand 4. Mose 30, 4: wenn ein Weibsbild dem Herrn ein Gelübde thut, weil sie in ihres Vaters Hause im Magdthum ist; s. unter Mann.

Most s. Kelter.

Muhme, die — Vater- oder Mutterschwester, Tante 2. Mose 6, 20: und Amram nahm seine Muhme Jochebed zum Weibe. Jochebed war eine spätgeborne Tochter Levi's, dessen Enkel Amram war.

Das mit Unrecht von dem franz. Tante, aber erst im 18. Jahrhundert, wo das Franzosenthum alles überwucherte, fast ganz verdrängte deutsche Muhme, früher richtiger Mume geschrieben, mhd. muome, ahd. muomâ, muama — „Mutterschwester", matertera, scheint mittelst Ablaut uo aus dem lat. mamma „Mutter" entstanden zu sein; s. Mutter; vgl. ndd. memme Mutter, Großmutter, altes Weib; hd.

*) Eine ähnliche Zusammenziehung der Vocale nach Ausstoßung oder richtiger Auflösung der dazwischenstehenden Consonanten (Syncope) besonders der Gaumenlaute (g k ch), wie sie während der mhd. Periode eintrat, zeigt sich in Meister s. d., Theiding s. d., vielleicht in Keule s. unter Kögel; ferner in Getreide — mhd. getregede, ahd. gitragidi = was getragen wird; mhd. treit aus treget trägt, geseit aus gesaget, slân ahd. slahan schlagen, lît aus liget liegt 2c. Diese aus der vis inertiae (Macht der Trägheit) zu erklärende Erscheinung hat sich auch besonders in romanischen Sprachen geltend gemacht z. B. lat. gigas (Gen. gigantis) — frz. géant, engl. giant; lat. ligare — frz. lier; lat. Augustus — frz. août (nichts geblieben als der Laut û); lat. tegula, frz. tuile; lat. brachium — fr. bras; lat. factus — frz. fait; lat. junctus — frz. joint, engl. join; lat. oculus — frz. oeil; lat. periculum — frz. peril u. v. a.

„feige Memme“; ndd. möme Muhme und Mutter, und das abgekürzte mö (möje) Muhme. So hat sich aus Vater — Vetter (altfr. fedria = Vatersbruder) gebildet; vgl. Ohme, Mutter, Vater, Neffe und bes. Wase.

Murmel, der — wofür seit dem 17. Jahrh. gewöhnlicher das Gemurmel = Murren Apost.-Gesch. 6, 1: in den Tagen aber erhob sich ein Murmel unter den Griechen wider die Ebräer — neuere Ausgaben haben weniger gut ein Murmeln.

Mhd. der murmel neben murmur, entlehnt aus dem lat. das murmur „Gemurmel, Brummen, Getöse“. Das r erweichte sich zu l; vgl. ndd. murmel und marmel, ahd. marmul, murmul, bei Luther auch **Marmel** Esther 1, 6 — aus dem gleichbedeutenden lat. marmor; s. Wander unt. Wandel; wispeln. Gleicher Abkunft mit Murmel ist das schwache Verb. murmeln, ahd. murmulôn, murmurôn, aus lat. murmurare — „leise und unverständlich sprechen“, (aus Unzufriedenheit) „heimlich reden, murren“ Judä 16: diese murmeln und klagen immerdar; 1. Petr. 4, 9: seid gastfrei unter einander ohne Murmeln.

Anderer Abstammung und etwas verschiedener Bedeutung ist das von Luther gebrauchte, mehr ndd.

mummeln —, „die Stimme brummend, in dumpfen Lauten hören lassen“, gleich als hätte man den Mund voll — ndd. mummeln mit vollem, geschlossenem Munde langsam kauen, engl. mumble langsam und leise kauen; unverständlich sprechen 2c. — Jes. 29, 4: alsdann sollt du aus dem Staube mit deiner Rede mummeln, daß deine Stimme sei, wie eines Zauberers aus der Erde; Joh. 7, 32: und es kam vor die Pharisäer, daß das Volk solches von ihm mummelte — Vulg.: audierunt Pharisaei turbam murmurantem. „Es ist eine eigenthümliche Genauigkeit im Ausdruck verwischt worden, wenn man hier in vielen spätern Bibelausgaben murmeln statt mummeln gesetzt hat. „Mummeln“ zeigt weit mehr als „murmeln“ an, wie wenig die Leute es wagten, ihre Ansicht von Jesu auch nur leise zu äußern. „Murmeln“ wäre schon ein zu starker Ausdruck für die damalige Lage der Dinge“; s. Wetzel p. 139.

Mhd. und ahd. findet sich das Wort nicht; es ist indes eines Stammes mit ahd. mammalôn stammeln und führt auf ein einfaches, freilich erst spät auftauchendes mummen „unverständlich dumpf sprechen“ zurück; daher die Mumme verlarvte Person, Verkleidung; Mummenspiel, veraltet die Mummenschanz — Maskerade.

müssen — wird einige Male in dem mhd. und ahd. sehr gewöhnlichen Sinne von dürfen, können, gesetzlich erlaubt sein gebraucht 2. Sam. 18, 33: wollte Gott, ich müßte für dich sterben; 1. Kön. 2, 27: also verließ Salomo den Abjathar, daß er nicht mußte (Meyer-Stier durfte) Priester des Herrn sein; Esther 8, 8: denn die Schrift, die ins Königs Namen geschrieben und mit des Königs Ringe versiegelt worden, mußte niemand widerrufen; K. 2, 14: und sie mußte nicht wieder zum Könige kommen; K. 4, 2; 2. Chron. 11, 14.

Das Partc. gemußt (richtiger gemust) zeigt sich im 16 Jahrh. statt und neben müssen; bei Luther Hiob 31, 31: haben nicht die Männer müssen sagen.—Es ist ein Präteritopräsens (s. mögen): mhd. müezen, ahd. muozan, got. môtan (Statt haben) 2c., dem vermuthlich ein ahd. mazan, got. matan zu Grunde gelegen hat (s. Mutter), und bedeutete ursprünglich und noch bis gegen Ende des 15. Jahrh. stattfinden, begegnen contingĕre — weshalb es auch mit ndd. möten und bemöten, to möte kômen, engl. meet 2c. begegnen verwandt ist—; dann (schon ahd.) mögen, können „gesetzlich erlaubt sein";— endlich, da was sich ereignet, eine Folge bewirkender Umstände und jedenfalls göttliche Fügung ist, so nimmt müssen (schon mhd.) die Bed. an: „nothwendiger Weise geschehen", „nothwendiger Weise thun", gezwungen sein; so auch gewöhnlich bei Luther; s. Benecke-Müller II, 269; Grimm, Gr. I, 590 2c.; Weigand. Vgl. mögen.

Mutter, die — steht einige Male für Gebärmutter vulva 1. Mose 20, 18: denn der Herr hatte zuvor hart beschlossen (= geschlossen, s. beschließen) alle Mütter des Hauses Abimelech; 2. Mose 13, 2: heilige mir alle Erstgeburt, die allerlei Mutter bricht: V. 12: was die Mutter bricht; Spr. Sal. 30, 16; Jes. 46, 3; 4. Mose 18, 15; Luc. 2, 23.

So auch mhd., engl., ndl. und ndd. (z. B. 't van de môr hebben, ndl. met de moeder gequelt zijn an Mutterbeschwerden leiden).

Das uralte, echt deutsche Wort stimmt mittelst des Ablautes (uo — mhd. muoter) zu dem lat. mâter; mitteld. noch mûter, alts. modar, ndd. moder, moor, oft mit einer Brechung von ou od. au.*)

Myrrhe, die — das balsamisch duftende, bitter gewürzhafte Harz des erst 1829 von Ehrenberg entdeckten Myrrhenbaumes, balsamodendron myrrha, in Arabien und Aethiopien; es galt seit den ältesten Zeiten als eine der kostbarsten Specereien: 2. Mose 30, 23; Ps. 45, 9; Esth. 2, 12; Hohel. 3, 6; Joh. 19, 39; Marc. 15, 23; Matth. 2, 11. — 1. Mos. 43, 11 ist es das dunkelrothe, wohlriechende, gewürzhafte Harz des Ladanumstrauches; s. Zeller und Winer.

Wir haben das Wort aus lat.-gr. die myrrha, welches mit dem Harz aus Arabien überkam, wo murr bitter und marra bitter sein bedeutet; vgl. Marc. 15, 23 und 2. Mose 15, 23: 4. Mos. 33, 8. 9. S. Weigand.

---

*) Der Grundvocal a (kurz) steigert sich auf dem Wege nach u hin zuerst zu â (lang), dann zu ô, als auf der Mitte zwischen a und u liegend; aus ô entwickelte sich alth. und mhd. uo, das nhd. sogar in ein gewöhnlich langes û überging; vgl. Buße aus baß, Wucher aus wachen, Buhle, Muhme, Schnur, desgl. Bruder, lat. frater. Nur in einigen Wörtern erlitt die ursprüngliche Länge des Vocals û (uo) eine Kürzung in u; vgl. Futter, Mutter, Wucher (gewöhnlich schon kurz gesprochen), müssen 2c. S. A. Schleicher, die deutsche Sprache p. 138 2c.

N.

Nächste, der — ein Nächster — a) im engeren Sinne Verwandter, Freund, Volksgenosse Ps. 38, 12: meine Nächsten treten ferne; Hiob 19, 14: meine Nächsten haben sich entzogen und meine Freunde haben mein vergessen; Ps. 88, 19; Spr. Sal. 14, 20: einen Armen hassen auch seine Nächsten; Klagl. Jer. 1, 2; 3. Mose 25, 25; b) im weiteren Sinne Mitmensch, wie jetzt gewöhnlich: Luc. 10, 29 ꝛc.; 2. Mose 2, 13; 20, 17 u. a. O. 2. Chron. 28, 7 ist es der vornehmste Bediente, Sach. 13, 7 ist es der Sohn Gottes, als der seinem Vater am nächsten ist. —

Der Nächste, Luther schrieb Neheste (wie Höheste Ps. 73, 11), entspricht besonders in der ersteren engeren Bedeutung genau der Abstammung, da ahd. nâhisto — die in substantivische Bedeutung übergegangene Form des Superlativs von dem Adj. nah, Comparat. näher, Sup. nächst, ahd. nâhist — Nachbar (s. bauen), Verwandter, dann allgemeiner Mitmensch bedeutet.

Auch gebraucht Luther die **Neheste** und die Nehestin, weibliche Formen von Nächster Esth. 1, 19; 2. Mose 11, 2 — wo die Vulg. vicina d. i. Nachbarin hat.

Nahrung, die — gebraucht Luther nicht bloß a) in dem heutigen Sinne von Lebensmittel, Kost: Sir. 29, 29; Marc. 12, 44; Luc. 21, 34 ꝛc., sondern auch b) für Broterwerb, Gewerbe, durch welches man sich seinen Lebensunterhalt erwirbt Sir. 34, 26: wer einem seine Nahrung nimmt, der tödtet seinen Nächsten; 1. Mose 46, 33; 47, 3: was ist eure Nahrung? Weish. Sal. 14, 2: dasselbige (Schiff) ist erfunden, Nahrung (Gewinnst, Broterwerb) zu suchen. So sagen wir auch ndd. de kôpman het völ nären (nâring) — hat einen guten Broterwerb, viele Kunden; sîn tären na de nären setten — seine Ausgabe nach dem Erwerb, der Einnahme einrichten. Vgl. Hantierung.

Nahrung, oder richtiger wie Luther schrieb Narung, mhd. narunge, ist mittelst der Ableitungssilbe ung vom mhd. nar Unterhalt, Kost, Nahrung, ahd. nara „Rettung, Er-, Unterhaltung" gebildet; daher auch nahrhaft. Dieses nar ist mit dem im Ahd. oft vorkommenden Uebergange des s in r (s. los) aus dem Sing. Prät. des got. nisan, ahd nësan (Prät. ich nas), unser nesen in genesen = gesunden; am Leben bleiben hervorgegangen. Unser nähren, Luther neeren, mhd. neren ist das Factitiv zu nësan. Vgl. genesen.

Narde, die — eine indische Pflanze, valeriana Itamansi (letzteres ist der indische Name), welche die im Alterthum so hochgeschätzte „Nardensalbe", auch Narde genannt, lieferte, die aus ihrer Wurzel gepreßt wurde; in den Handel kommt gewöhnlich das Oel einer ähnlichen Pflanze andropogon nardus, als unechte Narde: Hoh. 1, 12; 4, 13; Marc. 14, 3;

Joh. 12, 3. Auch wird jetzt der Bergbaldrian, valeriana celtica, Narde genannt.

Schon ahd. kam das Wort narda, nardo, got. nardus vor, aus lat.-gr. die nardus, pers. nard, altpers. narda, zuerst aber narada (?) aus sanskr. die naladâ d. i. die „Duftgebende"; s. Weigand, Zeller und Winer. Vgl. Myrrhe.

Narrentheiding s. Theiding.

Nasir, der, hebr. — der Abgesonderte, Ausgezeichnete; dann der Gottgeweihte, Gottverlobte. Joseph heißt der Nasir, der Ausgezeichnete, unter seinen Brüdern 1. Mose 49, 26 und 5 Mose 33, 16. — Klagl. Jer. 4, 7 bedeutet **Nazaräi** insbesondere die Hochgestellten, die Fürsten des Volkes. Die Nasiräer nennt Luther Verlobte Gottes: 4. Mose 6, 13; Richt. 13, 5. 7; 16, 17. S. Zeller II, 298; I, 462.

Neffe, der — kommt in der jetzt gewöhnlichen Bedeutung als Sohn des Bruders oder der Schwester — dem das im 17. Jahrh. ins Hochdeutsche aufgenommene Nichte (ndd. nichte Base, Cousine) früher Niftel, ahd. die nift als Femininum entspricht — in der Bibel nicht vor, sondern a) für Enkel, Kindeskind, nepos 1. Mose 21, 23: so schwöre mir nun bei Gott, daß du mir, noch meinen Kindern noch meinem Neffen keine Untreue erzeigen wollest; 1. Tim. 5, 4: so aber eine Witwe Kinder oder Neffen hat 2c.; b) für Geschwisterkind, Vetter Coloss. 4, 10 — Vulg. consobrinus; c) für verschiedene entferntere Verwandtschaftsgrade, so wie wir Vetter gebrauchen Hiob 18, 19: er wird keine Kinder haben und keine Neffen unter seinem Volke — Meyer-Stier: Enkel; Jes. 14, 22: ich will zu Babel ausrotten ihr Gedächtniß, ihre Uebrigen, Neffen und Nachkommen.

Aehnliche Schwankungen im Gebrauche haben alte wie neue Sprachen: mhd. nëve, ahd. nëfo Schwester-, Bruder-Sohn, Mutterbruder, Geschwisterkind von mütterlicher Seite, Geschwisterkind überhaupt, Blutsverwandter, Verwandter überhaupt; ähnlich agſ. nëfa, ndl. neef 2c. und selbst das lat. nepos, wozu es lautverschoben stimmt, = Enkel, Schwester-, Bruderſohn.

Die Ausdrücke für verwandtschaftliche Bezeichnungen sind uralt; die Familie war bereits bei den Ur-Indogermanen entwickelt und gegliedert und, was von besonderer Bedeutung für den Culturgrad derselben ist, die Ehe eingeführt; man kann Ausdrücke wie Vater, Mutter, Sohn, Tochter, Bruder, Schwester 2c. meistens mit Leichtigkeit bis ins Zend und Sanskrit verfolgen. Allein ihre selbst dem Gelehrten schwer zugängliche und verständliche Grundbedeutung scheint den Völkern schon sehr früh abhanden gekommen zu sein; daher erklärt sich wohl ihr Schwanken in Gebrauch und Bedeutung. Vgl. Vetter, Muhme, Base, Mutter, Schnur, Schwäher, Ohme; ferner Dirne, Metze, Kebsweib, Knabe, Schalk, Magd.

Neidhart, der — recht neidischer Mensch Sir. 25, 19: es ist kein Lauern über des Neidharts Lauern. Vgl. dazu Sir. 14, 10; 37, 13.

Nîthart (noch im 15. Jahrh.), bei Luther Neidhart, ist eigentlich der mhd. und ahd. Mannsname Nithart, ndd. noch Nitterd, ags. Nithhëard d. i. „hart (= stark) in feindlichem Eifer, in Haß“ und erhielt später appellative Bedeutung; vgl. Metze. Aehnliche Namen sind: Bernhard — hart (fest, unerschütterlich) wie ein Mann, mannfest; Leonhard — stark wie ein Löwe; Reinhard, mhd. Reginhart — der Rathstarke; Gotthard — der in Gott starke, ausdauernde = Gottesheld und andere.

Das Adj. hart, mhd. hart, ahd. harti, got. hardus hart, fest stimmt lautverschoben zum gr. kártos (st. krátos) Stärke, karterós fest, stark, und das griech. Adv. kárta stark, sehr entspricht dem ahd. Adv. harto.

Nethinim, hebr. — von nathan geben — „Übergebene“, die den Leviten beigegebenen Tempeldiener: 1. Chron. 10, 2; Esra 2, 43. 58; 8, 20; 7, 7; Nehem. 7, 46. 60; 11, 3. S. Zeller.

Niederkleid, -gewand, das — Hose, Beinkleid 2. Mose 28, 42: und sollt ihnen leinene Niederkleider machen; K. 39, 28: Niederkleider von gezwirnter weißer Leinwand; 3. Mose 6, 10: der Priester soll seinen leinen Rock anziehen und die leinen Niederwand (Pl.) an seinen Leib; K. 16, 4.

In diesen Stellen ist darunter zu verstehen ein weißleinenes Hüftkleid der Priester — eigentliche Hosen tragen die Morgenländer nicht —, das von der Brust anfangend den Theil um die Hüfte und etwa noch den obern Schenkel bedeckte, als Schamkleid.

Mhd. niderkleit, nidergewant unteres Gewand, Kleid — Hose. In der späteren Zeit des Mittelalters war das want s. v. a. gewant von winden (Prät. want), also eigentlich ein Tuch zum Umwinden des Körpers, ganz nach der im Alterthum gewöhnlichen Beschaffenheit solcher Kleider.

Kleid, mhd. kleit, altfr. klâth, ags. clâd, altnd. klaedi — fehlt im Ahd., Alts. und Got. — Herkunft dunkel.

noch, Adv. — 1) (wie früher und auch noch jetzt) zu der Zeit, ohne daß ein Aufhören eingetreten wäre; 2) dennoch, gleichviel tamen: Matth. 8, 9: ich habe unter mir Kriegsknechte, noch wenn ich sage zu einem: Gehe hin, so gehet er; Jer. 15, 10: habe ich doch weder . . . geliehen, noch genommen, noch (dennoch) flucht mir jedermann; K. 30, 7: es ist ja ein großer Tag und seines Gleichen ist nicht gewest, und ist eine Zeit der Angst in Jakob; noch soll ihm daraus geholfen werden; Nehem. 5, 18.

Noch als Zeitadverb ist wohl zu unterscheiden von der mit weder (s. das.) zu verbindenden Conj. noch, welche bei Luther in mehrfachen Entgegenstellungen auch ohne weder gebraucht wird 4. Mose 20, 5: da noch Feigen noch Weinstöcke noch Granatäpfel sind.

Mhd. hatte es auch schon die 2. Bed. und steht wohl für nochdan immer noch, annoch, tamen; ebenso ndl. nochtans neben dem einfachen noch (nog) dennoch, gleichwohl. Das nhd. dennoch hat sich aus mhd. dannoch damals noch, noch zu der Zeit, gebildet, welches seit dem 15. Jahrh., auf den Gegensatz weisend, für tamen, nihilominus steht. Luther gebrauchte immer jenes dannoch verdrängende dennoch Ps. 73, 23.

Uebrigens ist die Herkunft dieses noch dunkel. Vgl. Grimm, Gramm. III, 250; Wörterb.; Weigand.

Nößel, das — ein kleines Flüssigkeits- oder (seltener) Trockenmaß, gewöhnlich eine halbe Kanne. In der Bibel kommt es nur 2. Sam. 6, 19 vor: und theilete aus .... einem jeglichen einen Brotkuchen, ein Stück Fleisch und ein Nößel Wein — wo indes im Grundtext ein Kuchen (aus zusammengepreßten, gebratenen Rosinen) steht. Ebenso 1. Chron. 17, 3.

Mhd. findet sich vereinzelt das noezzelîn, welches nach Weigand das Diminutiv eines unbekannten Wortes ist. Allein, da Nößel nur Norddeutschland anzugehören scheint und nds. Oeßel neben Nößel vorkommt, ferner dän. öse, so liegt die Ableitung vom schw. ndd. ôsen, mhd. oesen, ahd. ôsan (in irôsan, veraltet ndh. erösen erschöpfen) schöpfen nahe; ôsen stimmt lautverschoben zu lat. hausire = haurire. Demnach wäre Oeßel (nach dieser Ableitung aber richtiger Oesel geschrieben) urspr. = Schöpfgefäß; vgl. ostfr. ndd. ôsfat Schöpfgefäß, hölzerne Schüppe, womit Jauche, Wasser 2c. geschöpft wird.

Daß vor die vocalisch anlautenden ndd. und ndl. Wörter wohl ein n tritt, ist schon unter Ars gezeigt; vgl. Ort.

O.

ob — 1) Adv. im Sinne von oben, über, z. B. in Obacht, obliegen = siegen 1. Mose 32, 28; 2. Mose 32, 18 2c.; 2) Präpos. mit dem Dativ, wie über (im eigentlichen und uneigentlichen Sinne), z. B. Oesterreich ob der Ens — bei Luther namentlich in Verbindung mit halten 1. Macc. 16, 16: fielen ein zu Simon ob dem Mahle; Ps. 38, 21: daß ich ob dem Guten halte — nach dem Guten trachte M.-St.; Hes. 14, 3: diese Leute halten ob dem Aergerniß ihrer Missethat; Tit. 1, 9: halte ob dem Worte, das gewiß ist. Damit zusammengesetzt ist darob, drob — darüber, deshalb 2. Mose 22, 2: wenn ein Dieb ergriffen wird, daß er einbricht und wird darob geschlagen. Später wurde ob im Sinne von aus Anlaß, wegen auch mit dem Gen. verbunden: „Ihr seid ... Verwundert ob des seltsamen Geräthes ... In meiner Hand.“ (Schiller.)

Mhd. ob, obe, ahd. oba „oben, oberhalb, über“ (auch schon im Sinne „aus Anlaß, wegen“), sowohl Adv. wie Präp. — vom got. uf, daher got. ufar, ahd. obar ober; vgl. Weigand.

Das Wort ist außer in einigen Ortsbezeichnungen nhd. nur bei Dichtern und zwar in alterthümlich edler Sprache noch gebräuchlich.

Gänzlich verschieden davon ist die Conjunction

ob — 1) „die Bedingung oder Möglichkeit gesetzt, daß" = wenn, als concessive Conjunction; so auch in den bei Luther noch durchaus getrennt gehaltenen Conjunctionen ob auch, obgleich, obschon, obwol, obzwar Spr. Sal. 6, 30: es ist einem Diebe nicht große Schmach, ob er stiehlt, seine Seele zu sättigen, weil ihn hungert; Jes. 49, 15: kann auch ein Weib ihres Kindleins vergessen ... und ob sie desselbigen vergäße; Luc. 9, 25: und was Nutz hätte der Mensch, ob er die ganze Welt gewönne; K. 8, 10: den andern aber (ist es gegeben) in Gleichnissen, daß sie es nicht sehen, ob sie es schon sehen, und nicht verstehen, ob sie es schon hören; 2. Cor. 11, 6; 1. Petri 3, 14; Jer. 25, 14; Sir. 12, 11; Ps. 23, 4 2c.; 2. Cor. 10, 3; 2) Conjunction der indirecten Frage oder der Zweifelsfrage, wie jetzt gewöhnlich Jer. 2, 28: laß sehen, ob sie dir helfen können; Joh. 7, 17 u. a. O.

Dieses ob, mhd. ob, obe, ube, ahd. oba, upi, ïbu, got. ïba (doch nicht etwa, damit nicht etwa) — ï ist übergegangen in u, dann in dessen Brechung o, vgl. fünf, ahd. funf, finf, urspr. fimf (Hülfe st. Hilfe), s. Grimm, Gr. I, 257. Dieses got. ïba ist eigentlich der Acc. Sing. von got. die ïba (?), ahd. ïba Zweifel, Bedingung; altnord. ëfi Zweifel. Vgl. ndd. of, ndl. of, engl. if, altnord. ëf wenn, wofern; ob; vgl. so.

Von jenem aus ob abgeleiteten Adj. ober, welches im Pos. außer in Zusammensetzungen, z. B. Oberdeutschland 2c. nicht vorkommt, indem dieser Form schon etwas Comparatives beizuwohnen scheint, ist gebildet

Oberlänge s. Kogel, und der Superl.

Oberste (ahd. óbarôsto), der, ein Oberster — Vorgesetzter 2. Mose 2, 14; 22, 28; Apost.-Gesch. 7, 27, insonderheit a) hohe obrigkeitliche Person: Stadtoberster Apost.-Gesch. 17, 6. 8; Landpfleger 1. Ptr. 2, 13; b) Befehlshaber über Hundert oder Tausend = Major Apost.-Gesch. 23, 10 und 21, 31 (oberste Hauptmann); Marc. 6, 21 — Oberhauptmann; c) im N. T. besonders Vorsteher der Schulen Marc. 5, 22; Luc. 8, 41; 13, 14; die Häupter der jüdischen Secten Luc. 14, 1; 23, 13; die Mitglieder des hohen Raths Luc. 24, 20; Joh. 3, 1; d) Apost.-Gesch. 19, 31 ist es ein s. g. Asiarch, Oberster in Asien, der eine geistliche und weltliche Würde zugleich hatte. Weiteres bei Zeller. V. Fürst, Zeug.

Oelkinder, die — die mit dem heiligen Oele gesalbten Kinder Sach. 4, 14: es sind die beiden Oelkinder, welche stehen bei dem Herrscher des ganzen Landes — nämlich Zerubabel und Josua, jener zum weltlichen Herrscher, dieser zum Priester gesalbet.

Odem, der — der Hauch des Mundes, Athem, womit es dasselbe Wort ist, denn nach Grimm (Wörterb.) steht das ahd. âtum für âdum, woraus sich mit Abschwächung des â zu o und des u zu e Odem bildete. Die Grundbedeutung von Athem muß nach Analogie aller

Sprachen das „Wehen, Hauchen, Blasen“ gewesen sein. „Alle Sprachen leiten aus den sinnlichen Begriffen des Wehens, Hauchens, Blasens, Athmens, da die Seele dem Menschen eingeblasen (1. Mos. 2, 7: und blies ihm einen lebendigen Odem in seine Nase) und wieder von ihm ausgeblasen wird, auch die Vorstellung des Geistes und der Seele her.“ Grimm. — Geist, agſ. gâst, entsprungen aus ahd. gîsan, got. geisen — Blasen aufwerfen, hauchen, wehen (?); daher auch Gischt. Vgl. das lat. spiritus Geist von spirare hauchen, wehen; vgl. weben. —

„Eine Zeitlang schwankte die ahd. Kirche zwischen âtum und geist für den spiritus sanctus, bald aber waltete letzteres vor, und schon mhd. erscheint âtem nie mehr in dieser abstracten Bedeutung.“ Grimm. Länger indes als in Athem hat sich in Odem der Begriff des Geistes erhalten, wie einige Stellen in Luthers Bibel zeigen — übrigens gebrauchte dieser für Athem immer Odem Pred. Sal. 3, 21: wer weiß, ob der Odem des Menschen aufwärts fahre? Hiob 32, 8: aber der Geist ist in den Leuten, und der Odem des Allmächtigen macht sie verständig; K. 33, 4: der Geist Gottes hat mich gemacht, und der Odem des Allmächtigen hat mir das Leben gegeben.

Uebrigens sei noch bemerkt, daß manche Theologen eine Dreitheilung des Menschen in Leib, Seele und Geist („die Seele ist der Leib des Geistes“) annehmen und behaupten, daß in der Bibel nie „Odem“ und „lebendige Seele“ verwechselt werde; s. Zeller I, 449.

Ohim, hebr. — wörtl. die Heulenden; unter diesem von Luther Jes. 13, 21 unübersetzt gelassenen Worte sind wahrscheinlich Thiere, die sich in altem Gemäuer aufhalten, entweder Marder oder wie Neuere wollen Eulen zu verstehen; s. Zeller.

Ohme, der — für Oheim, Vatersbruder Amos 6, 10: daß einen jeglichen sein Vetter und sein Ohme nehmen und die Gebeine aus dem Hause tragen muß. Nach dem Grundtext ist es indes ein Verbrenner, ein Leichenbestatter, der den Scheiterhaufen anzündet. Das Verbrennen der Leichen kam in Israel z. B. in Pestzeiten vor.

Ohme oder Ohm, Luther schrieb besser Ome, ist das zusammengezogene Oheim, mhd. und ahd. ôhein; es neigt sich mehr dem Ndd. zu, indem die 2. Silbe sich erst zu ôhem abschwächte: ndd. ôm, ndl. oom, agſ. eám. Obwohl es wie die meisten Verwandschaftsbezeichnungen von dunkler (d. h. uralter!) Herkunft ist, so ist doch sehr zu beklagen, daß es im 18. Jahrh. beinahe ebenso verdrängt wurde durch das aus dem Franz. hereingedrungene Onkel, wie Muhme durch Tante; vgl. Neffe.

Onyx, der (bei L. finden sich die Formen Onich, Onicherstein, Onyx, Onych; mhd. onix, onichel, onichus) — aus dem griech. onyx, welches wörtlich Nagel (eines Fingers) heißt; daher 1) ein abwechselnd braun und weißlich gestreifter Edelstein, dessen Farbe der des menschlichen Nagels am Finger ähnlich ist; s. Weigand, Wb. Der im A. T. genannte Onyx 2. Mose 28, 20; 1. Mos. 2, 12 ꝛc. ist wahrscheinlich der

Beryll Off. Joh. 21, 20. Der in letzterer Stelle genannte **Sardonich** (Sardonyx) ist ein **Sarder** (ib.), gr. sardion, welcher wie ein Nagel gefärbt ist; s. Zeller, unter Edelsteine. — 2) Nach Plinius heißt auch eine Art Kammuschel wegen der Farbe und Gestalt Onyx; dem schließt sich Luther an, wenn er Sir. 24, 21 unter den Räucher-Ingredienzien den nagelähnlichen Deckel mehrerer Muscheln, z. B. von murex inflatus zackige Stachelschnecke, fasciolaria trapezium Achathorn, turbo olearius Oelkrug und andere, Onyx nennt. Früher waren diese zum Räucherwerk benutzten Deckel in den Apotheken unter den Namen Räucherklauen — wie auch Meyer-Stier in dieser Stelle übersetzt —, Bisamnagel, Seenagel, Teufelsklauen bekannt; s. Leunis, Synopsis I, 815. 834. 837; Zeller II, 424.

Orion, der, griech. — a) im Mythus ein berühmter Jäger, Sohn des Hyrieus, von Diana getödtet; b) ein nach jenem Jäger genanntes, Sturm und Regen bringendes Gestirn, das man sich als einen zur Strafe an den Himmel gefesselten Riesen dachte. Auch das hebr. Wort in Hiob 9, 9; 38, 31; Amos 5, 8; Jes. 13, 10 deutet Aehnliches an, da es Held oder Gottloser, Riese bedeutet; s. Zeller unter Stern.

Ort, der, Pl. Oerter — 1) ursprünglich Spitze, Anfangs- oder Endpunkt, cuspis; 2) dann ein (zu äußerst gelegenes) Stück Land, Bezirk, Fleck, Platz, Stelle, locus — südd. mit dem Plur. Orte; 3) Gesammtheit von Wohngebäuden, für Stadt, Flecken und Dorf. Schon zu Luthers Zeiten hatte sich der ursprüngliche engere Begriff von Ort für Spitze erweitert, verallgemeinert, indem er Ort in 2. Bed. gebraucht 1. Mose 28, 16: gewißlich ist der Herr an diesem Orte; Ps. 26, 8: Herr ich habe lieb den Ort, da deine Ehre wohnet; Marc. 16, 20; u. a. O. — Allein er kennt das Wort auch noch in ursprünglichem 1. Sinne 2. Mose 25, 26: und sollt vier güldene Ringe daran machen an die vier Orte an seinen vier Füßen; K. 26, 4: und sollt Schläuflein machen an jegliches Teppichs Orten, daß je zween und zween an ihren Orten zusammengeheftet werden; V. 24: daß ein jegliches der beiden sich mit seinem **Ortbrett** (= Eckbrett, äußerstem Brett, das am Ende einer Fläche ist, Vulg. tabulae in angulis ponendae) von unten auf geselle; Hes. 15, 4: daß seine beiden Ort das Feuer verzehrt.

Luther hat den Plural die Ort und Oert (1. Sam. 5, 6. 9. 12, wo in jetzigen Ausgaben steht an allen Orten), Apost.-Gesch. 28, 7 schon Oerter; vgl. Mannsbild; s. Wetzel p. 87. Mhd. das (auch der) ort, Pl. ort, örter, Spitze, bes. Waffenspitze, auch schon Platz; aber ahd. das ort noch nicht in letzterer Bedeutung, mit dem Pl. ort, erst im 11. und 12. Jahrh. auch orter. So bedeutet es auch ags., altf., mittel- und neuniedl., altfr. ꝛc. zunächst Spitze, wie noch hochdeutsch mundartl. die Ahle des Schusters der Ort heißt.*) Allmählich er-

*) So altfriesisch sa skilu wi use lond wera mith egge and mith orde —

weiterte und verallgemeinerte sich der Begriff, wie in Ecke, Ende, Winkel, z. B. „an allen Ecken und Enden"; so auch in Flecken, welches zuerst wie noch jetzt macula bedeutete, dann in locus notatus und oppidum überging; s. Grimm, Gramm. III, 418. Ort gehört nicht zusammen mit dem lat. ortus von oriri entstehen, anfangen.

Dem von Ort abgeleiteten schwachen Verbum erörtern liegt die sinnliche Bed. zu Grunde: „nach allen Seiten, in Ort und Ecke ermessen" (Grimm). Früher wurden auch Grenzen erörtert = ausgemessen. Aehnliche Bedeutungen haben die seltenen Wörter „ausörtern, ausecken, auseckeln."

Otterngezücht, das, — Natternbrut, Schlangenbrut Matth. 3, 7: ihr Otterngezüchte (Vulg. progenies viperarum), wer hat denn euch gewiesen, daß ihr dem zukünftigen Zorn entrinnen werdet? Matth. 12, 34; 23, 33. Die Schrift wendet das Wort auf die Pharisäer an mit dem Begriff „verderbenbringender, heimtückischer Arglist."

Die Otter — giftige Natter ist nach dem Ndd. (adder) durch Verdunkelung des a zu o gebildete Form für Natter, die zuerst bei Luther vorkommt Apost.-Gesch. 28, 3; alts. nadra, ahd. natara, indem n abgestoßen wurde.

Das Gezücht, Luther schreibt Gezichte, ist das Collectivum von Zucht, mhd. und ahd. zuht = Aufzuziehendes, die großgezogenen Jungen, dann s. v. als „Brut im verächtlichen Sinne"; vgl. Leibzucht; zuht ist gebildet aus dem Plur. Präteriti des starken Verbums ziehen, mhd. ziuhen (Prät. ich zôch, wir zugen); vgl. Zeug.

P.

Panier, das — die Heerfahne Ps. 20, 6: wir rühmen, daß du hilfst, und im Namen unsers Gottes werfen wir Panier auf; Apost.-Gesch. 28, 11: das Panier der Zwillinge (der Dioscuren, Castor und Pollux, Vulg. insigne Castorum); 4. Mose 1, 52; 2, 2; Jes. 11, 10. 12 u. a. O. —

Panier ist die im Nhd. allmählich durchgedrungene Form des mhd. die baniere (die und das banier), die sich in ältern Bibelübersetzungen noch findet; aus baniere hat sich neben Panier auch das Banner erhalten. Baniere ist entlehnt aus dem gleichbedeutenden franz. die

---

so sollen wir unser Land wehren, vertheidigen mit der Schneide (Ecke des Schwertes) und der Spitze (des Spießes). Spuren davon haben sich noch bei uns erhalten (selten) van ôrd to ende von Anfang zu Ende; 't ôrd (also Neutr.) van't mest, van de szeisse, die Spitze des Messers, der Sense. Vgl. den Ortsnamen Leerôrt, d. i. die sich zwischen Leda und Ems drängende Landspitze, gewöhnlich Nôrd genannt; vgl. Ars. S. übrigens Klopp, Geschichte Ostfrieslands I, 208.

bannière, welches aus dem itl. bandiera, vom longobardischen bandum (= flatterndes Band als) Fahne; damit gehört zusammen got. die bandva Zeichen; von binden (Prät. ich band). Demnach hat das Wort den Weg aus unserer Muttersprache ins Romanische gemacht, um aus diesem als Fremdwort wieder zurückzukehren. Aus gleicher Wurzel stammt nach Grimm wohl Bann, s. das.

Pard, Pardel, Parder, der — drei verschiedene Formen für denselben Namen des Raubthiers felis pardus, der Panther: Habak. 1, 8 (Pard), Jes. 11, 6 (Pardel), Jer. 13, 23 (Parder).

Die Form Parder kommt zuerst bei Luther vor und ist mittelst der Ableitungssilbe er von der alten Wortform Pard, mhd. part gebildet; dieses von lat. pardus. Pardel aus dem lat. und (zuerst) griech. die pardalis, welches ebenfalls eine Ableitung von pardus ist, Panther das lat.-griech. panther. „Welche von den großen Katzenarten die Alten pardalis und welche panther nannten, ist noch nicht sicher bestimmt; die Römer setzen für beide Namen häufig panthēra"; s. Leunis, Synopsis I, 120.

Pauke s. pochen.

pausten, schw. Verb. — stark hauchen, blasen Hiob 6, 26: ihr erdenket Worte, daß ihr nur strafet und daß ihr nur paustet Wort (Plur.), die mich verzagt machen sollen — hier also „mit aufgeblasenen Backen sprechen, Nichtiges großsprecherisch vorbringen"; wörtliche Uebersetzung: achtet ihr Worte für zu strafen (strafbar) und der Verzweifelten Rede für Wind?" Zeller.

Pausten ist die hochd. Form für das ndd. pûsten, welches auch die alten ndd. Bibelübersetzungen in obiger Stelle haben; übrigens ist pûsten auch (schon 1482) unverändert ins Hochd. aufgenommen; südd. pfausten und pfausen, wie ndd. pûsten und pûszen „blasen; blasend athmen". Daher Pausbacke; ndd. pûster Blasebalg oder Blaserohr ꝛc.

Pfebe, die — eine Art großer Melonen 4. Mos. 11, 5: wir gedenken der Fische, die wir in Aegypten umsonst aßen, und der Kürbis, Pfeben, Lauch, Zwiebeln und Knoblauch ꝛc. — in dieser Stelle ist es die Wassermelone oder ägyptische Gurke, cucurbita Citrullus L., mit 3 Fuß langen, 2 Fuß dicken Früchten von zartem, wohlschmeckendem Fleische, eine Lieblingsspeise der Aegypter und Araber; s. Zeller und Winer.

Schon ins Ahd., aber noch ohne die Fortschiebung des p in pf (ahd. ph), pepano, aus dem lat. der pepo, Gen. peponis, gr. pepôn aufgenommen.

Pfennig, der — hat erst im Laufe der letzten Jahrhunderte die heutige Bedeutung „kleinste Scheidemünze aus Kupfer geprägt" erhalten; im Mittelalter und noch zu Luthers Zeiten verstand man darunter ein geprägtes Stück edlen Metalles; dann eine Gold- oder Silbermünze von einer nach Ort und Zeit verschiedenen Geltung; mhd. silberpfenninc ist $^1/_{12}$ eines kurzen, $^1/_{30}$ eines langen Schillings (solidi), $^1/_{240}$ eines Pfundes (librae); der gulden pf. d. i. der Gulden = 10 großen silbernen Pf. Doch kommt Pfennig zu allen Zeiten für Geld überhaupt vor, jetzt freilich auch mit dem Nebenbegriff der Kleinheit; vgl. Beichtpfennig, Zehr=, Noth=, Peters= 2c.; etwas bei Heller und Pfennig bezahlen 2c. Diese allgemeine Bed. entspricht der Etymologie: ahd. phenninc, ursprünglich phantinc, mit dem Umlaute phentinc, mittelst der Ableitungssilbe ing von Pfand, ahd. phant gebildet, wornach phantinc auf den ältesten Handel, den Tauschhandel hinweist und so das geprägte Geldstück urspr. als Pfandwerth zu fassen ist. Das t wurde ausgestoßen durch Angleichung des n; das i in ing bewirkte den Umlaut in der Stammsilbe phan — phen, vgl. Lägel; übrigens liefen die Formen Pfennig und Pfenning schon seit ahd. Zeit neben einander her.

Pfant, ahd. phant, pant, ndd. pand ist mit Wahrscheinlichkeit gebildet aus altfranz. der pan — weggenommene Sache, eigentlich Tuch, Stück Tuch, dieses aus lat. der pannus Lappen, Stückchen Tuch; s. Diez 702, Weigand, Wb. II, 364. Tuchstücke galten ehedem als Tauschmittel oder Unterpfänder im Handel.

Luther gebraucht Pfennig für verschiedene Münzen: a) ein Gera, die kleinste Silbermünze 1. Sam. 2, 36; b) ein Denar (sonst Groschen übersetzt) Marc. 6, 37 u. Joh. 6, 7: 200 Pfennig Brot = 80 fl.; der Denar war eine römische Silbermünze von $^1/_{84}$ Pfd. Silber, im Werthe etwa 24 Kreuz.; c) ein Assarion, etwa $1^1/_2$ Kreuz. werth Matth. 10, 29; Luc. 12, 6; vgl. Heller, Scherflein, Stater und Gera. S. Zeller unter Geld.

pfetzen — einritzen, einschneiden, „gewisse Zeichen oder Buchstaben in die Haut ätzen" 3. Mose 19, 28: ihr sollt kein Mal (s. d. W.) um eines Todten willen an eurem Leib reißen, noch Buchstaben an euch pfetzen — welches auf eine mit dem Götzendienst verbundene dem Tättowieren vieler heidnischen Völker ähnliche Sitte hindeutet.

Pfetzen ist dasselbe Wort mit fetzen d. h. in Fetzen schneiden, zerfetzen; der Fetze, mhd. vetze urspr. ein abgeschnittenes Stück, von dem ahd. Wurzelverb. fëzan (Prät. ich faz, wir fâzumês, Partc. kafëzan) = ab=, aus=, durchschneiden.

Luther schrieb entpfliehen st. entfliehen, Scherpfe st. Schärfe 2c.; s. Mönckeberg p. 50.

pochen, früher auch bochen, schw. V. — schlagen, klopfen Jer. 4, 19: mein Herz pucht mir im Leibe; Richt. 19, 22: und pochten an die Thür; Sir. 32, 16: doch daß du nichts Uebles thust und niemand pochest (schlägst, mißhandelst); so auch Ps. 55, 13: wenn mich mein Hasser (s. Freund) pochete, wollt ich mich vor ihm verbergen; 1. Macc. 12, 53: und alle Heiden umher fingen an, das Volk zu pochen (mißhandeln) und zu plagen; 1. Tim. 3, 3 und Tit. 1, 7: ein Bischof soll nicht sein .... ein Weinsäufer, nicht pochend (genauer nach dem Grundtext: kein Pocher = Schläger, wie auch Andere übersetzen; Vulg. percussor; die goth. Bibel hat schon slahals = Schläger).

Wie diese Beispiele zeigen, machte Luther einen ausgedehnteren Gebrauch von pochen in concreter Bedeutung; wir sprechen zwar noch vom Pochen des Erzes (Pochwerk, Pochherd ꝛc.). Doch sagen wir nicht mehr „einen Menschen pochen". Wohl aber gebrauchen wir es, wie auch schon Luther, in abstracter Bedeutung für trotzen, prahlen Ps. 75, 6: pochet nicht so hoch auf euer Gewalt; Sir. 16, 1: poche nicht darauf, daß du viel Kinder hast. —

Man findet im ältern Nhd. auch bochen und (im Vocal übereinstimmend mit dem Ndd.) buchen, mhd. selten bochen schlagen, ndd. und ndl. pucken und das Frequentativ puckern klopfen, z. B. vom Herzen, bökern (mit dem Hammer) oft klopfen.

Nach Grimms Vermuthung, Wörterb. I, 1186, von einem verlornen got. Wurzelverbum biukan (Prät. ich bauk), ahd. piochan (pouh) schlagen, woher auch nach Einigen

Pauke, (ahd. pûchila), älternhd. bauke, mhd. bûke — bekanntes Tonwerkzeug, das mit einem Schlägel geschlagen wird, im Morgenlande auch von den Weibern mit bloßen Fingern zur Begleitung des Singetanzes, s. Reigen: 2. Mose 15, 20; Richt. 11, 34; 1. Sam. 18, 6.

Nach Weigand indes entlehnt aus lat. bûcina Signalhorn.

Ferner gehört nach Grimm's Vermuthung, Wörterb. II, 486, zu pochen:

Pockel, die — dasselbe was „Buckel", Höcker, erhabener metallener Zierrath von getriebener Arbeit; davon findet sich das Diminutiv Pocklein (Luther schrieb Pockel und Pöcklin, s. Lüstlin) 1. Kön. 7, 31: und waren Pocklein (Sculpturen) an dem Hals (des Gestühles) in Felden, die viereckt waren und nicht rund; Hohel. 1, 11: wir wollen dir güldene Spangen machen mit silbernen Böcklein (Pöcklein).

Mittelniedl. die bockel, im Sachsenspiegel die bockele, mhd. buckel Erzbeschlag in der Mitte des Schildes zu Stoß und Schlag — aus dem gleichbedeutenden altfranz. bocle, provenç. bocla, mittellat. buccula, welches wieder abgeleitet ist aus dem mhd. der buc Schlag, Stoß, und dies führt auf jenes vermuthete biukan schlagen.

Der Wechsel der Lippenbuchstaben p und b kommt bei Luther häufig vor; er schreibt: Branger, brassen, brasseln, Wildbret, Knörbel; dagegen: Pusch, Püschel, Pall, verpiche sie mit Bech ꝛc.; s. Mönckeberg 49. Sogar der

Bock — das Männchen der Ziegen, Schafe, Rehe ꝛc. gehört als „stoßendes Thier" aufgefaßt derselben Wurzel an; Grimm, Wörterb. II, 202. Luther gebraucht das Wort vorzugsweise vom Ziegenbock, während er den Schafbock Widder nennt 1. Mose 30, 35; 32, 14: zweihundert Ziegen, zwanzig Böcke, zwei hundert Schafe, zwanzig Widder; 3. Mos. 4, 24; 16, 9. 22; Matth. 25, 32 (Vulgata hoedus). — Für Schafböcke steht es Esra 7, 17; 5. Mose 32, 14 — welches nach Grimm untadelhaft ist, „weil die Schafe gleich den Böcken stoßen." „Heißt doch ein Kriegsgeräth von langen, dicken in Ketten hangenden Balken zum Einstoßen der Mauern, an dessen Spitze ein Widderkopf ausgeschnitten war, lat. aries, uns Bock, Sturmbock, Ramme" (vgl. das ndd. ram Schafbock); so auch bei Luther Hes. 4, 2: mache eine Belagerung darum und stelle Böcke rings um sie her; K. 21, 22; 26, 9: er wird mit Böcken deine Mauern zustoßen (zerstoßen). —

Das 5. Mose 14, 5 Steinbock genannte Thier wird für eine Gazellenart gehalten, die durch Mähne und Bart sich den Ziegen nähert; Zeller I, 423. Die in derselben Stelle Rehe genannten Thiere sind ebenfalls Gazellen; Rehe halten sich nicht in so südlichen Ländern auf; desgleichen sollen auch Tendlen (s. d. W.), Auerochs und Elend Gazellenarten sein. Büffel (Püffel schreibt Luther) waren wahrscheinlich Damhirsche; s. Zeller I, 618; frz. bufle, itl., span. bufalo, aus dem lat.-griech. bubalus, bei den Alten indes die Kuhantilope antilope bubalus; Leunis, Synopsis I, 176.

Pöbel, der — a) das Volk überhaupt; b) dann der gemeine, rohe, unwissende Haufen (Volks).

In dem ersten ursprünglichen Sinne, ohne die Nebenbedeutung des Gemeinen, Niedrigen, Rohen und Zuchtlosen noch bei Luther Jes. 3, 25: dein Pöbel wird durchs Schwert fallen und deine Krieger im Streite — Meyer-Stier: Leute, die Vulg. sogar pulcherrimi viri; Hes. 30, 5: Mohrenland mit Lydia mit allerlei Pöbel — M.-St. Mengevolk, Vulg. omne reliquum vulgus; Jer. 50, 37: Schwert soll kommen über ihre Rosse und Wagen und allen Pöbel — M.-St. Mengevolk.

Wo Luther von geringem Volke spricht, fügt er dem Worte Pöbel gering, gemein (s. d.) oder gar toll bei oder er gebraucht den Ausdruck Pöbelvolk: Hiob 21, 29; Jer. 26, 23; Sir. 50, 28; 4. Mose 11, 4; 2. Mose 12, 38 und Apost. Gesch. 17, 5 — wo andere Marktpöbel, Gassenpöbel haben. Letztere Stellen zeigen, daß ihm die heutige Bedeutung des Wortes schon geläufig war. Jes. 5, 13: seine Herrlichen (nobiles) werden Hunger leiden und sein Pöbel (multitudo) Durst leiden.

Luther hat feststehend die Form der Pöbel (Jer. 26, 23 indes Pöfel), während seine Zeitgenossen zwischen böbel, bübel, böfel, pöfel schwanken. Schon 1482 bedeutet bofel gemein (s. d.) Volk, aber mhd. der und das povel, bovel Volk, Leute, welches aufgenommen ist aus dem provenç. poble, franz. peuple, früher poblus — vom lat. populus Volk. Vgl. Pockel.

Psalm, der — Gn. es, Pl. en (weil mhd. meist der psalme) — erhabenes, frommes Lied; aus dem kirchenlat. psalmus, welches aus dem griech. psalmos „zum Saitenspiel gesungenes Lied, Gotteslied", eigentlich das Berühren, Anschlagen der Saiten zum Spiel, vom gr. psallein berühren, die Saite anschlagen, zum Saitenspiel singen. Ephes. 5, 19; Jac. 5, 13; Ps. 95, 2 rc.

Daher der **Psalter** — 1) die Sammlung der biblischen Psalmen, das Psalmbuch; 2) (gr. psalterion) harfenähnliches, musikalisches Saiteninstrument Nehem. 12, 27; 1. Kön. 10, 12; Ps. 57, 9 rc. — Ps. 81, 3 statt die Psalter — die Psalmen. Ueber den Bau vgl. Zeller II, 278.

Q.

Quinger, der — hatten die ältern Bibelausgaben für Zwinger, Vor- oder Außenwerk einer Festung Klagl. Jer. 2, 8: die Zwinger stehen kläglich und die Mauern stehen jämmerlich. Mönckeberg 48. Es ist der Raum zwischen den verschiedenen Mauern oder der Graben zwischen den Mauern und Wällen; s. Zeller unter Zwinger.

Quinger, Zwinger, von (schlesisch) quingen, selbst schon mhd. (14. Jahrh.) quingen = zwingen: man will den Feind von da aus zwingen; vgl. Zwingburg, Zwing-Uri; „das ist doch hart, daß wir die Steine selbst zu unserm Twing (schweizerisch) und Kerker sollen führen"; Schiller. Dieses quingen ist durch nicht ungewöhnlichen Uebergang des mhd. tw in qu aus mhd. twingen, nhd. zwingen gebildet; daher auch quengeln, Quengelei; so sagt man auch Quickmühle st. Zwickmühle, Quehle st. Zwehle, mhd. twehele, Qualm st. mhd. twalm, Quark st. mhd. twarc, quer st. mhd. twër, ndd. dwêr, Quirl und quirlen st. mhd. twirl und dwirl.

quit, Adj. — (einer Sache) frei, ledig, entledigt 1. Mose 24, 8. 41: wenn aber die Jungfrau dir nicht folgen will, so bist du deines Eides quit.

So noch sehr gewöhnlich im Ndd. quît worden (mit dem Acc. der Sache) einer Sache loswerden, sie verlieren; hochd. „wir sind quit" = haben einer von dem andern nichts mehr zu fordern.

Es wird als Fremdwort der Abstammung gemäß richtiger mit t als tt geschrieben, wie auch im 16. und 17. Jahrh. durchweg geschah, obgleich i jetzt hochd. kurz gesprochen wird; mhd. indes wie noch jetzt ndd. mit langem î. Entlehnt aus dem mlat. quittus oder quîtus ledig, frei, und dies vom lat. quietus ruhig, frei von Tumult, Ehrgeiz rc., von quies, Gen. quietis Ruhe.

Daher auch quitieren (einer Schuld oder Verbindlichkeit) ledig machen; Quitung.

R.

Rabenstein, der — ein von Raben umschwärmter hochaufgemauerter Platz oder Steinhaufen, auf welchem Verurtheilte hingerichtet wurden, deren Leichen dann den Raben zur Beute fielen — ist Spr. Sal. 26, 8 sehr gut mit Edelstein zusammengestellt: wer einem Narren Ehre anlegt, das ist, als wenn einer einen Edelstein auf einen Rabenstein würfe; Meyer-Stier hat zwar genauer nach dem Grundtext, aber weniger treffend im Deutschen, Steinhaufen.

Das Wort wird von neueren Schriftstellern noch gebraucht: „Hoch hinter dem Garten, vom Rabenstein Blickt hohl und düster ein Schädel herab." Bürger.

Racha — ein syrisches Wort = Anspeiungswürdiger, von rakak ausspeien (andere: vom Hebr. rēk leer; nichtswürdig, schlecht; also = Nichtswürdiger). So wurde derjenige genannt, der sich der Gotteslästerung und damit der Steinigungsstrafe schuldig gemacht hatte; vgl. 3. Mose 24, 16; Matth. 26, 65. Zu Christi Zeiten ein plebejisches Schimpfwort, bei dessen Ausstoßung man zugleich auszuspeien pflegte. Matth. 5, 22: wer zu seinem Bruder sagt: Racha, der ist des Raths schuldig — „wer im gesteigerten Zorne seinen Bruder auch nur mit dem Namen Racha (Anspeiungswürdiger, Gotteslästerer) beschimpft, der macht schon dadurch sich selbst der Strafe des Anspeiens schuldig, d. h. er verdient schon dadurch, daß ihn selbst die vom Synedrio für Gotteslästerung zu verhängende Lebensstrafe der Steinigung treffe"; s. Biblisches Hand-Lexikon p. 108 und Zeller unter Racha; Beelitz p. 1; vgl. los.

rächen — hatte a) ursprünglich und hin und wieder noch jetzt die Bedeutung: ein Unrecht, Verbrechen strafen; „eine Person oder Sache rächen" — ihr oder ihm Recht schaffen dadurch, daß das von andern gegen sie verübte Verbrechen gestraft wird; schon früh nahm es indes die jetzt gewöhnliche Bedeutung an: b) Böses mit Bösem vergelten, feindselig wiedervergelten. Ebenso die **Rache** a) Vergeltung eines Unrechts, gerichtliche Genugthuung, Strafe, wie sie Gott und der Obrigkeit zusteht; b) die Begierde, das uns angethane Unrecht zu ahnden, dann die Ausübung dieser Ahndung, die aus Haß und Selbstsucht hervorgeht; vgl. Rachgier, -sucht &c. Luther gebraucht rächen und Rache in beiderlei Sinne, von Gott und der Obrigkeit aber stets in ersterem: rächen: 1. Mose 4, 15: wer Kain todtschlägt, das soll siebenfältig gerochen werden; K. 9, 5; 5. Mose 32, 43; Off. 19, 2; 1. Sam. 24, 13; sich rächen: Jes. 47, 3; Jer. 5, 9. 29; von der Obrigkeit Röm. 13, 4. Rache: 5. Mose 32, 35; Ps. 58, 11; 94, 1; Jes. 59, 17; Jer. 11, 20; 50, 15. 28 &c.

Von Menschen im 1. Sinne Spr. Sal. 31, 9: thue deinen Mund auf und richte recht und räche (schaffe Recht) den Elenden und Armen; im 2. Sinne: Sir. 28, 1; Röm. 12, 19: rächet euch nicht selber — vgl. dazu V. 17: vergeltet niemand Böses mit Bösem.

Rächen wird jetzt nicht nur im Präteritum (rächte), sondern selbst im Partc. gewöhnlich schwach conjugiert: gerächt, während bei Luther noch die ursprüngliche starke Conjugation sich im Partc. findet: gerochen, Prät. schon statt rach — rechete Jos. 10, 13; auch schrieb Luther noch ganz richtig rechen, da es nicht aus Rache gebildet ist, sondern das e ist eine Brechung des ursprünglichen i: mhd. rëchen (Prät. ich rach, wir râchen, daher Rache, Partc. gerochen), ahd. rëhhan, got. vrikan (Prät. vrak) verfolgen.

Das ursprüngliche v (w) ist vor r häufig abgestoßen; vgl. ndd. wringen, nhd. ringen, wröten reuten, wrîven reiben; altfr. writa, engl. write, ahd. rizan „reißen", schreiben u. a., s. rügen.

Die mit dem Got. auf gleicher Lautstufe stehenden Sprachen haben außer der Bedeutung verfolgen, strafen, rächen, die schwerlich die ursprüngliche sein kann, noch eine sinnliche: altſ. wrecan ergreifen, altfr. wreka stoßen, isl. reka stoßen, schlagen; vgl. ahd. recchjo das Hinausstoßen ꝛc.; demnach scheint stoßen, schlagen die urspr. Bedeutung zu sein, aus der sich die von (durch Stoßen und Schlagen) verfolgen, strafen ꝛc. entwickelte.

Ramoth, hebr. — soll nach jüdischen Auslegern die im rothen Meere häufige Koralle sein Hiob 28, 18: Ramoth und Gabis (s. d. W.) achtet man nicht (Meyer-Stier: Koralle und Krystall). Im vorhergehenden und nachfolgenden Verse werden Edelsteine genannt. Hes. 27, 16 übersetzt Luther Ramoth durch Sammet. Vgl. Zeller unter Sammet.

Rappuse, die — das Preisgeben zur Wegnahme, das Ansichreißen von fremdem Eigenthum, indem viele darüber herfallen Jer. 15, 13: ich will euer Gut und Schätze in die Rappuse geben — die alte nds. Bibel hat rabbuse; andere grabbelinge; s. Diedrich v. Stade 489; desgl. K. 17, 3 und Hes. 23, 46: führe einen großen Haufen über sie herauf und gib sie in die Rappuse und Raub — Gott überläßt das abtrünnige Israel seinen Feinden zur Plünderung und Beute. Wir sagen für „in die Rappuse geben" ndd. in de grible-grable smîten.

Das Wort scheint nicht zu rappen raffen zu gehören, sondern fremdher zu sein. Vgl. die Formen: nds. rabbuse, schwd. rabbus, in der Wetterau rabbous, Posen rappûsche. Wenn das österreich. und bair. der Rabisch, 1445 rabüsch, damit eins ist, so ist es entlehnt aus böhm. die rabuse (spr. rabusche), serbisch die rabosch = Kerbholz, wonach unser „in die Rappuse geben, kommen" ursprünglich s. v. a. zu jedermanns Einschnitt ins Kerbholz dargeben und kommen bedeuten würde. S. Weigand, deutsch. Wörterb.

raunen, schw. V. — a) heimlich und leise, mit gedämpfter Stimme reden, z. B. jemandem etwas ins Ohr raunen; b) heimlich mit einander reden, heimlich rathschlagen zu jemandes Verderben. Ps. 41, 8: alle die mich hassen, raunen miteinader wider mich und denken Böses wider mich — die Worte, die sich Davids Feinde heimlich zuraunen und worüber sie sich berathen, stehen im folgenden Verse; sie beschließen ein Bubenstück: „wenn er liegt, soll er nicht wieder aufstehen."

Mhd. rûnen, ahd. rûnên, ags. rûnjan ist gebildet vom got. die rûna das Geheimniß und die Rathsversammlung, wo heimlich verhandelt wird, garuni Berathschlagung.

Von goth. rûna heißen jene geheime Schriftzeichen, deren sich Goten und andere deutsche Völker vor Einführung der lateinischen Schrift zu heidnischen Zwecken der Zauberei und Wahrsagerei bedienten, Runen. Das Wort ist abzuleiten von einem vermutheten got. Wurzelv. riunan

(Präs. ich rinna, Prät. raun, wir runum) heimlich sein? — S. Weigand, Wtb.

recht Adj. — zeigt in der bei Luther gewöhnlichen Verbindung mit schlecht (s. d. W. u. Scheuel) die ursprüngliche Bed. von gerader, unabweichender Richtung, gerade, richtig; dann im uneigentlichen Sinne: aufrichtig, bieder, redlich, auch gerecht, dem Gesetze gemäß, im Gegensatze zu dem Ungeraden, Krummen, Verkehrten, Unwahren. Hiob 1, 1; 2, 3: es war ein Mann im Lande Uz, der hieß Hiob; derselbe war schlecht und recht, gottesfürchtig und meidet das Böse; — Ps. 7, 12: Gott ist ein rechter Richter; 5. Mose 16, 18: ein rechtes Gericht; Richter 15, 3: eine rechte Sache 2c. Luc. 16, 10: wer im Geringsten unrecht (ungerecht, untreu) ist, der ist auch im Großen unrecht. Got. raihts, ahd. rëht — mhd. die armen krumben (Krummen) rëhte (gerade) gân — in urspr. Bed., selten erst im Sinne von gerecht, stimmt lautverschoben zu dem gleichbedeutenden lat. rectus, und wie dieses auf regĕre lenken, „das Wohin eines Dinges bestimmen", so ist es auf eine gleiche Wurzel zurückzuführen. Die Grundbedeutung erkennen wir in: rechter Winkel, dem schiefen entgegengesetzt.

Von recht gebildet ist die Richte, mhd. richte etc. — das Gerade aus (vgl. ndd. in de richte gân; Richtschnur Hiob 38, 5; Richtweg); und davon: **richtig**, mhd. rihtec, ahd. rihtîc, gerade aus, gerade Matth. 3, 3: bereitet dem Herrn den Weg und machet richtig seine Steige — macht den Fußweg gerade; Ps. 27, 11; Luc. 3, 5: was krumm ist, soll richtig werden; Apost.-Gesch. 9, 11: die richtige Gasse; Spr. Sal. 4, 25: laß deine Augen richtig vor dich sehen. — Hieraus entwickelte sich die jetzige Bedeutung: „was so ist, wie es sich gehört, ohne Falsch, Fehler" 2c. Mit richtig zusammengesetzt ist **aufrichtig**, welches Luther ebenfalls noch in sinnlicher Bed. für aufrecht, gerade gebraucht Apost.-Gesch. 14, 10: stehe aufrichtig auf deine Füße; so im Froschmäusler: „auf gradem Fuß aufrichtig stehen" (bei Grimm); dann hat es Luther gewöhnlich in uneigentlichem Sinne für gerade, offenherzig; recht und gut: 5. Mos. 9, 5; 1. Kön. 9, 4; Pred. 7, 30: ich habe funden, daß Gott den Menschen aufrichtig gemacht d. i. gut, ohne Sünde; Mich. 3, 9: die ihr das Recht verschmähet und alles, was aufrichtig ist, verkehret.

Ferner ist von recht gebildet richten = recht machen, im eigentl. und uneigentl. Sinne; daher **ausrichten** — a) in die rechte Lage bringen, ins Werk setzen; auch b) für bezahlen, eine Schuld entrichten, berichtigen 2. Macc. 4, 27: da er aber das Geld, das er dem Könige versprochen hatte, nicht konnte ausrichten. So sagt Luther anderswo: „damit man keine Landsteuer dürfte auf den Armen anlegen, soll man's von diesem Ueberschusse ausrichten" (bei Grimm); c) „das Uebernommene und Aufgetragene ausrichten, besorgen, verrichten": 1. Mose 24, 66; 2. Mose 18, 18; 2. Tim. 4, 5; Matth. 10, 23: ihr werdet die Städte Israels nicht ausrichten, bis des

Menschen Sohn kommt d. h. mit Durchreisen nicht fertig werden, ihr werdet sie auf euren Reisen nicht alle berühren; Wetzel bemerkt hiezu p. 52: „ausrichten bed. hier beides: die Städte alle berühren und das Aufgetragene darin verrichten." Besonders an letztere Bedeutung anlehnend gebraucht Luther **ausrichtig** im löbl. Sinne für anstellig, gewandt in Geschäften, expeditus 1. Kön. 11, 28: da Salomo sahe, daß der Knabe ausrichtig war, setzte er ihn über alle Last des Hauses; — so sagt Luther anderswo: „Er war der schleunigst und ausrichtigst unter allen, die an Sauls Hofe waren" (bei Grimm). „Ausrichtig galt aber auch in der üblen Bedeutung von vexans, afflictans, rixosus", Grimm. Daher der **Ausrichter** — Vollzieher executor Hebr. 7, 22: also gar viel eines bessern Testaments Ausrichter ist Jesus worden — Meyer-Stier: Bürge.

Mit dem vom Adj. recht gebildeten Subst. Recht = das Wahre, Rechte; die gesetzliche Richtschnur, Gesetz ꝛc. ist zusammengesetzt

rechtfertig, Adj. — rechtmäßig (dem Rechte gemäß), dann für rechtmäßig erklärt, gerecht (mhd. Gott ist rehtvertic), rechtschaffen Hiob 9, 2: ich weiß fast (s. d. W.) wohl, daß also ist, daß ein Mensch nicht rechtfertig bestehen mag (s. mögen) gegen Gott. So hieß es auch in früheren Ausgaben der Bibel Luc. 3, 8: thut rechtfertige Früchte der Buße, wofür später rechtschaffene gesetzt ist; Vulg. fructus dignos würdige Früchte. Röm. 2, 13: sintemal (s. d. W.) vor Gott nicht rechtfertig sind, die das Gesetz hören; Vulg. justi gerecht. Von rechtfertig ist abzuleiten

rechtfertigen — a) zu Recht (Gericht) laden, gerichtlich belangen, vor Gericht ziehen und verhören; in diesem mhd. gewöhnlichen Sinne gebraucht es Luther Apost.-Gesch. 12, 19: Herodes ließ die Hüter rechtfertigen und hieß sie wegführen (zur Hinrichtung); Vulg. inquisitione facta de custodibus; wie hier andere Uebersetzer, so übersetzt Luther Luc. 23, 14 dasselbe Wort mit verhören (gerichtlich); daraus ging hervor b) verurtheilen, gerichtlich bestrafen — wie es indes bei Luther nicht mehr vorzukommen scheint. Aus der ursprünglichen Bed. vor Gericht ziehen und verhören konnte sich aber nicht nur die des Verurtheilens, sondern ebensowohl die des Lossprechens entwickeln, also c) rechtesgemäß entsühnen, und in diesem Sinne nimmt die Schrift und nach ihr die theologische Wissenschaft gewöhnlich das Wort: (den Unschuldigen oder den Schuldigen um einer eingetretenen Vermittelung willen) von Schuld und Strafe freisprechen, für gerecht erklären justificare Luc. 18, 14: dieser ging hinab gerechtfertigt in sein Haus vor jenem; Matth. 12, 37: aus deinen Worten wirst du gerechtfertigt werden, und aus deinen Worten wirst du verdammet werden; 2. Chron. 6, 23: daß du rechtfertigest den Gerechten und gebest ihm nach seiner Gerechtigkeit; Röm. 8, 33: Gott ist hier, der da gerecht macht. Daraus ging die neuere Bed. des Wortes d) durch genügende Gründe als zuständig darthun hervor, z. B. eine Handlung, ein Betragen, eine Anklage rc. rechtfertigen. — Eng an letzteres anschließend das refl. sich rechfertigen — nachweisen, daß man recht gehandelt habe oder ohne Schuld sei Luc. 10, 29: er aber wollte sich selbst rechtfertigen und sprach zu Jesu: Wer ist denn mein Nächster? Matth. 11, 19: und die Weisheit muß sich rechtfertigen lassen von ihren Kindern — andere: wird gerechtfertigt von ihren Kindern; wird immer gerechtfertigt von ihren Schülern; Lisco: doch die (göttliche) Weisheit wird gerechtfertigt von ihren Kindern, d. h. sie findet die richtige Würdigung bei ihnen.

Die **Rechtfertigung** justificatio — a) früher auch Gerichtshandel, Prozeß; b) in Schrift und Theologie: die Erklärung der Straflosigkeit (des Menschen vermöge des Glaubens an die Versöhnung durch Christum) Röm. 5, 18: durch Eines Gerechtigkeit ist die Rechtfertigung des Lebens über alle Menschen kommen. Vgl. Zeller unter Rechtfertigung, gerecht und Gerechtigkeit.

Das mhd. rëhtvertigen ist zusammengesetzt mit vertigen von einem Ort zum andern schaffen; abfertigen; entlassen; gerichtlich bestätigen — welches eigentlich fertig (für fährtig) machen d. h. auf die Fahrt bringen, wie Luther noch **sich fertigen** für sich eilig auf die Fahrt machen, reisen hat 2. Sam. 19, 17: und fertigten sich durch den Jordan vor dem Könige her. **Fertig**, mhd. vertic — a) für die Fahrt passend, gangbar; b) zum Gehen (Reisen, überhaupt zu einer Thätigkeit) geschickt, bereit, tüchtig — von Fahrt mhd. vart, dieses von fahren (fuhr, gefahren) — sich von einem Orte zum andern bewegen, besonders auf einem Kriegszuge rc. Eph. 6, 15: und an Beinen gestiefelt, als fertig zu treiben das Evangelium des Friedens — Meyer-Stier: mit der Bereitschaft des Evangeliums des Friedens; c) zu Ende gebracht: 1. Kön. 9, 25; 2. Chron. 24, 13. Vgl. Benecke-Müller III, 242 u. s. f. — Daher **willfertig** — bereitwillig, willfährig Matth. 5, 25: sei willfertig deinem Widersacher bald d. h. zur Versöhnung, also — versöhnlich gegen ihn.

reisen, schw. Verb. — eine Reise machen, sich von Hause fortbegeben gebraucht Luther noch in dem speciellen Sinne: in das Feld, den Krieg ziehen 1. Kor. 9, 7: wer reiset jemals auf seinen eigenen Sold? Vulg. quis militat suis stipendiis unquam? andere: thut Kriegsdienste. Ebenso die **Reise** für Aufbruch, Kriegszug Richter 4, 9: aber der Preis wird nicht dein sein auf dieser Reise, die du thust — wo von dem Kriegszuge des Barak gegen Sissera die Rede ist; 4. Mos. 33, 1. Mhd. die reise dasſ.

Reisen, mhd. reisen, ahd. reisôn, got. reisan bed. urspr. aufstehen, sich erheben, sich aufmachen (4. Mose 1, 51); dann „sich zu etwas fertig machen, rüsten;“ „sich zu einem Kriegszuge aufmachen.“ Daher gebrauchte man früher auch Reisner für das fremde Soldat (s. Sold), Reiseknecht und schweiz. Reisläufer für Kriegsknecht (bei Luther), Reisegeld für Kriegssold; zu Reis und daheim = im Kriege und im Frieden.

Reisen ist von dem starken ahd., auch angs. und alts. rîsan, mhd. rîsen (Prät. ich reis), engl. rise (rose, risen), ndd. rîsen sich erheben, aufsteigen, aufgehen, z. B. von der Sonne, dem gährenden Teige rc. abgeleitet; got. in urreisan (Präs. ich reisa, Prät. ich ráis, wir risum, Part. risans) aufstehen.

Das von Reise abgeleitete Adj. **reisig**, mhd. reisic zu Kriegszügen gerüstet oder dienend gebraucht Luther öfter in Verbindung mit Zeug (s. d. W.) = Kriegsheer, gewöhnlich aus Reitern bestehend: 1. Macc. 9, 11; Offenb. 9, 16 rc.; Hohel. 1, 9 rc. vergleicht Salomo seine Freundin mit dem prachtvoll geschirrten reisigen Zeug (wo andre: „mein Gespann, meine Stute" übersetzen), den er aus Aegypten bekommen hatte; 1. Kön. 4, 26. Unter den Reitern und Reisigen der ägyptischen, kananitischen, syrischen und anderer Heere sind aber Kriegswagen und Wagenführer 2. Mose 14, 6 rc. zu verstehen und wo L. „Wagen und Reiter" setzt, ist zu lesen „Wagen und Wagenkämpfer." S. Handbüchlein bibl. Alterthümer 124. — Mhd. reisiger knëht Soldat, in den Waffen geübter Reiter.

Von diesem Adj. ist gebildet das Subst. der

Reisige — Soldat (so noch bei Schiller, Voß rc.), gewöhnlich jedoch Reiter, Berittener in dem Kriegsheer 1. Macc. 4, 1: Gorgias nahm 5000 zu Fuß und 1000 Reisige; 1. Kön. 4, 26: Salomo hatte 40,000 Wagenpferde und 12,000 Reisige.

Riege, die — die mit dem Ndd. und Alth. übereinstimmende Form für Reihe (das **g** geht in das verwandte **h** über, das lange î wird **ei**), gerade Linie, Zeile: 2. Mose 28, 17; 39, 10 und Weish. 18, 24 eine Riege von Steinen; 1. Kön. 7, 3: fünfzehn Säulen in einer Riege. Luther, der übrigens noch richtig Rige schrieb, nennt anderswo einen Vers eine Rige, wie ndd. — Ahd. ist die rîga zuerst s. v. a. Windungs- oder Kreislinie, girigan gewunden, eingefaßt von Steinen — von einem ahd. Wurzelverb. rîhan „reihen" (daher riehen) oder rîgan winden; s. Weigand, Wörterb. der Synonymen II, 566. —

Eine andre Form für Reihe ist der

Reigen (zu Rige stimmend) oder Reichen (zu Reihe stimmend) mhd. reige und reie, engl. row, ags. râwa — die angestellte Reihe von Tanzenden, Tanzkette, dann die Tanztour, der Rundtanz in einer Tanzkette: 2. Mose 15, 20; 32, 19; Ps. 150, 4; 149, 3; Luc. 15, 25; Richter 11, 34; 21, 21. Eine Anzahl Personen reicht sich zu einem Kreise die Hände und bewegt sich unter dem Schall des Tamburin (Handtrommel) und anderer Instrumente im Kreise herum, wie beim Ringelreihen unserer Kinder. Bildlich steht es Ps. 30, 12; Klag. 5, 15 für Freude überhaupt. So heißt es bei Schiller: „Fünfzig Schwestern der Göttlichen hüpften — Lustig daneben im glänzenden Sand, — Tanzten den Hochzeitsreigen und knüpften — Reizende Ring' mit verschlungener Hand." Daher sagt man auch „den Reihen führen" oder den „Reigen anführen" — den Zug (der Tanzenden) eröffnen und leiten. Uebrigens ist der Reihen, Reigen auch die Tanzmelodie (z. B. der Kuhreihen der ſchweiz. Hirten, der Bergreihen der Bergleute), wofür Luther 2. Moſe 32, 18 Singetanz ſagt.

riſch — die Ablautsform iſt raſch, Adj. und Adv. mit gleicher Bedeutung: ſchnell, eilig 1. Sam. 20, 38: eile riſch und ſtehe nicht ſtill.

In der Volksſprache iſt riſch noch übrig, ſelten bei Schriftſtellern: „Riſch ſchwingt er ſich auf Hüons Klepper,“ Wieland. „Riſch raſch quer übern Kreuzweg gings,“ Bürger. Aehnliche Wortbildungen nach dem wunderbaren Geſetze der Ablautung der erſten und urſprünglichſten Conjugation (z. B. klinge, klang, geklungen) finden ſich viele in unſerer Sprache, beſonders in ſchallnachahmenden Interjectionen: pinke panke, rips raps, bim bam bum, ſtripp ſtrapp ſtrull, klipp klapp, wipp wapp, libb labb; ſelbſt in Subſtantiven: Miſchmaſch, Wirrwarr, Singſang u. v. a. ſ. Grimm, Gramm. III, 307. Vgl. klitſchen.

Mh. risch (iſt gewöhnlicher als) rasch, rosch, ahd. rosh, welches zum gleichbed. ahd. horsh gehört, wie ros (Roß, Pferd) zu hors agſ., engl. horse); ſ. Wilh. Wackernagel, Wörterb. zum ahd. Leſebuch. Vgl. altn. rasca von der Stelle bewegen; ſchwed. rasa laufen.

Ritterſchaft, die — hat bei Luther in der Regel nicht wie im jetzigen Nhd. collective Bedeutung, iſt alſo gewöhnlich nicht a) die Geſammtheit der Ritter, der Ritter- oder Adelsſtand (vgl. Judenſchaft, Kaufmannſchaft ꝛc.); in dieſem Sinne nur Jeſ. 24, 21: die hohe Ritterſchaft, ſo in der Höhe ſind, Vulg. militia, nach dem Grundtext „das Heer der Höhe, die böſen Geiſter unter dem Himmel“ im Gegenſatze gegen die Könige der Erde; ſ. Zeller, vgl. Zebaoth; — ſondern b) wie im Mhd. „das, was ein Ritter als ſeinen Beruf treibt“ = Kampf und Waffenübung Jeſ. 40, 2: predigt ihr, daß ihre (Jeruſalems) Ritterſchaft ein Ende habe = der harte Zwangskriegsdienſt unter dem Könige zu Babel; andere: Frohndienſt, Kampf, Streit; 1. Tim. 1, 18: daß du eine gute Ritterſchaft übeſt; 2. Kor. 10, 4: die Waffen unſerer Ritterſchaft ſind nicht fleiſchlich (vgl. Eph. 6, 13 ꝛc.) — in den beiden letzten Stellen die geiſtliche Ritterſchaft oder der Kampf der Gläubigen, „welche unter der Fahne des erwürgten Lammes, des Herzogs der Seligkeit beſtändig zu Felde liegen und ritterlich wider den Teufel, die Welt und das eigne Fleiſch kämpfen.“ Büchner.

Mhd. die ritterschaft, früher rittirscaf ritterliches Thun, Turnieren; dann ritterlicher Stand; endl. Menge von Rittern — zuſammengeſetzt aus Ritter, von dem ſtarken Verbum reiten (ritt ꝛc.), und der Nachſilbe ſchaft, von ſchaffen, welche eine Beſchaffenheit (mhd. Dâvîd was vil luzeler scaft — David war ſehr kleiner Leibesbeſchaffenheit, Geſtalt), Stand, Würde anzeigt; vgl. Herrſchaft, Feindſchaft, Meiſterſchaft; vgl. die Art. Freundſchaft, Sippſchaft.

Roſenſpan, der — iſt eine Spange, ein Kleinod in Roſenform Pſ. 60, 1: ein gülden Kleinod Davids vorzuſingen, von einem gülden Roſenſpan zu lehren — wozu Luther in der Randgloſſe bemerkt: „Rosenspan d. i. ein Gehäng oder köstlich Kleinod in einer Rosengestalt. Also nennt er er hie sein Königreich, welches ein köstlich Kleinod oder ein Spahn ist." In des Alberus dictionarium (1540) findet sich „Rosenspan lilium" — wohl ein lilienartiger Zierrat. Ps. 80, 1 nennt er dasselbe Kleinod **Spanrose**, wozu er ebenfalls bemerkt: „ein Kleinod, wie eine Rose." Daß im Grundtext überall von einem solchen Kleinod nichts steht, auch Luther die Lilie gewöhnlich durch Rose übersetzt, geht uns hier nichts an; nach Zeller hat der Grundtext statt Rosenspan und Spanrosen — „Lilien des Zeugnisses," nach Hengstenberg: „von der Lieblichkeit des Zeugnisses (Gesetzes)."

Frisch (1741) hat das Wort die span für Spange; mhd. findet sich das vürspan neben vürspange „ein das Brustgewand zusammenhaltendes Heft, Spinther"; es ist gebildet von spannen. Die Spange, auch mhd. ist etwas, das zum Zusammenhalten dient, also auch ein Geschmeide zum Heften eines Kleides oder zur Zierde. Das mhd. spannen, wurzelnd in spinnen (Prät. spann), ging ehedem nach starker oder genauer reduplicierender Conjug.: Prät. ich spien, wir spienen, Part. gespannen, auch schon gespannet, und bedeutete tendĕre; auch mit Spangen ein Kleid zusammenfassen oder etwas darauf befestigen"; s. Ziemann. „Doch ist Spange etymologisch ein ganz anderes Wort als jenes span und würde auf ein ahd. Wurzelverb. spincan, spingan (Prät. spanc, spang) führen," Weigand nach briefl. Mittheil. In der Bibel sind unter **Spangen** „verschiedene Arten goldener und silberner Geschmeide" zu verstehen; vgl. Zeller I, 92; II, 619; Handb. bibl. Alterth. 95.

Rosinfarbe, die, Adj. **rosinfarben**, **Rosinroth**, das, Adj. **rosinroth** — ist bei Luther das Karmesinroth (-farbe), auch Kermes, Kermeskörner, Scharlachbeeren genannt, eine aus der Kermes- oder Karmoisin-Schildlaus, coccus ilicis L., bereitete hochrothe Farbe: 3. Mos. 14, 4; 2. Mos. 25, 4; 4. Mos. 19, 6; Offenb. 17, 4; Jes. 1, 18: und wenn sie (die Sünden) gleich sind wie Rosinfarbe, so sollen sie doch wie Wolle werden. —

Es ist ein eigenthümlicher Streit unter den Erklärern, ob Luther an Farbe von Rosen oder an die von Rosinen gedacht habe. Zeller, bibl. Wtb. I, 357, spricht nach älterer Anschauung von rothbraunen, den Rosinen ähnlichen Larven der Schildläuse. Auch Hopf p. 211 scheint sich dieser Ansicht anzuschließen, wenn er von der „wohlgemeinten Erklärung" Pischons, der Rosenfarbe versteht, eine bessere Begründung verlangt. Wäre die Ansicht richtig, warum schrieb dann der sonst so formenreine Luther nicht dem Gesetze der Sprache gemäß Rosinenfarbe? Vgl. Schellhengst. Wenn er aber Rosenfarbe d. i. Farbe von Rosen oder der Rosen (Gen. Sing.) meinte, warum schrieb er dann nicht so, analog Rosenspan (s. d. W.)? Findet sich doch weder in älterer noch neuerer Zeit ein Beispiel von der Zusammensetzung mit dem alten schw. Genitiv (Sing. oder Plur.) eines weiblichen Substantivums auf in statt en (s. Kehrein, Grammatik des 15—17. Jahrh.). Es verschlägt nichts', wenn Luther noch in den ersten Bibelausgaben (aber nur in den ersten) schrieb offinbaren, Meeris, Gottis, Hirscher (statt Herscher), Kilch, wilcher, glaubind ꝛc. Pischon citiert sogar zur Unterstützung seiner Ansicht einen Ausspruch des Plinius, der in der Naturgeschichte 218 sagt: „Coccus, der in Rosen glänzt, nichts Schöneres gibt es zu sehen (in rosis micat, gratius nihil traditur adspectu).“ Dem Sinne nach hat Pischon Recht, es ist eine Farbe von (besser: wie) Rosen gemeint; und ist dieses Rosen in Rosinroth oder Rosinfarbe kein schwacher Gen. des Subst. Rose, sondern das vom mhd. rôse abgeleitete Adjectiv rôsîn (z. B. Tristan, 18080), das an und für sich schon rosenroth (von Farbe), rosig, bedeutet, also jetzt = rosen. Im Mhd. lautete die jetzige adjectiv. Ableitungssilbe en — în, z. B. guldîn golden, hürnîn von Horn, steinîn steinern ꝛc. Demnach ist rosinroth ein aus zwei Adject. zusammengesetztes Adj.; wie braunroth ꝛc. Im Ahd. findet sich für rosinfarben rôsfaro, s. Graff II, 544.

Rothgießer, der — eine ehedem übliche Benennung der Handwerker, welche Gußarbeiten von Erz (Kupfer s. ehern) machen Weish. Sal. 15, 9: daß er um die Wette arbeite mit den Goldschmieden und Silberschmieden, und daß er's den Rothgießern nachthun möge.

Vgl. Klaus Groth: Rothgeter Meister Lamp und sin Dochter, p. 9: „die Rothgießer verarbeiten rohes sprödes Messing.“ Die Arbeit der Gelbgießer (ndd. gêlgeter), deren Amt ein viel jüngeres ist, besteht darin „gelbes, schmeidiges Messing zu gießen und dasselbe aufs zierlichste vergült, versilbert und gefürnitzet“ zu verfertigen.

Rotte, die — 1) eine Abtheilung (eines Heeres), Trupp 1. Sam. 14, 15: die streifenden Rotten erschraken — Meyer-Stier: die Streifrotten; 2. Sam. 23, 13: die Rotte der Philister lag im Grunde Rephaim; 2) (wie jetzt) eine zur Ausführung böser Absichten vereinigte Schar Personen (Aufrührer, Mörder ꝛc): die Rotte Korah 4. Mos. 16, 5. 6; 26, 9; 27, 3; Ps. 106, 17. 18; — Ps. 22, 17: der Bösen Rotte hat sich um mich gemacht u. a. O.; 3) bes. im N. T. bedeutet es (statt der Person die Sache genommen) Spaltung, Ketzerei „eigenmächtige Trennung von der Lehr- und Heilsgemeinschaft der Kirche“ Judä 19: diese sind, die da Rotten machen, fleischliche, die da keinen Geist haben — andere: sich absondern . . .; 1. Kor. 11, 19: es müssen Rotten unter euch sein, auf daß die, so rechtschaffen sind, offenbar unter euch werden — andere: Secten, Trennungen, Spaltungen, Parteiungen; so übersetzt Luther auch Hos. 9, 7 mit Rottengeister, was im Grundtext Geistesmänner heißt, aber eben das aufgeblasene, eitle, zu Spaltungen führende Wesen der falschen Lehrer bezeichnen soll. Anderwärts übersetzt Luther dasselbe Wort durch Secte 2. Petr. 2, 1; Apost.-Gesch. 15, 5 ꝛc., das davon abgeleitete Eigenschaftswort mit ketzerisch Tit. 3, 10; s. Zeller.

Mhd. die rote, rotte, ndl. rot, ndd. rött, rott (Abtheilung einer

Stadt 2c.), nur in 1. Bed. — entlehnt aus dem gleichbed. altfranz. rote, prov. rota, mittellat. rupta, eigl. = Bruch (=theil) nämlich eines Heeres, etwa einer Cohorte, vom lat. Adj. ruptus, a, um — gebrochen. Der Ausfall des Lippenlautes p (b) vor dem Zungenlaute t und Lautangleichung (pt zu tt) ist namentlich in den romanischen Sprachen nicht selten: franz. dette Schuld vom lat. debitum; im engl. debt wird das b zwar noch geschrieben, aber nicht mehr gesprochen, ebenso in doubt, franz. douter zweifeln, vom lat. dubitare. Vgl. Grummet und Schar unter Scherge.

Ruch s. Fahr.

rügen, schw. Verb. — a) anklagen, gerichtlich anzeigen, beschuldigen — in dieser jetzt erloschenen Bed. bei Luther Matth. 1, 19: Joseph aber wollte sie (die Maria wegen ihrer Schwangerschaft) nicht rügen — Meyer-Stier, de Wette und andere: beschimpfen; 4. Mos. 5, 15: denn es ist ein Eiferopfer und Rügeopfer („Mahnopfer" nach dem Grundtext), das Missethat rüget. Das Eifer- oder **Rügeopfer** (Mahnopfer), bestehend aus $^1/_{10}$ Epha Gerstenmehl ohne Oel und Weihrauch (letztere sind die Sinnbilder der Freude und des Gebets) brachte der Ehemann, der seine Ehefrau im Verdacht des Ehebruchs hatte, darob eiferte und dieselbe beim Priester rügte — anklagte; s. Zeller I, 275. — Aus dieser ursprünglichen Bedeutung entwickelte sich die jetzige, nur nhd., aber bei Luther noch nicht vorkommende b) „ein mit scharfem Tadel strafendes Urtheil worüber aussprechen", tadeln, schelten, z. B. einen Fehler. „Richardson hat viele Weiblichkeiten (weibl. Schwächen) gerügt, aber diese verdient eine neue Geisel," Hermes.

Got. vrôhjan, alts. wrôgjan, altfries. wrogia, ahd. ruokan, rôgan, mhd. rüegen nur in erster Bedeutung, die sich indes im Mhd. verliert und durch klagen verdrängt wird; s. Grimm, Gramm. II, 845. Got. vrôhs 2c. Anklage. Uebrigens von dunkler Herkunft. Vgl. rächen.

Wie schon im Alts. die Bed. von wrôgjan in vexare überging, so haben wir noch ndd. wrögen, wrâgen, sich ärgern, innern Schmerz empfinden; murren, schmollen; wrocken, wrâken Streit erheben, zanken, grollen 2c.; s. ostfr. Wörterbuch von Stürenburg.

Rüsttag s. Lauberhüttenfest.

Rüstzeug s. Zeug.

Ruf s. Geruch.

S.

Sabbat und Sabbaterweg s. unter aber.

Sache, die — hat bei Luther hin und wieder noch die ursprüngliche Bedeutung von Klage, Anklage vor Gericht, gerichtliche Verfolgung; dann Rechtshandel, Gegenstand des Streites,

Streitsache Matth. 12, 10 und Marc. 3, 2: auf daß sie eine Sache wider ihn hätten — Meyer=Stier: Anklage; Vulg. ut accusarent eum; — 2. Mos. 22, 9: wo einer den andern schuldiget, so sollen beider Sachen vor die Götter kommen; Kap. 23, 3: du sollst den Geringen nicht schmücken in seiner Sache — Meyer=Stier Streitsache; 2. Kor. 13, 1: in dem Munde zweier oder dreier Zeugen soll allerlei Sache bestehen — vgl. 1. Tim. 5, 19; 2. Sam. 15, 3: siehe, deine Sache ist schlecht und recht (s. d. Wörter), aber du hast keinen Verhörer vom Könige; V. 4: Absalom sprach: O, wer setzet mich zum Richter im Lande, daß jedermann zu mir käme, der eine Sache hat — Meyer=Stier: Streitsache. — Aus dieser engeren Bed. entwickelte sich, worauf schon die letzten Stellen hindeuten, 2) die allgemeinere für Angelegenheit, Ding, res, bei Luther schon sehr gewöhnlich, doch wie es scheint nur im abstracten Sinne: Jer. 11, 20; Sir. 11, 9; Ps. 101, 3 ꝛc.: dagegen 2. Mos. 20, 9: 6 Tage sollst du arbeiten und alle deine Dinge beschicken; Luc. 14, 34: Salz ist ein gut Ding. Gewöhnlich spricht er von einer Sache, die geführt, vertheidigt, geschätzt werden muß: Spr. 16, 20; 1. Sam. 24, 16; Ps. 17, 2 ꝛc. — Vgl. Theiding, Ort; ferner lat. causa 1) Ursache, Grund; 2) Sache, Rechtssache, Prozeß; dann jede Sache die unterstützt und verfochten wird.

Die ursprüngl. Bed. tritt wie in Sachwalter = Rechtsvertheidiger (mhd. = Ankläger), so auch in dem bei Luther häufigen **Widersacher** hervor = Ankläger, Kläger vor Gericht, Vulg. adversarius: Luc. 12, 58; Matth. 5, 25; überhaupt Verfolger, Feind: 1. Kön. 11, 14. 23; 2. Sam. 24, 13 ꝛc.; besonders vom Teufel: 1. Petr. 5, 8; Hiob 16, 9. Ahd. widarsahho.

Die Sache, mhd. sache (Klage, Rechtshandel; daher **Ursache** = strafwürdiges Vergehen Luc. 23, 4. 22; im salischen Gesetze sack Klage, Rechtsstreit), ahd. sahha — vom ahd. starken Verb. sahhan — anklagen, streiten, zanken; got. sakan (Prät. sôk, Part. sakans), streiten, zanken, welches lautverschoben mit lat. sequi „verfolgen" stimmt. Dem got. antsakan entspricht unser ndd. entsâken, versâken bestreiten, leugnen. Von dem Präteritum des got. sakan (sôk) ist gebildet das schwache got. sôkjan, ndd. söken, ahd. suohhan, mhd. suochen „suchen", welches eigentlich untersuchen (vgl. lat. quaerere), mhd. auch verfolgen, anfallen bedeutet. Diese Bedeutung ist unter andern noch sehr kenntlich in dem von Luther oft gebrauchten **heimsuchen** — d. i. daheim (zu Hause) aufsuchen; die Heimsuchung kann zwar in der Absicht wohlzuthun geschehen, aber auch jener Grundbedeutung von suchen gemäß in der Absicht zu verfolgen, bekriegen, strafen. Es bedeutet daher von Gott gebraucht a) bald einen ausgezeichneten Gnadenact: 1. Mos. 21, 1; 1. Sam. 2, 21; 2. Mos. 2, 23—25; Ruth 1, 6; besonders durch die Sendung seines Sohnes: Luc. 1, 76—79; 7, 16; Joh. 1, 14; Hiob 33, 30; Jer. 31, 3; — bald b) einen Ausbruch seines gerechten Zornes, einen Act der göttlichen Strafgerechtigkeit: Jer. 6, 6; 15, 3; Hos. 4, 9; Jes. 23, 17; 29, 6; 13, 11; 2. Mos.

20, 5 u. a. O. — Mariä Heimsuchung = der Gedächtnißtag des freundlichen Besuches der Maria bei ihrer Gefreundin Elisabeth Luc. 1, 39 2c. — So heißt es im Schwabenspiegel: Todslag — und heimsuchen d. i. Einbruch in ein Haus und swaz fraevel und unzucht haizzet; s. Grimm, d. Rechtsalterthümer 872. Vgl. heimlicher Rath.

Auch besuchen wurde ahd. im Sinne von prüfen, versuchen scrutari, tentare gebraucht; bei Luther aber meist für heimsuchen im guten Sinne: Jak. 1, 27; Matth. 25, 36; für durchsuchen, untersuchen: 1. Kön. 20, 6; Ps. 17, 3.

Die ursprüngliche Bed. von suchen tritt auch noch in dem verstärkten **versuchen** probieren, prüfen, tentare, hervor, das a) vom Teufel oder von bösen Menschen oder der eigenen bösen Lust gebraucht „zur Sünde reizen" bedeutet: 1. Kor. 7, 5; Jak. 1, 14; Matth. 6, 13 2c; b) dagegen von Gott: erforschen (die Menschen): Ps. 66, 10; 26, 2; bes. aber die Gesinnung des Menschen auf die Probe stellen entweder durch Wohlthaten oder durch Gebote, die ein Opfer, eine Verleugnung erfordern: 1. Mos. 12, 1; c) von Menschen gegen Gott oder Christum: dessen Gerechtigkeit, Allmacht, Liebe auf die Probe stellen und meistern: 4. Mos. 14, 22. 23; 5. Mos. 6, 16; Ps. 78, 41. 56; Marc. 12, 15. S. mehr bei Zeller u. A.

Sack, der — bedeutet bei Luther 1) nicht bloß wie jetzt ein leinenes oder ledernes Behältniß mit einer Oeffnung: 1. Mos. 42, 25; 43, 12. 18. 21; 1. Sam. 9, 7 — wo er eigentlich aus Ziegenhaaren dicht gewoben und wahrscheinlich, wie noch jetzt die morgenländischen Säcke, mit Leder überzogen ist — ferner 2) einen Beutel am Gürtel, worin der Kaufmann seine Gewichte trug, wie wir früher Sack für Tasche gebrauchten: 5. Mos. 25, 13; Spr. Sal. 16, 11; vgl. Sacktuch — sondern auch 3) eine dichte Bedeckung des menschlichen Körpers, ein grobhärnes Trauer- oder Bußgewand in Form eines Sackes, also ohne Aermel 1. Mos. 37, 34: und Jakob zerriß seine Kleider und legte einen Sack um seine Lenden; Ps. 30, 12: du hast meinen Sack ausgezogen und mich mit Freuden gegürtet: Matth. 11, 21; 2. Sam. 3, 31; 1. Kön. 21, 27; Esth. 4, 1—4 u. a. O. — Ps. 56, 9 steht es für Schlauch.

Vgl. das jetzige Mantelsack und das lat. sagum, auch mhd. sage, dicker, zottiger Kriegsmantel. —

Der Sack, ahd. sacch, got. sakkus ist aus gr. sakkos (lat. saccus) entlehnt; s. Grimm, Gramm. III, 450; dieses (wohl über Phönicien) mit dem Zeuge aus dem Semitischen: Grundbedeutung ist etwas Geflochtenes, oder etwas Dichtes, Deckendes; hebr., chald., syr. der sak grobes härenes Zeug; Trauer-, Prophetenkleid; äthiopisch sak härenes Pilger- oder Ordensgewand 2c., koptisch sok. Weigand nach briefl. Mitth. und Wb.

Eine Ableitung von Sack in 2. Bedeutung ist das Diminutiv der Säckel, ahd. secchil, lat. sacculus — Täschlein, Beutel, Geldbeutel Luc. 12, 33: machet euch also Säckel, die nicht veralten — bewahret auch himmlische Schätze auf. Vgl. Sekel.

Salse, die, Pl. n — salzige, saure oder bittere Tunke. Das urdeutsch aussehende Wort war ehedem für das reine Fremdwort Sauce sehr üblich, wie die Zusammensetzungen: Kräutersalse, Meerrettigsalse, Johannisbeersalse, Weinsalse zeigen; es findet sich schon im Mhd. (Parcival, Jwein) und ist entlehnt aus dem Romanischen: mlt. salsa, itl. salsa, vom lat. salsus, a, um salzig, dieses von sal „Salz." Aus dem mlat. salsa hat sich ebenfalls das altfranz. salce und daraus nfrz. sauce entwickelt (al geht in au über: talpa, franz. taupe, falco — faucon Falke, calidus — chaud warm, salvus — sauf gerettet ꝛc.). Die im 17. und 18. Jahrh. eingetretene Vertauschung unseres Salse mit Sauce hat uns also kein neues Wort, sondern nur die französierte Form gebracht, wie man auch wohl pedantisch vornehm neveu für das (deutsche) Neffe (s. d. W.) hört.

Wie man bei Salse und Sauce nicht mehr an Salz denkt, so verstand Luther unter bitteren Salsen 2. Mos. 12, 8; 4. Mos. 9, 11 bittere Kräuter, die zum Osterlamm gegessen wurden; nach der jüdischen Tradition sind es Kresse, Petersilie, Lattich, Körbel, Meerrettig und andere, die in ein Gefäß mit Essig eingemacht, getunkt wurden, s. Zeller II, 509. Dies erinnert an die Sulze, ndd. sülte Salzbrühe; dann überhaupt „Brühe mit eingemachtem Fleische" — aus dem itl. gleichbedeutenden solcio, und dieses auch aus lat. salsus salzig.

Sange, die, Pl. n — Handvoll, Büschel, Bündel, namentlich Büschel zusammengelesener Aehren, auch von Hanf und Flachs gebräuchlich (oberdeutsch). Luther gebraucht dies Wort für am Feuer gesengte Getreidekörner oder Aehren, wie sie für geringe Leute zur Speise oder zum Opfer dienten 3. Mos. 2, 14: willt du ein Speisopfer dem Herrn thun von den ersten Früchten, sollt du frische Sangen am Feuer gedörrt klein zerstoßen; Kap. 23, 14: und sollt kein neu Brot noch Sangen (wörtlich nach d. Gr. Geröstetes) noch Korn zuvor essen; 1. Sam. 17, 17: nimm für deine Brüder diese Epha (s. d. W.) Sangen und diese 10 Brote; Jos. 5, 11; Ruth 2, 14. — 2. Sam. 17, 28 übersetzt Luther dasselbe Wort mit Grütze. —

Es scheint, daß Luther den Ausdruck in Anlehnung an sengen gewählt habe (doch dürfte die erste der angeführten Stellen auch dies noch anzweifeln lassen); denn in der Randbemerkung zu Jos. 5, 11 erklärt er: versengete ehren tostas spicas. Von sengen läßt Sange sich, wie doch gewöhnlich geschieht, schon wegen des Vocals nicht gut ableiten, da dasselbe nach der schwachen Conjugation geht und kein a im Ablaut hat. Es ist anzunehmen, daß Luther das mhd. sange, ahd. sanka als Handvoll, Büschel bekannt gewesen sei; dasselbe ist wie mhd. sang, sange, ndd. sang „Gesang" aus dem Singular Präteriti des starken Verbums singen (sang), got. siggvan (Präs. sing, Prät. sang ꝛc.) gebildet, welches ursprünglich sammmeln colligere (wie lesen*) bedeutet, dann Buchstaben sammeln legĕre literas, das Gelesene hersagen, recitieren, z. B. Messe lesen: der Gesang, wenigstens der Kirchengesang war Jahrhunderte hindurch ein bloßes Recitativ, ein Herlesen oder Hersagen in mehr oder weniger singendem Tone. Mhd. hieß singaere ein Recitator, Poet; s. Grimm, Gramm. II, 36. Demnach ist Sange = „das Gesammelte, Zusammengelesene, nämlich Aehre"; bairisch sängeln = Aehren lesen, wie ndd. leesken (eine Diminutivform von lesen).

Uebrigens ist sengen (ahd. sengen aus sangjan) das Factitiv von singen, also = singen d. i. knistern machen, daher „von der Hitze an seiner Oberfläche verbrannt werden" 2c., s. Kehrein, onomatisches Wörterbuch, 365.

Sarder und **Sardonich** s. Onyx.

Schalk, der — 1) war ursprünglich got. skalks, ahd. scalh, ags. scëalc ein (leibeigener) Knecht, Diener servus (bei Otfried, Evangelienharmonie, heißt selbst Simeon Luc. 2, 29 ein „alter Schalk", Luther: Diener); daher der Marschalk d. i. Pferdeknecht, Stallknecht, woraus der Marschall wurde; 2) dann bezeichnete es (mhd. schalc, schalch) einen Menschen von so niedriger Gesinnung und so rohen Sitten, wie in einem knechtischen, sclavischen Stande, einem Zustande der Unterdrückung sich auszubilden pflegt; vgl. mhd. Adj. scalc ränkevoll, altn. skâlkr Taugenichts, elender Mensch. Wie sich mittelniedd. jenes Adj. scalc schon zu schlau gemildert hatte, so entwickelte sich aus der 2. die jetzt übliche 3) Bedeutung: „ein mit Verstellung vergnüglich listiger Mensch, selbst zu ernstem Zwecke"; wir halten einen Schalk für weniger schlimm als einen Schelm: „während der Schalk auch mit einer Ironie den andern zu bessern beabsichtigen kann, geht der Schelm nur auf fein angelegte, listige, scherzhafte Streiche aus"; Weigand, Wörterb. d. Synonymen III, 619.

Offenbar trifft Luther nicht allein die Ausdrücke des Grundtextes, welche Heuchler, Gottlose bedeuten genau, sondern er kommt auch der urspr. Bed. von Schalk näher, wenn er dasselbe in 2. Bed. für einen gemeinen, hinterlistigen Buben, einen Taugenichts gebraucht, bei dem Hinterlist und Heuchelei vorstechende Laster sind Jer. 23, 11: Propheten und Priester sind Schälke und (ich) finde auch in meinem Hause ihre Bosheit — Meyer-Stier: Heuchler; Sir. 19, 22: es ist mancher scharfsinnig und doch ein Schalk, und kann die Sache drehen, wie ers haben will; derselbige Schalk kann den Kopf hängen und ernst sehen und ist doch eitel Betrug; Matth. 25, 26: du Schalk und fauler Knecht; Matth. 6, 23: wenn aber dein Auge ein Schalk ist, s. Schalksauge. Das Compos. **Schalksknecht** Matth. 18, 32 (andere: Bösewicht, böser Knecht) ist dasselbe mit Schalk. Die Verbindung

*) „Geistige Verbindung der Buchstaben und Wörter war anfangs sinnliches Sammeln, Binden, Zählen der (Buch) Stäbe." Grimm, Gr. II, 87. Vgl. Beispiel, afterreden unter aber.

von Schalk mit Knecht fand zu einer Zeit statt, wo Schalk als Knecht, Diener nicht mehr völlig klar im Sprachbewußtsein lag; andererseits sollte dadurch die Bedeutung von Knecht s. Knabe herabgedrückt werden. Vgl. Schellhengst.

Die **Schalkheit** ist bei Luther gemäß dem Grundtexte = Sünde peccatum Hiob 31, 33; = Verbrechen Ps. 64, 7; böse Gedanken Jer. 11, 15; = Bosheit nequitiae Marc. 7, 22; = hinterlistige Schlauheit fallacia Apost.-G. 13, 10 ꝛc.

Das **Schalksauge** = böses, schelsehendes, mißgünstiges Auge Matth. 6, 23: wenn aber dein Auge ein Schalk ist d.i. falsch sehend, (wie wir auch von „bösen Augen“ reden) also auf das Nichtige, Betrügliche statt auf das Ewige gerichtet; Vulg. si autem oculus tuus fuerit nequam; Marc. 7, 22; vgl. einfältig. Ein **Schalksrath** Nah. 1, 11 war der Anschlag auf Jerusalem durch Sanherib und Rabsaka 2. Kön. 18, 13 ꝛc. — Vulg. cogitans malitiam; der ist zu nichte geworden, und es wird Nah. 2, 1 verheißen „es wird der Schalk nicht mehr über dich kommen.“ Das **Schalksohr** fig. für Heuchler, der thut, als wenn er nicht hörte Sir. 19, 24. — **Schalkhaftig** s. waschhaftig.

Nach Wilh. Wackernagel, Wörterbuch zum altd. Lesebuch, bed. Schalk eigentlich einen Schuldgefangenen (der bekanntlich leibeigen wurde, wenn er sich nicht lösen konnte) — vom got. skulan (Prät. ich skal), ahd. scolan (Prät. ich scal) schuldig, verpflichtet sein, „sollen“ (welches sich aus skulan bildete, vgl. ndd. schölen, engl. shall). Doch glaubt Grimm, Gr. III, 320, daß es ursprünglich famulus, minister bedeutete und allmählich auf das Verhältniß der Dienstbarkeit und Hörigkeit bezogen wurde.

Schatz und **schätzen** s. Hort.

Schauer, der, — Regenhütte, Obdach gegen böse Witterung, wie das ndd. schûr; dann Scheuer, ndd. schûre, landwirtschaftliches Gebäude zum Einernten der Feldfrüchte und des Heus Hiob 27, 18: (der Gottlose) bauet sein Haus wie eine Spinne und wie ein Hüter einen Schauer macht — eine Hütte aus Baumzweigen und Blättern, Vulg. umbraculum.

Die Scheuer (bei Luther Schewre Matth. 6, 26) ist die entsprechende hd. Form für ndd. schûre, mhd. schiure Scheune; — Schauer (bei Luther Schawer, s. bauen) für ndd. schûr (z. B. für Bienen), mhd. schûr, ahd. scûra; daher auch das franz. écurie Stall. Wie es scheint aus früh-mittellat. die scûria Hofgebäude für Garben und Heu, das scûrium Hofgebäude für Vieh. Weigand, Wtb.

Schellhengst, der — der Zuchthengst, „Beschäler“ Sir. 33, 6: wie der Schellhengst schreiet gegen alle Mähren, also hänget sich der Heuchler an alle Spötter — de Wette u. A. übersetzen: brünstiger Hengst.

Man hat bei der Deutung dieses seltenen Wortes an einen mit Schellen, oder, wie es allerdings im Morgenlande wie bei den Römern üblich war, mit Metallplättchen behängten Hengst gedacht; vgl. Sach. 14, 20; allein dies stimmt weder mit dem Grundtexte noch mit den Gesetzen der Wortbildung, wornach es dann Schellenhengst heißen müßte: die weiblichen Substantiva schwacher Declination haben in Compositis diese schwache Form des Singul. (oder Plur.) behalten; vgl. Schellenkappe, Schellenpferd, Schellenschlitten rc.; Sonnenstrahl, Rosenblatt, Höllenpfuhl, grillenhaft rc.; vgl. die Note zu enthalten.

Das erste Wort des Compositums Schell bedeutet für sich schon dasselbe, was bei Luther Schellhengst (richtiger Schelhengst, wie Luther schrieb): mhd. der schël, ahd. scëlo Zuchthengst „Beschäler" (welches aus schël gebildet ist und daher richtiger Bescheler geschrieben würde); das ahd. scëlo ist derjenige Hengst, der immer bei den Stuten ist, während derjenige, der nur zuweilen zugelassen wurde wraino hieß; s. Weigand, W. d. Syn. II, 68. Uebrigens ist die Ableitung des Wortes schël, das auch auf andere Thiere männlichen Geschlechts angewandt wurde, dunkel, wie die mancher Hausthiere, die den Menschen bis in die Urheimat begleiten; s. Grimm, Wörterb. I, 1543.

Die Verbindung mit Hengst muß erst dann vor sich gegangen sein, als die eigentl. Bedeutung von Schel sich verlor; vgl. Schalksknecht, Lotterbube, (Honig) Seim. Schon 1482 (im vocabularius theutonicus Bl. cc 4a) findet sich die Form scheler, mit -er, der angefügten Ableitungssilbe männlicher Substantiva — ein Beweis, daß schon damals die Bedeutung von schël dem Volke entschwand.

Schemen (Scheme bei Luther, vgl. Fladen), der — Schatten, Schattenbild Ps. 39, 7: sie gehen daher, wie ein Schemen; Spr. Sal. 27, 19: wie der Scheme im Wasser ist gegen das (hineinsehende) Angesicht, also (treulos) ist eines Menschen Herz gegen dem andern. Luther bemerkt hierzu: „das ist, wie ein Schemen im Wasser wackelt und ungewiß ist, also sind auch die Herzen." Er gebraucht das Wort auch sonst, z. B. in der Fabel vom Hund im Wasser: „als er aber den Schemen vom Fleisch im Wasser siehet, . . . also verlor er beide das Fleisch und Schemen."

Schemen, ndd. schêm, schêmte, schêmel (mit dem Uebergang des flüssigen n in l, s. Lägel), mhd. schîme, ahd. scîme — schwacher Lichtschein und Schatten, ferner mhd. schëme Schimmer — vom starken ahd. sciman scheinen, glänzen (got. vermuthlich skeiman ein wenig leuchten); daher auch Schimmer und schimmern. Somit ist Schemen eigentl. „das durch mattes Licht gewordene dunklere Abzeichen eines Dinges." Schatten ist mhd. allgemeineren Begriffes, Schemen fast nur für „Schattenbild, Schattenwerk" in dichterischer Sprache bekannt. „Der Enkel siehet einst von Elysium . . . . Achaias Schemen kommen", Klopstock, bei Weigand, W. d. Syn. III, 628.

Scherf, der, davon das **Scherflein** — kleine Münze: Luc. 12,59; Marc. 12, 42; s. Heller. Jes. 40, 15 bedeutet es ein Staubkörnlein. — Luther Scherff; 1469 schërff, spät-ahd. schërf im 11. Jahrh. latinisiert scerphus. Schwerlich gleicher Abkunft mit dem folgenden.

Scherge, der — Gerichtsdiener, der die öffentlichen Gesetze und obrigkeitlichen Verfügungen gegen die Uebertreter derselben vollzieht, dadurch, daß er sie aufsucht, einsperrt oder mit eigner Hand straft. So wird auch gewöhnlich des Herodes Diener, der Jesu einen Backenstreich gab, ein Scherge genannt, aber nicht in der Bibel selbst Joh. 18, 22. Luther gebraucht es Dan. 11, 20: der wird in königl. Ehren sitzen, wie ein Scherge — für einen „der die Leute schindet; ihnen als Selbst-executor das Ihrige auspfändet und wegnimmt" (Luthers Glosse), einen Erpresser, durch den der syrische König Seleucus Philopator in seinem Reiche Geld eintreiben ließ, um den Römern den auferlegten Tribut zu zahlen. Andere übersetzen: Erpresser, Eintreiber, Dränger. Luther übersetzt 2. Mos. 5, 6. 10 ꝛc. dasselbe Wort mit Vögte (Frohnvögte), Hiob 39, 7 mit Treiber; s. Pischon p. 13.

Man sieht, daß zu Luthers Zeiten der Scherge schon in Verruf war, wie der Zöllner bei den Juden. — Mhd. scherge, ahd. scarjo (das j bewirkte den Umlaut des a, vgl. Ferge und Lägel) war usprünglich ein Scharanführer, Scharhauptmann, auch Herold, also = Schardiener, dann wie oben — und ist gebildet vom ahd. scare die **Schar** = Heeresabtheilung, in der Bibel z. B. eine römische Cohorte, 500—600 Mann stark Matth. 27, 27; Marc. 15, 16 ꝛc. überhaupt ein Trupp (Soldaten) Apost. Gesch. 1, 15; 4. Mos. 1, 52; Matth. 26, 47. 55; zusammengesetzt mit Heer in Heerschar Luc. 2, 13, also = eine Menge und wieder eine Menge, unübersehbare, unzählbare Menge (der Engel). — Wie das lat. sectio (Section) von secare schneiden, Rotte von ruptus gebrochen, so ist Schar von scheren, mhd. schëren, ahd. scëran (Prät. ich scar, wir scârumês) trennen, abschneiden (vgl. ndd. schören) gebildet, somit ein Abgetrenntes, eine Abtheilung (des Heeres). Daher auch die Schar (des Pfluges), Scharte ꝛc.

Scheuel, der — etwas Verabscheuungswürdiges, Scheußliches, ein Scheusal — besonders in Verbindung mit Greuel vom Götzendienste gebraucht: Hes. 7, 20: sie haben aus ihren Kleinodien Bilder ihrer Greuel und Scheuel gemacht; Kap. 8, 10: und da ich hinein kam und sahe, siehe, da waren allerlei Bildnisse der Würmer und Thiere, eitel (s. d. W.) Scheuel; Kap. 11, 21; vgl. 1. Kor. 10, 20. — Einem in der Volkssprache liegenden Bildungstriebe folgend, brachte Luther nicht selten ähnliche sprachliche Figuren an, die Rhythmus in seine Sprache bringen: schlecht und recht (s. d.), Rath und That Spr. 8, 14; regt und wegt (s. d.); Betrug und Auszug (s. d.); lügen und trügen Ps. 55, 12; singen und klingen Sir. 39, 20; leben und weben (s. d.); s. Wetzel 62.

Wie Greuel mittelst der Ableitungssilbe el vom mhd. der grûwe der Grauen, dieses von grûwen grauen, so ist Scheuel zunächst von **Scheu** (bei Luther = Scheusal, Gegenstand des Abscheus 3. Mos. 11, 10; Ps. 31, 12; mhd. schiuhe Scheuche, Schreckbild), mhd. schiuhel; die Scheu nebst Adj. scheu von scheuen — wovor entfliehen Ps. 38, 12; über die Wurzel s. Schauer. Von scheuen auch scheuchen 1. Mos. 15, 11; schüchtern und scheußlich (zunächst vom mhd. schiuze Abscheu) Jer. 5, 30; Sir. 25, 23.

Scheuer, der (Luther Schewer, vgl. bauen) oder die Scheure — der Becher, Pokal Sir. 50, 10: wie ein güldener Scheuer mit allerlei Edelstein geziert.

Mhd. schiure, schiuwer, schewr (im 15. Jahrh.), 1517 schawer, nds. schauer — vgl. Schauer —; ob als „schimmerndes, funkelndes Trinkgeschirr" von scheuern, ndd. schûren — blankmachen, polieren? Prof. Weigand bezweifelt es, nach briefl. Mittheil.

Sowohl das mhd. schiure als das nhd. scheuern tauchen verhältnißmäßig spät auf. Nach Diez, Wörterb. der romanischen Sprachen 317, ist letzteres wohl aus dem Romanischen entlehnt: itl. sgurare, span. escurar, altfrz. escurer, nfz. écurer fegen, reinigen, putzen — von einem vorauszusetzenden lat. excurare, dessen Part. Perf. Pass. excuratus vorkommt in der Bed. wohlbesorgt, wohlgepflegt; dies vom lat. curare pflegen, reinhalten.

Indes ist nach Grimm, Gramm. II, 45, u. and. scheuern, aus dem Ndd. aufgenommen wie Scheuer, für scheiern, wie Reuter für Reiter, und wäre demnach neben dem ndd. schîren untersuchen, ob etwas rein ist, eigentlich reinigen, läutern, wie altfr. skiria, got. skeirjan — vom Adj. schier, gebräuchlicher ndd., agſ. ꝛc. scîr. got. skeirs klar, glänzend, rein, blank; diesem skeirs liegt ein vermuthetes got. Wurzelverbum skeiran (Prät. ich skair, wie skairum) glänzen (?) zu Grunde. S. Weigand, W. d. deutsch. Synon. II, 562. Doch pflichtet Weigand Diez bei.

Von diesem Adj. schier ist zu unterscheiden das rein hochdeutsche Adj.

schier, — 1) bald, schnell, plötzlich (von der Zeit) — in dieser jetzt ungewöhnlichen Bed. noch bei Luther Ps. 94, 17: wo der Herr mir nicht hülfe, so läge meine Seele schier in der Stille; Jes. 13, 22: ihre Zeit wird schier kommen, und ihre Tage werden nicht säumen; Jes 21, 11: Hüter ist die Nacht schier hin? Phil. 2, 24. Superlativ aufs schierste — aufs eheste, baldigst: Apost.-Gesch. 17, 15: daß sie aufs schierste zu ihm kommen, Vulg. quam celeriter; Hebr. 13, 19: auf daß ich aufs schierste wieder zu euch komme. Die zeitliche Bed. von schier ging in die der Weise, des Grades über: 2) fast, beinahe, fast ganz; bei Luther noch selten Jer. 20, 9: ich wäre schier vergangen. Bei nhd. Schriftstellern herrscht diese 2. Bed. des aus dem gewöhnlichen Gebrauche verschwundenen Wortes vor: „Schier dreißig Jahre bist du alt"; Lessing: „Nenne mich dein Mütterchen! Ich konnte das ja schier auch sein"; Goethe: „Nur das Erzwungene ergänzt mich schier"; „weh mir ich werde schier verrückt." Vgl. fast.

Mhd. schiere, schier, ahd. shioro in kurzer Zeit, gleich, bald; so schierist in so kurzer Zeit als irgend, sobald als — von einem vermutheten got. Wurzelverbum skiuran (Prät. skáur, skaúrun) — stoßen, drängen, treiben (?); daher auch ahd. scurgan, nhd. landschaftlich schürgen = fortstoßen, vorwärts treiben; ferner Schauer ahd. skûr Sturmwind mit Regenguß oder Hagel; Schrecken, schnelle Erschütterung des Körpers, der Haut Ps. 119, 120; vgl. Grimm, Gr. II, 48; Kehrein, onomatischeS Wörterb. 118; Weigand, W. d. Syn. 164.

Schiboleth, hebr. — bed. sowohl Fluß als Aehre (das Hervorquellende oder Hervorwachsende). Die Stämme diesseit des Jordans, wenigstens die Ephraimiten, sprachen statt des sch ein s und daran erkannte man sie. Richter 12, 6. Bekanntlich fehlt das sch auch der griech., lat. und niederdeutschen Sprache, weshalb es Niederdeutschen schwer wird, das hochdeutsche schreiben, schwer, schmerzen rc. richtig zu sprechen. Das Wort Schiboleth ist in den allgemeinen Sprachgebrauch übergegangen als Stich- und Losungswort, in dem die Grundsätze einer Partei kurz ausgesprochen sind und ihre Richtung erkennbar ist z. B. Freiheit, Gleichheit, Brüderlichkeit; s. Zeller.

schlecht Adj. — 1) im eigentl. Sinne: „in gerader Linie oder wagerechter, ebener Fläche — gerade, eben, schlicht"; 2) daher bildlich für gerade gesinnt, redlich, aufrichtig; dann auch ungekünstelt, einfältig (im edleren Sinne); von Sachen einfach. Bei Luther in beiderlei Bedeutung; die eigentliche Bedeutung kann aber oft auch, gemäß der Bildersprache der Bibel, in uneigentlicher genommen werden: a) Pred. Sal. 1, 15: krumm kann nicht schlecht werden d. h. wie die Dinge einmal sind, so bleiben sie; Kap. 7, 14: wer kann das schlecht machen, das Gott krümmt? d. h. „Unmuth über die Widerwärtigkeiten des Lebens machen diese nicht besser; man muß sich also kindlich in das von Gott Geschickte ergeben", Zeller; — Jes. 40, 4: was höckericht ist, soll schlecht werden, d. h. „alle Hindernisse müssen vor dem kommenden Heil beseitigt werden"; vgl. Luc. 3, 5: alle Thale sollen voll werden, und alle Berge und Hügel sollen erniedrigt werden; und was krumm ist, soll richtig (s. unter recht) werden; Jer. 31, 9: ich will sie leiten an die Wasserbäche auf schlechtem Wege, daß sie sich nicht stoßen; Jes. 27, 1: zu der Zeit wird der Herr heimsuchen (s. unter Sache) mit seinem harten, großen und starken Schwert, beide den Leviathan, der eine schlechte (M.-St. gerade) Schlange, und den Leviathan (s. d. W.), der eine krumme Schlange ist; — b) im uneigentlichen sittlichen Sinne oft mit recht (s. d. W.), womit es reimt, zusammengestellt, wo dann recht urspr. die geradlinige Richtung, schlecht die ebene wagerechte Fläche andeutet 2. Sam. 15, 3: siehe deine Sache (s. d. W.) ist schlecht und recht; Ps. 25, 21: schlecht und recht, das behüte mich. — Unsträflichkeit und Rechtschaffenheit werden mich bewahren. So gebraucht Luther schlecht in der Erklärung der Taufe für schlicht, einfach, bloß, lauter, natürlich: „die Taufe ist nicht allein schlecht Wasser . . . sondern sie ist das Wasser in Gottes Gebot gefasset."

Als Adv. steht es für schlechthin, schlechterdings, durchaus 4. Mos. 15, 31: sie (die Seele) hat des Herrn Wort verachtet: sie soll schlecht ausgerottet werden; 5. Mos. 23, 2: kein Hurenkind soll schlecht nicht in die Gemeinde kommen.*)

---

*) Dem Geiste der deutschen Sprache ist die erst durch die Grammatiker zur Herrschaft gewordene aus dem Lateinischen entnommene Regel duplex negatio affirmat „doppelte Verneinung bejaht" durchaus zuwider und wird daher auch

Im heutigen Sinne von unnütz, nichtswürdig, gemein 2c., malus, pravus kommt schlecht in der Bibel nicht vor; dafür stehen Luther viele andere Ausdrücke zu Gebote: gottlos, böse, gemein, sündlich, ungerecht 2c. Selbst in der Stelle 4. Mos. 10, 3: wenn man mit beiden (Trommeten) schlecht bläset, soll sich zu dir versammeln die ganze Gemeine vor die Thür der Hütte des Stifts — bedeutet es einfach, mit feinem, kurz ausgestoßenem Tone blasen, im Gegensatze zu trommeten = Lärm blasen V. 5 d. h. dem anhaltenden Blasen mit vielfachem Ton. Jenes war das Signal zur Volksversammlung, dieses zum Aufbruch; s. Zeller.

Die heutige Bedeutung entwickelte sich aus der früheren: schlicht, einfach; — unausgezeichnet, nicht vornehm, gewöhnlich; gemein, niedrig, „an Werth von niedrigem Grade mit Mangel nöthiger und guter Eigenschaften"; vgl. das lat. communis und das deutsche gemein, die ursprünglich edle Bedeutung haben. Schlecht hat die gute Bedeutung verloren, während die Nebenform schlicht sie in eingeschränkter Weise behalten hat.

Mhd. slëht (slihte) in der Bedeutung wie bei Luther; die ebenfalls mhd. Fom slihte hat das ursprüngliche, aus got. ai hervorgegangene i; got. slaihts, ahd. slëht, nds. sligt 2c., gehört wohl zusammen mit ahd. slîhhan (unserm schleichen) „glatt und stille sich fortbewegen", und bedeutet zunächst s. v. a. „sich anschmiegend, sanft; geglättet, ganz eben" 2c.; es ist also verwandt mit Schlich; mit ndd. slîk der glatte Meeresschlamm, der den Marschboden bildet; s. Weigand, Wörterb. der Synon. III, 654; doch ist im Wörterbuch diese Vermuthung wieder aufgegeben. Nach Wilh. Wackernagel vom ahd. slahan schlagen und würde dann zunächst etwa bedeuten „durch Schlagen geebnet, glatt" 2c. Die Vocale widersprechen dieser Ableitung.

Schleife, die (Schleuffe) — eine Art Schlitten, auf welchem schleifend etwas fortgeschafft wird 2. Sam. 24, 22: siehe da ist ein Rind zum Brandopfer und Schleifen und Geschirr vom Ochsen zu Holz. Eigentlich ist eine Schleife in dieser Stelle eine Dreschwalze, die wie ein

---

weder von Luther noch von mhd. und ahd. Schriftstellern befolgt. Ps. 140, 11: daß sie nimmer nicht aufstehen; Marc. 11, 14: nun esse von dir niemand keine Frucht ewiglich; Röm. 13, 8: seid niemand nichts schuldig, denn daß ihr euch untereinander liebet. Diese und viele ähnliche Beispiele beweisen, daß die alte Sprache gerade zur kräftigen Hervorhebung der Verneinung dieselbe zwei-, ja dreifach ausdrückte. Wie sehr dies im Wesen der deutschen Sprache (wie auch in der griechischen) begründet ist, zeigen selbst Beispiele von neueren Schriftstellern: „Keine Besseren wissen sie nicht", Lessing; „kein Geld hat sie nicht", ders.; „er rührt auch keinen Finger nicht", Wieland; „die von nichts nicht wissen", F. Schlegel; „alles ist Partei und nirgend kein Richter", Schiller; „nie keine Mutter büßte so viel ein", Tieck; „man sieht, daß er an nichts keinen Antheil nimmt", Goethe; „es hätte niemand nichts einwenden können", ders.; „die Freude soll an mir keinen Theil nicht haben", Rückert; s. Hopf 237; das mhd. Lesebuch von Schäbel und Kohlrausch 326.

Schlitten von den Thieren über das Getreide gezogen, geschleift wird; s. Zeller.

Mhd. sleife, ndd. slêpe — von Schleifen = schleppen, ndd. slêpen: Apost.-Gesch. 14, 19; 17, 6. — Das schwache schleifen ist das Factitiv zu schleifen (schliff, geschliffen), ahd. slîfan (Prät. sleif, slifumês).

schmeißen, schw. Vb. — den Koth durch den After von sich geben Tob. 2, 11: schmeißte (L. schmeiste) eine Schwalbe aus ihrem Neste, das fiel ihm also heiß in die Augen, davon ward er blind. So auch Feuerbach v. J. 1591: Dermit nit die Wheeren (Schutzwehren oder Waffen) von meiß und Rhatzen beschmaisset werden"; bei Kehrein, onom. Wb. 842.

Daher das Geschmeiß und im älteren Nhd. der Schmeiß = Kothauswurf. „Da fiel jm auß der schwalben nest der warm schmeiß auf seine augen", Dietenberger Bibelübersetzung vom Jahre 1571. Daher auch die Schmeißfliege.

Schmeißen ist als schwaches Vb. und in dieser specifischen Bed., die auch schon im ahd. pesmeizzen besudeln, beflecken vorhanden ist, nicht mit dem starken Vb. schmeißen (schmiß, geschmissen) zu verwechseln; es ist vielmehr das aus dem Prät. gebildete Factitiv zu diesem schmeißen, ahd. smîzan (Prät. ich smeiz, wir smizumês). Vgl. Schleife.

Schnur, die, Pl. Schnüre — Schwiegertochter, Sohnesfrau Ruth 1, 6: da machte sie (Naemi) sich auf mit ihren zwo Schnüren; Luc. 12, 53: die Schwieger (s. d. W.) wider die Schnur, und die Schnur wider die Schwieger; ferner 1. Mos. 38, 11. 16. 24; 11, 31; 3. Mos. 18, 15; 20, 12; 1. Sam. 4, 9; Hes. 22, 11; Micha 7, 6 ꝛc.

Mhd. snur, Pl. snür, ahd. snur, Pl. snuri; daneben kommt noch ahd. snurâ, snorâ, ungut snuorâ vor, wovon im Nhd. der Pl. Schnuren lauten müßte, ahd. diô snurûn. Das lat. nurus und sanskr. snuschâ (Sohnsfrau) sind nach Weigand unverwandt mit Schnur. Dagegen heißt es in Jahn's Jahrbüchern, 1862, 2. Heft p. 100 (von Schweizer Sidler): „Snuor führt uns auf eine Wurzel snar (vgl. Mutter, müssen, Buße ꝛc.), die auch in nervus für snervus erscheint; snur, nurus hat aber seine Erklärung erst durch das sanskr. snushâ erhalten, welches für sunnusha „die (Frau) des Sohnes" steht".

Schöpfer, der — a) ein Schöpfender; b) ein Schöpfrad oder Schöpfgeräth. In der Stelle Richter 5, 11: da die Schützen schrien zwischen den Schöpfern, da sage man von der Gerechtigkeit des Herrn — meint Luther es wohl im ersteren Sinne (wiewohl Prof. Weigand es im letzteren S. nimmt), denn in der Wittenberger nds. Bibel von 1541 heißt es: daar de Schütten schryeden twischen den Waterdregern. Luther sagt in der Randglosse: „Die Schützen Sissera schrien vor Noth am Wasser Kison, da man pflegt zu schepfen": vgl. Hölle. — Schöpfen, L. schepfen, ist aus dem ahd. scephan hervorgegangen, wovon die Nebenform scafan sich als schaffen erhielt. Schöpfen scheint Urbedeutung zu schaffen zu sein.

schossen — in die Höhe schießen, wachsen, in Halmen und Aehren schießen 2. Mos. 9, 31: die Gerste hatte geschosset. Das schwache Verbum schossen ist eine Verstärkungsform von schießen und aus dem Präteritum desselben (schoß) gebildet; daher auch Schößling Hiob 14, 7, ahd. scuz, scuzlinc; frz. écot Baumstrunk. Aehnlich ist sprossen aus sprießen (Prät. sproß) hervorgegangen. „Unter allen Gesämen ist der Saine des Aufruhrs derjenige, der am schnellsten aufschoßt.“ Meißner.

Von schießen (schoß), agſ. sceŏtan im Sinne von Geld (zusammen) schießen ist der **Schoß** = Steuer, obrigkeitliche Abgabe, agſ. gescëót, mhd. geschoz, schoz, altfr. scot ꝛc. gebildet: Luc. 20, 22; Röm. 13, 7; Luc. 23, 2.

So sagte man mhd. auch gewerf Abgabe von werfen; mitlat. conjectus von conjicĕre zusammenwerfen; ſ. Weigand, W. d. S. III, 734.

Das Wort ist auch in die romanischen Sprachen übergegangen: itl. scotto, prov. escot, frz. écot, mtl. scotum Zeche; Steuer; ſ. Diez p. 311.

Es scheint also nicht mit schat und kopschat, ſ. Hort, zusammenzugehören; indes macht mich die weite Verbreitung des Wortes (vgl. altgaelisch sgot Steuer und altslavisch skot wie altfr. sket Vieh) und der kurze Vocal (o) — während ndd. schôt, mhd. schôz schoß — doch etwas bedenklich.

schroten, schw. Verb. — schiebend wälzen, z. B. Wein- und Bierfässer aus dem Keller oder in denselben schroten (wälzen); daher der **Schröter** einer der Wein- oder Bierfässer aus dem Keller ꝛc. wälzt, schafft, Weinschröter, Bierschröter Jer. 48, 12: darum siehe, spricht der Herr, es kommt die Zeit, daß ich ihnen will Schröter schicken, die sie ausschroten sollen und ihre Fässer ausleeren und ihre Legel (ſ. d. W.) zerschmettern — Vulg. et mittam ei ordinatores et stratores laguncularum; van Eß: Umleger, umlegen; andere: ablagern.

Weinschröter hat auch Goethe im Götz von Berlichingen; Seume: „Ich ließ mich mit meinem Tornister auf einen Maulesel schroten“ d. i. wie eine schwere Last hinaufheben; dgl.: „Wir schroteten uns also wieder in die Wagen und ließen uns weiter ziehen.“

Schroten und Schröter ist mitteldeutsch: der schroter, schroder, wie sich in einer Mainzer Urkunde von 1289 wînschrodere (Pl.) findet (Höfer's Auswahl der ältesten Urkunden deutscher Sprache im Königl. Geheimen Staats- und Kabinetsarchiv zu Berlin, p. 47 und 48 — nach einer briefl. Mittheilung von Professor Weigand). Das Wort hängt nicht zusammen, wie Kehrein, onomat. Wörtb. 1198, und andere meinen, mit dem starken mhd. schrôten (Prät. schriet), ahd. schrôtan schneiden ꝛc. „Ob aber mitteld. schrotin (schrodin) schiebend wälzen und ahd. schrôtan auf ein gemeinsames Wurzelverbum zurückzuführen sind, steht dahin; die nicht zu vereinigenden Begriffe wenigstens widerstreben. Süd- oder vielmehr hochdeutsch kommt jenes schroten — schiebend wälzen nicht vor"; Weigand. Um es dennoch damit in Verbindung zu bringen, sind andere auf die Vermuthung gekommen, daß schroten hier im Sinne von zertheilen, nämlich den Wein aus dem Fasse auf Flaschen zu nehmen sei, was aber dem Gebrauche zuwider ist.

Schuckelrad, der — ein bewegliches Rad 2. Macc. 13, 5. 6: und auf der (im Turm liegenden) Aschen stund ein umlaufend Schuckelrad; ... darauf räderte man die Gotteslästerer und großen Uebelthäter. Man ließ die Verbrecher von einer Walze herabrollen, die über einen Turm voll Asche sich herumdreht, in welcher sie dann stickten.

Es ist also an die ehemalige Strafart des Räderns, wobei dem Verbrecher mittelst eines Rades die Glieder zerschlagen wurden, oder des Flechtens aufs Rad nicht zu denken. Luther hat eigentlich ein „vmblauffend vnd schuckeld Rad". Dieses schuckeld sollte schuckelt, unverkürzt schuckelet lauten und ist nichts anderes als schuckelicht, dessen „icht", mhd. „äht" im Süddeutschen sich zu „et" kürzt. Das Wort bedeutet schaukelnd = schwankend, wackelig und ist vom ndd. schuckel = hochd. Schaukel gebildet. Vgl. bairisch schucken in schwingende Bewegung setzen, schwingen; schocken = in schwingender Bewegung sein; stoßen; Schock, auch ndd. Stoß; Haufen; frz. choc ꝛc.

Schutt, der — a) Zusammengeschüttetes, Trümmer, besonders von erdigen Körpern, es mag nun von selbst oder durch Menschenhände aufgeschüttet sein; b) ein Wall von aufgeschütteter Erde, behuf Belagerung einer Stadt, ein Bollwerk, eine Circumvallationslinie 2. Sam. 20, 15: sie schütteten (warfen) einen Schutt um die Stadt; 2. Kön. 25, 1: Nebucadnezar lagerte sich vor Jerusalem und bauete einen Schutt um sie her; Jer. 6, 6: und machte Schütte wider Jerusalem; Hes. 17, 17: wenn man die Schütte aufwerfen wird und die Bollwerke bauen; Dan. 11, 15; Hab. 1, 10.

Mhd. der schüt, die schütte Erdreich, das ein Fluß innerhalb des Wassers oder am Ufer angeschwemmt und aufgehäuft (aufgeschüttet) hat = Wehrd; dann auch künstlicher Erdwall — von schütten, mhd. schuten, ahd. scutjan, scutan, altſ. scudjan, ndd. schüden in gleichsam stoßartig zitternde Bewegung von stärkeren Schwingungen setzen, schütteln; daher aufschütten = aufwerfen, überschütten Ps. 21, 4; Luther hat das einfache schütten für (Erde) auf- oder zusammenschütten, aufwerfen Hes. 21, 22: daß er Böcke (s. Bockel) führen soll wider die Thore ... und da Wall schütte und Bollwerk baue — Vulg. ut comportet aggerem, ut aedificet munitiones. S. Kehrein, onom. Wörtb. 654.

„Es ist abzuleiten von dem Plural des Präteritums eines verlornen ahd. Wurzelv. sciotan (Präs. sciutu, Prät. scot, Pl. scutumês, Partc. scotan) = in kurz und schnell hin- und herschwankender Bewegung sein (?), von welchem jenes ahd. scutjan, mit Lautengleichung (tj zu tt) scuttan, das Factitiv wäre"; Weigand nach briefl. Mittheilung.

Eine Verstärkungsform von schütten ist

schüttern (schuttern), wie jetzt schütteln — in heftig zitternde Bewegung gerathen (oder versetzen) Dan. 5, 6: seine Gedanken erschreckten ihn, daß ihm die Lenden schütterten und die Beine zitterten.

Schwäher, der — Schwiegervater 1. Mos. 38, 13: da ward der Thamar angesagt: Siehe, dein Schwäher (Juda) gehet hinauf, seine Schafe zu scheren; 2. Mos. 3, 1: Moses aber hütete der Schafe Jethro, seines Schwähers des Priesters in Midian. Nach Luthers Ansicht ist Jethro dieselbe Person mit Reguel (2. Mos. 2, 18); dessen Sohn, also Moses Schwager (der Bruder der Frau), war Hobab 4. Mos. 10, 29. Andere halten Jethro mit Hobab identisch und Reguel für den Vater; vgl. Zeller I, 625.

Nehemia 6, 18 steht Schwager für Schwiegersohn, Tochtermann, sonst bei Luther Eidam (s. d. W.). Die **Schwieger** ist die Schwiegermutter, Mutter des Mannes und der Frau: 5. Mos. 27, 23; Ruth 1, 14; Matth. 8, 14; 10, 35.

Mhd. der swëher, ahd. suëhor, zusammengezogen suër, got. svaihra Schwiegervater; mhd. swâger, wie nhd. Schwager; mhd. swiger, ahd. suigar, got. svaihro Schwiegermutter — ist das entsprechende Femininum zu Schwäher.

Alte, in vielen Sprachen ähnlichlautende Familienbezeichnungen, welche lautverschoben zu lat. secus (= sexus) Geschlecht, socius Genosse, socer Schwiegervater, socrus Schwiegermutter stimmen. Grimm leitet sie zurück auf ein vermuthetes got. Wurzelverbum svaihan (svah, svêhun)? Gramm. II, 53. Vgl. Neffe, Schnur.

schwänzen, schw. V. — eigentlich mit dem Schwanze wedeln, daher: aus Hochmuth im Gehen den Hintern und die Schleppkleider bei jedem Tritte von einer Seite zur andern bewegen Jes. 3, 16: darum, daß die Töchter Zion stolz sind und gehen mit aufgerichtetem Halse, treten einher und schwänzen — Meyer-Stier: „treten trippelnd einher". Goethe: „Gar edel vor sich hin sie geht, ohne mit Schlepp und Steiß zu schwänzen." Der populäre Ausdruck hebt das Verächtliche und Gemeine der Sache hervor.

Schwänzen, mhd. swanzen von der **Schwanz**, mhd. swanz, das eigentlich den Tanz, dann den Tanzaufzug der Frauen, das Schleppkleid, die Schleppe bedeutet — so auch Stücke in Esther 4, 4; vgl. Gebräme; es wurde im 15. Jahrh. allgemein für das alte Zagel (ahd. und mhd.), agſ. tägel, engl. tail = cauda; s. Weigand, Wörtb. der Synon. III, 684. Daher erklärt sich auch der Ausdruck: die Schule schwänzen = aus Hochmuth oder Eitelkeit die Schule versäumen und müssig umherlaufen (umhertänzeln?); oder ist schwänzen hier s. v. a. (jemand) mit einem Schwanz oder Zopf versehen, um ihn zu necken und zu verspotten, also die Schule schwänzen = der Schule einen Zopf drehen, sie anführen? Aehnlich ist bei Horaz, Sat. 2, 3, 55, caudam trahere d. h. einen Schwanz schleppen.

Segen, der — ist durch die Kirche in die deutsche Sprache gekommen und entsprungen aus dem lat. signum Zeichen. Es bedeutet auch im Ahd. (sëgan, sëgin) zuerst, wie ags. sëgen Zeichen, bes. Kreuzeszeichen (signum crucis), welches bei verschiedenen Gelegenheiten gemacht wurde (wie Kreuzschlagen facere signum crucis), z. B. beim Beten, beim Kommen und Gehen, bei der Fahnenweihe rc., selbst beim Zaubern. Da das Kreuzschlagen oder Bekreuzen in der Regel unter Erflehung des göttlichen Beistandes oder unter Anwünschung von Glück und Heil geschah, so entwickelten sich daraus folgende Bedeutungen von Segen: a) die beim Beten, Zaubern rc. gesprochene Formel; b) das Gebet oder der Zauber selbst; c) dann am gewöhnlichsten (von Gott gebr.): die Fülle göttlicher Wohlthaten und Gnadenerweisungen; (von Menschen) der Anwunsch des Guten durch Gottes Gnade; überhaupt Gedeihen, Wohlergehen, Glück.

Von Segen ist gebildet das schwache Verbum **segnen**, aus mhd. sëgenen, abgekürzt sëgen,*) welches demnach bedeutet a) das Zeichen des Kreuzes schlagen, um sich dadurch der göttlichen Gnade zu empfehlen oder vor der Gewalt des Bösen zu schützen; b) die Gebets- oder Zauberformeln sprechen, um dadurch übernatürliche Wirkungen hervorzurufen; c) — und dies ist die bei Luther wie überhaupt mhd. vorherrschende Bedeutung — 1) (von Menschen, andern Menschen und sich selbst gegenüber) Gutes, göttliche Gnade nach Leib und Seele anwünschen: 1. Mos. 27, 34. 36; 4. Mos. 23, 20; Hebr. 7, 7 u. a. O. Ps. 10, 3; Jes. 65, 16; 2) (von Menschen, Gott gegenüber) ein Dankgebet sprechen, Gottes Gnade preisen: 1. Kor. 14, 16; 10, 16. S. Zeller unter Segen.

Weil es aber allgemeiner Brauch war, jemanden beim Kommen und Gehen mit einem Segens- d. i. Glückwunsch zu begrüßen oder zu begleiten, so entwickelten sich auch noch folgende Bedeutungen von segnen, d) für begrüßen, bewillkommnen überhaupt 1. Sam. 13, 10: da ging Saul hinaus, Samuel entgegen, ihn zu segnen; b) für feierlich verabschieden, Abschied nehmen: 2. Sam. 13, 25;

---

*) Luther schrieb noch segenen (d. i. Segen mit der Verbal-Endung en) und segen, begegen und begegnen, regen und regnen (aus Regen — regenen), rechen und rechnen (rechenen), zeichen und zeichnen (d. i. ein Zeichen setzen, machen), wapent st. wapnet; s. Mönckeberg 62.

Ein recht auffälliges Beispiel, wie durch die Modernisierung, richtiger Verstümmelung der sprachlichen Formen die Sprache große Einbuße an Schönheit und Wohllaut erleiden kann, zeigt eine Stelle in der Historie von der Susanna: V. 54 und 55 heißt es in der 1545er Ausgabe: er aber antwortete: unter einer Linden. Da sprach Daniel: o recht, der Engel des Herrn wird dich finden. V. 58: er aber antwortete: unter einer Eichen. Da sprach Daniel: o recht, der Engel des Herrn wird dich zeichen. „Die Absicht Luthers, die jedesmalige Beziehung der Rede Daniels auf die lügenhafte Angabe der Zeugen durch den Reim darzustellen, ist hier unverkennbar; in den neuern Ausgaben ist der Reim theils durch das Verlassen der alten Flexion: Linden, Eichen, theils dadurch vertauscht, daß die jetzt gebräuchliche Wortform zeichnen an die Stelle der veralteten zeichen gesetzt ist." Wetzel 63. Vgl. die Bem. zu enthalten und Scheuel.

Apost.-Gesch. 20, 1: da nun die Empörung aufgehört, rief Paulus die Jünger zu sich und segnete sie und ging aus zu reisen in Macedonien — bei Meyer-Stier und andern: nahm Abschied, Vulg. valedixit. Es hat sich diese Bedeutung noch erhalten in: das Zeitliche segnen = verlassen, von hinnen gehen, sterben. Aus der Bed. von verabschieden wird sich dann wohl e) die von jemanden sich aus dem Sinne kommen lassen, vergessen entwickelt haben Hiob 1, 5: meine Söhne möchten gesündigt und Gott gesegnet (de Wette: Gott entsagt) haben in ihrem Herzen — ja sogar f) die von fluchen, lästern, wodurch man sich von Gott und seiner Furcht lossagt, scheidet 1. Kön. 21, 10 und 13: du hast Gott und dem Könige gesegnet (segnen hier also gleich fluchen mit dem Dativ); Hiob 1, 11: was gilts, Hiob wird dich ins Angesicht segnen — Luther bemerkt dazu in der Glosse: d. i. fluchen und lästern; desgl. Kap. 2, 5; dagegen hat er Hiob 2, 9: ja, ja segne Gott und stirb — das Wort in gewöhnlicher Bedeutung genommen, was aus der Glosse hervorgeht: „Ja, du thust fein, lobest und dienest Gott und gehest (doch) darüber zu Grunde".

Indes findet sich in ältern Wörterbüchern, z. B. bei Frisch, teutsch-latein. Wb. von 1741, wie im gemeinen Leben, segnen in der Bedeutung von bezaubern, Segen für Beschwörungs- und Zauberformel, die doch in böser Absicht zu schaden gesprochen wird; deshalb konnte sich obige Bed. von fluchen recht wohl hieraus entwickeln. „Zwischen Beschwörung und Segen dürfte man unterscheiden, jene für die Anrufung des Beistandes höherer Wesen, diesen für die bloße Aussprechung schützender Worte, jene für schädigend, aufregend, diesen für heilend, besänftigend halten; beide aber mischen sich. Das ags. spell, engl. spell (s. Beispiel) begreift beide Arten.. Ursprünglich waren alle Segensformeln christlich, es hat sich aber vielen hernach auch Heidnisches beigemengt; ebenso haben heidnische Beschwörungen christliche Bestandtheile aufgenommen." Grimm, Myth. 626.

Daß wie hier die Bedeutung eines Wortes in ihr gerades Gegentheil umschlägt, wenigstens in gutem und bösem Sinne vorkommt, ist nicht selten; vgl. heimsuchen unter Sache, erwegen, Dirne, Metze, Buhle, thürstig, schlecht, Pöbel, gemein, albern, einfältig 2c. „Wie der Sinn auf die gute und böse Seite schwanken kann, z. B. geizig bald aus sparsam, haushälterisch, standhaft, bald aus böse, mißgünstig abgeleitet wird; so schwanken auch einzelne Wörter dahin oder dorthin, nachdem sie Zeit und Mundart bestimmt haben." Grimm, Gr. II, 88.

seigen — dasselbe was seihen a) fallen, niederfallen; gewöhnlich aber b) eine Flüssigkeit durch feine Oeffnungen (z. B. eines Siebes) durchgehen lassen, um sie von Unreinigkeit zu befreien Matth. 23, 24: die ihr Mücken seiget (ausscheidet) und Kameele verschlucket, d. h. sagt Luther: „ihr machet enge Gewissen in geringen Stücken und achtet nicht der großen Stücke."

Die Form seigen, mhd. stark sîgen (seic, gesigen) ist veraltet;

seihen war ehemals auch stark: Prät. sieh, Partc. gesiehen; ahd. sîhan (Prät. sêh, sigumês), ags. seon, engl. sew, ndl. ziggen.

Eine Nebenform von seigen ist siegen = sickern, sich niederwärts bewegen, ndd. dâle sigen; daher versiegen, bei Luther und Opitz noch verseigen (stark) = „als Feuchtigkeit in die Tiefe vergehen"; „aus Mangel an Feuchtigkeit aufhören zu fließen" ꝛc. Hos. 13, 15; Ps. 107, 33; Jes. 44, 27; Hos. 9, 14: gib ihnen unfruchtbare Leiber und versiegene Brüste. S. Kehrein, onom. Wtb. 954.

Von sêhan seihen ist gebildet **sichten**, älter nhd. sechten, welches indes nur von Trockenem gesagt wird = sieben, vermittelst des Siebes oder der Wurfschaufel reinigen, läutern; bildl. (von Gott) durch widrige Geschicke läutern; (vom Bösen) in Versuchung führen Amos 9, 9: ich will das Haus Israel unter allen Heiden sichten lassen, gleichwie man mit einem Siebe sichtet; Luc. 22, 31: Simon, Simon, der Satanas hat euer begehret, daß er euch möchte sichten wie den Weizen — andere: sieben, worfeln; Vulg. ut cribraret sicut triticum.

Letztere Stelle könnte von ndd. Lesern leicht falsch verstanden werden, da hier leicht an ndd. sichten — sicheln, schneiden (Korn) zu denken ist, woneben freilich auch ndd. sichten im obigen Sinne neben sêven sieben vorkommt.

Seim, der — der reinste frisch aus den Waben fließende Honig, Jungfernhonig Hoh. 5, 1: ich habe meines Seims sammt meinem Honig gegessen — ein Bild der „lieblichen Worte" der Braut. Sonst gebraucht Luther dafür das Compos. Honigseim: 1. Sam. 14, 27; Ps. 19, 11; Spr. Sal. 27, 7. Honig ist bei Luther sächl. Geschl. wie ahd. und mhd. J. H. Voß gebraucht es auch für den Saft der Pflanzen: „Und den Saft hekateïschen Krautes sprenget sie ihr: und sofort, da der traurige Seim sie berührte ꝛc." Nach Adelung eine dicke Flüssigkeit überhaupt.

Sowohl Honig wie Seim sind dunkeln Ursprungs. Ums Jahr 1100 kommt schon das Compos. honichseim, altnord. hunângseimr vor; ags. seim, engl. seam, saim Schmalz, Schweinefett. Wilh. Wackernagel führt die Form sein (Pl. seine) neben seim an und hält es für eine Ableitung vom obigen ahd. sîhan; mhd. verseinen neben verseigen; Grimm, Gr. II, 18. Darnach wäre es ursprünglich eine „durchgeseihte Flüssigkeit."

Sekel, der — das hebr. schekel, wörtlich Gewicht — die gewöhnlichste israelitische Münze, die wie das Gold überhaupt vom Käufer dem Verkaufenden auf einer Wage zugewogen wurde (1. Chron. 22, 25; Hiob 28, 15; 2. Sam. 18, 12 ꝛc.). Es kommen vor a) am gewöhnlichsten der Silbersekel oder **Silberling**, im Werth von etwa 10½ gGr., an Gewicht ½ Loth = 10 Gerah: 1. Mos. 20, 16; 23, 16; 37, 28; 24, 22; b) Sekel des Heiligthums oder heil. Sekel = 1 Loth = 2 Silbersekel = 20 Gerah: 2. Mos. 30, 13; 38, 24 ꝛc.; 4. Mos. 3, 47 ꝛc. c) Viertelsekel 1. Sam. 9, 8. Die kleinste Münze (Gewicht) war ein **Gerah**, wörtl. Korn, Gran = $^1/_{10}$ Silbersekel, etwa 1 gGr. an Werth, an Gewicht 18,7 Paris. Gran: 2. Mos. 30, 13; 3. Mos. 27, 25; Hes. 45, 12; 1. Sam. 2, 36 unter dem Namen Agoreh, Luther Silberpfennig.

Sehr häufig kommt der Sekel als Gewicht = 1 Loth vor: Richter 8, 26 — 1700 Sekel = 53 Pfd.; 1. Sam. 17, 5 — 5000 Seckel = $156^1/_4$ Pfd., 600 S. = $18^3/_4$ Pfd. — Ob der **königliche** Sekel 2. Sam. 14, 26 leichter war, ist zweifelhaft. 3000 Sekel = $93^3/_4$ Pfd. machen einen Centner, dem griech. und babylon. Talent entsprechend: 2. Sam. 12, 30; 1. Kön. 9, 14; 2. Mos. 38, 24 2c.; 2. Kön. 18, 14.

Matth. 18, 24 steht im Grundterte Centner (Talente), bei Luther 10,000 Pfund, nach damaligen Werthe etwa 24 Millionen Gulden. Vgl. Mina. Siehe das Nähere unter Geld und Gewicht bei Zeller.

Sela, hebr. — kommt 71 mal in den Psalmen und 3 mal im Habakuk (K. 3, 3. 9. 13) vor. In den ältesten Zeiten glaubte man, besonders die Juden, daß es eine Abkürzung im Schreiben sei, zusammengezogen aus den 3 Wörtern sow lemaglah hasshar d. h. „kehre zurück (wiederhole den Satz) nach oben, Sänger!" entsprechend dem itl. dacapo, mit ein Widerholungszeichen in der hebr. Musik beim Absingen der Psalmen. Hingegen versuchten andere eine andere Erklärung, es für eine Pause, Cäsur im Rhythmus haltend, für eine Erhebung der Stimme und Veränderung des Tones oder für eine Wiederholung der Melodie um einige Töne höher, oder für ein Schweigen des Gesanges und Einfallen des Saitenspiels 2c. Am meisten Grund hat die Annahme für sich, wonach das Sela ein poetisches Abschnittszeichen in einem Gesange ist, in welchem verschiedenartige Gegenstände besungen werden, um diese im Liede genau von einander zu trennen. Auch in den Stellen, in welchen das Sela mitten im Verse vorkommt, folgt nach ihm überall ein etwas anderer, ein modificierter Sinn; auch wo ein und derselbe Sinn fortzulaufen scheint. Es hätte also Aehnlichkeit mit unserm deutschen Gedankenstrich. Hiezu paßt die Etymologie des Wortes: es kommt vom Hebr. salah = schâlâh = schweigen, ruhen, nämlich im Fortlesen, um das Vorhergehende erst und hiernach das Folgende richtig zu fassen, ein Zeichen des Nachdenkens. Nach Dr. Krahmer, die Psalmen metrisch übersetzt und erklärt.

semisch (sämisch), Adj. — (vom Leder) mit Alaun zubereitet und gar gemacht, fett gar Hes. 16, 10: und zog dir semische Schuhe an — nach dem Grundterte ist es Leder von Techaschim, welche Thiere Luther 2. Mos. 25 2c.; 4 Mos. 4 mit Dachse übersetzt; wahrscheinlich war es eine Art Fischsäugethier, der Dujong oder die Seejungfer halicore cetacea; s. Zeller I, 212. Noch jetzt tragen die Beduinen der Sinai-Halbinsel oft Sandalen (d. i. Sohlen, die mittelst Riemen unter den Fuß gebunden werden Joh. 1, 27; Luther übersetzt Schuhe) aus Fischhäuten (doch wol Häute von Fischsäugethieren?); vgl. Strauß, Sinai und Golgatha, 4. Aufl. p. 140.

Sämischleder ist nicht identisch mit Gemsleder, wie etymologische Wörterbücher wohl angeben: sämisch, ndd. sêms, und 1500 seems zu Anfange des 15. Jahrh. semisch, sâmisch, saemisch etc. ist vielleicht entlehnt aus böhm. zamis (s = sch), poln. zamesz, russ. zámscha = Sämischleder, das aus türkisch semiz = fett entlehnt sein könnte. S. Weigand, deutsch. Wörterb.

Semmel, die — bedeutet jetzt ein Weizenbrötchen aus feinem Mehl, ehemals aber wie im Mhd., Ahd. und Lat. (ahd. simila aus lat. simila entlehnt) nur „feines Weizenmehl.“ Bei Luther kommt es mitunter noch im ältern Sinne vor: Sir. 38, 11; Offenb. Joh. 18, 13; Sir. 35, 3. Als Brötchen oder Kuchen aus Weizenmehl steht es 2. Mos. 16, 31 und Hes. 16, 13. 19; daher er das Mehl selbst schon Semmelmehl nennt: 3. Mos. 2, 4; 4. Mos. 6, 15; 1. Mos. 18, 6 u. öfter.

Seuche, die — a) jetzt herrschende, ansteckende Krankheit, Epidemie, auch bildlich auf um sich greifende sittliche Kranheit übertragen; b) ehedem hatte es eine weitere Bedeutung: sich lange hinziehende Krankheit oder Krankhaftigkeit, auch bildlich in sittlicher Beziehung; Matth. 4, 24: sie brachten zu ihm allerlei Kranke, mit mancherlei Seuchen und Qual behaftet — Vulg. languor; Matth. 8, 17: unsere Seuche hat er ertragen — in leiblichem und geistlichem Sinne — Vulg. aegrotationes; Joh. 5, 4: welcher nun der erste hineinstieg, der ward gesund, mit welcherlei Seuche er behaftet war. Im jetzigen Sinne steht es 5. Mos. 7, 15; 28, 60.

Mhd. die siuche, suche, ahd. siuchi langwierige Krankheit, vom Adj. ahd. siuh krank, bes. aussätzig, mhd. und nhd. siech, ndd. seek, got. siuks etc., welches in ältester Zeit der eigentliche Ausdruck für das erst in nhd. Zeit dafür allgemein gewordene krank war; krank bedeutete nämlich ehedem schwach. Vgl. Lustseuche. — Von siech, ahd. siuh ist gebildet das ahd. siuchta, ndd. sûkte die Krankheit, und wiederum hiervon das bei Luther vorkommende seuchtig, das ein mhd. siuhtec, ahd. siuhtîc voraussetzt: **seuchtig**, welches in der Bedeutung dem jetzigen süchtig entspricht = voll Sucht, siech, krank (krank machend); 1. Tim. 6, 4: der ist aufgeblasen und weiß nichts, sondern ist seuchtig in (M.-St. an) Fragen und Wortkriegen d. i. voll krankhafter Begierde, unnütze Fragen aufzuwerfen und über leere Worte zu streiten; Luther bemerkt: „Lügen (nach dem Zusammenhange: falsche Lehre) ist allezeit siech und darf (bedarf) viel flickens und glossierens.“ Vulg. languens circa quaestiones; Andere kränkelnd an, kränkelt, krankete.

Den Wörtern siech, siechen, Sucht; Seuche, seuchtig, süchtig ꝛc. liegt ein got. starkes Wurzelverbum siukan (Prät. sauk, sukum) siechen, kranksein zu Grunde; s. Grimm, Gr. II, 50 und Ernst Schulze, got. Glossar 310. Vgl. unsättig.

Sichermal, das — das Mal oder Schwarze in der Scheibe, nach welchem man sicher d. h. wohlgezielt schießt 1. Sam. 20, 20: so will ich drei Pfeile schießen, als (wenn) ich zum Sichermale schösse. Im

Grundtext heißt es Sehermal; Meyer-Stier übersetzt einfach Ziel. Vgl. Mal.

Sicher — gewiß, ahd. sichur ist entlehnt aus dem lat. securus d. i. sine cura sorgenfrei; sorglos; gewiß.

sichten s. seigen.

Sie, die — Thier weiblichen Geschlechts 3. Mos. 4, 32: wird er aber ein Schaf zum Sündopfer bringen, so bringe er, das eine Sie ist, ohne Wandel (s. d. W.). — Die ndd. Bibel hat: dat ein se is; die ndl. een wyfken. Luther gebraucht es auch sonst von Menschen: „Nun hatte er alle Thiere geschaffen, aber seine Sie und Gefährtin fand er nicht.“

„Von alters her pflegt unsere Sprache die Pronomina er und sie substantivisch für Mann und Weib, Männchen und Weibchen, vorzugsweise der Vögel zu gebrauchen“, Grimm, Wörtb. III, 690, wo eine große Menge Belegstellen angeführt steht; s. auch W. Wackernagel, Wb. 77.

Silberling s. Sekel.

Sindflut, die — die große allgemeine Flut, Ueberschwemmung, besonders die Noachische, gewöhnlich Sündflut genannt: 1. Mos. 6—8; K. 6, 17; Ps. 29, 10; Matth. 24, 38. 39 rc.

Die Sindflut, richtiger Sinflut, ist eins derjenigen Wörter, die von den neuerungssüchtigen „Schulmeistern“ (Vilmar) des 17. Jahrh. als Fehler der „groben, altdeutschen Art“ ausgerottet und wie fast überall durch schlechtere oder, wie hier, geradezu falsche ersetzt wurden; vgl. freidig. „Sündflut“ schien ihnen in Anbetracht der Ursache jener Flut das allein richtige. Luther wählte aber, ganz den hebräischen, griechischen und lateinischen Ausdrücken der Bibel gemäß das Wort Sindflut, welches seit den ältesten Zeiten deutscher Schriftsprache, bis herab auf seine Zeit, ja bis zum Ende des 16. Jahrh. im allgemeinen Gebrauche gewesen ist. „Sündflut“ findet sich zuerst in der Frankf. Bibelausgabe von 1589, aber auch schon in der alten Nürnberger Uebersetzung von 1483 „sündfluß“ neben „syntfluß“. Pischon bemerkt p. 15, daß Luther selbst in der letzten von ihm besorgten Ausgabe von 1545 die Form Sündflut sorgfältig in Sindflut umgewandelt habe, wo sie in die Ausgabe von 1541 eingeschlichen war.

Die Sinflut: ahd. sinfluot, mhd. sintfluot (seit dem Anfange des 11. Jahrh. ist das t eingeflossen, vgl. Tendlen), mit niederdeutschem **d** statt **t** Sindflut (Luther hatte beide Formen) bedeutet nach Grimm (Gram. II, 554 rc. III, 617 rc.) große Flut; es ist zusammengesetzt aus Flut und dem von Grimm vermutheten got. Subst. sin, welches Stärke, Kraft bedeutet haben muß (desselben Stammes mit lat. sem-per, nach Vilmar), und in zahlreichen Verbindungen der ältern Sprache die adjectivische oder adverbiale Bedeutung stark, dauernd, beständig (von der Zeit), überall (von dem Raume) hat. Von diesen Compositis ist unter andern noch vorhanden Singrün, mhd. singrüene starkes, dauerndes Grün, Immergrün, und vielleicht auch Seneschall (ahd. sinescalc) d. i. der älteste Hausdiener, s. Schalk, dann (franz.) Oberhofmeister; s. Grimm, Rechtsalterthümer 302; ferner gehört dahin die Sehne, ahd. sënawa, ags. sinu, altfr. sini, engl. sinew, gleichsam die Starke; ein altfr. sinkale erklärt Richthofen für „bleibende, immerwährende Kahlheit." Mundartlich findet sich noch sindlich für groß, sehr: ein sindlicher Sturm; sie sind sindlich gelaufen; s. Wetzel, Sprache Luthers 151.

Wie also hieraus hervorgeht, lag in dem Worte selbst kein zwingender Grund, dasselbe nur auf die Noachische Flut anzuwenden, sondern konnte auch von jeder andern großen Ueberschwemmung gebraucht werden; so auch von Luther Sir 39, 27: denn sein Segen fleußt daher wie ein Strom und tränket die Erde wie eine Sindflut — ein Bild reichen Regens, das jeden Gedanken an Sünde ausschließt. „Ueberlieferungen einer alten Wasserflut haben sich bei vielen heidnischen Völkern in eigenthümlicher Gestaltung erhalten. Wer wollte die eddische Sage von Ymir und Bergelmir ableiten aus der Erzählung des alten Testaments? Auch hier ist eine unentlehnte Uebereinstimmung." „Auch das ahd. sinfluot mag ein uralter, eigener Ausdruck (dieser allgemeinen Flut) sein; aber Traditionen von allgemeiner Wasserflut sind verschollen, nur den Untergang einzelner sündhafter Oerter und Burgen weiß das Volk zu berichten." Grimm, Myth. 472. Die urgermanische, heidnische Tradition ging auf in die Noachische Vertilgungsflut und so auch das Wort Sindflut.

Die Richtigkeit dieser Darstellung von Sindflut beweist zum Ueberfluß das ahd. dafür sehr gewöhnliche unmaz fluot d. i. übermäßige Flut; s. v. Raumer, Einwirkung des Christenthums auf die ahd. Sprache 327. — Otfried, in der Evangelienharmonie, schreibt einfach thaz uuazar; im Heliand steht thia flôd; in Ulfilas got. Bibelübers. midjas weipains s. v. a. „Weltüberschwemmung"; s. Pischon p. 15.

sint, Präp. — dasselbe was seit Richter 19, 30: sint der Zeit die Kinder Israel aus Aegypten gegangen; Hiob 20, 4: sint der Zeit, daß Menschen sind; Jos. 2, 11: und sint wir solches gehört haben, ist unser Herz verzagt; 2. Mos. 5, 23: sint dem hat er das Volk geplagt.

So heißt es auch in einem alten Kirchenliede: „das ist uns worden schein, sint wir haben verlorn den, der uns zu Troste wart geborn, s. bei Ph. Wackernagel.

Seit, got. seithus, ist ursprünglich ein Adjectiv mit der Bedeutung spät (serum), dann ein Adverb mit gleicher Bedeutung (sero), oder später, nachher; ahd. sîd, mhd. sît, sîd, seid ein Zeitadverb: seitdem, darauf, nachher, späterhin; ferner eine Präposition mit dem Dativ (wie nhd. seit); endlich eine Conjunction oder zeitliches Fügewort: nachdem, seitdem; desgl. ein causatives Fügewort: da, weil. Im 15—17. Jahrh. kommen die Formen vor seit, seint, sint; seitdem, sintdem, sintendem, seither, seit daß, seither daß, s. Kehrein, Gram. des 15—17. Jahrh. III, 254. Grimm. Gram. III, 97, 258 ꝛc.

Sämmtliche ahd. und mhd. Bedeutungen von seit hat die mhd. Nebenform sint, welche aus sît durch frühen Eintritt oder vielmehr durch Aufsteigung eines n im Worte entstanden ist, wie in „fangen" aus „fahen", s. verfahen, hangen aus hâhen, s. Hengel, Dienstag aus diestag, blinken aus blicken (s. das.). Vgl. ndd. sîd und sünd, sind (mit scharfem s), wie ags. sith und engl. since 2c.; s. Weigand, deutsch. Wb. II, 226.

Von sint hat Luther auch das Compositum

sintemal, sintemalen 1) Adv. — d. i. seit einmal, nachher zu einer Zeit; mâlen ist Dat. Plur. von mâl s. Mal; 2) dann auch causatives Fügewort: da, weil: 1. Mos. 18, 18: sintemal er ein groß und mächtig Volk soll werden; 5. Mos. 9, 6: so wisse nun, daß der Herr dir nicht um deiner Gerechtigkeit willen dies gute Land gibt einzunehmen, sintemal du ein halsstarrig Volk bist; Eph. 4, 25: Leget die Lügen ab und redet die Wahrheit, ein jeglicher mit seinem Nächsten, sintemal wir untereinander Glieder sind; Luc. 1, 1: sintemal sichs viele unterwunden haben zu stellen die Rede von den Geschichten 2c. Vulg. quoniam quidem. In den Ausgaben von 1521—23 stand seytmal für sintemal; s. Mönckeberg 33.

Mhd. sît dem mâl daz, sîddemâl, sydmâlen; s. W. Wackernagel 263.

Aehnliche Wandlungen in Bedeutung und Gebrauch haben viele jetzige Adverbien und Conjunctionen durchgemacht; vgl. weil, ob, aber, fast, so 2c.

Sippschaft, die — gebraucht Luther noch im ursprünglichen edlen Sinne für Verwandtschaft, Blutsfreundschaft (abstract wie collectiv), die sämmtlichen Verwandten einer Person, während es jetzt einen verächtlichen Nebenbegriff erhalten hat: 1. Chron. 4, 33: und alle Dörfer . . . . das ist ihre Wohnung und ihre Sippschaft unter ihnen — andere: Geschlechtsverzeichniß, Geschlechtsregister, Geschlecht. — Bei Voß hat es noch die alterthümliche Bedeutung: „Welcher gemeinsamer Stamm mir erst und vervetterte Sippschaft, . . . dann das Lager verband." Dagegen bei Goethe: „Zum Orkus hin; da suche deine Sippschaft auf!" ferner: „Ich fand auf der Straße die ganze Sippschaft beisammen." So spricht man von der Sippschaft der Bettler, der Vagabonden 2c.

Bekanntlich hat in neuerer Zeit die Naturwissenschaft das mhd. sippe wieder in ihren Dienst genommen, um einen Ausdruck mehr zu besitzen für ihr viel gegliedertes Classifications-System; s. Leunis, Synopsis I, 10.

Sippschaft, mhd. sippeschaft, ist zusammengesetzt aus dem jetzt zur Nachsilbe herabgesunkenen, ehemals substantivischen schaft (s. Ritterschaft, Freundschaft) und mhd. die sippe, ahd. sibba, sippëa (woneben der sippo), ags. sib, altfr. sibbe, got. sibja 2c., welches schon dasselbe wie Sippschaft ausdrückt, vom ahd. Adj. sippi, mhd. sippe, altnd. sifi, „durch Familienband angehörig." Der Grundbegriff ist der des angenehmen, friedlichen Verhältnisses zum andern (got. sibis friedlich, einig, gasibjôn sich versöhnen), dann bezeichnet es das Verhältniß des Angehörens durch Familienbande; vgl. Freundschaft. S. Weigand, W. d. Syn. III, 1033; Kehrein, onomat. Wörterb. 281.

so, steht 1) demonstrativ: „in der Beschaffenheit" (ita) und „in dem Grade" (sic); 2) als Relativum = welcher, e, es, der, die, das, früher (bis ins 17. Jahrh.) in allen Casus, später auf Nom. und Accus. beschränkt, von Luther gerne angewandt, um die Aufeinanderfolge zweier gleichlautenden Wörter zu vermeiden; jetzt nur noch in der Dichtkunst und erhabenen Sprache gebräuchlich und selbst da noch selten; 3) als conditionale Conjunction = wenn: „so du kämpfest ritterlich, freut dein alter Vater sich", F. L. Stolberg. Damit nahe verwandt ist 4) die hindeutend-bezügliche Bedeutung des so (auf einen bedingenden Nebensatz bezogen), die jetzt viel allgemeiner ist als jene conditionale; Spr. Sal. 1, 10: wenn dich die bösen Buben locken, so folge ihnen nicht.

Bei Luther ist so in allen 4 Bedeutungen nicht selten: zu 1: 2. Chron. 18, 19: da dieser so und jener sonst sagte; 1. Kor. 7, 7: ein jeder hat seine eigene Gabe von Gott, einer sonst, der andere so; zu 2: Dan. 11, 32: er wird gute Worte geben den Gottlosen, so den Bund übertreten; Gal. 2, 6: die, so das Ansehen hatten; V. 18: wenn ich baue das, so ich zerbrochen habe; Ps. 33, 18; Hes. 39, 15; Matth. 5, 44; zu 3 und 4: Matth. 6, 14: so ihr den Menschen ihre Fehle vergebet, so wird euch euer himmlischer Vater auch vergeben; 1. Mos. 24, 8: so das Weib dir nicht folgen will, so bist du deines Eides quit (s. d. W.); statt des bedingenden wenn oder so gebraucht Luther auch ob (s. d. W.) und wo: 1. Mos. 27, 46: wo Jacob ein Weib nimmt von den Töchtern Heth, was soll mir das Leben? 2. Mos. 1, 10: wo sich ein Krieg erhübe ꝛc. Vgl. Grimm, Gram. III, 43. 164; IV, 707.

Sold, der, mhd. solt, ist das itl. soldo, franz. solde (sol, sou), Name einer Münze, vom lat. solidus (als Adj. dicht, massiv, fest, als Subst. bei den Alten) eine Goldmünze, später auch eine Silbermünze von verschiedenem Werthe, eigentlich eine dicke Münze im Gegensatze zu der dünnen Blechmünze. Somit bezeichnet Sold a) ursprünlich die im Kriegsdienste empfangene Bezahlung, das Dienstentgelt; die Löhnung; Luk. 3, 14: lasset euch begnügen an eurem Solde; daher das franz. soldat d. i. ein „Besoldeter"; — überhaupt Unterhalt, Unterstützung 2. Kor. 11, 8; b) für Lohn Röm. 6, 23: der Tod ist der Sünden Sold — der Sündendienst wird einem Kriegsdienst verglichen, dessen gerechter, vertragsmäßiger Lohn der Tod ist. Zeller. S. Diez, 322.

sorgen s. besorgen.

Spannader s. Ader.

Spanrose s. Rosenspan.

Sponde, die — noch mundartlich in der ursprünglich lat. (sponda) Bedeutung Bettgestell; auch verstand man darunter das Bett, Ruhebett, den Divan Amos 3, 12: die zu Samaria wohnen und haben in der Ecken ein Bette und zu Damasko eine Sponden (alter schw.

Accus. vgl. die Bem. zu enthalten) — wörtlich: die (üppig, sicher sich dünkend) auf der Damastdecke eines Divans sitzen; Meyer-Stier: die in Samaria wohnen in der Ecke eines Bettes und auf dem Pfühl einer Sponde.

Der Damast, aus dem itl. damaste neben damasco, hat seinen Namen von Damascus in Syrien (itl. Damasco).

Söller, der — der unbedeckte Bodenraum über der Wohnung; in der Bibel bezeichnet es nach der Bauart der morgenländischen Häuser „den durch ein Gitter eingefaßten Boden des flachen Daches", auch „den Saal oder das Obergemach auf demselben" Sir. 20, 20: er fällt gefährlicher durch solche Rede, denn so er vom Söller fiele; Apost.-Gesch. 1, 13; Kap. 20, 8: es fiel aber ein Jüngling herunter vom dritten Söller (Boden des 3. Stockwerks); Kap. 9, 37 — Vulg. coenaculum, andere: Obergemach, -Saal, -Zimmer.

Luther übersetzt anderwärts Saal: 2. Kön. 23, 12; 1, 2; 1. Kön. 17, 19. 23; Marc. 14, 15 und Luc. 22, 12; s. Handbüchlein biblischer Alterthümer 77; Sommerhaus: Dan. 6, 10; Sommerlaube, weil man sich im Sommer oft auf dem zuweilen durch einen Feigenbaum oder eine Weinlaube überschatteten Dache aufzuhalten pflegte: Richter 3, 20, 24.

Der Söller, mhd. solre, sölre, soler, ahd. solari, soleri, ndd. solder, ndl. zolder, engl. solar Bodenraum, Speicher, Packhaus 2c. — aus dem lat. solarium erhabener Ort zum Sonnen, also vom lat. solarius die Sonne betreffend, dies von sol die Sonne.

Spelt, der — eine in Süddeutschland und Frankreich 2c. gebaute, dem Weizen ähnliche Getreideart, auch Dinkel genannt, triticum spelta: Jes. 28, 25; Hes. 4, 9 — wo es wahrscheinlich dieselbe Pflanze oder eine Gersten- oder Wickenart ist; 2. Mos. 9, 32 übersetzt es L. mit Weizen.

Der Spelt oder Spelz, ahd. spelta, spelza, ags. spelt 2c. ist das entlehnte lat. spelta und, weil aus der Fremde stammend, auch ahd. in spalte chorn „Spaltekorn" an spalten (früher stark: Prät. spielt) angelehnt, wozu die Form der Aehren mit veranlassen mochte, indem dieselben durch die Stellung der Körnerreihen gespalten erscheinen. Vgl. mhd. die spëlte abgespaltenes Holzstück, got. spilda Tafel, ags. spelt Planke 2c.

spünden, schw. V. — 1) Bretter mittelst eines Spundes oder Zapfens (d. i. einer Leiste und entsprechender Höhlung oder Kehle) zusammenfügen; daher 2) mit auf diese Weise zusammengefügten Brettern täfeln, bekleiden; so bei Luther: 1. Kön. 6, 9: er spündete (Meyer-Stier deckte) das Haus mit Cedern, beide oben und an den Wänden; V. 15: und spündete (M.-St. täfelte) es mit Holz inwendig und täfelte den Boden des Hauses mit tannenen Brettern. Spünden von Spund, der, mhd. spunt, punt = Zapfen ist noch in mehreren Dialecten ohne s vorhanden: schweiz. punt, schwäb. bunte 2c.;

so auch franz. bonde Schleuse, Zapfen, bondon Spund; s. Diez, Wörterb. der romanischen Sprachen 573.

spützen, schw. V. — eine Nebenform von speien, wie lat. sputare von spuĕre, in der engeren Bed. von spucken, Speichel auswerfen Marc. 7, 33: und Jesus spützete und rührete seine Zunge; K. 8, 23: und spützete in seine Augen; vgl. Joh. 9, 6. Ndd. spütjen, spüttern.

Stacten, Pl. — Myrrhenharz, lat. die stacta oder lat.-gr. stacte 2. Mos. 30, 34: Nimm zu dir Specerei, Balsam, Stacten, Galben (s. d. W.) und reinen Weihrauch. — Stacten sind nach dem Grundtexte „Tropfen", ein Gummiharz von der Storaxstaude oder der Myrrhenpflanze; s. Zeller II, 424.

Stater, der — eine griech. Münze von 4 attischen Drachmen (bei Luth. Groschen), etwa $^2/_3$ Thlr. nach unserm Gelde, also = 1 Silberseckel des Heiligthums oder zwei Didrachmen oder Zinsgroschen (also der doppelten jährlichen Tempelsteuer gleichkommend) Matth. 17, 24. 27: und wenn du seinen Mund aufthust, so wirst du einen Stater finden. S. Zeller I, 456 und bibl. Handlexicon 180.

Staupe, die — a) eine große Ruthe, ein Besen, auch Staupbesen genannt, womit ehemals ein Verbrecher durch den Henker geschlagen wurde; b) dann auch diese Strafe selbst = der Staupenschlag Jer. 30, 14: ich habe dich geschlagen, wie ich einen Feind schlüge, mit unbarmherziger Staupe — Züchtigung. — Daher **stäupen** = mit Ruthen oder Geiselhieben züchtigen, überhaupt schwer strafen 2. Macc. 7, 1; Sir. 23, 10; 42, 5; Marc. 12, 3. 5 2c. Paulus wurde dreimal gestäupt 2. Kor. 11, 25; die Apostel Apost.-Gesch. 5, 40; 16, 22. Gott stäupt Hebr. 12, 6; Jer. 2, 19.

Stäupen, bei L. steupen, ist ursprünglich kein hochd. Wort, sondern aufgenommen aus dem ndd. stûpen Züchtigung mit Ruthen geben, von die stûpe (auch mitteld.) Züchtigung mit Ruthen, zu solcher Züchtigung errichtete Schandsäule, an welche der zu Züchtigende gebunden wurde; alfr. stûpa Geißelung mit Ruthen: Frisa skilun wesa uter stok and uter stupa d. h. „die Friesen dürfen weder mit dem Stock noch mit dem Staupbesen geschlagen werden", wo der lat. Text liest: praeter ligni clausuram et absque flagellatione; s. Richthofen, altfr. Wb. 1055. Dieses stûpa ist unser Staupe. Zu der Wurzel von Staub und stäuben gehört das Wort gewiß nicht, wie W. Wackernagel, altd. Wb. vermuthet, wohl aber darf es, wenn es urspr. deutsch ist, mit unserm stief in Stiefmutter einer und derselben Wurzel zugetheilt werden, und diese müßte im Goth. stiupan (Prät. staup, stupum, Partc. stupans) gelautet haben; altfr. stiapa (?). Aber was für eine Bed. hatte dieses Wurzelverb? Die von Grimm, Gram. II, 49 Nr. 526 vermuthete (fundĕre, invertĕre) stimmt nicht ganz. Weigand, nach briefl. Mittheilungen.

Stift, das, Pl. e und er — „eine mittelst eines Capitals für alle Zeiten gegründete Anstalt für einen besondern Zweck" = Stiftung. Die klösterlichen Stifte (Ritter-, Chorherren-, Frauenstifte 2c.)

schwebten L. vor, wenn er seinen deutschen Lesern verschiedene ähnliche Verhältnisse des Orients durch das Wort Stift anschaulich zu machen suchte. Amos 7, 13: weissage nicht mehr zu Bethel, denn es ist des Königs Stift — Grundtext: Heiligthum = Tempel; Hes. 6, 6: man wird eure Bilder zerschlagen und eure Stifte vertilgen — Gr. Machwerke, M.-St. Schandgötzen, L. dachte wohl an Götzentempel; Jes. 33, 20: die Stadt (Jerus.) unseres Stifts d. i. die Stadt unserer Zusammenkunft, nämlich Gottes und des Volkes; Jes. 14, 14: Berg des Stifts — V. testamenti des Bundes, wahrscheinlich Morija.

Als ein Gestiftetes, Gegründetes, eine heil. Anstalt, ähnlich dem Kloster und der Kirche, betrachtet L. auch die **Stiftshütte** oder Hütte des Stifts, anstatt „Zelt der Zusammenkunft" (nämlich Gottes mit seinem Volk), wie seine Randglosse zu 2. Mos. 27, 21 zeigt: „Ein gewisser Ort oder Stätte, wie eine Pfarrkirche oder Stift, dahin das Volk Israel kommen und Gottes Wort hören sollte."

Das Stift, mhd. und ahd. stift Feststellung, baulich oder rechtlich Festgestelltes, Bau, Stiftung; Gotteshaus ꝛc. und stiften = gründen Ps. 111, 4; 2. Mos. 20, 24 haben ursprünglich den Begriff des festen Bestandes und der Dauer (vgl. das ndd. stift kleiner Nagel zum Befestigen) und sind wie Stab abzuleiten von einem vermutheten got. Wurzelverb. stiban (Prät. staf, stêbum) stützen (?). Der Begriffsübergang ist: stützen, feststellen, gründen, anordnen. Zu gleicher Wurzel gehört lat. stipes fester Pfahl und stipare zusammenstopfen. S. Grimm, Gr. II, 51 und Weigand, Wb. der Syn. I, 68.

Stock, der — 1) Stammabschnitt, Stecken, z. B. Knoten-, Spazier-, Haselstock — in dieser jetzt gewöhnlichen Bed. nur Sir. 33, 27 als Züchtigungsmittel; 2) der Stumpf eines Baumes Dan. 4, 12: lasset den Stock mit seiner Wurzel in der Erde bleiben; V. 20 und 23. Aus dieser Bed. von Stock als „kurzer, dicker Abschnitt des Holzaufschusses" = Block, Stumpf erklärt sich Almosen-, Opfer- und Bienenstock d. i. ursprünglich ein ausgehöhlter Klotz, z. B. ndd. armenblock; 3) „eine bei den Griechen ehemals übliche Strafmaschine, ein 1/4 Fuß dicker, langer, aus zweien, einem unteren und oberen Brette bestehender Block, in dessen Mitte einige Oeffnungen angebracht waren, durch welche der Büßende seine Füße und Hände stecken mußte (Klemmstock bastonicum, movale, cippus); daher gelten Stock und Galgen für Zeichen der Criminalgerichtsbarkeit"; Ziemann, mhd. Wb. In einen ähnlichen Stock der römischen Obrigkeit, nervus, wurden Paulus und Silas mit den Füßen gelegt Apost.-G. 16, 24. — Auch schon bei den Hebräern findet sich diese Strafe, Jer. 29, 26: daß du sie in Kerker und Stock legest; Ps. 105, 18: sie zwungen (s. unterwinden) seine Füße im Stock. — Hiob 13, 27; 33, 11; 36, 8 ist Stock „bildliche Beschreibung von Hiobs Krankheit, die ihn an jeder Bewegung der Füße hinderte", Zeller.

Stock, ahd. stoc und stoch, ndd. stock, stake (letzteres größer) ꝛc. gehört wie Stecken zu stecken, ahd. stecchân (Prät. stacte), welches die Factitivform von stechen (stach, gestochen) ist. Der **Stock**-

meister Luc. 12, 58 ist der Kerkermeister, der die Gefangenen in den Stock legte — „hier als Gegenbild des Satans, der des Todes und der Hölle Gewalt hat“, Zeller. — Von Stock ist gebildet **stöcken** — „einen Sträfling in den Stock legen“, „einen stöcken und blöcken“; allgemeiner empfindlich strafen Weish. 2, 19: mit Schmach und Qual wollen wir ihn empfindlich stöcken, daß wir sehen, wie fromm er sei. So auch engl. stock, stoke. — Ferner **verstocken** a) intr. zu einem Stock, bildlich theilnahmlos, gefühllos und unempfindlich werden, dem leblosen Stock und Stein gleich; ein verstocktes Herz Matth. 13, 15; Marc. 3, 5 ꝛc.; b) trans. gefühllos und unempfindlich für das Gute und gegen alle Warnung und Strafe machen, verhärten, so gewöhnlich bei Luther 2. Mos. 4, 21: ich will Pharaos Herz verstocken, daß er das Volk nicht lassen wird; K. 7, 13; 10, 20 u. a. O.

streichen (strich, gestrichen) — „in einer Richtung lange hinziehen“, kommt bei L. vor 1) entw. für ziehen (von einem Orte zum andern), laufen 1. Sam. 14, 22: sie strichen hinter ihnen her im Streite; daher der Landstreicher; 2) trans. „auf der Oberfläche eines Gegenstandes hinziehen und dadurch ebnen, glätten“; 1. Mos. 11, 3: wohlauf, laßt uns Ziegel streichen und brennen; 3) trans. schlagen, was ein Hin- und Herziehen mit dem Schwerte oder der Ruthe ist, vgl. den Schwabenstreich; engl. strike schlagen. 2. Kor. 11, 20: so euch jemand in das Angesicht streichet; 1. Kor. 9, 26: ich fechte also, nicht als der in die Luft streichet = fruchtlos kämpft, wie ein Faustkämpfer, wenn er keinen Feind vor sich hat oder ihn nicht trifft.

Diese Bedeutungen hatte auch schon das mhd. strîchen, ahd. strîhhan.

Ströter, der — Räuber, Raubmörder Hos. 6, 9: und die Priester sind wie die Ströter, so da lauern auf die Leute und erwürgen auf dem Wege — alte Lübeck-Wittenb. nds. Bibel ströders, in anderen ndd. röwern, stratenschenders, in neueren: Räuberscharen, Räuberbanden; s. Polygl.-Bl. von Stier und Theile; Diedrich von Stade.

Im vocabularius theutonicus von 1482 und in einem vocab. saxonico-latin. von 1425, herausgegeben von Dieffenbach, der stroder; mhd. strutaer, struotaere ein Strauchdieb, Buschräuber, vom mhd. und nhd. struot, mitteld. die strût Busch, Gestrüpp, Dickicht, dessen Ursprung nicht nachgewiesen werden kann. Weigand nach briefl. Mittheilungen. Vgl. Strauß, mhd. strûz, auch s. v. a. Kampf.

Wie Strauchdieb, -räuber sagt man auch Buschklepper und Waldgänger für Räuber.

Strumpf, der — Stumpf, kurzer Stamm eines Baumes; auch uneigentlich von dem Rumpfe eines enthaupteten Menschen oder Thieres Jes. 9, 14: darum wird der Herr abhauen von Israel, beide Kopf und Schwanz, beide Ast und Strumpf; desgl. K. 19, 15 — nach dem Grundtexte Rohr oder Binse, als etwas Niedrigstehendes, im Gegensatze von Zweigen als dem Höchsten; Sinn: die Niedrigsten wie die Höchsten im Volke sollen ausgerottet werden; Zeller II, 664. —

1. Sam. 5, 4; sie funden (s. unterwinden) sein Haupt und seine beiden Hände abgehauen auf der Schwelle, daß der Strumpf allein darauf lag; 3. Mos. 8, 20: Mose zerhieb den Widder in Stücke und zündete an das Haupt, die Stücke und den Strumpf.

Strumpf in dieser Bed. ist dasselbe Wort mit Strumpf als Kleidungsstück: mhd. strumpf — auch „der untere Theil der ehemals üblichen aus einem Stück bestehenden Bekleidung des Schenkels und Fußes"; man vgl. das frz. bas (nämlich de chausses): bas Strumpf und niedrig; chausse ehemals Beinkleid, jetzt Strumpf; ferner das ndd. hose Strumpf, ehemals im Hochd. das Beinkleid; ferner engl. stocking Strumpf und stock Stock (s. d. W.). Somit ist der Strumpf als Kleidungsstück eig. etwas „Abgeschnittenes, Abgestumpftes". Vielleicht ist es eine Nebenform von Strunk, das aus lat. truncus mittelst eines vorgetretenen s gebildet ist; vgl. das bair. strumpsen und strunzen Strumpf, Stück. S. Weigand, Wb. der Syn. II, 294.

Sündflut s. Sindflut.

T.

Tapet, das, ohne Plur. — der Teppich, die Decke Hes. 27, 16: die Syrer haben Purpur, Tapet, Seide auf deine Märkte gebracht — hier ist es ein mit Gold und Wolle durchwirkter Teppich.

Das Tapet ist noch vorhanden in der Redensart: „etwas aufs Tapet bringen" — gleichsam auf dem Teppich ausbreiten, um es zu besichtigen und zu besprechen. Es ist dasselbe Wort mit **Tapete** f. — Wandbekleidung und **Teppich** m. — in der Bibel Decke, Ueberzug Spr. Sal. 7, 16 oder ein Zeltvorhang Hohel. 1, 5; Jes. 54, 2; 2. Mos. 26, 1. 7 ꝛc. Diese Formen sind entlehnt aus dem lat. tapes, tapete, tapetum; vgl. mhd. teppich, tepech, tepet, tapeiz, franz. tapis.

Tappe, die, mhd. tâpe — Tatze, Pfote 3. Mos. 11, 27: und alles was auf Tappen gehet unter den Thieren, die auf vier Füßen gehen, soll euch unrein sein. Dieses im älteren Nhd. und im Mhd. seltne Wort scheint mit tappen = „ungeschickt und schwerfällig auftreten oder greifen", dann „ungeschickt, blindlings in etwas verfahren", mit tippen = „mit den Fingerspitzen leicht berühren" und tupfen zu einem Wurzelverbum zu gehören, in der Bed. etwa von „berühren", dessen Ablautsreihe tip — tap — tup ist. Vgl. über die höchst unsichere Etymologie dahingehöriger, wie es scheint zahlreicher Wörter: Weigand, Wb. der Syn. III, 847; II, 207 und 208; Diez, Wb. der rom. Spr. 341; Schwenck, deutsches Wb. unter tappen und zappeln.

Tartsche, die — ein langer halbrunder Schild 1. Kön. 10, 17: drei hundert Tartschen vom besten Golde, je drei Pfund Goldes zu einer Tartsche — Vulgata pelta „kleiner Schild"; Jer. 46, 3: rüstet Schilde und Tartschen und ziehet in den Streit — Vulg. scutum et clipeus; so auch Hes. 39, 9. Nach Zeller II, 819 hat Luther den größeren, schwereren Schild der Schwerbewaffneten, lat. scutum, hebr. zinna, mit Tartsche übersetzt; hebr. magen, griech. pelte, lat. clipeus war ein kleinerer, leichterer Schild.

Mhd. die tartsche, tarze kleinerer (?) Schild (s. Benecke-Müller), mlat. targa, targia, altfrz. targe, itl. targa, engl. target ɾc. urspr. „ein großer, den Körper deckender Schild". Oft war die Tartsche so groß, daß man sie nicht gut tragen konnte; dann hieß sie Setztartsche s. Pischon p. 16. Es scheint nach Grimm, Gr. III, 445, dem auch Diez, Wb. der romanischen Sprachen 342 folgt, vom ahd. zarga Schutzwehr, mhd. zarge Seiteneinfassung eines Raumes, Rand, noch nhd. Zarge, gebildet zu sein; die Herleitung aus lat. tergum Rücken, ein mit Leder überzogener Schild — hat einige Schwierigkeit im Vocale.

Tatter, der, Pl. n — der Tatar (besser als Tartar); allgemeiner Tattern = ein wildes, rohes Volk, Barbaren 2. Macc. 4, 47: Ptolemäus beredete den König, daß er Menelaum, der alles Unglück angerichtet hatte, losließ, und die armen Leute zum Tode verurtheilte, die doch auch bei Tattern unschuldig erfunden und erkennet wären; Meyer-Stier übersetzt Scythen. Bekanntlich hießen die Alten so alle nördlichen Nomadenvölker in Europa und Asien jenseits (d. i. nördlich) der Donau und des schwarzen Meeres. Luther wählte einen zu seiner Zeit sehr verständlichen Ausdruck, denn damals und später verstand man unter Tataren (Tattern) hauptsächlich die türkischen Stämme, welche vom 13—15. Jahrh. die Reiche Kasan, Astrachan ɾc. gründeten und noch jetzt in der s. g. tatarischen Steppe leben; von diesen übertrug man den Namen auf viele andere türkische Völkerschaften. Ursprünglich ist es aber eine ziemlich unbestimmte und verworrene Benennung asiatischer Völkerschaften. Die Form Tartar scheint aus Tatar (die Türken nahmen einen Stammvater Tatar an) verderbt zu sein, vielleicht aus Verwechselung oder Anlehnung an Tartarus Unterwelt. Der Gedanke an Wesen aus dem Tartarus, Höllenbrut lag nahe, da jene Horden sich durch Grausamkeit auf ihren Raubzügen sehr gefürchtet machten. Luther erklärt sie in der Auslegung des 38. und 39. Kap. des Hesekiel für ein wildräuberisch Volk; an einem andern Orte nennt er die Tattern Vettern der bekanntlich zu seiner Zeit sehr gefürchteten Türken; in dem Sermon „daß man die Kinder zur Schule anhalten solle" sagt er: „Wo die Schrift und Kunst untergehet, was will da bleiben in deutschen Landen, dann ein wüst, wilder Haufen Tattern oder Türken, ja vielleicht ein Säustall und eine Rotte von eitel wilden Thieren; wo wir hie schweigen und schlafen, daß die Jugend so versäumt und unsere Nachkommen Tattern oder wilde Thiere werden, so wird es unsers Schweigens und Schnarchens Schuld sein, und werden müssen schwere Rechenschaft dafür geben"; s. Wetzel 154.

In Norddeutschland, Dänemark ɾc. heißen die Zigeuner als ein wildes rohes Volk ebenfalls Tâters; daher auch tâterkôl ostfr. Frühlingsgemüse von braunem Kohl, als Zigeunerspeise (?), tâtern schwatzen, schnattern, unverständlich wie ein Tâter sprechen.

taufen — gebraucht Luther noch vereinzelt in der ursprünglich concreten Bedeutung von untertauchen, waschen ohne Beziehung auf die christliche Taufe 2. Kön. 5, 14: da stieg er ab und taufte (Luther teufet*) sich im Jordan siebenmal; vgl. dazu V. 10: gehe hin und wasche dich 7mal ꝛc.; Hebr. 9, 10: mit Speise und Trank und mancherlei Taufen und äußerlicher Heiligkeit — wo es sich auf die im Gesetz vorgeschriebenen Waschungen bezieht; vgl. 2. Mos. 29, 4; 3. Mos. 11, 25; 14, 8; 15, 21. De Wette und andere übersetzen auch mit: Waschungen, Abwaschungen, äußerliche Reinigungen. So noch vom Jahre 1591: „Die Kugel in zerlaßnem Schwebel und Pech taufen"; ferner bei Opitz: „der Strymon . . . in den der franche Herr die krummen Federn täuft"; s. Weigand, Wb. d. Syn. III, 769.

Bekanntlich bestand die Taufe der christlichen Kirche behuf Aufnahme und Einweihung ins Christenthum, wie noch jetzt in der russischen Kirche, ursprünglich in einem völligen oder theilweisen Untertauchen des Täuflings in Wasser. Diese Art des Taufens hat sich hin und wieder auch in Deutschland noch bis zur Zeit der Reformation neben dem allerdings früh auftretenden Besprengen mit Wasser (vielleicht schon zur Zeit der Apostel, Apost.-Gesch. 2, 41) erhalten; s. Diedrich von Stade p. 624. Die noch zahlreich erhaltenen steinernen Taufbecken (ndd. fünte, fonte, vom lat. fons Quelle) haben die dazu nöthige Weite. Luther nennt die Taufe mit Rücksicht auf die frühere Art des Taufens ein „Bad der Wiedergeburt".

Taufen, schw. V., mhd. toufen, ahd. (d)toufen, altſ. dôpjan, ndſ. dôpen, dôpen, got. daupjan (sich waschen), urspr. untertauchen (immergere), wie das griech. baptizein, dann durch die Taufe (Untertauchen oder die Besprengung) in die christliche Kirche aufnehmen; got. updaupjan jemanden untertauchen, agſ. dyppan eintauchen. Es ist gleicher Herkunft mit tief, got. diups, ferner mit Topf, dem ndd. dop Schale, z. B. eines Ei's ꝛc., nämlich von einem vermutheten got. Wurzelverb. diupan (dáup, dupum) untergetaucht werden (?), welches wurzelverwandt sein mag mit tauchen, mhd. tûchen, schw. V., von einem starken mhd. tûchen (Prät. touch, túchen, Partc. getochen) eingetaucht, mit etwas bedeckt werden. Jedenfalls ist eine directe Herleitung von taufen aus tauchen nicht statthaft; s. Grimm, Gram. II, 48; Benecke-Müller, mhd. Wb. III, 126.

---

*) Luther hat eu oder ew fürs mhd. iu: Kreuel, Reuter, leuget, treuget, fleuchet ꝛc.; aber auch für mhd. öu, Umlaut von ou (später au): Freude, frewet, Heubt, erleubet, gleuben, Treufe, Zeuberer, Bewme und Beume, trewmet, drewet, teufen ꝛc. s. Mönckeberg p. 46; Kehrein, Gramm. der deutsch. Spr. des 15—17. Jahrh. I, 79; vgl. bauen, Kreuel, treuge, verschließen. Ueber den Abfall des e im Prät. — teufet statt teufete — s. greten.

Tendlen — Damhirsch 5. Mos. 14, 5: Hirsch, Rehe, Püffel, Steinbock, Tendlen, Urochs und Elend.

Man hielt dies sehr seltne deutsche Wort, das in dieser Form mir nirgends begegnet ist, gewöhnlich für eine Gemsen- oder wilde Ziegenart, vgl. Büchner-Heubner, Wetzel u. a. Meyer-Stier übersetzt auch Gemsen. Andere halten es sogar für ein Wort celtischen Ursprungs, so Schwenk, deutsches Wb. Daß nach dem Grundtext wohl eine Gazellenart darunter zu verstehen sei, kommt hier nicht in Betracht; vgl. Steinbock unter pochen.

Aeltere Bibelübersetzungen haben meist Einhorn, so auch Luther selbst in der Ausgabe von 1524 und 28; s. Diedrich von Stade und Mönckeberg 125. Allein schon der alte Frisch, teutsch-lateinisches Wb. von 1741, war auf der richtigen Spur: er meint das deutsche Wort stamme von Damhirsch = Damlin, Tamlin, woraus Tendlin und Tendeln.

Von dem lat. dâma (cervus dama Damhirsch) bildeten sich die Formen: frz. der daim und die daine, itl. daino, ahd. der tâmo, mhd. tâme, tâmel. Wie im Franz. und Ital. der Lippenlaut m in n überging, so hieß der Dambock im 16. und 17. Jahrh. auch Dehnbock; s. Weigand und Grimm, Wtb.; vgl. Zukunft. Das a ging wegen des nachfolgenden e oder i in seinen Umlaut e über; vgl. Lägel, Pfennig. Wie in Elend (= Elenthier), Sindflut, Gemeinde statt Gemeine, wie Luther schrieb, Gegend statt Gegen, bair. das mandl = Männlein u. a. trat nach dem n ein d ein. Daß für die Media d die Tenuis t eintrat, kann nicht befremden, vgl. ahd. tamo, mhd. tâme, tâmel; in des Aventinus Gram. von 1517 findet sich: Donl, Dendl, platoceros, habet lata cornua, Alpes mittunt, bei Schmeller, bair. Wb. I, 375; vorher p. 374 findet sich eine jüngere Form „Thändl". Ueberdies verwandte Luther gern die Tenuis statt der Media: Till, Tinte, Tocht, thüren (s. d.), treuge (s. d.) ꝛc.; desgl. auch umgekehrt Drabant statt Trabant (s. d.).

Soweit ist alles klar. Jetzt fragt es sich noch, wie len zu erklären ist. Professor Weigand, nach einer briefl. Mittheilung, hält das Wort bei Luther für ein Subst. schw. Declination und männlichen Geschlechts, el (l) für die bekannte Ableitung und das auslautende n für ein dem Nominativ unorganisch angetretenes n der obliquen Casus, wie Glauben statt Glaube, Frieden statt Friede, Nacken statt Nacke, Backen statt Backe, s. Fladen. Dazu können allerdings die von Schmeller, dgl. die von W. Grimm, deutsch. Wb. beigebrachten Formen stimmen: dandel, dendel; aber obiges mandl ist offenbar ein diminutives Neutrum; vgl. lat. damula, Dim. zu dama, wozu mhd. tamel stimmt. Die übrigen Formen bei Grimm damlein, dänlein (so in Oestreich häufig) scheinen eher für ein diminutives Neutrum zu sprechen, wenn wir auch absehen von den wohl nicht sicher nachgewiesenen Formen bei Frisch: Damlein, Tamlin, Tendlin. Allerdings finde ich bei Luther keine Diminutivbildung len statt lin, s. Lüstlin, wohl aber bei Zeitgenossen Luthers; s. Kehrein, Gramm. der deutsch. Sprache des 15—17. Jahrh. II, 304. Uebrigens stehen die andern Thiernamen in diesem Verse im Nominativ Singularis.

Teppich s. Tapete.

Theiding, die, mhd. teidinc aus tegedinc, tagedinc, ahd. tagading (gewöhnlich weibl. Geschl.) bezeichnet überhaupt „eine Angelegenheit (ein Ding), deren Entscheidung auf einen bestimmten Tag festgesetzt ist, oder auch der zur Entscheidung einer Sache festgesetzte Tag, Termin." Aus dieser allgemeinen Bed. entwickelten sich folgende: a) gerichtliche Verhandlung — daher bei Luther **Theidingsleute** — Schiedsrichter, arbitri 2. Mos. 21, 22: nach der Theidingsleute Erkennen; b) jede außergerichtliche Verhandlung; Verkehr in Worten, Rede, auch Wortwechsel, Streit; bei Luther ist es besonders die unwahre, leichtsinnige Rede Hiob 35, 16: und gibt stolze Theiding (Pl.) vor mit Unverstand — Vulgata: et absque scientia verba multiplicat, Meyer-Stier: stolze Dinge; andere: ohne Umstände häufet er Worte; Jer. 23, 32: siehe ich will an die, so verführen mein Volk mit ihren Lügen und losen Theidingen — Meyer-Stier: leichtfertigem Wesen, andere: losen Reden; Hes. 22, 28: ihre Propheten predigen lose Theidinge — Meyer-Stier: eitle Gesichte.

Das von Theiding gebildete **Narrentheiding**, wofür später nhd. das jetzt auch schon veraltete Narrentheidung, bed. Geschwätz von Narren, Possenreißerei Ephe. 5, 4 (lasset nicht von euch gesagt werden) schandbare Worte und Narrentheidinge oder Scherz — Vulg. stultiloquium, Andere: närrisches Geschwätz, Narrenrede, Zoten. Vgl. das dänische Volksthing, das norwegische Storthing — Landtag.

In Tag, mhd. tac, Gen. tages, löste sich der Gaumenlaut g auf, nachdem schon das a in seinen Umlaut e übergegangen war; so entstand aus dem ahd. tagading, mhd. tagedinc — tegedinc und teiding, s. d. Bemerk. zu Magd; vgl. für Tag altfr. di, dei, dach, engl. day. Ding hatte ehedem die Bed. Besprechung, gerichtliche Verhandlung, Gericht; dann erweiterte sich der Begriff wie bei Sache = ein etwas, was ist (schon mhd. so) 1. Sam. 3, 11: siehe ich thue ein Ding in Israel, daß wer das hören wird, dem werden seine beiden Ohren gellen; 2. Mos. 20, 9: sechs Tage sollst du arbeiten und alle deine Dinge beschicken; Luc. 14, 34: das Salz ist ein gut Ding rc. Den ursprünglichen Sinn von Ding erkennen wir auch in **dingen** = reden, unterhandeln; einen Vertrag schließen; „für Lohn zu irgend etwas in Verbindlichkeit nehmen", jetzt wohl nur in Beziehung auf Personen 2. Chron. 24, 12: dieselben dingeten Steinmetzen und Zimmerleute; 2. Mos. 22, 15: so soll ers (das Thier) nicht bezahlen, so ers um sein Geld gedinget hat; Matth. 20, 7: es hat uns niemand gedinget. Wie man sieht, conjugierte Luther das Wort noch, weil abgeleitet von Ding, schwach, wie mhd., ahd., altſ. rc., während es jetzt irrig stark conj. wird (dang, gedungen).

Von dingen ist wieder abgeleitet das

Gedinge, mhd. gedinge — a) Gericht; b) Uebereinkunft, Vertrag; Bedingung Apost.-Gesch. 28, 30: Paulus aber blieb zwei Jahre in seinem eigenen Gedinge und nahm auf alle die zu ihm kamen — hier in der von ihm gedungenen (besser gedingten) Wohnung, Mietswohnung, wie auch de Wette u. andere übersetzen; Vulg. in suo conducto.

Von Theiding ist ferner abzuleiten mhd. tegedingen, teidingen eine Sache gerichtlich verhandeln; dann etwas verhandeln überhaupt; daher verteidingen, nhd. **vertheidigen** = vor Gericht ziehen und dort verhandeln; jetzt für etwas reden, um es zu schützen; etwas schützen: Weish. S. 5, 17; Sir. 4, 33. Von der Vertheidigung vor Gericht gebraucht Luther gewöhnlich verantworten: Apost.-Gesch. 22, 1; 26, 24 u. a. O.

Thinenholz, — das kostbare, wohlriechende, zu Getäfel und Prachtmeubles verwendete Holz eines Baumes thyon, der in Afrika wuchs: wahrscheinlich der lat. citrus, vielleicht die weiße Ceder, cypressus thyoides oder thuia articulata: Offenb. J. 18, 12; s. Winer.

Thrame, der, Pl. n — Balken 1. Kön. 6, 6: denn er legte Thramen außen am Hause umher — Meyer-Stier: Absätze — auf welchen nämlich die Thramen oder Balken der Seitenkammern des Tempels lagen, s. Handbüchlein bibl. Alterthümer 245.

Mhd. der trâme, drâme Balken, der drëmel, ahd. (t) drëmil Balken, Riegel, Scheit; mhd. das drum Endestück, Ende, drumen, drümen in Stücke, Enden springen; machen, daß etwas in Stücke fällt; daher zerdrumen = „zertrümmen"; ferner das ndd. trâme, trîme Sprosse (der Leiter, des Stuhls, Fensters 2c.) — sind abzuleiten von einem vermutheten got. Wurzelverb. driman (dram, drêmum; drumans)? s. Grimm, Gram. II, 55.

thüren (Präs. ich thar 2. Kor. 7, 16, wir thüren K. 10, 12; Prät. ich thurste Joh. 21, 12, sie thursten Luc. 20, 40) — sich unterstehen, erkühnen, getrauen, wagen, audēre, Hülfsv.

Die ältere Sprache hatte zwei anomale Verben, die jetzt unrichtiger Weise in dürfen zusammenfallen: 1) got. thaúrban (Präs. er tharf, Pl. wir thaúrbun, Prät. er thaúrfta), ahd. durfan, mhd. und nhd. dürfen (urspr. Noth leiden, haben, dann mhd. auch schon) nöthig haben, egere (daher bedürfen); ferner Freiheit wozu haben — eine moralische Möglichkeit, eine Erlaubniß wozu ausdrückend; erst in nhd. Zeit nahm es auch die Bedeutung von sich unterstehen, wagen an, wofür mhd. turren steht; bei Luther so nur 1. Mos. 44, 15: wie habt ihr das thun dürfen? — 2) got. (vermuthet) daursan, erhalten in gadaursan (gadars, gadaursun), ahd. turran, mhd. turren (Präs. ich tar, wir turren, Prät. ich torste) gewöhnlicher geturren, bei Luther und seinen Zeitgenossen thüren, turren, durren und getürren, ndd. düren in obiger Bedeutung, die mit der von dürfen nichts gemein hatte. Neuere Bibelausgaben haben dennoch das alte thüren fast überall durch dürfen verdrängt. Die revidierte Stuttgarter Ausgabe hat es dagegen in einigen wenigen Stellen beibehalten 1. Macc. 5, 40: wenn Judas an den Bach kommt und so muthig ist, daß er herüberziehen thar; V. 41: wenn er sich aber fürchtet und thar nicht über den Bach herüber; 1. Macc. 11, 65: der zog vor Bethzura und belagerte es lange Zeit so hart, daß sie nicht herausfallen thursten; 2. Macc. 14, 29: weil er wider den König nicht thun thurste, gedachte er ihn mit List zu fahen. In der 1545er Ausgabe kommt thüren außerdem z. B. vor: 1. Mos. 43, 32; 3. Mos. 26, 37; Jos. 10, 21. 1. Sam. 15, 17; 2. Sam. 17, 17; Esther 1, 19; 7, 5: Hiob 9, 21; 10, 15; 41, 4 und vielen anderen Stellen, s. Wetzel 155. Wie leicht wird man folgende Stellen mißverstehen: Matth. 22, 46: und thurst niemand ihn fragen — andere: wagte, erkühnte sich, unterstand sich; 1. Kor. 6, 1: wie thar jemand . . . haddern? 2. Kor. 10, 12: wir thüren uns nicht unter die rechnen (rechen) oder zählen; Judä 9: Michael aber der Erzengel . . . thurste das Urtheil der Lästerung nicht fällen, sondern sprach: der Herr strafe dich; Röm. 5, 7: um etwas Gutes willen thürste vielleicht jemand sterben — M.-St. für einen Gütigen wagt vielleicht jemand zu sterben. —

„Turren kann bisweilen durch dürfen übersetzt werden, doch kommt die Bedeutung des Wortes nicht ganz damit überein“, Benecke-Müller III, 15. Das Wort erlosch in der 1. Hälfte des 17. Jahrh. s. Grimm, Gram. II, 30, IV, 92; Wb. II, 1743 2c.; Kehrein, Gram. des 15—17. Jahrh. I, 281, wo viele Belegstellen auch aus andern Schriftstellern angeführt werden.

Es scheint schon früh eine Vermischung beider Verba eingetreten zu sein, von der sich selbst Luther nicht frei erhalten hat. Für das griechische: „es ist mir erlaubt“ setzt Luther auch wohl: ich thar (also = ich darf), z. B. Apost.-Gesch. 21, 37: thar ich mit dir reden? Joh. 18, 31: wir thüren niemand tödten“, s. Mönckeberg 66.

Wenn Luther **dürfen** schreibt, so hat es meistens die Bedeutung von bedürfen, s. bewägen.

Von thüren gebildet ahd. die tursta, mhd. turst, Gen. türste, Kühnheit, Verwegenheit, und von diesem Subst. das Adj. mhd. türstec, bei Luther

thürstig (im löblichen und auch tadelnden Sinn): kühn, muthig; verwegen, frech; vgl. Segen. 2. Kor. 10, 1: der ich gegenwärtig unter euch geringe bin, im Abwesen (s. d. W.) aber bin ich thürstig gegen euch — andere: muthig, beherzt; V. 2 steht neben „thürstig handeln“ der synonyme Ausdruck „der Kühnheit gebrauchen“; Philip. 1, 14: also, daß viel Brüder thürstiger (in den Ausgaben von 1545 und 46 dürstiger) geworden sind, das Wort zu reden ohne Scheu — Meyer-Stier: kühner. Die Stelle Röm. 15, 15: ich habs gewagt und auch etwas wollen schreiben — hatte Luther früher (1522) übersetzt: ich habe euch ein wenig thürstig geschrieben. Hiob 18, 9: der Strick wird seine Fersen halten und die Thürstigen werden ihn erhaschen — andere: die Kühnen; Meyer-Stier: die Schlinge wird ihn erhaschen. Im tadelnden Sinne steht es 2. Petri 2, 10: die so die Herrschaften verachten, thürstig, eigensinnig — Meyer-Stier: frech, eigenliebig, andere: verwegen, tollkühn, Vulg. audaces.

Eine weitere Fortbildung ist das Adverbium **thürstiglich**;*) in jetzigen Ausgaben dürstiglich, mhd. türsteclich — kühnlich, kecklich, in meist tadelndem Sinn 1. Mos. 34, 25: Simeon und Levi gingen in die Stadt thürstiglich — Meyer-Stier: kecklich; vgl K. 49, 5; Spr. Sal. 14, 5: ein falscher Zeuge redet thürstiglich Lügen; Kap. 14, 16: ein Weiser fürchtet sich und meidet das Arge, ein Narr aber fähret hindurch thürstiglich. In der vorletzten Stelle (Spr. S. 14, 5) hatte die Ausgabe von 1525 künlich, die von 1534 und 43 hatten thürstiglich, die von 1545 und 46 dürstiglich; s. Mönckeberg 126.

Titel (Luther schrieb Tittel) der — feine Spitze, Punct, Tüttel Matth. 5, 18: bis daß Himmel und Erde zergehe, wird nicht vergehen der kleinste Buchstabe noch ein Titel des Gesetzes; desgl. Luc. 16, 17. — Andere: Strichlein, Spitzlein. Es sind hier die Eckchen, Strichlein, Puncte und Häkchen an und in den hebr. Buchstaben gemeint, durch welche ein Buchstabe sich von andern unterscheidet. Sinn: „Also auch nicht in seinen geringsten, scheinbar unwesentlichsten äußeren Theilen kann und darf das Gesetz verletzt werden", bibl. Hand-Lexicon 229.

Der Titel, mhd. titel, ahd. titul, feine Spitze, bedeutet auch die Ueberschrift z. B. eines Buches und ist aus dem lat. titulus entlehnt.

Titel ist nicht mit dem hier gleichbedeutenden, aus hochdeutscher Schriftsprache verdrängten, ndd. noch lebendigen tüttel zu vermengen; dieses scheint nach Weigand, Wörtb. der Syn. III, 1182, aus ahd. das tuttili, mhd. tuttelîn, älter nhd. tutlîn, düttle dem Verkleinerungsworte von ahd. der tutto, mhd. tutte, älter nhd. dutte Dütte, ndd. titte — Brustwarze entstanden zu sein; daraus die Bed. „spitzes Fleckchen"? Benecke-Müller, mhd. Wb. III, 154.

Topaser (Topas), der — ein gelber Edelstein, aus lat. und griech. topazius; in der Bibel ist es wahrscheinlich der jetzige Chrysolith, ein durchsichtiger, hellgrüner, schönglänzender Stein: 2. Mos. 28, 17; Hiob 28, 19; Hes. 28, 13; Offenb. 21, 20.

---

*) Die Adverbien haben bei Luther noch ihre alterthümliche, besondere, von dem Adjectiv verschiedene Wortform mit der Endsilbe lich festgehalten: frechlich Spr. S. 29, 8; frevelich Hes. 22, 26; gewißlich 1. Tim. 1, 15; klärlich Nehem. 8, 8; klüglich 1. Sam. 18, 4; schwerlich 2. Sam. 24, 10; Matth. 19, 23; vollkömmlich Jes. 47, 9; thörlich 1. Kön. 13, 13; säuberlich 2. Kön. 18, 5. Durchweg haben die von Adj. auf ig gebildeten Adverbien lich: beständiglich Apost.-G. 18, 28; einträchtiglich 1. Kön. 22, 13; einmüthiglich Apost.-G. 5, 12; ewiglich Joh. 4, 14; fleißiglich Jer. 25, 4; geduldiglich Apost.-G. 26, 3; glückseliglich 2. Chron. 7, 11; heftiglich Richter 8, 1; trauriglich Nehem. 2, 1; vernünftiglich Spr. S. 18, 15 u. viele andere; s. Wetzel 75; Kehrein, Gram. des 15—17. Jahrh. II, 273; Grimm, Gram. III, 116 ꝛc. Vgl. mählich.

Trabant, der, oder wie Luther schreibt Drabant (vgl. Tendlen) — früher bewaffneter Bedienter (zu Fuß), satelles; später auch auf andere Verhältnisse angewandt z. B. die Planeten heißen Trabanten oder Begleiter der Sonne. Nach dem Grundtext sind die Trabanten der Bibel Läufer, die königliche Leibwache bildend: 1. Sam. 22, 17; 2. Sam. 15, 1; 1. Kön. 1, 5; 14, 27; 2. Kön. 11, 4. 19. Vgl. Krethi und Plethi.

„Trabant ist allem Ansehen nach von unserm traben mit der Endung des Partc. Präs. ante im Italienischen gebildet, wie denn in dieser Sprache auch trabante — „Soldat von der Leibwache der deutschen Kaiser" vorkommt, welcher Begriff schon auf den Ursprung aus einem deutschen Worte hinzuweisen scheint. Franz. le traban scheint neu und aus dem deutschen entlehnt, nicht aber gebildet. Ursprünglich wird trabante wohl den reitenden Soldaten der kais. Leibwache bedeutet haben. Uebrigens muß Trabant zu Luthers Zeit bereits sehr geläufig gewesen sein, sonst würde er es schwerlich in der Bibelübersetzung gebrauchen. In den Vocabularien des 15. Jahrh. finde ich es noch nicht, sondern zuerst in dem vocabularius von Joannes Altenstaig, in welchem satelles durch Trabant verdeutscht ist, in der Baseler Ausgabe von 1514, Bl. 24ª." Prof. Weigand, nach briefl. Mittheilungen. S. Einleitung.

Träber (oder Treber, wie Luther schrieb), die — Hülse von ausgebrautem Malz; allgemeiner „Rückstände von ausgepreßten oder ausgekochten Dingen" z. B. von Weintrauben Luc. 15, 16: und er (der verlorne Sohn) begehrete seinen Bauch zu füllen mit Träbern, die die Säue aßen — andere: Hülsen, Schoten; hier sind es Hülsen des Johannisbrotes (Frucht des Johannisbrotbaumes, ceratonia siliqua L.), die den Armen als Speise und ebenfalls zu Schweinefutter dienten; vgl. bibl. Handlexicon 232; Zeller I, 719.

Die Träber, noch südd., mhd. trëber, z. B. wîntrëber. Wenn, wie Weigand und andere angeben, das Wort vom ags. drabbe, engl. draff, das Ausgeschiedene, Schlechte als Bodensatz, Hefen stammt, so wäre die Schreibweise Träber eben nicht unrichtig und mhd. müßte es dann treber heißen. Von diesen ags. drabbe haben wir noch ndd. drabbig trübe, dick, schmutzig — von Flüssigkeiten; ndl. draf Träber. Auch die schwedische Bibel hat in obiger Stelle dråf. Wenn die Wurzel von trübe, mhd. trüebe, ahd. truopi — ahd. truopan beunruhigen, aufregen, lat. turbidus aufgeregt, trübe zc. — trap ist, so könnte auch ags. drabbe und dessen Ableitungen dazu gehören; s. Weigand, Wb. der Synon. I, 301 und III, 802. Vgl. Mutter.

treuge, Adj. — trocken Jes. 19, 6: daß die Seen an Dämmen werden geringe und treuge werden; Nah. 1, 4: der das Meer treuge macht und alle Wasser vertrocknet.

Auch Lessing gebraucht das mundartliche treuge: „Meine Schäfchen sind im Treugen", ndd. mîn schâpkes sünt up't dröge d. i. mein Eigenthum ist in Sicherheit.

Treuge kommt in rein mhd. Quellen nicht vor (im Passional truge) und ist eine ndd. Nebenform von dem hd. trocken (mhd. truge neben trucke, daher mhd. trucken, wie auch Luther noch öfter schrieb), ndd. dröge, ndl. droog, agſ. drig, engl. dry. Bei Luther entspricht eu oft dem ndd. ō und dem ndl. oo oder ô: gleuben, glöven, gelooven; teufen, döpen, doopen ſ. taufen; treumen, drömen, droomen; Zeuberer, töverer, tooveraar etc.

trotzen, ſchw. V. — gebraucht Luther gewöhnlich im jetzigen Sinne von übermüthig ſein, in Worten und Werken ſeinen Stolz beweiſen 1) als Intranſitivum a) ohne Caſus Pſ. 10, 18; 52, 3; Sir. 13, 4 ꝛc.; mit dem Dativ der Perſon Jer. 50, 24, oder mit auf Pſ. 49, 7; Judith 6, 14; auch wie es ebenfalls jetzt gebräuchlich iſt im edlen Sinne für b) „mit feſtem Ernſte und Selbſtgefühl zurückweiſend worauf beſtehen“ Sir. 10, 31: in Widerwärtigkeiten ſei getroſt und trotze auf dein Amt — Grundtext: verherrliche deine Seele in Sanftmuth d. h. behaupte deine Würde beſcheiden, ſ. Büchner, Hand-Concordanz. So auch das Subſtant. **Trotz** — „ein zurückweiſendes Beſtehen auf Etwas mit feſtem Ernſt und Selbſtgefühl“ Spr. Sal. 3, 26; 10, 29: der Herr iſt dein Trotz d. i. der Gegenſtand und Grund deines Vertrauens; Zeller II, 746. Luther hat trotzen 2) als Tranſitivum mit dem Acc. im mhd. Sinne von: jemand zum Zorne reizen, anreizen 1. Sam. 1, 6: ihre Widerwärtige (Peninna, ſ. unter überantworten) betrübte und trotzte ſie ſehr, daß der Herr ihren Leib verſchloſſen hatte — Meyer-Stier: betrübte ſie mit ſtetem Verdruß, um ſie zu ärgern, daß ꝛc.; Jer. 50, 24: du haſt den Herrn getrotzt — Vulg. Dominum provocasti; 1. Kor. 10, 22: oder wollen wir den Herrn trotzen? — M.-St.: oder wollen wir des Herrn Eifer reizen?

Trotz ſteht als Interjection der Herausforderung, Drohung 2. Sam. 20, 11: und es trat einer von den Knaben Joab neben ihn und ſprach: trotz! und mache ſich einer an Joab und thue ſich bei David nach Joab; Jeſ. 41, 23: trotz, thut Gutes oder Schaden, ſo wollen wir davon reden und mit einander ſchauen.

Im Mhd. werden traz und truz faſt immer als Interjection gebraucht; traz auch als Adj.: trotzig; wir verwenden trotz als Conjunction und Präpoſition. Trotzen, mhd. tratzen, tretzen wie oben zum Zorne reizen; das a verdunkelte ſich alſo zum o. Die eigentl. Geſtalt des Wortes zeigt ſich in agſ. thrëat, engl. throat Drohung, threaten drohen, welches nach Grimm, Gram. III, 304, und nach Weigand, Wb. der Synon. III, 816, vielleicht mittelſt eines Ableitungs-t vom agſ. threá Beſtrafung (mhd. die drô Drohung) gebildet und demnach mit drohen verwandt iſt. Das Weitere ſ. bei Grimm a. a. O.

Türkis, der — ein hellblauer Edelſtein aus dem Thongeſchlechte, vorzüglich in Oſtperſien einheimiſch, der „türkiſche“ genannt, weil er zunächſt aus der Türkei kam; ſ. Diez 362. In der Bibel iſt es wahrscheinlich der jetzige Topas 2. Mose 28, 20; Hohel. 5, 14; Hes. 1, 16; Dan. 10, 6.

U.

übergehen, stark. Zb. — hat Luther noch in dem jetzt ungewöhnlichen Sinne von überfließen, überströmen, zunächst von dem anschwellenden Flusse, der die Ufer überschreitet Sir. 24, 35: wie das Wasser Tigris, wenn es übergehet im Lenze; Spr. 3, 10: die Keltern werden mit Most übergehen; Joh. 11, 35: und Jesu gingen die Augen über; Matth. 12, 34 (sprichwörtlich): wes das Herz voll ist, des gehet der Mund über. Ueber die letztere, allerdings freie Uebersetzung rechtfertigt sich Luther in dem Sendschreiben an Wenceslaus Linck in Nürnberg 1530 gegen die Papisten also (vgl. Unrath): „So wenn Christus spricht: Ex abundantia cordis os loquitur. Wenn ich den Eseln soll folgen, die werden mir die Buchstaben fürlegen und also dolmetschen: Aus dem Ueberfluß des Herzen redet der Mund. Sage mir, ist das deutsch geredet? Welcher Deutscher versteht solches? Was ist Ueberfluß des Herzen für ein Ding? Das kann kein Deutscher sagen. Er wollt denn sagen, es sei, daß einer allzu ein groß Herz habe, wiewohl auch das noch nicht recht ist; denn Ueberfluß des Herzen ist kein deutsch, so wenig als das deutsch ist: Ueberfluß des Hauses, Ueberfluß des Kachelofens, Ueberfluß der Bank, sondern also redet die Mutter im Haus und der gemeine Mann: Wes das Herz voll ist, des gehet der Mund über, das heißt gut deutsch geredt, des ich mich geflissen, und leider nicht allgemein erreicht noch troffen habe. Denn die lateinischen Buchstaben hindern uns der Maßen sehr gut deutsch zu reden." Bei Hopf 85.

übermögen s. mögen.

Uebersatz und **übersetzen** s. Wucher.

Ueberschwang (Luther Vberschwang), der — überströmende oder überaus große Fülle 2. Kor. 8, 14: so diene euer Ueberfluß ihrem Mangel, diese theure Zeit lang, auf daß auch ihr Ueberschwang hernach diene eurem Mangel — Meyer-Stier: ihr Ueberfluß.

Ueberschwang, richtiger Ueberschwank, mhd. überswanc, zusammengesetzt aus über und Schwank, mhd. swanc, ahd. swanch eigentl. Schwingung, Schwungbewegung, von schwingen (schwang, geschwungen); also ist Ueberschwang (ähnlich gebildet wie Ueberfluß, daher **überflüssig** für überfließend, übervoll Luc. 6, 38) eine solche Fülle, z. B. von Flüssigkeiten, die beim Schwank, Schwanken überströmt. Voß: „Kindlein, sammelt mit Gesang der Kartoffeln Ueberschwang". Grimm, Gesch. der deutsch. Spr.: „Jetzt haben wir das Politische in Ueberschwank".

Daher das Adj. **überschwänglich** — in (von) überaus großer Fülle, überreich; als Adv. in (von) überaus hohem Grade; 2. Kor. 7, 4: ich (Paulus) bin überschwänglich in Freuden; V. 13: überschwänglicher haben wir uns noch mehr gefreut über der Freude Titi; K. 9, 14: um der überschwänglichen Gnade Gottes willen; Ephes. 3, 20: dem aber, der überschwänglich thun kann über alles, was wir bitten und verstehen.

überwegen s. Unweg.

umblicken s. unt. bleuen.

unordig s. unsättig.

Unrath s. berathen.

unrecht s. recht.

unsättig, Adj. — von einem, der sich selbst nicht mäßigen kann = unmäßig, unersättlich Sir. 31, 24: ein unsättiger Fraß (Fresser) schläft unruhig; desgl. K. 37, 33; Spr. Sal. 27, 20: der Menschen Augen sind unsättig (unersättlich); Pred. S. 1, 8.

Von satt oder genauer von dem aus diesem gebildeten mhd. Subst. sette Sattheit. Aehnliche Adjective auf ig sind ängstig 2. Macc. 3, 21; aufrührig Esra 4, 12; jammerig Jes. 29, 2; sittig Sir. 31, 22; 1. Tim. 3, 2; unordig = unordentlich, vom lat. ordo „Ordnung": Ephes. 5, 18; s. Wetzel 72; vgl. heurig und fernig, lustig, feuchtig.

unschlachtig, Adj. — ungeschlacht, roh in Sitten Phil. 2, 15: ihr seid unsträflich mitten unter dem unschlachtigen und verkehrten Geschlecht — nach dem Grundtext im eigentl. Sinne krumm, wie Luther auch Luc. 3, 5 übersetzt; im uneigentlichen Sinne unartig Apost.-Gesch. 2, 40.

Ungeschlacht, wie es im ältesten Nhd. schon hieß, bedeutet eigentlich vom andern Geschlecht, denn mhd. geslaht Adj. „von demselben Geschlecht" (ahd. slahta, ndd. slag, slacht Art, Geschlecht, von ahd. slahan „schlagen" in der Bed. arten, nachschlagen), dann „von Natur beschaffen", besonders „von guter, verfeinerter Beschaffenheit"; also ungeschlacht, mhd. ungeslaht von niedriger Herkunft, schlecht geartet, von schlimmem, widerwärtigem Wesen, roh, zügellos.

In unschlachtig ist das Augment ge wieder abgeworfen und das adjectivische ig angehängt. Vgl. unsättig und Fahr.

untertreten, stark. Vb. (der Ton liegt auf treten, deshalb im 2. Partc. untertreten) — a) niedertreten, unterdrücken, gänzlich unterjochen und bewältigen, grausam behandeln Ps. 44, 6: in deinem Namen wollen wir untertreten, die sich wider uns setzen; Ps. 60, 14: er wird unsere Feinde untertreten; Ps. 36, 12: laß mich nicht von den Stolzen untertreten werden; Amos 4, 1; Jes. 16, 4; Sir. 12, 5; — in weiterer bildlicher Bed. b) hinterlistig betrügen und berauben 1. Mos. 27, 36: er hat mich nun zweimal untertreten; desgl. Hos.

12, 4; — 2. Kön. 10, 19: aber Jehu that solches zu untertreten (wandte Hinterlist an), daß er die Diener Baals umbrächte.

So auch mhd. undertrëten.

unterwinden, stark. Vb., sich — sich getrauen, erkühnen, unterstehen, jetzt nicht mehr so häufig als ehedem 1. Mose 18, 27: ach siehe, ich habe mich unterwunden mit dem Herrn zu reden, wiewohl ich Erde und Asche bin; Jak. 3, 1: unterwinde sich nicht jedermann Lehrer zu sein; Apost.-Gesch. 19, 13: es unterwunden*) sich aber etliche der umlaufenden Juden, die da Beschwörer waren, den Namen des Herrn Jesu zu nennen; Luc. 1, 1: sintemal (s. sint) sich's viele unterwunden haben, zu stellen die Rede 2c.

Sich unterwinden, mhd. underwinden bedeutet zunächst wohl so viel als sich gleichsam unter etwas winden, und so dasselbe auf, über sich nehmen, um dafür zu sorgen oder es zu besitzen, oder auch um es zu thun oder zu leiden; man vergl. die Synonymen sich unterstehen, unterfangen, unterziehen; s. Kehrein, onomatisches Wörterb. 265.

Unweg, der — schlechter Weg, unwegsame Strecke Hiob 12, 24: er machet sie irre auf einem Unwege — Umwege, wie manche Bibelausgaben haben, ist hier sinnlos.

Unweg, mhd. unwëg, noch ndd. unweg ist eine ähnliche Bildung wie Unglück, Untreue 2c.; mhd. wëc gehört zu wëgen (Präs. wige, Prät. wac, wâgen, Partc. gewëgen) sich bewegen, wie lat. via zu vehi fahren, bedeutet also „den langgestreckten Raum, auf welchem sich etwas hinbewegt". Vgl. allerwegen unter allerdinge.

Das ältere **wegen** für bewegen hat Luther um des Gleichlauts willen: was sich regt und wegt (aber wo?); Ephes. 4, 14: auf daß wir nicht mehr Kinder seien und uns wegen oder wiegen lassen von allerlei Wind der Lehre d. h. hin- und hertreiben, bewegen l. Vgl. Scheuel. — Ueberwegen für überwältigen, wie mhd. Apost.-Gesch. 20, 9: er ward vom Schlaf überwogen.

Ein Compositum mit Weg ist die **Wegscheide**, auch der Weg-

---

*) Die von Neuern für veraltet und daher falsch erklärte Form unterwunden statt unterwanden ist vollkommen richtig und in dem Wesen der ablautenden Conjugation begründet: im Ahd., Mhd., Got. 2c. hatte nämlich in den 5 ersten Klassen starker Verben der Plural Prät. einen andern Ablaut als der Singular. Bei Luther ist dies noch z. B. in Betreff der 1. Klasse, die im Sing. Prät. a, im Pl. u hat, Regel Ps. 105, 18: sie zwungen seine Füße im Stock; 1. Mose 19, 9: sie drungen hart auf den Mann Lot; K. 37, 7: wir bunden Garben; 2. Mose 15, 10: und sunken unter; Richt. 2, 18: die, so sie zwungen; 1. Sam. 18, 7: die Weiber sungen; im Conj. ü 1. Mose 32, 5: daß ich Gnade fünde; Jer. 15, 1 stünden; Dan. 3, 20: bünden, würfen; Matth. 16, 26: hülfe. Im Indic. hat die neuere Sprache den Unterschied des Sing. und Plur. in der Art verwischt, daß sie den Vocal des ahd. und mhd. Sing. auch auf den Plural übertragen hat: banden, wanden 2c.; die ndd. Sprache hat umgekehrt den Vocal des Pl. für beide: bund, bunden 2c. In dem capitalen werden wird allein noch der ältere reinere Vocalismus respectiert: Prät. ward — wurden. Im ältern Sprichwort heißt es: wie die Alten sungen, so zwitschern die Jungen.

scheid — der Ort, wo die Wege sich scheiden Hes. 21, 21; Obadja 14 — Pässe, nach dem Grundtext; Marc. 11, 4.

Ursache s. Sache.

V.

verbannen, sich, s. Bann.

verdolmetschen s. Dolmetscher.

verdüstert, Adj. — urspr. Partc. Prät. von verdüstern, also = düster gemacht, verfinstert; bildlich auf den Mangel geistiger Klarheit bezogen; Luther gebraucht es in der weiter fortgeführten Bed. von innerlich finster, nichtig und doch voll eitler Anmaßung, also nicht bloß im negativen, sondern auch im positiven Sinne, 1. Tim. 6, 4: so jemand anders lehret und bleibt nicht bei den heilsamen Worten unsers Herrn Jesu Christi und bei der Lehre von der Gottseligkeit, der ist verdüstert — aufgeblasen nach dem Grundtext, wie Luther auch 1. Tim. 3, 6 und 2. Tim. 3, 4 übersetzt. In der Glosse sagt Luther zu obigem Ausdruck: „der in seinen Gedanken ersoffen gehet und niemanden achtet".

Das Wort düster ist eigentlich ndd. und spät und selten in hochd. Schriftsprache aufgenommen. Ndl. duister, mittelniedd. dûster, altſ. thiustri, agſ. thystro, nach Grimm, Gesch. der deutsch. Spr. 337, aus einem gleichbed. ältern altſ. thimstar, ahd. dimstar mittest Ausstoßung des flüssigen m; dies vom altſ. thimm, agſ. und engl. dim dunkel, wovon nhd. dämmerig; vgl. dumm. Aehnliche Bed. wie in verdüstert hat ver in verstören = zerstören Gal. 1, 13. 23; verlähmen 2. Sam. 8, 4; Jes. 16, 7; vertragen = abtragen (von Kleidern) Jer. 38, 11. 12; **vergnügen** statt vergenügen d. i. genug machen 1. Sam. 18, 27: David vergnügte dem Könige die Zahl — er brachte ihm genug Vorhäute. Vgl. verschleißen.

verfahen, sich — sich verfangen, verstricken, verführen lassen, 5. Mose 7, 25: und sollt nicht begehren des Silbers und Goldes, das dran (an den Götzenbildern) ist, oder zu dir nehmen, daß du dich nicht drinnen verfähest; Spr. Sal. 6, 25: laß dich ihre Schöne (Schönheit) nicht gelüsten in deinem Herzen und verfahe dich nicht an ihren Augenlidern.

Sich verfangen, mhd. verfâhen (Präs. vâhe, Prät. vienc, viengen, Partc. vangen), wie Luther noch schreibt, heißt eigentl. sich in etwas fangen; in etwas gefangen werden, gerathen. „Wenn der Sturm in dieser Wasserkluft sich erst verfangen, dann rast er um sich mit des Raubthiers Angst, das an des Gitters Eisenstäbe schlägt", Schiller. Dann bildlich wie oben. Luther hat im Präs. noch die mhd. Form von vâhen (mhd. Prät. vie oder vienc, bei Luther rc. vieng, viengen) = fangen, fassen 2. Kön. 6, 22: welche du mit deinem Schwert und Bogen fahest, die schlahe (schlage, mhd. slâhen, slân); Hiob 5, 13: er fehet die Weisen in ihrer Listigkeit; K. 40, 19; Matth. 26, 55: ihr seid ausgegangen . . . mich zu fahen; Luc. 5, 10: Menschen fahen; 1. Mose 27, 3; Matth. 13, 47: abermal ist gleich das Himmelreich einem Netze, das ins Meer geworfen ist, damit man allerlei Gattung fehet; Hes. 13, 20. — Intransitiv und bildlich für Wurzel schlagen, fassen steht es Joh. 8, 37: denn meine Rede fehet nicht unter euch — Vulg. sermo meus non capit in vobis. Col. 2, 20 und 2. Macc. 12, 35 hat sich schon im Präs. fangen eingeschlichen; s. Grimm, Wb. Ueber den Eintritt des n vgl. fint.

verfassen, schw. Vb. — durch Fassen gehörig verbinden, zusammenfassen (eine Mehrheit in eine Einheit), umfassen, einschließen, recapitulieren Röm. 13, 9: das wird in diesem Wort verfasset: du sollt deinen Nächsten lieben als dich selbst; Ephes. 1, 10: auf daß alle Dinge unter ein Haupt verfasset würden in Christo — verbunden, vereinigt; Spr. Sal. 8, 27: da er die Tiefen mit seinem Ziel verfassete — M.-St.: den Abgrund in die Runde fassete.

In gleicher Weise gebrauchen wir heute be-, erfassen oder noch gewöhnlicher das einfache fassen; so auch schon mhd. vazzen; über die Ableitung von fassen s. Grimm, Wb. III, 1340.*)

vergnügen s. unt. verdüstert.

verhalten, stark. V. — a) haltend etwas nicht fortlassen, zurückhalten Amos 4, 7: auch habe ich den Regen über euch verhalten; Hagg. 1, 10: darum hat der Himmel über euch den Thau verhalten; Joel 2, 10: die Sterne verhalten ihren Schein; Hiob 38, 23: die (Schnee und Hagel) ich habe verhalten (aufgespart) bis auf die Zeit der Trübsal; b) im uneigentlichen Sinne eine Wahrheit zurückhalten, vorenthalten, verschweigen Apost.-Gesch. 20, 27: ich habe euch nichts verhalten, das ich nicht verkündiget hätte; Röm. 1, 13; 11, 25; 1. Thess. 4, 13; Jer. 38, 14: ich will dich etwas fragen, Lieber, verhalte mir nichts; 1. Kor. 12, 1; 2. Kor. 1, 8; daher unverhalten — unverschwiegen.

Verhalten ist in uneigentl. Bed. weniger veraltet, als in eigentlicher; mhd. verhalten zurückhalten; halten (hielt, gehalten) bezieht sich urspr. auf das Hirtenleben, denn got. haldan hüten, weiden; noch

*) Luther scheint die Vorsilbe ver durch niederd. Einwirkung in diesem Sinne zu verwenden; ndl. bed. vervatten nicht nur verfassen im gewöhnlichen Sinne, sondern auch befassen, begreifen, enthalten: God heeft de wereld geschapen en alles wat zy vervat (enthält). Man vgl. bei Luther vermahnen neben ermahnen, verneuern für erneuern Col. 3, 10; versaufen für ersaufen Jer. 49, 4; verstarrt — erstarrt Marc. 6, 52; versehen für ersehen, ausersehen Röm. 8, 29; 11, 2; Hes. 20, 6; vertragen für ertragen 1. Thess. 3, 1. Viele ndd. und ndl. Wörter mit ver entsprechen den hd. mit be oder er: verdocht — bedacht, vereischen „erheischen", erfordern, verschrikken erschrecken, verhitzen erhitzen, verkolden erkälten, verlöven erlauben 2c. Vgl. letzen.

alth. haltan hüten (als Hirten das Vieh). Man vgl. dazu nhd. Ausdrücke, wie „Vieh, Schweine, Kühe halten" = unterhalten, ziehen. S. Grimm, Gr. IV, 599, Gesch. d. deutsch. Spr. 29 und Weigand, deutsch. Wb. unter halten. Vgl. weidlich und Hort.

verhängen, schw. V. — a) etwas über einen — absichtlich zufügen, schicken, Weish. 1, 5 Sünde verhängen; 2. Macc. 5, 17: der Herr hat solches verhängt u. a. O. So auch noch jetzt gewöhnlich; aber veraltet in der Bed. b) (mit dem Dat. d. Person) hängen lassen (z. B. die Zügel am Pferde), zulassen, verwilligen, gestatten Pred. 5, 5: verhänge deinem Mund nicht, daß er dein Fleisch verführe. — M.-St. gestatte, s. auch mhd. verhengen — von hahen hangen und hängen; s. verfahen und Hengel.

verkundschaften — steht 1) trans. mit dem Acc. der Sache für auskundschaften, erkunden 1. Chron. 20, 3: seine Knechte sind gekommen, das Land zu verkundschaften; 2) trans. mit dem Acc. der Sache und dem Dativ der Person für an jemandes Kundschaft bringen, offenbaren; 1. Macc. 7, 30: das ward dem Judas verkundschaftet; K. 9, 60: dieser Anschlag ward dem Jonathan verkundschaftet; V. 37. S. Biltz, über die Archaismen in Luthers Bibelübersetzung p. 16.

Verkundschaften, ähnlich gebildet wie verneuern, versehen, vertragen, s. u. verfassen, ist wie das gewöhnlichere auskundschaften abgeleitet von Kundschaft = Kunde, dies vom Adj. kund; vgl. kündlich.

verlassen — von sich lassen; an andere übergehen lassen; daher auch hinterlassen, den Auftrag geben, etwas zu thun, bestimmen, verabreden, so Judith 10, 7: am Thor fand sie die Aeltesten, die ihrer warteten, wie es verlassen war.

Bei Schiller findet sich verlassen ebenfalls in der Bed. hinterlassen und Auftrag geben, bestimmen: „Karl der Fünfte verließ seinem Nachfolger eine Gewalt in diesen Ländern, die von einer gemäßigten Monarchie wenig verschieden war", Abfall der Ndl. „Das achte Exemplar für Meyer habe ich an Fräulein von Imhof abgegeben, wie unser Freund verlassen hat", Briefw. mit Goethe I, 248, bei Kehrein onom. Wb. 1171.

vermachen — zumachen, zusperren Hos. 2, 6: ich will deinen Weg mit Dornen vermachen und eine Wand davor ziehen — Meyer-St.: verzäunen. Vulgata: ego sepiam viam tuam spinis.

Schon das mhd. vermachen hatte die Bed. von einschließen zum Schutz; zusperren, zumachen.

vermögen, s. unter mögen.

verschießen, stark. Vb. — sich schnell fortbewegen, gleichwie ein geschossener Pfeil fliegt, und dadurch verschwinden, vom Wasser verfließen, versiegen Jer. 18, 14: bleibet doch der Schnee länger auf den Steinen im Felde, wenn's vom Libanon herab schneiet und das

Regenwasser verschießt (bei Luther verscheusst) nicht so bald, als mein Volk mein vergisset — M.-St.: versiegen auch die fremden, kalten, rinnenden Gewässer? 2c.

Verscheusst ist die alte oberdeutsch noch lebendige Form, hervorgegangen aus dem mhd. verschiezen (Präs. schiuze, Prät. schôz, schuzzen) abschießen 2c.*)

verschliefen, intr. — schlüpfend d. i. gleitend und leise verschwinden, entschlüpfen; vom Wasser versiegen 2. Sam. 14, 14: wie das Wasser in die Erde verschleuft — M.-St.: wie das Wasser auf die Erde gegossen wird.

Verschliefen, mhd. versliefen in gleicher Bed.; schliefen, mhd. slîfen, sliefen (Präs. sliufe, Prät. slouf, sluffen), ahd. sliofan gleiten, glitschen, gleitend sinken — hatte im älteren Nhd. die Formen du schleusst, er schleuft, schlauf statt du schliefst, er schlieft, schlief; im Prät. heißt es schloff, im Partc. geschloffen; vgl. das folgende Wort. Von diesem schliefen ist das jetzt gebräuchlichere schw. Verb. schlüpfen, mhd. sluphen, ahd. sluphan, ndd. slûpen eine Verstärkungsform (Intensivum).

verschleißen, intr. — durch den Gebrauch abgenutzt werden, zerreißen und verderben Sir. 14, 18: alles Fleisch verschleißt wie ein Kleid — wo die frühere Stuttgarter Bibel unrichtig verschießt hatte; verschießen, von Kleidern, heißt die Farbe verlieren.

Verschleißen (— schliß, — schlissen), mhd. verslîzen, ndd. verslîten, slîten (slêt, slêten), trans. und intrans. benutzen und abge-

---

*) Die Zeitwörter der 4. starken Conj. haben im Nhd. die Ablautsreihe Präs. ie (ü), au, Prät. ō, o, Partc. ō, o; im Mhd.: Präs. iu (û), Prät. Sing. ô (ou), Pl. u, Partc. o, z. B. gieße, goß, gegossen, mhd. Präs. giuze, Prät. gôz, guzzen, Partc. gegozzen. Im Mhd. bewahrt der ganze Singul. Präsentis und der Imperativ (2. Pers. Sing.) den alten schon got. und ahd. Laut iu; noch am Ende des 15. Jahrh. findet sich hie und da: liuge, liugt (von liegen = lügen), betriugt (von betriegen = betrügen), fliuhet, beschliuß, verdriußt. Weil aber im Nhd. eu den mhd. Laut iu ersetzt (vgl. Scheuer, keulich, verschleifen, heurig 2c.), so wechseln im ältern Nhd. in dieser Conj. die Laute eu und ie, der urspr. dem Infin. zukommt. Luther hält diesen Unterschied in der Art fest, daß er der 2. und 3. Pers. Sing. Präs. und der 2. Pers. Sing. Imperativi eu gibt, den übrigen Formen des Präsens ie. Luthers regelmäßige Conj. ist also: Ich gebiete 2. Mos. 4, 23, du gebeutest Jos. 1, 18, oder mit ausgefallenem e, z. B. du zeuchst 4. Mos. 10, 32, er gebeut 2. Mos. 18, 23, wir gebieten, ihr gebietet, sie gebieten 2c.; Imp. gebeut 1. Mos. 45, 19. Daher auch verleuret 5. Mos. 22, 3; Matth. 16, 25 oder verleurt Sir. 27, 17, Imp. verleur Sir. 29, 13; es gefrewret Sir. 43, 21 (vgl. bleuen), verdreußt, leugt 2c. Da sich diese Form noch häufig, bes. bei Dichtern, in solchen Zeitwörtern erhalten hat, die t, ß, g oder ch hinter dem Wurzelvocal haben, so schlägt R. v. Raumer vor, sie in einer neuen Bibelausgabe auch hier festzuhalten, also gebeut, fleußt, geußt, fleugt, kreucht zu schreiben, dagegen sie in verleurt, gefreurt 2c., desgl. auch in schießen fallen zu lassen. In der Bibel von 1545 finden sich nur sehr wenige Ausnahmen von jener Regel, so Matth. 5, 39 und Luc. 6, 29: dem biete den andern auch dar, und 1. Macc. 10, 71: ziehe (Imp.). S. Frommann, Vorschläge zur Revision 2c. 8—10; 76—87.

nutzt werden. Das Wort ist keineswegs erloschen, aber in hochd. Schriftsprache weniger bräuchlich als ndd. Heine: Deutsche Treue, deutsche Hemde, die verschleißt man in der Fremde. Uebrigens schon bei Otfried vorkommend: sleiz er sîn geuuâti zerriß er sein Gewand.

verschlinden, stark. Vb. — steht einmal für das nhd. dafür allgemein gewordene verschlingen „mit starkem Zuge und eifrigem Drange nach dem, was man genießt, durch den Schlund in den Magen aufnehmen" 1. Petr. 5, 8: der Teufel gehet umher wie ein brüllender Löwe und sucht, welchen er verschlinde — wo neuere Ausgaben schon verschlingen haben.

Bei Luther und seinen Zeitgenossen ist schlinden noch gebräuchlich, wiewohl sich schon früher schlingen daraus entstellte, anlehnend an das wohl davon zu sondernde schlingen (schlang, geschlungen) = kriechen, winden, flechten. Mhd. verslinden, ahd. firslintan — von mhd. slinden (slant, slunden), ahd. slintan; daher der Schlund, ahd. slunt, der mundartlich freilich auch Schlunk, Schlung heißt. Vgl. Kehrein, onom. Wörterb. 377 und 387; Gramm. des 15—17. Jahrh. I, 231.

versehen s. die Bem. zu verfassen.

versiegeln, schw. Vb. — 1) im eigentl. Sinne mit einem Siegel (vom lat. sigillum) versehen und dadurch verschließen, verwahren, sichern, z. B. die persischen Staatsbefehle Esther 3, 12; des Jeremias Kaufbrief Jer. 32, 10. 11; Daniels Löwengrube Daniel 6, 17; Christi Grab Matth. 27, 66; wohl auch die Weissagung des Jesaias 8, 16; 2) im uneigentlichen Sinne a) mittelst eines Zeichens (wie eines Siegels) vor dem Verderben bewahren Off. Joh. 7, 3. 4. 5: beschädiget die Erde nicht ... bis daß wir versiegeln die Knechte unsers Gottes an ihren Stirnen 2c.; b) sichern, verwahren, verbergen Röm. 15, 28: wenn ich nun solches ausgerichtet und ihnen (den Heiden) diese Frucht versiegelt habe d. i. den Ertrag dieser Sammlung sicher (unter Siegel) eingehändigt habe; Offenb. 10, 4: versiegele (halte verborgen) was die 7 Donner geredet haben; c) (durch Zeugniß und Thaten wie mit einem Siegel) bestätigen, bekräftigen, beglaubigen Joh. 6, 27: denn denselbigen (Jesum) hat Gott versiegelt;*) K. 3, 33: wer es (sein Zeugniß) aber annimmt, der versiegelt's, daß Gott wahrhaftig sei; 2. Kor. 1, 21. 22: Gott ist's aber, der uns bevestigt sammt euch in Christo und uns gesalbet und versiegelt, und in unsere Herzen das Pfand, den Geist, gegeben hat; Ephes. 1, 13: durch welchen (Christum) ihr auch, die ihr glaubetet, versiegelt worden seid mit dem heiligen Geiste der Verheißung; K. 4, 30.

---

*) Luther rechtfertigt sich darüber, daß er sich bei dieser Stelle so genau an die Worte des Grundtextes gehalten habe, in dem Sendschreiben (vgl. Unrath und überfließen): „Da wäre wohl besser deutsch gewest: diesen hat der Vater gezeichnet oder diesen meinet Gott der Vater. Aber ich habe eher wollen der deutschen Sprache abbrechen, denn von dem Worte abweichen."

versprechen, stark. Vb. — 1) bedeutet a) eigentlich (mhd.) von sich wegsprechen, ableugnen; b) dann „sich gegen etwas erklären“, eine Sache mißbilligen, tadeln Marc. 7, 2: da sie sahen etliche seiner Jünger mit ungewaschenen Händen Brot essen, versprachen sie es — M.-St. tadelten; — eine weitere Fortbildung dieser Bed. ist c) verwerfen, verwünschen Richt 9, 23: die Männer zu Sichem versprachen Abimelech — „sie fielen ab von A.“ nach dem Grundtexte, so auch M.-St., Vulgata coeperunt eum detestari; — 2) sich versprechen = „sich zum Schaden sprechen“, zu viel sprechen und dadurch sich verpflichten“, „verbindlich machen“ Luc. 22, 6: Judas versprach sich . . . Jesum den Hohenpriestern zu verrathen.

Versprechen, mhd. versprëchen in obigen Bed. (auch hin und wieder noch ndd. versprêken tadeln), von denen die unter 1 erloschen sind; die unter 2 ist es in diesem verstärkten Sinne ebenfalls. Bei Lessing findet sich noch: „Saladin! wenn du dich fühlest, dieser weisere, versprochene Mann zu sein“ — von dem man viel Gutes und Böses spricht.

Im nhd. Sinne von zusagen und sich versprechen = „aus Versehen ein falsches Wort wählen“ findet es sich bei Luther noch nicht.

Aehnliche Bed. wie in versprechen hat ver in verstellen 2. Kor. 11, 13; vervortheilen = übervortheilen 1. Thess. 4, 6; 2. Kor. 7, 2; 1. Kor. 6, 8: ihr thut Unrecht und vervortheilet (V. fraudatis) und solches an euren Brüdern! —

Verstand, der — gebraucht L. nicht nur häufig in dem jetzt gewöhnlichen Sinne von mens, ratio, intelligentia, sondern einmal auch für Einverständniß, Vertrag, pactum, worüber die Parteien sich verständigt haben Jes. 28, 15: wir haben mit dem Tode einen Bund und mit der Hölle einen Verstand gemacht — die Berlenburger B. Verständniß. Aehnlich Schiller in Maria Stuart: „Daß zwischen mir und der Maria Verständnisse gewesen“. Bei Campe findet sich: „Welches mit der Wahrheit nicht im Einverstand gewesen“. Das einfache Verstand ist in dieser Bed. sehr selten, unter andern in dem 1517 erschienenen epischen Gedichte Theuerdank: „Er hat mit ihm seinen Verstand“.

Mhd. und ahd. findet sich überall das Subst. verstand noch sehr selten und dann in der gewöhnlichen Bed. „das Vermögen, geistig freie Vorstellungen zu haben“, und ist abzuleiten von dem alten verstantan, contrahiert in verstân, nhd. verstehen.

verstocken s. Stock.

versuchen s. Sache.

vertheidigen s. Theiding.

vertrauen, mhd. vertriuwen, — hat zuerst die Bed. „sich jemandes Treue, mhd. triuwe, völlig versichert halten“ und dann allgemeiner „der Treue eines andern übergeben“ = anvertrauen; s. Weigand, Wb. d. Syn. III, 1027. Daher konnte Luther es sowohl für verloben als auch für vermählen gebrauchen Matth. 1, 18: als

Maria, seine Mutter, dem Joseph vertrauet (verlobet) war, ehe er sie heimholete (die Hochzeit mit ihr feierte), erfand sichs, daß sie schwanger war vom heil. Geiste — Vulg. cum esset desponsata mater ejus Maria Joseph, antequam convenirent; M.-St. als Maria, seine M., dem Joseph verlobet war, ehe sie zusammenkamen; 2. Mos. 21, 9: vertrauet (bestimmt) er sie aber seinem Sohne, so soll er Tochterrecht an ihr thun; K. 22, 16: wenn jemand eine Jungfrau beredet, die noch nicht vertrauet ist, und beschläft sie — M.-St. verlobt; 5. Mos. 22, 28; 28, 30. Tob. 6, 15 ist wohl von der Vermählung die Rede, desgl. in der Uebertragung auf den Liebes- und Gnadenbund Gottes mit seinem Volke (geistliche Ehe): Hos. 2, 19; Jer. 3, 14; 2. Kor. 11, 2. Vgl. Nasir.

verweben s. weben.

verwenden s. unter Wandel.

verwesen s. Wesen.

verziehen s. aufziehen.

Vetter, der — 1) des Vaters Bruders Sohn, wie jetzt gewöhnlich Jer. 32, 12; 2) meistens der Bruder des Vaters, Oheim 4. Mos. 27, 10 rc.; 1. Sam. 10, 14; Jer. 32, 7 rc. Jesaias nennt K. 5, 1 den Messias seinen Vetter, weil er der messianischen Stammlinie angehörte, wie einige meinen; indes bed. das Wort das. nach dem Grundtexte Geliebter, Freund; s. Zeller.

Vetter wird auch noch jetzt wohl unter allen Verwandtschaftsbezeichnungen am allgemeinsten für Verwandter, Freund gebraucht; so heißt auch in der Ueberschrift von Kap. 13 des 1. Buches Mose Lot Abrahams Vetter, dessen Brudersohn er war: K. 14, 14 heißt er sein Bruder. — Afr. fedria Oheim, agf. faedera Oheim, faethra, Vetter. Vetter, mhd. veter, ahd. fataro, fetiro stammt von Vater wie lat. patruus Oheim und patruelis Vetter von pater Vater. Vgl. Neffe und Wase.

Vierfürst s. Fürst.

Vogt, der, Gen. es — jetzt durchweg ein Beamter niederen Ranges, hatte das ganze Mittelalter hindurch ein höheres Ansehen: mhd. voget, ahd. fogat ein Schirmherr, als solcher hieß der Fürst, König, Kaiser und Papst Vogt; dann der von dem Schirmherrn eingesetzte Stellvertreter, Statthalter, Richter rc.; auch der Vormund; — es ist früh aufgenommen aus dem mlat. vocatus für lat. advocatus Rechtsbeistand. S. Benecke-Müller III, 359.

In gleicher Weise verwendet auch L. das Wort für verschiedene Beamte: a) ein Aufseher über Fröhner 2. Mos. 5, 6. 10. 14, wo Vögte den Amtleuten übergeordnet sind, s. Frohnvogt; b) der Tempelaufseher, Hauptmann der Tempelwache 2. Macc. 3, 4; c) ein Palastaufseher, Schloßvogt 1. Kön. 16, 9; d) vornehmer Beamter überh. Dan. 2, 15; 3, 2 (=Schatzmeister). Eliezer war der Hausvogt d. i. Obersclave Abrahams 1. Mos. 24, 2; 15, 2. Selbst den römischen Proconsul übersetzt er mit Landvogt, siehe Landpfleger.

vortheilisch, Adj. — auf seinen Vortheil bedacht, seinen Vortheil suchend durch schlaue, unredliche Handlungen, also = habgierig, Sir. 14, 9: ein vortheilischer Mensch lässet ihm nimmer genügen an seinem Theil; Maleachi 1, 14: verflucht sei der Vortheilische. Vgl. versprechen.

Vorzug, der — Vorderzug, Vortrab eines Heeres 1. Macc. 9, 11: im Vorzuge waren die Schützen und die besten Krieger standen vorne an der Spitze.—Wäre nicht eine Herleitung der erst bei neueren Schriftstellern üblich gewordenen bildl. Bed. von Vorzug für Vorrang, principatus und gute Eigenschaft, Vortrefflichkeit, Auszeichnung aus der sinnlichen bei Luther denkbar, sofern es von jeher für eine Auszeichnung gilt, ins Vordertreffen gestellt zu werden? Hatte doch auch das deutsche Tugend und das lat. virtus urspr. die Bed. Tüchtigkeit, bes. die körperliche, Kraft, Tapferkeit des Kriegers. Luther scheint Vorzug in jetzt gewöhnlicher Bed. noch nicht zu kennen; mhd. und ahd. fehlt es ganz. Kehrein, Gramm. des 15—17. Jahrh. II, 193 führt das Wort auch erst aus einem Werke des 16. Jahrh., Johannis Aventini Chronica vom Jahre 1580, an und zwar in der Lutherischen Bed.: Es waren im vorzug (Vortrab sagt K.) Beyern". S. Zeug.

W.

wacker, Adj. — hat L. noch in urspr., eigentl. Bed. a) für wach, munter, nicht schlafend 1. Sam. 14, 27: da wurden seine Augen wacker; Spr. S. 20, 13; daher uneigentlich b) wachsam, auf seiner Hut, tapfer, tüchtig, „rege und lebendig zur That" Luc. 21, 36: so seid nun wacker allezeit; Offenb. 3, 2; Jer. 1, 11; von Gott Jer. 1, 12; Dan. 9, 14 2c.

Mhd. wacker, ahd. wachar wie oben — von dem Wurzelverb. mhd. wachen (Prät. wuoh, Partc. gewachen), got. vakan wach sein, w. werden, woher auch unser schwaches wachen und dessen Factitiv wecken (s. auffretzen); ferner die **Wache** — bei L. a) eine festgestellte Zeit der Wache: die Nacht war bei Hebräern, Griechen 2c. in 3 Nachtwachen eingetheilt, jede zu 4 Stunden; die 3., von 2 Uhr bis Sonnenaufgang war die Morgenwache 2. Mos. 14, 24; Ps. 130, 6. Im N. T. aber ist nach römischer Weise die Nacht in 4 Wachen getheilt, jede zu 3 Stunden; die 3. von 12—3 Uhr um den Hahnenschrei Marc. 13, 35; s. Zeller; das bibl. Handlexicon 2c.; — b) ein militärischer Wachtposten Jer. 51, 12. Vgl. Wucher und Hut.

Wagenburg, die — eine Burg d. i. eine Schutzwehr von Wagen: eine aus ineinander geschobenen Munitions- und anderen Wagen gebildete Verschanzung um Kriegslager herum, hinter welche sich bei einem Angriffe des Feindes die Krieger zurückzogen, um sich sammt den etwa mit ausgezogenen Frauen und Kindern dahinter zu bergen; man denke an die Cimbern und Teutonen. Daher der Ausdruck Burg, gebildet aus dem Plural Prät. von bergen (mhd. barc, burgen).

In dieser aus deutscher Kriegssitte hervorgegangenen Bed. steht W. auch wohl 1. Sam. 17, 20: David kam zur Wagenburg. Dagegen Luc. 19, 43: und deine Feinde werden um dich eine Wagenburg schlagen (Vulg. vallum, andere: Wall, Bollwerk, Schutt) — heißt es im Grundtexte den Belagerungswall aufwerfen oder „die Circumvallationslinie um die belagerte Festung ziehen", corona cingere urbem, wie es die Römer zu thun pflegten. S. bibl. Handlexicon 239. Vgl. Schutt, Hort.

Wagen gehört zu mhd. wëgen, s. Unweg.

Wandel, der — 1) Art zu gehen, wandeln; dann uneigentlich Art zu leben, die Lebensweise des Menschen — in diesem gewöhnlichen Sinne an vielen Orten 1. Petr. 1, 17: führet euren Wandel, so lange ihr hier wallet, mit Fürchten; K. 2, 12; 1, 18; Ebr. 13, 5; Phil. 3, 20: unser Wandel ist im Himmel d. h. wir wandeln hier auf Erden, als wenn wir schon im Himmel wären; Luther hatte in früheren Ausgaben statt Wandel Bürgerschaft, gleichbedeutend mit Bürgerrecht (wie bei Bengel); M.-St. „wir sind zu Hause"; wo wir unser Bürgerrecht haben, haben wir unsern Aus- und Eingang d. i. unsern Wandel. — 2) Umkehr, Umwandlung, Bekehrung Apost.-G. 15, 3: sie erzählen den Wandel der Heiden — M.-St. Bekehrung, Vulg. conversio. — 3) Mangel, Fehler, Tadel, Gebrechen; bes. so von körperlichen Gebrechen der Opferthiere, die „ohne Wandel" sein mußten: 2. Mos. 29, 1; 3. Mos. 1, 3 2c.; — 1. Mos. 6, 9: Noah war ein frommer Mann, ohne Wandel; 5. Mos. 18, 13: du aber sollst ohne Wandel sein mit dem Herrn deinem Gott; Ps. 18, 24; 119, 1; 18, 31: Gottes Wege sind ohne Wandel; Ps. 19, 8: das Gesetz des Herrn ist ohne Wandel. Ps. 26, 11: ich wandle unschuldig — hatte L. anfänglich weniger wohllautend übersetzt: ich will wandeln ohne Wandel.

Im Mhd. tritt der Uebergang von der 2. zur 3. Bed. klar hervor: wandel, 1) Art zu gehen; Lebenswandel, -art; 2) Rückgang, bes. der Rückgang eines Verkaufs oder Vertrags; 3) Gebrechen, das nach dem Kauf oder Verkauf gefunden, diesen rechtlich aufhebt, rückgängig macht; allgemeiner: Gebrechen, Fehler, Tadel; 4) Schadenersatz, Buße, welche Bed. sich wohl aus der von „Rückgang" entwickelt hat, denn mhd. heißt wandel auch Umtausch, durch den ein Schadenersatz geleistet wird. S. Benecke-Müller III, 696. Weigand, W. d. Syn. III, 923. Vgl. Buße unter baß.

Der Wandel, ahd. wantal — woher das schwache Vb. wandeln, welches im Ahd. wälzen, zu Luthers Zeit aber gehen, hin- und wiedergehen bedeutete und von ihm viel gebraucht wurde 5. Mos. 1, 19. 31; Matth. 9, 5; Luc. 24, 15; 2. Kor. 5, 7 2c. — ist mittelst der Ableitungssilbe al, el abgeleitet von dem schwachbiegenden ahd. wantjan wenden (wandeln) und dieses ist die Bewirkungs-(Factitiv-) Form zu winden (wand). Mhd. winden (Prät. want, wunden) heißt als Intrans. sich zurückwenden, „bis auf einen gewissen Punkt gehen"; „eine Richtung nehmen gegen etwas", als Trans. winden, drehen, „eine andere Richtung geben". S. Weigand, W. d. Syn. III, 1087; Grimm, Gr. II, 35. — Mit wenden zusammengesetzt ist das schw.

verwenden, sich — sich umwandeln, seine Gesinnung ändern Apost.-G. 28, 6: sie verwandten sich und sprachen, er wäre ein Gott — M.-St. wandten sich, andere: änderten ihre Meinung, kamen oder geriethen auf andere Meinung, Vulg. convertentes dicebant. Neuere Ausgaben haben gar: verwunderten sie sich.

Eine Nebenform von Wandel ist Wander (s. Murmel); daher wandern Ps. 23, 4; Hiob 31, 32. — Von Wandel gebild. ist

wandelbar, Adj. — 1) veränderlich, unbeständig Sir. 27, 12: ein Narr ist wandelbar wie der Mond; 2) fehlerhaft, mangelhaft 3. Mos. 22, 23: einen Ochsen oder Schaf, das ungewöhnliche oder wandelbare Glieder hat, magst du von freiem Willen opfern.

wankel, Adj. — unbeständig, schwankend Hebr. 6, 12: daß ihr nicht wankel werdet, sondern Nachfolger — Andere: träge, ermattet, ermüdet, verdrossen. — Das jetzt ungebräuchliche Wort (Kehrein, onomatisches Wb. 309 führt 2 Belege aus dem 15. und 16. Jahrh. an: „Groß Herren wankel sind", Hans Sachs) ist ndd. noch lebendig; mhd. wankel, mittelst der Ableitungssilbe el abgeleitet von der wanc „die rückgängige Bewegung"; „das Weichen nach rückwärts oder seitwärts"; bildl. „Untreue, Zweifel" — in letzterer Bed. noch hin und wieder bei neueren Schriftstellern. Wanc ist gebildet aus dem Sing. Prät. des starken Vb. mhd. winken (Prät. wanc, wunken, Partc. gewunken) „sich von einer Seite zur andern neigen, vorwärts oder rückwärts"; daher das schw. Vb. winken, ferner der Winkel; von wanc — wanken und von wankel das ebenfalls veraltete wankeln; ferner das bei Luther und noch heut zu Tage übliche wankelmüthig = schwankenden Gemüthes, unbeständigen Sinnes Jac. 4, 8; von Wankelmuth = unbeständiger Sinn.

wappnen, schw. Vb. — mit Waffen versehen, waffnen, ausrüsten 1. Mos. 14, 14: als nun Abram hörte, daß sein Bruder gefangen war, wappnete er seine Knechte; bildlich 1. Petr. 4, 1: weil nun Christus im Fleische für uns gelitten hat, so wappnet euch auch mit demselbigen Sinn.

Das Wort ist durch waffnen fast ganz verdrängt, besonders in der Prosa. Luther schrieb wie selbst noch Neuere, z. B. Herder, wapnen (wapent statt wapnet, s. Segen); mhd. wâpenen — ist die mehr ndd. Form (ndl. wapenen) für das mhd. ebenso gebräuchliche wâfenen, und ist gebildet von dem Subst. mhd. das wâfen, wâpen (ndd. und ndl. wâpen), welche beide Formen für die Waffe und das Wappen vorkommen, die sich erst nhd. geschieden haben. Luther hat noch richtig:

„Ein gute Wehr und Wafen"; ebenso Keten statt Kette; vgl. unter waschen.

Unter wâpen, ahd. wâfan, got. vêpn waren Waffen aller Art zu verstehen: Pfeile, Schwerter 1. Mos. 49, 5, Schleudern, Flinten, ferner auch Helme, Beinschienen, Harnische, Panzer, Schilde 2c., und weil auf letzteren, später auch auf den anderen Theilen der Rüstung des Mannes oder Rosses die Familienzeichen eines Ritters angebracht wurden, so bekamen diese Zeichen daher auch den Namen wâpen, wofür sich im Nhd. die urspr. niederd. Form Wappen erhielt. S. Weigand, W. d. Syn. III, 1077 und Benecke-Müller III, 455.

Von mhd. wâpen waffnen hat Luther ein **Gewappneter** = Gewaffneter, Gerüsteter: Hiob 5, 5; Luc. 11, 21; Spr. Sal. 6, 11; 24, 34. Vgl. Gefreiter und Freund.

waschen, stark. Vb. (wusch, gewaschen) — 1) „mittelst Wasser und Reiben reinigen": 2. Kön. 5, 10; Luc. 5, 2; bildlich für reinigen (von Sünden): Hes. 16, 9; Ps. 51, 4 2c.; sich von Sünden enthalten: Hiob 9, 30; Ps. 26, 6; Jes. 1, 16 2c. — 2) plaudern, schwatzen Ps. 69, 13: die im Thor sitzen, waschen von mir; Sir. 20, 21: ein grober ungezogener Mensch .... wäschet immer fort; K. 32, 6: wenn man Lieder singet, so wasche nicht darein; V. 13: wenn ein Alter redet 2c.

Waschen im letzteren Sinne scheint eine auf das Gerede der Waschweiber bezügliche Figur von waschen im eig. Sinne zu sein, die sich schon mhd. findet; man vgl. Wischewasche und Waschweiberei = langweiliges, schlechtes Geschwätz. Mhd. die alten wîber ich lerne kebeln, swatzen und waschen, s. Benecke-Müller III, 533.

Daher bei Luther das **Gewäsch** — faules Geschwätz Spr. Sal. 27, 6: die Schläge des Liebhabers meinen es recht gut, aber das Küssen des Hassers ist ein Gewäsch — M.-St.: die S. d. L. meinen es treulich, aber die Küsse des Hassers sind wohlfeil zu haben. — Der **Wäscher** — 1) „einer, der durch Waschen reinigt" Maleachi 3, 2; — 2) Schwätzer Hiob 11, 2: muß denn ein Wäscher immer recht haben? Vulg. vir verbosus; Pred. S. 10, 11: ein Wäscher (Verleumder, wer heimlich verleumdet, V. qui occulte detrahit) ist nichts besser denn eine Schlange, die unbeschworen sticht; Jer. 5, 13; Sir. 21, 27. — **Waschhaftig** — schwatzhaft, mitunter wie bei Wäscher im verstärkten Sinne für verläumderisch Sir. 7, 15: sei nicht waschhaftig bei den Alten; K. 25, 26: ein waschhaftig Weib 2c.

Adjectiva mit der Endung haftig statt des jetzigen und früheren haft = behaftet mit — sind bei Luther gewöhnlich; boshaftig = böse, sündig Jes. 1, 4; Luc. 6, 45; lehrhaftig 1. Tim. 3, 2; haderhaftig 1. Tim. 3, 3; lügenhaftig Spr. S. 15, 4; K. 21, 28; namhaftig Apost.-Gesch. 21, 39; schalkhaftig Hiob 15, 5; sieghaftig Weish. S. 10, 20. S. Wetzel 72. — **Das Waschtöpfen** — Waschgefäß, -becken Ps. 60, 10: Moab ist mein W. — in dem man die Füße wäscht, ein Bild völliger Unterwerfung und tiefer Demüthigung Moabs. S. Zeller.

Luther hatte das Töpffen 2. Kön. 4, 40, wie die Gersten 2. Mos. 9, 31, ein Keten (v. lat catena) Spr. Sal. 1, 9, die Verschen statt Ferse 1. Mos. 3, 15. S. Kehrein, Gr. des 15—17. Jahrh. II, 35. Vgl. wappnen.

Wase, die — dasselbe was Base, bei Luther des Vaters Bruders (des patruus) Frau, wofür wir jetzt das frz. Tante haben 3. Mos. 18, 14: du sollst deines Vaters Bruders Scham nicht blößen, daß du sein Weib nehmest, denn sie ist deine Wase. Es ist ein in Bed. und Form schwankendes Wort: das ahd. pasâ, basâ, mhd. base ist eig. des Vaters Schwester, amita, während die Muhme, der Mutter Schwester, matertera, sein Gegenstück ist. Doch schon 1482 und bei Kaisersberg ist base = Vaters- und Mutterschwester, und bei Luthers Zeitgenossen Alberus und später überhaupt Verwandtin cognata. Geschwisterkinder redeten sich bis vor kurzem „Vetter und Base" an. Durch das fremdländische Cousine ist dieser Gebrauch jetzt leider fast verdrängt. Vgl. Vetter, Muhme, Ohme.

Die Spirans w hat sich aus der Media b fortgeschoben und erweicht, wie im mhd. wisent aus gr.-lat. bison. Der bairischen und österreich. Mundart ist b für w und w für b geläufig, sowohl im An- als Inlaut. Albrecht von Eyb z. B., der im 15. Jahrh. lebte, schreibt schwankend: beinen, bebaren, verbesen, erbeichen für weinen, bewahren, verwesen, erweichen; dagegen: wereiten, wescheydenheit, wegeben für bereiten, bescheidenheit, begeben. Aehnlich wird aus lat. rapa „Rübe" frz. rave, aus ripa Ufer frz. rive, faba Bohne fève, habere haben — avoir, debere müssen — devoir ꝛc.

Die in Mitteldeutschl. zuerst vorkommende Form Wase (erscheint schon im 10. Jahrh.) ist auch nach Westfalen und Niedersachsen vorgedrungen, nicht nach den Niederlanden. Das b im ahd. basâ ist zweifelsohne aus älterem f hervorgegangen, also = fasa, da es nach Grimm, Wb., zu ahd. fatar Vater stimmen muß, wie Muhme zu mama Mutter, vgl. das agſ. fathu, altfr. fethe, ndd. vade = amita, neben agſ. môdrie, alfr. môdire, ndd. medder = matertera. S. Grimm, Wb. unter Base.

waser, im Sinne von was für? ist das Fragwort was mit dem angelehnten Artikel der des folgenden Gen., also „aus waser Macht thust du das?" Matth. 21, 23. 24. 27; Marc. 11, 28 ꝛc. = aus was der Macht ꝛc. (waser gleichsam was'er). **Waserlei** ist eine aus waser mittelst der Nachsilbe lei (= Art) gebildete Form; 1. Mos. 9, 10: waserlei Thier es sind auf Erden; 3. Mos. 5, 3: in waserlei Unreinigkeit der Mensch unrein werden kann. S. Schmeller, bayrisches Wb. IV, 169 und Grimm, Gram. IV, 885. Aehnlich ist das engl. what o' klock? statt what of k.? welche Uhr ist es? und lat. quid mulieris? was für ein Weib?

weben, — 1) intr. sich bewegen, regen, hin- und herbewegen,

a) besonders häufig von der Aeußerung des Lebens durch Bewegung gebraucht 1. Mos. 1, 20: es errege sich das Wasser mit webenden und lebendigen Thieren; V. 21: allerlei Thier, das da lebet und webet; Apost.-G. 17, 28: denn in ihm leben, weben (V. movemur) und sind wir; b) ferner von der Bewegung der Luft = wehen Hiob 37, 21: wenn aber der Wind webt — M.-St. hindurchstreicht; Ps. 78, 26: er ließ weben — M.-St. wehen — den Ostwind unter dem Himmel; Matth. 7, 25: und webeten die Winde — neuere Ausgaben haben an dieser Stelle meist weheten; — so auch verweben statt verwehen Jer. 13, 24; Weish. 5, 15; Jes. 41, 16; — c) auch vom Wehen d. h. Leben und Bewegen des Geistes Gottes (vgl. Odem) Jes. 57, 16: sondern es soll von meinem Angesichte ein Geist weben (V. spiritus egredietur) und ich will Odem machen. — Auch neuere Schriftsteller verwenden weben noch in diesem Sinne: „Es webet, wallet und spielet das Laub um jeden Strauch", Hagedorn. „Der junge Baum webt und schauert und fühlet die Glieder im Morgenodem der erweckten Schöpfung", Herder. „Hoch über der Zeit und dem Raume webt lebendig der höchste Gedanke", Schiller, bei Kehrein, onom. Wb. 123. — 2) trans. a) bewegen, hin- und herbewegen, schwingen Jak. 1, 6: wie die Meereswoge, die vom Winde getrieben und gewebt wird; (von Gott) Jes. 19, 16: wenn der Herr Zebaoth die Hand über sie weben wird — andere: vor der Bewegung, dem Schwingen, Schwenken des Armes &c., s. Polyg. Bib.; Sach. 2, 9: ich will meine Hand über die Heiden weben, daß sie sollen ein Raub werden denen, die ihnen gedienet haben; Luther sagt zu dieser Stelle: „Er will hier seine Hand über die Heiden weben und schweben lassen in die vier Orte (s. d. W.) der Welt, das ist in aller Welt, nicht sie zu stürzen oder zu schmeißen zu Boden, sondern durch sein Wort und Geist will er in aller Welt über den Heiden weben und schweben, dadurch sie bekehret werden. Dieses Handweben ist ein freundlich gnädiges Weben", s. Wetzel 160; — b) besonders häufig vom Bewegen, wagerechten Hin- und Herschwingen der Opferstücke auf den Händen vor dem Altar 2. Mos. 29, 24; daher das **Webebrot** 3. Mos. 23, 17; 8, 27: und gab das Brot allesammt auf die Hände Aarons und seiner Söhne und webete es zur **Webe** (das was zum Opfer „gewebt" wird) vor dem Herrn; so auch 2. Mos. 35, 22: dazu brachte jedermann Gold zur Webe dem Herrn; V. 24: und wer Silber und Erz hub, der brachts zur **Hebe** dem Herrn — wozu Luther selbst als der beste Dolmetscher seiner Worte bemerkt: „Heben und Weben sind zwei Worte; Heben und Weben müssen wir lernen brauchen und verstehen. Denn ein Opfer oder Gabe zum Gottesdienst heißt darum eine Hebe (Jes. 40, 20; 4. Mos. 31, 52; Nehem. 13, 5; 2. Mos. 36, 6 &c.) oder **Hebeopfer** (2. Sam. 1, 21; 2. Mos. 25, 3; 30, 13 &c.), daß mans dem Herrn stracks emporhube. Webe aber heißt es, daß man es hin- und herzog in vier Oerter gegen Morgen, Abend, Mittag und Mitternacht." Die **Webebrust** 2. Mos. 29, 26. 27; 3. Mose 7, 30. 34 &c.; die **Webegarbe** 3. Mos. 23, 15 &c.

— Thierbrüste und Garben wurden zum Opfer „gewebt". S. Zeller II, 830; Winer II, 677; — c) kreuzweise flechten und dadurch ein Zeug bereiten, wobei ein beständiges Bewegen des Weberschiffchens und der Ketten stattfindet 2. Mos. 35, 35.

Weben (wob, gewoben) wurde schon frühe schwach gebogen 3. Mos. 8, 29; mhd. wëben (Präs. ich wibe, Prät. ich wap, wir wâben, Partc. geweben), so noch zu Luthers Zeit, s. Kehrein, Gram. des 15—17. Jahrh. I, 240; ahd. wëpan, altnd. vëfa, ndd. wêven — überall zuerst im Sinne von bewegen 2c.; ndd. 't weeft mî sô vör de ôgen. Von weben ist gebildet die Webe, mhd. wëbbe, gewëbe das Gewebe; daher bei Luther Spinnwebe wie ndd. für Spinngewebe Hiob 8, 14; Jes. 59, 5. 6. Der Weberbaum, auf den die Weber das Gewebe wickeln 1. Sam. 17, 7. Das Frequentativ zu weben ist **webern**, mhd. wabern, bei Fischart wäfern (aus dem Prät. gebildet, intr. = sich lebhaft und schnell hin- und herbewegen Ps. 65, 9: du machst fröhlich was da webert — spätere Ausgaben haben das schwächere webt. In der Volkssprache noch: „die Frau webert den ganzen Tag im Hause herum = ist geschäftig"; „es webert (spuckt) in diesem Hause", s. Kehrein a. a. O.

Aus dem Präs. von weben (mhd. wibe) ist gebildet: wiebeln, ndd. wibbeln, wübbeln; mhd. der wibel, nhd. Webel = Kornwurm; vielleicht auch der Feldwebel = der sich im Felde bewegt, bei Luther wie ahd. und mhd. **Weibel**, Herold, praeco, 1. Macc. 3, 55, eig. ein Befehlshaber über Zehn; ferner aus dem Prät. die Wabe = was gewoben wird. S. Kehrein, onom. Wb. 122 und Grimm, Gram. II, 24. Vgl. erwegen.

weder — ist urspr. eine Comparativbildung von dem Pronomen wer und hatte die Bedeutung wer von zweien, uter; mit der Verneinungspartikel ni (ne) verbunden, die aber später wieder abgestoßen wurde, steht es meist mit noch (s. d.) zusammen als disjunctives Bindewort Pred. 4, 8; Joh. 4, 21 2c. Außerdem wird es von L. und seinen Zeitgenossen, aber noch nicht mhd., häufig gebraucht nach einem im Hauptsatze stehenden Comparativ, um die Ungleichheit anzudeuten, also auch disjunctiv wo wir jetzt als, außer sagen, Sir. 2, 22: wir wollen lieber in die Hände des Herrn fallen, weder in die Hände der Menschen; 1. Mos. 32, 10: ich hatte nicht mehr weder diesen Stab, als ich über den Jordan zog; Hiob 33, 12: Gott ist mehr weder ein Mensch; Spr. Sal. 3, 14: es ist besser um sie hantieren, weder um Silber; Sir. 3, 25: dir ist mehr befohlen, weder du kannst ausrichten; 2. Chron. 32, 7: denn es ist ein größerer mit uns weder mit ihm; Klagl. Jer. 4, 9: den Erwürgeten geschah baß (s. d. W.) weder denen, so (s. d. W.) da Hungers starben. S. Kehrein, Gram. des 15.—17. Jahrh. III, 259.

wegen und **Wegscheide** s. Unweg.

Wehmutter, die — Hebamme, die in den Geburtswehen beisteht: 1. Mos. 35, 17; 38, 28; 2. Mos. 1, 15.

Das hebr. Wort des Grundtextes bed. Gebärenmachende; ohne Zweifel hat Luther das Wort mit Rücksicht darauf gewählt. Auch neuere Schriftsteller, wie Schiller, J. Paul ꝛc. verwenden es vereinzelt.

Die Hebamme hieß mhd. heveamme, hevemuoter; sonst findet sich nhd. auch Wehfrau.

Weibel s. weben.

weidlich, Adj. — körperlich und sittlich kernhaft, stattlich, vortrefflich Ruth 2, 1: Boas war ein weidlicher Mann — Grundtext: Held, Mann der Kraft, Stärke; 1. Sam. 9, 1: Kis .... ein weidlicher Mann.

Das Wort ist bei neueren Schriftstellern zwar auch noch im Gebrauch, jedoch meist schon als Adverb in der verallgemeinerten Bed. von tüchtig, sehr, z. B. jemanden weidlich ausschelten.

Weidlich, mhd. weidelîch, mhd. weidalîh — von dem ahd. die weida, mhd. weide a) der Ort, wo ein Thier sein Futter sucht; b) das Ausgehen auf Futter oder Speise, namentlich Jagd und Fischerei; c) Futter; demnach bed. weidlîch „wie ein Weidmann sich dem Auge darstellt“ = jägermäßig d. i. „in Lebensfülle und männlicher Kraft und Regsamkeit“; daher stattlich, ausgezeichnet an Leib und Seele. So sagt auch H. Sachs: „Ja mir gefällt die waidlich Dirn“ (s. d. W.) — das kräftig und kernhaft aussehende rührige Mädchen. S. Weigand, W. d. Syn. III, 1074 und Benecke-Müller III, 551.

Vom mhd. die weide ist gebildet das **Weidwerk** — 1) die Ausübung der Jagd; 2) das Erjagte, Wild 1. Mos. 25, 28: und Isaak hatte Esau lieb und aß gerne von seinem Weidwerk — hier Wildpret. Vgl. Rauchwerk = starkhaarige Raubsäugethiere.

Wehrd, der — erhöhtes Land im oder am Wasser, das gegen Ueberschwemmungen geschützt ist Hes. 26, 5: und zu einem Wehrd im Meer', darauf man die Fischgarne aufspannet; V. 14: und ich will einen bloßen Fels aus dir (Tyrus) machen und einen Wehrd, darauf man die Fischgarne ausspannet — Vulg. siccatio sagenarum.

In Südd. versteht man unter einem Werd (od. Wörth; z. B. in Donauwörth) „einen erhöhten, über das Wasser hervorragenden und vom übrigen Lande mehr oder minder abgeschnittenen bewachsenen Grund in einem Flusse oder See“; an der Elbe und Oder ist der Werder „das höhere Vorland zwischen dem Wasser und den Deichen“, womit ostfr. wörde ein bestimmter Theil vom Flußufer in der Stadt Leer stimmt.

Das Wehrd, mhd. wert (G. werdes), ahd. waird in der oben angegebenen Bed., ags. warod, wëard Gestade, Ufer — bed. eigentlich s. v. a. Wehrland gegen die Wasserströmung, das als Flußinsel oder Vorland ꝛc. das Wasser staut; also abzuleiten von wehren, mhd. wern, ahd. werjan, warjan, got. varjan abhalten, schützen, hemmen. Dieses schwache wehren ist mit wahren, ndd. wâren = hüten, schützen, z. B. das Vieh, aus einer Wurzel; got. vars behutsam, vara Bewachung — aus einem von Gr. vermutheten Wurzelverbum vairan

(Prät. var, vêrun, Partc. vaúrans) vielleicht = bleiben, sicher sein; s. Gr. II, 56; Weigand, Wb. d. Syn. II, 137.

Daher auch die **Wehr**, mhd. wer — Vertheidigung, Schutz; dann was zur Vertheidigung dient: Befestigungswerk, Turm ꝛc. Jes. 26, 1: wir haben eine feste Stadt; Mauern und Wehre (Vorwerke, Außenwerke einer Festung, Vulg. antemurale) sind Heil.

weil — 1) Adverb zur Bezeichnung der vorübergehenden Zeit, a) = so lange als quamdiu, während dum (die mit der Handlung des Hauptsatzes gleiche Zeitdauer im Nebensatze andeutet), 2. Chron. 13, 20: daß Jerobeam fürder (s. d. W.) nicht zu Kräften kam, weil Abia lebte; K. 32, 26: darum kam der Zorn des Herrn nicht über sie, weil Hiskia lebte; Ps. 146, 2: ich will den Herrn loben, so lange ich lebe, und meinen Gott lobsingen, weil ich hier bin — V. quamdiu fuero; Jes. 39, 8: es sei nur Friede und Treue weil ich lebe; Joh. 14, 25: solches habe ich zu euch geredet, weil ich bei euch gewesen bin; 4. Mos. 30, 17: weil sie noch eine Magd (s. d.) ist in ihres Vaters Hause; Röm. 7, 3: wo sie nun bei einem andern Manne ist, weil der Mann lebt, wird sie eine Ehebrecherin geheißen; — b) während, zu der Zeit als (wo) 1. Mos. 25, 6: und ließ sie von seinem Sohne Isaak ziehen, weil er noch lebte; 1. Sam. 2, 13: wenn jemand etwas opfern wollte, so kam des Priesters Knabe, weil das Fleisch kochte; Jos. 8, 7: weil wir für ihnen fliehen, sollt ihr euch aufmachen aus dem Hinterhalte; 2. Sam. 17, 2: und will ihn überfallen, weil er matt und laß (s. d.) ist.

Während war Luther noch unbekannt; es scheint erst in den letzten Jahrhunderten aufgekommen und zwar dem frz. durant, pendant ꝛc. nachgebildet zu sein; Grimm, Gr. III, 269. — In dieser temporären Bed. ist weil jetzt veraltet und schon längst 2) in die der causalen Conjunction übergegangen, als welche es den „Grund des Seins", dann allgemein den Grund überh. angibt; so schon oft bei Luther 1. Mos. 3, 14: weil du solches gethan hast, seist du verflucht.

Weil ist gekürzt aus dem bei L. ebenfalls noch gewöhnlichen **dieweil**, d. i. eig. der Acc. Sing. vom mhd. Subst. diu wîle, die Weile = Zeit, Zeitdauer (Joh. 13, 33; 1. Theff. 2, 17; Hebr. 10, 37), woher auch die ndd. Conj. wîls, engl. whilst während. Dieweil hat daher auch 1) eine temporale Bed. = so lange als, während Matth. 5, 25: sei willfertig deinem Widersacher (s. Sache) bald, dieweil (V. dum) du noch mit ihm auf dem Wege bist; Joh. 9, 5: dieweil (V. quamdiu) ich bin in der Welt, bin ich das Licht der Welt; 2) = denn, weil Matth. 12, 34: wie könnt ihr Gutes reden, dieweil ihr böse seid? — V. cum Joh. 9, 16: der Mensch ist nicht von Gott, dieweil er den Sabbat nicht hält; Röm. 1, 21. S. Kehrein, Gr. des 15—17. Jahrh. III, 250. 262; Grimm, Gr. III, 140. 282; Weigand, Wb. d. Syn. III, 1108.

Von dem Dativ Pluralis von wîle, der mhd. wîlen, ahd. wîlôn lautet (vgl. ndd. under wîlen, mhd. under wîlent mittlerweile, inzwischen), ist mittelst des nebenwörtlichen Anhängsels t (s. Sindflut) gebildet das Adv. **weiland**, schon ahd. wîlônt, häufiger mhd. wîlent, das mit jenem Dativ gleiche Bed. hat = in vergangener Zeit, ehemals olim, aliquando Philemon 11: welcher (Sohn) weiland dir unnütze, nun aber dir und mir wohl nütze ist; Gal. 1, 23: der uns weiland verfolgte; Tit. 3, 3: wir waren weiland unweise. Die nhd. statt des mhd. ent üblich gewordene Endung and wird daher rühren, daß man das Wort irriger Weise für ein alterthümliches Partc. Präs. des von Weile abgeleiteten Vb. weilen, mhd. wîlen = sich aufhalten, hielt; vgl. Heiland. Uebrigens wird weiland jetzt fast nur noch den Namen Verstorbener vorgesetzt: der weiland durchlauchtige Fürst ꝛc., im Sinne des franz. feu (gekürzt aus lat. defunctus), engl. the late. S. Grimm, Gr. III, 216.

Welschland — Italien Apost.-G. 27, 1: daß wir in Welschland schiffen sollten; K. 18, 2; — Hebr. 13, 24 steht dafür Italia. Ueber das Geographische vgl. Zeller II, 841. Welschland heißt im allg. fremdes Land, zu Luthers Zeiten und schon einige Jahrh. früher war es vorzugsweise dasjenige fremde Land, mit welchem die Deutschen am meisten in Berührung kamen, nämlich Italien; man denke an die Kämpfe der Hohenstaufen, den Einfluß des Papstthums und das Wiederaufblühen der klassischen Studien. Aus demselben Grunde verstand man später unter Welschland Frankreich. — Das Adj. **welsch**, mhd. welsch, walsch, walhisch — gewöhnlich = romanisch, Apost.-G. 10, 1 für römisch, bed. allgem. fremd, ausländisch. Es ist mittelst der Ableitungssilbe isch vom mhd. Subst. der walch, ahd. walah Ausländer, namentlich Romane, Italiener oder Franzose gebildet. Von walah ist wal bloß der Stamm, der wohl aus Gallus für Guallus gebildet ist, da das romanische gu dem deutschen w entspricht: franz. Guillaume Wilhelm, guerre — engl. war, deutsch Wehr ꝛc. S. Grimm, Gr. II, 311; Weigand, Wörtb. der Syn. III, 906; Benecke-Müller III, 467.

Vgl. die Walnuß = welsche d. i. ausländische Nuß; ndd. walske bône die große Bohne, Saubohne vicia faba, aus Aegypten und Persien stammend; Welschkorn = Mais, türkischer Weizen.

werben (warb, geworben), mhd. wërben (Präs. ich wirbe, Prät. warp, wurben, Partc. geworben), ahd. hwirpan, got. hváirban — bed. 1) sinnlich zunächst sich drehen, eine Kreislinie beschreiben, wie man noch deutlich erkennen kann in dem vom Präs. gebildeten der Wirbel Ps. 83, 14; Jes. 41, 16; — 2) darnach sich drehen und wenden, um etwas zu erlangen, sich umthun; allgemeiner thätig sein, wirken, ein Geschäft betreiben, „den Unterhalt sich durch Arbeit verschaffen" — so bei Luther a) als Intrans. 1. Mos. 34, 10: das Land soll euch offen sein, wohnet und werbet und gewinnet darinnen; desgl. V. 21; K. 42, 34: und möget im Lande werben; Stück in Esth. 1, 2: damit ein jeder ruhiglich (s. thürstiglich) leben und werben möchte. — b) (jetzt) als Transitiv. für betreiben, ausrichten (man vgl. erwerben und Erwerb); sich um etwas bewerben, „durch Mühe und Arbeit sich verschaffen" — daher der Werber Spr. Sal. 13, 17 — M.-St. Bote.

Von werben im allg. Sinne von thätig sein, wirken ꝛc. ist das **Gewerbe** abgeleitet, das bei L. ebenfalls in weiterer Bed. erscheint als bei uns, nämlich a) für Verrichtung, Thätigkeit, Hantierung Jes. 45, 14, bildl. 1. Tim. 6, 5; b) das Erworbene, die Güter Weish. 13, 19; Jer. 10, 17. Vgl. Nahrung, Hantierung.

Werft, der (oder das) — Kette oder Aufzug eines Gewebes, der Zettel 3. Mos. 13, 47. 48: wenn an einem Kleide eines Aussatzes Mal (s. d. W.) sein wird . . . am Werft oder am Eintracht (s. d. W.); V. 52: und soll das Kleid verbrennen oder den Werft oder den Eintracht; desgl. V. 57. 58.

Werft ist ähnlich gebildet wie Eintracht: wie dieses nämlich mittelst des ableitenden t von eintragen, so Werft zunächst vom mhd. gleichbedeutenden warf, ahd. waraf, ags. vëarp, und dieses aus dem Sing. Prät. von werfen (warf), hat also die Bed. „das auf den Weberbaum Geworfene".

Die Werfte für Schiffe, ndd. warf Anhöhe für irgend eine Beschäftigung — scheint nicht zu werfen (ndd. werpen) zu gehören, sondern vielmehr zu werben (s. d. W.), ndd. warven. S. Kehrein, onomat. Wb. 423.

Vom Partc. Prät. von werfen — geworfen ist gebildet das schwache Vb. worfen, gebräuchlicher dessen Frequentativ **worfeln** — eig. schleudern, dann „das Getreide mittelst Schwingen und Werfen reinigen" Ruth 3, 2; bildlich Jer. 4, 11; 51, 2; die **Worfler** — Kornschwinger Jer. 51, 2; die **Worfschaufel**, ahd. wurfscuvala — Schaufel zum Worfeln oder Reinigen des Getreides Jes. 30, 24; Matth. 3, 12. Mit der hölzernen Wurfschaufel wurde das Getreide gegen den Wind geworfen, um den leichten Spreu von demselben hinwegwehen zu lassen. S. bibl. Handlexicon 245.

Wesen, das — der als Subst. gebrauchte Infinitiv des mhd. und nhd., desgl. noch ndd. wësen (mhd. Präs. ich bin, Imper. wis, Prät. ich was, wir wâren, Partc. gewësen oder gewëst) = sein, das als Infinitiv bei L. nicht mehr vorkommt. Das Subst. Wesen bed. also a) urspr. „das beharrende Sein" (sanskr. was wohnen, beharren), das Dasein, „Bestehen in der Zeit" Offenb. 4, 11: Herr, du bist würdig zu nehmen Preis und Ehre und Kraft; denn du hast alle Dinge geschaffen und durch deinen Willen haben sie das Wesen und sind geschaffen — Vulg. erant et creata sunt; andere: wurden sie; 2. Tim. 1, 10: unvergängliches Wesen d. i. Unverweslichkeit, Unsterblichkeit; — b) der Aufenthalt jemandes sammt dessen Thun und Treiben Matth. 17, 22: sie hatten aber ihr Wesen in Galiläa — Vulg. conversantibus autem eis in Galilaea; andere: wandelten umher, hatten ihren Wandel, hielten sich auf; desgl. Joh. 3, 22; 5. Mos. 28, 65; 1. Sam. 2, 23; Apost.-G. 12, 19; 1. Sam. 25, 2: und es war ein Mann zu Maon und sein

Wesen zu Carmel — hier heißt es nach dem Grundterte entweder sein Geschäft oder sein Vieh; — c) was das Sein eines Dinges bestimmt: dessen nothwendige Eigenschaften oder Merkmale, die Selbständigkeit, Persönlichkeit jemandes sammt dessen Thun und Lassen; so am gewöhnlichsten bei Luther: 1. Sam. 2, 23; Ps. 14, 1; 53, 2; 28, 4; Jes. 1, 16; Klag. 3, 40 u. a. O; 1. Kor. 7, 31: das Wesen dieser Welt vergeht — nach dem Grundtext: die Gestalt, die äußere Erscheinung dieser Welt, Vulg. figura hujus mundi; Hebr. 3, 14: das angefangene Wesen (V. initium substantiae) bis ans Ende fest behalten; Tit. 2, 12: das ungöttliche Wesen = Gottlosigkeit; Hebr. 1, 3: (Christus ist) das Ebenbild seines (Gottes) Wesens d. i. Gottes absolute Selbständigkeit oder Persönlichkeit, Vulg. substantia; K. 10, 1 wird das Wesen dem Schatten entgegengesetzt — V. imago, andere: Bild, wirkliche Gestalt, Ebenbild; Röm. 7, 6: das neue Wesen des Geistes d. i. „das neue durch den Glauben an Christum geschenkte Licht und Leben", s. Zeller, bibl. Wb. — d) das Ding selbst, das Individuum, z. B. Gott ist aller Wesen Vater — in dieser Bed. noch nicht bei Luther. S. Weigand, Wb. der Syn. I, 290.

Der Grundbed. von Wesen entspricht das **Abwesen** = die Abwesenheit, absentia 2. Kor. 10, 1: der ich (Paulus) gegenwärtig unter euch geringe bin, im Abwesen aber bin ich thürstig (s. d. W.) gegen euch; K. 13, 2; Philipp. 2, 12. Abwesen ist später durch Abwesenheit gänzlich verdrängt worden, während sich Anwesen neben Anwesenheit etwas länger behauptete. S. Grimm, Wb. I, 153.

Verwesen heißt demnach aufhören zu sein, also = verfaulen, vergehen Ps. 16, 10; Apost.-Gesch. 2, 27. 31 u. a. O.; verweslich = vergänglich 1. Kor. 15, 42.

Widersacher s. Sache.

Widerwärtige, der oder die — Gegner, Feind oder Feindin 2. Mos. 15, 7: mit deiner großen Herrlichkeit hast du deine Widerwärtigen gestürzt; K. 23, 22; 1. Sam. 1, 6: ihre Widerwärtige — Peninna — betrübte sie sehr; Ps. 74, 4; 2. Thess. 2, 4: der da ist ein Widerwärtiger; Tit. 2, 8. Daher Widerwärtigkeit = Feindseligkeit; dann Mißgeschick, Unglück Sir. 40, 4; 10, 31.

Das substantivisch gebrauchte Adj. widerwärtig, mhd. widerwertec = entgegengesetzt, feindselig; dann jetzt in abgeschwächter Bed. = unangenehm — ist zunächst vom Subst. widerwart Gegner, Feind gebildet und dieses ist zusammengesetzt aus wider = contra und dem mhd. Adj. wart, wërt, ahd. wërt, wart, wurt, got. vairths gewendet, woher unser Adv. -wärts = gerichtet, Gegenwart und gegenwärtig. S. Benecke-Müller III, 596; Grimm, Gram. II, 39.

willfertig s. u. recht.

Wind, der — kommt für das jetzt gewöhnliche Windhund, Windspiel vor Spr. Sal. 30, 29—31: dreierlei haben einen festen Gang: der Löwe, ein Wind von guten Lenden und ein Widder. Vgl. Maul.

Mhd. wint für Windhund ganz gewöhnlich. Das Thier wird doch ohne Zweifel seinen Namen vom windschnellen Laufe haben. Mhd. und ahd. der wint, got. vinds (lat. ventus) ist wahrscheinlich eine sehr alte Participialform von wehen, got. vaian. S. Kehrein, onom. Wb. 290 und Grimm, Gr. III, 390.

Mit Wind, ventus, zusammengesetzt ist die **Windsbraut** — der heftig brausende, wirbelnde Sturmwind Apost.-G. 27, 14: es erhub sich eine Windsbraut, die man nennet Nordost — Vulg. ventus Typhonicus, qui vocatur Euroaquilo. „Eine heulende Windsbraut fegte von hinnen Meer, Himmel und Erde“, Schiller.

Die Windsbraut, mhd. windesbrût, ahd. windisprût gehört der Mythe an und scheint die Braut = Angetraute des in der älteren (altnord.) Sprache personificierten Windes, venti conjux auszudrücken, die lärmend durch die Luft wirbelt. So hieß sonst in Frankreich die Windsbraut „das Winseln der Melusine“. Aehnliche Personificationen der Winde sind bei den Griechen Aeolus, Boreas, Zephyrus. S. mehr bei Grimm, Gr. III, 391; II, 601; Mythologie 361 (erste Ausg.); Weigand, Wb. der Syn. III, 756.

wispeln, schw. V. — leise reden, flüstern, zischeln Jes. 29, 4: daß deine Rede aus dem Staube wispele — M.-St. flüstere. Eine Nebenform ist wispern, vgl. Murmel. Schon ahd. hwisprjan und hvispalôn — Schallwörter, wie zischeln, lispeln, lispern, pispern ꝛc., denen der Begriff des leise rauschenden Tönens zu Grunde liegt; s. Weigand, Wb. d. Syn. I, 445. Vgl. das engl. whist pst! still! — woher das Whistspiel seinen Namen haben soll.

Witze, die — Verstand, Einsicht, Weisheit Spr. S. 8, 5: merket ihr Alberen (s. d. W.) die Witze — wo M.-St. weniger gut den Witz (s. unten) hat, de Wette besser: lernet ihr Einfältigen, Klugheit, van Eß: Gescheitheit; K. 8, 12: ich, Weisheit, wohne bei der Witze — M.-St. dem Witze, de Wette: bei der Klugheit; Jes. 44, 19: keine Vernunft noch Witze ist da — die Berlenburger Bibel: keine Erkenntniß noch Verstand, van Eß: Einsicht und Verstand, de Wette: Einsicht.

Ebenso hat Luther **witzig** für klug, einsichtsvoll, weise Spr. S. 12, 16: ein Narr zeigt seinen Zorn bald, wer aber die Schmach birgt, der ist witzig — M.-St. klug; Spr. S. 12, 23; 14, 15. 18.

Die Witze, mhd. witze, ahd. wizzî Einsicht, Klugheit ist eigentlich wie das altnd. vít, engl. und ndd. wit (z. B. ndd. gîn sin of wit hebben unverständig sein) ꝛc. „das freie geistige Bewußtsein von etwas“; denn es ist abgeleitet von dem anomalen wissen, scire, ahd. wizan, mhd. wizzen, got. vitan (váit, vitum), ndd. weten etc. urspr. = sehend wahrnehmen (vgl. lat. vid-ere sehen). Daraus entwickelte sich die obige Bed. von Witze: „das Vermögen, aus Gründen abzuleiten, zu schließen“ = Verstand; später mit dem Uebergang des Geschlechts die Witze in der Witz: „die gewandte, erfinderische Geistesanlage und Geistesreichhaltigkeit“, ingenium, z. B. in Mutterwitz, Schulwitz, und so im jetzigen Nhd. vornehmlich: „geschwinde, in unerwarteten Aehnlichkeiten erfinderische Geistesthätigkeit", auch „das durch dieselbe Hervorgebrachte". S. Weigand, Wb. d. Syn. III, 1011; Grimm, Gr. II, 14.

wohlgehalten — in Ehren gehalten, wohl geachtet, geehrt Stück in Esth. 7, 1: Mardochai, ein ehrlicher (s. d. W.) Mann und am königl. Hofe wohlgehalten; Apost.-G. 5, 34: Gamaliel war wohlgehalten vor allem Volk — V. honorabilis, andere: hochgeehrt, werthgehalten, angesehen.

Wohlgehalten ist eig. ein Partc. Prät. von wohl halten.

wohlthun — steht auch häufig in allgemeinerer Bed. als heute für recht und gut thun, rechtschaffen handeln Spr. S. 21, 3: wohl und recht thun ist dem Herrn lieber denn Opfer; Jer. 4, 22: weise sind sie genug Uebels zu thun, aber wohl thun wollen sie nicht Armen; 1. Petr. 2, 15: daß ihr mit Wohlthun — M.-St. Gutesthun — verstopfet die Unwissenheit der thörichten Menschen. Ebenso allgemein für Gutthun, Rechtthun, im Gegensatz zu Missethat und Uebelthat, steht die **Wohlthat** 1. Petr. 2, 20: was ist das für ein Ruhm, so ihr um Missethat willen Streiche leidet. Aber wenn ihr um Wohlthat (V. bene facientes) willen leidet und erduldet, das ist Gnade bei Gott; K. 3, 17: denn es ist besser, so es Gottes Wille ist, daß ihr von Wohlthat wegen leidet, denn von Uebelthat wegen.

Jetzt hat sich der Begriff von Wohlthat eingeschränkt auf „eine That, die zum Wohle, besonders zur Unterstützung anderer geschieht". Ueberhaupt gebraucht L. häufiger und richtiger das Adv. wohl bene (wol, ahd. wola, früher wëla — eines Stammes mit wollen, vgl. baß), das übel male entgegensteht, bei Zeitwörtern, wo wir gewöhnlich gut (Gutes) verwenden: wohl machen Marc. 7, 37; wohlreden Luc. 6, 26; wohlgefallen Spr. S. 14, 35; 12, 22; ferner wohlbetagt = hochbetagt, alt Luc. 1, 7; 2, 36.

Wucher, der — Gewinn, Ertrag, bes. die Nutzung, die man von ausgeliehenem Geld oder Gut bezieht = Zinsen, also ohne die jetzt übliche schlimme Nebenbedeutung für „unerlaubte, ungesetzliche, weil zu hohe Zinsprocente". Daher **wuchern** = gewinnen (an und mit Geld und Gut), Zinsen ziehen 5. Mos. 23, 19. 20: du sollst an deinem Bruder nicht wuchern, weder mit Geld noch mit Speise, noch mit allem, damit man wuchern kann. An dem Fremden magst du wuchern, aber nicht an deinem Bruder (Landsmann); 2. Mos. 22, 25: wenn du Geld leihest meinem Volk, das arm ist bei dir, sollst du keinen Wucher auf ihn treiben — M.-St. sollst du ihm keine Zinsen auflegen; vgl. 3. Mos. 25, 36. 37; Ps. 15, 1. 5: Herr, wer wird wohnen in deiner Hütte? . . . Wer sein Geld nicht auf Wucher gibt. Nehem. 5, 7. 10. Aus diesen und anderen Stellen geht hervor, daß es in Israel verboten war, Zinsen überhaupt von anderen, als von Fremden zu fordern oder zu nehmen, was aber doch häufig vorkam. Dies Verbot geht aus dem Grundsatze hervor, daß nur die Armen ein Darlehn bedürfen und diesen dasselbe aus Nächstenliebe und nicht aus Bereicherungssucht zu leisten sei; s. Zeller II, 865 und Winer unter Darlehn. Ja, Wucher traf die tiefste Verachtung Spr. S. 28, 8; Hes. 18, 8. 13. 17 — wo neben Wucher Uebersatz und übersetzen steht, um auszudrücken, was wir jetzt unter Wucher und wuchern = übervortheilen verstehen.

Ebenso sagt Tacitus, Germania K. 26, von den alten Deutschen: „Wucher zu treiben und Zinsen zu nehmen ist unbekannt; drum wirds eher unterlassen, als wenn es verboten wäre."

Am deutlichsten tritt die mhd., im Vergleich zur jetzigen edlere Bed. des Wortes hervor Matth. 25, 27: so solltest du mein Geld zu den Wechslern gethan haben, und wenn ich gekommen wäre, hätte ich das Meine zu mir genommen mit Wucher — V. usura; Luc. 19, 23. Christus selbst vergleicht sich einem Wucherer Luc. 7, 41. Indes ist der Uebergang aus der edleren in die unedlere Bed., der ohne Zweifel durch das bibl. Verbot und das von L. für Zinsen gewählte Wort Wucher bedeutend unterstützt und beschleunigt wurde, schon in manchen Stellen ersichtlich, Ps. 109, 11: es müsse der Wucherer aussaugen alles, was er hat; desgleichen mehrere der obigen Stellen. Vgl. übrigens lat. usura (von uti gebrauchen) Gebrauch, Nutzung; Zinsen, und das davon entlehnte frz. usure, engl. usury rc. Wucher, Wucherei.

Der Wucher (eigentlich mit langem û, da) mhd. wuocher, ahd. der und das wuohhar ist gebildet aus dem Sing. Prät. eines ags. erhaltenen starken Vb. wacan (Prät. wôc) entstehen, aufgeweckt werden, wozu ndd. wâken (Prät. wâkde und auch wôk), got. wakan „wachen" mhd. wachen (Prät. wuoch), desgl. wachsen, ahd. wahsan gehört. Es bedeutet daher zunächst, wie ags. wôcor „was die schaffende Natur entstehen läßt oder erweckt" = Wachsthum, Frucht (Erd- und Leibesfrucht), Zuwachs, Ertrag, Gewinn; dann Ertrag von ausgeliehenem Gelde. S. Weigand, Wb. d. Syn. III, 1139; Grimm, Gr. II, 11. Vgl. Mutter. — **Zins**, m., oder jetzt gewöhnlicher der Pl. die Zinsen, hat Luther noch nicht in unserem Sinne gebraucht, sondern der Herkunft vom lat. census (Schätzung, Steuer) gemäß für Abgabe an den Kaiser Matth. 17, 25; daher der Zinsgroschen Matth. 22, 17; an den Tempel K. 17, 24; an den König 1. Kön. 9, 15; Esra 4, 13. 20 rc.; Zinsmünze Matth. 22, 19. **Zinsen** = steuern, Abgaben entrichten 2. Kön. 3, 4. Ein besonders wichtiger Zins war der Zehnte d. i. der 10. Theil des Ertrages 1. Mos. 14, 20; 4. Mos. 18, 21 rc.; wie die Sache, so ging auch der Ausdruck aus dem hebräischen Alterthum in die christl. Welt über; s. von Raumer, Einwirkung des Chr. auf die ahd. Sprache 301. S. Zeller.

Würderung, die — Abschätzung 3. Mos. 27, 25. 27: alle Würderung soll geschehen nach dem Sekel des Heiligthumes. Diesen seltenen Ausdruck hat auch Goethe: „Welches freilich zu einer reinen Würderung nöthig wäre", Bd. 24, 171.

Würderung ist wörtlich eine Schätzung nach dem Werthe: mhd.

wirde = „Würde“, Schätzung, wirden werth halten; schätzen, einen Preis geben — noch vorhanden in entwerthen, verwerthen. Luther schrieb noch Wirdigkeit statt Würdigkeit, Sir. 45, 30.

Z.

Zähneklappen s. Kipse.

zauen, schw. Vb. — eilen, sich beeilen, gebraucht Luther in der Bibel einmal und zwar reflexiv (s. hellig) 2. Sam. 5, 24: wenn du hören wirst das Rauschen auf den Wipfeln der Maulbeerbäume einhergehen, so zaue dich — wofür in früheren Ausgaben sei frisch stand. „Luther scheint das Zeitwort gewählt zu haben, um dadurch den Begriff der Thätigkeit, und zwar rascher, entschlossener That dem Zusammenhange gemäß mehr hervorzuheben“, Wetzel 162.

Zauen, L. zawen s. bauen, mhd. zouwen in obiger Bed. gehört ohne Zweifel mit dem mhd. zouwen ziehen; thun, bereiten zu dem mhd. starken Vb. ziuwen (zûwen), Prät. ich zou, ziehen (vielleicht auch bereit sein); mit ahd. zouwan, got. taujan, ndd. töien ziehen (zog) einer Herkunft; s. u. Zeug. Vgl. über die noch etwas unklaren Formen für ziehen Benecke-Müller III, 943 ꝛc.

Zebaoth — ein genitivisch stehender Beiname Gottes, der die Allmacht und Majestät treffend bezeichnet und bedeutet: (Herr) der Himmelsheere, der Mächte in der Höhe. Unter den Himmelsheeren sind sowohl die Engel als die Sterne zu verstehen. Jes. 24, 21: die hohe Ritterschaft (s. d. W.), so in der Höhe sind. Bei mehreren Propheten ꝛc. Jehovah (Herr) Zebaoth: Jes. 24, 23; 18, 7; 2. Sam. 7, 26; Ps. 24, 10; 46, 8; 84, 2; Jer. 15, 16; Hos. 12, 6: aber der Herr ist der Gott Zebaoth, Herr ist sein Name — V. et Dominus Deus exercituum, Dominus memoriale ejus; Jak. 5, 4. Vgl. Jehovah.

zerlechen s. lechen.

zerscheitern — hat L. transitiv, während es jetzt nur intrans. für „in Stücke gehen, von Schiffen“ gebräuchlich ist: in Scheiter (Scheite) schlagen, entzwei hauen, zertheilen Luc. 12, 46: so wird desselben Knechtes Herr kommen ... und wird ihn zerscheitern — Vulg. dividet; desgl. Matth. 24, 51; Hist. von der Susanna V. 55. — Scheitern ist gebildet aus Scheiter, dem Plural von das Scheit, ahd. skît, und dieses mit ahd. skîton zerstücken, mhd. schîten von einander hauen, „scheiden“ zu einer Wortfamilie; s. Weigand, Wb. der Syn. III, 637. — Die eine Trennung ausdrückende Partikel zer findet sich z. B. auch in zerplagen Ps. 106, 32: sie zerplagten den Moses übel; und zerschrecken Richter 8, 12: er zerschreckte das ganze Heer; s. Biltz p. 16.

Zeug, der — 1) das Geräthe 1. Mos. 27, 3: nimm deinen Zeug, Köcher und Bogen. Gewöhnlicher in diesem Sinne der Gezeug 1. Chron. 29, 14: und allerlei silbern Gezeug nach dem Gewicht; s. Fahr; — 2) reisige, gerüstete Schar, in Kampfordnung aufgestelltes Heer, Armee, 1. Sam. 17, 10: ich habe heutiges Tages dem Zeuge Israel Hohn gesprochen; so auch V. 22. 48; Offenb. 9, 16: die Zahl des reisigen (s. d. W.) Zeuges war viel tausend mal tausend; — 1. Sam. 4, 16 hat Luther dafür Heer. — Vilmar bemerkt dazu, pastoral-theolog. Blätter 103: „In diesem (2.) Sinne findet sich Zeug regelmäßig wohl nur in einem der Bibelübersetzung Luthers gleichzeitigen Werke gebraucht: in der deutschen Uebersetzung des Vegetius vom Jahre 1529. Nachher verschwindet dieser nicht nachahmungswerthe Gebrauch des Wortes; kaum daß derselbe noch das eine und andere Mal in Schriften erscheint, welche von Luthers Sprache direct abhängig sind." — Wir sehen indes nicht ein, weshalb ein seltenes Wort eben um seiner Seltenheit willen nicht nachahmungswürdig sei; Luther versuchte auch andere auf das Kriegswesen bezügliche welsche Ausdrücke durch deutsche zu verdrängen, so den General durch Feldhauptmann, Capitain durch Hauptmann, Major durch Obersten, Soldaten durch Kriegsleute, Officiere durch Amtleute 5. Mos. 20, 5, Circumvallationslinie durch Wagenburg ꝛc. Uebrigens ist der Gebrauch doch wohl älter und allgemeiner gewesen, als Vilmar anzunehmen scheint: aus mhd. Zeit führt Kehrein, onomatisches Wb. 1089, eine Stelle aus einer Uebersetzung des Livius von 1514, also vor Luther, an: „Ein wohlgerüsteter Zeug zu Roß und Fuß"; Benecke-Müller aus mhd. Zeit zwei Belege zu ziuc (G. ziuges), desgl. zwei zu geziuc in gleicher Bed. s. B. III, 917. 918.

Mhd. der ziuc, ahd. ziug 1) Geräthschaft, daher Werkzeug, Schreibzeug, Feuerzeug ꝛc.; bes. 2) Geräthschaft zum Kampfe, Rüstung, Waffen; 3) reisige, gerüstete Schar; 4) Beweis, Zeugniß; 5) Zeuge, testis; desgl. das häufigere geziuc zunächst der Stoff, aus welchem etwas gefertigt ist, nhd. das Zeug; ferner die obigen Bed. von ziuc. Benecke-Müller legt diesen und ähnlichen Ausdrücken ein vermuthetes mhd. starkes Vb. ziugen (Prät. zouc) ziehen, vorwärtsgehen, bereit sein unter, welches er als eine Nebenform von „ziehen", mhd. ziehen (Prät. zôch, zugen, Partc. gezogen), ahd. ziuhan, got. tiuhan ansieht; dieses stimmt lautverschoben mit lat. ducĕre. Weigand, Wb. der Syn. III, 1161, Graff V, 612 und Grimm, Rechtsalterth. 857 leiten es direct von diesem ahd. ziuhan ab, „was auch anwenden, säugen, nähren, aufziehen bedeutet und zuweilen die Form ziugan annimmt"; „daher auch mhd. ziugen und erziugen anschaffen, zurüsten, hervorbringen; darnach dann in beschränkterer älter-nhd. Bed. zeugen und erzeugen = gignĕre". Dazu stimmt ndd. tügen, a) zeugen, gignĕre; b) anschaffen, Kleider, Geräthe; c) zeugen, bezeugen, beweisen.

Nicht zu verwechseln mit Zeug ist Zug, z. B. in Heereszug, Kriegszug, das vom Plural Prät. von ahd. ziuhan (Prät. zôch, zugen) gebildet ist.

Das **Rüstzeug** — der zur Ausrüstung der Krieger dienliche Zeug, also = Rüstung, Waffe; uneigentlich Apost.-G. 9, 15 von Paulus, der mit Rücksicht auf seine großen Anlagen ein „auserwähltes Rüstzeug" = kriegerisches Werkzeug, zu Kampf und Sieg gefertigte Waffe — im Dienst Gottes genannt wird.

Von ziehen (zog, gezogen), ahd. ziuhan ist gebildet die **Zucht**, mhd. und ahd. die zuht a) Aufziehung, s. Leibzucht; b) Erziehung durch Mahnung, Strafe rc. disciplina: Sprüch. Sal. 3, 11; 6, 23; 13, 18 rc.; Eph. 6, 4; c) „höhere feine Bildung, sowohl im Innern des Gemüthes selbst als in den äußeren Formen des Umganges" (Benecke), feine Sitten Spr. Sal. 11, 22: ein schönes Weib ohne Zucht ist wie eine Sau mit einem goldenen Haarbande.

Von Zucht ist mittelst der Ableitungssilbe ig gebildet

züchtig = gesittet, sittsam Sir. 26, 19; Tit. 2, 4. „Dieses Wort", welches mehr als keusch bedeutet, „heißet, was wir zu deutsch sagen: mäßig, fein säuberlich, vernünftig fahren von Gebärden", Luther. Daher **züchtigen**, welches Luther noch in dem ursprünglichen milderen, edleren Sinne von erziehen, zu Zucht und Ordnung gewöhnen nimmt Tit. 2, 12: und (die Gnade Gottes) züchtiget uns, daß wir sollen verleugnen das ungöttliche Wesen und die weltlichen Lüste — Vulgata: erudiens nos „lehrt uns", andere: nimmt uns in Zucht, mahnet, hält ernstlich an, unterweiset, lehret; Ps. 2, 10: lasset euch züchtigen (unterweisen), ihr Richter auf Erden. Daher ist der **Züchtiger** Röm. 2, 20 der Unterweiser, Hebr. 12, 9 der Erzieher, mit dem Nebenbegriffe des Pfuscherhaften; ebenso die **Züchtigung** = Erziehung, „evangelische Zurückführung auf den rechten Weg" (Büchner-Heubner) 2. Tim. 3, 16: alle Schrift, von Gott eingegeben, ist nütze zur Züchtigung in der Gerechtigkeit — Vulgata ad erudiendum in justitia, andere: Zurechtweisung, Unterweisung, Anweisung, Zucht. „Züchtigen und Züchtigung drückt die eigenthümliche Thätigkeit des Erziehers und Herrn gegenüber vom Zögling aus und begreift alles, was dazu gehört, um den Sinn und Willen des Zöglings in das gottgeordnete und gottwohlgefällige Geleis zu bringen, also Lehre, Ermahnung, Warnung, Drohung, Bestrafung", Zeller. In der mildesten Form als Belehrung, Ermahnung und Warnung kommt es vor Spr. Sal. 9, 7; 29, 19. — Endlich ist der **Zuchtmeister** (s. Meister) — der Erzieher Gal. 3, 24: also ist das Gesetz unser Zuchtmeister gewesen auf Christum — „der durch strenge Zucht uns erzog, tüchtig machte zu dem Glauben an Christum"; Vulg. paedagogus, andere: Erzieher, Aufseher, Jugendlehrer. Weil die Erziehung ehedem strenger war als jetzt — von Luther ist es bekannt, daß er an einem Vormittage 15 mal „gestrichen" ist —, so entwickelte sich schon früh die jetzt gewöhnliche Bed. von züchtigen: wegen begangener Fehler hart strafen (zur Besserung), so auch bei Luther gewöhnlich 1. Kön. 12, 11: mein

Vater hat euch mit Peitschen gezüchtiget; Spr. Sal. 13, 24; 19, 18; 23, 13; 29, 17; Hebr. 12, 6. 10.

Zihim, Pl., hebr. — Steppenthiere, vielleicht wilde Katzen Jes. 13, 21; allgemeiner Wüstenbewohner, daher es von Menschen (Ps. 72, 9; 74, 14: Volk in der Einöde) und Thieren gebraucht wird: Jes. 34, 14 (L. Marder), Jer. 50, 39 (L. ungeheure Thiere).

Zinne, die — Mauer- oder Bauwerksspitze, genauer: der oberste, mit Einschnitten oder Schießscharten versehene Theil einer Mauer, eines Turmes, wo nachts der Wächter ist Matth. 4, 5: da führete ihn der Teufel mit sich in die heilige Stadt und stellete ihn auf die Zinne des Tempels — Vulg. pinnaculum; im Grundtexte steht Flügel d. i. „der vor dem eigentlichen Tempelhause als Halle vorgebaute 200 Fuß hohe und breite Flügelturm (Pterigion) mit einer auf seiner Spitze befindlichen Gallerie", bibl. Handlexicon 252.

Die Grundbed. von Zinne, mhd. zinne, ahd. zinna ist ohne Zweifel Spitze; denn der Form nach stimmt es zu ndd. tinne Zinke eines Rechens, einer Gabel 2c.; zweifelhaft ist der etymol. Zusammenhang von tinne mit Zinke; s. Benecke-Müller III, 897.

Zinnenmaß (L. Zinenmas), das — ein Richtscheid oder eine Bleiwage, bei welcher das an einer Schnur befestigte Loth zinnen statt bleiern wäre: Sach. 4, 10: denn wer ist, der diese geringe Tage verachte: darin man doch sich wird freuen und sehen das zinnen Maß in Serubabels Hand 2c. Luther bemerkt dazu in einer Randglosse: „(Zinenmas) Richtscheid oder Bleiholz, denn es sollt das Gebäu durch Serubabel von statten gehen, wo und wie ers angriffe, wenns gleich allen Heiden leid wäre". Vgl. Bleischnur. — Zinn, franz. étain, aus altlat. stagnum für stannum; Jes. 1, 25; Hes. 27, 12.

Zins s. Wucher.

züchtigen, Züchtigung und **Zuchtmeister** s. Zeug.

zuhand, Adv. — sogleich, auf der Stelle 1. Mos. 25, 26: zuhand darnach kam heraus sein Bruder — M.-St. hat das Wort ganz ausfallen lassen.

Das Adv. zuhand, mhd. sehr gebräuchlich zehant in Beziehung sowohl auf den Ort als die Zeit, ndd. tohands, tehans (contr. tans wie ndl. thans, althans = mhd. al ze hant) = sogleich, von dem nächstfolgenden Augenblicke, und soeben, von dem gerade vergangenen Augenblicke. Es ist zusammengesetzt aus der Präp. zu (mhd. zuo, ze) und dem Subst. Hand und entspricht örtlich verstanden dem nhd. zur Hand, mhd. zer hant. Aehnliche Adverbialbildungen sind: zurück, mhd. ze rucke; zu Berge, mhd. ze berge = aufwärts; ze tal (zu Thal) = niederwärts; ze himel; ze naht = die folgende Nacht; zuweilen, s. weiland; zur Stunde, mhd. ze stunde; zu Grunde, mhd. ze grund; zu Hause und andere; s. Grimm, Gram. III, 148. Vgl. zwar.

Zukunft, die — gebraucht L. noch im mhd. Sinne räumlich für Ankunft adventus, nicht für „die künftige Zeit", futurum. Apost.-G.

7, 52: die da zuvor verkündigten die Zukunft dieses Gerechten; 1. Kor. 16, 17: ich freue mich über der Zukunft Stephanä und Fortunati; Jak. 5, 8: die Zukunft des Herrn ist nahe; Esra 3, 8 u. v. a. St.

Die Zukunft ist zusammengesetzt aus zu, die Richtung ausdrückend, und mhd. die kunft (noch gebräuchlich), auch kumft, ahd. chumft das Kommen, von kommen, mhd. Präs. ich kum. Das m ging in n über: so bei Luther noch Besem statt Besen Luc. 11, 25; Busem Ps. 79, 12, Harm statt Harn 2. Kön. 18, 27; vgl. Vernunft statt Vernumft von vernehmen. Wie in diesem Worte, so ist auch wohl in Kunft, Zunft (von ziemen) das schon ahd. vorkommende f unorganisch eingeschoben; so im ndd. kumst = Kunst das s. S. Weigand, Wb. der Syn. III, 826.

zwar — jetzt einräumende Conjunction, früher wie bei Luther Adverb, zusammengesetzt aus zu und Adj. wahr, mhd. ze wâre, zwar, ahd. zi wâra. Dieses wâra ist eig. der Dativ Sing. vom Subst. das wâr das Wahre, die Wahrheit, gebildet aus dem Adject. wâr wahr; demnach bed. zwar = in Wahrheit, wahrlich Luc. 11, 48: so bezeuget ihr zwar und bewilliget in eurer Väter Werk — V. profecto testificamini, quod consentitis operibus patrum vestrorum; Röm. 3, 2: was nützet die Beschneidung? Zwar fast viel! = wahrlich sehr viel! M.-St. viel in alle Wege; de Wette: in allem Betracht; Apost.-Gesch. 17, 27: daß sie den Herrn suchen sollen, ob sie doch ihn fühlen und finden möchten. Und zwar er ist nicht ferne von einem jeglichen unter uns — M.-St. wiewohl er ja nicht ferne ist ꝛc.; Luc. 23, 41: und zwar wir sind billig darinnen. — In letzteren Stellen nähert sich die Bedeutung der heutigen, wornach zwar „zu einer die Gewißheit der Einräumung ausdrückenden“ Partikel verdünnt ist, ähnlich wie das franz. en verité in Wahrheit. S. Weigand, Wb. der Syn. III, 1179. Vgl. zuhand.

zwei bietet wichtige Beweise für die leider immer größer werdende Verstümmelung und Verwitterung sprachlicher Formen. Noch zu Luthers Zeiten unterschied man streuge zwischen dem masc. **zween** (einsilbig), dem fem. **zwo** und dem neutr. **zwei**, welches letztere allmählich, am spätesten in der Poesie für alle drei Formen üblich geworden ist. 2. Mos. 39, 15—20: sie machten am Schildlein Ketten mit zwei Enden von feinem Gold, und zwo güldene Spangen und zween güldene Ringe auf die zwo Ecken des Schildleins. Und die zwo güldene Ketten thäten sie in die zween Ringe auf den Ecken des Schildleins. Aber die zwei Enden der Ketten thäten sie an die zwo Spangen u. s. w. 1. Kön. 7, 41. 42; Marc. 6, 7; 16, 12; Hebr. 10, 28; Matth. 26, 60; 5, 41; Luc. 2, 24 u. a. O.

Alle ältere deutsche Mundarten haben außer der auch bei Luther vorkommenden Declination (das Unterscheidende des m., f. und n. findet sich nur im N. und Acc., G. und D. werden aus zwei gebildet, zweier, zweien) jene drei Geschlechtsformen: mhd. m. zwêne, f.

zwô, n. zwei, ahd. zuêne, zuo (zua), zuei, got. tvai, tvôs, tva ꝛc.; damit stimmt lautverschoben lat. duo. Das Nähere bei Weigand, Wb. d. Syn. III, 1180; Grimm, Gr. I, 761.

Eine Ableitung von zwei ist **zwier**, mhd. zwir, zwirunt, zwirent, ahd. zuiro Zahladverb = zweimal bis, wie eins für einmal, s. d. Luc. 18, 12: ich faste zwier in der Woche. Diese Form lebt noch in Mundarten; z. B. in der thüringischen, hessischen ꝛc. „Sein Schwert ist zwier so lang als er“, Uhland. Daher der Zwirn = das aus zwei Fäden Zusammengesponnene. S. Grimm, Gr. III, 227.

Anhang.

In der Bibel vorkommende aus fremden Sprachen entlehnte Wörter, soweit sie nicht in diesem Werke erklärt sind.

Achsel, die, gebildet nach lat. axilla von axis, Achse. 1. Kön 7, 32.
Affe, der, ndd. âpe, wie es scheint aus gr. kêpos, sanskr. kapi.
Aloê, die, griech. alóê, aus indisch. haloha das wohlriechende Aloeholz, Paradiesholz Ps. 45, 9; Spr. S. 7, 17; Joh. 19, 39.
Altar, der, vom lat. altâre (n.) Opfertisch.
Amme, die, aus dem Romanischen; urspr. = Mutter.
Anker, der, lat. ancora, dies aus gr. ágkyra (Gekrümmtes).
Apostel, der, kirch.-lat. apostolus, v. gr. apostolos Abgesandter.
April, der, lat. aprilis, von aperire eröffnen (das Naturjahr). 2. Macc. 11, 30. 33.
Artikel, der, lat. articulus Glied, Absatz ꝛc.
Arznei, die, aus griech. archígenes Arzt, urspr. Eigenname.
Arzt, der, vom lat. archiater, gr. archíatros Oberarzt.

Bestie, die, lat. bestia (wildes) Thier.
Bischof, der, vom gr. epískopos Aufseher.
Brief, der, vom lat. breve kurzes Schreiben, von brevis, ve kurz.

Caninichen, das, aus lat.-span. caniculus. Ps. 104, 18.
Castanie, die, aus lat. castanea, gr. kástanon; dies von den Städten Kástana in Pontus und Thessalien.
Ceder, die, vom lat. cedrus, gr. kedros.
Celle, die, lat. cella Kammer. 1. Macc. 4, 38. 57.
Chronika, die, aus gr.-lat. chronica, vom gr. chronos Zeit.
Cisterne, die, lat. cisterna Wasserbehälter. Judith 7, 12.
Coralle, die, mlat. der corallus, vom lat. das coralium. Klagl. 4, 7.
Creatur, die, lat. creatura, von creare schaffen.
Crystall, der, gr.-lat. crystallus Eis, Bergcrystall.
Cypresse, die, lat. cyparissus, cupressus. Hohel. 1, 17.

Dattel, die, auch Dactel, vom gr. dáktylos Finger, dann fingerförmige Frucht = Dattel. 1. Mos. 43, 11.

Datum, das, aus lat. datum „gegeben", welches ehedem in gerichtlichen Actenstücken vor die Angabe des Tages gesetzt wurde. 2. Macc. 1, 10; 11, 21.
Demant, der, aus itl. diamante, entstellt aus gr.-lat. adamas (Gen. adamantis).
Dinte, die, richtiger Tinte, mlat. tincta, vom lat. tingere färben.
disputieren, lat. disputare mit Worten auseinander setzen rc. Jes. 8, 19.
Drache, der, aus lat. draco, dies aus griech. drákôn fabelh. große Schlange.

Element, das, vom lat. elementum Urstoff, Grundbestandtheil.
Elend, das, vom poln. jelen, russ. olen', litth. elnis Hirsch. 5. Mos. 14, 5.
Elephant, der, vom gr.-lat. elephas (G. elephantis).
Elfenbein, das, ahd. hëlfentpein d. i. Knochen von dem hëlfant (Elephant).
Elle, die, durch Lautangleichung aus mhd. elne, ahd. elna, eliná, got. alleina, entspricht dem gr. ôlénê, lat. ulna Ellenbogen, dann Elle.
Engel, der, ahd. angil, vom lat. angelus Bote, Gesandter.
Epheu, der, wie das gleichbed. Eppich, aus lat. apium. 2. Macc. 6, 7.
Epistel, die, lat. epistola, gr. epistolê (Uebersandtes).
Esel, der, got. asilus aus lat. asellus, Dim. von asinus.
Essig, der, aus lat. acêtum, vom lat. acêre sauer sein.
Evangelium, das, lat. vom gr. euangélion Freudenbotschaft.
Exempel, das, lat. exemplum Muster, Beispiel.

Fabel, die, lat. fabula Erzählung, Sage.
Fackel, die, lat. facula flammend brennender Stab.
Feier, die, a. mlat. feria (lat. feriae) Ruhetag.
feiern, a. mlat. feriâre (lat. feriâri) ruhen rc.
Feige, die, ahd. fîgâ, aus lat. ficus.
fein, mhd. und ahd. fîn, aus fr. fin urspr. vollkommen, echt, gekürzt aus lat. finitus vollendet, vollkommen.
Fenster, das, aus lat. fenestra, vom gr. phainein sichtbar machen.
Fest, das, aus lat. festum.
Fieber, das, span. fiebre, vom lat. febris.
Firmament, das, lat. firmamentum Himmelsfeste. Sir. 43, 1. 9.
Flamme, die, lat. flamma.
Form, die, lat. forma. Röm. 2, 20; Sir. 38, 32 formieren bilden.

Geige, die, mhd. gîge aus franz. gique, itl. giga. 1. Sam. 18, 6.
glasüren, mit einer Glasur überziehen, Sir. 38, 34, vom frz. glacer, dies vom lat. glaciare gefrieren, erstarren oder hart machen, vom lat. glacies Eis.
Granatapfel, der, mhd. granât, lat. granâtum (malum) eig. vielkerniger (Apfel), von granum Korn, Kern.

Grenze, die, im 15. Jahrh. grenitz, aus poln. granica, russ. graniza Grenzstein; dies vom poln. gran, russ. gran' Ecke.
Griffel, der, vom lat.=gr. graphium, dies vom gr. graphein graben.
Gruft, die, altitl. grupta, aus lat.=gr. crypta Gewölbe.

Hamen, der, Fischnetz, aus lat. hamus Haken, Angelhaken. Hohel. 9, 12.
Harnisch, der, aus franz. harnais, vom kelt. haiarnaez Eisengeräth.
Historia, die, lat.=gr. historia.
Hyäna, die, lat.=gr. hyaena. Sir. 13, 22.

Insel, die, Luth. Insul, aus lat. insula.

Kalk, der, aus lat calx, gr. chalix Kalkstein. 1. Mos. 11, 3.
Kalmus, der, aus lat.=gr. calamus Rohr, Schilf. 2. Mos. 30, 23.
Kameel, das, lat.=gr. camêlus, aus dem Orient.
Kammer, die, aus lat.=gr. cámera Gewölbe.
Kampf, der, aus lat. campus Feld, dann Tummelplatz, Kampfplatz, im Mittell. auch der Zweikampf.
Kanne, die, aus lat. canna Röhre, später Krug, Trinkgeschirr.
Käse, der, ahd. chasi, vom lat. casei, Gen. v. caseus.
Katze, die, aus lat. und mlat. catta, wie Kater aus cattus.
Kelch, der, ahd. chelih, aus lat. calix.
Keller, der, aus lat. cellarium, von cella Vorrathskammer.
Kerker, der, ahd. charchari, aus lat. carcer.
Kerze, die, aus einem vom lat. cêra Wachs abgeleiteten unbekannten altromanischen Worte.
Kessel, der, got. katils, aus lat. catinus Napf, Kessel.
Kette, die, Luth. Ketten, ahd. chétinna, aus lat. caténa.
ketzerisch, von Ketzer, aus lat.=griech. Cátharus, wörtlich Reiner, Anhänger einer christl. Secte im Mittelalter, Tit. 3, 10.
klar, mhd. clâr, aus lat. clarus hell, leuchtend.
kochen, überkommen aus lat. coquere, s. Kuchen.
Kopf, der, a. rom. coppa Becher, lat. cuppa „Kufe", Tonne, Hirnschale; vgl. ndd. kop Trinkbecher und Kopf.
koppeln, Jes. 5, 18, von Koppel, a. frz. couple Leitriemen; verbundenes Paar Hunde; aus lat. copula Band, (mittellat.) Leitriemen.
Korb, der, aus lat. corbis, f.
Körper, der, aus lat. corpus, n. (G. corporis).
Kreide, die, ahd. crîda, aus lat. crêta, von der Insel Creta. Spr. Sal. 25, 20.
Kreuz, das, ahd. chrûci, aus lat. die crux (G. crucis, D. cruci); daher kreuzigen nach dem lat. cruciare.
Krone, die, aus dem lat. corona, gr. korônê Kranz 2c.
Kuchen, der, aus dem Romanischen: Picardie coque, Languedoc coco 2c. vom lat. coquere „kochen", dann auch backen.
Kümmel, der, ahd. chumil, chumin, aus lat. cuminum.

Kürbiß, der, aus lat. die cucurbita. Jon. 4. 4. Mos. 11, 5.
Kummer, der, aus frz. encombre Hinderniß, eig. Bauschutt, dies von comble Haufe, aus lat. cumulus.
kurz, aus lat. curtus verstümmelt, gekürzt, kurz.
Küssen, das, ahd. chussîn, überkommen aus frz. coussin kleines Polster, welches aus lat. culctinum (st. culcitinum), Diminutiv von culcita Polster, s. Kolter.

Lache, die, aus lat. der lacus See, Wasser, Bassin.
Laie, der, ahd. leigo, aus kirchenlat. laicus, gr. lâïkós Nichtgeistlicher, einer der dem Volke (lâós) angehört. 1. Cor. 14, 16.
Lampe, die, aus itl. lampana, vom gr.-lat. lampas Leuchte.
Lanze, die, aus frz. lance, vom lat.-gall. lancea.
Laterne, die, lat. laterna. Zeph. 1, 12.
Laute, die, aus frz. der luth, prov. laut, span. laud, vom arab. alaûd = Aloeholz, (gekrümmtes) Holz, Laute.
Lection, die, aus lat. lectio, das Lesen, Vorlesen.
Legion, die, aus lat. legio, von legere lesen, sammeln.
Lein, der, aus lat. das linum Flachs. 3. Mos. 19, 19.
Leopard, der, aus lat. leopardus, zusammengesetzt aus leo Löwe und pardus Parder.
Lilie, die, a. d. Pl. lilia des lat. lilium.
Linie, die, aus lat. linea Schnur, Linie, von linum Flachs.
Linse, die, aus lat. die lens. 1. Mos. 25, 34.
Lorbeerbaum, der, Lor- mit roman. o statt au aus lat. laurus.
Löwe, der, Luth. Lewe, ahd. lewo, aus lat. leo.

Maie, die, grüner Baumzweig, ist der Name des Monats Mai, mhd. meie; dies von der Göttin Mâja.
Majestät, die, aus lat. majestas (G. majestatis), dies v. mâjus, Comp. von magnus groß.
Mandel, die, aus itl. mandola, entstellt aus lat. amygdala.
Mantel, der, aus mlat. der mantillus, lat. das mantellum.
Marmor, der, aus. lat. das marmor.
Marter, die, aus kirch.-lat. das martyrium Blutzeugniß, von griech. der martyr (kirchlich) Blutzeuge.
Materie, die, a. lat. materia Stoff.
matt, aus frz. mat, dies aus arab. mât „er ist gestorben", nämlich der König (schâh) im Schachspiel.
Mauer, die, mhd. mûre, aus lat. der murus.
Maulbeere, die, ahd. das mûlbere, mûrperi, môrperi, aus lat. die morus Maulbeerbaum und „Beere".
Meile, die, ahd. mîla, milla, aus lat. millia, Pl. v. mille tausend, also s. v. a. „tausend Schritte".
Messias, der, hebr. s. v. a. „Gesalbter". Ps. 2, 2; Dan. 9, 26.
Minze, die, a. lat.-gr. mentha, gr. mintha.

Mohr, der, mhd. und ahd. môr, aus lat. Maurus.
Monarche, der, aus gr. monarchês, zus. aus monos einer und archein herrschen.
Mörser, der, ahd. mórsari, mortari, aus lat. das mortarium.
Müller, der, im 14. Jahrh. muller, aus mlat. multor, lat. molitor, von molěre mahlen.
Münze, die, aus lat. monêta.
Musika, die, lat. musica.
Muster, das, aus itl. die mostra das Zeigen, die Probe &c., welches aus lat. monstra das Sehenlassen, Zeigen, die Probe &c., von monstrare zeigen.
Myrte, die, aus lat.-gr. myrtus, urspr. pers. mûrd.

Natur, die, aus lat. natura (= Geburt, von natus geboren).
nüchtern, ahd. nuohturn, vom lat. nocturnus nächtlich, also etwa: (in Rücksicht auf Speise und Trank) nächtlich bleibend oder geblieben. S. Weigand.

Oel, das, Luth. Ole, ahd. oli, aus dem Gen. olei des lat. das oleum.
opfern, ahd. opfarôn, ags. offrian, aus lat. offerre darbieten, dann Gott schenken; daher das Opfer.
Orden, der, mhd. orden Anordnung, Gesetz, verbindliche Regel, aus itl. ordine, dies aus dem Acc. ordinem des lat. der ordo Ordnung, Stand.
Ostern die, vom ahd. Ôstrâ (?), ags. Eostra Göttin des Frühlings.

Paar, das, Luth. par, mhd. pâr = je 2 Gleiche, aus lat. pâr gleich.
Palast, der, aus lat. das palatium Prachtgebäude.
Palme, die, aus lat. palma.
Panzer, der, aus itl. panciéra der den Unterleib (pancia „Pansen") bedeckende Theil der Rüstung.
Pappel, die, aus mlat. die papulus, lat. pôpulus. 1. Mos. 30, 37.
Paradies, das, aus lat. paradisus, dies aus pers. firdaus Lustpark.
Passah, das, nach hebr. pesach, vom hebr. pasach überspringen, verschonen. Vgl. 2. Mos. 12, 27.
Patriarch, der, aus lat. patriarcha, dies aus gr. patriárchês Stammvater, zusammengesetzt aus patria Stamm und árchein anfangen. Ebr. 7, 4.
Pech, das, aus lat. pix (G. picis).
Pein, die, ahd. pîna, aus mlat. péna, lat. poena Strafe; Mühseligkeit, Plage, Leiden; daher peinigen, Peinigung &c.
Peitsche, die, Luth. Peitzsche, entlehnt aus dem poln. bicz (spr. bitsch) von bić (spr. bizje) schlagen.
Pelz, der, aus mlat. pellicia, v. lat. Adj. pellicius aus Fell (pellis) gemacht.

Perle, die, a. mlat. perula, dies wohl aus syrisch. berulo Edelstein, Perle („Beryll").
Pestilenz, die, aus lat. pestilentia, von pestilens angesteckt; dies von pestis „Pest".
Pfad, der, wahrscheinlich aus griech. pátos; sanskr. patha Weg von path gehen.
Pfaffe, der, ahd. phaffo Geistlicher, aus lat. papa Vater.
Pfahl, der, aus lat. palus. 2. Cor. 12, 7.
Pfanne, die, ahd. phannâ, pannâ, aus mlat. panna, lat. patina.
Pfau, der, ahd. phâo, aus lat. pavo. 1. Kön. 10, 22.
Pfeife, die, ahd. pfîfa, aus mlat. pîpa Röhre, von pipare „pfeifen".
Pfeil, der, ahd. phîl, aus lat. pîlum Wurfspieß.
Pfeiler, der, aus mlat. das pilarium, vom lat. pila Pfeiler.
Pferd, das, ahd. parafrid, aus mlat. parafrêdus, paraverêdus (leichtes) „Nebenpferd", zusg. aus gr. pará neben und lat. verêdus leichtes Pferd.
Pfingsten, die, ahd. fimfchustim, ein Dat. Pl. von fimchustî, das aus kirchl.-gr. die pentêkostê „fünfzigste" (nämlich Tag nach Ostern).
Pflanze, die, aus lat. planta; daher pflanzen &c.
Pflaster, das, s. Hochpflaster.
Pforte, die, ahd. phorta, aus lat. porta.
Pfoste, die, aus lat. der postis. 1. Sam. 1, 9.
Pfühl, der, durch Kürzung a. lat. der pulvinus Kissen, Pfühl. Hes. 13, 18.
Pfuhl, der, mhd. pfuol, mittelst Ablaut (uo) aus lat. palus.
Pfund, das, aus lat. das pondum, der pondus Gewicht, Pfund.
Pilger, **Pilgrim**, der, mhd. pilgerîn, pilgerîm (frz. pelerin), aus lat. peregrinus der Fremde, im kirchl. Mlat. Wallfahrer. Matth. 27, 7. Ps. 39, 13.
pissen, entlehnt aus frz. pisser; s. Diez, Wb. d. rom. Spr. 267.
Pitschaft, der, a. böhm. der pecet (spr. petchet) mit Anlehnung an „schaft" gebildet. Hagg. 2, 24.
Pitschier, das, wohl aus poln. pieczec, dasselbe mit böhm. pecet. 1. Kön. 21, 8.
Plage, die, aus lat. plâga Schlag, Hieb, Wunde; Unglück, dies aus gr. plêgê Hieb.
Plan, der, aus lat. das plânum Ebene, Fläche. Richter 11, 33.
Planet, der, aus lat. der planêta, vom gr. planêtês irrend. 2. Kön. 23, 5.
Platte, die, ahd. platta, aus gr. pláta, plátê breite Fläche.
Platz, der, aus frz. die place, dies vom lat. platea Straße, dann Hofraum.
plaudern, älter nhd. blatern, aus lat. blate[illegible]
Poet, der, aus lat. poeta, dies aus gr. po[illegible]s Schöpfer, Dichter. Apost.-G. 17, 28.
polieren, aus lat. polîre. Jer. 51, 11.

Port, der, aus lat. portus Hafen. 2. Macc. 12, 6. 9.
Posaune, die, aus altfrz. buisine, dies aus lat. bûcina gewundenes, metallenes Blashorn, gr. bykánê Trompete.
predigen, aus mlat. predicare, lat. praedicare.
Preis, der, mhd. prîs, aus frz. prix, dies aus lat. pretium Werth, Lohn; daher preisen s. Bescheidenheit.
Priester, der, altsächs. prêstar, aus kirch.-lat. presbyter Gemeindeältester, griech. presbyteros der „Aeltere", dann „Vorsteher einer Christengemeinde".
Prophet, der, aus lat. prophêta, gr. prophêtês, von prophánai vorhersagen.
prüfen, mhd. prüeven, pruoven beweisen, darthun, aus frz. prouver beweisen, dies aus lat. probare.
Püffel, der = Büffel, vom frz. bufle, itl. bufalo, aus lat.-gr. bubalus. 5. Mos. 14, 5.
Pulver, das, aus lat. pulvis (G. pulveris) Staub.
Purpur, der, aus lat. die purpura, dies aus griech. porphýra Purpurschnecke ꝛc.

Raute, die, ahd. rûta, aus lat. rûta, gr. hrytê. Luc. 11, 42.
Regel, die, ahd. rëgula, aus lat. regula Richtschnur, Grundsatz.
Regent, der, aus lat. regens (G. regentis) Herrscher ꝛc., v. regĕre richten, herrschen, „regieren".
Regiment, das, aus frz. der régiment, dies aus lat. regimentum.
Register, das, a. mlat. registrum, aus regestum, vom lat. regérere zurücktragen, eintragen. Neh. 7, 5.
Rente, die, aus frz. rente, mlat. renda, itl. rendita, dies aus lat. reddita „was gegeben, bezahlt ist", von reddere in der Bed. „von sich geben, als Ertrag abwerfen". Esra 6, 8.
Rose, die, ahd. rôsa, aus lat. rosa.
Rosine, die, aus altfrz. der rosin, neufrz. raisin Weintraube, dies aus lat. der racêmus Weintraubenkamm mit den Beeren.
Rubin, der, aus itl. rubino, von dem Stamme rub im lat. rubeus roth.
Rumor, der, aus lat. rumor Gerücht, im Mlat. Lärm ꝛc.
rund, im 15. Jahrh. rond, aus frz. rond, dies zusammengez. aus lat. rotundus kreis- oder radförmig, von rota Rad.

Safran, der, aus frz. safran, dies aus arab. und pers. sa'farân. Hohel. 4, 14.
Saft, der, mittelst angetretenen t v. mhd. saf, ahd. saph, dies aus lat. die sapa dicker Most, später Obstsaft.
Sammet, der, aus mlat. das samitum, früher examitum, dies vom byzantinischen hexamiton urspr. = „sechsfädeniges Zeug". Hes. 27, 16.
Sapphir, der, aus itl. saffîro, lat. sapphîrus Lasurstein, dies vom hebr. sappîr, arab. safîr.
Sarg, der, wahrsch. aus lat. sarcóphagus Todtenlade gekürzt; das gr.

sarkophágos heißt eigentlich „fleischfressend“ (nämlich von dem zu Todtenladen gebräuchlichen Kalkstein).

Satan, der, aus hebr. satan Widersacher, von satan nachstellen.

Scepter, das, aus lat. sceptrum, dies aus gr. skêptron Stütze, Stab ꝛc.

Scharlach, der, mhd. scharlachen, unter Anlehnung an mhd. lachen „Laken“, Tuch, entstellt aus mhd. scharlât, mlat. scarlâtum, scarlêtum, aus türk. iskerlet.

Scheffel, der, aus mlat. scapillus, Dim. v. lat. scaphum Becken, später Getreidemaß.

Schemel, der, aus spätlat. der scamillus, das scamillum, scamellum, dies aus lat. scabellum Bänkchen.

Schilf, der, nach Weigand aus lat. scirpus Binse, mit Uebergang des r in l und regelrechter Fortschiebung des p zu f.

schreiben, ahd. scrîpan, a. lat. scribere; daher Schrift, lat. scriptum.

Schule, die, aus lat. schola, vom gr. scholé Ruhe, Muße, Unterredung ꝛc.

Schüssel, die, aus lat scutella, Dim. von scutum Schild.

Scorpion, der, aus frz. scorpion, vom lat. der scorpio.

Secte, die, frz. secte, vom lat. secta Bahn, Lehre; dies von secare schneiden, durchschneiden (eig. secta via der gebahnte Weg).

Seide, die, ahd. sîda, aus mlat. seta; dies ist das lat. seta starkes Haar; s. Diez, Wb. 317.

Seife, die, ahd. seipha, wohl aus mlat. cibum, vom lat. sîbum, sêvum Talg; daneben sapo, daher frz. savon Seife.

Senf, der, mhd. sënef, ahd. sinaph, aus lat. sinapis.

Siegel, der, aus lat. sigillum, Dimin. von signum Zeichen.

Smaragd, der, aus lat.-gr. smaragdus.

Specerei, die, aus lat. spezaria, von volksmäß.-lat. species Gewürz.

Spiegel, der, aus lat. das speculum polierte Metallscheibe.

Stiefel, der, aus itl. stivale, vom mlat. aestivale Sommerbekleidung der Füße, vom lat. aestas Sommer.

Stoïker, der, Apost.-G. 17, 18, ein Philosoph, der zu stoa (gr.), Halle, einer philosophischen Secte, gehörte.

Straße, die, aus lat. via strata d. i. niedergestampfter, gepflasterter Weg; strata ist Partc. Prät. von sternĕre hier pflastern.

Strauß, der (Vogel), ags. strutha, aus lat. struthio.

studieren, vom lat. studēre sich bemühen. Sir. 39, 1.

Summa, die, lat. summa.

Tafel, die, ahd. tâvala, aus lat. tabula; daher täfeln. 1. Kön. 7, 7.

tasten, a. altfrz. taster, jetzt tâter, itl. tastare, aus altrom. taxitare, Iterativ vom lat. taxare anrühren, befühlen. Richt. 16, 26.

Tempel, der, ahd. das tempel, vom lat. templum.

Testament, das, aus lat. testamentum letzter Wille, von testari bezeugen.

Teufel, der, ahd. tiuval, aus gr.-lat. diabolus eig. „Verleumder“.

Thron, der, aus lat.-gr. thronus, wörtl. „Sitz“.

Thymian, der, aus lat.-gr. thymus, thymum. Offb. 18, 13.

Tiegel, der, ahd. tegel, nebst „Ziegel“ aus lat. tegula Dachziegel, von tegĕre decken. Spr. Sal. 27, 21.

Tisch, der, ahd. disc, tisc, aus lat.-gr. discus (discos) eig. Wurfscheibe, dann „Scheibe, worauf man ißt“; vgl. engl. dish Schüssel.

trachten, ebenso aus lat. tractare behandeln und besprechen, wie dichten aus dictare. 1. Mos. 6, 5.

Tribut, der, aus lat. das tributum, von tribuĕre darreichen. Hos. 8, 9.

Triumph, der, aus lat. triumphus feierlicher Siegeseinzug. Col. 2, 15.

Trompete, L. Trommete, ahd. trumpa, aus itl. tromba; dies nach Diez p. 356. aus lat. tuba = Trompete.

Tünche, die, Tünch, der, ahd. tunicha Kleid und Mauerbekleidung, aus lat. tunica Unterkleid. Sir. 22, 20. 5. Mos. 27, 2.

Turm, Luth. Turn, ahd. die turra, turri, aus lat. die turris.

Turteltaube, die, aus lat. turtur.

Tyrann, der, aus gr.-lat. tyrannus Herr, Alleinherrscher.

Vesperzeit, die, aus lat. vesper Abend. 1. Mos. 8, 11.

Wall, der, aus lat. das vallum. Jes. 29, 3. S. schütten.

Wanne, die, aus lat. die vannus. Jes. 30, 24.

Wein, der, aus lat. das vinum.

Wicke, die, ahd. wicha, aus lat. vicia. Jes. 28, 25. 27.

Witwe, die, ahd. wituwâ, aus lat. vidua.

Ysop, der, aus lat.-gr. hyssópus. Joh. 19, 29.

Ziegel s. Tiegel.

Zoll, der, ndd. toll, aus gr.-lat. telonium, vom gr. telos Zweck, also eig. „was zum Zwecke des Staatshaushaltes entrichtet wird“, s. Weigand, Wb. der Synonymen III, 862.

CPSIA information can be obtained
at www.ICGtesting.com
Printed in the USA
LVHW040400200422
716646LV00005B/282